聯經經典

格理弗遊記

Gulliver's Travels

綏夫特(Jonathan Swift)◎著
單德興◎譯注

國科會經典譯注計畫

獻給

從小爲我講故事

購買文學翻譯名著的

先母孫萍女士

（1924-2004）

目　次

航越小人國／齊邦媛……(3)
前言——尋訪綏夫特／單德興……(7)
緒論／單德興……(13)
綏夫特年表與大事紀……(155)
人物與地名表……(177)
有關中文譯注本的幾點說明……(181)
《格理弗遊記》
〈啓事〉……3
〈格理弗船長致辛普森表兄弟函〉……5
〈編者致讀者函〉……13
情節提要……17
第一部　小人國遊記……25
第二部　大人國遊記……119
第三部　諸島國遊記……221
第四部　慧駰國遊記……333
參考書目……453

航越小人國

這是一本期待了多年的書。離開讀童書《小人國遊記》的日子越遠，這種期待就更殷切。單德興先生這本忠實豐富的學術翻譯，兼顧了原作者的用心和將近三世紀以來文化變遷衍生的意涵，自有它嚴肅的意義。

距離1906年林琴南以文言文譯寫《海外軒渠錄》已近百年，文學的宏觀隨世界政治劇變而大幅擴展。《海外軒渠錄》傳奇性的譯法和它傳奇性譯者優美的文言文譯本，由小人國始，大人國終，整整四十年間，數代讀者都以爲格理弗醫生從此安居英國，享受家庭團聚之樂，不再因天性和命運的誘惑再出海尋奇。白話文取代文言文之後，幾乎只剩下童話書《小人國遊記》獨當一面地陪著每位兒童成長，啓發他們的想像力。除了少數能讀英文原著的人，甚少人知道全書原有四部，第三部「諸島國遊記」和第四部「慧駰國遊記」在中文世界不見天日達半世紀之久。而格理弗後來漂流到更精采的海島，終篇的「慧駰國遊記」被艾略特(T. S. Eliot)稱爲「人性精神一大勝利」。

這樣重要的書必須有切合現世需要的中文全譯本，世界上最大語言的讀者必須航越小人國，隨著主角由諸島國再流放到慧駰國，在邪惡的犽猢身上隱約看到人類的眞貌。至此，有心人得見作者對人性終極關懷的深意，這或能說明爲何此書在世界文學和文化史的影響歷久不衰。

侯健先生在1980年出版的《柏拉圖理想國》〈譯者序〉裡說：「除了民國九年吳獻書的文言譯本外，似乎再未見過白話的本子。這對國內有志於哲學、政治與文學等各方面的研究的人，固屬憾事，在我們努力於文化復興的今天，缺乏這麼一本供攻錯、觀摩、參考的名著，簡直是不可思議的損失。」柏書新譯本由國立編譯館策劃，聯經出版公司印行，是我一連串大計畫之一，當時即已決定要推動《格理弗遊記》完整、可靠的中譯本。過去一百三十多年間，《格理弗遊記》在中文世界以腰斬、誤譯行世，僅以兒童文學及諷刺文學風行，不僅是損失、憾事，簡直可以說是文化教育的輕忽與無知。我在講授英國文學史時，深感愛爾蘭文學種種微妙、細緻，但卻深刻、沉鬱，觸動內心的特殊魅力。我曾三訪愛爾蘭，首訪之地就是綏夫特的聖帕提克大教堂。

綏夫特的文字風格和他滿載歷史、政治和社會紛爭的諷刺文體，並非只要英文好就能翻譯。一直到1986年，我爲輔仁大學第一屆文學與宗教國際研討會邀人合作中譯葛林(Graham Greene)作品時，得識單德興的中、英文能力與譯作態度。在選書、資料研究、文字技巧、譯文體例等討論時，年紀最輕的他常常有最適當的建議。他所譯的《格雷安・葛林》評傳也成了那套叢書(六本)的標竿。我知道他就是我尋找多年，能航越小人國淺水困境的譯者！自從他開始有興趣到著手翻譯，我知道他仍須顧及在中央研究院的學者本身工作，也看到他在許多重要的學術領域的專書，如《銘刻與再現：華裔美國文學與文化論集》，有關薩依德的三次訪問與研究(自譯《知識分子論》，爲《遮蔽的伊斯蘭》及《鄉關何處》各撰寫萬言長序)，翻譯《塞萬提斯》、《味吉爾》、《勞倫斯》等評傳，都是以學術立場選定的高格調譯著。不僅帶動國內相關領域的研究，他的研究成果在國際學界同仁中也很受重視。但是，在這些「分心」之外，他仍是回到綏夫特(或許這是他「正業」以外的「分心」？)，將這部經典之作譯出，寫了詳盡充實的七萬四千餘字〈緒論〉，其中除了綏夫特的寫作背景資料豐富，中譯史的史料、敘述與評論皆極可貴，完成了任何人都可以自慰曰「不虛此生」的貢獻。

此書另一大特色是翔實的譯注，和正文字數幾乎相當。這些譯注精細而且有趣，既是導讀也是譯事的自述。譯者多年求證，投注甚多心血於此。讀者一路讀來，會發現它們是無可取代的領航者。譯者在前言〈尋訪綏夫特〉中，敘述他在世界各地蒐集有關此書資料的情形，令人欣羡他生在旅行與資訊都如此發達的富裕時代，竟立志從事原屬寂寞的學術工作，且肯多年投入心力，以流暢精確的中文，再現綏夫特當年波濤般靈感湧現的才思奇境！林琴南若晚生百年，當是何等景況？

欣見此書堂堂問世，也驗證了台灣五十年來文學教育的成功，敬祝譯者和讀者海域更闊，航行更遠！

齊邦媛

2004年9月台北

前言——尋訪綏夫特

個人從事翻譯雖已三十載，但這次的經驗卻屬空前。本經典譯注計畫的目標在於學術翻譯，強調研究與翻譯的結合，因此譯者除了重拾碩士班時曾細讀並撰寫報告的《格理弗遊記》文本(當時閱讀的是葛林柏格[Robert A. Greenberg]1970年諾頓注釋本第二版增訂本)，而且在六年的譯注過程中，每當出國研究或走訪海外，都到圖書館與書店蒐集相關資料。

我於1998年接受中華民國行政院國科會的委託進行此一經典譯注計畫。1998至1999年獲得國科會出國研究補助，前往英國伯明罕大學文化研究暨社會學系(Department of Cultural Studies and Sociology, University of Birmingham)。雖然當時主要進行的是文化研究方面的計畫(該處是公認的文化研究發源地)，卻也翻遍該校圖書館與綏夫特相關的資料，並在英文系瓦許(Marcus Walsh)教授協助下，進入圖書館特藏室，瀏覽18、19世紀《格理弗遊記》的多種版本(包括史考特[Sir Walter Scott]編輯的插圖本)。此外，也曾在新遷居的大英圖書館及伯明罕市立圖書館查詢相關資料。

1999年夏天自費走訪愛爾蘭，親赴綏夫特就讀的三一學院

(Trinity College)，發現他就讀時的宿舍早已不在；前往他擔任總鐸數十年之久的聖帕提克大教堂(St. Patrick's Cathedral)，瞻仰多項遺跡，包括綏夫特與紅粉知己斯黛拉的埋身之地、兩人的頭顱石灰模型、綏夫特的肖像和自撰的拉丁文墓誌銘[1]；進入教堂旁的馬希圖書館(Marsh's Library)[2]，翻閱18世紀都柏林出版的《格理弗遊記》；尋訪以他的遺產創立的聖帕提克醫院(St. Patrick's Hospital)；參觀都柏林作家博物館(Dublin Writers Museum)，發現綏夫特被列爲第一位愛爾蘭作家……親身體驗愛爾蘭的種種，以更深入了解綏夫特與愛爾蘭的關係。

然而，有關綏夫特的文獻資料，蒐藏最集中且豐富的卻不在英美，而是在德國慕斯特大學的艾倫普萊思綏夫特研究中心(Ehrenpreis Center for Swift Studies, Münster University)。該中心以一流的綏夫特學者艾倫普萊思(Irvin Ehrenpreis)身後致贈的藏書設立於1985年7月，在雷阿爾(Hermann J. Real)教授的悉心擘畫與經營下，蒐集了眾多有關綏夫特和當時的相關資料(包括世界各地的綏夫特譯本，主要是《格理弗遊記》的譯本，譯者也提供了1872年第一個中譯本的影本和幾個附有插圖的兒童版)，

1 有興趣的讀者可查詢網站www.stpatrickscathedral.ie，在"Virtual Tour"項下可發現綏夫特與斯黛拉埋在大教堂進口處。至於兩人的頭顱石灰模型，則是因爲19世紀骨相家相信人的性格與骨相有關，因而挖出兩人的頭顱，製成石灰模型，再埋回原處。

2 此圖書館爲馬希主教(Archbishop Narcissus Marsh, 1638-1731)於1701年創建，是愛爾蘭最古老的公立圖書館，蒐藏甚多有關16、17、18世紀的資料。馬希曾任三一學院院長，後埋於大教堂墓地，綏夫特將其紀念碑移入教堂內。

將相關資料數位化，多年來發行《綏夫特研究》(*Swift Studies*)年刊(至2003年已發行18期)，舉辦國際研討會，出版會議論文集。譯者於2000年6月參加該中心舉辦的慕斯特第四屆綏夫特國際研討會(The Fourth Münster Symposium on Jonathan Swift)，並參觀特展、運用豐富的藏書。當時該中心的重要計畫就是重建綏夫特當年的藏書。

譯者在各地的行程中，也留意圖書館和書店的資料，如哈佛大學總圖書館、紐約大學圖書館，以及英美各地的書店和舊書店。譯者在英國各地旅行時，總要到舊書店尋找不同版本的《格理弗遊記》，包括一次旅行打尖時，在一個忘了名字的小鎮巷衖的小書店，從一位優雅的英國年長女士手中購得19世紀的通俗插圖版本。此外，2002年7月，譯者前往倫敦的英國國家肖像館(the National Portrait Gallery)，除了看到綏夫特本人的大幅油畫之外，還看到當時的帝王(尤其是安妮女王)、公卿將相(包括在書中屢遭影射的政敵華爾波[Robert Walpole]首相)、文人墨客(如波普[Alexander Pope]、艾迪生[Joseph Addison]、斯蒂爾[Richard Steele])，對於他的時代、人物、交遊有了更生動的體認。此外，英國的羅思(Angus Ross)教授惠賜他所編注、絕版多年的《格理弗遊記》，德國的雷阿爾教授提供他與人共同譯注的德譯本，在法國探望舍妹俐君時購得通行的法譯本，以及一位就讀伯明罕大學英文系的日籍學生提供的日譯本。這些「動手動腳找資料」的工夫都爲嚴肅的研究生活增添不少樂趣。

至於中譯本，除了在台灣本土蒐尋外，也將觸角延伸到中國大陸。王智明學棣在北京訪問時，曾前往北京大學和清華大學代爲查詢、影印。2001年1月前往香港大學參加學術會議，在李奭學兄引介下，拜訪時任馮平山圖書館館長的馬泰來博士，承蒙協助，獲得不少珍貴的中文資料，得以整理出《格理弗遊記》早期中譯史的系譜。今年六、七月間也親自在山東和南京收集到近年出版的幾個中譯本。譯者也是在奭學兄建議下，大膽在譯注中加入個人的若干見解。此外，各章與各部之後的批語，則仿照中國古典小說的評點，而這也是一般翻譯時難得的「奢侈」。

因緣不可思議。往往前瞻時狀況未必清楚，回顧時卻又步步分明，環環相扣，甚至顯得理所當然。翻譯《格理弗遊記》也是如此。這個中文譯注本得以問世，有賴於多方的助緣。首先要感謝國科會人文處的大力推動與盛情邀約，尤其是前後任處長黃榮村教授、朱敬一教授與王汎森教授的支持以及魏念怡研究員的一路協助。其次要感謝聯經出版公司對於這個出版計畫的支持，並舉辦「西洋經典與現代人生」系列講座，致力於東方與西方、古典與現代、經典與人生的匯通。最後要感謝中央研究院歐美研究所提供的學術資源，以及李有成先生、何文敬先生與紀元文先生多年來的鼓勵。

其實，最早向我提議翻譯此書的是資深英美文學學者、從事中西文化交流與文學翻譯多年的齊邦媛教授。我是她爲1986年輔仁大學主辦的第一屆文學與宗教國際研討會所組織的翻譯團隊成員。齊教授學養豐富，爲人熱心，做事積極，在她的統籌規劃之下，彼此合作愉快而有效率，我譯出了天主教作家葛林(Graham Greene)的評傳。有鑒於台灣坊間欠缺《格理弗遊記》完整、可靠的中譯本，在完成了前項翻譯計畫之後，齊教授就建議我翻譯這部經典名著，而且多年來關注如一，甚至晚近為她進行訪談或通電話時，每次都還勞她殷殷囑咐。這也是為什麼國科會邀約參與經典譯注計畫時，我第一個想到的就是《格理弗遊記》。在齊教授當初期許之後近二十年，這個中文譯注本終能問世，要特別感謝她多年來的關切與鼓勵。

本書初譯稿承蒙強勇傑先生、李宜懃小姐提供意見，二譯稿和緒論承蒙宋美瑾教授、王安琪博士過目，陳岳辰先生提供意見。綏夫特的年表與大事紀與相關書目承蒙呂潔樺小姐、許雅貞小姐協助整理。全稿在不同階段及完成後，承蒙陳雪美小姐修潤、整理、校對，提供意見。排版稿由黃碧儀、陳雪美小姐協助校對。為了避免譯文過於「大人化」，「罔顧兒童權益」，初稿曾交小兒紹岡、甥兒紹峰、紹宇試讀，證明不致造成國中、小學生的閱讀障礙。

此書因個人諸事繁忙，而且敬謹行事，多次修訂，仔細注釋，未能在原先規劃時間內完成，以致當時還是國小五年級的小兒，現已就讀高二。幸而不同年紀閱讀經典作品自有不同領會，見證了文學傑作的歷久彌新。對我來說最大的遺憾是先母孫萍女士於今年一月下旬往生，未能看到此書出版，因此謹將此書獻給從小為我講故事、購買文學翻譯名著的母親。

單德興

台北南港

2004年8月22日

緒　論*

諷刺這面鏡子，觀者在鏡中通常只見他人的面孔，而不見自己。它之所以那麼受世人歡迎，很少引人反感，主要原因在此。

——《書籍之戰》前言(*The Battle of the Books*)[1]

* 本文之撰寫承蒙《綏夫特研究》(*Swift Studies*)主編雷阿爾(Hermann J. Real)教授、馬泰來博士、紀元文博士提供資料，宋美瑾教授、王安琪博士過目，彭鏡禧教授指正兩處譯文，陳雪美小姐修潤文字，呂潔樺小姐多方協助，謹此致謝。將*Gulliver's Travels*譯爲《格理弗遊記》，理由詳見下文。部分內容曾以〈格理弗中土遊記——淺談《格理弗遊記》最早的三個中譯本〉爲名，發表於《解讀西洋經典：小說、思想、人生》(台北：聯經，2002年)，頁21-45，以及"Gulliver Travels to the Centre of the Earth: Three Early Chinese Translations of *Gulliver's Travels*," *Swift Studies* 17 (2002): 109-24。對《格理弗遊記》第三個中譯本感興趣的讀者，可參閱筆者〈翻譯・介入・顚覆：重估林紓的文學翻譯——以《海外軒渠錄》爲例〉，《文山評論》，1卷4期(2000年10月)，頁23-77。此外，筆者的〈翻譯・經典・文學——以*Gulliver's Travels*爲例〉一文，從文字、文本、文學、文化四個層面，分別探討本書中譯過程中所遭遇的問題、解決的方式及其意義，文收馮品佳編的《通識人文十一講》(台北：麥田，2004年9月)，頁79-112。

1 原文爲："*Satyr* [satire] *is a sort of* Glass, *wherein Beholders do*

我殫精竭慮的主要目的是攪擾世界，而不是娛樂世界。

——綏夫特(Jonathan Swift)致波普(Alexander Pope)函[2]

綏夫特生平述要[3]

(續)

generally discover every body's [everybody's] *Face but their Own; which is the chief Reason for that kind of Reception it meets in the World, and that so very few are offended with it*"，引自勞森編輯的《綏夫特基本作品》(Claude J. Rawson, ed., *The Basic Writings of Jonathan Swift* [New York: Modern Library, 2002])，頁119。有關綏夫特的散文作品，權威版本首推戴維思所編的十六冊《綏夫特散文作品》(Herbert J. Davis, ed., *The Prose Works of Jonathan Swift* [Shakespeare Head Edition], 16 vols. [Oxford: Basil Blackwell, 1939-74])。有關其詩作的權威版本爲威廉思所編的三冊《綏夫特詩集》(Harold Williams, ed., *The Poems of Jonathan Swift*, 3 vols. [Oxford: Clarendon Press, 1937; rev. ed. 1958])。有關其書翰集的權威版本爲威廉思所編的五冊《綏夫特書翰集》(*The Correspondence of Jonathan Swift*, 5 vols. [Oxford: Clarendon Press, 1963-65], vols. IV & V, rev. by David Woolley [1972])，晚近伍理重編其書翰集(David Woolley, ed., *The Correspondence of Jonathan Swift, D.D.*, 4 vols. [New York and Frankfurt: Peter Lang, 1999-])。然而這些都是很專業的版本，主要庋藏於大學或研究圖書館，一般讀者不易查考。爲了方便讀者翻閱，本文之引文大多採用現今坊間流通較廣且兼具學術參考價值的版本，尤其是2002年勞森爲現代文庫所編的《綏夫特基本作品》，全書總計1028頁。有心鑽研的讀者，當也不難按圖索驥，查證權威版本。

2 原文爲："... the chief end I propose to my self [myself] in all my labors is to vex the world rather then [than] divert it ..."，引自勞森所編《綏夫特基本作品》，頁951-52。其實《格理弗遊記》出版前，綏夫特在給友人的信函中便多次提到本書。此處所引的信函撰於1725年9月29日，一年後《格理弗遊記》出版。

3 有關綏夫特的生平與歷史背景，可參閱本書所附的年表與大事

文學作品絕非憑空而生，任何文學家都脫離不了時代，「讀其書」、「知其人」與「論其世」三者相輔相成，對於深深介入當時文壇、政壇與宗教界，並且在作品中常常諷刺時政與歷史的綏夫特(1667-1745)來說，更是如此。

1667年11月30日綏夫特出生於愛爾蘭的都柏林，父母親都是英國人。父親(名字也是Jonathan)於1649年與家人移民到愛爾蘭，母親(Abigail Erick)則可能在愛爾蘭出生，兩人於1664年結婚，1666年4月生下一女，名珍(Jane)，次年生下綏夫特，出生前幾個月父親不幸去世，因此綏夫特是遺腹子。根據他自撰的〈綏夫特家族〉("Family of Swift")一文，他一歲時保姆因家裡有重大事故，急於返回英格蘭，卻又甚鍾愛他，竟私自帶他出走，母親爲免幼兒再次渡海奔波之苦，命令保姆不必急於返回，因此他在襁褓時離開母親將近三年，然而在保姆仔細調教

(續)————

紀。有關當時的文學與文化脈絡，可參閱桑布魯克，《十八世紀英國文學的知識與文化脈絡，1700-1789》(James Sambrook, *The Eighteenth Century: The Intellectual and Cultural Context of English Literature, 1700-1789*, 2nd ed. [London and New York: Longman, 1993])；有關綏夫特與當時思潮的關係，可參閱柯魯克，《綏夫特緒論》(Keith Crook, *A Preface to Swift* [London and New York: Longman, 1998])，頁148-79；有關當時愛爾蘭的情況，可參閱悉敏思，〈綏夫特時代的愛爾蘭〉(J. G. Simms, "Ireland in the Age of Swift")，文收麥克修與愛德華茲合編的《綏夫特，1667-1967：都柏林三百年慶》(Roger McHugh and Philip Edwards, eds., *Jonathan Swift, 1667-1967: A Dublin Tercentenary Tribute* [Dublin: Dolmen Press, 1967])，頁157-75。

附圖1　綏夫特(1667-1745)畫像，由傑瓦思(Charles Jervas, 1675?-1739)所繪，約繪於1718年(綏夫特時年五十一)，收藏於倫敦的英國國家肖像館。

下，三歲便能閱讀《聖經》裡的任何章節[4]。

綏夫特在長輩資助下，接受良好教育，六歲就讀吉坎尼文法學校(Kilkenny Grammar School)，當時母親與姊姊在英格

4　綏夫特，〈綏夫特家族〉，參閱勞森所編《綏夫特基本作品》，頁639。

蘭，把他託給親戚照顧。十四歲就讀愛爾蘭的最高學府三一學院(Trinity College)[5]，從學於當時知名的學者、宗教人士，在校課業表現不均，長於古典，拙於數學、邏輯，在「特別恩准」(*speciali gratia*)的情況下，於1686年獲得學士學位，並進一步修習碩士學位。1688年光榮革命，擁護天主教的詹姆士二世出亡法國，威廉三世與瑪麗繼位。詹姆士二世心有不甘，在法國協助下前往愛爾蘭，結合當地擁護天主教的勢力繼續爭戰，由於時局動盪不安，綏夫特遂前往英格蘭，1689年赴摩爾莊園(Moor Park)，擔任田波爵士(Sir William Temple, 1628-1699)的秘書[6]。

田波爵士爲綏夫特家族的世交，曾擔任外交家、政治家，雖已退隱，仍頗受朝廷器重，凡遇重大事件經常向他諮詢。綏夫特多方襄助主人，整理文稿，撰寫書信，向朝廷傳達田波爵士對政局的看法，甚至因而得以晉見英王，增長不少閱歷。此外，他趁機閱讀了主人的豐富藏書，如文學、神學、歷史、哲學……厚植學養，並且開始寫詩、撰文。也是在這段期間(一說是在四十歲左右)，他發現自己罹患了現今所稱的「梅尼爾症」

5　因此，《格理弗遊記》伊始提到主角於十四歲就讀劍橋大學的艾曼紐學院(Emanuel College in Cambridge)，並非不尋常。

6　有關綏夫特同時代人物的簡介，可參閱羅傑思的〈傳記辭典〉(Pat Rogers, "Biographical Dictionary")，收錄於他所編的《綏夫特詩全集》(*Jonathan Swift: The Complete Poems* [New York and London: Penguin, 1983])，頁907-42。該辭典總共收錄將近一百九十位時人，很方便今日讀者查詢。

(Meniere's Syndrome)，終生爲此疾所苦[7]。在這十年歲月中，他曾兩度求去。第一次是在1690至1691年返回愛爾蘭，希望能改善身體狀況，謀得更長久的職位，卻未能如願，只得回到田波爵士身邊。1692年綏夫特獲得牛津大學碩士學位，當時大學主要目的是訓練神職人員，他於1694年獲得愛爾蘭教會(Church of Ireland，爲英國國教[Church of England]的一支)的職務，但由於教區貧窮，而且區內大多不是傳統的天主教徒，就是激進的新教徒，以致教民有限，收入菲薄，遂於1696年再度回到摩爾莊園，直到田波爵士去世。

摩爾莊園的經歷對綏夫特具有決定性的影響，這些影響主要表現在文學、愛情、政治三個面向。在文學方面，綏夫特沉浸於田波爵士豐富的藏書，開始詩、文的創作。他起先有意成爲詩人，早期的詩作以仿古爲主，寫出不少仿古希臘詩人品達(Pindar, 518?-438? BC)的頌歌，這些品達體頌歌(Pindaric odes)有意傳達出史詩的格調。在時人中則仿同世紀的柯里(Abraham Cowley, 1618-1667)的詩作。綏夫特歌頌的對象有雅典學院("Ode to the Athenian Society" [1692])、國王("Ode to the King" [1692])、田波爵士("Ode to the Honourable Sir William Temple" [1692])、作家("To Mr. Congreve" [1693])等等。這些詩作在在顯示了崇古的詩風，也透露出作者的詩觀：詩來自神聖的召喚；詩人是繆思的使者、世間的先知。這些仿古的詩作大多爲

---

7 梅尼爾症肇因於控制身體平衡的內耳迷路內部液體過多，影響身體的平衡感，主要症狀爲眩暈，常伴有耳鳴和聽覺異常等症狀。

了取悅崇古的田波爵士，難得見到詩人的個性和特色，可謂早期的嘗試之作。在1693年最後一首頌歌中(“Occasioned by Sir William Temple’s Late Illness and Recovery”)，綏夫特宣布告別以往的詩風，而在歇筆長達五年之後，改弦更張，以諷刺的手法與內容，創造出個人獨特的詩風。這也說明了爲什麼具有代表性的綏夫特文選，大多沒有收錄這些早期的詩作[8]。然而，若非經過這段時期的嘗試與沉潛，綏夫特難以找到個人的創作方向，塑造出獨特的詩風。

在這段期間，他還寫了一些散文作品，其中以《書籍之戰》和《桶的故事》(*A Tale of a Tub*)最爲有名，分別抒發他對文化與宗教的看法。前一文肇因於當時知識界的古今之辯，一派主張「崇古」，另一派主張「重今」，雙方大打筆仗，歷時數載。田波爵士也參與論戰，站在崇古的一方，但由於此方將晚近一本託古之作誤認爲古代作品，被對方逮住機會大作文章。蟄伏多年的綏夫特一時技癢，加上想爲主人解圍，故而拔「筆」相助，另闢蹊徑，以仿英雄體(mock-heroic)的諷刺手法，匿名加入筆戰，闡揚他對古今之爭的見解。《桶的故事》

8　半個多世紀以來的幾本代表性選集，如范・朵倫爲維京出版社所編的《隨身版綏夫特》(Carl Van Doren, ed., *The Portable Swift* [New York: Viking, 1948]，納入流行的維京隨身文庫 [The Viking Portable Library])，羅思(Angus Ross)與伍理爲牛津大學出版社所編的《綏夫特》(*Jonathan Swift* [Oxford and New York: Oxford UP, 1984]，躋身具有學術地位的牛津作家系列 [The Oxford Authors])，或勞森爲現代文庫所編的《綏夫特基本作品》，都未收錄綏夫特早期的頌歌。

則以寓言(fable)的手法，針對當時的宗教發表他的看法：他認爲天主教過於保守，新教過於激進，因而信守中庸的英國國教。從這兩篇少作便可看出他運用奇思和諷刺筆法，匿名介入當時的重要議題，表達自己的文化觀與宗教觀[9]。然而，綏夫特卻也因文賈禍，影響到自己的前程。

另一個重大影響便是他在這裡結識了感情生活中的第一位重要女性瓊森(Esther Johnson)，也就是後來在他作品和英國文學史中聞名的「斯黛拉」("Stella")。斯黛拉是田波爵士已逝管家之女，兩人相識時，斯黛拉年方八歲，比他小了十四歲，因此綏夫特有如家庭教師，教她閱讀、書寫、進德修業。1696年他自愛爾蘭返回摩爾莊園時，斯黛拉已是亭亭玉立的年輕女子，美麗、優雅、應對得體而且頗爲受教，綏夫特扮演的則是亦父亦師亦友的角色，兩人間發展出微妙的情愫。這份感情維持了一生，傳聞兩人於1716年祕密結婚。綏夫特雖曾有其他女伴，但都比不上他對斯黛拉的感情深厚，兩人甚至死後同葬於都柏林的聖帕提克大教堂(St. Patrick's Cathedral)內[10]。

---

9 以匿名方式、諷刺手法寫作並介入相關議題，成爲他日後寫作的慣常技巧／伎倆。有關此二文較仔細的討論，參閱下文。

10 1695年綏夫特在愛爾蘭奇魯特(Kilroot)擔任宗教職務時，結識了瓦琳(Jane Waring，亦即他筆下的"Varina"〔將其姓氏拉丁文女性化〕)，次年曾向她求婚，卻因要求對方改變個性及作爲，以符合自己的標準，終致分手。另一位女子范紅麗(Esther Vanhomrigh [1690-1723]，亦即他筆下的范妮莎〔"Vanessa"，其中的"Van"來自她姓氏的第一音節，"essa"則是名字的諧音〕)，則是在旅次中相識，1710年綏夫特旅居倫敦時，兩人過從甚密。范妮莎年輕、活潑，父親已亡故，當時年方二十，只及綏夫特的一半。綏夫特

田波爵士去世後，綏夫特說服斯黛拉和女伴丁麗(Rebecca Dingley，田波爵士的未婚表妹)遷居都柏林。兩位女士除了1708年走訪英格蘭之外，就未再離開愛爾蘭。綏夫特於1712年因愛爾蘭教會的任務訪問倫敦時，每日記下生活中的點點滴滴及所思所感，不時寄給斯黛拉，此即英國文學史上著名的《致斯黛拉的日誌》(*Journal to Stella*)。這些文字不但是當時的生活實錄，提供了重要的史料，也表達了私人的感情。1728年斯黛拉去世，綏夫特哀慟逾恆，在逐日記載的〈瓊森女士之死〉("On the Death of Mrs. Johnson")一文中，提到自己因病無法參加斯黛拉的葬禮，甚至因爲不願見到教堂的燈光，而將寢室移到另一個房間。全文盛讚斯黛拉的美德，令人動容，透露出作

(續)

於1713年曾爲她撰寫長詩〈凱德納斯與范妮莎〉("Cadenus and Vanessa," 1713, 1730 [作品之後的兩個年代，前者爲創作之年，後者爲首次發表之年，下同])，詩中的男女主角名字暗嵌自己和情人的名稱("Cadenus"是拉丁文"Decanus"的轉換 [anagram]，意爲"Dean"，亦即「總鐸」，是綏夫特當時在都柏林聖帕提克大教堂所擔任的職務)。范妮莎在母親過世後，於1721年追隨綏夫特到愛爾蘭。但綏夫特唯恐遭人閒話，爆發醜聞，避不見面。范妮莎於1723年抑鬱以終。有關綏夫特與女性的關係，可參閱柯鲁克的《綏夫特緒論》一書中〈綏夫特與女人的關係〉("Swift's Relationships with Women," 113-36)一節，葛蘭汀寧的《綏夫特》(Victoria Glendinning, *Jonathan Swift* [London: Hutchinson, 1998])一書中〈女士們〉("The Ladies")、〈愛情之死〉("Death of Love")和〈妻子？〉("Wife?")等章，以及布洛琦的《凱德納斯：重估綏夫特、斯黛拉與范妮莎之間的關係》(Sybil Le Brocquy, *Cadenus: A Reassessment in the Light of New Evidence of the Relationships between Swift, Stella and Vanessa* [Dublin: Dolmen Press, 1962])。

附圖2　斯黛拉(1683-1728)畫像，綏夫特的紅粉知己，本名瓊森，暱稱「斯黛拉」。

者感情深厚的一面，迥異於綏夫特在許多人心目中的「恨世者」形象[11]。

此外，在政治方面，綏夫特的主人田波爵士雖已退隱，但身爲資深外交家的他，對於當時錯綜複雜、詭譎多變、合縱連橫的國際局勢，具有獨到的見解，屢受朝廷諮詢，在政壇上依然相當具有影響力，並且傾向於以外交手腕，而不是兵戎相見的方式解決國際紛爭。年輕秘書綏夫特隨侍左右，不但耳濡目染，並且透過主人的關係實際接觸當時的政治人物，他的政治觀受到這位朝夕相處的政壇耆老所影響，是再自然不過的事了。當時政教關係密切，有意仕途的綏夫特多少想利用這個管道得到晉升的機會。只是在這個階段以寓言方式寫出的《桶的故事》，在他自己看來是對英國國教的支持與辯護，但在一些人——包括安妮女王——眼中卻不乏爭議，再加上他後來涉入黨派之爭，因此掌權者認爲此文作者不宜出任宗教要職，阻絕了他在英格蘭發展的機會。綏夫特見事不可爲，不得不於1713年接受愛爾蘭的宗教職務，出掌聖帕提克大教堂的總鐸，直到1745年去世。此爲後話。

在摩爾莊園這段「養成教育」期間，提供了綏夫特就近觀察並參與文壇和政治的良機，有助於他對個人方向的掌握以及時政的關懷與了解，並擴及對人性的剖析與批判。這些在他後來的創作中——不管是政治文章、寓言式的《格理弗遊記》、

11 綏夫特，〈瓊森女士之死〉，文收勞森所編《綏夫特基本作品》，頁643-50。當時的“Mrs.”一字兼指已婚及未婚的女子，後來才專指已婚女子(亦見於《格理弗遊記》第一部第一章)。

甚至諷刺詩——都發揮了重大的作用。

1699年田波爵士去世，綏夫特返回愛爾蘭，擔任柏克萊伯爵(Earl of Berkeley)的家庭牧師(chaplain)；1700年擔任都柏林最大的聖帕提克大教堂的牧師(prebendary)，並編輯、出版田波爵士的《書翰集》(*Letters*)，次年又出版其《雜集》(*Miscellanea*；《回憶錄》[*Memoirs*] 則於1709年才出版)，以報答培育與知遇之恩；1702年獲得都柏林三一學院神學博士學位。

倫敦是當時政治、經濟、宗教、文化的中心，文人墨客、政界名流薈萃之地。綏夫特多次往返於英格蘭和愛爾蘭兩地，穿梭於倫敦與都柏林之間，希望在文壇與政界／宗教界占有一席之地[12]。1707至1709年，他到倫敦接洽有關愛爾蘭教會的事務，除了結識紅粉知己范妮莎之外，還結交當時的聞人艾迪生(Joseph Addison, 1672-1719)和斯蒂爾(Richard Steele, 1672-1729)，協助創立著名的刊物《閒聊者》(*The Tattler*, 1709-1711)，並在上面發表詩作與時論。然而，1709年艾迪生和斯蒂爾所效力的惠格黨傾向於新教徒(the Dissenters)，引發了信仰英國國教的綏夫特的疑慮。1710年政權轉移到托利黨手中。綏夫

12 綏夫特行蹤甚廣，除了跨海往返英格蘭和愛爾蘭數十回之外，也在兩地旅遊，足跡更遍及愛爾蘭。金恩的《綏夫特在愛爾蘭》(Richard Ashe King, *Swift in Ireland* [1895; New York: Haskell House, 1971])，是筆者所見討論其愛爾蘭淵源最早的專書。有關他在愛爾蘭的行蹤，詳見麥克敏的《約拿單遊記：綏夫特與愛爾蘭》(Joseph McMinn, *Jonathan's Travels: Swift and Ireland* [Belfast: Appletree Press, 1994])。

特代表愛爾蘭教會到倫敦洽商豁免愛爾蘭教會貢金的事宜，並結識了新的托利黨政府領袖哈利。由於綏夫特的政治主張(包括主張對外媾和)[13]及宗教理念都與惠格黨不合，遂轉而支持托利黨，受哈利之託擔任政府機關報《檢查者》(*The Examiner*)的編輯(哈利同時也延攬了小說家狄福［Daniel Defoe, 1660-1731］爲其效力)，積極介入兩黨之爭，寫出了不少小冊子，宣揚托利黨的政治理念，大肆批評惠格黨，以爭取民眾支持，成爲托利黨的健筆、代言人及主要的小冊子作家(pamphleteer)，展現了積極入世的一面[14]。雖然他與在惠格黨裡活躍的艾迪生和斯蒂爾漸行漸遠，卻在兩人創立《旁觀者》(*The Spectator*, 1711-1714)後依然投稿，但終不免於1713年因爲政治理念而與斯蒂爾激辯。

這時綏夫特結交了另一批文人，包括當時的詩壇祭酒波普

13 有關綏夫特對和平與戰爭的看法，可參閱羅思的〈「問題大辯論」：綏夫特論戰爭與和平〉("'The Grand Question Debated': Swift on Peace and War")，文收弗雷柏格等人合編的《傳奇的總鐸綏夫特：雷阿爾壽慶文集》(Rudolf Freiburg, Arno Löffler, and Wolfgang Zach, eds., *Swift: The Enigmatic Dean: Festschrift for Hermann Josef Real*［Tübingen: Stauffenburg Verlag, 1998］)，頁247-60。

14 有關綏夫特此時的政治觀，可參閱洛克的《綏夫特的托利黨政治》(F. P. Lock, *Swift's Tory Politics*［Newark: U of Delaware P, 1983］)；至於其政治觀於文學作品中的再現，可參閱洛克的《〈格理弗遊記〉的政治》(*The Politics of* Gulliver's Travels［Oxford: Clarendon Press, 1980］)和悉金思的《綏夫特的政治：有關抱怨不滿之研究》(Ian Higgins, *Swift's Politics: A Study in Disaffection*［Cambridge and New York: Cambridge UP, 1994］)。

(1688-1744)、詩人兼劇作家蓋依(John Gay, 1685-1732)、劇作家康格里夫(William Congreve, 1670-1729)、文人兼御醫阿布思諾特(John Arbuthnot, 1667-1735)等，並成立了思克理布勒洛思俱樂部(Scriblerus Club)，目的在於嘲諷「學問上的所有虛假品味」("all the false tastes in learning")，許多文學史家認爲《格理弗遊記》最初的靈感，以及第三部中對於發明家、文學家、哲學家、評論家、歷史家、政治人物的嘲諷，都與成立這個俱樂部有關。

前文提到，綏夫特因爲《桶的故事》得罪當道，以致未能如願獲得任命、留在英格蘭發展，只得於1713年6月接受都柏林聖帕提克大教堂總鐸一職。次年女王駕崩，喬治一世登基，政局丕變，托利黨失勢，綏夫特遂返回愛爾蘭擔任總鐸，直到1745年去世，前後逾三十年。他於1715年之後便很少離開愛爾蘭，其中最主要的一次是1726年爲了接洽《格理弗遊記》的出版，在倫敦盤桓幾個月，出版次年的1727年之行，則是最後一次訪問倫敦，以後長達十八年寸步不離愛爾蘭，死後葬於聖帕提克大教堂的地板下。

綏夫特對愛爾蘭懷抱著矛盾而複雜的感情，這裡是他出生、成長的地方，但在英國政府長年高壓統治與多方剝削下，政治、經濟、社會、文化各方面都瞠乎其後。綏夫特原先心懷英倫，寄望於英格蘭發展，直到希望破滅之後，才死心塌地待在愛爾蘭。另一方面，長久以來他便關懷時政，對於人性有著深刻的觀察與體認。神職人員的身分更加深了他民胞物與、痌瘝在抱的情操。再加上足跡遍及愛爾蘭，不管是在「首善」之都的都柏林，或是其他偏遠地區，舉目所及盡是民不聊生的人間慘狀，實在不忍袖手旁觀。質言之，他對愛爾蘭的態度有時鄙夷輕蔑，有時愛深責切，但基本上是關照有加，處處伺機相助，他由惠格黨轉爲托利黨，也與此有關。在擔任聖帕提克大教堂總鐸長達三十多年的歲月裡，綏夫特親眼目睹愛爾蘭各地在政治、經濟各方面飽受英格蘭壓榨，宛如人間地獄，心中甚爲不平，憤然提起如椽巨筆，發而爲文，再度充當喉舌——只不過這一次是爲了被壓迫的愛爾蘭人請命。

時值新古典主義時期，注重理性，講求規範，強調通性，主張藝術負有道德與教誨的目的，諷刺文體(satire)盛行，綏夫特經常以此文體撰文寫詩(詩作採用當時盛行的英雄雙行體[heroic couplet，即兩兩押韻的詩行])，諷刺不平之事，寫出不少著名的詩文，其中尤以杯葛「伍德半便士硬幣」(Wood Halfpence)計畫最讓時人稱道。1722年伯明罕的五金商伍德(William Wood, 1671-1730)以一萬鎊鉅額賄賂國王喬治一世的情婦肯鐸公爵夫人(the Duchess of Kendall)取得專利，要以三百六十噸的銅來鑄造愛爾蘭的半便士硬幣，在該地流通。消息傳來，引起民眾普遍的恐慌與憤怒，因爲此舉將使該地財富化爲廉價的銅，不但會造成愛爾蘭的金銀外流，使原已凋蔽的經濟雪上加霜，而且單憑一個商人的賄賂便可罔顧愛爾蘭的所有民意與福祉，是可忍孰不可忍。1724年，綏夫特化名"M. B. Drapier"的布商，針對此一關鍵議題，隨著最新情勢發展，以書信體接連寫出七篇文章，是爲《布商書簡》(*Drapier's Letters* [1724-25])。此系列書信一問世，就發揮了同仇敵愾的作用，有效凝聚了愛爾蘭的反抗意識，以致英國政府不得不體察時勢，放棄成令，撤回專利，並另行補償鑄造商的損失。綏夫特單人隻筆打敗惠格黨政權改變愛爾蘭幣制的決策，世所罕見，爲他贏得了「愛爾蘭的愛國者」(Hibernian Patriot)的美號[15]。英國政府心有不甘，以三百鎊懸賞緝拿作者，許多人明知是綏夫特之作，卻無人爲了高額獎金而向官府舉發這位愛爾蘭人心目中的英雄，他爲此頗感自豪，視爲畢生最得意的一件事，甚至在自悼詩中都忍不住要提上一筆。

由於愛爾蘭的情況確實慘不忍睹，綏夫特爲此發表了多篇爲民請命的文章，有些採正面的議論，有些採反諷的手法，其中〈野人芻議〉("A Modest Proposal" [1729])一文甚至建議愛爾蘭窮人把稚子賣到英格蘭充當佳肴，既可減輕人口壓力，又可賺取收入[16]。全文以看似爲民興利的動機、天眞無邪的口吻、

---

15 拉內樂在《愛爾蘭簡史》(John O'Beirne Ranelagh, *A Short History of Ireland*, 2nd ed. [Cambridge and New York: Cambridge UP, 1994])中指出，「愛爾蘭的愛國者」("an Irish patriot")之於綏夫特確爲實至名歸(76)。

16 此文全名爲"A Modest Proposal for Preventing the Children of Poor People in Ireland from Being a Burden to Their Parents or Country, and for Making Them Beneficial to the Public" [1729])(〈爲了防止愛爾蘭窮人的小孩成爲父母或國家的負擔，並使他們有益於大眾所提出的謙卑建議〉)，描寫愛爾蘭的慘狀，提出幾項論點，隱喻英格蘭「吞噬」愛爾蘭。此處譯爲「野人芻議」，一則取「野人獻曝」的謙卑與自以爲是之意，一則取「吃人」(cannibalism)之意——英格蘭「吃」愛爾蘭如同「野人」吃人；不同的是，原始部落因野蠻而吃人，文明社會則以「經濟吃人」(或如傳統中國以「禮教吃人」)，表面上雖然不那麼血淋淋，但一樣是致命的，甚至規模更大。

附圖3　1735年福克納版第四冊卷首插圖(frontisp-iece)，由當時著名的刻畫家佛丘(George Vertue, 1683-1756)繪製，此冊蒐集作者有關愛爾蘭的作品，綏夫特上方是天使為嘉勉其對愛爾蘭的貢獻而賜與桂冠，左手將一張紙遞交愛爾蘭(Hibernia)，腳下踩的是伯明罕五金商伍德。

生動具體的形象、條理分明的陳述，呈現英格蘭剝削、吞噬愛爾蘭的情景，公認爲英國文學史上最有名的諷刺文。他也曾撰長詩自悼，〈悼綏夫特博士〉(“Verses on the Death of Dr. Swift, D.S.P.D.” [1731, 1739])一詩自悼、自褒、自諷、自白兼而有之，有意在生前爲自己下定論，免得死後遭人任意議論，自己毫無置喙的餘地。詩中當然也提到了讓伍德硬幣胎死腹中的得意之作，以及自己遺產的處置方式。

總之，綏夫特爲文嚴謹清晰，厭惡虛矯，他深知自己的長處在於獨特的視角，犀利的文筆，殊異的發言位置，並善於選擇適當時機積極介入，濟弱扶傾，伸張正義，發揮最大的效應。這種情況正如薩依德(Edward W. Said)所說的：「知道如何善用語言，知道何時以語言介入，是知識分子行動的兩個必要特色。」[17]無怪乎薩依德多年前便以「知識分子」一詞稱許，在2002年接受筆者訪問時，更推崇綏夫特是最偉大的英文文體家(stylist)[18]。

在綏夫特的眾多著作中，流傳最廣的就是1726年10月28日於倫敦匿名出版的《格理弗遊記》，當時他已年近六十，身爲聖帕提克大教堂總鐸。此書一出，立刻在英國本地廣爲流傳，

17 薩依德，《知識分子論》(*Representations of the Intellectual*)，單德興譯(台北：麥田，1997年)，頁57。

18 參閱薩依德的〈知識分子綏夫特〉(“Swift as Intellectual”)，文收《世界、文本與批評家》(*The World, the Text, and the Critic* [Cambridge, Mass.: Harvard UP, 1983])，頁72-89以及筆者的〈權力・政治・文化：三訪薩依德〉，《當代》，174期(2002年2月)，頁47。

不少人針對書中影射的人、事「對號入座」，不僅如此，還受到海外的青睞，隔年便出現法文、荷蘭文、德文譯本，四年後又出現義大利文譯本，風行歐洲。然而，由於書中有些諷刺或影射過於露骨，倫敦書商莫特(Benjamin Motte, ?-1738)於初版時唯恐因文賈禍，於是請人增刪、改寫若干地方。綏夫特對此甚爲不滿，九年後在都柏林書商福克納(George Faulkner, 1699?-1775)出版的四冊《綏夫特作品集》(*The Works of Jonathan Swift, D.D., D.S.P.D.*)中，納入作者親自校訂的《格理弗遊記》爲第三冊，書前特以虛構的主角格理弗之名義撰寫一函，批評先前遭到竄改的版本[19]。

綏夫特罹患梅尼爾症，導致暈眩、重聽，一直爲此疾所苦，不少人認爲他作品中表現出的憤世嫉俗與健康不佳有關。隨著年歲的增長，他的痼疾益發嚴重，75歲時被宣告爲「心智與記憶不健全」(“of unsound mind and memory”)，然而以今日的醫學標準來看，他並未如盛傳的陷入瘋狂。1745年10月19日，一生以筆爲利器抨擊政治壓迫、經濟剝削、社會不公，諷刺人類愚癡的綏夫特溘然辭世，享年78歲。遺囑中指明要葬在聖帕提克大教堂內，並以拉丁文自撰墓誌銘。此銘有不同英文譯本，愛爾蘭民族詩人葉慈(W. B. Yeats, 1865-1939)推崇它爲「最偉大的墓誌銘」，並以韻文翻譯如下：

19 1735年都柏林版封面註明修正了先前版本的一些錯誤，在格理弗信函之前還加了一則〈啓事〉(“Advertisement”)，重申此意。詳見本中譯之啓事、信函和譯者的注釋。而此書收入《綏夫特作品集》中，總算證實了作者的身分。

Swift has sailed into his rest;	綏夫特航入安息；
Savage indignation there	彼處野蠻的嗔憤
Cannot lacerate his breast.	無法撕裂他胸臆。
Imitate him if you dare,	沉迷世間的旅人，
World-besotted traveller; he	壯起膽子來效尤；
Served human liberty.	致力於人類自由。

全銘視死亡如安憩，從此不再憤憤不平，肯定自己為捍衛人類自由的楷模，冀望後來的有志之士群起效尤[20]。

綏夫特終生未娶，身後與斯黛拉同葬於大教堂內[21]，遺產的三分之一(一萬一千鎊)在都柏林設立聖帕提克醫院(St. Patrick's Hospital)，這是愛爾蘭第一所精神病院，也是全世界最早的精神病院之一，至今仍在原址營運，為愛爾蘭的著名醫

20 從小說家菲爾亭(Henry Fielding, 1707-1754)發表於《真愛國者》(*The True Patriot* [1], Nov. 5, 1745)上的訃聞，可看出時人對他的高度評價。參閱威廉絲編輯的《綏夫特批評資料彙編》(Kathleen Williams, ed., *Jonathan Swift: The Critical Heritage* [London and New York: Routledge, 1970])，頁109。

21 筆者於1999年6月親訪聖帕提克大教堂，赫然見到綏夫特與斯黛拉的頭顱模型，原來19世紀相信骨相學(phrenology)，認為頭蓋骨的大小和形狀會影響人的性格和興趣，因此將兩人的遺骸挖出，以石灰製成頭顱模型之後，再予埋回。如此行徑，恐非畢生尊崇理性的綏夫特所能料及，也足證後人對他的好奇。有關該大教堂內的紀念碑，可參閱傑克森的《都柏林聖帕提克大教堂裡的紀念碑》(Victor Jackson, *The Monuments in St. Patrick's Cathedral Dublin* [Dublin: St. Patrick's Cathedral, 1987])。

附圖4　綏夫特自撰的拉丁文墓誌銘，現與他的半身塑像同置於愛爾蘭聖帕提克大教堂內。

院[22]。他除了爲愛爾蘭伸張正義，發揚普世的人道精神之外，留給世人最豐厚的遺產便是他的文學作品，尤其是老少咸宜的《格理弗遊記》。

代表作品

前文介紹綏夫特的生平概要時，雖已觸及他最具代表性的作品，但大抵淺談則止，以下特闢專節，分項敘述，以彰顯其文學成就。

詩歌

綏夫特最早以詩人自許，寫了不少仿古的頌歌，但欠缺特色。江森(Samuel Johnson, 1709-1784)曾引述詩人德萊頓(John Dryden, 1631-1700)的說法：「綏夫特表弟，你永遠當不成詩人」("Cousin Swift, you will never be a poet")[23]。話雖如此，他

---

22 綏夫特在自悼詩〈悼綏夫特博士〉結尾提到此事，此舉「以這個諷刺的手法顯示，／沒有任何國家那麼需要它」("And shew'd [showed] by one satyric [satiric] Touch, / No Nation wanted it so much" ll. 481-82)，參閱勞森所編《綏夫特基本作品》，頁908。有關聖帕提克醫院近兩個半世紀以來的歷史，詳見瑪爾孔的《綏夫特的醫院：都柏林聖帕提克醫院之歷史，1746-1989》(Elizabeth Malcolm, *Swift's Hospital: A History of St. Patrick's Hospital, Dublin, 1746-1989* [Dublin: Gill and Macmillan, 1989])。有關綏夫特的慈善事業，可參閱服務於聖帕提克醫院的摩爾所撰寫的〈綏夫特的博愛〉(J. N. P. Morre, "Swift's Philanthropy")，文收麥克修與愛德華茲合編的《綏夫特，1667-1967：都柏林三百年慶》，頁137-56。

23 可參閱〈江森博士論綏夫特〉("Dr. Johnson on Swift")，威廉絲編

還是寫了許多詩作，並發展出自己的詩風，晚近批評家對他的詩作評價漸高。綏夫特的詩作形式多爲八音節雙行體(octosyllabic couplets)，不少爲應景或諷刺之作，內容偏向說理、諷刺，表現才智(wit)、幽默，理勝於情，反映了當時新古典主義的詩風及文學觀。

他的作品中有些仿古之作，如著名的敘事詩〈包悉思與菲樂曼〉(“Baucis and Philemon” [1706, 1709])仿奧維德(Ovid, 43 BC-?AD 17)的作品，訴說一對誠實的夫妻如何變形爲兩棵紫杉樹；最長的詩作〈凱德納斯與范妮莎〉暗嵌自己與情人范紅麗的名號，以詩言情、明志，提供了有關兩人戀情的證據[24]；在〈五金商伍德〉(“On Wood the Iron-monger” [1725, 1735])中，詩人自比如古代天神般操控雷電，以布商的書信殛毀伍德狂妄的計畫，自豪與自得之情溢於言表。此外，紅粉知己斯黛拉每年生日，綏夫特照例寫詩祝賀，然而有別於一般祝賀生日的應酬之作或浪漫情詩，詩中祝賀、讚許、打趣、憐愛、推崇、調侃、自嘲……兼而有之，是兼具才智、幽默的遊戲之作，卻充滿眞摯的感情，顯見兩人關係非比尋常。

再者，〈城市雨中即景〉(“A Description of a City Shower” [1710])以具體的細節描寫大雨滂沱下的倫敦，不避俚俗與污穢，充滿了寫實的色彩。一些「排泄詩」(scatological poems)更

(續)

輯，《綏夫特批評資料彙編》，頁200。

24 綏夫特在《格理弗遊記》第三部第六章中也提到這種文字遊戲，只不過在書中是當權者用來羅織罪名、打擊政敵的手法。

是刻意描寫穢物，似乎語不驚人、熏人，不罷干休[25]。〈軍團俱樂部的特色、讚頌與描述〉(“A Character, Panegyric, and Description of the Legion Club” [1736])描寫令人怨聲載道的國會，議員鎮日喧嘩，有頭無腦，禍國殃民[26]。其他如〈作者自論〉(“The Author upon Himself” [1714, 1735])自言作品中結合了「幽默與歡樂」(“Humour and Mirth”)、「神聖與才智」(“Divinity and Wit”)；〈論詩：狂想曲〉(“On Poetry: A Rhapsody” [1733])提到詩人行業的艱辛，如何尋找適合個人才情的文類，如何揚名立萬，如何當批評家……

最著名的當然就是長達四百八十四行的自悼詩〈悼綏夫特博士〉。詩人選擇「先下手爲強」，自我評斷一生，「棺未蓋而論先定」，免得死後成爲他人議論的對象，遭人品頭論足卻無法回應或反駁。全詩以羅奇傅柯(Rochefoucault)有關「幸災樂禍」的人性弱點之著名格言出發(「即使在至交好友的災難中，我們都找得到足以讓我們高興的事」[“In the Adversity of our best Friends, we find something that doth not displease us”])，寫到自己的死訊所引起的各式反應。此詩在手法上匠心獨運，

25 與《格理弗遊記》中所呈現的大、小解情況，有異曲同工之妙。相關研究可參閱李的《綏夫特與排泄諷刺文體》(Jae Num Lee, *Swift and Scatological Satire* [Albuquerque, NM: U of New Mexico P, 1971])。書中分述了綏夫特將此手法運用於《格理弗遊記》、非諷刺作品以及各式諷刺作品(個人諷刺 [personal satire]、社會政治諷刺 [socio-political satire]、宗教道德諷刺[religio-moral satire] 和知性諷刺 [intellectual satire])。

26 《格理弗遊記》第三部第六章就以辛辣的筆法，提到對治病態的國會議員的各種「妙方」。詳見本中譯。

透過朝野敵友的閒話，烘托出他一生的志業與事蹟，由他人口中道出綏夫特寧爲自由而犧牲，不爲名利權位所動，既避免了自吹自擂的尷尬，而頌揚稱讚的效果不減反增。其中當然提到得意的《布商書簡》不但使伍德的計畫胎死腹中，掌權者灰頭土臉，甚至在英格蘭與愛爾蘭兩地各自高額懸賞時，卻連一個告發的人都找不到。詩末並提到他性嗜諷刺，「因爲沒有任何時代更當之無愧」("Because no Age could more deserve it," l. 458)。

詩中對於個人諷刺的手法與心態，有如下的表白：

其志從不在惡意；
嚴厲斥責罪惡，卻不指名道姓。
無人可以憎惡他，
因爲成千上萬的人都是他的對象。
他的諷刺指向的缺點，
無非是所有凡人都能改正的……[27]

短短數行不但爲自己明志、「開脫」，並再度諷刺人性的弱點:正因爲「不指名道姓」，反而使得讀者自認清高，將別人「對號入座」，卻不知自己可能也在被諷刺之列。全詩結尾並說：

27 原文爲："Yet Malice never was his Aim; / He lash'd [lashed] the Vice, but spar'd [spared] the Name. / No Individual could resent, / Where Thousands equally were meant. / His Satyr [satire] points at no Defect, / But what all Mortals may correct . . ." (ll. 459-64)，引文見綏夫特，〈悼綏夫特博士〉，參閱勞森所編《綏夫特基本作品》，頁908。

他捐出自己微薄的財富，
建造一座傻子及瘋人院：
以這個諷刺的手法顯示，
沒有任何國家那麼需要它……[28]

因此，即使對於自己「遺愛人間」的善舉，綏夫特在透過詩中人物的口中道出時，不但未加頌揚，反而維持一貫諷刺與批判的手法及態度：諷刺自己遺愛的對象愛爾蘭，並暗批長期欺壓它以致造成當前慘狀的英格蘭。全詩寫來曲折蜿蜒，間接道出一生的事功和文學成就，卻又為自己的社會參與和文學創作明志，在迂迴自褒的同時，不乏自嘲的筆觸，諷刺的對象不限於當時的事件，更觸及普遍的人性弱點。這也說明了為什麼他的作品在數百年之後依然能吸引今日的讀者。

散文

綏夫特的文學成就主要在散文，尤其是諷刺文，公認是最偉大的英文諷刺家。他的散文分為文化、宗教、政治以及最著名的奇幻想像幾大類。

他早年嶄露頭角的作品之一就是1704年匿名發表的《書籍之戰》。該文標題便見滑稽突梯：〈上週五聖詹姆士圖書館內

---

28 原文為："He gave the little Wealth he had, / To build a House for Fools and Mad: And shew'd [showed] by one satyric [satiric] Touch, / No Nation wanted it so much" (ll. 479-82)，引文見綏夫特，〈悼綏夫特博士〉，參閱勞森所編《綏夫特基本作品》，頁908。

古今書籍之戰的翔實報導〉(“A Full and True Account of the Battle Fought Last Friday between the Ancient and the Modern Books in St. James's Library”)[29]。全文假借報導之名，模仿史詩中的戰爭描述，敘述在聖詹姆士圖書館內古今書籍之間的戰事，以彼此的勝負表達自己對此一古今論戰的見解。該文最著名的就是蜜蜂與蜘蛛的比喻：蜜蜂代表古人，直接從大自然採擷菁華，生產出甘美與光明的「蜂蜜與臘」(“Honey and Wax”)；蜘蛛代表今人，從自身吐絲結網，生產的則是「糞土與毒藥」(“Dirt and Poison,” 127)。兩者之間高下立判。綏夫特雖然後來才加入戰局，但由於他在英國文學史上的地位，這篇立場鮮明的「少作」反而成爲該場文化論戰的重要文獻，以致現代讀者對於那場論戰的認知主要來自此文。其中「甘美與光明」(“sweetness and light”)被19世紀的文學與文化大師阿諾德(Matthew Arnold, 1822-1888)在名著《文化與無政府狀態》(*Culture and Anarchy*, 1869)中用來描述文化的特徵，相對於混亂脫序的無政府狀態，對於爾後英國人的文化觀產生重大的影響[30]。

發表於同一年的《桶的故事》據說早撰於1696年，在許多

29　文收勞森所編《綏夫特基本作品》，頁115-40。

30　阿諾德的菁英式文化觀後來爲艾略特(T. S. Eliot, 1888-1965)、李維思(F. R. Leavis, 1895-1978)等人所沿用。晚近文化研究(Cultural Studies)奠基者之一的威廉斯(Raymond Williams, 1921-1988)，出身於威爾斯的工人階級，重要作品《文化與社會，1780-1950》(*Culture and Society, 1780-1950* [1958])便是對這類菁英式文化觀的回應(標題便明顯指涉阿諾德的名著)，對於當今風行的文化研究產生了決定性的影響。

A

Full and True Account

OF THE

BATTEL

Fought laſt *FRIDAY*,

Between the

Antient and the *Modern*

BOOKS

IN

St. *JAMES*'s

LIBRARY.

LONDON:

Printed in the Year, MDCCX.

附圖5　《書籍之戰》一書封面。

人眼中是綏夫特最佳的作品之一，相傳作者本人後來看到這篇少作也不禁嘖嘖稱奇[31]。文中自言，「桶的故事」一名係來自當時航海者的作法：船隻若在海上遭到鯨魚攻擊，就拋下一只空桶，任其在水中浮沉，以轉移鯨魚的注意[32]。綏夫特在序言中指出，此文的用意在於吸引如霍布斯的巨靈(“Hobbes's Leviathan” [Thomas Hobbes, 1588-1679])對於宗教與政府的攻詰。然而，這個標題至少還有兩個涵義：荒誕無稽的故事，以及具有宗派之見的激昂陳詞——故而是激烈狂熱的故事。

該文融入綏夫特1695-1696年在愛爾蘭奇魯特擔任英國國教神職人員的經驗(該教區的人口主要是新教徒，但也有天主教徒)，並出諸宗教寓言(religious allegory)的形式，大要如下。很久以前，一位父親臨終時留給三個兒子一份遺囑(《聖經》)和每人一件大衣(基督教信仰)。三兄弟的作法各有不同：彼得(代表羅馬天主教)在大衣上加了各式各樣的飾物；馬丁(代表英國國教)小心翼翼去除虛矯的飾物，並維持大衣的完整；傑克(代表新教徒)則狂烈地扯下所有飾物，以致把衣服扯破。換言之，信奉英國國教的綏夫特以理性與中庸之道自許，不滿羅馬天主

31 文收勞森所編《綏夫特基本作品》，頁3-114。這種佳評可由江森的另一種說法得到印證。他認爲綏夫特「名過於實」，並表示「我懷疑《桶的故事》是不是他寫的，因爲他自己從未承認，而且這部作品遠超過他平常的表現」，參閱〈江森博士論綏夫特〉，威廉絲編輯，《綏夫特批評資料彙編》，頁204。

32 因此，在一個版本裡的插圖就是：驚濤駭浪中的一艘小船，在面對巨鯨時拋下木桶。

A
TALE
OF A
TUB.

Written for the Univerſal Improvement of Mankind.

Diu multumque deſideratum

To which is added,

An ACCOUNT of a
BATTEL
BETWEEN THE
Antient and Modern BOOKS
in St. *James*'s Library.

Baſima eacabaſa eanaa irraurista, diarba da caeotaba ſobor camelanthi. *Iren. Lib.* I. *C.* 18.

——— *Juvatque novos decerpere flores,*
Inſignemque meo capiti petere inde coronam,
Unde prius nulli velarunt tempora Muſæ. Lucret.

The Fifth EDITION: With the Author's Apology and Explanatory Notes. By *W. W--tt--n*, B. D. and others.

LONDON: Printed for *John Nutt*, near *Stationers-Hall*. M DCC X.

附圖6 《桶的故事》一書封面(附《書籍之戰》)。

教的繁文縟節，批評新教徒的激進狂熱，因而主張去除基督教的表面裝飾，呼籲眞正的信徒謹守教義，團結於耶穌基督的基本信仰上[33]。

既然身爲寓言，就容許不同的解讀，以致其中的微言大義不全爲人所了解，甚至誤認他對英國國教不滿。安妮女王便因此無法接受他在英格蘭擔任重要的神職，晉升之途就此受阻，不得不往愛爾蘭發展。然而，宗教任命失利卻是塞翁失馬。因爲，若非長期居住於愛爾蘭，不但寫不出有關愛爾蘭處境的充滿人道關懷的文章，其他一些著作(包括《格理弗遊記》)能否寫出，恐怕也在未定之天。

綏夫特原先加入惠格黨，後來因爲政治理念不合，於1710年分道揚鑣，轉而親近托利黨，並接受哈利之邀，負責該黨機關報《檢查者》，撰文宣揚該黨政策，儼然成爲執政黨的代表

33 綏夫特也寫了其他一些討論宗教的文章，其中尤以〈論證當今之際廢除英格蘭的基督教可能未蒙其利反遭不便〉("An Argument to Prove, That the Abolishing of Christianity in England, May, as Things now Stand, be attended with some Inconveniences, and perhaps, not produce those many good Effects proposed thereby," 1708, 1711［簡稱〈反對廢除基督教之論證〉("An Argument Against Abolishing Christianity")，文收勞森所編《綏夫特基本作品》，頁187-99］)著名，展現了他對當時宗教議題的關注和見解。有關他的宗教觀及其在文學作品中的表現，可參閱浮思克的《綏夫特與愛爾蘭教會，1710-1724》(Christopher J. Fauske, *Jonathan Swift and the Church of Ireland, 1710-1724*［Dublin: Irish Academic Press, 2002］)及孟塔格的《不可思議的綏夫特：一位英格蘭教會人士的自發哲學》(Warren Montag, *The Unthinkable Swift: The Spontaneous Philosophy of a Church of England Man*［New York and London: Verso, 1994］)。

性政論家，直到1714年托利黨失勢爲止。當時的政黨已經體認到媒體在塑造輿論上能發揮重大的作用，紛紛利用此一新興工具來形塑民意。綏夫特在惠格黨陣營時，曾爲該黨撰寫文章，如〈論雅典與羅馬的上下議院之爭，以及對此兩城邦之影響〉（"A Discourse of the Contests and Dissensions between the Nobles and the Commons in Athens and Rome, with the Consequences They Had upon Both Those States" [1701]），託古喻今，呼籲政黨之間的競爭應保持理性，避免偏激，凡事「遵循普遍的共識，根據公共的原則，爲了公共的目的」(52)，使得輿論轉而反對彈劾惠格黨的激烈作法[34]。他加入托利黨之後最具代表性的文章大概就屬〈在開啓和繼續現今這場戰爭中盟國和前一政權的行爲〉（"The Conduct of the Allies, and of the Late Ministry, in Beginning and Carrying on the Present War" [1711]）[35]。由於當時英國與法國進行的西班牙王位繼承戰爭已近十年，新上任的托利黨領袖哈利認爲此一戰事不但勞民傷財，而且盟邦並未信守承諾、全力支持，因此有意與法國和談。此文指稱兩國衝突若是延續下去，勢將嚴重影響英國舉國的財政，卻有利於惠格黨、少數貴族及荷蘭人。此文爲托利黨的重要宣示，使得輿論支持其和平政策，於1713年結束該戰爭。

如果爲政黨政策所撰寫的論述屬於嚴格定義的政論文章，局限於特定時空及立場的議題，那麼綏夫特有關愛爾蘭的文章

34 文收羅思與伍理合編之《綏夫特》，頁24-56。

35 簡稱〈盟國的行爲〉（"The Conduct of the Allies"），文收羅思與伍理合編之《綏夫特》，頁280-326。

則不但有更寬廣的關懷，而且站在被壓迫者的立場發言，顯示了他痛恨強權暴虐、爲民請命的道德勇氣與人道關懷，置於當今後殖民論述的脈絡來觀察，尤具深意。前文提及，綏夫特以《布商書簡》，一人一筆扭轉了宗主國的高壓政策，第一封書信的對象還是「商人、店主、農人和一般國人」(“the Trademen, Shop-Keepers, Farmers, and Country-People in General”)，到了第四封書信的對象已是「所有愛爾蘭人」(“the Whole People of Ireland”)，由於事涉尊嚴及切身利益，因此有效凝聚了被殖民者的反抗意識，成功反制了殖民者的高壓政策[36]。

在〈造成愛爾蘭慘狀的原因〉(“Causes of the Wretched Condition of Ireland” [1715])一文中，綏夫特分析了若干造成愛爾蘭民生凋蔽的原因，如惡鄰欺壓，地主不認同(寧願住在倫敦)，愛爾蘭人本身崇尚英國貨(女性尤然)、奢華、怠惰(寧爲乞丐、小偷)等。文中並提出解方，如爲了防範乞丐四處流竄，主張凡是乞丐都須佩戴標幟，只得在自己所屬的教區乞討，不得前往其他教區[37]。十多年後的〈愛爾蘭情況概觀〉(“A Short View of the State of Ireland” [1728])一文雖然篇幅不長，卻臚列

36 有關這兩封書信，可參閱勞森所編《綏夫特基本作品》，頁318-37。

37 文收勞森所編《綏夫特基本作品》，頁307-17。多年後，綏夫特針對乞丐一事撰寫專文〈聖帕提克大教堂總鐸建議在都柏林所有教區的乞丐普遍發給標幟〉(“A Proposal for Giving Badges to the Beggars in All the Parishes of Dublin. By the Dean of St. Patrick's,” 1737 [文收勞森所編《綏夫特基本作品》，頁355-64])，分析其成因及造成的社會亂象，並以分發標幟作爲解決之道。

了十四項導致愛爾蘭民生凋蔽的原因，其中有些是外在的，如不得不屈從於外來的政權及惡法，有些則是愛爾蘭人本身必須負責的，如奢華的風氣、怠惰的習性等[38]。

爲了維護愛爾蘭的經濟，綏夫特撰寫〈建議普遍使用愛爾蘭製造的衣服和家具，完全拒絕來自英格蘭的所有衣物〉("A Proposal for the Universal Use of Irish Manufacture, in Clothes and Furniture of Houses, &c. Utterly Rejecting and Renouncing Every Thing Wearable That Comes from England" [1720])一文，爲愛爾蘭的製造業請命，主張愛爾蘭人應該使用自己的產品，呼籲莫再崇尚英國貨——「英格蘭來的東西一律燒了，除了煤以外」("Burn everything from England except its coal")——以拯救早已凋蔽的愛爾蘭經濟[39]。由上述可見，作者不僅對於愛爾蘭的情況了然於心，針對英格蘭的迫害和愛爾蘭的困境也有具體的建議與作爲，雖然有時難免會有無力感[40]，但《布商書簡》也見證了知識分子綏夫特如椽巨筆的萬鈞力量，激發愛爾蘭民族意識，迫使英格蘭政府不得不收回成命，以一筆扭轉一國之政策，扼阻了宗主國對於愛爾蘭予取予求的作爲。

---

38 文收勞森所編《綏夫特基本作品》，頁338-44。

39 此文簡稱〈建議普遍使用愛爾蘭製品〉("A Proposal for the Universal Use of Irish Manufacture")，文收勞森所編《綏夫特基本作品》，頁299-306。

40 如〈聖帕提克大教堂總鐸建議在都柏林所有教區的乞丐普遍發給標幟〉一文結尾提到，愛爾蘭人從來無心改善自己的處境，以致自己的建言無甚作用或根本無用，而「這經常是作家的命運或幸運」(364)。

如果說在政策上最有影響力的是《布商書簡》，那麼在文學史上最有名的則是1729年的〈野人芻議〉了。該文公認為英國文學史上最有名的諷刺文，也是各種綏夫特文選裡不可或缺的佳構[41]。文中，作者將多年對於愛爾蘭慘狀的所見、所聞、所思、所感以及由此激發的義憤，轉化為文學素材，以「一本正經」的態度，提出匪夷所思、滅絕人性的建議。全文一開始描述愛爾蘭街頭窮人遍地的淒慘情景，接著作者根據多年的觀察及估算，苦心孤詣想出了一個既能解決愛爾蘭的貧窮及人口過剩，又能滿足英格蘭的享受及口腹之慾的良方——把愛爾蘭的嬰兒賣到英格蘭充當地主的佳肴(反正「他們已經吞噬了大多數的父母，因此似乎最有權吃這些小孩」[349])。全文多處引證說明食人之風氣與嬰兒之美味[42]，以條理分明的方式列出六大理由來論證此建議的優點(351-52)，以反話來反對其他十種

41 文收勞森所編《綏夫特基本作品》，頁345-54。

42 引證的對象包括「一位認識的『美國』人」(“my *American* Acquaintance”)和「著名的『薩滿納札』——一個『福爾摩莎』島的土著」(“the famous *Salmanaazor* [George Psalmanaazaar], a Native of the Island *Formosa*,” 350)。這可能是綏夫特的作品中唯一提到福爾摩莎的地方(雖說《格理弗遊記》中提到了日本)，並引證此人的說法，把福爾摩莎的貴族說成嗜食青少年，而綏夫特是從友人之處聽聞此事。薩滿納札的作品其實是「偽書」，作者根本未曾造訪福爾摩莎，更不是土著，卻虛構出有關台灣的風土文物誌，代表了當時歐洲人對於台灣的想像。可參閱《福爾摩莎之歷史與地理描述》(*An Historical and Geographical Description of Formosa* [1705])。此書有薛絢中譯，名為《福爾摩啥》(台北：大塊，1996年)。

慣常提出的解決之道[43]。全文根據一個比喻(英格蘭吞噬愛爾蘭,有如「人吃人的世界」)出發,以貌似理性的方式鋪陳,一一陳述此議之優點,結尾更是神來之筆:以大公無私的方式宣稱,這項建議的動機是爲了「國家的公益,以促進貿易,養育嬰兒,解除窮人痛苦,提供富人樂趣」,絕非爲了一己私利,因爲「我最小的孩子已經九歲,妻子則超過了生育年齡」(354)[44]。

上述文章充分表現出綏夫特不平則鳴、爲民請命的英勇形象,而其修辭能力與文學技巧更是作家化一時議題、內心激憤爲千秋藝事的關鍵所在,在篇什中結合了修辭技巧、政治關懷、人道精神,其流傳久遠可謂其來有自[45]。尤其是《布商書簡》使得綏夫特成爲愛爾蘭的英雄,他自英格蘭歸來時,人們敲鐘歡迎,生日時點燃篝火爲他慶祝,其受當地人衷心愛戴可見一斑。

然而,綏夫特也有一些無關乎公眾議題的私密文字。除了

43 這些解決之道其實是他在其他文章中反覆提出的,如愛用本地貨,戒除奢華等等。此處作者把自己也列入了反對、嘲諷的對象。

44 其實綏夫特終身未婚,更無子女。此處再度借用角色(persona)進行扮演,一如先前假借布商的角色,以期達到最大的效果。

45 綏夫特以愛爾蘭爲主題的文章,可參閱麥克敏所編的《綏夫特的愛爾蘭小冊子:入門文選》(*Swift's Irish Pamphlets: An Introductory Selection* [Gerrards Cross, Buckinghamshire: Colin Smythe, 1991])。此書除收錄十三篇文章之外,附錄依年代順序列出綏夫特所有關於愛爾蘭事務的散文作品清單,逐篇加以簡要描述(179-86),頗具參考價值。

與友人的書翰往返之外[46]，最有名的便是《致斯黛拉的日誌》。前文提到，這些書信寫於1710年9月至1713年6月，當時綏夫特奉愛爾蘭主教之令，前往倫敦接洽減免愛爾蘭教會稅賦之事。他利用公餘時間，寫信告訴遠在愛爾蘭的斯黛拉，自己在倫敦的政治圈、社交圈、文學圈的交往與見聞，細述生活中的點點滴滴，分享個人對一些人與事的觀察與感受。由於以紅粉知己斯黛拉爲對象，信中用上一些兩人之間親暱的私語，透露出坦率、感性、親近的一面，迥異於其他文字。由於這些文字眞實記錄了當時倫敦的形形色色，所以提供了史家不少珍貴的資料。

綏夫特文章的力道也見於一些遊戲文章。如〈僕役指南〉("Directions to Servants"［1745］)雖名爲「指南」、「指示」，教導的卻不是忠誠盡責的僕役之道，反而是不同職掌的僕役逢迎拍馬、陽奉陰違的種種伎倆，讀來不禁令人失笑[47]。在這些遊戲文章中，「殺傷力」最大的應屬涉及破除占星迷信的文章——即所謂的「畢可斯塔夫文件」("The Bickerstaff Papers")。當時英國有不少星象家，每年出版年曆，以鐵口直斷的口吻預卜一年大事、吉凶禍福，也提供其他資訊。其中以倫敦的星象家帕崔奇(John Patridge, 1644-1715)最有名，他撰寫的年曆銷售量高達兩萬份，書中並夾帶了反對托利黨和英國國教的言論。綏夫特大爲不滿，遂以諧仿(parody)的方式，以其人之道還治

46 詳見注釋1所提的兩套書翰集。

47 文收勞森所編《綏夫特基本作品》，頁717-68。

其人之身，化名出擊，假借畢可斯塔夫之名，仿占星書的風格，撰寫〈預卜來年一七〇八年的運勢〉("Predictions for the Ensuing Year 1708" [1708])，文前特別申明，「撰寫此文是爲了避免英格蘭人進一步被庸俗的年曆製造者矇騙」。在諸多預測事件中的一件「小事」，就是帕崔奇「必將於三月二十九日晚上十一時許因高燒致死」，要他預作準備。帕崔奇心有不懌，撰文反駁。綏夫特一不作二不休，在預言的那個晚上，差人在倫敦街頭散發傳單，上面刊登的是一首輓詩：〈年曆作者帕崔奇先生之輓詩——逝於本月二十九日〉("An Elegy on Mr. Partridge, the Almanack-maker, Who Died on the 29th of This Instant March, 1708" [1708])。三月三十一日(愚人節前一日)，綏夫特另一篇文章〈畢可斯塔夫第一個預言實現——年曆作者帕崔奇二十九日的死亡報導〉("The Accomplishment of the First of Mr. Bickerstaff's Predictions, Being an Account of the Death of Mr. Partrige, the Almanack-maker, upon the 29th Inst." [1708])問世，以書信的形式，假借目擊者的口吻，煞有其事地報導帕崔奇的死訊。一般讀者眞僞莫辨，咸信此人已經去世，致使這位著名的星象家明明健在卻遭此橫禍。帕崔奇被連篇的遊戲文章中傷／重傷，大爲不甘，遂在年曆中駁斥。綏夫特趁勢再寫了〈畢可斯塔夫先生的辯解——反駁帕崔奇先生在本(一七〇九)年年曆中的駁斥〉("A Vindication of Isaac Bickerstaff, Esq; Against What Is Objected to Him by Mr. Partrige, in His Almanack for the Present Year 1709" [1709])，多少以強辯的語氣，列舉理由證明帕崔奇確實已於前一年逝世。這些雖是遊戲文章，但也可看出他所抱持的理性態度，破除占星迷信的決心，文思的巧妙，尤其是他諷刺文殺傷力之大，鎖定目標，窮追猛打，不但將對方「送終」，還使受害者百口莫辯[48]。

由以上敘述可知，綏夫特的觸角多元而敏銳，討論內容廣泛，文化、政治、宗教、經濟、社會……無所不包，既有對於公共事務的關懷，也有私人之間的親暱文字，手法上更是多變，尤其擅長使用化名、角色扮演的方式，創造出批判的距離，極盡諷刺、揶揄之能事。就年代而言，1710年前爲一階段，主要作品爲涉及文化和宗教的《書籍之戰》與《桶的故事》，再就是遊戲之作「畢可斯塔夫文件」；1710-1714年之間，主要是爲執政的托利黨撰寫的政論文章，其次便是展現私人面向的《致斯黛拉的日誌》；之後擔任聖帕提克大教堂總鐸一職，關注愛爾蘭的議題。由他的臧否時事固然可看出他對當時一些議題的看法及選擇積極介入的方式，但更重要的是他文學手法的高超與人道關懷的堅持，熔藝術與人道於一爐，使其作品超越一時一地的限制，以致數百年來得到讀者普遍的共鳴。而他最著名的作品就是擔任總鐸時所撰寫的《格理弗遊記》。

48 這四篇作品分見於羅思與伍理合編之《綏夫特》，頁193-200, 205-08, 209-11, 212-16。這一系列作品爲倫敦人提供了茶餘飯後的談資，以致斯蒂爾後來在《閒聊者》中也曾以「畢可斯塔夫」爲筆名，其風行程度可見一斑。

《格理弗遊記》的出版史／版本史

英國小說史崇尚寫實傳統，往往將綏夫特同時代狄福的《魯濱遜冒險記》(*The Life and Strange Surprizing Adventures of Robinson Crusoe*, 1719)視爲英國長篇小說的鼻祖，而把《格理弗遊記》排除在此一傳統之外。這兩位作家處於同一時代，同爲哈利效力，雖因背景不同，彼此輕視，但這兩部作品卻是「史上最常重印的作品」[49]。諾伐克(Maximillian E. Novak)指出，從兩人的創作可以發現惺惺相惜、相互仿效之處[50]。此外，當尼(J. A. Downie)指出，以寫實作爲小說的判準實乃後代文學史家的建構，把綏夫特排除在外實不公允，因而主張在省思英國小說史時必須考量綏夫特的貢獻[51]。杭特(J. Paul Hunter)

49 穆蘭(John Mullan)指出，根據大英圖書館的目錄，自1815年起，該館收藏了三百三十個版本的《格理弗遊記》和大約三百個版本的《魯濱遜冒險記》。參閱其〈綏夫特、狄福與敘事形式〉("Swift, Defoe, and Narrative Forms")，文收茲威克編輯之《劍橋英國文學伴讀，1650-1740》(Steven N. Zwicker, ed., *The Cambridge Companion to English Literature, 1650-1740* [Cambridge and New York: Cambridge UP, 1998])，頁250-75。

50 可參閱諾伐克的〈綏夫特與狄福：因輕蔑而熟悉並產生影響〉("Swift and Defoe: Or, How Contempt Breeds Familiarity and a Degree of Influence")，文收雷阿爾與維肯合編的《慕斯特第一屆綏夫特國際研討會論文集》(Hermann J. Real and Heinz J. Vienken, eds., *Proceedings of the First Münster Symposium on Jonathan Swift* [München: Wilhelm Fink, 1985])，頁157-73。

51 可參閱當尼的〈綏夫特與英國長篇小說的塑造〉("Swift and the Making of the English Novel")，文收雷阿爾與史托弗—萊狄格合編

也認爲《格理弗遊記》創作之時，英國小說尚屬萌芽時期，此書可視爲對於英國早期長篇小說及小說意識的諧仿與諷刺[52]。

《格理弗遊記》除了在英國小說史上難以定位之外，此書的出版本身就是一個複雜的歷史，造成後人考據上不少困擾，甚至今天依然有兩個主要版本通行於世[53]。

此書的靈感可能來自綏夫特與波普等人於1713年組成的思克理布勒洛思俱樂部，其中的成員計畫合寫一部《思克理布勒洛思回憶錄》(*The Memoirs of Martinus Scriblerus*)。綏夫特很可能在那時寫下了前兩部的若干部分。根據作者的書信，此書撰寫於1721-1725年之間：1721年認眞從事創作，次年完成第一、

(續)

的《閱讀綏夫特：慕斯特第三屆綏夫特國際研討會論文選》(Hermann J. Real and Helgard Stöver-Leidig, eds., *Reading Swift: Papers from the Third Münster Symposium on Jonathan Swift* [München: Wilhelm Fink, 1998])，頁179-87。

52 可參閱杭特的〈《格理弗遊記》與長篇小說〉("*Gulliver's Travels* and the Novel")，文收史密思編輯的《〈格理弗遊記〉的文類》(Frederik N. Smith, ed., *The Genres of* Gulliver's Travels [Newark: U of Delaware P, 1990])，頁56-74。

53 有關此書版本史的考證甚多，只要稍微正式的出版都會說明其版本根據。相關考證可參閱威廉思根據初版所編注的《格理弗遊記》(*Gulliver's Travels by Jonathan Swift, D.D.: The Text of the First Edition*, edited, with an introduction, bibliography and notes, by Harold Williams [London: First Edition Club, 1926])，尤其是緒論與附錄，威廉思的《〈格理弗遊記〉的版本》(*The Text of* Gulliver's Travels [Cambridge: Cambridge UP, 1952])，以及伍理的〈綏夫特的《格理弗遊記》稿本〉("Swift's Copy of *Gulliver's Travels*: The Armagh *Gulliver's*, Hyde's Edition, and Swift's Earliest Corrections")，文收普羅比恩編輯的《綏夫特的藝術》(Clive T. Probyn, ed., *The Art of Jonathan Swift* [London: Vision Press, 1978])，頁131-78。

二部，1723年撰寫第四部，1724-1725年撰寫第三部(當時也在進行《布商書簡》，因此若干段落彼此相關)[54]。綏夫特於1725年修訂全書，該年8月14日曾對《格理弗遊記》有如下的說法：「我寫完《遊記》了，正在抄謄；這些遊記精采，大益於世道人心。」[55] 1726年綏夫特訪問倫敦，盤桓數月，這是他擔任聖帕提克大教堂總鐸以來偶爾遠離愛爾蘭之行，正式目的是爲了與首相華爾波商討有關愛爾蘭之事，結果不得要領。就後人的眼光來看，影響更深遠的則是此行的另一個目的：將《格理弗遊記》文稿交付給倫敦書商出版(據說綏夫特得到兩百鎊的稿酬，這可能是他唯一一次的寫作收入)。然而，即使連此書的文稿都透露著神祕色彩。根據波普的說法：書商「不知從何處、何人接到這本書稿，而是由一輛出租馬車趁著黑夜放在他家門口。」[56]

由於文稿中不少地方影射時政，爲了避免因文賈禍，書商莫特請友人屠克(Andrew Tooke)改寫若干段落[57]。1726年10月

54 參閱威廉思所編《綏夫特書翰集》，冊2頁381及冊3頁87。與《布商書簡》相關部分最明顯的便是第三部第三章結尾五段，被飛行島統治的下方人民起義抗暴一事，讓人聯想到愛爾蘭人成功抵制伍德半便士硬幣。只是此段過於敏感，連1735年的福克納版都不敢納入。詳見下文。

55 參閱《綏夫特書翰集》，冊3頁87。

56 同上，頁182。

57 先前印刷〈建議普遍使用愛爾蘭製品〉的業者遭到起訴。《格理弗遊記》第三部也提到統治者「以文字入人之罪」的各種方式，堪稱文字獄。有關莫特和屠克更動原稿的考證，詳見崔德威的〈莫特、屠克與《格理弗遊記》〉(Michael Treadwell, "Benjamin Motte, Andrew Tooke and *Gulliver's Travels*")，文收雷阿爾與維肯

28日，《格理弗遊記》以兩冊的八開本匿名問世，書商依例未保留原稿。全書出版後廣受歡迎，市井傳聞爲綏夫特所著。許多人猜測書中影射的對象，以此爲樂，次年歐陸便出現翻譯本。然而，綏夫特看到書中遭書商更動的部分，甚爲不滿。他在書信中抱怨書商動了手腳，橫加增刪，「有些段落似乎遭到修補和改動」[58]。六個星期後，綏夫特爲了維護身分之隱密，委由友人福特(Charles Ford)致函書商，除了抱怨竄改外，並附上訂正之處，要求更正。書商一方面據以修訂，另一方面卻因手中已無原稿，以致若干部分無法還原。在1727年修訂版問世之前，書商還印行了兩次未經修訂的版本。這說明了爲什麼書前的〈格理弗船長致辛普森表兄弟函〉("A Letter from Capt. Gulliver to His Cousin Sympson")誌於1727年4月2日，因爲該函是爲修訂版所寫。

此外，福特根據綏夫特本人的稿本，在兩本第一版的《格理弗遊記》上加以修訂——有些是還原，有些根據綏夫特的意見，有些則是福特自己的見解[59]。綏夫特本人手邊也有兩本供

(續)

合編的《慕斯特第一屆綏夫特國際研討會論文集》，頁287-304。

58 參閱《綏夫特書翰集》，冊3頁189。

59 這兩本分別度藏於倫敦的維多利亞與亞伯特博物館(the Victoria & Albert Museum)和紐約的摩根圖書館(the Pierpont Morgan Library)。對福特的校訂感興趣的讀者，可參閱威廉思編注的《格理弗遊記》附錄一〈福特的勘誤表〉("FORD'S LIST OF ERRATA, 3 January 1726[7]," [423-31])及附錄二〈福特在手邊的《格理弗遊記》上所做之更正〉("FORD'S CORRECTIONS IN HIS COPY OF 'GULLIVER'S TRAVELS'" [432-58])。

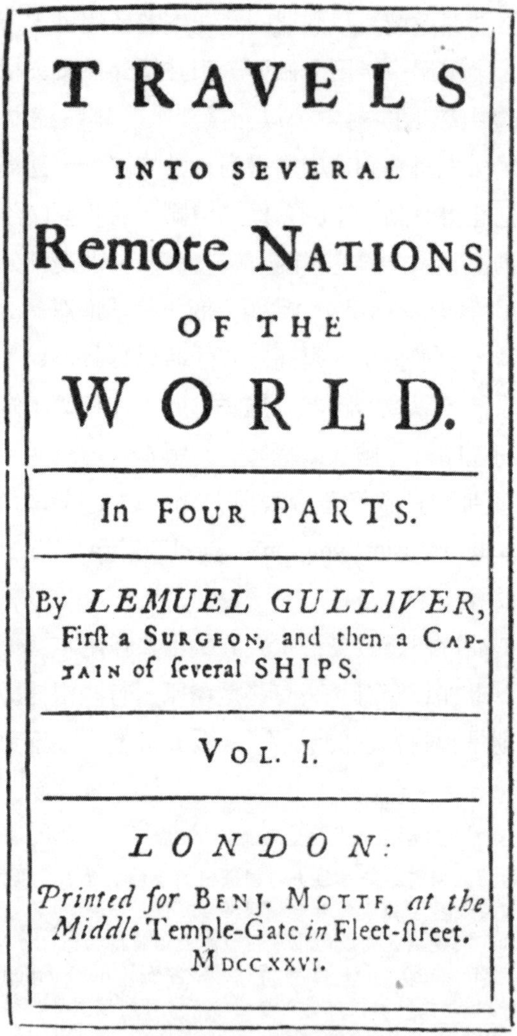

TRAVELS

INTO SEVERAL

Remote NATIONS

OF THE

WORLD.

In FOUR PARTS.

By *LEMUEL GULLIVER*,
Firſt a SURGEON, and then a CAPTAIN of ſeveral SHIPS.

VOL. I.

LONDON:

Printed for BENJ. MOTTE, *at the Middle* Temple-Gate *in* Fleet-ſtreet.
MDCCXXVI.

附圖7　1726年於英格蘭出版的《格理弗遊記》一書封面。

自己修訂之用[60]。然而，莫特並未根據綏夫特和福特兩人手邊的修訂稿印行。1735年，都柏林書商福克納出版《綏夫特作品集》，總共四冊，其中第三冊收錄了《格理弗遊記》[61]。之前，綏夫特曾試圖取得福特修訂的版本作爲福克納版的底本，結果如何不得而知，但福克納版至少宣稱全部校樣經作者本人過目[62]。儘管如此，書中若干段落依然遭到節略，最具代表性的就是有關飛行島的幾段文字，底下被治理的人民以智謀反抗高高在上的飛行島的統治，這次「造反」幾乎使飛行島毀於一旦[63]。由於此節明顯影射英格蘭與愛爾蘭的關係，尤其是在敏感的「伍德半便士

---

60 其中較有趣的一本原收藏於北愛爾蘭的阿馬公立圖書館(the Armagh Public Library)，1999年12月遭人盜走。參閱德馬利亞編注的《格理弗遊記》(Robert DeMaria, Jr., ed., *Gulliver's Travels* [London and New York: Penguin, 2001])，頁xxvii。

61 福克納爲第二冊的詩集撰寫前言，假借別人之言，強調作者的創意，並說其中若有任何諷刺之處(尤其對於女性)，動機都是爲了「改善男女兩性的錯誤」(威廉絲編輯，《綏夫特批評資料彙編》，頁100)。此四冊名爲《綏夫特作品集》，是最早具名出版的綏夫特作品集，進一步印證了世人長久以來對於某些作品「作者是何許人也」的揣測。然而，作品集並未納入早年名作《桶的故事》和《書籍之戰》，可見並不完整。此版標示的出版時間爲1735年，卻於1734年11月問世。爲了行文方便並顧及此書版本史的一般說法，下文統稱爲1735年。有關兩人的交往以及福克納對綏夫特的貢獻，可參閱馬侯尼的《綏夫特的愛爾蘭認同》(Robert Mahony, *Jonathan Swift: The Irish Identity* [New Haven and London: Yale UP, 1995])，頁1-24。

62 有關此書稿的關係圖(stemma)，可參閱伍理的〈「大約十天前……」〉("'About ten days ago . . .'")，收錄於弗雷柏格等人合編的《傳奇的總鐸綏夫特：雷阿爾壽慶文集》，頁293。

63 詳見第三部第三章結尾部分的五段及此中譯本有關該處的注釋。

VOLUME III.
Of the AUTHOR's
WORKS.
CONTAINING,
TRAVELS
INTO SEVERAL
Remote Nations of the WORLD.
In Four PARTS, *viz.*

I. A Voyage to LILLIPUT.
II. A Voyage to BROBDINGNAG.
III. A Voyage to LAPUTA, BALNIBARBI, LUGGNAGG, GLUBBDUBDRIB and JAPAN.
IV. A Voyage to the COUNTRY of the HOUYHNHNMS.

By *LEMUEL GULLIVER*, firſt a Surgeon, and then a CAPTAIN of ſeveral SHIPS.

——— ——— *Retroq;*
Vulgus abhorret ab his.

In this Impreſſion ſeveral Errors in the *London* and *Dublin* Editions are corrected.

DUBLIN:
Printed by and for GEORGE FAULKNER, Printer and Bookſeller, in *Eſſex-Street*, oppoſite to the Bridge. MDCCXXXV.

附圖8　1735年於愛爾蘭出版的《格理弗遊記》一書封面。

硬幣事件」之後，因此遭到刪除的厄運，直到1896年才得見天日，距福克納版已經一百六十一年，距《格理弗遊記》初次問世一百七十年，甚至在第一個中譯本問世之後二十四年。

因此，莫特的1726年版和福克納的1735年版是《格理弗遊記》兩個通行版本，前者在時序上占有優勢，是該書最初問世的模樣，也是最初的讀者閱讀、評論和回應的根據，後者則宣稱經過綏夫特本人修訂、認可，更接近作者的原意。然而，莫特的版本一直較爲風行，直到1926年威廉思根據福克納的版本編出《格理弗遊記》，福克納版才漸占上風，而1941年由戴維思校訂、出版的《格理弗遊記》更讓福克納版後來居上，成爲眾多學者心目中的權威版本[64]。批評家對這兩個版本的優劣時有爭議，但一般認爲1735年版(連同書前的〈啓事〉和〈信函〉)比較貼近作者的意圖[65]。

---

64 參閱葛瑞維爲《綏夫特：〈格理弗遊記〉》所寫的緒論(Richard Gravil, "Introduction," *Swift:* Gulliver's Travels, ed. Richard Gravil [London: Macmillan, 1974])，頁11。這多少也說明了林紓1906年的中譯本爲何根據1726年的版本。筆者根據兩個版本對於第一部第三章第四段所提到的三種綬帶顏色不同，而考證出「林譯的原本係根據1726年版或其衍生版本」，參閱〈翻譯．介入．顛覆：重估林紓的文學翻譯〉，頁31。至於此中文譯注本所根據的版本，詳見下文。

65 凱思於1945年出版的《〈格理弗遊記〉四論》(Arthur E. Case, *Four Essays on* Gulliver's Travels [Gloucester, Mass.: Peter Smith, 1958, c1945])是對於莫特版本最後的重要辯護，然而威廉思在1950年有關書目學的單德思系列演講中(Sandars Lectures on Bibliograpy)中，以《〈格理弗遊記〉的版本》爲題，逐點加以反駁(參閱葛瑞維的緒論，頁11)。目前市面上通行且較具學術價值的版本中，1726年版與1735年版都有，詳見下文。

中華民國八十九年二月一日 星期二　　聯合報　　文化 14

愛爾蘭圖書館遭搶案
兩贓嫌在都柏林被逮

〔美聯社愛爾蘭都柏林卅日電〕警方今天表示，涉嫌收受上個月愛爾蘭一公共圖書館贓物的兩名男子已遭逮捕。

當局表示，已找回其中五項被搶物品，但是一本夾有作者手稿在內具有二百七十三年歷史的「格列佛遊記」副本仍未找到。

警方是廿九日晚在都柏林機場攔截到兩名嫌犯，控告兩人收受贓物，並下令兩人本周出庭應訊。

附圖9　《聯合報》2000年2月1日14版有關珍藏的《格理弗遊記》版本被偷的外電報導(此案至今未破)。

內容大要

《格理弗遊記》全書共分四部，依序爲主角格理弗(Lemuel Gulliver)到小人國(Lilliput)、大人國(Brobdingnag)、飛行島(Laputa)諸國以及慧駰國(The Country of the Houyhnhnms)的冒

險記聞[66]。第一部描寫船醫格理弗遭逢海難，流落到身軀比例爲主角十二分之一的小人國，在該地的奇聞異事。原先主角認爲小人國居民小巧玲瓏，有如「小可愛」，但在深入接觸後才發覺該國不乏逢迎拍馬、爾虞我詐、宮廷鬥爭、黨派傾軋等情事，其中的荒謬怪誕，心狠手辣(卻故示寬大)，在在令人心寒，而讀者也不由得隨著主角發出「人小鬼大」之嘆[67]。至於主角在該國的一些「壯舉」，尤其是隻身越過海峽，俘虜敵國整個艦隊，或以便溺澆熄王宮大火，更讓人覺得匪夷所思，驚嘆於作者的想像。

第二部則因格理弗一時遊興大發，誤上巨人之島，同僚遭巨人追趕駕船遠颺，棄主角一人於島上，被農家撿去，開啓了他在此地的一連串冒險。相對於小人國的是：此地巨人身形爲格理弗的十二倍，讓他體驗到身爲「小人」的種種不便與悲哀。然而他的軀體雖然渺小，心思卻複雜詭譎，尤其在與大人國國王的幾席會談中，藉由他的「善意」獻策，反諷歐洲人(以及一般人類)的劣根性，其「人小鬼大」之處與小人國的居民實無二致，以致國王批評他是「地表上最惡毒的害蟲」。此句也經常被引用來證明作者的恨世觀[68]。

66 綏夫特在各部之前特地附上地圖，以示實有其地，詳見正文及相關注釋。

67 本中譯採用舊譯之「小人國」，用意之一便是暗示該國之人「形體小，心量也小」、「人小鬼大」。

68 本中譯採用舊譯之「大人國」，用意之一便是暗示該國之人「大人大量」。

附圖10　1726年版所附的格理弗肖像。

第三部其實寫作的時間最晚，內容最龐雜[69]，分述主角(此時的地位近乎與船長平起平坐)不幸遭逢海盜，被置於獨木舟內，隨波逐流，聽憑命運擺布。他先被救上飛行島，接著陸續參訪其他幾座島嶼。作者藉著這些異地奇遇，以豐富的想像力，諷刺人性的種種弱點：如沉思者的陷溺荒唐，發明家的癡心妄想、異想天開、自以爲是，長生不死的虛妄、恐怖，杞人憂天的煩勞愁思，歷史的背離眞相，批評家的扭曲謬誤政客的相互攻詰、表裡不一……隨著主角在不同國家的際遇，引出各式各樣的人性愚癡——有些是別人身上顯而易見的毛病，有些則是一般人常有的缺失，透過異域他方的對比而更形凸顯。

第四部中，晉升爲船長的格理弗因識人不明，引狼入室，招募海盜上船，以致遭手下叛變，送上一座不知名的島，遇到了具有理性、美德的慧駰和外形與主角相似卻邪惡、貪婪、淫蕩無比的犽猢。在馬主人的調教下，主角逐漸學習到此地的各項美德(如理性、樸實、視死如歸……)，因而自慚形穢，不但看不起自己的族群，更看不起犽猢。然而，一心向善的格理弗，終究還是達不到慧駰的標準，被迫黯然離島。傷心欲絕的主角原想找一處僻靜所在，修身進德，度此殘生，卻陰錯陽差遭人救起，帶回人類社會。儘管救起他的船長或格理弗的家人百般善待，主角依然認爲深受慧駰啓蒙的自己高人一等，與人

69 很可能因爲內容龐雜，才調前爲第三部，而以結構及主題較完整的「慧駰國遊記」作爲最後一部。再者，經過慧駰調教之後的格理弗如此厭惡人世，似乎也難以爲繼。作者乾脆在書前加一信函，進一步發揮主角恨世的主題。

附圖11　1735年版所附的格理弗肖像，底下拉丁文的意思是「大說謊家」。

類社會格格不入，天天只喜歡到馬廄裡對著買來的兩匹馬談心。

格理弗冒險犯難的作為正符合當時大英帝國向外擴張的精神，四次落難的情形一次比一次險惡——依序為天災，「大」禍，海盜洗劫，手下叛變——多少也暗示了其遭遇及人格發展的每況愈下。有關第四部的詮釋更是眾說紛紜，歷代批評家爭議不休，主要涉及作者綏夫特與主角格理弗的關係：究竟作者認同主角，透過他表達自己的看法？還是連主角都成了作者諷刺的對象？有人認為其中所描寫的慧駰是理性甚或理想的化身，作者認同格理弗的言行舉止，表達了對於人類的輕蔑與仇視，坐實了恨世者綏夫特(Swift as a misanthrope)的形象；有人認為作者是在諷刺極度推崇理性此一作法的虛幻不實；有人認為其實慧駰只是理性的馬，既不是理想的人類，也不是藉機諷刺人類的理想；更有人認為作者筆下連格理弗也沒饒過，透過仔細描寫他對慧駰的過度推崇，顯示他判斷錯誤、容易受騙(gullible)、行為荒誕不經，甚至重返人類世界、回到故國和家園之後，依然不通情理，舉止怪誕，格格不入[70]。

70　歷代批評家對於第四部最是眾說紛紜，可參閱散見於威廉絲編輯的《綏夫特批評資料彙編》中有關《格理弗遊記》的部分(因為相較於其他三部，第四部最引人爭議)。福克思的〈《格理弗遊記》批評史〉(Christopher Fox, "A Critical History of *Gulliver's Travels*," *Gulliver's Travels*, ed. Christopher Fox [Boston: Bedford Books of St. Martin's Press, 1995], pp. 269-304)一文，簡要敘述了此書問世兩百七十年來的批評史。佛思特的《慧駰中的格理弗專題資料彙編》(Milton P. Foster, ed., *A Casebook on Gulliver among the Houyhnhnms* [New York: Thomas Y. Crowell, 1961])，蒐羅了有關此部的代表性論述。至於以上正文的相關簡述，可參閱特納編注

附圖12　凱思在《〈格理弗遊記〉四論》中綜合格理弗四次航行所繪製的地圖(Arthur E. Case, *Four Essays on* Gulliver's Travels, p. 55)。

(續)

的《格理弗遊記》(Paul Turner, ed. and intro., *Gulliver's Travels* [1971; Oxford: Oxford UP, 1998]),頁350。

接受史

有關格理弗的不同評價，具現於《格理弗遊記》的接受史(reception history)。此書自1726年問世迄今近兩百八十年，不但盛況未減，還透過不同的版本、翻譯與媒介(包括錄音帶和影片)傳揚到世界各地，成爲罕見的老少咸宜的文學傑作。然而，就此書剛出版及早期接收的情況而言，卻有些複雜，而且複雜的程度與日俱僧，成爲文學史上相當特殊的案例。因此，羅狄諾在〈《格理弗遊記》研究的過去與未來〉(Richard H. Rodino, "The Study of *Gulliver's Travels*, Past and Future")一文開宗明義指出：「《格理弗遊記》最適合教詮釋的老師，原因不只在於文本本身以戲劇化的方式呈現了詮釋與權威的議題」[71]。由於歷代有關此書的資料不勝枚舉，以下僅能略述18、19、20世紀對於此書的若干主要批評見解，以見一斑。

18世紀

1726年10月此書出版不到一個月，綏夫特與友人往返的書信見證了《格理弗遊記》受歡迎的盛況。11月5日阿布思諾特致函綏夫特，提到此書「目前人手一冊」，相信「會像班揚一樣風行」[72]。11月16日波普致函綏夫特：「恭喜你所聲稱的表兄

71　參閱薛克爾編輯的《教導綏夫特的種種批評途徑》(Peter J. Schakel, ed., *Critical Approaches to Teaching Swift* [New York: AMS Press, 1992])，頁114。

72　參閱威廉思所編《綏夫特書翰集》，冊3頁179。班揚(John Bunyan,

弟的奇書，如今家喻戶曉，而且我預言未來將爲所有人讚賞。」他還說，「我沒發現任何顯要人士對此書表示震怒：確實有些人覺得這部諷刺作品過於大膽、廣泛，但就我所聽到的，沒人指控它特別影射誰……因此你無須如此隱密。」[73]在同一封信中波普還說，出版商莫特告訴他，「不知從何處、何人接到這本書稿，而是由一輛出租馬車趁著黑夜放在他家門口；估算時間是在你離開英格蘭之後」云云[74]。由此可見，波普知道作者的眞正身分，但爲了安全起見，綏夫特還是故布疑陣，託人送稿給出版商，自己則先行返回愛爾蘭，多少製造了不在場證明。此外，波普預言本書將成爲世人普遍讚賞的經典之作，果然成眞。

蓋依在11月17日的信中描述得更爲詳細：「大約十天前，這裡出版了一本由某個格理弗所寫的遊記，自那之後一直成爲全城談論的對象。該書於一周內銷售一空。雖然所有人都極喜歡這本書，但意見各自不同，聽來極爲有趣。大家都說你是作者，但有人告訴我，書商宣稱不知此書出自何人。上自王公內閣，下至市井小民，普遍閱讀此書。」他提到「政治人物一致認爲，此書沒有特別的影射，但對於一般人類社會的諷刺過於嚴苛。我們偶爾遇到有些心思較細的人，逐頁尋找特別相符之處，很可能會出版索隱來說明格理弗的計畫。」接著他特別指

(續)

1628-1688)，著有《天路歷程》(*The Pilgrim's Progress*)，風行一時。

73 參閱《綏夫特書翰集》，冊3頁181。

74 同上，頁182。

出當時幾位政治人物、文人、女批評者正反兩面的意見，也提到「貴族平民……全城男女老少」都談論此書，還說「如果此書尚未流傳到愛爾蘭，我相信以上所言足以推薦給你，並要我送上。」[75]至於綏夫特本人在11月27日致波普的信中，提到第二冊有些更動之處(初版分兩冊印行)，還說，「有些人認爲不該對一些團體如此嚴苛，但一般意見是影射特定人士之處最該受到責難；因此在這種情況下，我認爲最好的方法就是隨人去評斷。這裡一位主教說，那本書全是不當的謊言，他一個字也不相信。」[76]這些書信印證了出版當時綏夫特所屬的文人圈對《格理弗遊記》的幾點觀察：(一)此書匿名出版，連書商都宣稱不知作者是誰(雖然綏夫特以往在書信中便向波普透露該書的進度)；(二)此書一出版便風行倫敦，不分貴賤男女老少都樂於閱讀、談論；(三)書中的諷刺確有過火之處；(四)是否涉及影射，人言言殊，然而有人喜歡，也有人不悅；(五)其中的文字未經作者同意便擅自更動。

由於綏夫特涉入政治頗深，長年抨擊惠格黨的政策(許多人對於「伍德半便士硬幣事件」記憶猶新)，再加上書中不少影射時政之處，因此儘管匿名出版，市井之間卻盛傳爲綏夫特所作，除了饒富興味的故事本身之外，不少人是帶著「對號入座」的心理來閱讀，尤其認爲其中多方影射政敵華爾波首相[77]。

75　參閱《綏夫特書翰集》，冊3頁182-83。

76　同上，頁189。

77　詳見內文多處注釋。有趣的是，其子爲著名作家霍雷思．華爾波(Horace Walpole, 1717-1797)，自幼喜讀此書，不但對此書和綏夫

這種閱讀方式固然帶有額外的樂趣，但在文本的接受史上產生了相當負面的影響。首先便是早先文評家以特定的政治立場來閱讀《格理弗遊記》，其中不少是惠格黨的支持者，以致未能就文論文，而多少帶著黨同伐異的心理加以批評。最早的批評來自一位匿名的牧師，在該書問世同年發表〈牧師致友人函〉("A Letter from A Clergyman to His Friend")中，認爲作者心懷「惡意」、「嫉妒」，攻擊政府，而且「既沒有饒過老少、男女、生者與死者，也沒饒過富人、偉人、善人」，至於在表現手法上，「他塑造角色的方法似乎是新的，有如先列出一套惡名和罵人的稱號，然後用在他認爲適當的人身上，絲毫不管那些人是否該受到這樣的待遇。」[78]

早期最嚴苛、仔細的批評之一來自波易爾(John Boyle, 1701-1762)。他的《論綏夫特博士的生平與作品》(*Remarks on the Life and Writings of Dr. Jonathan Swift, Dean of St. Patrick's, Dublin* [1752])形式上是寫給兒子的一系列書信，針對作者的眾多作品一一品評——包括《格理弗遊記》的各部。波易爾認識綏夫特，在書末提到「很少有人比綏夫特博士更有名、更受人尊崇，或更受到嫉妒與責難」，並說「一向視他〔綏夫特〕爲

(續)

特的其他著作多所評注，而且先後撰寫數種格理弗仿作，不因綏夫特對其父之不滿，而影響文學喜好與判斷，詳見威爾雀的〈霍雷思・華爾波與《格理弗遊記》〉(Jeanne K. Welcher, "Horace Walpole and *Gulliver's Travels*")，文收潘恩編輯的《十八世紀文化之研究》(Harry C. Payne, ed., *Studies in Eighteenth-Century Culture*, vol. 12 [Madison: U of Wisconsin P, 1983])，頁45-57。

78 參閱威廉絲編輯的《綏夫特批評資料彙編》，頁68-69。

『時代的摘要和簡史』；無人比他更了解人性——不管是來自人生最高或最低的場景。」[79]然而他對綏夫特的諷刺手法及恨世態度(misanthropy)頗不以爲然：「雖然他的想像和才智取悅人，但他諷刺的惡毒筆觸，縱使有些地方還算合適，但普遍說來卻甚爲嚴厲，以致不只所有人類的行爲，甚至連同人性本身，都被置於最不堪的情況」，而「慧駰國之旅是對人類的眞正侮辱」[80]。文中也提到綏夫特樂於對人施加痛苦，並屢屢批評作者缺乏修養及中庸之道。

波易爾的批評激起一些反駁，其中最著名的來自綏夫特的堂弟兼立傳者狄恩．綏夫特(Deane Swift, 1707-1783)。1755年出版的《論綏夫特博士的生平、作品與性格》(*An Essay Upon the Life, Writings, and Character of Dr. Jonathan Swift*)一書指出，「著名的《格理弗遊記》是針對法律、政治、學問、道德和宗教裡不可勝數的愚蠢、腐敗，予以直接、坦率、尖酸的諷刺」。他一口氣列出幾十種人類罪行，然後理直氣壯地質問：在這種情況下，「一位正義的神職人員，基督信仰的守護者，豈能如不吠的啞犬般悶不作聲？」他進一步引證《聖經》指出，「當人棄絕造物主時，比野獸還可鄙……顯然這就是慧駰國遊記整個諷刺的基礎。」[81]

同年由霍克思渥思(John Hawkesworth, 1715?-1773)出版的六冊《綏夫特作品集》(*The Works of Jonathan Swift*)是作者空前

79 參閱《綏夫特批評資料彙編》，頁131。

80 同上，頁121及127。

81 同上，頁139、144及145。

最完整的文集。霍克思渥思在評論中指出綏夫特在主題與藝術上的重點。在主題上，綏夫特批評人類的傲慢與妄自尊大(pride)，「很可能有意諷刺那些哲學家的傲慢」，而且「壓制傲慢似乎是貫穿作者這些《遊記》中每一部的看法，因爲傲慢的確不是人的天性，並且會產生最荒謬的愚行和最廣泛的災禍」。在藝術上，他肯定綏夫特的寓言，指出作者藉著把人類的行徑放在小人和巨人身上，「很少不引起輕蔑、厭惡或恐怖的」，但這種距離感能讓人更客觀、仔細地檢視人性的弱點[82]。類似霍克思渥思這種正面、深入的評論在當時爲數甚少。

批評綏夫特的也所在多有，如狄渥思(W. H. Dilworth, ?-1783)在1758年的《綏夫特博士生平》(*The Life of Dr. Jonathan Swift, Dean of St. Patrick's, Dublin*)中批評「他的許多觀念令人作嘔，其中有些不雅，有些具有非宗教的傾向」，許多作品「貶低人性，使人們對自己不安，對現存的環境不樂，我們認爲他在這些方面罪證確鑿，無從辯解。」[83]畢提(James Beattie, 1735-1803)於1783年則認爲此書「是種寓言，然而是諷刺和政治的寓言，而不是道德的寓言」，並對其中的蔑視人性不以爲然[84]。哈里斯(James Harris, 1709-1780)在1781年的《歷史語言學探索》(*Philological Inquiries*)中批評《格理弗遊記》，尤其是第四部，指稱其中的「恨世觀很危險，會深深侵蝕道德和宗教的

82 參閱《綏夫特批評資料彙編》，頁151、154及152。

83 同上，頁176。

84 同上，頁196。

基礎。」[85] 當時著名的文人江森博士更是在言談中屢屢抨擊綏夫特。

另一方面，贊同綏夫特的也不乏其人，柏克萊(George-Monck Berkeley, 1763-1793)於1789年回應一些人對綏夫特的兩項指控(恨世、不敬[impiety])，指出作者只不過是描繪罪惡會把人帶入那種不堪的處境，而「犽猢的歷史絕對不能當成對我們本性的任何侮辱」[86]。高德文(William Godwin, 1756-1836)更是對綏夫特推崇備致，認為他在文學上「力求精確」，值得尊敬，而他「堅守原則」、「深思熟慮」，更會「為千秋百代所景仰」。至於《格理弗遊記》，就風格上「在當時的英文找不到更佳的樣本」，而綏夫特其人「可能是當時最強有力的心靈」[87]。

由上述可知，除了出自政治諷刺和寓言的閱讀方式之外，早期批評者的重點在於綏夫特的恨世觀、女人觀和諷刺手法。前者涉及思想史、觀念史(history of ideas)上對於"Pride"(「傲慢／自尊」)觀念的變遷。綏夫特為虔誠的宗教人士，對於人性抱持基督教的觀點，視"Pride"為重大罪行，這在他的宗教和思想脈絡下無疑是相當自然的事，而在文本中則顯現於格理弗的角色塑造。然而，當時思想風氣已有轉變，人們對"Pride"漸持正面評價，肯定人性尊嚴。以後來的觀點來看綏夫特的人性觀，見解扞格事屬當然，其結果便是把特定脈絡下視為當然的人性

85 參閱《綏夫特批評資料彙編》，頁208。

86 同上，頁246-47。

87 同上，頁255及256。

觀當成綏夫特一己的觀點，並據以評斷作者是恨世者，甚至扯上他的生理和心智狀態。有人批評綏夫特的女性觀，認爲他歧視女性，其理甚明，因爲《格理弗遊記》中，尤其是第二部，有不少對女性的不堪描繪。至於有關諷刺或寓言手法的評價，也是眾說紛紜。

以上是18世紀對綏夫特本人和《格理弗遊記》主要的正反面評價，涉及此書早期的聲譽，並影響後人閱讀此書和評論綏夫特的方式。

19世紀

19世紀的批評家距離此書較遠，態度較冷靜，但對此書依然正反意見雜陳。查摩斯(Alexander Chalmers, 1759-1834)於1803年指出，「綏夫特的風格空前純粹、準確，但沒有裝飾或優雅，而且有些地方顯示作者的傲慢與教條作風。」[88]德瑞克(Nathan Drake, 1766-1836)於1805年進一步指出，「這部奇作展現了最豐富的想像，洞察人類的愚蠢、罪惡、弱點，對於倫理、政治、文學提出了許多敏銳的觀察。它的主要目的似乎是要催毀人性的傲慢……然而其中的諷刺過火，以致淪爲對人類的毀謗，第四部尤然」；他甚至把作者這些不滿、恨世歸咎於他的精神狀態[89]。此外，史考特(Sir Walter Scott, 1771-1832)在1814年不但編注、出版綏夫特的作品集，還撰寫、評論他的生

88 參閱《綏夫特批評資料彙編》，頁261。
89 同上，頁275。

平和作品，是早先評論者中見解較爲全面且公允的。在他眼中，《格理弗遊記》雅俗共賞，「也許沒有其他作品曾對各個階層都有如此普遍的吸引力。它爲高尚的讀者提供了個人和政治的諷刺，爲庸俗的人提供了低劣、粗俗的事件，爲浪漫的人提供了奇思，爲年輕、活潑的人提供了機伶才智，爲嚴肅的人提供了道德和策略的教訓，爲被忽略的老年人和雄心未遂的人提供了深沉、苦澀的恨世格言。」在他看來，唯有像綏夫特或狄福者流，才能在「虛構的敘事中，選擇呈現許多細節的事件，讓觀者看來像是眞正的事實。」[90]梅森(William Monck Mason, 1775-1859)也將綏夫特和狄福相提並論，指出兩人相似之處：敘事簡明，情節繁複，表現眞實[91]。然而，傑佛瑞(Francis Jeffrey, 1773-1850)在1816年評論史考特所編的文集時，卻一再認爲綏夫特所有的作品不但沒有揄揚、提升人性，反而貶斥、抹黑[92]。

浪漫主義時期的作家則有不同的評價。哈茲里特(William Hazlitt, 1778-1830)在1818年質疑江森對於綏夫特這位「有創意的天才之作」評價有欠公允，認爲在評論時不宜存黨派之見，而且綏夫特「對於人性採取新看法，就如同來自較高層次的生靈一般。」[93]柯立芝(Samuel Taylor Coleridge, 1772-1834)則認爲「《格理弗遊記》是綏夫特的偉大作品」，對他的文學成就

90 參閱《綏夫特批評資料彙編》，頁288及299-300。

91 同上，頁339-40。

92 同上，頁317及320。

93 同上，頁328-29。

更是推崇備致：「綏夫特的風格完美；形式充分表現了內容，用語恰切，不見斧鑿，是眞眞正正的『簡明』(simplicity)。」[94] 然而，對於綏夫特也不乏一些負面的評價，如歷史家馬考萊(Thomas Babington Macaulay, 1800-1859)和維多利亞時代小說家薩克雷(William Makepeace Thackeray, 1811-1863)都認爲書中對於人性的描述過於悲觀，一些細節過於污穢，對人類充滿了怨恨[95]。然而，伊格斯(John Eagles)在1853年則反駁薩克雷，認爲他的維多利亞價値觀泛道德化、見解狹隘[96]。此後相關的正反面意見不勝枚舉。

20世紀

《格理弗遊記》在英文世界流傳了將近兩百八十年，大致說來，18、19世紀的評論者爲文人、作家，而且很少把作家和作品分開討論[97]。到了20世紀，文學研究逐漸專業化、學術

---

94 參閱《綏夫特批評資料彙編》，頁332。

95 參閱柏威克的《綏夫特的聲譽，1781-1882》(Donald M. Berwick, *The Reputation of Jonathan Swift, 1781-1882* [New York: Haskell House, 1965])，頁56及110。然而薩克雷《十八世紀的英國幽默家》(*The English Humorists of the Eighteenth Century* [1853; London: Smith, Elder & Co., 1899])一書討論的十二位作家中，第一位就是綏夫特，而且專章處理，結論時甚表推崇：「他在我看來是如此的偉大，想到他就宛如想到帝國崩塌。我們可以提出其他偉大的人名——然而我認爲，沒有一個會如此的偉大或如此的憂鬱」(57)。

96 參閱柏威克，頁96。

97 福克思，〈《格理弗遊記》批評史〉，頁280。

化，隨著英文研究的興起，相關評論逐漸出自學者之手[98]。根據羅狄諾的說法，18、19世紀的批評家普遍同意綏夫特和格理弗意在抨擊人性，只是個別的批評家對此攻詰的見解不一；20世紀的批評家則多傾向於為《格理弗遊記》辯護，有不少人主張把作者綏夫特與主角—敘事者格理弗分開處理，如此一來，格理弗非但不是綏夫特的代言人、傳聲筒，反而也成了作者諷刺、批判的對象。

20世紀的綏夫特學者，除了根據新的學術標準及研究成果，編輯、出版一些版本更可靠的散文、詩作、書信，取代以往的版本之外，更根據不同的研究取向與方法，提供不同的詮釋，解讀出不同的意義。柯里福(James L. Clifford)在1974年的一篇文章中，曾將《格理弗遊記》一書的詮釋分為軟(Soft)、硬(Hard)兩派。硬派的詮釋著重於作者的嚴肅、不妥協以及作品的「震驚與艱深」，強調悲劇的涵義；軟派的詮釋著重於作品中諷刺與喜劇的一面。柯里福雖然自知這種區分有簡化之嫌，卻提供了觀察此名作接受史的權宜方便之計[99]。

綏夫特公認是英文文學中最偉大的諷刺作家，而《格理弗

98 諾樂思，《〈格理弗遊記〉：諷刺的政治》(Ronald Knowles, Gulliver's Travels: *The Politics of Satire* [New York: Twayne, 1996])，頁39。

99 詳見柯里福，〈格理弗的第四次航行：硬派與軟派的詮釋〉("Gulliver's Fourth Voyage: 'Hard' and 'Soft' Schools of Interpretation")，文收錢品恩編輯的《十八世紀研究》(Larry Champion, ed., *Quick Springs of Sense: Studies in the Eighteenth Century* [Athens: U of Georgia P, 1974])，頁33-49。

遊記》也一向被視爲諷刺文學的傑作，因此從諷刺文學或諷刺作家的角度所撰寫的論述不勝枚舉。單單筆者過目的資料中，書名中有此明示者，從1940年代到2000年就有戴維思的《綏夫特的諷刺》(*The Satire of Jonathan Swift* [New York: Macmillan, 1947])、羅森海的《綏夫特與諷刺家的藝術》(Edward W. Rosenheim, Jr., *Swift and the Satirist's Art* [Chicago: U of Chicago P, 1963])、李的《綏夫特與排泄諷刺文體》、烏曼的《綏夫特的諷刺與書信》(Craig Hawkins Ulman, *Satire and the Correspondence of Swift* [Cambridge, Mass.: Harvard UP, 1973])、勞森編輯的《綏夫特的諷刺特性》(*The Character of Swift's Satire* [Cranbury, NJ: Associated UP, 1983])、吉莫曼的《綏夫特的敘事諷刺》(Everett Zimmerman, *Swift's Narrative Satires* [Ithaca and London: Cornell UP, 1983])、艾隆的《派系的虛構：綏夫特諷刺中的意識形態封閉》(Daniel Eilon, *Factions' Fictions: Ideological Closure in Swift's Satire* [Newark: U of Delaware P, 1991])、法蘭卡絲的《說服的想像力：語言學理論與綏夫特的諷刺散文》(Marilyn Francus, *The Converting Imagination: Linguistic Theory and Swift's Satiric Prose* [Carbondale and Edwardsville: Southern Illinois UP, 1994])、諾樂思的《〈格理弗遊記〉：諷刺的政治》、佛斯特的《綏夫特：諷刺家的虛構》(Jean-Paul Forster, *Jonathan Swift: The Fictions of the Satirist* [Berne and New York: Peter Lang, 1998])、波義爾的《復仇之神綏夫特：現代性及其諷刺者》(Frank Boyle, *Swift as Nemesis: Modernity and Its Satirist* [Palo Alto, CA: Stanford UP,

2000])[100]。

再就不同的研究取向而言[101]，如艾迪(William Alfred Eddy)於1923年有關書中來源(sources)的研究便是明顯的例證[102]。書中的政治典故多年來吸引了多位學者的注意與辯論，如佛思的《〈格理弗遊記〉的政治意義》(Sir Charles H. Firth, *The Political Significance of* Gulliver's Travels [London: Oxford UP, 1919])、凱思的《〈格理弗遊記〉四論》、洛克的《〈格理弗

100 其他由諧仿、反諷(irony)、奇幻(fantasy)等角度探討此書的論述也所在多有，此處不贅。

101 下文只是略舉若干例證，對綏夫特本人作品感興趣的讀者，可參閱提林克與斯庫登合編的《綏夫特著作書目》(Herman Teerink and Arthur H. Scouten, eds., *A Bibliography of the Writings of Jonathan Swift*, 2nd ed., rev. and corr. [Ann Arbor, MI: UMI])；對相關評論感興趣的讀者，可參閱蘭達與托賓合編的《綏夫特評論清單，1895-1945》(Louis A. Landa and James Edward Tobin, eds., *Jonathan Swift: A List of Critical Studies Published from 1895 to 1945* [rpt. New York: Octagon Books, 1975])；昆達那的〈綏夫特學術與評論簡評，1945-1965〉(Ricardo Quintana, "A Modest Appraisal: Swift Scholarship and Criticism, 1945-65")，文收傑法雷思編輯的《綏夫特三百年慶》(Norman A. Jeffares, ed., *Fair Liberty Was All His Cry: A Tercentenary Tribute to Jonathan Swift, 1667-1745* [London: Macmillan, 1967])，頁342-55；拉蒙特的〈綏夫特評論與傳記清單，1945-1965〉(Claire Lamont, "A Checklist of Critical and Biographical Writings on Jonathan Swift, 1945-65")，文收《綏夫特三百年慶》，頁356-91；斯達息思編輯的《綏夫特研究書目，1945-1965》(James J. Stathis, ed., *A Bibliography of Swift Studies, 1945-1965* [Nashville: Vanderbilt UP, 1967])；以及羅狄諾編輯的《綏夫特研究書目提要，1965-1980》(*Swift Studies, 1965-1980: An Annotated Bibliography* [New York, Garland, 1984])。

102 詳見其《〈格理弗遊記〉之批判性研究》(Gulliver's Travels: *A Critical Study* [Princeton, NJ: Princeton UP, 1923])。

遊記〉的政治》、當尼的《政治作家綏夫特》(*Jonathan Swift: Political Writer* [London: Routledge, 1984])，相關的政治與科學的探源之作，也見於尼柯蓀與莫樂合著的〈綏夫特《飛行島遊記》的科學背景〉(Marjorie Hope Nicolson and Nora M. Mohler, "The Scientific Background of Swift's *Voyage to Laputa*"，文收《科學與想像》[*Science and Imagination* (Ithaca: Great Seal Books, 1956), pp. 110-54])；艾倫普萊思於1962-1983年出版的三冊《綏夫特：其人、作品與時代》(Irvin Ehrenpreis, *Swift: The Man, His Works, and the Age* [London: Methuen, 1962-83])，讓世人對綏夫特有更周全的了解；有關綏夫特與教會的關係見於蘭達的《綏夫特與愛爾蘭教會》(*Swift and the Church of Ireland* [Oxford: Clarendon Press, 1954])；馬侯尼的《綏夫特的愛爾蘭認同》探討愛爾蘭在綏夫特的生平及創作中所扮演的角色。其實，20世紀具有影響力的批評學派與方法，都可在綏夫特研究中找到具體的呈現[103]。

---

103 如福克思在〈《格理弗遊記》批評史〉一文便臚列了下列的例證：著重於觀念史的研究，可見於艾德(Lucius Elder, 1920)、樂喬義(A. O. Lovejoy, 1921)、溫德(T. O. Wedell, 1926)、羅斯(John F. Ross, 1941)等人；著重於文本研究的新批評(New Criticism)研究取向，可見於戴維思(1938)、昆達那(1948)、凱林(Harold Kelling, 1952)、普萊思(Martin Price, 1953)、艾華德(William B. Ewald, 1954)、艾理特(Robert C. Elliott, 1960)、梅克(Maynard Mack, 1964)；著重於閱讀過程及接受史的讀者反應理論(Reader Response Criticism)，可見於勞森(1973)、烏豪思(Robert Uphaus, 1979)、史密思(1984)、漢蒙德(Brean S. Hammond, 1988)、艾肯思(Janet Aikins, 1990)、孔龍(Michael J. Conlon, 1995)等人的研究；著重於歷史及殖民經驗的研究，尤其是英格蘭—愛爾蘭的殖

此外，不同的批評手法也見於一些專書中，如薛克爾在所編的《教導綏夫特的種種批評途徑》一書，不但在緒論言簡意賅地指出綏夫特批評史上常見的一些批評手法(1-16)，第一篇的五章分別討論的一般途徑(General Approaches)包括了後結構主義理論(Poststructuralist theories)、綏夫特與愛爾蘭(後殖民主義)、綏夫特與英國政治意識形態、女性主義、對於抽象觀念的操控與扭曲(the manipulation and distortion of abstractions)等五項(19-88)。福克思在他爲「當代批評個案研究」系列(Case Studies in Contemporary Criticism)所編的《格理弗遊記》中，更示範了如何將女性主義批評(Feminist Criticism)、新歷史主義(New Historicism)、解構批評(Deconstruction)、讀者反應批評(Reader-Response Criticism)、心理分析批評(Psychoanalytic Criticism)五種批評途徑，運用於解讀這部文學傑作[104]。這些在在顯示了20世紀在文學研究建制化的情況下，學院學者對於綏

(續)

民經驗(Anglo-Irish colonial experience)，可見於法布里肯(Carole Fabricant, 1982)、佛格森(Oliver Ferguson, 1962)、卡本特(Andrew Carpenter, 1977)、狄恩(Seamus Deane, 1986)、豪思(Clement Hawes, 1991)、雷里(Patrick Reilly, 1982)、麥克敏(1992)、麥克肯昂(Michael McKeon, 1987)等人的研究。此外，薩依德(1983)也曾從政治史和知識分子的角度來探討綏夫特。而諾樂思在其《格理弗遊記》研究專著第三章〈批評界的接受情形〉("The Critical Reception," 32-43)，也簡述了此書的接受史。

104 值得一提的是，漢蒙德在以教學與導讀爲導向的《格理弗遊記》(*Gulliver's Travels* [Philadelphia: Open UP, 1988])伊始，直指美學反應理論家伊哲(Wolfgang Iser, theory of aesthetic response)之名，全書並透過問題與討論的方式，引導讀者留意於自己的閱讀過程與反應，是有關此書的導讀中，性質相當特殊的一本。

夫特研究，尤其是《格理弗遊記》研究的積極介入和具體成果。這些都賦予綏夫特和《格理弗遊記》當代的詮釋和意義，擴大我們對其人其書的了解，展現了文學作品中歷久彌新的一面。

另類的接受史：仿作、續書、簡化(童書化)

在《格理弗遊記》的接受史上，另一個有趣的現象便是仿作、續書。這些原本便是綏夫特當時文人墨客之間流行的遊戲，由仿作與續書的多寡可以看出作品受歡迎的程度。波普仿小人、巨人、馬匹和格理弗太太的口吻寫給格理弗的四首打油詩，附於1727年出版的《格理弗遊記》。綏夫特在自己的書信中和署於1727年4月2日的〈格理弗船長致辛普森表兄弟函〉中，提到此書出版後，有許多相似的「諷刺之文、索隱、回想、追憶、續篇……那些連篇累牘之作的作家意見不一，有些不許我成爲自己遊記的作者，有些則把完全陌生的作品強加在我的名下。」因此出現了"Gulliveriana"一詞專門形容這類續格理弗之作。相關資料中較完備的當屬威爾雀和布希(George E. Bush, Jr.)合作的系列。此系列前六冊由兩人合編，是有關《格理弗遊記》仿作與續書的文字資料，第七、八冊由威爾雀一人編輯，第七冊爲《〈格理弗遊記〉的圖像仿作，1726-1830》(*Visual Imitations of* Gulliver's Travels*, 1726-1830* [Delmar, NY: Scholars' Fascimiles & Reprints, 1999])，第八冊爲《格理弗仿作之書目提要，1721-1800》(*An Annotated List of Gulliveriana, 1721-1800* [Delmar, NY: Scholars' Fascimiles & Reprints,

1988])。甚至1999年，依然有蘇格蘭女作家費爾(Alison Fell)從格理弗太太的角度，撰寫長篇續集，回應幾個世紀以來的男性沙文主義[105]。威爾雀指出，這些續書以往在教學上遭人忽略，但分別代表了對原著的態度、詮釋、細讀、回應，值得善加利用[106]。

其次就是簡化與童書化。由於《格理弗遊記》全書想像豐富，尤其格理弗到小人國與大人國的遊記結構完整，對比強烈而鮮明，因此經常被簡化(腰斬)、改寫成兒童文學、改編成影片等，以致許多人只知道格理弗到這兩國的遊歷，而不知這些並非此一文學傑作的全部。這種簡化雖然使得一般讀者在童年便能接觸到這部出奇的想像文學，但代價則是可能誤認前兩部爲此經典之作的全貌，也錯失了後兩部的激烈諷刺，未能探究全書的微言大義。

國外流傳史——初期

以上簡述係針對此書在英文世界的流傳，至於在其他語文和地區的流傳，就必須借助翻譯。本書出版次年便有法文、荷蘭文、德文版問世，四年後也出現義大利文版，就當時而言，

105 參閱費爾，《厘厘普女人，又名，追逐》(*The Mistress of Lilliput, or, The Pursuit* [London and New York: Doubleday, 1999])。

106 參閱威爾雀〈格理弗續作：閱讀《格理弗遊記》的種種方式〉("Gulliveriana: Ways of Reading *Gulliver's Travels*")，文收雷理編輯的《如何教綏夫特的〈格理弗遊記〉》(Edward J. Rielly, ed., *Approaches to Teaching Swift's* Gulliver's Travels [New York: MLA, 1988])，頁96-101。

流傳之迅速與廣泛可謂甚爲罕見。

從第一本法譯本以及譯者與綏夫特來往的信件中，我們可以看出此書最早期的翻譯史。法譯者德思逢泰(Abbe Pierre-Francois Guyot Desfontaines, 1685-1745)在1727年的〈譯者序〉("Preface du Traducteur," *Voyages de Gulliver*, I, pp. v-xxviii)中提到，「英文原著於去年底出版，三周內在倫敦賣出一萬冊，流通於英格蘭及其他地方」，而住在巴黎的一位英國貴族幾乎在此書出版之後立即取得，此人和其他人都向譯者盛讚此書[107]。序文特別提到原著諷刺的是英國，兩國國情不同(其實當時英法兩國經常處於敵對狀態)，部分寓言不知是何影射，因此譯文中刪去。此外，法譯本也有些改動，以符合法國人較優雅的品味[108]。譯者甚至自認譯作有些地方猶勝原作一籌，但譯作並未全像法國的作品，因爲「外國人總是外國人，不管他的才智、修養如何，總是保有一些自己的口音和行爲。」[109]文中還提到當時荷蘭也有一個譯本正在付印，雖然他還沒看到，但相信自己的譯本勝過荷文譯本，並且盼望法譯本在法國能像原著在英國一樣成功[110]。

有趣的是，序文中還穿插了一段貶謫原作者的文字：「然而此處我不願掩飾自己在綏夫特先生〔可見當時連法譯者都知道原作者是誰〕這部作品中所發現的一些差勁、甚至很糟糕的

107 參閱《綏夫特批評資料彙編》，頁82及78。

108 同上，頁79-80及83。

109 同上，頁82及83。

110 同上，頁80及82。

部分；不知所云的寓言，枯燥無味的影射，幼稚愚蠢的細節，低劣的思想，乏味的重複，粗俗的笑話，沒頭沒腦的幽默；總之，一些若照字面譯成法文會顯得不雅、可鄙、空泛的事情。」譯者認爲，這些若譯成法文，會違反當時的文學品味，遭人責難[111]。有趣的是，後來譯者驚聞綏夫特有意造訪法國，遂於6月23日致函原作者，附上該書第二版，並說明原先有意致贈第一版，但因其中一段貶損的文字實非出於己意(眞正原因無法透露)，唯恐引發作者不悅，故未寄上，然而該書銷售情況良好，先前的原因已不復存在，所以在第二版中立即刪除。信中並坦承由於國情不同，所以法譯本是「自由而寬鬆的翻譯」("a free and loose translation")，甚至在原作的激發下有所增添[112]。

其實綏夫特並未訪問法國，但在7月的回函中，對譯者的改譯和國情不同的說詞，語帶諷刺地回應如下：大多數的譯者揄揚原作，自己的名聲多少仰賴原作者的名聲，法譯者卻自認有能力改善一本壞書，這遠比寫一本好書困難；品味雖各不同，但好品味則是一致的，如果格理弗的作品只爲英倫諸島而寫，則必然是很差勁的作品——書中所指摘的罪惡與愚行，各處皆有，若只爲一地一國而寫，不但不值得翻譯，甚至不值得一讀。綏夫特在信中並稱，「這位格理弗的支持者人數眾多，而且認爲他的書會與我們的語言〔英文〕一樣長存。」[113]可見，綏夫特雖然對法譯者語多不滿，卻依然不願承認自己是本書

111 參閱《綏夫特批評資料彙編》，頁79。

112 同上，頁87。

113 同上，頁87及88。

作者。

由法譯者6月的信中提到附上第二版的譯本，以及法譯的兩篇書評分別出現於該年5、6月，可見法譯本是在很短的時間內翻譯、印行，不但暢銷，而且引起書評家的注意。法譯者並於1730年假借「編者」的名義，仿照原書寫出哲學遊記《新格理弗遊記——格理弗船長之子歷險記》(*Le Nouveau Gulliver, ou Goyages de Jean Gulliver, fils du Capitaine Gulliver*)，很受歡迎，次年便出現了英文和義大利文譯本[114]，不但回流英國，更擴展到義大利文的讀者，成爲格理弗流傳史外一章。

當時的法國文豪伏爾泰(Voltaire, 1694-1778)很推崇綏夫特，在1727年2月致帖里特(M. Thieriot)的信函中，推薦翻譯《格理弗遊記》：「如果你盼望執行先前告訴我的翻譯一本英文書的計畫，《格理弗遊記》也許是唯一適合你的。就像我告訴你的，他是英國的拉伯雷(François Rabelais, 1494?-1553，法國諷刺名家)，但他的作品不像拉伯雷那樣夾雜了垃圾。」[115]伏爾泰在1734年的信函和1756年的文章中，不但直指綏夫特的名字，並認爲他猶勝拉伯雷一籌("He is Rabelais perfected")[116]。史考特在1814年也提到，「《格理弗遊記》的名氣很快就傳到了其他國家。伏爾泰當時在英格蘭，把它的名聲傳給在法國與他通信的人，並且推薦翻譯。」[117]英國浪漫主義時期的作家哈

114 參閱《綏夫特批評資料彙編》，頁78。

115 同上，頁73。

116 同上，頁75。

117 同上，頁294。

茲里特在1816年比較綏夫特、拉伯雷和伏爾泰三人時，指出「公認他們是現代最偉大的三位才智之士，但每位的才智都很特殊。……綏夫特的才智(特別是他的主要散文作品)是嚴肅、譏諷、實際的；拉伯雷的才智是奇幻、歡樂的；伏爾泰的才智是輕鬆、好玩、文字的。綏夫特有的是理智的才智；拉伯雷有的是胡說的才智；伏爾泰有的是對二者冷漠以對的才智。」[118]

《格理弗遊記》在倫敦問世的第二年，歐陸就出現了法文、荷蘭文、德文譯本，四年後又出現義大利文譯本。然而就筆者寓目的資料中，德思逢泰的法譯本是綏夫特本人唯一有所回應的譯本。此後，相關的譯本、改寫層出不窮，不勝枚舉，超越了一時、一地、一語的限制，而以各種語文普及世界各地[119]。即使中文世界的譯本也不可勝數，歷久不衰，甚至現在還經常出現新譯本[120]。

118 參閱《綏夫特批評資料彙編》，頁329-30。

119 艾西莫夫(Isaac Asimov, 1920-1992)編注的《注解本格理弗遊記》(*The Annotated Gulliver's Travels* [New York: Clarkson N. Potter, 1980])列出了直到1961年的九十二個具有代表性的譯本(295-96)，但也只限於可以用字母拼出來的文字，不包括中譯本。

120 如樽本照雄編輯的《新編增補清末民初小說目錄》(濟南：齊魯書社，2002年)中，有關此書中譯的書目資料列出了十七個條目(頁94, 185, 227-28, 330, 688, 780)。張靜二的《西洋文學在台灣研究書目，1946-2000年》(台北：國科會人文中心，2004年6月)資料，雖僅限於台灣地區，但總共有二十五筆。此書中譯本之風行，由下文可見一斑。

中譯史
格理弗中土遊記——中外翻譯史上罕見的誤譯

然而在中外翻譯史上，像《格理弗遊記》(舊譯《格列佛遊記》、《格利佛遊記》或《大小人國遊記》)這般普受歡迎卻又遭到誤譯與誤解的作品極爲罕見。誇張一點地說，《格理弗遊記》的中譯史本身便是一部誤譯史(a history of mistranslation)，因爲這部公認爲英國／英文文學的經典諷刺敘事在進入中文世界之後，不但易「文」改裝，而且改頭換面幅度之大不只是「一新耳目」，甚且是「面目全非」了。因此，這裡便呈現了一個弔詭的現象：一方面《格理弗遊記》在中文世界裡幾乎是一部人盡皆知的兒童文學、奇幻文學之作，另一方面這種「盛名」反倒掩蓋了這部作品原先在英文世界的經典文學地位，以及作者綏夫特身爲英國文學史上最偉大的諷刺作家之評價。換言之，過分強調這部作品中童話、奇幻的成分，固然凸顯出這方面的豐富性，卻也付出高昂的代價[121]。這些從以往的中譯便

121 柯索克(Heinz Kosok)分析《格理弗遊記》的十七個德文兒童譯本之後，發現都經過相當程度的改編。這些改編代表了出版者和編者爲了市場的考量對此文本所作的詮釋，這些詮釋分爲五類：翻譯、縮減、重寫、注釋、圖說。經過這番處理之後，所剩的主要是「童話的成分和冒險故事的情節」。他的發現相當程度也反映了中文兒童譯本的情況。柯索克懷疑，如此一來，世界各地的人閱讀不同語文的譯本，其實並無「共同的文學傳承」可言。參閱其〈格理弗的兒童：爲年輕讀者轉型的一部經典作品〉(“Gulliver’s Children: A Classic Transformed for Young Readers”)，文收雷阿爾與維肯合編的《慕斯特第一屆綏夫特國際研討會論文

可明顯看出。

此書的中譯本或改寫本固然不勝枚舉，但第一個中譯本卻是直到清同治十一年(西元1872年)才出現於報章，距離原書出版一百四十六年，在時間上有將近一個半世紀的落差，遠遠落後於其他歐洲語文的譯本。而且，出現的形式與其說是翻譯，不如說是「改寫」，因爲裡面的主角已經易容改裝爲中國人了。翻譯研究者勒菲弗爾(André Lefevere)曾說：「重寫操控而且有效。因此，更有理由去研究它」("Rewriting manipulates, and it is effective. All the more reason, then, to study it.")[122]。旨哉斯言。

在正式談論此書在中文世界的流傳之前，不妨稍稍談談此書對於中國的再現。喜好探險、增長見聞的格理弗雖然足跡遠至日本，卻未曾涉足中國[123]。然而，「中國」在《格理弗遊

(續)

集》，頁135-44。引文見頁144。

122 勒菲弗爾，《翻譯、重寫與文學名聲的操控》(*Translation, Rewriting, and the Manipulation of Literary Fame* (London and New York: Routledge, 1992)，頁9。

123 由於第三部描寫格理弗到日本的情形，以及當時日本人在鎖國政策下對於基督教的處置，所以日本人對此書特別感興趣。相關研究可參閱江森等人的《〈格理弗遊記〉與日本：一個新讀法》(Maurice Johnson, Kitagaki Muneharu [北垣宗治], and Philip Williams, Gulliver's Travels *and Japan: A New Reading* [Kyoto, Japan: Amherst House, Doshisha University, 1977])。其實，張伯倫(B. H. Chamberlain)早在1879年的一篇文章中，就把和莊兵衛(Wasobyoe)稱爲「日本的格理弗」，指出日文原本上的年代標示爲1774年，並且英譯出部分供英文讀者消遣之用。張伯倫在文章伊始的腳注中特別指出，「和莊兵衛」中的「和」字代表「日本」，「莊」字代表以寓言聞名的中國道家「莊子」。參閱張伯

記》裡出現四次。第一次是主角在小人國時，取笑該國的寫字方式：「他們寫字的方式很奇特，既不像歐洲人那樣從左到右……也不像中文那樣從上到下」(41)。第二次是在大人國時，王后「下令取來最細的絲爲我縫製衣服；……衣服是按照該國的式樣，一部分像波斯式，一部分像中國式，是很莊嚴高雅的衣著」(89)。另外，在談到大人國的印刷藝術時，格理弗有如下的說法：「他們的印刷藝術，就像中國一樣源遠流長」(120)。最後，他對慧駰的語言則是這麼說的：「我清楚觀察到他們的語言能夠把這些感情表達得很好，而且這些文字不必花什麼氣力就能轉換爲字母，比中文還容易」(201)[124]。這裡可以清楚看到，《格理弗遊記》裡把中國當成具有代表性的文明，以印刷藝術和語言文字聞名，也以獨特的衣著式樣著稱。簡言之，這就是格理弗所認知以及在他的著名遊記中所再現的

(續)

倫，〈和莊兵衛：日本的格理弗〉("Wasobyoe, the Japanese Gulliver")，文收*Transactions of the Asiatic Society of Japan* 7 (1879): 287-313。一百多年後，日本學者高瀨文子(Fumiko Takase)指出，《格理弗遊記》透過平賀源内的《風流志道軒傳》(Hiraga Gennai, *Furyu Shidoken-den*)影響湯国士(Yukokushi)(93)，而寫出《和莊兵衛》」，因此《和莊兵衛》「就某個方式來説，結合了《莊子》與平賀源内的想像航行」(92)。參閱高瀨文子，〈格理弗與和莊兵衛〉("Gulliver and Wasobee," *Swift Studies* 4 [1989]: 91-94)。筆者認爲此二文著重於考證《和莊兵衛》與《格理弗遊記》的關係，雖然提到莊子，卻未提中國其他的遊記文學或奇幻文學之作。感謝雷阿爾教授提供這兩篇論文。

124 參閱戴維思編注的《格理弗遊記》(*Gulliver's Travels* [Oxford: Basil Blackwell, 1941])，頁41, 89, 120及201。但該書索引遺漏了第89頁。

中國。

然而，全世界最多人使用的中文又是如何再現《格理弗遊記》的呢？或者說，一向自認置身於世界中心的「中國」或「中土」，又是如何來認知這個文本的呢？就此而言，從未涉足中國的格理弗，他的「旅遊」只能透過翻譯來達成。此節旨在探討這個文本在中國或中文世界的接受史，並以早期的三個中譯本爲對象。

第一本中譯／改寫——《談瀛小錄》

一般人以爲清末民初翻譯名家林紓與人合譯的《海外軒渠錄》是此書的第一個中譯，其實不然。此書的第一個「中譯」《談瀛小錄》其實是改寫，於清同治11年4月15至18日(1872年5月21至24日)連載於當時的《申報》，比林紓的第一本中譯《巴黎茶花女遺事》(出版於1899年)早了將近三十年。《申報》由英國茶商美查(Ernest Major)在1872年4月30日創立於上海，1949年5月27日結束營業，總共發行兩萬五千六百期，是中國當時最風行且最具權威的日報。《談瀛小錄》首次出現於第十八期，當時該報創刊甫三星期，總共連載四天[125]。然而，這個版本若非完全違反、至少也是偏離了該報所設定的目標：報導事實眞相，評論公眾議題。

細觀《申報》版的譯本就可發現幾項特色。首先，此時

125 《申報，一八七二～一八八七》，第一冊(台北：台灣學生書局，1965［重印］)，頁130-31, 137-38, 146-47, 153-54。

《申報》初創，報上刊登廣告希望民眾能加入提供資訊的行列，而由該報的內容可充分感受到「開民智」的意圖。然而，這個翻譯的連載卻與其他新聞報導、評論同置一處，並未標示其爲翻譯、文學作品或虛構。以第一次刊載爲例，在《談瀛小錄》之前是署名「冷眼叟」所寫的〈擬請禁止野雞設立夫頭議〉，之後的三篇新聞報導分別是關於博物館、考古和一艘二十六門砲新戰艦的消息[126]。此譯文夾在新聞報導與時事評論之間，就該報體例而言，呈現虛實夾雜的現象，這種編排方式可能讓讀者「虛實莫辨」：如果讀者「以虛爲實」，固非譯者與編者所願；如果進而「以實爲虛」，連帶對其他的報導與評論起疑，則更有違報紙的初衷。另一種想法——這應該也是編者的想法——便是：讀者通曉文學與文化成規(literary and cultural conventions)，對於譯者和編者的策略「默而識之」，因此非但未受影響，反而因爲自己的默識能力(competence)自由出入於虛實之間而怡然自得，甚至沾沾自喜。然而，如果以爲中文讀者會天眞地把這個連載的敘事當成主角的眞實遭遇，未免失之荒謬——儘管它表面上看來像是眞人實事，而且夾於其他新聞報導與時事評論之間。因爲當時的讀者自小浸淫於中國文學，可輕易了解這是一篇文學創作，遵循的是到異地他方遊歷的中國文學敘事傳統，尤其是李汝珍的長篇小說《鏡花緣》(1828年出版)。

126 《申報，一八七二～一八八七》，第一冊，頁129及131。

第二頁

四百文或六百文不可稍遠者非八百文一千文不可否則將行李停歇百般挾制必遂其所欲而始行爲客商者均皆備具之人一經訛詐敢怒而不敢言惟命是聽而已若一人僅有一肩行李不難自爲護[illegible]若一人而有數肩行李又值該野鷄蜂擁蟻集拉東扯西不能兼顧或失零物或失衣箱甚至官失文憑商失賬目其患有不可勝言者該野鷄均係烏合之衆無業游民追之則無蹤覓之已無跡矣予向居滬濱與金利源棧爲比鄰暇時則臨江眺望此等惡習聞之已久日前有友自都門來由輪船至金方東馬頭登岸行李零物不滿十件計夫四名僅可挑撒該野雞互相爭奪竟至八名始行挑完至于家少須每名給以力錢四十文豈意群相喧鬨皆曰每名至少非三百文不可予友以理與之分剖彼反大聲肆詈旁觀亦爲不平予惟含忍解紛慰以善言每名加至錢百二十文彼方嘵嘵散去夫以百步之路頃刻之時務欲需索滿慾而後已若路涉稍遠時須稍久者必非累百盈千而不可我願該棧主人及各馬頭棧主細查積弊大發宏慈或稟請中外各官出示曉諭或各棧主人公議條規設立夫頭將各野雞中擇其携有眷屬爲人樸實者充當各馬頭挑夫另造花名清冊存案有船到岸專司挑撒行李送至寓棧按地段之遠近給力錢之多寡倘敢仍蹈舊習勒索過分以及物件遺失等弊惟夫頭是問若有不遵官示公議未在夫頭處報名上冊者不准結夥各馬頭強搶挑担如尚有冊外野雞攙雜惟夫頭及各棧夫盡力驅逐勿稍姑息庶賓至有如歸之樂客來無失路之悲矣客商幸甚國人幸甚

談瀛小錄

昨有友人送一稿至本館所傳之事最爲新異但其書爲何人之筆其事爲何時之事則友人均未周知蓋從一舊族書籍中檢出觀其紙墨約數幾三百餘年物也今節錄之以廣異聞云爾　此稿未完

某家爾鍊爾東數世以懋遷爲業父生四子予乃三索所得者幼曾學醫至將冠時父娶之賈游每附海舶抵澎湖厦門等埠貿易貨貝數年父病歿生意日漸蕭條貲產亦漸銷耗正無可爲計適有一富號業沙船走閩廣者延予船中會計交易事遂襆被登舟前赴瓊山于初夏解纜放洋行近海南忽遇颶毋任颶浪高百丈舵工欄不能自主大桅亦被吹折幸風稍殺不至傾覆然駕駛之技一無所施晨只得隨波逐浪聽其所之連六七日夜風卒不息但知爲向東南行而已迫風輕小仍無法顧流去看有何地可以停泊如是者約月餘時船上水手等甚困苦且告絕糧內八人已殉其餘亦俱軟弱無人理贓作楚囚相對耳忽船頭迎面見一小島遙望更有一大島風勢陡逼無由趨避船身遂直碰其上劃然一聲天傾地震而船已分爲兩截急放小艇下水魚貫而入者計六人予即其一也船上各人若何情形未及知矣行近大島小艇又覆六人者皆滅頂予以稍能泅水幸不葬鯨鯢之腹其五人則早入水晶宮不堪問訊矣浮水約一時許始覺足底踏有軟泥而仰觀彼岸則尚有一里之遙蓋蓬萊清淺故也逾一二刻始及岸既登則一望平蕪四無房屋并絕少行迹惟見牛毛細樹密如棻葉緊如麥苗而已行約數百步以腹久空枵彳亍烈日中精力困憊神志昏迷亦仆地偃臥不知所云至次早醒時則已仰天臥正欲欠身起立而分毫不能展動審之益四肢緊縛地上髮用細繩細縛即頭髮亦被綁結牢固已直挺如僵尸矣仰觀彼蒼日光射目困苦殆萬不可忍旋覺耳畔有細聲如蚓之吟月蚊之聚雷者然紛紛藉藉衆喙爭鳴嗣覺有一物蠕蠕由左足上漸趨胸腹至頸旁予乃啟目流盼見一細小之人高僅四五寸衣服完牢手挾弓矢腰佩箭壺劍室須臾之間紛至沓來蟻集予身幾有四五十人之多驚怪間大聲呼叫衆盡辟易駭走紛紛落地不久復來有一大膽者逕登予面失聲呼刻[illegible]

附圖13　第一個中譯本《談瀛小錄》於清同治11年4月15日(1872年5月21日)起，在《申報》連載四日。

其次，這篇文章就像其他的新聞報導一樣，並未載明作者(譯者)的姓名，以致不知究竟出自誰人之手。換言之，譯者完全不爲人知。借用范紐提(Lawrence Venuti)的說法，譯者「隱而未現」[127]。然而可以確定的是，此人精通中英文，必然是極少數涉及洋務的高級知識分子。依當時的歷史情況來判斷，譯者可能是清政府自1860年代開始派遣海外的留學生，目的在於求取富國強兵之道，以抵禦外侮。也可能是西洋傳教士所訓練的外語人才，目的在於把基督教傳入中國。還有便是從事國外貿易的商人或買辦。無論如何，這個譯本證明了學習外語的實用目的並未抹煞譯者對於文學的興趣。簡言之，譯者和讀者都是知識分子，熟悉中國古典文學，並且關切時事。

就語言而言，《談瀛小錄》遵循《申報》的體例，使用文言文(而文言文一直到半個世紀，也就是1919年的五四運動，之後才逐漸失勢)。這種語言策略有幾項目的。就風格而言，譯者或改寫者以根深蒂固的文言，將這個外國文本加以本土化(nativize)、馴化(domesticate)或歸化(naturalize)，使它看來與一般中國作品無異。就社會而言，以典雅的風格作爲媒介，使得文本更爲可親／可欽。再者，選用精簡的風格，不但節省篇幅，也與該報的其他文章相符。就翻譯而言，這符合了原作稍帶古意的風格。與英文原文相較，《談瀛小錄》特殊之處在於既未分段，也無任何標點。

127 可參閱范紐提，《譯者的隱而未現：翻譯史》(Lawrence Venuti, *The Translator's Invisibility: A History of Translation* [London and New York: Routledge, 1995])。

然而譯者最驚人之舉，就是在技巧上所使用的馴化、歸化或挪用的方式。《談瀛小錄》所採取的寫作／改寫策略，有意加強「眞實」的印象，以符合報紙的性質。其實，綏夫特的原作便諧仿當時流行的遊記，以自述的方式強調其為「紀實」，除了明確的年月日之外(雖然其中不免有些訛誤或矛盾之處)，甚至連這些「子虛烏有」之地都還煞有介事地附上地圖，以示確有其地。然而《談瀛小錄》開頭不是主角現身訴說親身的冒險，而是以「頭上安頭」的方式，加了一段文字，指稱有人發現數百年前之「遺稿」，提供給報社披露：「昨有友人送一稿至本館[，]所傳之事最爲新異[。]但其書爲何人之筆[，]其事爲何時之事[，]則友人均未周知[。]蓋從一舊族書籍中檢出[。]觀其紙墨霉敗[，]幾三百餘年物也[。][128]今節改錄之[，]以廣異聞云爾。」[129]在敘事文本身之前的這段文字(與下文之間空了一格，以示區隔)，不但回應了這份當時發刊才三星期的報紙，希望讀者親送或郵寄値得發表的題材，也很有效地將整個敘事中文化或漢化。

爲了進一步馴化這個「異文本」——兼指「奇異」、「異地」、「異語」、「異文化」的文本——《談瀛小錄》與原著一樣以第一人稱敘述這個故事，卻把身爲主角的英格蘭人格理弗，轉化爲居住在中國大陸東南沿海的無名人士。開頭改寫如下：

128　其實距離原著初版一百四十六年。

129　《申報，一八七二～一八八七》，第一冊，頁130。

> 某家籍隸甬東[位於浙江寧波之東][，]家世以懋遷爲業[。]父生四子[，]予乃三索所得者[。]幼曾學書[，]至將冠時[，]父挈之賈游[，]每附海船抵澎湖[、]廈門等埠[，]貿易貨具[。]數年[，]父病歿[，]生意日漸蕭條[，]貲產亦漸銷耗[，]正無可爲計[，]適有一富號業沙船走閩廣者[，]延司舶中會計交易事[，]遂襆被登舟[，]前赴瓊山[。]于初夏解纜放洋[，]近海南[，]忽遇颶風狂飈[，]浪高百丈……[130]

因此《格理弗遊記》初次被引介給中國讀者時，是當成原創性的寫作，而不是翻譯。簡言之，整個文本依照該報體例，以文言撰寫，沒有標點，並把主角轉化爲中國東南沿海人士，爲了生計，須經常赴海外經商，一次遭逢海難，只有他一人死裡逃生，未被吞到鯨魚腹內，好不容易到達陸地，因疲憊沉沉入睡，醒來發現自己被綁在地上——接下來便是此人在小人國的奇遇。

在四天的連載中，第一篇以這位無名敘事者的吃喝結束（篇首曾註明「此稿未完」）[131]。第二篇開始於國王的信差到達，結束於敘事者想洗滌身上的髒衣服，脫去渾身上下衣物，使得在場的所有小人國女士倉皇逃逸。有關主角裸體一事，係改寫原

130 《申報，一八七二～一八八七》，第一冊，頁130。
131 同上。

作中格理弗撒尿的情節。第三篇以小人爲主角搜身開始，以遊行結束。遊行的情節也改寫成敘事者猛烈咳嗽，使得從他胯下遊行的軍隊倒退數十步，彼此相撞，有些人甚至丟盔棄甲，狂呼奔逃。經過如此改寫，更顯出敘事者一夫當關的威猛氣勢。最後一天連載的情節最爲複雜，敘述的是主角如何俘虜敵方艦隊，如何情急之下以撒尿澆熄皇宮大火，離開小人國，半個月後抵達八百媳婦國。這個國家完全不見於原作，而是改寫者憑空捏造。主角就在這個國家，而不是回到自己的故國，告訴身軀與他一般大小的居民，他出航中的奇遇。全文結尾時明白表示：「此錄甚繁[，]今節刊之如左[，應爲「如右」]，其中尚有妙文[，]容俟下期續佈。」[132]然而譯者——或者該說，改寫者——這個承諾並未實現。

《談瀛小錄》連載不過四日，戛然而止，毫無下文。筆者猜想可能有幾個原因：文言精簡，每日連載，耗稿量大，翻譯不及，無以爲繼；虛構之文與報紙的紀實性質不符，夾雜其間，即使讀者能默識文學成規，依然難免不倫不類之譏；正式發行之後，報紙走向較爲明確，稿源漸趨穩定，不需再以翻譯奇幻之文來充版面。再者，就報紙而言，讀者的反應想必也扮演相當程度的角色。

總之，報紙編輯並未區隔連載故事《談瀛小錄》與其他新聞報導或時事評論，因爲他相信讀者有能力辨識事實和虛構。這位匿名的譯者／改寫者甚至把主角改寫成中國人，毫不猶豫

132 《申報，一八七二～一八八七》，第一冊，頁154。

地採用文言文與典型的中國文學表達方式及成規，並爲了達到生動的效果而大膽增添細節。對於《格理弗遊記》略有所知的人，不難一眼看出主角如何被轉化爲中國人(另一種方式的「化夷爲夏」？)。但由於當時絕大多數的人無法接觸到英國文學，讀者很可能依循中國奇幻文學的傳統，將此一連載當成文學創作。

然而，此作品的第一個中譯，不論就文本本身或當時《申報》、甚至更廣大的文化、社會脈絡而言，都有其特點，因爲當時對於翻譯的認定遠比現在寬鬆，此作又屬文學性質，再加上讀者一時還不易適應外國文學的翻譯(早在「林譯小說」風行全國之前三十年)[133]。因此，《申報》版的《談瀛小錄》爲「翻譯就是改寫」(translation as rewriting)以及譯文的「馴化」、「歸化」、「本土化」提供了具體的例證，使得《格理弗遊記》的首次中文再現，相較於在世界各地的翻譯、流傳，可能顯得更爲奇特。

第二本中譯——《汗漫游》(《僬僥國》)[134]

三十多年後，《格理弗遊記》第二個中文譯本出現在上海

133 王德威指出，晚清文人對於翻譯沒有嚴謹的定義：「當時的翻譯其實包括了改述、重寫、縮譯和重整文字風格等做法。嚴復、梁啓超和林紓皆是箇中高手」，《如何現代，怎樣文學？——十九、二十世紀中文小說新論》(台北：麥田，1998年)，頁43。因此，《談瀛小錄》雖然以今日的眼光看來改寫幅度甚大，但在當時不足爲奇。

134 至於爲何出現兩個不同譯名，詳見下文。

的商務印書館印行的《繡像小說》。《繡像小說》是創刊於清光緒29(1903)年5月的半月刊，顧名思義，是以插圖配合原作或翻譯的小說，以描述時事、諷刺公眾事務、提倡革新爲主，目的在於提升國人的知識、才智、道德、國力，以政治小說、偵探小說和具有社會關懷的故事最爲流行。一直到光緒32(1906)年4月停刊，《繡像小說》總共出版七十二期，爲清末的大眾文化開創了嶄新的視野與局面。《格理弗遊記》的中譯刊出情況並不規律，從1903年7月的第五期開始，一直到1906年3月的第七十一期，全文三十六回，分二十六期刊登，幾乎涵蓋了《繡像小說》的所有年代。

仔細觀察這個中譯本，會發現幾個有趣的現象。首先，這個中譯不再僞裝成中國本地的眞實敘事，而表明是翻譯——雖說譯者依然隱而未現。原作者的國籍和名字(「英國司威夫脫著」)堂而皇之地出現在期刊目錄以及標題與回目之間。之所以出現這種現象，是因爲19、20世紀之交的中國，翻譯小說盛行，特別是透過桐城派古文大家林紓與合譯者的努力，使得「林譯小說」風行全國。換言之，當時國人不但接納翻譯小說，而且肯定翻譯是了解、認識異民族及異文化的有效方式。

再者，《繡像小說》因爲強調繡像／插圖，注重故事的視覺性，因而更深入大眾文化的領域。西諺有云：「一圖抵千言」(“A picture is worth a thousand words”)。因此，這些插畫成爲再現的利器——尤其所呈現的是當時閉關自守的中國人渾然不曉的外國事物。就此中譯而言，插圖至少具有三重意義：(一)插圖係根據插圖者的理解、想像和角度，所表現出對於外

僬僥國

英國司威夫脫著

第一回　失知己操舟懷壯志　遇風濤和夢入奇鄉

我姓搿里物。名來姆裒耳。我父親住居英吉利國的丁海省。生了五箇兒子。我排行第三。我十四歲時。父親送我到康勃立治大學校讀書。過了幾年。長進不少。但我家貧寒。雖每年化錢不多。卻也不能支持。我就出了大學校。另圖事業。那時倫敦有一名醫名叫乾姆彼的。我父親極仰慕他。叫我到他那裏學習。但是我的性情。素不喜歡醫道。遂拿父親給我學醫的錢。結交水手。學習航海的方法。過了許多時候。方回家來。父親一見。問我學問如何。我便將在倫敦的情形。告訴一番。父親大喜。就在族中募集些錢財。送我到荷蘭國學習格致。因爲格致爲操航海業的人必不可少的學問。隔了二年。我從荷蘭國回家。乾姆彼的知道。薦我到航海家伯乃爾處。我又跟著他在近處行船。光陰甚速。不知不覺。便過了三年半。我又回家。乾姆彼的。勸我到倫敦居住。我就依他。又從他學醫。藉以過活。那時節我娶了布登的女兒。名叫美麗爲妻。過了二年。乾姆彼的去世。我無所依靠。不能自立。遂與幾箇朋友們商量作何事業。朋友們都勸我仍舊航

僬僥國　第一回　一

商務印書館印行

附圖14　第二個中譯本《僬僥國》（後改名為《汗漫游》）於清光緒29年6月起（1903年7月），在上海的商務印書館出版的《繡像小說》不定期連載，至清光緒32年（1906年3月），共刊出三十六回。

界事物的詮釋；(二)在當時中西交會的時空下，延續並創新了中國敘事文學的插圖傳統；(三)插圖作爲視覺文本，與文字文本互動並相互輝映。

以前四回的四張插圖爲例(都出現在第八期)，插圖者試著呈現給中國讀者的是主角的海上冒險，以及來到小人國京城的觀感。其中一張插圖特別呈現出中西的對比：一邊是留著鬍子，身穿西式服裝的巨人男子；另一邊是中國式的渺小士兵、高台、古廟、城牆。此外，每張插圖就像中國國畫一般，不但題字，而且以對聯方式書寫回目(如第一回爲「失知己操舟懷壯志　遇風濤和夢入奇鄉」)。這些插圖和對聯固然加強了讀者對於文字文本的了解，而這種了解也反過來強化這些插圖的意義，兩者交互作用。

第三，《繡像小說》把這個譯本推介入大眾文化領域的努力，具體表現在它所使用的語言：雖然各回標題依循中國古典小說的成規，以對聯的方式出現，但此中譯不再把原著轉化爲文言，而是以白話文爲媒介。其他地方也可以看到古典小說的一些套語，如回末出現「欲知後事如何，請聽下回分解」等。種種翻譯策略顯示，譯者在風格上努力將此文本納入中國敘事傳統的同時，也試圖強調它作爲翻譯文本的特質。這種「兼顧」的策略，目的在於盡可能吸引舊學傳統下有意求取新知的讀者。因此，《繡像小說》雖只刊行三年，卻在近代中國文學史與公共領域(public sphere)中占有獨特的地位。

細看這個版本就會發現，《格理弗遊記》的四部都以白話文譯出，偶有增刪，因此與第一個中譯本明顯不同之處如下：

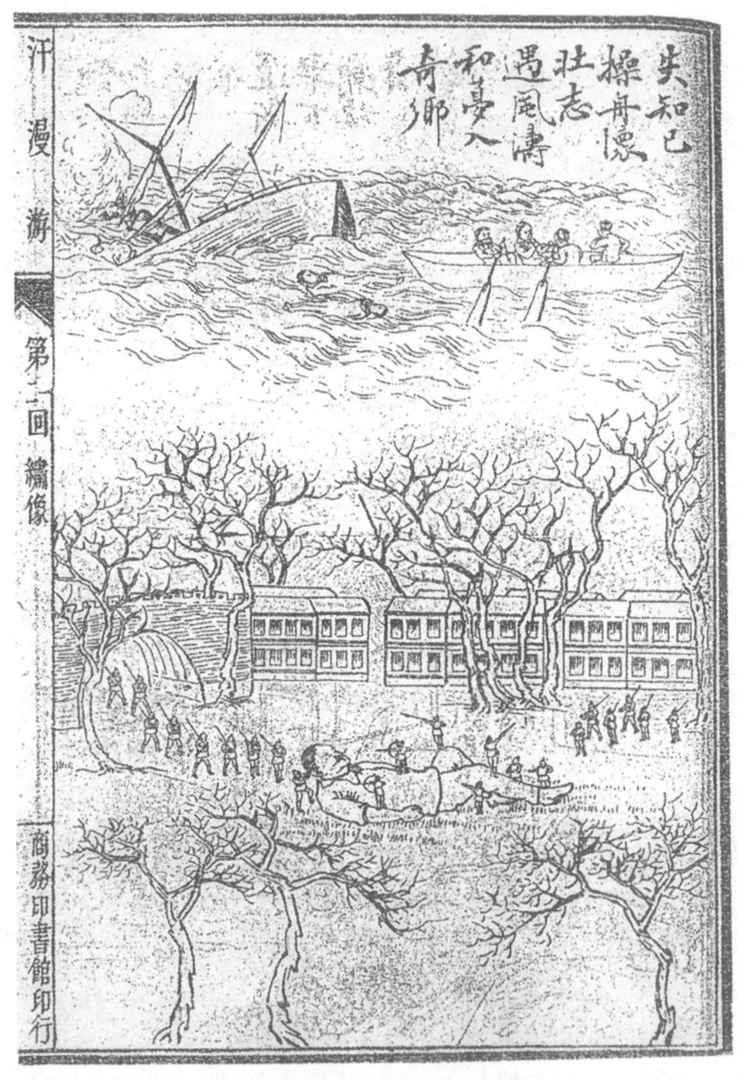

附圖15　在《繡像小說》連載時所附的插圖。

坦然以「翻譯」的面貌出現，以白話文呈現，而且完整得多。然而，《汗漫游》一如《談瀛小錄》，依然未具譯者姓名，足證其角色之隱而未現。質言之，《汗漫游》在這份出名刊物上連載將近三年，卻從未提到譯者之名，顯見譯者和編者寧願他隱於無形，與當時以林紓之名風行全國的翻譯小說形成強烈對比，確切原因不得所知[135]。然而，如前所言，根據當時國情，通曉英文者往往是政府特意培養的外語人才，目標在於引介新知，追求富國強兵之道。若為教會培育的人士，則著重於宣教。至於從商者則重視與外國的貿易。對文學作品感興趣固屬當時文人之常，但耗時譯出，刊登於通俗刊物上，一連數載，不論就追求富強、傳播教義、通商貿易的目標，都可能招致「不務正業」之譏，譯者隱去姓名情有可原。

此外，這個譯本還有如下的特色。首先，此《繡像小說》版譯本原先取名《僬僥國》，典出中國古代傳說中的矮人「僬僥」，然而此名顯然囿限於《格理弗遊記》第一部。這種再現或誤現可能有兩個原因。第一個原因是：《申報》非常有名，後來的譯者可能知道原先的譯本——譯文只限於原著第一部——多少想藉此名來建立彼此的關係。然而兩個譯本相隔三十年之久，譯者又都不詳，其中的關係難以確定。另一個更可能的原因就是：譯者和編者原先並未期盼此譯本會超過主角的小

135 其實林紓的第一本翻譯《巴黎茶花女遺事》也是用上「冷紅生」的筆名(合譯者王壽昌爲小說家王文興的祖父，1885年留學法國，學習萬國公法，在此譯本上用「曉齋」的號作筆名)。但因這部譯作廣受歡迎，以後林紓在譯作中便用本名。

人國之遊，但在第一次和第二次連載(也就是在第五期和第八期)之間，覺得較完整的譯本不但更忠實，而且可充篇幅，甚至有利可圖。如此考量之下，原先的標題顯然無法涵蓋四次不同的奇遇，所以從第二次連載(也就是第三、四回)起，題目就改爲《汗漫游》，爲了方便讀者接續，特地把原先的《僬僥國》之名置於括號中。新標題無疑是很好的選擇，兼具「不著邊際的漫游」及「漫漶難以稽考」之意，而其「水勢浩瀚洶湧」的意涵，又與主角的多次海上冒險吻合，比起原譯名之限於小人國，可謂名實相符，後出轉精。

此譯本不定期出現在半月刊上，不像第一個譯本《談瀛小錄》在日報連載，意味著譯者比較沒有時間壓力，可以好整以暇地從事翻譯。再者，白話不似文言精練，同樣的原文可以翻衍出更多的中文。這些多少解釋了爲什麼第二個中譯本能持久，並且產生了一個周延得多的再現文本。

相較於《談瀛小錄》只譯出原作的第一部(或下節討論的《海外軒渠錄》只譯出前兩部)，《汗漫游》將四部全都譯出，提供了更完整的面貌，但也不乏歧出之處。就翻譯而言，第一、二部相當忠於原著。因此，中文讀者首次透過翻譯被引入此一文本裡大人國的奇幻世界。然而，第三、四部則有一些改變，細節姑且不提，只舉兩個最明顯的例子。《格理弗遊記》第三部的結構原已鬆散，內容又涉及許多科學、文化、文學、歷史典故，對於當時的中文讀者而言，頗覺扞格不入、不知所云，因此在《汗漫游》第二十三回中，將此部壓縮到只剩下主角到「拉布得飛島」(Laputa, the Flying Island)的遊記，其他情節一概刪除。在飛島遊記(也就是第二十四回)之後，譯者大膽重寫，便於接續下文，以致格理弗(在此譯本中主角「姓掰里物。名來姆哀耳」)被放在椅子上，直接由飛行島降落到海上的一艘英國船，赫然發現船長恰是他的老友。簡言之，《汗漫游》將原著第三部僅譯出飛行島之遊，割捨其他奇國異域之旅，大刀闊斧，砍除枝蕪。

格理弗的最後一次航行在此中譯本裡也包括了一些改寫，並混入其他的文本，最主要的是在主角離開慧駰國(在此本譯爲「海黑姆」)後，另增遭巨鯨吞入腹中一節，故事如下。在最後一回(也就是刊登於《繡像小說》倒數第二期的第三十六回)，格理弗黯然神傷地離開慧駰國。在航行中夢到被一條巨大的鯨魚追逐，突然驚醒。接著他有幸被一艘葡萄牙船的船長「百路臺孟司」("Pedro de Mendez")救起，帶回「立史旁」(Lisbon，「里斯本」)，仁慈的船長並護送他搭上一艘英國商船。然而，就在回國途中，航海經驗豐富的他竟然不小心掉入海中。一陣狂風後，格理弗發現自己置身於一個黑漆漆、滑溜溜的地方。在那裡他遇到一些漁民，才知道他的夢，或者說夢魘，眞的實現了——他竟然是在鯨魚腹中！於是眾人同心協力，終於挖出一個洞，脫離險境。最後主角回到家中，全書以格理弗與妻子歡聚結束，而不像原作那樣，成爲只樂於在馬廄裡與兩匹馬對談的恨世者。

雖然中文裡類似「吞舟之魚」的說法早見於《莊子・雜篇・庚桑楚第二十三》，但實際讀到一個人不但歷經這種可怕的災難，而且平安歸來親口訴說自己的冒險故事，依然很令人震驚。今天的讀者固然可以立即聯想到《聖經》中約拿(Jonah)的故事或木偶皮諾丘(Pinocchio)的奇遇，但是百年前、20世紀初的中國讀者，極少有機會接觸到外國文學，《汗漫游》結尾所加入的故事確實駭人聽聞，恰可作爲主角諸多奇遇中的高潮，除非讀者對照原作(當時中國有幾人有此意圖與能耐？)，否則混入其中，實難察覺。此兩例中，若把第三部刪減爲「飛行島之旅」認定是「節略之罪」(sin of omission)，那麼「鯨腹涉險」一節就是「增添之罪」(sin of commission)，顯示《汗漫游》就相當程度依然難逃改寫的命運——儘管此改寫具有相當的理由與特定的效應。

質言之，這些「罪」並非毫無緣由。許多批評家抱怨《格理弗遊記》第三部的主題與結構都很鬆散；連綏夫特本人也意識到這一點，因而調整順序，將最晚寫出的「諸島國遊記」挪前，以主題和結構較完整、緊湊的「慧駰國遊記」收尾。再者，中國讀者，甚至譯者本人，對於第三部中所提到的許多西洋歷史人物、事件及其意義，都會覺得茫然若失[136]。因此，《汗漫游》中的省略雖然就忠於原文而言是「罪」，卻去除了藝術上的缺點與理解上的障礙。另一方面，加上誤入鯨魚之腹的情節，不但取代了格理弗離開慧駰國後的許多恨世、荒謬之舉，而且成爲格理弗各個冒險的高潮。畢竟，有什麼會比吊上飛行島之後，又落海被吞到鯨魚腹內更令人驚異的呢？換言

136 詳見筆者參考多本英文注釋本之後爲該部撰寫的注釋，若干章甚至注釋的字數與正文相當，便知所言不虛。

之，這些「罪」都是事先精心設計、「明知故犯」的，希望達到強烈的藝術效果，反而更切合原作者以奇文來驚世駭俗的意圖。然而，雖然譯者必要時毫不猶豫地改寫，但整體而言，《汗漫游》打開始就未掩飾其爲翻譯，容或爲了標舉異國風味，以招廣徠。

總之，《格理弗遊記》第二個譯本的特色在於以白話翻譯，長期連載，並配合少許國人自繪的插圖[137]。白話翻譯所設定的讀者群不但更寬廣，而且表現出譯者的文字、文學甚至文化策略，置於清末「啓蒙」與「救國」兩大時代使命中，自有更深遠的意義。長期連載不但表示此翻譯廣受歡迎，而且間接印證了特定的文化機構（如商務印書館）、印刷文化（print culture）與都會（上海）在當時的傳播中所扮演的重要角色。至於《汗漫游》的圖像則一方面維持了中國繡像小說「文圖相輔」的傳統，另一方面透過插畫者對於洋人／異己和文本的想像——更精確的說，對於文本中洋人的認知（或誤認）——提供了時人認識外人／他者的具體圖像。圖像之「又中又西」（從另一個角度來看是「不中不西」），以生動的方式圖示了《汗漫游》的多重翻譯（轉換）與圖文互涉的意味：中譯者對於文本本身的翻譯；插畫者爲符合眼前的文本，對於傳統小說繡像的翻譯（轉換）；插畫者根據文本所衍生、翻譯、轉化出的圖像；此圖像文

137 原著的插圖完全不見，究竟是譯者根據的英文版本沒有插圖，還是捨原著插圖不用，另找國人自繪，不得而知。但一般說來，英文本會納入原著的插圖，因爲這些插圖是原作者重要的再現策略，目的在於「以圖爲證」，製造寫實的印象。

本與文字文本並置時，兩者之間的互動、互釋、相輔相成、甚或相互解構。因此，《格理弗遊記》的第二個中譯《汗漫游》頗有特殊之處。

第三本中譯／合譯——《海外軒渠錄》

《格理弗遊記》的第三個中譯則是林紓與魏易(一說曾宗鞏)合譯的《海外軒渠錄》。此譯於光緒32(1906)年由商務印書館出版，是該書第一個以專書形式出版的中譯本，而且托桐城名家林紓的盛名，成爲流傳最廣的譯本達數十年之久，是此書在中文世界裡最有名的譯本，以致大多數讀者渾然不知先前曾有兩個譯本，以爲林譯是此書的第一本中譯。即使以後其他白話譯本相繼出現，逐漸在市場上取代了以文言翻譯的林譯，卻依然無法動搖《海外軒渠錄》在此書中譯史上的獨特地位。

此書主譯者林紓是頗具傳奇性的翻譯家。林紓爲桐城派古文名家，完全不識外文，卻與通曉法文、英文、俄文、日文……的人士合譯了一百八十本左右的外國文學作品，有些是經典名著，有些是通俗文學。林紓和合譯者合作的方式也值得一提。合譯者口譯外國文本，林紓當下譯成中文，速度之快令人難以置信，而有「耳受手追，聲已筆止」之說，據說他一天工作四小時，可譯出六千字，不需任何修訂。林紓身爲眾人皆知的桐城派大家，譯作具有文學特質，兼以數量眾多，使得他的譯作在清末民初風行一時，博得「林譯小說」的名號。這不但在中國翻譯史上絕無僅有，也堪稱世界翻譯史上的異數(anomaly)。

林紓的文學翻譯讓中國讀者眼界大開，得以知悉外國文學及風土人情，成爲時人了解外界的重要櫥窗，並改變國人對於小說的觀念，協助促成1910年代的新文學運動。當時的莘莘學子和知識分子幾乎全受到他譯作的影響。弔詭的結果就是：林紓在中國文學史上以翻譯家的角色最爲突出，而不是桐城派古文家。

林紓以桐城名家從事翻譯，用典雅的文言迻譯各國作品，雖然翻譯的來源良莠不齊，若干作品的文學價值不高，但拜其盛名之賜，得以與世界一流作品並列，其譯者的可見度(visibility)及效應由此可見。再者，譯者的現身也見於林紓爲此譯所撰寫的序言(詳見下文)。因此，相較於《格理弗遊記》前兩個中譯本的譯者之隱而不見、默默無聞，第三個譯本的譯者地位崇高，與其說是譯者附原作者之驥尾以求名揚(如綏夫特給法譯者的信中所言)，不如說原著靠譯者已有的名氣拉抬聲勢。

在林紓的眾多翻譯中，《海外軒渠錄》特殊之處在於有兩個可能的合譯者：不同的版本中分別列出了魏易和曾宗鞏兩人。魏易是英文教授，與林紓合譯的作品中以福爾摩斯探案最有名；曾宗鞏則與林紓合譯了《魯濱孫飄流記》等作品。然而，兩個版本的文字完全相同[138]。因此，林紓在翻譯《海外軒

138 如魏惟儀1990年於台北自費出版的《海外軒渠錄》，係根據芝加哥大學遠東圖書館(Far Eastern Library)收藏的民初上海商務印書館「漢譯世界名著」影印(但未見原書出版年月)，封面註明「林紓　魏易譯」，並在影印時將此叢書命名爲「林紓魏易合譯小說全

渠錄》時，合譯者究竟是誰，以及爲何發生此種混淆，成爲翻譯史上的一個懸案，但合譯者似乎以魏易的可能性較高。

儘管林紓不曉英文，而且腰斬了《格理弗遊記》最後兩部，卻能明確看出綏夫特諷刺的意圖並加以轉化，以適應譯者的時代處境：譯介文學作品給國人，認識外國人，學習他們的優點，以拯救在列強侵略下瀕於亡國滅種的中國。質言之，《海外軒渠錄》是第一本把這部作品標舉爲諷刺文學的中文翻譯，這在中文書名與林紓的序言中昭然若揭。林譯以《海外軒渠錄》爲名，表明「以海外奇聞異事博君一粲」之意，並藉此諷刺時事、嘲弄人性，與中國著名的諷刺小說，尤其是李汝珍的《鏡花緣》，有異曲同工之妙[139]。

此外，林紓還寫了一篇序言，闡釋《海外軒渠錄》的意圖與微言大義。首先，他引用中國古典神話和傳說中有關小人和巨人的故事，來證明這種奇遇冒險並非絕無僅有。接著，他大力推崇《海外軒渠錄》作爲諷刺文的重大效應，宣稱英國因有

(續)

集」。至於「中華民國三年六月初版」的《海外軒渠錄》(上海：商務印書館)，在書末的版權頁註明「原著者　英國狂生斯威佛特」、「譯述者　閩侯林紓　仁和魏易」，但正文之前卻爲「閩縣林紓　長樂曾宗鞏同譯」(頁1)。但兩個版本都以圓圈表示句讀，只是後者在專有名詞之旁加上單線或雙線的私名號，偶爾在行間出現圓圈以示強調，其他完全相同。感謝呂潔樺小姐協助比對此兩版本。

139 在中西比較文學中，有關《格理弗遊記》與《鏡花緣》的比較研究甚多，最深入的當推王安琪從諷刺的角度所進行的研究，詳見王安琪的《重探〈格理弗遊記〉與〈鏡花緣〉》(An-chi Wang, Gulliver's Travels *and* Ching-hua yuan *Revisited: A Menippean Approach* [New York: Peter Lang, 1995])。

類似《海外軒渠錄》的諷刺之作，故而興盛[140]。在序文結尾，林紓強烈表達了同樣的期盼，寄望翻譯此書對在列強侵略下幾乎被瓜分、淪爲次殖民地的中國能發揮相似的作用[141]。這個解釋雖然是相當個人式的，卻也強而有力，置於當時的歷史情境中尤然。我們從林紓在其他譯作，如《黑奴籲天錄》（*Uncle Tom's Cabin*）的序言便可看出。這些在在證明了他和當時的知識界領袖，如梁啓超、嚴復，都嘗試以小說此一通俗、感人的有力工具，來啓蒙國人——借用梁啓超的話來說，就是達到「新民」的目的[142]。林紓對原作者意圖的詮釋和對自己譯作的期許，令我們聯想到班雅明(Walter Benjamin)有關譯者職責的觀察：「譯者的職責在於找出他譯入語的那種意圖，使它產生像原文一樣的迴響。」[143]只是，由我們對於原作的撰寫經過及批評史的了解，可以判斷此處的意圖大抵爲中譯者在特定情境下詮釋的結果(「葛氏痛斥英國而英國卒興」)，而不是綏夫特的用意或原文的迴響。林紓此說固有誇大之嫌，但多少掌握了原作諷刺的旨趣，而且證諸林紓在諸多譯序中所表達的感時憂

140 林紓寫道：「葛氏〔格理弗〕痛斥英國〔，〕而英國卒興。」參閱《海外軒渠錄》〈序〉，頁2。

141 林紓，《海外軒渠錄》〈序〉，頁2。

142 梁啓超的相關看法可參閱〈譯印政治小說序〉及〈論小說與群治之關係〉二文，分別收於林志鈞編之十二冊《飲冰室合集》（北京：中華書局，1989年）中之《飲冰室文集》之三，頁34-35及《飲冰室文集》之十，頁6-10。

143 班雅明，〈譯者的職責〉（Walter Benjamin, "The Task of the Translator"），參閱*Illuminations*, trans. Harry Zohn（New York: Schocken, 1968), p. 76。

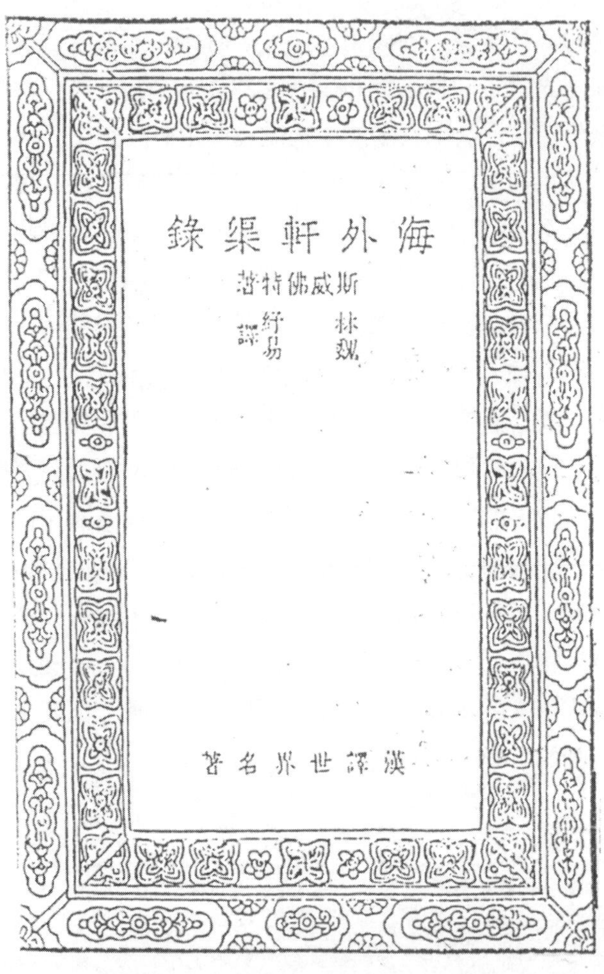

附圖16　第三個中譯本《海外軒渠錄》於1906年由上海的商務印書館出版，林紓此書的合譯者有魏易與曾宗鞏二說，不知孰者為是，為「林譯小說」未解的疑案。此版本標明譯者為林紓與魏易。

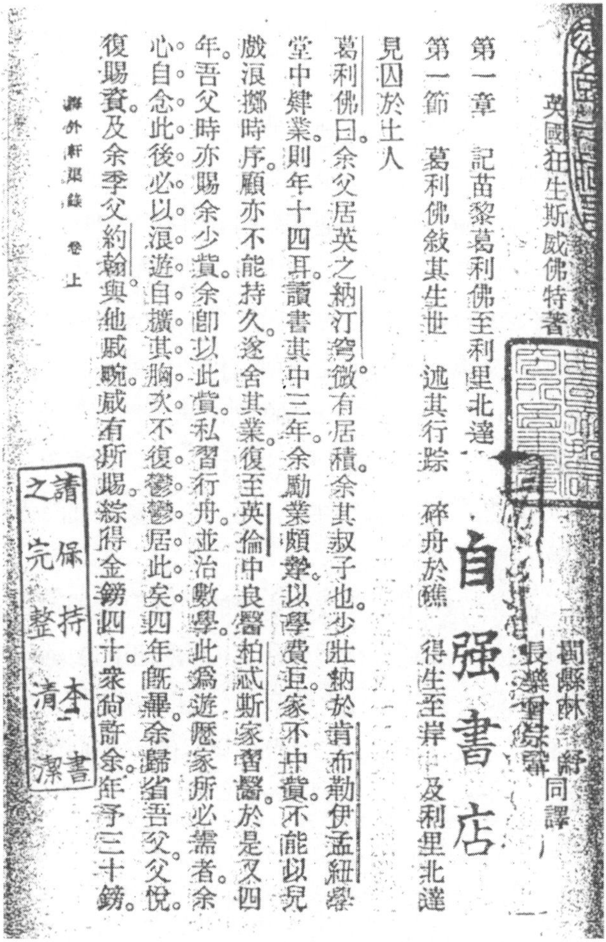

英國狂生斯威佛特著　閩縣林紓　長樂曾宗鞏　同譯

第一章　記苗黎葛利佛至利里北達

第一節　葛利佛敘其生世　述其行蹤　碎舟於礁　得生至岸　及利里北達見囚於土人

葛利佛曰。余父居英之納汀穹徵有居積。余其叔子也。少壯納於肯布勒伊孟紐學堂中肄業。則年十四耳。讀書其中三年。余勵業頗摯。以學費巨。家不中貲。不能以兒戲浪擲時序。顧亦不能持久。遂舍其業。復至英倫中良醫柏武斯家習醫。於是又四年。吾父時亦賜余少貲。余即以此貲。私習行舟。並治數學。此爲遊歷家所必需者。余心自念此後。必以浪遊自擴其胸次。不復鬱鬱居此矣。四年既畢。余歸省吾父。父悅。復賜貲。及余季父約翰與他戚畹。咸有所賜。綜得金鎊四十。衆尚許余年予三十鎊。

海外軒渠錄　卷上

附圖17　此版本標明譯者為林紓與曾宗鞏。

國的強烈情懷，可看出他從事翻譯除了爲稻粱謀之外，實有更深的懷抱。

就風格而言，林紓又回到古典的文言風格。這反映了當時有關語言風格的古今之爭，以及對於文學、文化典律的競逐。弔詭的是，林紓極力想藉著翻譯來引介外國文學作品，重建中國的文學與文化典律，因爲當時中國古典傳統將這些視爲「小說」，也就是街談巷議、不足爲道之事；另一方面林紓卻試圖支持古典的中文風格。這種文學與文化的立場，和他的政治立場相互輝映(他主張君主立憲，在舊有的君主體制下進行政治改革，而不是以革命的方式建立民主政治)。就某個意義而言，君主立憲之於君主專制與民主政治，有如古典文言翻譯小說之於四書五經與白話文學。

林紓的政治立場不但涉及整本書的命名與觀感，也進入翻譯的細節。例如，在翻譯格理弗和大人國國王的對話時，把原意中「政治災難〔包括革命〕來自人性弱點」之說法，顚倒爲「人性弱點來自政治災難」，以致倒果爲因[144]。面對合譯作品

144 此例來自第二部第六章，原文爲“He was perfectly astonished with the historical Account I gave him of our Affairs during the last Century; protesting it was only an Heap of Conspiracies, Rebellions, Murders, Massacres, Revolutions, Banishments; the very worst Effects that Avarice, Faction, Hypocrisy, Perfidiousness, Cruelty, Rage, Madness, Hatred, Envy, Lust, Malice, and Ambition could produce”。此句的正確譯文應爲：「我把我們過去一個世紀的歷史說給他聽，他聽了十分震驚，指稱那全是一堆的陰謀、叛亂、謀殺、屠殺、革命、放逐，是貪婪、內訌、僞善、背信、殘酷、盛怒、瘋狂、仇恨、嫉妒、慾望、惡意、野心所能產生的最糟的結果」，

與原文如此南轅北轍之處，究竟是口譯者誤解，林紓誤聽、誤譯，或林紓有意曲解，以便夾帶自己反對革命、主張君主立憲的政治理念，實在不得而知。然而，林紓的政治立場顯然或多或少影響了他的翻譯，這點可從他藉由主角描述英國政治制度以引介外國政治體系看出。

林譯也未避免改寫或更動，最明顯的例子當然就是把全書由四部腰斬成兩部。另一例見於對話的處理，林紓認爲必要時，就加上一些有關喜怒哀樂的感情描述，頓時使情景活潑許多，提高了戲劇效果。就翻譯而言，這種伎倆並不那麼忠實，卻是仿效中國古典名著，如司馬遷的《史記》，提升了作品的藝術效應，也更符合中文情境[145]。

總之，《海外軒渠錄》由於譯者的名氣，具有文學特質，而且以專書形式出版，影響遠比前兩個版本深遠。然而由於腰斬全書，以致中文讀者非但未能一窺全貌，反倒誤殘爲全，以訛傳訛，開啓了中文世界裡「大小人國遊記」的傳統。除了腰斬之外，由於誤解、無知和疏忽，林譯之誤譯、漏譯、添譯、改譯所在多有，惟因係二人合譯，倉促行事，責任誰屬，難以

（續）

但在林紓筆下卻成了：「及聞余述百年前之歷史。則尤駭愕。謂此時直一叛亂嗜殺革命囚拘之世界。效果所成。貪也。淫也。僞也。悖也。忍也。殘也。狂也。褊也。忮也。爭也。陰毒也。好名也。此時之歷史。特繪此種種之僉壬。余爽然無以應」(84)。有關《海外軒渠錄》譯文中的誤譯、漏譯、添譯、改譯，詳見筆者〈翻譯・介入・顛覆：重估林紓的文學翻譯〉，頁32-46；至於可能因爲譯者的介入而導致的「訛譯」，見同文，頁46-51。

145 參閱筆者〈翻譯・介入・顛覆：重估林紓的文學翻譯〉，頁41。

認定。儘管如此，林譯的《海外軒渠錄》爲《格理弗遊記》在中文世界的流傳開啓了兩個主流：諷刺文學與兒童文學。再者，《海外軒渠錄》也造成這部奇幻文學的「腰斬本」在中文世界的流行，以致迄今許多中文讀者懷有根深蒂固的誤解，以爲《格理弗遊記》只是主角到小人國和大人國的遊記而已，對此林紓難逃「始作俑者」之譏。儘管如此，《格理弗遊記》在中文世界因爲林譯而盛行則是不爭的事實，而《海外軒渠錄》在《格理弗遊記》中譯史上的獨特地位也是不容置疑的。

「難得」的誤譯——幸與不幸

這三個早期的中譯本見證了《格理弗遊記》在中文世界最早的接受史。不管是出現在大約一百三十年前或一世紀前的譯本，都禁不起現今翻譯標準的嚴格檢驗。然而，若將這些翻譯的文本加以脈絡化(contextualize)，就能較中肯地評估歧出之處(deviation)和利弊得失，以及在中國歷史上特定時刻的特定意義。在研究有關翻譯、改寫與文學名聲之間密切而複雜的關係時，勒菲弗爾指出：「不管改寫者(rewriters)產生的是翻譯、文學史或由此衍生的作品、參考書、文選、批評或不同版本，都以某種程度改寫、操控了原作——通常使原作符合當時宰制的意識形態的、文學的潮流。」[146]同理，這些不同的《格理弗遊記》中譯本都顯示了譯者——不管是可見度高或隱而未現——

146 勒菲弗爾，《翻譯、重寫與文學名聲的操控》，頁8。

嘗試去移植或馴化著名的外國文本，使它適於自己的文學、文化和政治環境。

以上研究顯示，翻譯或改寫作爲移植和適應的過程，其實就是跨越疆界、逾越、甚至轉型的行爲，必然涉及語言、文化與政治等方面。這在跨文化的傳播中並不罕見。文學文本和理論文本一樣，在旅行與翻譯成不同語言與文化之後，在新的土壤中勢必產生嶄新的、甚至歧出的東西——即使依然保存了若干原味[147]。就某些方面而言，這個歧異是實現原文文本中的潛能。在這個跨文化的事件中，翻譯者——不管是可見或不可見，單人隻筆或通力合作——都是不可或缺、強而有力的中介者／傳達者。《格理弗遊記》最先兩位不知名的中譯者，不僅在《申報》的初期和《繡像小說》的全程扮演了相當的角色，也在這部英文傑作於中文世界的旅行與翻譯中扮演了歷史性的角色。至於第三位中譯者林紓本身文學大師的地位，更使得《海外軒渠錄》成爲此書中譯史上的關鍵文本，大力促成其流傳。

如果置於中國翻譯史的脈絡，這三個譯本出現在中國翻譯

147 相關論述可參閱薩依德，〈理論之旅行〉(“Traveling Theory”)，文收《世界、文本與批評家》，頁226-47；以及米樂，〈跨越邊界：理論之翻譯〉(J. Hillis Miller, “Border Crossings: Translating Theory”)，文收《新開始：文學與批評裡的踐行式地誌學》(*New Starts: Performative Topographies in Literature and Criticism* [Taipei: Institute of European and American Studies, Academia Sinica, 1993])，頁1-26。

史的第三個階段[148]，當時中國面對外國的軍事與經濟入侵，國運蜩螗的危機感以及新民救國的使命感，促使許多知識分子嘗試在公共領域中藉著印刷文化和大眾文化來發揮影響。文學文本的翻譯就是最重要、最普及的方式之一。當時的各種文化建制(cultural institutions)及文化生產機制(mechanisms of cultural production)——官方機構（如同文館）、民間機構（如《申報》）、文學雜誌（如《繡像小說》）、出版社（如商務印書館）——在中國的現代化、對抗外強侵略與殖民的過程中，扮演了積極、重要的角色。《格理弗遊記》就是在這樣的政治與文化環境中，翻譯、移植到中國本土，而故事中的主角在第一個中譯裡被易容改裝爲中國人，在第二個中譯裡是遊蕩各處的英國旅人，在第三個中譯裡則成爲諷刺故國以求其富強的、飄泊四海的英國水手。這些翻譯爲將來更多進入中國的《格理弗遊記》鋪路。結果，奇幻的《格理弗遊記》成爲中文世界裡最受歡迎的兒童文學與諷刺文本之一。

就兒童文學而言，《大小人國遊記》成爲家喻戶曉的作品，這些從層出不窮的版本就可看出，其中許多都附上插圖，

148 一般而言，中國翻譯史上有三個重要的時期：第一個時期由紀元第二至第十世紀，大幅翻譯佛教經典，在中國的文學、哲學、思想、宗教上產生了重大的影響；第二個時期在17世紀，許多基督教傳教士，特別是耶穌會成員，把西方知識譯介入中國；第三個時期在19世紀末、20世紀初，當時中國知識分子面對外國諸多勢力的侵略，翻譯了許多科學、社會科學及文學的作品，以期傳播新知、富國強兵、啓迪人心，達到救亡圖存的目的。《格理弗遊記》的翻譯就在第三個階段。爾後，翻譯在人們日常生活中逐漸占有重要的地位，如今已是觸目可及、不可或缺了。

有些甚至以圖片爲主[149]。由於數量眾多，不勝枚舉。晚近有些定位爲兒童文學的譯本(基本上爲改寫本)，爲了推陳出新、市場區隔、更忠實呈現原作，也納入多年來略而不提的第三、四部，使得中文兒童讀者對此文本的認識有機會超越原先的大、小人國。如華一書局於1987年4月修訂再版的《大小人國遊記》，雖然採用這個普受歡迎的書名，但前言指出此書「原名《格列佛遊記》，分成四部分」，內文也包括了「飛島遊記」和「馬國遊記」[150]。台北的東方出版社於1997年6月六刷印行的《格列佛遊記》則納入了「飛島國怪譚」，但慧駰國遊記卻付諸闕如。此外，台北的角色文化事業有限公司於2002年6月初版的《格列佛遊記》，封面號稱是「中文完整版」，卻把「慧駒之國」納入第三部的「列島誌異」。

由於此書內容有趣，又有諸多的英文改寫本，所以此書中譯史的另一小傳統是用於學習英文。如伍光建選譯的《伽利華遊記》(上海：商務印書館，1934年)出版距今七十年，四部均有選錄，採英中對照，並對文字及內文略加注釋。譯者指稱「坊間的本子，每多刪節，今選譯翻印的一七二六年原本」[151]，

149 如1999年出版的《小人國歷險記》爲台北的人類文化事業有限公司出版的「世界經典童話故事」系列中，「八本膾炙人口的經典童話」之一，全書三十二頁，銅版紙印刷，每頁的插圖占四分之三，文字及注音只占四分之一，最後一頁爲「親子互動園地」。

150 台南的企鵝圖書有限公司(大千)的企鵝童話讀本全套五十冊，其中1993年4月再版一刷的《大小人國遊記》，章節、文字及內容與華一書局版雷同。

151 伍光建選譯，《伽利華遊記》(上海：商務印書館，1934年)，頁2。

可看出用心之處。黃廬隱譯注的《格列佛遊記》(上海：中華書局，1935年)爲英漢對照的文學叢書，惟限於前兩部，英文甚爲簡單(扉頁註明所用英文字彙爲797字)，而且幾乎逢字必注，足證是給初學英文者閱讀之用[152]。陳鑑的《海外軒渠錄》(台北：宏業書局，1967年)基本上是根據前兩部的全文翻譯(但將原來偏長的段落分爲較多的短段落)，採用英漢對照的方式，並有關於單字的中文解釋。由書前「華英對照的意義——寫給教師學生及自修者」[153]，其對象及目的昭然若揭。喻麗琴譯注的《格列佛遊記》(台北：長橋出版社，1980年)也是英漢對照，但僅限於前兩部，英文簡單，書後注解生字、片語，並附當時台北國際社區電台(ICRT [International Community Radio Taipei])播音員葛拉漢(Dick Graham)錄製的錄音帶，以方便學習。楊壽勛翻譯的《格列佛游記》(北京：外語教學與研究出版社，1997年)，係根據維思特(Clare West)的改寫本，原文由牛津大學出版社出版，爲「牛津英漢對照讀物」的文學叢書，基本上四部均納入，英文甚爲簡單，有英中雙語的注解，書後並附練習與活動[154]。

---

152 台南的大夏出版社於1992年出版的《小人國與大人國》，雖然署名林誠譯注，其實完全根據黃廬隱的版本。

153 陳鑑譯，《海外軒渠錄》(台北：宏業書局，1967年)，頁1。

154 至於周越然注釋的《海外軒渠錄》(台北：台灣商務印書館，1970年9月台一版)則是針對包麗特(Thomas M. Balliet)所編的原書前兩部加以「漢文釋義」，釋義長達百餘頁(209-325)，針對的是英文字句。值得一提的是，周越然在英文短序中提到，「我們中國文學也有其格理弗，比綏夫特早了幾百年，明朝時代寫出的《鏡花緣》，裡面訴說了林之洋和唐敖海外航行的許多奇遇」云云(未編

至於其他一些全譯本數量繁多，但絕大多數並未註明版本依據，有些甚至連譯者的姓名都付之闕如(如台南市文國書局出版的《格列佛遊記》〔1991年〕)，此處僅舉兩個提到原文版本的中文全譯本。1948年11月初版發行的《格列佛遊記》(上海：正風出版社)，由張健翻譯，列爲「正風世界文學傑作叢書」，特地註明是全譯本，並且對於所根據的版本清楚交代如下：第一部根據的是「企鵝經典名著」(Penguin Classics)的版本，其他三部根據的是「美國Modern Reader's Series版的本子」，但抗戰勝利後譯者從友人處借得「Nonesuch Library〔諾尼薩奇文庫〕中John Hayward〔黑華德〕編的『綏夫特選集』〔1939年第二版〕，中間包括『格列佛遊記』的全部」，便據此仔細校訂譯文。在張健看來，「是書考訂獨到，印刷精美，應當是綏夫特選集版本中的最完善者」，而黑華德根據的是1735年的福克納版，並詳注各版本的異文，加了不少注解[155]。譯者還提到先前的兩個譯本：林琴南的文言譯本(即《海外軒渠錄》)只譯出了第一、二部；未名社出版韋叢蕪翻譯的《格利佛遊記》更

(續)

頁碼)。此外，2000年3月台北的遠東圖書公司出版的《格列佛遊記》爲「少年名著精選」(The Young Collector's Illustrated Classics)系列之一，原文由美國國際出版公司(U. S. International Publishing Inc.)發行，由阿納森(D. J. Arneson)改寫成簡單的英文，共十四章，原著的第三、四部各被縮減爲只剩一章，每頁以中文腳注注解單字、片語及文意，附彩色插圖(其中在小人國滅宮廷大火一節，改寫成用口吸滿水，一吐而滅)，每章之後附問題，書末有答案，全書並附兩張英文CD，顯然爲初階英文學習之用。

155 見該書〈譯者記〉，未編頁碼，但撰於1948年10月。筆者中譯時也曾參考黑華德的版本，尤其涉及重大異文之處。

只譯出第一部。這種評論一則可視爲張健的「『求全』責備」，再則也反映了當時對於此書中譯史的粗略認知(並未提到最早在報章雜誌上連載的兩個中譯或其他譯本)。張健的則是白話文全譯本，正文前還有〈初版發行人告讀者〉[156]。全書文筆流暢，未加注釋，第四部中以「慧駰」譯 “Houyhnhnm”更是筆者所見最早有關此詞音義兼顧的妙譯(但以「哲胡」譯“Yahoo”則在音、義上都略遜一籌)[157]，也是後來包括上述華一書局的譯本所採用的譯法。就譯者本人的認定，他的譯本應該是此書第一個全譯本。王建開在晚近出版的《五四以來我國英美文學作品譯介史，1919-1949》中指出，「進入2000年，我國〔中華人民共和國〕教育部修訂了《中學語文教學大綱》，列出中學生課外文學名著必讀的指定書目(中外共30部)，《魯濱遜飄流記》(徐霞村譯)和《格列佛游〔遊〕記》(張健譯)雙雙入選。」[158]這一方面肯定了張健譯本的評價，另一方面也印證了此書的重要地位。

---

156 張健譯，《格列佛遊記》(上海：正風出版社，1948年)，頁1-2。至於署名葉娟雯翻譯的《格列佛遊記》(台南：台南東海出版社，1977年)其實就是張健的譯本，只是刪去了〈譯者記〉與原作的〈初版發行人告讀者〉，增加了七頁的〈作者小傳及其他與本書內容〉和三頁的〈目次〉，並把原作者名由「綏夫特」改爲「史惠佛特」。

157 至於第二個中譯本《汗漫游》中則譯爲「狎花」。張健後來的譯本(北京：人民文學出版社，2002年[第19次]印刷)則增加了一些注釋，並把“Yahoo”改譯爲「耶胡」。

158 王建開，《五四以來我國英美文學作品譯介史，1919-1949》(上海：上海外語教育，2003年)，頁99。

1995年10月南京的譯林出版社出版《格列佛游記》，任職於南京師範大學的楊昊成將全書及書前的兩封信函譯出，文字順暢，並撰寫了十七頁的「譯序」，分節介紹主角的四次出航及作者生平[159]。譯者雖未指出版本的根據，但該中譯版權頁註明“原文出版　Bantam Books, Inc., 1962”。覆查原書便發現此書爲斯塔克曼編輯的《綏夫特的格理弗遊記與其他著作》(Miriam Kosh Starkman, ed., *Gulliver's Travels and Other Writings by Jonathan Swift*)，根據的是1735年版[160]，並附有簡略的注解，中譯也有略注。至於“Houyhnhnm”和“Yahoo”則分別譯爲「慧駰」與「野胡」。

就筆者過目的中譯本裡，只有這兩個譯本註明或提到所根據的版本，而且都是1735年的版本，然而譯者都未深入說明採取這個版本的原因，或介紹此書的版本史，當然也未指出不同版本之間的重要差異及其意義。

總之，在中國翻譯史上，不論是文學翻譯或其他類型的翻譯，都很難發現比《格理弗遊記》的中譯流傳更廣卻又嚴重扭曲和錯誤呈現的了。這種說法其實帶有若干矛盾之情。一方面，幸運的是，《格理弗遊記》有這麼多不同的翻譯、改寫及再現方式(含各式的插圖、錄音帶、CD等)，使它成爲中文世界

---

159 楊昊成譯，《格列佛游記》（南京：譯林出版社，1995年），頁1-17。

160 斯塔克曼編輯，《綏夫特的格理弗遊記與其他著作》(*Gulliver's Travels and Other Writings by Jonathan Swift* [Toronto and New York: Bantam Books, 1981, c1962])，頁22。

裡最風行的外國文學名著之一。另一方面，不幸的是，這些不同的翻譯或再現經常改變了作品的面貌，尤其是刪去了最後兩部，以致腰斬的現象司空見慣，以偏概全。因此，大多數的中文讀者，特別是兒童，只知道《大小人國遊記》，而不知道主角還到訪過其他稀奇古怪的地方[161]。無怪乎這本書在中文世界裡通常被當成兒童文學作品，而犧牲了原書最後兩部以及尖銳的諷刺。換言之，此書的中譯雖然流行，但大部分的中文讀者並不知道《大小人國遊記》並未完全呈現主角那些奇遇與冒險（連中文名稱都顚倒了書中的時序）。因此，在中文世界裡遭到如此錯誤再現的外國經典文本，《格理弗遊記》算得上是數一數二的了。

簡言之，今日看來，《格理弗遊記》雖可概稱爲奇幻文學，但中譯傳統大致有二，一爲諷刺文學，一爲兒童文學[162]，後者大多以改寫的腰斬版形式出現，直到晚近才漸有納入全部故事梗概的趨勢。此外，中文世界尚出現一個旁支：由於此故事頗具想像力，內容生動有趣，半個多世紀以來便有英漢對照本或中文注解本，作爲學習英文之用，延續至今。

161 如2003年8月，筆者擔任教育部委託國立交通大學主辦的通識營講員，當場詢問參與的五、六十位學員，他們都讀過或聽說過《大小人國遊記》或《格列佛遊記》，但若非因爲參加通識營，閱讀指定教材，沒有人知道原書共有四部，而不是從小就讀過、自認熟悉卻被腰斬的《大小人國遊記》。這些學員雖然不是外文系／英文系出身，但也都是在大專院校任教的人文學科老師，對於本國和外國文學與文化的認知超過一般社會大眾，卻依然有此錯誤印象。

162 這種情況其實與英文世界並無不同。

《格理弗遊記》譯注本

重譯之必要及意義

從文化生產的角度來看，任何翻譯都離不開時空及文化背景。因此，一種重要的提問方式便是：為什麼某時某地要以某種語文翻譯某個文本？換言之，翻譯不應僅止於原作本身的迻譯，也應帶入相關的文化、歷史脈絡，讓讀者一方面從譯文本身了解原作的旨意，另一方面從其他相關資訊知悉作者與寫作背景，以便體會原作、作者及其脈絡的關係，進而體會在經由翻譯、移植進入另一個文化的過程中，除了原意之外，在標的語言(target language)和標的文化(target culture)中衍生了哪些新意，產生了哪些效應。此即筆者一再強調的「雙重脈絡化」(dual contextualization)。

《格理弗遊記》自1872年進入中文世界，迄今已逾一百三十年，其間各種不同的翻譯、改寫不勝枚舉。由此可見，對於此一文學經典名著的重譯或改寫早已成了常態，而不是異例。就改寫而言，最大膽的當屬第一個中譯本《談瀛小錄》，其易「文」改裝、改頭換面的程度，令人咋舌。至於後來的許多改寫，大多局限於兒童文學，主要是文字的簡化，配合新的插圖，但故事情節差異不大，主要描述主角到小人國和大人國的冒險。比較明顯不同的則是，晚近或者為了進一步呈現主角的各種奇遇，或者為了與過去的改寫本區隔，以爭取讀者，有些改寫本補上了主角到飛行島和慧駰國的遊記，使得中文兒童讀者的想像力隨之「上天」、「入馬國」，不再囿限於「大小人國遊記」。

至於以一般讀者爲對象的譯本也是一譯再譯。這種現象其實相當自然。畢竟語言與時俱進、因地而異，不同時代、不同地方的人士所使用的語言也有差異。《聖經》譯本的層出不窮就是明顯例證，一方面希望運用時人的詞彙，以符合時代所需，另一方面也希望納入晚近的研究成果，改正以往的誤譯，以期更忠實於原意，後出轉精[163]。重譯之意義不言而喻。

然而，宗教經典的翻譯有其神聖性，譯者不但必須具有相當的權威，還得敬謹從事，一般人不敢率爾爲之，而是經常出之以團隊合譯的方式，有時甚至加上政府的奧援，譯者之間彼此攻錯，精益求精。英文的欽定本聖經和中國唐代佛經的翻譯都是大家熟悉的例子。文學經典雖然有文化與文學上的權威性，卻無法以此苛求於譯者。而且，文學翻譯的特色之一，便

163 以《聖經》中譯本爲例，19世紀初到六〇、七〇年代，中文聖經包括地區性的方言版本在內，不下三十種，後來則以聖經公會贊助、於1919年出版的和合本流通最廣、最具權威，但其他也有1929年朱寶惠與賽兆祥合譯的《新約》，1933年王宣忱的新約全書譯本，1967年蕭鐵笛的《新譯新約全集》，1968年天主教的《思高譯本》，1979年的《現代中文譯本》，聖經公會也進行《和合譯本修訂本》等等，而1985年李常受主譯的《新約聖經恢復本》更加上了九千多條的注解和串珠。佛經中譯時也屢見重譯的現象，如林光明的《心經集成》(台北：嘉豐，2000年)精選了不同語文近兩百種的《心經》譯本，其中最通行的中譯爲玄奘版，其他較常見的還有鳩摩羅什版、法月版、般若共利言版、智慧輪版、法成版、施護版等。這些事例都印證了重譯的必要與意義。

在於各個譯者獨特的詮釋與風格，如此說來，似乎更難要求於譯者。因此，莎翁之作經過一譯再譯，各個譯者都有自己的理念、作法、文風，產生不同特色的譯本，彷彿換穿上不同的外衣，豐富了莎作的形貌。

《格理弗遊記》的中譯者固然不必像莎劇譯者般處理類似無韻體(blank verse)這類格律上的問題，許多中譯者也未必如莎作譯者般自覺置身於特定的翻譯脈絡中，與其他理念、作法、文風不同的譯者同台競技、一較長短。或許正是由於《格理弗遊記》的「通俗」、「可親」，反倒更值得我們省思此時此地以中文重譯這部英文經典散文敘事文學的意義。

就國科會支持的西洋經典譯注計畫而言，重要原因之一就是根據原文文本(有些譯本的原文爲國人較不熟悉的語文)，經由譯者的詮釋與轉化，提供符合當前語彙的新譯本，讓經典得以再生，在中文環境裡扎根，爲今日的文化注入活水。再者，身爲「『學術』翻譯」的譯注本，與坊間一般以商業考量的譯本有所區隔，因此除了如一般譯本般提供原文本的中文翻譯之外，也必須納入此文本的批評史及歷代研究成果，品評此文本在中文世界傳播的情形與意義，匡正以往的誤解，以期熔研究與翻譯於一爐，後出轉精，更充分表達此文本在原脈絡以及移植到新脈絡之後所具有的文學與文化意義，此即先前提到的「雙重脈絡化」。

就譯注本的基本架構而言，具有分析性、批判性與歷史性的緒論可詳細析論原作者和原作，以及在中文世界的流傳與意義，予以多方面的觀照；文本的細節及微妙之處，可用譯注的方式加以闡明；至於其他的資訊，如書目、年表或大事紀等，提供了相關的研究資料與歷史背景，方便有興趣的讀者參照。一般說來，學者從事翻譯比較信守於原文，卻不免失之呆滯，在翻譯文學作品時可能反而是缺點，可望因爲譯注的緣故，不但譯文較爲活潑流暢，並且展示翻譯的決策過程(decision-making process)[164]，其中的各種典故，不同的詮釋，不同的選項(options)與抉擇，各自的得失，以及最後的決定，讓讀者不僅「看熱鬧」，也有機會「看門道」，不僅「知其然」，也有機會「知其所以然」[165]。因此，學術翻譯除了在「量」上提供「另一『個』」譯本之外，最重大的意義是在「質」上提供「另一『種』」譯本，以雙重脈絡化的方式，使讀者藉由文本的翻譯，了解文學的翻譯，進而了解文化的翻譯，「文字—文本—文學—文化」由小而大，熔於一爐，在單一的翻譯文本中，具體而微地見識到他國文學經典之所以成爲經典，乃至於見證異文化的特色與精髓，以及經由翻譯之後在本國落地生

164 參閱雷維，〈作爲決定過程的翻譯〉(Jirí Levy, "Translation as a Decision Process")，文收《雅克慎紀念文集》(*To Honor Roman Jakobson*, vol. 2 [The Hague: Mouton, 1967])，頁1171-82。

165 隱藏在譯者決策過程之中的，還包括了要注釋到什麼程度——如什麼宜注、什麼不宜注；若要注釋，長短如何取捨，以達到長而不冗、短而不略的理想……一般讀者未必注意到這些細節，卻往往是譯注者最困擾、費心之處，也是其他研究者及學子興趣之所在。譯者在譯注本書時，也苦思多時，煞費周章，參考十餘本英文注解本，針對中文讀者的需求，綜合整理，並仿效中國古典小說評點，針對作者的技巧、筆法、主旨等，適時提出評論。詳見下文。

根、開花結果的情況——即使發生了「橘踰淮而爲枳」的現象，但這個現象本身便是值得深入探討的課題，一如前文所討論的本書在中文世界裡最早的三個中譯本[166]。

《格理弗遊記》——必也「格理」、「正名」乎？

本書原名“Travels into Several Remote Nations of the World”(「寰宇異國遊記」)，拜兒童文學流傳之賜，在中文世界裡最耳熟能詳的譯名便是《大小人國遊記》了，顧名思義，也就是主角到大人國和小人國的遊記。然而對原作稍有認識的讀者都知道，全書共有四部，依序爲主角到小人國、大人國、飛行島諸國以及慧駰國的冒險記聞。就此書最通行的中譯名《大小人國遊記》而言，此名簡單明瞭、響亮易記，內容對稱而充滿奇思，既免去了第三部的紛雜枝蕪，也避過了第四部的荒誕不經(人竟然不如馬)。因此，這個版本儘管在結構與內容上腰斬了全書，在書名上爲了中文的音調而以「音」害義、掉

166 一如經由移植之後所產生的生物多樣性(bio-diversity)，文本在翻譯、移植之後也產生了文化多樣性(cultural diversity)。換言之，翻譯具現了文本的跨國(transnational)、跨語言(translingual)、跨文化(transcultural)現象。而由《綏夫特研究》主編雷阿爾教授對於譯者的翻譯計畫的熱心，該年刊刊出筆者有關此書在中文世界早期接受史的英文論文，有關該期的書評指出筆者之文「首次提出了有關格理弗對於中國文學和文化史的影響，因而提供了歐美學者前所未知的資訊」(魏斯多克編輯，《2002年德國的英美文學研究》[Horst Weinstock, ed., *English and American Studies in German 2002* (Tübingen: Max Niemeyer Verlag, 2003), p. 65])，可以看出西方學者對於這個領域的興趣。

反了順序(「大」在前，「小」在後)，卻幾乎成了中文世界裡家喻戶曉的「兒童文學」經典，甚至是許多人所知道的唯一版本。其實，這種「腰斬」的現象並非不尋常，因爲在英文世界裡，也經常將前兩部獨立出版，當成兒童讀物或奇幻文學。由此可見，此書前兩部自有奇思、引人入勝之處。

至於其他的中譯名，無論是《格列佛遊記》、《格利佛遊記》、《葛利佛遊記》……不但名稱較忠實於原作，有些在內容上也保留了第三、四部。因此，以類似名稱出現的中譯本屢見不鮮，縱使用字稍有差異，但發音類似，不致造成讀者的困擾。然而，若是細究本書的內容與批評史，則這些譯名仍有値得商榷之處。不少批評家，尤其是20世紀的學者，區別作者及主角／敘事者，認爲主角並非作者的代言人，反而也是作者諷刺的對象之一，最明顯的例子就是第二部中主角與大人國國王的對話以及第四部中主角與慧駰的交往。主角自大人國返回之後，個性並未明顯改變，可謂「依然故我」，但從慧駰國回來之後卻「判若兩人」，儘管理性的慧駰無視於格理弗的「進步」而把他逐出，但主角仍然極爲推崇在他心目中具有種種美德的慧駰，鄙視甚至痛恨同爲圓顱方趾的人類。相對於救助他的葡萄牙籍船長的仁慈體貼、熱心助人、善巧方便，以及家人的和善親切、寬宏大量，主角表現出的不僅是不通人情，甚且是連番荒誕絕倫、近似瘋狂的行爲，在在顯示了他判斷錯誤、容易受騙。雖然正文前的〈編者致讀者函〉中指證歷歷，明言實有“Gulliver”家族(其實，這封信函可視爲全書的敘事策略之一，以證明其眞實可信，爲當時的文學成規)，但無可否認的，此姓氏不僅罕見，而且很容易讓人聯想到"gullible"一詞(「容易受騙」)，甚至有論者指出，從這個角度來看，本書更可恰切地命名爲"*Gullible's Travels*"[167]。因此，舊譯「格列佛」、「格利佛」、「葛利佛」……雖然稱得上是相當忠實的「音譯」，但並未試圖傳達原文幽微、諷刺之處——畢竟像如此「不安於室」、汲汲爲稻粱謀、三番兩次拋妻棄子、遠赴重洋，最後落得憤世嫉俗、格格不入的主角，如何與「悲智雙運，覺行圓滿」的「佛」相稱。再者，以「佛」命名，在中文裡似不多見。

因此，本書採取變通之計，將"Gulliver"譯爲「格理弗」，一方面避免過於標新立異，以致完全捨棄中文讀者所熟悉的舊譯「格列佛」、「格利佛」、「葛利佛」……，另一方面勉力維持原文可能具有的意涵，暗示主角心懷四海、勇於冒險、敏於學習、好奇心盛、致力於「格」物窮「理」、崇尚理智、堅持理想，卻屢遭凶險，到頭來落得自以爲是、窒礙難行、違背常理、拂逆人情、格格不入、落落寡歡(「弗」字基本上具有「否定」之意)[168]。雖然「弗」字依然不似中文人名，但相較之下，新譯「格理弗」在音譯上不亞於舊譯，在意譯上則期盼兼顧原作之用心及其批評史上衍生的意涵。這也是譯者有關「雙

167 福克思，〈《格理弗遊記》批評史〉，頁285。

168 王安琪認為「格理弗」是個「傳神的譯名」，並對此三字做了以下的解釋：「『格』，格物致知；『理』，追求眞理；『弗』，無遠弗屆」(〈「格理弗中土遊記」講評〉，參閱《解讀西洋經典》[台北：聯經，2002年]，頁47)。

重脈絡化」的翻譯理念的具體實踐之一。是邪？非邪？有請讀者自行判斷。

《格理弗遊記》的英文版本與中文譯注本

雖然綏夫特經常匿名發表作品，但一直是當時頗受歡迎的作家，而且歷久不衰，超越了同時代的任何作家，成爲英國文學史上最偉大的諷刺作家[169]。在新的千禧年中，頗負盛名的出版社相繼推出新版的綏夫特作品。例如，企鵝出版社的「企鵝經典名著」於2001年出版了由德馬利亞編注的《格理弗遊記》，取代了1967年由狄克森和喬克(Peter Dixon and John Chalker)共同編注的版本(此二版本主要根據1726年版)。費柏與費柏出版社(Faber and Faber)爲了讓讀者有機會再次接觸重要詩人，邀請當代作家針對特定詩人編選詩作，由詩人馬洪(Derek

---

169 有關綏夫特的研究，威廉絲的資料彙編蒐集了18世紀到19世紀前葉的早期代表性文獻，而自1895年到1980年的書目分別見於蘭達與托賓合編的《綏夫特評論清單，1895-1945》，斯達息思編輯的《綏夫特研究書目，1945-1965》，拉蒙特的〈綏夫特評論與傳記清單，1945-1965〉，昆達那的〈綏夫特學術與評論簡評，1945-1965〉，以及羅狄諾編輯的《綏夫特研究書目提要，1965-1980》。此外，倫德(Roger D. Lund)也提到，單就《格理弗遊記》一書自1945-1985年就有將近五百篇的研究，專書與文章都有(參閱《文學傳記辭典》第三十九冊《英國小說家，1660-1800》之〈綏夫特〉["Jonathan Swift," *Dictionary of Literary Biography*, vol. 39, *British Novelists, 1660-1800* (Detroit: Gale Research Co., 1985), p. 503])；而根據現代語文學會國際書目(MLA International Bibliography)的資料顯示，自1981年至2004年8月，有關綏夫特的資料有1435筆，其中有關《格理弗遊記》的資料有491筆。這些都顯示了綏夫特於文學研究裡的重要地位和此書的代表性。

Mahon)編選的《綏夫特詩選》(*Jonathan Swift: Poems Selected by Derek Mahon*)於2001年出版。以出版文學教科書聞名的諾頓出版社，其著名的「諾頓評論版」系列(Norton Critical Edition)於2002年以李維羅(Albert J. Rivero)編輯的《格理弗遊記》取代葛林柏格(Robert A. Greenberg)編輯、自1961年起便流通於市面的版本。著名的「現代文庫」(The Modern Library)於2002年出版由勞森編選逾千頁的《綏夫特基本作品》。這些事實在在證明了綏夫特的吸引力歷久彌新，延續到新千禧年。

前文已強調重譯之必要，以及進行文學與文化翻譯時需要一再詰問的問題：爲何此時此地會有此譯本？由誰來作？爲誰而作？其目的與效應如何？……也曾說明學術翻譯的特色，緒論、譯注、年表與參考書目的意義。底下針對《格理弗遊記》中文譯注本提出幾點說明。

最重要的當然就是版本的問題。前文提到《格理弗遊記》主要以1726年及1735年兩種版本流通於世，現在根據較流通的幾個本子加以說明。一般說來，有關此書的版本主要分爲兩派，一派主張根據1726年版，一派主張根據1735年版，而以後者稍占上風。然而，這兩派雖然強調其版本的特色與權威性，但實際印行時多少都參酌了其他版本的資料。因此，除非重印1726年或1735年的版本，否則現今的版本都已是編輯、校勘之後的產物，而不是眞正的「原本」了。底下略加分述。

前文指出，自1920年代起，1735年的版本漸占上風，其中尤以1941年戴維思編校的《格理弗遊記》成爲眾多學者心目中的權威版本。戴維思的版本根據的是福克納於都柏林出版的

《綏夫特作品集》第三冊，原因在於綏夫特曾親自校訂1726年倫敦版省略或更動之處，咸信較接近作者原意。威廉思為戴維思版所寫的緒論中，清楚交待本書的出版史和版本史[170]。然而，1735年版雖經作者親校，還是有些「漏網之魚」，於是戴維思根據先前倫敦的數種版本加以校勘，注明各版本不同之處，也校正了福克納版經由不同的重印而出現的錯誤，但全書在日期上的一些錯誤，雖已經作者修正若干，但戴維思並未加以修訂。由戴維思本人提供的資料，可以看出他參考了九種不同的版本或底本[171]。此版本除了威廉思所撰寫的〈緒論〉和戴維思校訂的正文之外，還有〈版本注〉("Textual Notes")、〈詞彙〉("Glossary")和〈索引〉，分別註明版本之異文、此書所創的新詞彙以及與內文相關之索引。戴維思的版本雖多為學術界所引用，但因全集共十六冊，卷帙浩繁(譯者手邊的版本出版於1941年)，而且絕版多年，一般讀者不易取得。

黑華德編輯、出版的《綏夫特之〈格理弗遊記〉、散文與詩歌選集》(*Swift:* Gulliver's Travels *and Selected Writings in Prose and Verse*)是諾尼薩奇文庫之一，也是根據福克納版，但以1726年版、福特的勘誤表，以及福特根據第一版所做的注解加以校勘，並特地標出其中的異文。因此，黑華德版的權威雖

170 有關威廉思對於版本的說明，詳見該書〈緒論〉("Introduction")，頁xii-xxviii。

171 有關戴維思對於版本的說明，詳見頁285-86；版本的異文，詳見頁286-306。

然不及戴維思版，但仍爲相當用心之作[172]。

昆達那在1958年爲「現代文庫大學版」(Modern Library College Editions)所編的《格理弗遊記及其他作品》(*Gulliver's Travels and Other Writings*)中特別指出，「這個版本是福克納版，唯一不同之處是加上了第三部第三章最後一段之前的五段。這整個段落明顯指涉愛爾蘭於1724年成功抵制了伍德的半便士，甚至連福克納都省略，直到1896年才在文字中出現。」[173]

諾頓出版社的諾頓評論版系列除了提供經典之作的權威版本之外，並附上相關的背景資料及重要的評論文獻，可謂兼顧文本與脈絡。1961年葛林柏格編輯的《格理弗遊記》，封面註明爲「權威的版本，綏夫特的通信，波普有關《格理弗遊記》的詩作，評論文章」(“AN AUTHORITATIVE TEXT / THE CORRESPONDENCE OF SWIFT / POPE'S VERSES ON *GULLIVER'S TRAVELS* / CRITICAL ESSAYS”)。此版本根據的是福克納版，再加上來自綏夫特的友人福特的一些更正與增添。葛林柏格在〈前言〉中特別引述福克納對先前版本的不滿，認爲經過先前倫敦版的更動，全書的「風格遭到貶抑，幽默大失，事件淡而無味」(x)[174]。

---

172 有關黑華德對於版本的說明，詳見頁829；版本的異文，詳見頁829-43。張健的中譯係根據此版本校訂(他根據的是1939年第二版，但譯者手邊的1942年版本未註明先前曾經印行)。

173 昆達那，《格理弗遊記及其他作品》(*Gulliver's Travels and Other Writings* [New York: Modern Library, 1958])，頁xvii。

174 葛林柏格，《格理弗遊記》(*Gulliver's Travels*, Norton Critical Edition [New York: Norton, 1961; 2nd ed. 1970])，頁x。

特納於1971年編注、由牛津大學出版社印行的《格理弗遊記》，於1986年以「世界經典名著」(World's Classics)平裝本印行，1998年再以「牛津世界經典名著」(Oxford World's Classics)平裝本重新印行，根據的依然是戴維思的版本。他在〈版本說明〉("Note on the Text")中指出，因爲「這個1735年的版本似乎比1726年的第一版遠爲接近綏夫特原先所寫的，也包含了一些修正，代表了他對這本書最後的一些想法。」[175]特納本人是中古世紀專家(medievalist)，此《格理弗遊記》版本剛好超過四百頁，其中注釋("Explanatory Notes")就占了八十三頁[176]，對於字意(古今差異)、文學典故、歷史事件等詳細注解，納入前人的研究成果。此外，此版還附上了緒論、簡要的書目與年表。由於資料豐富、定價便宜，成爲目前市面上最通行的版本之一。

1980年由科幻小說家艾西莫夫編注的《注解本格理弗遊記》頗具特色。依照封面摺頁的說法，此版「根據的是綏夫特本人改正的福克納版，這是此領域中許多學者認爲的定版(definitive)。」此書開數頗大，尺寸約爲一般書籍的兩倍，除了編者的〈傳記性緒論〉("Biographical Introduction")及〈書目〉外，特殊之處在於兩方面：一爲編注者加了許多詳細的注解(注解與正文出現在同一頁上，因此讀者不必「瞻前顧後」，有時注解甚至比正文還長)，特別是從自己專長的科學角度出

175 特納，《格理弗遊記》，頁xxvii。
176 同上，頁289-371。

發，與其他注解者多從文學、歷史、語意、歷史語言學等的注解頗爲不同，這些在原文第三部對於科學家的諷刺中尤其明顯；一爲編注者費心蒐集到兩百多張自18世紀到20世紀有關此書的插圖，以黑白方式呈現，顯得「圖文並茂」。可惜的是，如此具有特色的版本卻絕版多年，如今只能在圖書館或舊書店尋找。

另一個特別的版本就是福克思於1995年爲聖馬丁出版社(St. Martin's Press)的「當代批評個案研究」系列所編的《格理弗遊記》。除了宣稱的「完整、權威版本」(其實便是戴維思的版本)之外，還有關於作者生平與歷史脈絡的介紹，批評史的述要，最特別的就是五種當代批評方法的引介(女性主義、新歷史主義、解構批評、讀者反應批評和心理分析批評)。每一批評方法均簡要介紹、提供精選書目，並有一篇專文作爲文學批評的示範。換言之，此系列以經典文學爲例，示範如何以不同的當代批評方法來加以解讀，賦古典予新意。至於2002年勞森爲「現代文庫」所編的《綏夫特作品集》，根據的也是1735年的福克納版。

當然，1726年的倫敦版也有不少支持者。其實，在威廉思的考證和戴維思的版本出現之前，1726年版一直較爲流行。如19世紀末、20世紀初斯高特主編的十四冊《綏夫特散文作品集》(Temple Scott, ed., *The Prose Works of Jonathan Swift, D.D.*)的第八冊爲丹尼斯(G. Ravenscroft Dennis)編輯的《格理弗遊記》，綜合了當時的研究成果，在序言中直言福克納版「不值得信賴」[177]。即使在威廉思和戴維思等人的努力爲學術界肯定之後，倫敦初版的支持者依然不乏其人。例如，名批評家范・朵倫於1948年爲維京出版社的「維京隨身文庫」所編的《隨身版綏夫特》，封面就宣稱全書呈現的是作者「最佳的小品文、詩歌、書信、日記以及全本的《格理弗遊記》，以豐富地再現我們語文中最偉大的諷刺家」。在涉及《格理弗遊記》的版本時，范・朵倫認爲，「雖然晚近人們提到1735年的福克納版優於莫特—福特版(the Motte-Ford，即以1726年莫特版爲底本，加入福特的一些更正〔有些還出自綏夫特之手〕)，但福克納版似乎由於編輯與印刷的粗心大意，有許多明顯的錯誤，而且顯然唯恐因文賈禍，刪去了第三部相當長的段落，所以這裡選用莫特—福特版。」[178]

羅思(Angus Ross)1972年編注、出版的《格理弗遊記》，爲朗文英文系列(Longman English Series)之一，根據的也是1726年版，主要原因有二：主觀上，此版本似較接近綏夫特送給書商之前的稿件，保留了作者特殊的文風；客觀上，綏夫特與波普不同，個性較急，不耐煩於校對之事。因此，「無疑地，莫特的第一版最接近綏夫特的原稿，當然要連同福特的改正；這些以及針對手民之誤的明顯改正，也保留了綏夫特將訛

177 丹尼斯，《格理弗遊記》(1909)，收入斯高特主編《綏夫特散文作品集》第八冊(*The Prose Works of Jonathan Swift, D.D.* [London: George Bell and Sons, 1897-1909]，頁vii。

178 范・朵倫，《隨身版綏夫特》，頁202。

誤段落恢復原貌。」[179]羅思的版本除了正文之外，還附上了〈前言〉、〈緒論〉、〈年表及大事記〉、〈有關版本的說明〉、〈跋〉、〈注解〉與〈詞彙〉，具體而微地將個人的學術研究與見解納入經典之作。

至於以普及文學經典聞名的企鵝出版社，不論是1967年由狄克森和喬克兩人編注的版本，或2001年由德馬利亞編注的版本，都以1726年版爲基礎，而且採用現代英文拼法——雖然相隔三十四年的兩個版本所陳述的理由不盡相同。狄克森和喬克的編注版於1967年納入「企鵝英文文庫」(Penguin English Library)，於1985年以「企鵝經典名著」之名重新印行，除了兩人的注釋之外，並由傅特(Michael Foot)撰寫緒論。在狄克森署名的〈版本說明〉("A Note on the Text")中指出，1735年版經過多方修訂，其「正式、一致的程度」爲原稿所無。而1726年的莫特版儘管有諸多「明顯的不足，但相對地免去了這種編輯上的圓熟(editorial sophistication)」，故以此爲基礎。話雖如此，狄克森和喬克還是併入了福特的改正，1727年莫特版的修訂，並加上兩處有關時序的修正和一處有關地理的修正[180]。

德馬利亞在新千禧年編注、出版的《格理弗遊記》〈謝詞〉中指出，在注解上受惠於許多以往的編者，尤其是先前企鵝版

179 羅思，《格理弗遊記》(*Travels into Several Remote Nations of the World, Known as Gulliver's Travels* [London: Longman, 1972])，頁xxiv。感謝羅思教授惠贈早已絕版的該編注版。

180 狄克森和喬克，《格理弗遊記》(*Gulliver's Travels* [London and New York: Penguin, 1967])，頁32。

的編者狄克森和喬克以及(市場上競爭的)牛津版的編者特納。至於為什麼選擇1726年版，德馬利亞所給的理由則相對薄弱。他坦承，「威廉思成功地顯示，1735年版最能表現作者最後的願望，而那個標準一直到最近都是有關編輯決定上最後的裁定。」至於為什麼依然採用1726年版，德馬利亞的理由主要如下：在編輯思考上逐漸多元的今天，有關版本的思考也宜避免定於一尊；呈現最初讀者所閱讀到的版本，再加上來自原稿或作者的修正。因此，新企鵝版根據1726年版，納入了福特的改正，綏夫特對於1726年版的更正，以及1735年版中來自綏夫特的修訂(而不是福克納的書店編輯格式［house style］)[181]。在書末的〈版本說明〉中，德馬利亞列出所使用的六個版本[182]，並且宣稱特別註明「1726年初版與1735年福克納版顯著不同之處——《格理弗遊記》的現代版本經常偏好以後者為基礎。」[183]

比較不同的是，辜(A. B. Gough)於1915年由牛津大學出版社印行的《格理弗遊記》，以1727年莫特的第二版為主，併入福特的多處修訂。至於第二版中明顯的錯誤，則主要根據第一版修訂，另有四、五處係根據福克納版或其他現代版本修訂，卻也坦承「刪除了一些段落。」[184]由於這是《格理弗遊記》版本史尚未確認之前的出版品，情有可原。值得一提的是，此版

181 德馬利亞，《格理弗遊記》，頁xxviii。

182 同上，頁298-99。

183 同上，頁298。

184 辜，《格理弗遊記》(*Gulliver's Travels* [Oxford: Clarendon Press, 1915])，頁xxiii。

的注釋將近九十頁[185]，頗爲詳細，連後來的特納都曾參考不少地方。

另一個有趣的現象便是，同一家出版社在不同時期出版不同的版本。出版平裝本文學名著的鬥雞出版社(Bantam)，於1962年發行了由斯塔克曼編輯的《綏夫特的格理弗遊記與其他著作》，主要根據的是1735年版。然而，九年後同一家出版社再推出由簡肯思(Clauston Jenkins)新編的所謂「權威版本」，加上葛林(Donald Greene)的〈緒論〉和〈補充材料〉(含格理弗的年表、傳記資料、書信、神學背景、書目資料、以及18至20世紀的評論)。這個版本的《格理弗遊記》，比先前的版本更具學術性，根據的是初版，但併入了福特的修訂和福克納版中的許多改動，以期「加入綏夫特對於諷刺和意義的改進，而避免了福克納版在風格上的正式。」[186]

此外，諾頓出版社於2002年再推出由李維羅所編的評論版。編者承認1735年版是大多數現代版本的基礎，也認爲莫特更動過綏夫特的文稿，因此儘管他根據的是1726年版，但「採納了來源足以可靠地追溯到綏夫特的幾處更正」，其中最重要的是福特的勘誤表和他在初版上的修訂，以及綏夫特本人的更正之影本。編者指出：「簡言之，我的目標是盡可能重新創造出綏夫特最初讀者所讀到的《格理弗遊記》的版本，呈現給21

185 辜，《格理弗遊記》，頁341-426。

186 簡肯思，《格理弗遊記》(*Gulliver's Travels* [New York: Bantam Books, 1971])，頁xxvi。

世紀的讀者。」[187]然而，在筆者看來，另一個主要原因很可能是：在距離前一本問世四十一年後的今天，如果新出的評論版與舊版的正文無異，只更新了評論文獻，可能不易攻占市場。換言之，除了學術的理由之外，「市場區隔與行銷」應是相當重要的考量。此外，此版的注釋也較前一版詳細。

上文之所以不憚其煩地描述數十年來較具代表性的《格理弗遊記》流通版本，目的在於顯示其版本之複雜，以及不同的編者與出版社各自在不同的目的下，如何抉擇並創造出自己的版本。由他們的論證可以得到幾點結論：(一)不論1726年的初版、1727年的再版，或1735年經綏夫特本人過目的福克納版，都不完美；(二)採用1726年版的主要訴求，在於重現初版讀者所讀到的版本及印象，儘管如此，卻不得不承認此版本的缺失，並採納其他版本的修訂；(三)1735年版在風格上縱然因為出版社的介入而與綏夫特的原稿有些出入，卻是正式以作者之名出版的作品集，文稿也經作者過目，應較符合作者最終的意圖，而這也是一般的定論。

譯注

筆者寓目的中譯本裡，只有張健(1948年版)和楊昊成的中譯本指明或標示自己根據的版本，其餘的完全不提，遑論本書的出版史與接受史。中文舊譯對於書中的歷史與文學典故，或

---

187 李維羅，《格理弗遊記》(*Gulliver's Travels*, Norton Critical Edition [New York and London: Norton, 2002])，頁viii-ix。

者茫然不知，或者視若無睹，頂多以略注爲滿足[188]，未能充分提供相關的典故出處及文化、歷史脈絡，讓讀者除了理解表層的意思之外，有機會一窺可能蘊藏其中的特定訊息，探索作者的用心、藝術手腕與再現策略，淺嚐當時讀者「對號入座」的樂趣，甚至以類似眼光來觀察自身所處的政治與社會環境，發掘其中的異同，進而對人生有更深一層的體悟。這也正是此新譯注本著力之處，希望配合緒論、譯注、年表與大事紀以及其他相關資料，進一步呈現原作之豐富奧妙，以及跨越語言、文化、歷史疆界之後，在另一時空中可能展現、綻發的新面貌。

身爲「學術翻譯」的這本中文譯注本，既不可能如版本學家葛利沁(D. C. Greetham)所說的那樣蒐集、製作、描述、閱讀、評估、批評、編輯不同的版本，也無法如綏夫特專家般根據作者的藏書來注釋[189]，只能運用現有的學術成果，以學者公認的1735年版爲主(即戴維思版和由此衍生的現代版本，尤其是流通甚廣的特納版)。翻譯過程中，對版本有疑之處，還查考其他版本的重大異文及相關的注釋與說明(尤其是黑華德版)，但仍以戴維思—特納版爲依歸。

188 除了前文提過張健(2002年版)和楊昊成的譯本略有注釋之外，張菁與張苹的合譯本(北京：中國婦女出版社，1996年)、王維東的譯本(北京：北京燕山出版社，2000)和孫予的譯本(上海：上海譯文出版社，2003年)也有若干簡注。

189 參閱葛利沁的《版本學》(*Textual Scholarship: An Introduction* [New York and London: Garland, 1994])及維肯和雷阿爾的〈注解綏夫特〉(Heinz J. Vienken and Hermann J. Real, "'Ex Libris' J. S.: Annotating Swift")，文收雷阿爾與維肯合編的《慕斯特第一屆綏夫特國際研討會論文集》，頁305-19。

在譯注方面，正如後來的英文注解本參酌前人的成果(因此或多或少不免重複)，身為異文化的翻譯者當然更需參酌，以期呈現原作的繁複，也加上譯者一愚之見。除了參考英文注釋本之外，相關的學術研究成果也提供了豐富的背景資料及詮釋，有利於緒論及注釋的進行。此書的注釋本甚多，謹將較具代表性的版本及特色略述如下。實際作業時，譯注著重於文學與歷史典故、文化背景、古今文意明顯不同之處、不同版本的重大異文、中譯時特具跨語文或跨文化意義之處；至於與文法或文意相關者，則逕自納入譯文，不另加注。

如前所言，特納的注解本對於字意(古今差異)、文學典故、歷史事件、重大異文等注解詳細，並廣納前人研究心得，為目前市面上流通最廣的本子，甚至德馬利亞在2001年企鵝版《格理弗遊記》中都坦承受惠，因此中譯者受惠於其注解亦屬當然。然而細看特納的注解，便會發現他也多方借助前人研究的成果。這印證了學術的累積以及文化的傳承與創新，有如一條大河：就是由於一代代努力繼承傳統、面對當代，使得經典得以歷久彌新，而類似的注解本對於經典的普及化發揮了重大的作用。由於戴維思的權威版本已絕版多年，對於《格理弗遊記》原文有興趣的讀者，不妨閱讀特納的版本。

辜的注解本雖然出版時間較早(1915年)，早已絕版，但注釋仔細，除了註明文學典故與歷史事件之外，特別留意於原文文法，指出許多不符文法之處。這些文法的釐清多少有助於中譯，但未出現在中文注釋裡。艾西莫夫的版本，設計精心，資料眾多，蒐羅多張相關插圖，注解、圖片與正文出現在同一頁，允稱圖文並茂，別具心裁。由於編注者是著名的科幻小說家，著書數百冊，注釋中除了文學與歷史典故之外，在科學方面著墨尤多，迥異於其他文學出身的注釋者，是譯者寓目的十多種英文注釋本中最特殊的。其他的版本也有若干特色，如史考特19世紀版本的插圖就很生動有趣，讓讀者更能精確掌握圖像與文意(尤其是第三部第六章有關文字獄的部分)；如羅思的版本，在精簡的篇幅內納入個人多年研究心得；又如德馬利亞的新千禧年版本，提供了與綏夫特年代相近的江森博士第一部英文字典的定義，使讀者更能貼近原意。其他注釋本也因設定的讀者不同而各有差異(如先後兩本諾頓評論版以學術爲導向，而先後兩本企鵝版與鬥雞版以一般市場爲目標)，譯者也多有參考。總之，在翻譯過程中，筆者除了參考相關學術論述外，在譯注時先以特納、艾西莫夫和辜三人的注釋爲基礎，後來又參酌其他注釋本，凡此種種都標示於注釋中。至於譯者一得之愚，則直接呈現於腳注、各章的「章末批」及各部的「部末批」，若與其他評論見解相近，則屬「所見略同」，特此申明。

至於童書版的《格理弗遊記》種類繁多，有些將其文字拼法及標點符號加以現代化，有些則加以改寫，但大多配上各自的插圖，展現了出版商、改寫者、插圖者對於此一經典之作的重新想像、包裝與行銷，以符合當時所需[190]。這些改寫、插圖

190 絲美德嫚(M. Sarah Smedman)以兒童文學的角度探討本書的意義，並條列出自1727至1985年的五十五個不同版本(98-100)，參閱其〈童書《格理弗遊記》〉("*Gulliver's Travels* as Children's Book")，文收史密思編輯的《〈格理弗遊記〉的文類》，頁75-100。

及包裝，見證了《格理弗遊記》與日俱增的吸引力。其他如配備錄音帶、CD的有聲書，讓此作品觸及面更廣，除了以英文爲母語的聽者之外，還可充當學習英文的有趣工具[191]。再如卡通版或電影版，也將綏夫特的想像加以具像化，讓世界各地的觀眾透過繪圖者及導演、演員的詮釋與呈現，生動地了解這部作品[192]。此外，在數位化的今天，不但有電子經典名著(Cyber Classics)的紙本和磁片一併出售[193]，網路上也有許多不同電子版本的《格理弗遊記》，其中尤以傑飛(Lee Jaffe)所設立的綏夫特網站(www.jaffebros.com/lee/gulliver)最爲出色，提供許多相關資訊，讓世界各地的讀者可隨時上網查詢。凡此種種，見證了多媒體與電子科技賦予經典作品新的通路及呈現方式，使得古典作品展現了新的面貌與意義。

在翻譯方面，綏夫特當時標點符號的運用未如現今嚴謹(如尙未有引號和驚歎號等)，若以今日標準來看，難免有損文意。一般通俗英文版本往往將其英文拼法及標點符號加以現代化。因此，中譯裡的標點符號雖然盡可能比照綏夫特的用法，但若可能造成文意曖昧不清之處，則加以現代化。至於段落方面，

---

191 英文版的有聲書只消上亞馬遜(Amazon)網路書店便可見其大要。此外，前文已提及供中文讀者學習英文之用的版本。

192 如1960年由薛爾導演的《大小人國遊記》(Jack Sher, *The 3 Worlds of Gulliver* [Columbia Pictures, 1960])以及1996年由斯特利奇導演的《格理弗遊記》(Charles Sturridge, *Gulliver's Travels* [Hallmark Entertainment, 1996])，都顯示了電影工業對這部經典之作的強烈興趣與重新詮釋。

193 見Jonathan Swift, *Gulliver's Travels* (Boston and Los Angeles: Cyber Classics, 1997)。

出處：見注192

附圖18　1960、1996年改編成電影的《格理弗遊記》顯示了以影像的方式不斷重新詮釋、再現經典原著。

原文有許多冗長的段落，但因不致影響文意，故悉照原文，不予變動。其他細節則見各處注釋。插圖方面，有關正文的插圖悉照綏夫特的原本，至於〈緒論〉的圖片則爲了使中文讀者對此書的時代、作者、人物、流傳，有更深刻的體認。

此外，中文譯注本除了綜合英文注釋及其他研究者的心得之外，更試圖加入具有文化特殊性(cultural specificities)的內容，例如中譯在文字及文化轉換時所產生的特殊跨文化現象。爲了讓讀者更能領會作者的文章技法，中文注解試圖融會中國小說評點的傳統(如回後批與部後批)，指出全書前後呼應關聯之處，並加上譯者個人的詮釋，希望能幫助讀者更深入了解此一眾人自認耳熟能詳、實則在中文世界頗受扭曲的經典名作。因此，雖然《格理弗遊記》第四部第十二章有言：「我的主要目的是告知，而不是娛樂你」(“my principle Design was to Inform, and not to amuse thee”)，但譯者希望這個名著的中文譯注本能兼顧「娛樂」與「告知」的作用。

結　語

筆者於1999年參觀都柏林作家博物館(Dublin Writers Museum)，以及翻閱愛爾蘭文學史的相關論述時，發現幾乎都以綏夫特爲愛爾蘭文學的鼻祖——雖然愛爾蘭原本存在著以蓋爾語(Gaelic)爲媒介的本土文學[194]。基柏德在《愛爾蘭經典作

194 如傑法雷思在《愛爾蘭文學簡史》(*A Pocket History of Irish*

品》(Declan Kiberd, *Irish Classics*)中討論1600年以來的愛爾蘭經典之作，特為綏夫特闢了兩章[195]。但在都柏林街頭，到處可見喬埃斯的蹤跡(如銅像、博物館、根據他的鉅著《悠里西斯》[*Ulysses*]中的描述所繪製的地圖和設立的地標)，6月16日還訂為布倫日(Bloomsday)，以紀念該書主角於該日的遊蕩。喬埃斯生前自我放逐，死後葬身國外，依然得到如此的待遇。然而，對長期居住在都柏林，並在文章中屢屢大聲疾呼、為民請命、向英格蘭抗爭的綏夫特，卻只見於他擔任三十多年總鐸的聖帕提克大教堂以及以他的遺產所創設的聖帕提克醫院。筆者在都柏林當地詢問一些民眾，似乎不少人對他存有相當的矛盾之情，這或許與他的認同或諷刺有關[196]。

(續)

Literature [Dublin: O'Brien Press, 1997])伊始就指出，「綏夫特是第一位偉大的愛爾蘭英文作家」("[t]he first great Irish writer in English")，頁9。斯坦利在《都柏林名人》(Michael Stanley, *Famous Dubliners* [Dublin: Wolfhound Press, 1996])中也說綏夫特是「最早的盎格魯—愛爾蘭作家之一」("one of the earliest Anglo-Irish writers")，而且由於在都柏林出生、受大學教育，最後三十年生活於此地，因此可以「恰切地歸類為都柏林人」(頁92)。此外，莫西爾專文討論〈綏夫特與蓋爾傳統〉(Vivian Mercier, "Swift and the Gaelic Tradition")的關係，收錄於傑法雷思編輯的《綏夫特三百年慶》，頁279-89。至於福克思與圖理合編的《綏夫特新究》(Christopher Fox and Brenda Tooley, *Walking Naboth's Vineyard: New Studies of Swift* [Notre Dame, IN: U of Notre Dame P, 1995]，蒐羅了九篇論文，全部集中於探討綏夫特和愛爾蘭的關係。

195 參閱基柏德，《愛爾蘭經典作品》(*Irish Classics* [London: Granta Books, 2001])，頁71-106。

196 有關綏夫特在愛爾蘭的定位，可參閱賈瑞爾的〈愛爾蘭的綏夫特傳統〉(Mackie L. Jarrell, "'Jack and the Dane': Swift Traditions in Ireland")，文收傑法雷思編輯的《綏夫特三百年慶》，頁311-41。

有關他的認同，我們可以看到他的父母原籍英格蘭，綏夫特本人卻在愛爾蘭土生土長，接受教育。然而在當時的文化及政治情境下，他的文化與政治認同都是向著大英帝國的中心，一心企盼在倫敦的文壇、政壇、宗教界占有一席之地。因爲文章得罪當道，迫使他不得不放棄在英格蘭的發展，安心於愛爾蘭[197]。然而充滿人道精神的他對當地人民的苦難無法充耳不聞，所以寫出了一篇篇爲民請命、擲地有聲的文章。文學的技巧與人道的關懷使他的文章超越了一時一地的限制，而能打動普遍的人性，正所謂「言之不文，行之不遠」。諷刺則是他的利器。

諷刺作家在寫作時痛下針砭，文筆辛辣，不留情面，但也往往字字珠璣，令人在痛快淋漓之餘，有時卻不免覺得難堪，甚至啼笑皆非，故能流傳於世。同爲愛爾蘭作家的王爾德(Oscar Wilde, 1854-1900)便是一例。綏夫特在1720年1月9日寫給一位教會人士的信中，曾如此定義「風格」：「適當的文字擺在適當的位置，便是風格的眞諦」(“Proper words in proper places, make the true definition of a style.”)[198]。此一說法爲「字字珠璣」下了言簡意賅的定義，在英文世界裡耳熟能詳。薩依德在討論綏夫特時也指出，他最好的寫作「涉及[文字]精巧的

197 在紐曼(Bertram Newman)所撰寫的綏夫特傳中，把傳主的生平一分爲二，第一部爲英格蘭，第二部爲愛爾蘭，兩部分等量齊觀(*Jonathan Swift* [Boston and New York: Houghton Mifflin, 1937])。

198 參閱戴維思所編《綏夫特散文作品》第九冊，〈致年輕紳士書〉(“A Letter to a Young Gentleman, Lately enter'd into Holy Orders”)，頁65。

配時與安置」（“a matter of exquisite timing and placing”），而低劣的寫作反是[199]。

然而，諷刺文學爲何如此受歡迎？綏夫特在《書籍之戰》前言中爲諷刺下定義時，順帶又諷刺了一下人性：「諷刺這面鏡子，觀者在鏡中通常只見他人的面孔，而不見自己。它之所以那麼受世人歡迎，很少引人反感，主要原因在此。」換言之，人人自以爲是，自認高人一等，卻不知睥睨、輕蔑的對象中可能也包括了自己。然而，正如高明的諷刺多少不免自嘲的成分——綏夫特的自悼詩便是一例——芸芸眾生也難逃以人性弱點爲對象的諷刺。此說似乎可用來部分說明慧駰國中的格理弗，至於適不適用於作者本人，值得三思。前文提到，綏夫特對自己諷刺的手法與心態有如下的說法：「其志從不在惡意；／嚴厲斥責罪惡，卻不指名道姓。／無人可以憎惡他，／因爲成千上萬的人都是他的對象。／他的諷刺指向的缺點，／無非是所有凡人都能改正的……」換言之，綏夫特認爲自己的諷刺詩文未存惡意，下筆時手下留情，對事而不對人，諷刺的目標雖然因爲不指名道姓而致人人都可能成爲對象，但目的卻在於痛下針砭，改進世人，不涉個人恩怨。

綏夫特對於自己寫作的目的也有獨特的體認。他宣稱自己「殫精竭慮的主要目的是攪擾世界，而不是娛樂世界。」弔詭的是，他不但以寫作去攪擾世界，更因爲諷刺手法獨特，反使

199 參閱薩依德，〈綏夫特的托利黨無政府狀態〉（“Swift's Tory Anarchy”），《世界、文本與批評家》，頁60。

其「攪擾」化爲「娛樂」；或者說，在他的諷刺藝術中，以「攪擾」來「娛樂」，以「娛樂」來「攪擾」，一體兩面，互爲表裡。不僅如此，他在「攪擾」與「娛樂」中更有深心。1725年8月14日，他對《格理弗遊記》有如下的說法：「我寫完《遊記》了，正在抄謄；這些遊記精采，大益於世道人心。」由此可見，他所謂的「攪擾」甚或「娛樂」都只是手段，目的還是回歸到文學「寓教於樂」、「文以載道」的效應。這正是當時盛行的文學觀。只是此處「寓」、「載」的方式，不再是單純的「說教」或乏味的「傳道」，而是透過「攪擾」與「娛樂」。進言之，其「教」、「道」本身未必較他人獨到，但由於「攪擾」、「娛樂」的手法高超，讓人印象深刻，即使可能哭笑不得，卻仍舊「欣然受教」。

「畸形的軀體在亂流中所映照出來的身影不只更大，而且更扭曲」，《格理弗遊記》第四部第五章曾用上這個比喻。此喻就相當程度而言可用來形容綏夫特以「汗漫」之筆、滔滔之勢寫來的這本書。至於此書跨越了語文、文化疆界的翻譯、改寫(含腰斬)，其「扭曲」之大更是匪夷所思，上文所舉的三個早期中文譯本以及其他的譯本便是明證。然而，此「逾越」卻可能產生其他／另類的「愉悅」。綏夫特在《格理弗遊記》中自創的"Yahoo"一詞的演化[200]，具體而微顯示了(甚至在同一語

200 綏夫特在此書中自創了不少字，其中若干爲文字遊戲，可參閱克拉克的《格理弗字典》(Paul Odell Clark, *A Gulliver Dictionary* [New York: Haskell House, 1972])及戴維思編注的《格理弗遊記》附錄的〈詞彙〉(頁307-08)。

言中)翻譯與變易的潛能與不可預測：由原先形容低劣、粗魯、野蠻、淫蕩的動物；到被楊致遠(Jerry Yang)和伙伴費羅(David Filo)挪用來爲自己的高科技網路事業命名[201]；到廣告中將此名詞轉化爲動詞("Do you Yahoo?")；到中文以「雅虎」之譯名兼具高科技之文「雅」、風「雅」、「雅」致(甚至「雅痞」[yuppy])與「虎虎」生風之威猛(甚至化爲動詞「你『雅虎』嗎？」)……凡此種種，綏夫特地下有知，想必也頗受「攪擾」、「娛樂」。

江森曾盛讚莎士比亞的戲劇爲讀者提供了「有關性格和人生的一面忠實的鏡子」("a faithful mirror of manners and of life")，映照出人性[202]。綏夫特以超凡的想像創造出小人、大人、慧駰、犽猢(譯者之中譯)……來對照人類，提供的顯然是一面哈哈鏡，透過文字的折射，人性的某些方面被放大，某些方面被縮小，在映照與對比之下，看似扭曲，卻是顯微，然而其「攪擾」與「娛樂」正在於此，其「寓教於樂」也在於此。至於新的中文譯注本之「扭曲」、「攪擾」與「娛樂」，其中

201 兩人當時是史丹佛大學博士生，成天上網，無暇研讀，特選此詞，以示「粗魯無文」("rude and uncouth")、「沒水準」、「沒文化」，而不認同另一種說法"Yet Another Hierarchical Officious Oracle"(「另一個層次分明但非正式的神諭」，五字首合爲"Yahoo")。

202 江森，〈《莎士比亞戲劇》序〉("Preface to *The Plays of William Shakespeare*")，參閱布萊迪與溫賽特合編的《江森詩文選》(Frank Brady and W. K. Wimsatt, eds., *Samuel Johnson: Selected Poetry and Prose* [Berkeley and Los Angeles: U of California P, 1977])，頁301。

的逾越與愉悅，閱讀正文便見分曉。

單德興

台北南港

2002年8月31日初稿

2004年9月10日七修稿

綏夫特年表與大事紀

參考資料

Brady, Frank, ed. *Twentieth Century Interpretations of* Gulliver's Travels. Englewood Cliffs, NJ: Prentice-Hall, 1968.

Crook, Keith. *A Preface to Swift*. London and New York: Longman, 1998.

Glendinning, Victoria. *Jonathan Swift*. London: Hutchinson, 1998.

Jenkins, Clauston, ed. *Gulliver's Travels*. New York: Bantam Books, 1971.

Probyn, Clive T. *Jonathan Swift:* Gulliver's Travels. New York: Penguin, 1987.

Rawson, Claude J., ed. *The Basic Writings of Jonathan Swift*. New York: Modern Library, 2002.

———, ed. *Jonathan Swift: A Collection of Critical Essays*. Englewood Cliffs, NJ: Prentice-Hall, 1995.

Rivero, Albert J., ed. *Gulliver's Travels*. New York and London: Norton, 2002.

Rogers, Pat, ed. *Jonathan Swift: The Complete Poems*. New York and London: Penguin, 1989.

Ross, Angus, ed. *Travels into Several Remote Nations of the World, Known as Gulliver's Travels*. London: Longman, 1972.

Tuveson, Ernest, ed. *Swift: A Collection of Critical Essays*. Englewood Cliffs, NJ: Prentice-Hall, 1964.

史煥章。《英國史》。三版。台中：中興大學，1975年。

布羅凱特(Oscar G. Brockett)。《世界戲劇藝術欣賞》。胡耀恆譯。台北：志文出版社，1974年。

朱立民。《美國文學1607-1860》。台北：台灣聯合書局，1963年。

朱立民與顏元叔主編。《西洋文學導讀》（下）。台北：巨流圖書公司，1981年。

何欣。《西洋文學史》（中）。台北：五南圖書出版公司，1986年。

許介鱗。《英國史綱》。台北：三民書局，1981年。

陳炯彰。《英國史》。台北：大安出版社，1988年。

年代	綏夫特生平	《格理弗遊記》
1405		
1492		
1498		
1516		
1532 | 1534		
1534		
1549		
1558		
1589		
1600		
1601		
1611		
1615		
1618		
1624		

文學與藝術	發明與發現	政壇大事
	鄭和首次下西洋	
	哥倫布發現西印度群島	
	達伽瑪發現東印度群島	
爾，《烏托邦》(Thomas ore, *Utopia*)。		
伯雷，《巨人列傳》 rançois Rabelais, *The stories of Gargantua and ntagruel*)。		
		亨利八世與羅馬教廷決裂
		基督教始傳入日本
		女王伊莉莎白一世即位
	哈克路特，《重要航行、航海、運輸暨英國一千五百年來海上及陸上之發現》(Richard Hakluyt, *Principle Navigations, Voyages and Discoveries*)。	
	望遠鏡於荷蘭發明	
	利瑪竇於北京建立教堂	
譯《聖經》欽定本		
凡提斯，《唐吉訶德》 liguel de Cervantes, *Don ixote*)。		
		歐洲三十年宗教戰爭(至1648年)
		荷蘭人占據台灣(至1661年)

年代	綏夫特生平	《格理弗遊記》
1626		
1638		
1642		
1643		
1644		
1649	綏夫特家人遷居愛爾蘭	
1650		
1651		
1658		
1660		格理弗誕生
1662		
1664	綏夫特雙親Jonathan Swift和Abigail Erick結婚	
1665		
1666	綏夫特之姊珍(Jane)誕生	
1667	春天綏夫特父親去世；11月30日綏夫特誕生；母親移居英格蘭；綏夫特和伯父留在都柏林。	
1670		

文學與藝術	發明與發現	政壇大事
根，《新亞特蘭提斯》 rancis Bacon, *The New lantis*）。		
		日本江户幕府實行鎖國政策
		英國大內戰（至1648年）
		法王路易十四即位
		中國吳三桂引清兵入關
		清教徒革命，查理一世被判死刑。
		克倫威爾遠征愛爾蘭
布斯，《巨靈利維坦》 homas Hobbes, *Leviathan*）。		
		克倫威爾去世
	英國皇家科學院(Royal Society)創立	查理二世復辟
		中國明朝告終；清聖祖康熙即位。
		倫敦大瘟疫
		倫敦大火
爾頓，《失樂園》(John lton, *Paradise Lost*)；阿布思特(John Arbuthnot)誕生。		
格里夫(William Congreve) 生		

年代	綏夫特生平	《格理弗遊記》
1671		
1672	綏夫特就讀吉坎尼文法學校(至1681年)	
1674		十四歲就讀艾曼紐學院
1675		
1677		格理弗隨貝慈(James Bates)先生學醫
1678		
1679		
1681	瓊森(斯黛拉)〔Esther Johnson (Stella)〕誕生。	前往荷蘭萊登學醫
1682	就讀都柏林，三一學院(Trinity College, Dublin)	
1684		擔任燕子號的隨船醫生
1685		
1686	獲得三一學院學士學位	
1687		
1688	因爲政治紛擾而離開愛爾蘭，赴英格蘭探訪母親。	返回倫敦行醫

文學與藝術	發明與發現	政壇大事
	牛頓發明反射望遠鏡(reflecting telescope)；萊布尼茲發明計算機。	
迪生(Joseph Addison)、斯爾(Richard Steele)誕生。		
爾頓去世		
	格林尼治天文台創立	
揚，《天路歷程》(John ınyan, *The Pilgrim's ogress*)。		
內爾(Thomas Parnell)誕生		
萊頓，《押沙龍與亞希多》(John Dryden, *Absalom d Achitophel*)。		
依(John Gay)、柏克萊 ieorge Berkeley)誕生。		詹姆士二世即位
萊頓，《雌鹿與豹》(*The nd and the Panther*)。	牛頓，《自然哲學的數學原理》(Isaac Newton, *Philosophiæ naturalis principia mathematica*)。	
揚去世		罷黜詹姆士二世；光榮革命；通過「權利法案」。

年代	綏夫特生平	《格理弗遊記》
1689	擔任田波爵士(Sir William Temple)的秘書及八歲的瓊森(斯黛拉)的家教。	
1690	綏夫特因健康因素回到愛爾蘭，短期居留。	貝慈先生去世；格理弗在兩艘船上擔任船醫。
1691	綏夫特返英格蘭，回到田波爵士身邊。	
1692	獲牛津大學碩士學位；出版第一部作品〈雅典學院頌〉(“Ode to the Athenian Society”)	
1693		
1694	5月離開田波爵士前往愛爾蘭；10月獲任命爲教會執事(deacon)。	
1695	1月任職牧師及奇魯特(Kilroot)教區牧師。	
1696	4月向瓦琳(Jane Waring，亦即他筆下的“Varina”)求婚，未果；5月回英格蘭田波爵士身邊；著手《桶的故事》(*A Tale of a Tub* [1704年出版])。	再次嘗試在倫敦行醫
1697	著手《書籍之戰》(*The Battle of the Books* [1704年出版])	
1698	辭去奇魯特教區牧師職務	

文學與藝術	發明與發現	政壇大事
		威廉三世與瑪麗公主即位
克，《政治論》與《人類理解論》(John Locke, *oncerning Civil Government ad Concerning Human nderstanding*)		波恩戰役(the Battle of the Boyne)，威廉三世打敗詹姆士二世。
		利默里克條約(Treaty of Limerick)
格里夫，《單身漢》與《口心非》(*The Old Bachelor ad The Double-Dealer*)		
		瑪麗二世去世；英格蘭銀行創立。
格里夫，《以愛還愛》(*ove for Love*)		
	丹皮爾，《新世界之旅》(William Dampier, *A New Voyage Round the World*)	

年代	綏夫特生平	《格理弗遊記》
1699	田波爵士去世；回愛爾蘭擔任柏克萊伯爵的家庭牧師。	5月4日搭上羚羊號離開布里斯托前往南海
1700	2月擔任愛爾蘭拉洛克與洛斯貝根教區牧師；10月擔任都柏林聖帕提克大教堂的受俸神職人員。	
1701	4月至9月待在英格蘭；著手第一篇政治文章〈論雅典與羅馬的上下議院之爭〉("A Discourse of the Contests and Dissensions between the Nobles and the Commons in Athens and Rome")。	9月24日離開布列復思古，26日被英國商船救起。
1702	2月獲都柏林三一學院神學博士學位；4月至10月待在英格蘭；斯黛拉前往愛爾蘭。	4月13日返回英格蘭；6月20日登上冒險號，前往〔印度的〕蘇拉特(Surat)。
1703	11月至隔年5月待在英格蘭	6月16日發現陸地；6月17日被遺棄此地，遭大人抓去；8月17日被主人帶往京城；10月26日抵達京城。
1704	匿名出版《桶的故事》與《書籍之戰》；5月返回愛爾蘭。	
1706		6月3日登陸英格蘭；8月5日離開英格蘭，三星期後前往〔越南的〕東京。

文學與藝術	發明與發現	政壇大事
格里夫，《世俗之道》(*Way* *the World*)；德萊頓，《古 寓言》(*Fables Ancient and* *odern*)；德萊頓去世。		
		詹姆士二世流亡在外，抑鬱而終；英國議會制訂「王位繼承法」(the Act of Settlement)，規定由新教徒的德意志漢諾威(Hanover)之子孫繼承英王位；西班牙王位繼承戰爭爆發(至1714年)。
		英王威廉三世去世；安妮女王即位；正式加入西班牙王位繼承戰爭。
克去世		布蘭罕戰役(Battle of Blenheim)，馬伯樂公爵(John Churchill, First Duke of Marlborough)率英軍擊敗法軍，援救奧地利，保全大聯盟(Grand Alliance)。
	哈雷預測彗星將按預測的日期返回	

年代	綏夫特生平	《格理弗遊記》
1707	11月奉愛爾蘭教會之命前往倫敦進行遊說(至1709年6月)	4月11日抵達聖喬治堡
1708	在倫敦遇見范紅麗(Esther Vanhomrigh)，亦即他筆下的范妮莎(Vanessa)；撰寫一系列破除占星迷信的文章——即「畢可斯塔夫文件」(“The Bickerstaff Papers”)。	
1709	返回愛爾蘭	4月21日抵達拉格那格；5月6日告別，前往港口，六天之間發現前往日本的船隻，船行十五天；6月9日抵達長崎。
1710	1710-13年於范紅麗家作客；5月10日得知母親去世；9月代表教會前往英格蘭；10月與哈利(Robert Harley)見面，被吸收爲托利黨黨員，成爲托利黨機關報《檢查者》(*The Examiner*)的編輯。	4月6日抵達阿姆斯特丹；4月10日抵達英格蘭，第二天上岸；9月7日出航，擔任冒險號的船長。
1711	出版〈盟國的行爲〉(“The Conduct of the Allies”)、〈反對廢除基督教之論證〉(“An Argument Against Abolishing Christianity”)；與范紅麗交好。	5月9日被叛變的手下遺棄在慧駰國海岸
1712	〈英語校正〉(“Correcting the English Tongue”)	

文學與藝術	發明與發現	政壇大事
		透過「合併法案」(Act of Union)合併蘇格蘭，成爲大不列顛王國。
波普，《田園詩集》(Alexander Pope, *Pastorals*)；斯蒂爾創辦《閒聊者》*(The Tattler)*；江森(Samuel Johnson)誕生。		日本德川家宣就任幕府大將軍
柏克萊，《人類知識的原理》(*Principles of Human Knowledge*)。		托利黨勝選；葛多芬伯爵(Sidney Godolphin, Earl of Godolphin)遭罷黜；哈利與聖約翰(Henry St. John)領導新政府；展開和平協商。
艾迪生創辦《觀察者》(*The Spectator*)；波普，《批評論》(*Essay on Criticism*)。		哈利擔任財務大臣，受封爲牛津伯爵；馬伯樂遭罷黜。
		屏障條約(Barrier Treaty)，內容涉及漢諾威家族在英國的繼承權一事；聖約翰受封爲波林布洛克子爵(Viscount Bolingbroke)，與牛津伯爵產生心結。

年代	綏夫特生平	《格理弗遊記》
1713	綏夫特與波普、帕內爾、蓋依、阿布思諾特、牛津伯爵等人成立思克理布勒洛思俱樂部(Scriblerus Club);6月13日奉令擔任都柏林聖帕提克大教堂總鐸(Dean),返回愛爾蘭任職;9月回英格蘭,著手長詩〈凱德納斯與范妮莎〉("Cadenus and Vanessa")。	
1714	因出版〈論惠格黨的服務宗旨〉("The Public Spirit of the Whigs")而遭人懸賞,取其性命;8月回愛爾蘭,范妮莎隨同。	
1715		2月15日離開慧駰國;11月5日抵達里斯本。
1716	傳聞與斯黛拉祕密結婚	
1717		
1719		
1720	著手《格理弗遊記》;出版〈建議普遍使用愛爾蘭製品〉("A Proposal for the Universal Use of Irish Manufacture"),印刷業者遭到起訴。	

文學與藝術	發明與發現	政壇大事
		以法國和西班牙爲一方，以英國、荷蘭、勃蘭登堡、薩伏依和葡萄牙爲另一方，簽訂了烏特勒支條約(Treaty of Utrecht)；日本德川家繼就任幕府大將軍。
普，《秀髮劫》(*Rape of the ock*)。		3月奧法簽訂拉斯塔特和約(Treaty of Rastadt)，西班牙結束王位繼承戰爭；7月牛津伯爵遭罷黜；8月安妮女王駕崩；喬治一世即位；波林布洛克子爵遭罷黜；馬伯樂公爵復職。
		波林布洛克子爵潛逃法國，其與牛津伯爵一同被告發；法王路易十四去世。
		紀倫伯格(Carl Gyllenborg)策劃支持詹姆士三世復辟；日本德川吉宗就任幕府大將軍。
福，《魯濱遜冒險記》(Daniel efoe, *The Life and Strange urprizing Adventures of obinson Crusoe*);艾迪生去世。		西班牙代表詹姆士三世派軍前往蘇格蘭；愛爾蘭宣布與英格蘭密不可分。
		南海公司(South Sea Company)空頭事件

年代	綏夫特生平	《格理弗遊記》
1721		
1722		
1723	范妮莎去世	
1724	出版《布商書簡》（*Drapier's Letters*）	
1725		
1726	綏夫特到英格蘭安排匿名出版《格理弗遊記》事宜；10月28日《格理弗遊記》出版。	
1727	綏夫特最後一次到英格蘭；《格理弗遊記》譯爲法、德、荷文。	4月2日〈格理弗船長致辛普森表兄弟函〉
1728	斯黛拉去世	
1729	出版〈野人芻議〉（"A Modest Proposal"）	
1731	撰寫自悼詩〈悼綏夫特博士〉（"Verses on the Death of Dr. Swift, D. S. P. D."）	
1732		
1733		

文學與藝術	發明與發現	政壇大事
		華爾波(Robert Walpole)爵士擔任首相。
福，《摩爾・弗蘭德斯》*Ioll Flanders*)。	歐洲發現伊斯特島(Easter Island，即復活島)	阿特貝利(Francis Atterbury)密謀，策劃支持詹姆士三世復辟。
		阿特貝利遭放逐；波林布洛克子爵買通回國。 中國清世宗雍正即位；禁天主教。
		愛爾蘭貨幣鑄造危機
	維柯，《新科學》(Giambattista Vico, *The New Science*)。	俄國彼得大帝去世
	坎佛，《日本史》(Engelbert Kaempfer, *History of the Empire of Japan*)。	
		喬治一世去世；喬治二世即位。
依，《乞丐的歌劇》*eggar's Opera*)。		
格里夫、斯蒂爾去世		
福去世		
依去世		
普，《人論》(*An Essay on an*)。		

年代	綏夫特生平	《格理弗遊記》
1735	福克納出版四冊《綏夫特作品集》(含《格理弗遊記》修訂版)	
1736	〈軍團俱樂部的特色、讚頌與描述〉(“A Character, Panegyric, and Description of the Legion Club”),描寫令人怨聲載道的國會,議員鎮日喧嘩,有頭無腦,禍國殃民。	
1738	《文人雅談》(*A Complete Collection of Genteel and Ingenious Conversation*)出版。	
1739	〈悼綏夫特博士〉出版	
1740		
1741		
1742	綏夫特重病;被宣告爲「心智與記憶不健全」。	
1744		
1745	綏夫特歿於10月19日	
1749		
1755		
1756		
1757		

文學與藝術	發明與發現	政壇大事
布思諾特去世		
		中國清高宗乾隆即位
查生，《帕米娜》(Samuel ichardson, *Pamela*)。		
普，《思克理布勒洛思回憶》(*The Memoirs of Martinus criblerus*)。		
普，《新愚人列傳》(*New unciad*)；菲爾亭，《約瑟·卓士》(Henry Fielding, *oseph Andrews*)。		
普去世		
		華爾波去世
爾亭，《湯姆·瓊斯》(*Tom nes*)。		
森，《英語字典》(*A Dictionary the English Language*)。		
		七年戰爭爆發(至1763年)
		普拉西戰役(Battle of Plassey)，英國開始殖民印度。

年代	綏夫特生平	《格理弗遊記》
1759		
1760		
1763		
1764		
1766		
1776		
1788		
1789		
1791		
1801		

* 基本資料來源與架構爲Lee Jaffe, "Chronology: A Timeline of Events in the *Travels*, Swift's Life, and His Times" <http://www.jaffebros.com/lee/gulliver/chron.html>，並參考前述資料；本年表由許雅貞、呂潔樺、陳雪美整理，單德興校訂。

文學與藝術	發明與發現	政壇大事
爾泰，《憨第德》(Voltaire, *andide*)；伯恩司(Robert urns)誕生。	大英博物館開幕	
德恩，《單第先生》 Laurence Sterne, *Tristram andy*)		喬治二世駕崩；喬治三世即位。
		巴黎合約(Treaty of Paris)，七年戰爭結束。
爾泰，《哲學字典》 *Dictionnaire Philosophique*)。		
德斯密，《威克斐牧師傳》 Oliver Goldsmith, *Vicar of akefield*)。		
恩，《常識》(Thomas ine, *Common Sense*)；亞當密，《國富論》(Adam nith, *Wealth of Nations*)。		美國獨立宣言
德，《純粹理性批判》 mmanuel Kant, *Critique of ure Reason*)。		
		法國大革命
恩，《人權》(*Rights of an*)。		
		合併愛爾蘭

人物與地名表

人物表

序及第一部

賴謬爾・格理弗(Lemuel Gulliver)　本書的主角與敘事者。

理查・辛普森(Richard Sympson)　格理弗的表兄弟，勸請他爲了公共利益出版遊記。

艾德蒙・伯頓(Edmond Burton)　倫敦襪商，格理弗的岳父。

瑪麗・伯頓(Mary Burton Gulliver)　襪商的女兒，格理弗的妻子。

詹姆思・貝慈(James Bates)　倫敦醫生，格理弗的恩師，並爲他引介工作。

亞伯拉罕・潘諾爾(Abraham Pannell)　燕子號的船長，格理弗首次航行即擔任該船的隨船醫生。

威廉・普利查(William Prichard)　羚羊號的船長，該船在小人國附近觸礁沉沒，遂有主角在小人國的奇遇。

弗凌納普(Flimnap)　小人國財務大臣。

雷追索(Reldresal)　小人國內務大臣。

斯蓋雷希・波格蘭(Skyresh Bolgolam)　小人國海軍大臣。

約翰・畢德(John Biddel)　格理弗離開小人國後遇到的船長。

第二部

約翰・尼可拉斯(John Nicholas)　冒險號的船長，格理弗搭乘此船，遂有大人國的冒險。

格倫達克麗琦(Glumdalclitch)　大人國農夫的女兒，格理弗的小保姆。

湯瑪斯・威寇克斯(Thomas Wilcocks)　格理弗離開大人國後，載他回國的船長。

第三部

威廉・羅濱遜(Captain William Robinson)　好望號的船長，此船載格理弗前往飛行島附近的海域。

穆諾地(Munodi)　巴尼巴比島上的顯貴。

斯楚德布拉格(Struldbruggs)　拉格那格王國裡長生不死之人。

西奧多拉斯・范古魯特(Theororus Vangrult)　安波那號的船長，格理弗自日本搭此船到阿姆斯特丹。

第四部

波可克船長(Captain Pocock)　格理弗最後一次出航時，同行的另一艘船船長。

慧駰(Houyhnhnm)　一群具有高度理性、道德的馬，其中之一爲格理弗的主人。

犽猢(Yahoo)　慧駰所統治的噁心動物，外形與人類相近。

貝德羅・德・曼德茲(Pedro de Mendez)　格理弗離開慧駰國後，帶他返回人類世界的葡萄牙籍船長。

地名表

第一部

厘厘普(Lilliput)　小人國，位於范・狄門之地(Van Diemen's Land)附近的島國。

貝發波拉克(Belfaborac)　小人國皇宮。

米敦都(Mildendo)　小人國京城。

布列復思古(Blefuscu)　小人國鄰近的敵對島國。

第二部

布羅丁那格(Brobdingnag)　大人國。

法蘭法拉斯尼克(Flanflasnic)　大人國國王行宮所在地。

羅布魯格魯德(Lorbrulgrud)　大人國京城，意即「宇宙的榮耀」。

第三部

拉普塔(Laputa)　飛行島，島上住著不切實際、喜愛幻想的人。

巴尼巴比(Balnibarbi)　飛行島國王統轄的海島。

林達林諾(Lindalino)　巴尼巴比的一座城市，曾有效反抗飛行島國王的統治。

拉嘎都(Lagado)　巴尼巴比的一座大城，也是飛行島國王治下的首都。

格魯都追布(Glubbdubdrib)　魔法師之島，島主可用魔法召來亡者。

拉格那格(Luggnagg)　長生不死之人居住的海島。

第四部

慧駰地(Houyhnhnms Land)　慧駰居住之地。

有關中文譯注本的幾點說明

一、有關《格理弗遊記》的版本史、中譯史及相關英文版本之特色，詳見緒論。

二、此中文譯注本主要依據1735年版（即戴維思版[Herbert J. Davis]和由此衍生的特納版[Paul Turner]）。重大異文則參酌其他版本，並於腳注中註明，以方便讀者參酌、比對。

三、譯注時以資料較詳盡且具特色的特納、艾西莫夫(Isaac Asimov)和辜(A. B. Gough)三人的注釋爲基礎，並參酌其他注釋本，凡此種種皆以下列之縮寫標示於注釋中：

ABG: A. B. Gough, ed., *Gulliver's Travels* (Oxford: Clarendon Press, 1915).

AJR: Albert J. Rivero, ed., *Gulliver's Travels* (New York and London: Norton, 2002).

AR: Angus Ross, ed., *Gulliver's Travels* (London: Longman, 1972).

D & C: Peter Dixon and John Chalker, eds., *Gulliver's Travels* (London and New York: Penguin, 1967).

GRD: G. Ravenscroft Dennis, ed., *Gulliver's Travels* (London: George Bell and Sons, 1909), vol. 8 of *The Prose Works of Jonathan Swift, D.D.*, 14 vols., ed. Temple

Scott (London: George Bell and Sons, 1897-1909).

HW: Harold Williams, ed., *Gulliver's Travels by Jonathan Swift, D.D.: The Text of the First Edition* (London: First Edition Club, 1926).

IA: Isaac Asimov, ed., *The Annotated Gulliver's Travels* (New York: Clarkson N. Potter, 1980).

JH: John Hayward, ed., *Gulliver's Travels and Selected Writings in Prose and Verse* (New York: Random House, 1942).

LAL: Louis A. Landa, ed., *Gulliver's Travels and Other Writings* (Boston: Houghton Mifflin, 1960).

PT: Paul Turner, ed., *Gulliver's Travels* (Oxford and New York: Oxford UP, 1998).

RD: Robert DeMaria, Jr., ed., *Gulliver's Travels* (London and New York: Penguin, 2001).

四、譯者閱讀與翻譯的一得之愚，直接呈現於腳注、章末批及部末批，若與其他評論見解相近，應屬「所見略同」。

五、其他資料可參閱書末之「參考書目」。

格理弗遊記

啓　事[1]

本書之前既然已經附了〈辛普森先生致格理弗船長函〉[2]，這裡就沒有必要再附上長篇啟事。船長所抱怨的那些竄改[3]，是出自一位已經去世的人[4]。編者根據此人的判斷，針對需

1　"ADVERTISEMENT"，這則啓事出現於1735年在愛爾蘭都柏林出版的福克納(George Faulkner)版。《格理弗遊記》是福克納出版的四冊《綏夫特作品集》中的第三冊，特地加上這則啓事和下一封信函，以示作者對於1726年倫敦出版的莫特(Benjamin Motte)版的不滿。有關這本書的出版史與版本史，詳見緒論。在一般中譯本裡，很少包括這則啓事和底下二函。

2　〈辛普森先生致格理弗船長函〉("Mr. Sympson's Letter to Captain Gulliver")其實是下文〈格理弗船長致辛普森表兄弟函〉("A Letter from Capt. Gulliver, to His Cousin Sympson")之誤。船長全名爲"Lemuel Gulliver"，"Lemuel"意爲「忠於上帝」，"Gulliver"意爲「容易受騙、上當」("gullible")。1735年版的格理弗肖像底下有"Splendide mendax"兩字，意爲「大說謊家」，箇中的諷刺意味不言而喻(PT 289)。有關其中文譯名「格理弗」的意義，詳見緒論。

3　這些竄改是書商莫特於1726年初版時請屠克(Andrew Tooke)所爲，以免觸怒當道，因文賈禍。本中譯以綏夫特本人校訂過的1735年版爲主，至於1726年版的重大異文則標示於注釋中，以資對照。有關這兩個版本的差異及原因，詳見緒論。

4　初版的書商莫特於1738年去世，至於與他密切合作而且涉及更動

要之處加以更動。但是，此人既沒有正確了解作者的計畫，也未能模仿他樸實簡明的風格，因此在許多的更動和增添中，加上了已故的女王一節，指稱在她統治時並沒有首相襄助，以示恭維[5]。有人向我們保證，交給倫敦書商的版本是原稿的抄本，而原稿是在作者的至交、倫敦一位德高望重的紳士手中[6]。這位紳士在購得本書的散裝本之後，比對原稿，與空白頁一併裝訂，加以校正，並惠允我們謄抄。讀者在本版中將會發現那些校正的地方。

譯者附誌

本啓事為1735年福克納版所加，除了與緊接的格理弗船長信函彼此參證，以加強該信函的可信度之外，並且批評先前版本的竄改，強調此版本的權威性。

(續)

本書稿的層克則於1732年去世(RD 273)。

5 「已故的女王」指安妮女王。安妮女王爲斯圖亞特王朝最後一位君主，體弱多病，多賴大臣襄助朝政。英國第一任首相華爾波(Robert Walpole, 1676-1745)在職期間爲1721至1742年(曾兩度〔1715-1717, 1721-1742〕擔任財政大臣)。綏夫特因爲政治立場不同，與華爾波交惡，書中對他頗多影射，大加諷刺，如第四部第六章對一位首相的嚴苛描述，顯然就是以華爾波爲對象。但初版時莫特刻意加上一段長文，將諷刺轉向古代，指稱安妮女王爲一代明君，不需首相襄助，然而前朝曾任用惡劣首相，因此格理弗所言有理(PT 289)。

6 這個人很可能是綏夫特的朋友福特(Charles Ford)，他對文字的修訂，小者書於頁邊，大者書於空白頁，夾入書中，他的校訂本現存於倫敦的維多利亞與亞伯特博物館(the Victoria & Albert Museum)(PT 289)。

格理弗船長致辛普森表兄弟函[1]

要是有人問起，希望你能隨時公開承認，自己曾經三番五次催促，說服我以鬆散而且未加修飾的方式，出版個人的遊記，並指示雇用兩所大學的一些年輕紳士加以整理，修飾風格，就像丹皮爾表兄弟在著作《世界之旅》時聽從我的建議那樣[2]。然而，我並不記得曾經授權你同意任何刪減，更別提增添

1 “A Letter from Capt. Gulliver, to His Cousin Sympson”，然而，英文的“Cousin”一詞涵蓋了中文裡的「堂、表兄弟姊妹」，此處依照姓氏、性別——姓氏不同，而從下面的〈編者致讀者函〉中署名爲男性的「理查．辛普森」——可區分到「表兄弟」這個層次，但從正文裡無法判斷此人比格理弗年長或年幼，只得勉強使用「表兄弟」一詞。至於筆者寓目的日譯本使用「從兄」一詞，不知根據何在。此信末所署的日期是1727年4月2日(莫特的第二版於5月4日出版[RD 273])，卻附加於1735年的福克納版，很可能是特地爲了該版所撰寫。這封信除了表達對初版竄改的不滿，並且維持了作者的神祕氣氛，也撇清了書中的錯誤和矛盾之責(ABG 341; GRD 5)。有關「格理弗」一名的涵義，詳見緒論及第一部第一章的注釋。綏夫特曾用「辛普森」之名，與莫特接洽本書出版事宜。而出版田波爵士一些著作的書商也叫辛普森(“Richard Simpson”)。此外，這個名字也可能影射格理弗與威廉．辛普森(William Sympson)船長的關係，據説此人是《新東印度群島之旅》(*A New Voyage to the East-Indies*, 1715)一書的作者(PT 289; IA 287; LAL 501)。

2 “William Dampier”(1652-1715)爲著名海盜、探險者，曾縱橫南美及太平洋地區十餘年，後來爲英國海軍在澳洲及新幾內亞等海域

了。因此，就增添的部分，我在此鄭重全盤否認，尤其有關先女王安妮陛下那段最虔敬與榮耀的回憶[3]，儘管我比任何人都更尊崇禮敬她。但是你，或你找來增添的那個人，理當考慮到，我再怎麼讚賞任何與我們構造相同的動物，也不會超過對我的主人慧駰的盛讚[4]，因而這種作法很不恰當。此外，這件事完全錯誤，因為女王陛下統治的部分期間，我人在英格蘭，而就我所知，確實有一位首相，不，甚至連續兩位首相輔佐；第一位是葛多芬伯爵，第二位是牛津伯爵[5]，因此你使我「所言非實」[6]。同樣的，在有關發明家科學院[7]以及我和主人慧駰幾段談話的記

(續)

探險，曾救起《魯濱遜冒險記》主角之原型塞克爾克(Alexander Selkirk)，著有數部航海記事，其中以《新世界之旅》(*A New Voyage Round the World*, 1697)最有名(PT 289; ABG 342; IA 287)。此書由英國皇家科學院(Royal Society)的成員贊助出版(AR 299)，綏夫特擁有此書的1698年第三版(RD 273)。綏夫特對英國皇家科學院及其成員多有不滿，在第三部中多所諷刺。

3 此處指的是初版第四部第六章所添加的一段，宣稱安妮女王將國事委託重臣，作者在此諷刺華爾波權勢日增(IA 187-88; D & C 347)。

4 「與我們構造相同的動物」指的是人類，至於有關慧駰(Houyhnhnm)的描述，詳見第四部。

5 "Lord of Godolphin"和"Lord of Oxford"。葛多芬(Sidney Godolphin, 1645-1712)和牛津伯爵哈利(Robert Harley, 1661-1724)都屬於保守的托利黨(Tories)，相繼於1702-1710及1711-1714年擔任財務大臣(Lord High Treasurer)(ABG 342; IA 288)。哈利還邀請綏夫特出任托利黨機關報的編輯，於1710-1714年間撰寫了許多擁護當時執政黨政策的文章。

6 "say the thing that was not"，這是慧駰國裡唯一近似「說謊」的用語(詳見第四部，尤其第三章)。

7 "Academy of Projectors"，詳見第三部第五章。

載[8]，你不是省略了某些重大的事實，就是修飾或更動得連我都幾乎認不出自己的作品[9]。先前，我曾在一封信中對此稍有暗示，承蒙你回函，說明恐怕觸怒當道，而且當權者很留意出版業，凡是看似「影射」(我想這是你的用語)便妄自詮釋，並且加以處罰[10]。然而，我所說的都是事隔多年、相距至少五千里格[11]之遠的另一個國度，豈能適用於現今掌理群獸的任何犽猢[12]；尤其當時我幾乎沒想到、也不害怕生活在犽猢統治下的不幸。現在看到慧駰以車子馱著這些犽猢，彷彿慧駰是野獸，犽猢是理性的動物，我豈不最有理由抱怨？的確，我退隱此地的一個主要動機，就是要避免看到如此怪誕可憎的景象。

有關於你個人以及我對你的信任，就說到這裡。

其次，我要抱怨自己太欠缺判斷，被你和其他一些人的懇求和錯誤的理由所說動，竟然大大違背自己的意思，允許出版我的遊記。試想，當時你堅持以公共利益爲動機，我曾三番兩次要你考慮，言教、身教對於改善犽猢這類動物全然無效，果

8 詳見第四部第五章。

9 作者對此甚爲憤怒，並示意友人福特於1727年1月致函出版商抗議其中的「印刷錯誤」和「諂媚」安妮女王(RD 273)。話雖如此，但1735年版改動並不多(ABG 342)。因此，這裡有關「幾乎認不出自己的作品」的說法過於誇張，跡近「所言非實」了。

10 允許印刷的法案於1694年屆滿，但國務大臣依然有權發出逮捕令，拘禁有誹謗之嫌的人，這種逮捕與拘禁的行爲直到1765年才被宣布爲違法(ABG 342)。

11 “Leagues”，一里格約合三哩，五公里。

12 “Yahoo”，相關描述詳見第四部。

然證明如此；因爲，我原有理由期盼，至少在此蕞茸小島[13]，可以見到所有的弊端陋習完全終結。然而，放眼望去，我警示至今已經超過六個月，卻不見我的書能像原先意圖的那樣產生任何些微影響。我原指望風清弊絕時，你會寫信告訴我：黨派泯滅，法官見多識廣、磊落正直，辯護人誠實謙遜、稍具常識，史密斯廣場[14]上法律書籍堆積如山，付之熊熊烈火，年輕貴族的教育完全改觀，醫生銷聲匿跡，女犽猢充滿美德、榮譽、眞理、理智，朝廷大臣徹底清理門戶，才智、德行、學問得到賞識，有損出版榮譽的詩文作者受到懲罰，只許以他們自己的紙張充飢、墨水止渴[15]。這些以及其他上千種的改革，都很仰賴你的鼓勵，因爲它們明顯可以受益於我書中的言教。而且，必須承認，如果犽猢具有絲毫朝向美德或智慧的性質，七個月的時間足以改正各種易犯的罪惡和愚行[16]。然而，至今遲遲未見你在任何書信中回應我的期盼；相反的，每周你煩勞僕役遞送諷刺之文、索隱、回想、追憶、續篇[17]；在這些作品

13 即英國。

14 “Smithfield”，位於倫敦西北牆外，現在爲聖保羅大教堂(St. Paul's)之北的中央肉市場(the Central Meat Market)，自12世紀起爲牛馬市場，16世紀時許多異端分子與巫者在此地被燒死(PT 290; ABG 343; IA 288; AR 299)。

15 此句所說的盡是反話，批評以上各行各業及普遍的怪現象。這些批評與諷刺也散見於全書各處，尤其是第四部第五、六、七章。

16 原書初版於1726年10月28日，故應爲五個月(ABG 343)。此信若眞寫於1727年4月，似乎不可能犯此錯誤，故可能是爲1735年福克納版所撰(GRD 7)，但把日期提前，有意混淆。

17 此書甫問世便風行，立即出現一些仿作，也有人試圖揭示其中的政治影射或典故(即文中所謂的「索隱」或詮釋[“Keys”])。艾西

中，我看到自己遭人控訴為影射政要、貶低人性(因為他們依然自詡具有人性)、糟蹋女性[18]。我同樣發現，那些連篇累牘之作的作家意見不一，有些不許我成為自己遊記的作者，有些則把全然陌生的作品強加在我名下[19]。

我同樣發現，你的編輯很粗心大意，以致混淆了時代，錯亂了我幾次出航和返回的日期，也未能正確判定眞實的年月日[20]。而且，我聽說全書出版後，原稿已悉數毀去[21]，我也沒留下任何底本。然而我曾送上一些更正，若再版時可以加入，卻無法堅持非如此不可，只得留待明智公正的讀者隨興修改[22]。

(續)——

莫夫(Isaac Asimov)在注釋中自稱，他的注解本「只不過是這一長串作品中最近的一本」(IA 289)。果眞如此，本中文譯注本不但是「這一長串作品中最近的一本」，也是中文世界、甚至全世界空前仔細譯注的。

18 這些批評顯見於18世紀讀者的回應，詳見緒論。

19 當時許多作品假冒綏夫特之名出版，但他本人的作品除了兩篇之外，全都匿名或以化名出版(LAL 502)。換言之，當時尚未有版權的觀念，不軌的書商往往假冒名人，搭順風車，出版類似的書籍牟利。甚至在此書原著出版的同一年，就有冒格理弗船長之名出版的書。這類仿作通稱為“Gulliveriana”，詳見緒論。

20 這是作者的推托之詞，因為全書的一些日期早已錯亂，其實1726年和1735年的編者還做了若干修訂，使其不致過於矛盾。

21 根據當時的作法，書排完版之後，原稿就毀去(RD 274)，因此無法根據原稿比對。

22 “my judicious and candid Readers”，這種表達方式在書中多次出現，是當時文學創作的套語(有如中文裡的「看倌」、「讀者諸君」)，藉著直接訴諸讀者，建立起親密的關係。弔詭的是，寫作此書時，格理弗已經對於人類／犽猢充滿了輕蔑，又如何能期盼他的讀者「明智公正」或溫文爾雅……然而，這裡的說法多少符合本書的出版史，詳見緒論。

聽說我們有些海犽獭指摘書中的航海用語多有不妥，也已廢棄不用[23]。這實在情非得已。因爲我年輕時數度出航，那時接受最年長水手的指點，學得他們的說法。但我也發現，海犽獭與陸犽獭一樣，用字嗜好新奇，年年改變。就我記憶所及，每次回到自己的國家，都會發現舊詞變動幅度之大，幾乎讓人無法了解新詞。而且，就我觀察，倫敦的犽獭出於好奇前來寒舍探訪時，雙方詞不達意，無法溝通。

如果犽獭的苛責對我有任何影響，那就是我大有理由抱怨他們當中有些非常大膽，竟然認爲我的遊記只是出於自己腦中的虛構，甚至暗示慧駰和犽獭就像烏托邦的居民一樣，根本就不存在[24]。

的確，我必須坦承，有關小人國、大人國(這個字的正確拼法應該是 “Brobdingrag”，而不是“Brobdingnag”)和飛行島的人民[25]，我未曾聽到任何犽獭膽敢質疑他們的存在，或者我對相關事實的陳述，因爲眞理立即能使每位讀者信服[26]。這座城市

---

23 第二部第一章的航海術語便是明顯的例子。

24 這裡指涉摩爾的《烏托邦》(Thomas More, *Utopia*, 1516)，該書名意指「子虛烏有之地」。其實，本書多處影射《烏托邦》，但此處格理弗先下手爲強，在正文開始之前就先表明自己描述的是眞人實事，試圖堵住「此書爲向壁虛構、子虛烏有」的說法。接下來那封信的作用也在於此。

25 三地分別爲“Lilliput”、“Brobdingnag”和“Laputa”，詳見本書第一、二、三部；然而有關大人國之名，後來的版本一直沿用“Brobdingnag”，並未因爲此處的說法而更正，顯示編者都未把格理弗的更正當眞，其可信度如何由此可見一斑。

26 這是慧駰的規範，詳見第四部第八章。

裡[27]的狐猢成千上萬，與他們在慧駰國的兄弟野獸之別只在於會喃喃自語，不赤身裸體；這足以證明我對慧駰和狐猢的描述可信。我之所以寫作，是爲了求得他們的改善，而不是他們的讚賞[28]。全體狐猢族異口同聲的稱讚，對我來說，比不上我在馬廄所養的那兩頭墮落的慧駰所發出的幾聲嘶鳴，因爲這兩頭慧駰雖然墮落，卻依然能使我增進一些美德，而未摻雜任何罪惡[29]。

這些可悲的動物[30]膽敢認爲我墮落到要爲自己的誠實辯護的地步；我雖然身爲狐猢，但慧駰國舉國皆知，在我高明的主人言教與身教之下，我在兩年之內就能擺脫了說謊、詐騙、欺罔、矇混的邪魔惡習(雖然我必須承認這極爲困難)。這些惡習深植於所有我的族類(尤其是歐洲人)的靈魂中。

在此氣憤之際，我還有其他怨言，但勉爲隱忍，不再煩擾你我雙方。我得坦承，自從上次歸來，由於不得不和你們一些族類(尤其我的家人)交談，以致我身上的狐猢劣根性已有些復萌，否則絕不會嘗試如此荒謬的計畫，企圖在這個國家改善狐猢族。不過，我如今已完全放棄所有這類的虛妄計畫。

1727年4月2日[31]

27 作者忘了他宣稱是在諾丁漢郡寫此文(ABG 344)，以爲自己仍置身倫敦。

28 呼應本函先前所言，其寫作與出版的動機在於公共利益，表面上也符合當時「文以載道」的風氣，實際情況則複雜得多。

29 詳見第四部第十一章。

30 意指其批評者(PT 291)。

31 此時格理弗六十六歲，離開慧駰國已十二年(IA 290)。詳見本書

譯者附誌

此函為綏夫特的修辭策略之一，以諷刺的手法，假借格理弗之口，道出寫作的緣起(來自親人的勸誘)、全書的風格(平實無華)、著作的動機(期盼有益於世道人心)，表達對初版遭到竄改的不滿，並且撇清自己的責任(文中有些關於時間的細節有誤)。格理弗自道，此書出版之後雖然立即風行，但距離他寫這封信已時隔半年之久，卻未見人類／犽猢有任何改進，足證儘管作者苦心孤詣，但人類／犽猢真是無可救藥。此處的格理弗與全書結束時恨世的格理弗一致，首尾呼應，有如常山之蛇。

(續)

所附年表。

編者致讀者函[1]

這些遊記的作者，賴謬爾・格理弗先生[2]，是我的舊交密友，而且在母親那一邊還沾點親。大約三年前，格理弗先生厭倦了絡繹前來雷地夫[3]住家的好奇民眾，就在故鄉諾丁漢郡靠近紐華客[4]的地方，購置了一小片土地和一戶方便的住家，現

1 "THE PUBLISHER TO THE READER"，這是1726年初版的序言，此處的"publisher"意指「編者」("editor")(PT 291; AJR 5)。編者理查・辛普森(Richard Sympson)是作者筆下的虛構人物，爲了寫實的效果而創，藉此增加作者和這本書的可信度。綏夫特也曾假借此名與初版的出版商通信。

2 "Mr. Lemuel Gulliver"，號稱本書作者的「賴謬爾・格理弗先生」，他的名字並未在正文裡出現，而是出現於扉頁及此信，因此可能是後來所加。"Lemuel"一名可能暗示舊約《箴言》第三十一章的「利慕伊勒王」，"muel"與"mule"(騾子)同音，可能是雙關語，以示主角類似半驢半馬、非驢非馬，又愚蠢又固執(尤其是從慧駰國回來之後)，而"gull"則有「傻子」之意(AJR 5)，"gullible"則有「容易上當、受騙」之意。此處將"Lemuel"譯爲「賴謬爾」，嘗試兼顧音、義。可參考前之〈啓事〉相關注釋。

3 "Redriff"，又名"Rotherhithe"，爲倫敦泰晤士河(the Thames)南岸一區，在瓦平(Wapping)對面，居民多爲水手，符合主角的職業(ABG 344; RD 274)。

4 "Nottinghamshire"，位於英格蘭中北部，最大城爲諾丁漢(Nottingham)，民間傳說中的羅賓漢(Robin Hood)便在此地出沒

在雖然退隱於此，卻很受鄰居的敬重。

雖然格理弗先生出生於諾丁漢郡，父親也居住在那裡，但我曾聽他說過家族來自牛津郡[5]，爲了證實這件事，我在該郡班伯里[6]的教堂墓地裡察看了幾個格理弗家族的墳墓和紀念碑。

他在離開雷地夫之前，把底下的文稿交我保管，並且允許我以自認妥當的方式來處理。我仔細閱讀文稿三遍，發覺他的風格樸實簡明，唯一的缺點就是作者仿照旅人的手法，以致稍嫌瑣碎[7]。全稿明顯具有眞實之風；的確，作者以眞實見長，以致雷地夫的街坊鄰里間都有這樣的說法：有人要肯定一件事時，就說這件事眞實得有如出自格理弗先生之口[8]。

在作者允許下，我把文稿送請幾位德高望重的人士過目，並且遵照他們的忠告，大膽公諸於世，盼望至少能暫時爲我們

(續)

(IA 4)。"Newark"位於諾丁漢東北約二十哩(IA 291)。

5 "Oxfordshire"，位於諾丁漢郡之南約八十哩、倫敦西北約五十哩(IA 291)。

6 "Banbury"位於諾丁漢南邊約六十二哩(IA 291)，爲北牛津郡的一處市鎮，由於地處倫敦和愛爾蘭海之間的交通要衝，綏夫特往返於都柏林和倫敦時，可能見過一些「格理弗」家族的墓碑。居民中至今依然有姓「格理弗」者。"Gullifer"、"Gulliford"、"Guldeford"等都以"Guildford"爲原名(ABG 344)。當時此地以清教思想或極端的新教思想聞名(RD 274; AJR 5)。

7 此書諧仿當時風行的旅人遊記，表面上紀實，實則更爲荒誕不經，爲首屈一指的奇幻之作(fantasy)。

8 自古以來，旅遊作者便受到懷疑(AJR 5)。此處的手法表面上是爲了增加格理弗說法的可信度，實則強化了其中的諷刺。因此，這本書之所以成爲奇幻和諷刺的經典之作，實出於作者「所言非實」，以及所運用的各種策略，包含正文之前的〈啓事〉和這兩封信函。

的年輕貴族提供比政治和黨派的尋常雜文更好的娛樂。

要不是我大膽刪除了無數有關風浪的段落，幾次航行的紛亂雜沓，如水手般對暴風中掌船的仔細描述[9]，以及有關經緯度的說法，這本書的篇幅至少是現在的兩倍。儘管我有理由相信格理弗先生可能稍有不滿，但我決意使這部作品盡可能適合讀者的一般能力。然而，如果因爲不懂航海之事而犯下一些錯誤，一概由我個人負責。此外，如果任何旅人好奇，有意一睹來自作者之手的全稿，我會隨時讓他如願。

至於有關作者的進一步細節，該書前幾頁當可滿足讀者。

理查・辛普森

譯者附誌

此函依然為綏夫特的修辭策略之一，藉由編者理查・辛普森(格理弗的表兄弟)的筆下，證明格理弗不但真有其人、其家族，而且極為誠實可靠，以示其書之可信，並假借對此書的刪節，批評當時風行的遊記及其風格，也表示書中若有任何錯誤一概由編者承擔。結尾的一段，順勢把讀者引入本事。

9　第二部第一章第二段是最明顯的例子，也是全書最難譯的一段，因爲涉及數百年前英國人的航海術語。在前函中，連格理弗都提到「聽說我們有些海猢猻指摘書中的航海用語多有不妥，也已廢棄不用」，更何況近三百年後的中文譯者與讀者。

情節提要

第一部　小人國遊記

第一章 …… 27

作者略述生平家世；早年即性好旅行；遭遇海難，泅泳逃生；安抵小人國海岸；淪為階下囚，解送京城。

第二章 …… 41

小人國皇帝在幾位貴族隨侍下，前來探視囚禁中的作者。描述皇帝的長相和衣著。皇帝指派飽學之士教作者當地語言。作者個性溫和，博得好感。口袋被搜，交出刀和手槍。

第三章 …… 53

作者以異乎尋常的方式娛樂皇帝和男女貴族。小人國朝廷的娛樂。作者答應一些條件，獲得自由。

第四章 …… 64

描述小人國的京城米敦都及皇宮；作者與一位大臣談論該帝國的事務；作者自願於戰時為皇帝效力。

第五章 …… 72

作者施奇計阻止敵人入侵，榮獲高官厚爵。布列復思古皇帝派遣使節前來求和。皇后寢宮意外失火，作者大力搶救其他內宮。

第六章 …… 82

描述小人國的居民；該國的學術、法律、風俗。教育子女的方式。作者在該國的生活方式。為一位高貴的仕女辯駁。

第七章 …… 96

作者得知有人計畫控告他叛國，逃往布列復思古。在那裡受到的接待。

第八章 …… 108

作者有幸意外發現離開布列復思古的方法；遭逢一些困難之後，安返故國。

第二部　大人國遊記

第一章 …… 121

描寫一場大風暴。船長派大艇去取淡水，作者同去探索該地，卻被留在岸上，遭當地人抓去，帶到一個農夫家中。描述在那裡受到的待遇，一些事件以及當地的居民。

第二章 …… 138

描寫農夫的女兒。作者被帶往市集，然後帶往京城。旅途上的細節。

第三章 …… 146

作者奉召入宮。王后從農夫主人手中買下他，獻給國王。作者和陛下的大學士論辯。宮裡為作者安排一個房間。深得王后寵愛。為祖國的榮譽辯護。和王后的侏儒之爭。

第四章 …… 159

描述此國。建議修正現代地圖。描寫王宮和京城。作者旅行的方式。描述主廟。

第五章 …… 166

作者連番遭逢險事。觀看處決犯人。作者展現航海技術。

第六章 …… 178

作者以幾項設計取悅國王、王后。展現音樂技巧。國王詢問歐洲的情況，作者告知，國王表示他的看法。

第七章 …… 191

作者熱愛祖國。向國王貢獻良策，遭到拒絕。國王對政治甚為無知。該國的學問很殘缺、有限。他們的法律、軍事與黨派。

第八章 …… 203

國王與王后出巡邊境。作者隨侍。詳述作者離開該國的方式。返回英格蘭。

第三部　諸島國遊記

第一章 …… 223

作者第三次出航。遭海盜洗劫。遇到一個狠心的荷蘭人。抵達一座海島。被迎入拉普塔。

第二章 …… 232

描述拉普塔人的怪癖和習性。他們的學問。國王和朝廷。作者受到的款待。居民的恐懼與不安。當地的女人。

第三章 …… 246

現代科學和天文學所解答的一個現象。拉普塔人在天文學上的偉大進展。國王鎮壓造反的方法。

第四章 ………… 257

作者離開拉普塔，被帶到巴尼巴比，抵達京城。描寫京城和鄰近的鄉間。大公盛情接待。與大公的對話。

第五章 ………… 266

作者獲准參觀拉嘎都宏偉的科學院，並仔細描述。教授們所從事的技藝。

第六章 ………… 278

進一步描述這所科學院。作者提出改進意見，榮獲採納。

第七章 ………… 288

作者離開拉嘎都，抵達馬都那達。無船可搭。短航至格魯都追布，受到總督接待。

第八章 ………… 296

進一步描述格魯都追布。修正古今歷史。

第九章 ………… 307

作者回到馬都那達，航向拉格那格王國，遭到拘禁，召入宮中，覲見的方式，國王對臣子的仁慈寬大。

第十章 ………………………………………………………………… 313

稱讚拉格那格人。細述長生不死之人，作者與一些有身分地位的人多次談論該主題。

第十一章 ……………………………………………………………… 325

作者離開拉格那格，航向日本，搭上一艘荷蘭船，回到阿姆斯特丹，再由阿姆斯特丹到英格蘭。

第四部　慧駰國遊記

第一章 ………………………………………………………………… 335

作者擔任船長，出航海外。手下串通叛變，將他長期囚禁於船長室，送至無名島。在該地探遊。描述「犽猢」這種奇怪動物。作者遇到兩頭「慧駰」。

第二章 ………………………………………………………………… 347

慧駰帶領作者回家。描述那座家宅。作者受到的款待。慧駰的食物。作者苦無肉食，終獲解決。他在該國的飲食方式。

第三章 ………………………………………………………………… 356

作者勤習該國語言，主人慧駰幫著教他。描述該國語言。幾匹有地位的慧駰出於好奇，前來探視作者。作者為主人簡述其航行。

第四章 …… 364

慧駰的真偽觀。作者的言論遭到主人否定。作者細述自己和航行中發生的事故。

第五章 …… 371

作者奉主人之命，稟報英國國情。歐洲君王之間戰爭的原因。作者開始解釋英國司法。

第六章 …… 381

繼續描述安妮女王統治下的英國國情。歐洲朝廷中首相的性格。

第七章 …… 391

作者深愛祖國。主人根據作者的描述，提出對英格蘭司法和行政的觀察，指出相似的案例和比較。主人對人性的觀察。

第八章 …… 401

作者敘述犽猢的種種細節。慧駰的崇高美德。年輕慧駰的教育與訓練。慧駰的代表大會。

第九章 …… 410

慧駰代表大會中的大辯論與決議。慧駰的學問，建築，埋葬方式，以及語言的缺失。

第十章 ………………………………………………………………………… 418

作者在慧駰國的日常所需和快樂生活。與慧駰交談使他美德大增。他們的交談。主人通知他必須離開此國，作者聞訊後哀傷昏厥，黯然從命。在另一個僕人協助下，製造、完成獨木舟，冒險出海。

第十一章 ……………………………………………………………………… 428

作者的危險之航。抵達新荷蘭，希望在該地定居。為土著箭傷。就擒，被強行帶上一艘葡萄牙船。船長頗為禮遇。作者抵達英格蘭。

第十二章 ……………………………………………………………………… 440

作者誠實可靠。出版本作品的計畫。指責那些偏離真相的旅人。作者澄清自己寫作沒有任何邪惡的目的。回應一項反對意見。建立殖民地的方法。稱讚祖國。證明國王對作者描寫的那些國家擁有主權。征服那些國家的困難所在。作者最後一次向讀者道別，提出自己未來的生活方式，忠告，結束全書。

第一部

小人國遊記*

---

* "A Voyage to Lilliput"，其中"lilli"意爲「小」，"put"依不同批評家的看法而有「傻子」、「小丑」、「小傢伙」、「思想」、「地方」之意(PT 291-92; ABG 345)。此處譯爲「小人國」除了遵從通行的中譯之外，也暗指該國之人不但體型小，心量也小，而且大臣得寵、倖進的方式令人覺得「小人當道」，殘酷起來也令人有「人小鬼大」之歎。下文也會視情況譯爲「厘厘普」，一則取其發音相近，再則取其寓意(「厘」有「渺小」之意，「厘厘」暗示此地人「身材及心量俱小」，「普」則暗示他們表現出普遍的人性)。

作者在每一部之前都附上地圖，以示「確有其地」。這是爲了達到「紀實」目的所採取的寫作策略。此處第一部的地圖「虛實雜陳」，右上角的蘇門答臘(Sumatra)、巽他海峽(Straits of Sunda)和右下角的現今澳洲塔斯曼尼亞島(Tasmania，即圖中之范・狄門之地[Van Diemen's Land，詳下文注釋])，實有其地。至於左下角的小人國(厘厘普)和鄰國則爲虛構。雖然澳洲和蘇門答臘的相關位置不夠精確(澳洲應在蘇門答臘的東南方)，但作者「紀實」的意圖昭然若揭。就此圖判斷，小人國的位置應在距離蘇門答臘西南方約兩千七百哩的印度洋中(IA 2, 9)。爲了強調「紀實」的效果，此圖特地加上小人國「發現於1699年」(也就是格理弗出航的年份)。這個年份和另外三部所附地圖的年份，距離本書出版(1726年)約二、三十年，實爲審慎思量的結果：一則印證格理弗的行蹤及年代，再則這些異地發現不久，難怪讀者未曾聽說，加強了全書爲「遠方異地的紀實之作」的效果。這種「紀實」的表象係模仿當時盛行的遊記，因爲作者和讀者都對這種手法心知肚明，不但不會「以假爲眞」、「以虛爲實」，反而增添閱讀的樂趣。

布列復思古
厘厘普
米敦都
發現於1699年

范・狄門之地

第一章

作者略述生平家世；早年即性好旅行。遭遇海難，泅泳逃生；安抵小人國海岸；淪為階下囚，解送京城[1]。

我父親在諾丁漢郡有份小家產，生了五個兒子，我排行第三[2]。十四歲時，父親送我上劍橋的艾曼紐學院[3]，在那裡待了三年，一心向學。雖然我有些許的津貼，但因財力短絀，而維

1 根據當時的敘事文學成規，每章沒有精確的標題，代之以情節提要，而且此情節提要往往也出現於全書的目次。

2 英國當時採行長子繼承制(primogeniture)，除了長子之外，其他子女不得繼承遺產，因此許多男子便擔任神職、教職、經商、從軍、赴海外發展，甚至當起海盜來，這些對於帝國的拓展影響深遠。類似情節也出現於狄福的《魯濱遜冒險記》，主角魯濱遜上有二個兄長。此外，當時的小說爲取信於人，在敘事策略上多採納紀實手法，以記述生平家世開始。即使奇幻如本書，也不例外。

3 "Emanuel-College"，現在拼法爲"Emmanuel"，該學院以提倡清教思想和新科學著稱，是田波的學院(AJR 15)，畢業生包括了創建美國哈佛大學(最初是哈佛學院[Harvard College])的約翰・哈佛(John Harvard, 1607-1638)(AR 301)。綏夫特本人便以十四歲之齡就讀都柏林的最高學府三一學院。當時一般入學年齡爲十六歲，但提早入學的情況並不罕見。

持生計的費用過於龐大，就隨著倫敦的良醫詹姆思・貝慈先生爲徒[4]，前後四年。父親偶爾送筆小錢來，我都花在學習航海和其他數學方面的知識，這些技能對有意於旅行的人是有用的，因爲我一直相信，總有一天命運會帶我踏上旅行之途。離開貝慈先生之後，我投靠父親；在父親、約翰伯伯和其他一些親戚的幫助下，我拿到了四十鎊，他們也答應每年提供三十鎊來維持我在萊登[5]的費用。我在萊登學醫兩年七個月，知道那在長途航行中派得上用場。

從萊登回來之後不久，承蒙恩師貝慈先生把我推薦給燕子號[6]的亞伯拉罕・潘諾爾船長當隨船醫生，跟了他三年半，去了一、兩趟地中海東岸[7]和其他地方。回來之後，我決心定居倫敦，恩師貝慈先生也這麼鼓勵我，而且把我推薦給幾個病人。我在舊猶太街[8]分租一間小屋，聽了別人的勸，爲了改善處境，

4 西洋的學徒制來自中古時代，英國當時師徒制依然盛行，一般要七年才能學成出師(IA 5)。

5 “Leyden”，現在拼法爲“Leiden”。萊登大學位於荷蘭西南部，距倫敦之東大約兩百哩，以法律和醫學聞名，思想相當開放自由，吸引了包括英國在內的許多外國學生前往就讀(IA 5; PT 292; ABG 346; AJR 15; AR 301)。下文的「學醫」，原文爲“Physick” (Physics)，在當時意爲「醫學」(即今日的“medicine”)，而非今日所說的「物理」(或早期中譯本的「格致」)。

6 “Swallow”，當時確有此船名(PT 292)。

7 “the Levant”，來自法文的“lever”，意指「昇起」，便是「日升方向的土地」，指的是「地中海東岸」，範圍從希臘到埃及，尤指敘利亞和黎巴嫩(IA 6)。

8 “the Old Jury”，現在拼法爲“Jewry”，是倫敦市街道名，位於奇普塞(Cheapside)之北，自11世紀起征服者威廉(William the Conqueror)便要猶太人在此居住，直到1290年愛德華一世(Edward

娶了住在新門街[9]的襪商艾德蒙・伯頓先生的次女瑪麗・伯頓女士[10]，得了四百鎊的嫁妝[11]。

但是，兩年後貝慈恩師去世，我的朋友很少，又無法昧著良心模仿許多同行那種心黑手辣的作法[12]，於是生意開始沒落。因此，我和妻子及一些友人商量之後，決心再度出海[13]。六年間我連續在兩艘船上擔任醫生，幾次出航到東西印度群島，財產略有增加。閒暇時我就閱讀古今最好的作家，因爲我總是隨身帶著許多書；上岸時就觀察風土人情，學習當地的語言，因爲我長於記憶，所以很有語言才華[14]。

由於最後一次出航收入不多，我逐漸厭倦了海上生活，有心在家陪伴妻子和家人。我從舊猶太街搬到費特巷，再搬到瓦

(續)

I)將他們逐出英格蘭。此地也是1261年及1264年猶太大屠殺的地點。到了17世紀，在威廉三世(William III)保護下，猶太人重回此地。居民多爲低下的中產階級，與格理弗背景相似(IA 6; ABG 346)。

9 "Newgate Street"之名來自第二世紀羅馬人所建的城門，附近有惡名昭彰的新門監獄。

10 "Mrs"，當時泛指有相當社會地位的已婚及未婚女子，後來專指已婚女子(IA 6; ABG 346; PT 292)。

11 此段的細節諧仿當時水手故事中鉅細靡遺的風格(D & C 348)。書中對妻子、子女著墨甚少，看不出什麼天倫之情，第四部結尾對他們的描寫尤爲不堪。其他地方也有對女性調侃或諷刺之語(尤其是第二部中大人國裡的宮女和女乞丐)，以致被批評爲歧視女性(先前格理弗的信函對此批評已經事先防範了)。

12 因此，格理弗的信函希望「醫生銷聲匿跡」，其來有自。對醫生的嚴厲批評見於第三部第五、六章及第四部第六章。

13 由此可見，「爲稻粱謀」是他出海的主要動機，「增長見聞」則是另一個動機。

14 這說明了爲什麼他在異地很快就能和當地人溝通。

平[15]，希望能在水手之間接點生意，但沒什麼幫助。盼了三年，情況未見好轉，於是我接受羚羊號威廉·普利查船長的優渥條件，當時他正準備出航南海[16]。我們於1699年5月4日[17]自布里斯托[18]啓航，起初很順利。

爲了某些原因，不宜用我們在海上冒險的細節來煩擾讀者[19]。總之，在前往東印度群島途中，我們被暴風雨吹趕到范·狄門之地[20]的西北，觀測後發現位於南緯30度2分。船員中有十二人因爲勞累過度和食物惡劣而一命嗚呼，其他人的身體狀況則很虛弱。11月5日，當地正是初夏[21]，大霧瀰漫，水手們瞧見一塊

---

15 “Fetter-Lane”，位於艦隊街(Fleet Street)旁，頗多無業游民，故街名來自“fewters”，意爲「乞丐」；“Wapping”，位於泰晤士河北岸，爲碼頭區，住有許多水手(ABG 346)，此地爲倫敦著名的東區，多爲窮人居住。

16 “the South-Sea”，主要指南太平洋(IA 7)。

17 從這些資料推算，格理弗生於1660年，比作者綏夫特早生七年，此次出航年三十九歲。詳見相關年表與大事紀，以了解作者及故事的時代背景。

18 “Bristol”，位於英格蘭西南部的海港，當時僅次於倫敦(IA 7)。

19 此段甚長，以一氣呵成的方式寫出格理弗初抵小人國的情景。當時對於段落和標點的觀念尚不嚴謹。中譯採取折衷的方式：標點與句子予以適時的調整(如許多後來的英文本一般)，但維持原文的段落。

20 “Van Diemen’s Land”爲18世紀地圖上所標示澳洲西北部及塔斯曼尼亞島(PT 292)。著名探險家塔斯曼(Abel Janszoon Tasman)在荷蘭的東印度群島總督范·狄門(Anton van Diemen)贊助下，於1642年發現該地(IA 7)。在本部前所附的地圖中，此地位於澳洲西部(ABG 346)。

21 此地爲南半球，故相當於北半球的五月初。

礁石，距離船身不到三百呎[22]，但強風把我們直吹過去，登時船身斷裂。連我在內的六個船員把小艇放入海中，好不容易擺脫了大船和礁石。依我估算，我們大概划了三里格，就再也划不動了，因爲在大船上就已經耗了許多氣力。於是我們只得任憑海浪擺布，經過大約半個小時，北方突如其來一陣颶風打翻了我們的小艇。小艇上的同伴，還有逃到礁石上和留在大船上的夥伴，他們的下場如何，我不得而知，只能推斷他們全完了。至於我自己，則在命運的指引下游泳，由風浪推著向前。我時時垂下雙腿，卻總搆不到底，就在幾乎筋疲力竭、無法繼續掙扎之際，發現自己的腳踩到底了，這時暴風也減弱了許多。此處的坡度很小，所以我走了將近一哩才上岸[23]，我猜測那時大約是晚上八點。又前進了大約半哩，但不見任何人煙——至少是因爲身體很虛弱，所以沒看到。我疲倦極了，加上天熱，離開大船時又喝了大約半品脫的白蘭地，所以睡意甚濃。我躺了下來，在很短小又柔軟的草地上沉沉入睡[24]。記憶中這輩子還沒睡得這麼沉過，我推斷睡了超過九個小時，因爲醒來時一片天光。我試著要起身，卻動彈不得[25]。由於恰好是

22 "half a Cable's length"，依照航海術語，「一纜繩」長約六百呎，因此「半纜繩」大約三百呎，折合九十公尺。

23 首度暗示此地異乎尋常——按照下文的說法，小人國各項事物與歐洲的比例約爲1：12。

24 再度暗示此地異乎尋常。

25 以下這件事的靈感可能來自希臘作家菲洛斯戳特斯(Philostratus，約爲紀元二世紀之人)的《圖畫集》(*Pictures*)，其中描述了神話人物赫丘力士(Hercules)在睡夢中遭到侏儒綑綁並攻擊的一張圖畫(PT 292-93; ABG 347)。

仰臥，我發現自己的手腳被牢牢綁在地上，又長又密的頭髮一樣被綁在地上，也感覺身體從腋下到大腿被幾條細繩套住，所以只能朝上看。太陽開始熱了起來，光芒刺眼。我聽到周遭的嘈雜聲，但以我躺著的姿勢，只能看到天空。不多時，我感覺有個活生生的東西在左腿上移動，輕輕移過胸部，幾乎來到下巴。我把眼睛盡量往下看，映入眼簾的是一個人形，不到六吋高[26]，手持弓箭，背上揹著箭袋。同時，我感覺到至少還有四十個同類(我這麼猜想)跟在他後面。我吃驚極了，發出巨吼，把他們嚇得全都往回跑，後來有人告訴我，有些人從我兩側跳落地面時摔傷了。然而，不久他們又回來了，其中一個放膽前進到可以看到我整張臉的地方，驚訝地舉起雙手仰望，以尖細而分明的聲音叫著「何奇那　得古」[27]，其他人也重複相同的字眼好幾回，但我當時並不知道他們的意思。讀者可想而知，我躺著的這段時間很不舒服，努力想要掙脫，終於幸運地扯斷了綁住我左臂的繩索，拔起釘在地上的木樁——我是把左臂抬

26 小人國與歐洲的比例約爲1：12，書中一直維持這個比例。由此可估算格理弗本人約六呎高。但書中格理弗並未對自己的外形有所描述，因此我們從未看見過他，而是透過他來觀察，格理弗可謂「未被觀察的觀察者」(the unobserved observer)(IA 10)。

27 “Hekinah Degul”，作者在全書創了不少新字，以此自娛並娛樂讀者。雖然有批評家強作解人，如把此句解爲「噢，好大的嘴」或「老天啊」(PT 293)，但大多爲顯示自己的解讀能力。其實，作者只是信手拈來，太牽強附會的詮釋只是浪費時間(IA 11)、誇耀想像力或炫學。因此，下文中除非具有特殊意義者，否則直接音譯，不加注釋。然而，有些用語(如奇國異地的語言)僅止於此書，有些(如名詞)則流傳開來，其中尤以“Yahoo”一字在網路世界的流行，絕非以奇幻聞名的綏夫特所能預見。

到面前時，才發現原來他們是這樣綁我的。同時我猛力一拉，頓時覺得痛入心扉，卻稍稍掙鬆了綁住我左側頭髮的繩索，所以頭堪堪能轉個兩吋左右。但我還來不及抓住這些人，他們就又跑開了。這時只聽得一聲高亢的尖叫，聲音甫落，又聽得其中一人大叫「托哥　風那克」，頓時覺得上百隻箭射上我的左手，有如百針齊扎。接著又是一陣箭射入空中，就像我們在歐洲發射砲彈一般。我猜想有許多箭落在我身上(雖然我感覺不到)，有些落在臉上，我立刻用左手擋住。這陣箭雨過後，我發出傷痛的哀嚎，再次試著掙脫，卻引來一陣比前番更猛烈的狂射，他們之中有些還試著用矛來刺我的兩側，幸好我身上穿著緊身皮衣，他們才無法刺透。我心想，最穩妥的方法就是躺著不動，心中盤算就這樣待到夜晚，既然我左手已經鬆綁，輕易就能脫身。至於這些居民，我自信抵擋得了他們的大軍——如果他們全都像我見到的那個人一般大小的話。但命運之神對我另有安排。這些人見我安靜不動，就不再射箭。但從愈來愈大的嘈雜聲，我知道他們人數愈來愈多。距我右耳大約四碼的地方傳來敲擊聲，持續了一個多鐘頭，好像有人在做工。我就木樁和繩索允許的範圍，把頭轉往那個方向，只見地上搭起一座一呎半高左右的台子，台上容得下四個人，旁邊架了兩、三個梯子供人攀爬；台子上站著一個看似頗有地位的人，衝著我講了一長串話，但我一個字也聽不懂。應該一提的是，那個大人物在開始演說前，大喊了三次「蘭哥羅　德呼　三」(後來有人把這些字眼和先前那些一併重複，並且向我解釋)。語音才落下，就有大約五十個居民走上前來，斬斷綁住我頭部左側的繩索，讓我能轉向右側，看著這個正要說話的人和他的姿勢。這個人看似中等年紀，比隨侍的三個人都要高些[28]；這三個人中，一人是侍從，持著他的衣擺，身高看來比我的中指稍長，其餘二人分立兩側，扶持著他。此人渾身上下十足像個演說家，我聽得出其中有許多威脅的話語，其他則是一些承諾、憐憫、慈悲的話。我回答了幾個字，卻以最屈從的模樣舉起左手，雙眼注視太陽，彷彿請他見證。在離開大船之前幾個小時，我就沒吃過一口東西，這時饑腸轆轆，忍不住表現出自己的不耐(也許有違嚴格的禮儀)，頻頻把手指向嘴巴，表示我要食物。「豪哥」(後來我得知他們是這麼稱呼上卿的)很明白我的意思，從台上走下來，命人在我兩側架上幾個梯子，有百來人扛著裝滿肉的大桶登上梯子，走向我嘴邊——原來國王一接到有關我的通報，就派人備妥這些肉送來。我留意到有幾種不同動物的肉，口味上卻分辨不出。這些肩肉、腿肉、腰肉加上了許多佐料，形狀像是羊肉，卻比雲雀的翅膀還小，我一口就吃了兩、三塊。他們的長條麵包大小有如毛瑟槍的子彈，我一次就是三條。他們盡快餵我，對我巨大的身軀和胃口表露出上千種驚異的神情。我又作手勢要喝東西。他們從我的吃相發現戔戔小量無法滿足我。手法異常靈巧的他們，很巧妙地吊起最大的桶子，滾向我手邊，打開桶蓋，我一飲而盡，毫無困難，因爲大桶的容量幾乎不到半品脫[29]。喝到嘴裡，只覺得像是勃

28 小人國的高官身材比平民百姓要高，以示「高人一等」；國王的身材則最高，以示「獨冠群倫」。

29 “half a Pint”，相當於小人國的108加侖(PT 293; GRD 22)。

艮地[30]的淡酒，卻美味得多。他們給我第二桶，我照樣喝下，並作手勢還要，但已經沒有了[31]。我表現過這些令人驚異的動作後，他們歡呼，並在我胸膛上跳起舞來，像最先一樣重複喊了幾次「何奇那　得古」。他們向我作手勢，要我把兩個大桶拋下去，但先警告底下的人退到一旁，口中還大聲喊著「波拉奇米弗位」，看到桶子拋到空中時，大聲齊呼「何奇那　得古」。我承認，他們在我身上來來去去時，我常想抓起最靠近的四、五十個，把他們摜到地上。但想到先前受到的很可能還不是他們最惡毒的手段[32]，而且我把自己順從的行爲解釋爲向他們的榮譽保證，所以立刻就把剛才那些想法拋到腦後。此外，這些人這麼慷慨大度款待我，使我覺得自己也該表現出爲客之道。然而，那些小人竟敢冒險登上我的身體，而不被眼中如此龐然巨物嚇得發抖，還在上面走動，渾然不顧我有一隻手是自由的，想來著實讓我對他們的大膽驚訝不已。過了一段時間，他們看我不再要肉吃了，這時皇上[33]派來的高官出現在我身前。

---

30 “Burgundy”，位於法國巴黎東南，以出產紅酒與白酒著名(IA 12)。

31 這種大吃大喝的描述手法顯然來自綏夫特熟悉的法國作家拉伯雷(François Rabelais, 1494?-1553)的《巨人列傳》(*The Histories of Gargantua and Pantagruel*)。

32 的確如此，爲後文預留伏筆。

33 “his Imperial Majesty”，全書將「國王」(the King)與「皇帝」(the Emperor)混雜使用，其實「皇帝」可能統轄數國，故高於「國王」。中譯根據原文，分別譯爲「國王」與「皇帝」，與此相關的“Prince”和“Monarch”則分別譯爲「君王」和「君主」。至於“Empress”和“Queen”，則分別譯爲「皇后」和「王后」，“Empire”和“Kingdom”分別譯爲「帝國」和「王國」。

這位高官登上我右腿的小腿彎，朝上走來，一直到我面前，背後跟著十幾個隨從。他取出蓋了御璽的信物，緊貼著我的雙眼出示，接著說了大約十分鐘的話，話中沒有任何憤怒的表示，只是透露出堅決的語氣。他頻頻指著前方，後來我才發現那是京城的方向，原來御前會議決定把我帶到大約半哩之外的京城。我回答了幾個字，但不得要領，我還把鬆了綁的手放在另一隻手上(但越過高官的頭，唯恐傷到他或隨從)，然後放到頭上、身上，表示我想得到自由。他似乎很明白我的意思，因爲他搖搖頭表示不答應，並以手勢表示必須把我當成俘虜解送。然而，他也做了一些其他的手勢讓我了解，我會有足夠的肉食、飲料和很好的待遇。那時我再度想要掙脫，但再度感覺到他們的箭射上我的臉孔、雙手，十分刺痛，起了許多水泡，而且很多還插在上面，同時又留意到敵人爲數更多了，於是以手勢示意任憑他們處置。「豪哥」和隨從見狀，再三致意，滿臉歡喜地退下。不久就聽到眾人齊聲高喊，並不時重複著「丕普隆　西蘭」等字，接著感覺到左側許多人鬆開了繩索，讓我能轉身向右，解決內急。他們從我的動作猜出我要做什麼，當下閃立左右，避開從我身上奔流而出、又猛烈又嘈雜的急流，尿量之多令他們大爲吃驚[34]。在這之前，他們在我臉上、手上塗了

34　古今中外的文學傳統，爲了文雅之故，絕少描寫這種場景。本書則有不少有關排泄及其他「噁心」的描述，一則在奇幻中保持寫實(或者說，藉著有關人體生理的寫實，以示此奇幻之作並非幻想)，再則挑戰固有的文學成規(literary conventions)和社會禮儀(decorum)。這種幽默手法可能來自拉伯雷(HW 461)。綏夫特也著有「排泄詩」(scatological poems)，大多爲了諷刺及驚世駭俗之

一種很好聞的膏藥，幾分鐘內便消除了所有箭傷的刺痛。頗爲滋養的飲食讓我恢復了不少體力，再加上這些待遇，使我舒服入睡。後來他們告訴我，我睡了大約八個小時；這也難怪，因爲醫生奉皇帝之令，在那兩大桶酒裡摻了安眠藥[35]。

似乎在我登陸睡倒之後，有人一發現就派了專差向皇帝報信，在御前會議中決定趁我睡著的夜晚用上述方式把我綑綁起來，送給我很多的肉食、飲料，並準備工具把我載運到京城。

這個決議也許看來很大膽、危險，而且我相信任何歐洲君王在類似情況下都不會仿效這種決議，但依我之見，卻是極爲審慎而慷慨的作法[36]。因爲，設想這些人如果要在我睡夢中用矛、箭殺死我，我一感覺到疼痛必然會醒來，這些疼痛激起我的憤怒與力量，我就會扯斷綁在身上的繩索，到時，他們就無法抵抗，也不能指望我會手下留情了。

這些人是最傑出的數學家，皇帝更以支持學術聞名，在他的贊助和鼓勵下，他們在數學上達到最完美的境界。這位君王曾命人把幾項器械固定在輪子上，好載運樹木和其他重物。他經常在巨木成長的森林中建造最巨大的軍艦，有些九呎長[37]，

(續)

效，李的《綏夫特與排泄諷刺文體》(Jae Num Lee, *Swift and Scatological Satire*)討論綏夫特將此手法運用於《格理弗遊記》、非諷刺作品以及各式諷刺作品(個人諷刺、社會政治諷刺、宗教道德諷刺和知性諷刺)。

35 此段甚長，從遭遇海難一直寫到被小人國居民下藥，沉沉入睡，可謂情節高潮迭起，內容匪夷所思。

36 可見他們人雖小，卻愼謀能斷。

37 此部經常運用這種手法，先說是該國的龐然巨物，再換算成歐洲的尺寸，其實不過爾爾，造成期盼與實物之間的落差，以示該國

然後用這些車輛把它們運到三、四百碼外的大海。五百個木匠和工程師立即奉命準備他們有史以來最龐大的車輛。這是一座離地面三吋高的木架子，大約七呎長，四呎寬，底下有二十二個輪子。這部車子似乎在我登陸後四小時內就出發，現在聽到的叫喊聲是車子到了。他們把車子拖來，和躺著的我平行，但最大的困難是把我抬起，放到車上。因此，他們豎起了八十根柱子，每根柱子一呎高，並且把細紮繩般大小、很堅固的繩索用鉤子固定到許多布條上，而布條早已由工匠纏繞在我的脖子、雙手、身體、雙腿上。他們召來九百名最強健的壯丁，把許多滑輪固定在柱子上，由壯丁們拉這些繩索，因此不到三個小時就把我抬起，吊入車內，緊緊綁住。這些都是我事後聽說的，由於在整個行動過程中，我因為酒裡的安眠藥睡得很沉。他們用上了皇帝一千五百匹最高大的駿馬，每匹大約四吋半高，把我拖往先前提過的半哩外的京城。

我們啓程大約四小時之後，發生了一件很荒謬的事，把我弄醒。車子因為有東西故障，需要修理，暫停了一陣子。這時有兩、三個年輕的當地人好奇，想看看我睡覺的模樣，於是爬上車來，躡手躡腳地走向我的臉，其中一名御林軍軍官把短矛的矛尖深深探入我的左鼻孔，就像稻草般搔弄我的鼻子，使我猛打噴嚏，他們隨即悄悄溜走，直到三個星期後，我才知道自己當時突然醒來的原因。接下來的時間，我們走了很長一段路，夜晚休息時，我的兩側各有五百名守衛，一半舉著火把，

(續)

諸事之小；第二部則反之。

一半持著弓箭，只要我稍稍一動就準備放箭。次晨日出時，我們繼續上路，大約中午時分來到距離城門不到兩百碼的地方。皇帝和滿朝文武都出來會見我們，但大臣們絕不讓皇上冒險登上我的身體。

停車的地方矗立著一座古廟，被奉爲全國最大的廟宇。幾年前發生了一起傷天害理的謀殺案，玷污了這個地方，以致在善男信女心目中褻瀆了神明，改作一般用途，所有的裝飾、器物都已搬走[38]。他們決定要我住在這座建築裡。朝北的大門大約四呎高，將近兩呎寬，所以我能輕易爬進爬出。大門兩邊各有一扇小窗，離地不到六吋。國王的鐵匠由左側窗口運來九十一條鐵鍊，形狀如同歐洲仕女錶上懸掛的鍊子，小大也相仿，並且用三十六個掛鎖鎖在我左腿上。二十呎外，有座塔樓隔著一條大道與這座廟相對，樓高至少五呎。皇帝在眾多朝廷大臣陪伴下登上塔樓，好有機會看看我——有人是這麼告訴我的，因爲我並看不見他們。據估計，超過十萬名的居民也同樣爲了看我而出城。儘管周遭有守衛，但我相信隨時有不下一萬人借助梯子爬上我的身體。但官府不久就發出禁令，違者處死。工匠們確定我不可能掙脫之後，便把綁著我的所有繩索斬斷。我站起身時，覺得自己這輩子的處境從沒有比這更悲慘的了。看到我起身，走動，人群發出的喧嘩和驚奇之聲，實在難以用言語形容。鎖住我左腿的鍊子大約兩碼長，不僅讓我能在半圓的

38　可能影射西敏大廳(Westminster Hall)，1649年1月，查理一世在此受審並被判處死刑(IA 16)。綏夫特在一篇佈道詞中，曾八次把處死查理一世的行爲稱作「謀殺」(PT 294)。

範圍內自由前後走動，而且因爲固定在距離大門四吋之內，所以我可以爬進大廟，伸直躺下。

譯者附誌

本章雖為全書第一部第一章，卻因綏夫特的修辭策略，接續先前的〈編者致讀者函〉，先以短短的四段提供該函所謂「有關作者的進一步細節」，包括了家世、生平、教育、興趣、職業、婚姻(可以看出格理弗是典型的英國中產階級)，以示實有其人，為底下奇幻的敘事預作準備——此書是真人在異地遭遇的實錄。海難的描寫讓人有九死一生之感，接下來則以一連串的細微事物，暗示主角身蒞異地而不自知，從沉睡中醒來發現自己全身被縛固然大驚，待赫然見到「小人」時更是大奇。作者接著大肆發揮，極盡想像之能事，特別著眼於大小之對比。小人的靈巧令人印象深刻，而主角解決內急的方式更打破了文學中有關典雅之要求。總之，讀者一路隨著格理弗觀看、思考、感受，也隨著他驚訝不已。

第二章

小人國皇帝在幾位貴族隨侍下，前來探視囚禁中的作者。描述皇帝的長相和衣著。皇帝指派飽學之士教作者當地語言。作者個性溫和，博得好感。口袋被搜，交出刀和手槍。

我站起身來，四下環顧，不得不承認自己從未看過比這更怡人的景致。周圍的土地看似綿延不斷的花園；圈起來的田野，一塊塊大約四十呎平方，宛如許許多多的花床。田野中夾雜著八分之一英畝大小的森林，其中最高的樹就我判斷大約七呎。我看著左手邊的城鎮，彷彿戲院佈景上所畫的市景。

我已經嚴重內急了好幾個小時，這也難怪，因爲距離上次排泄已經將近兩天了。我又急又羞，進退維谷。我所能想到最好的方便之計[1]就是爬進房裡，於是便爬了進去，關上大門，走到鍊子盡頭，把不舒服的負擔排出體外。但這是我唯一一次

1 “Expedient”，此處譯爲「方便之計」，除了原有的「變通之計」外，並帶有中文裡「方便」(「如廁」)的意思。

犯下如此的穢行，只盼望明白的讀者在充分、公允地考量我的情況和所處的困境後，稍予寬宥。在那之後，我的習慣便是早上一起身就在鍊子盡頭露天做那檔子事。每天早上不待人群前來，便先行小心處理，由兩個專門負責的僕人把那惹人厭的東西用手推車運走。這件事乍看似乎無關緊要，不必如此大費筆墨，但有人告訴我，一些中傷我的人喜歡以這件事和其他事來質疑我，因此我認爲有必要向世人證明我生性喜好清潔[2]。

這個貿然之舉結束後，我又從房裡出來，呼吸新鮮空氣。皇帝已經下了塔，騎馬向我行來，但這個舉動幾乎讓他付出重大的代價，因爲他的座騎雖然訓練精良，卻從未見過這種景象，彷彿一座山在牠前面活動一般，猛然以後腿人立了起來。幸而君王騎術精湛，穩坐鞍上，直到侍從跑來，扯住馬籠頭，讓陛下有時間下馬。他兩腳著地之後，四下打量我，大爲驚嘆，但一直維持在我鍊子的範圍之外。他下令御廚和總管給我飲食，他們就把備妥的飲食放入一種帶輪子的容器中，推到我搆得著的地方。我拿起那些容器，不多時就吃喝個精光。那些容器中有二十個裝滿了肉，十個裝滿了酒。一份肉只夠我吃兩、三大口，我還把陶罐裝的十瓶酒倒入一個容器內，一飲而盡，其他的也如法炮製。皇后和王子、公主原本在許多貴婦

---

2 此處再度有違文學成規，描寫主角處理排泄物的情形，惟採取含蓄、迂迴的表達手法，用上「不舒服的負擔」(“uneasy Load”)、「如此的穢行」(“so uncleanly an Action”)、「那檔子事」(“that Business”)、「惹人厭的東西」(“offensive Matter”)等字眼，以期在貌似寫實的同時，不致過於干犯社會禮儀。

陪伴下坐在遠處的轎子裡，一見皇帝的座騎發生意外，全都起身，來到他身邊。只見那皇帝比朝廷裡的任何人都要高出大約我指甲的寬度[3]，單單這一點就足以讓看到的人心生敬畏[4]。他的五官強健陽剛，生就一個隆準鼻，下唇厚實[5]，皮膚呈橄欖色，身材英挺，軀幹與四肢勻稱，動作優雅，舉止頗有王者之風[6]。他當時已過盛年，年爲二十八又四分之三歲[7]，已經即位了大約七年，手腕甚爲靈活，大體說來治國有方。爲了更方便看他，我側身躺下，這樣我的臉剛好和他的臉等高，而他只站在三碼之外，在那之後，我多次把他捧在手上，因此描述不會有誤。他的衣著很樸素簡單，樣式介於亞洲式與歐洲式之間，但頭上戴了明亮的金盔，飾以珠寶，頂上還插著一根翎毛。他一手持劍自衛，以防我掙脫；劍長大約三吋，劍柄、劍鞘都爲金製，飾以鑽石，生色不少。他的聲音尖

3　換算成歐洲的尺寸，約高出五、六吋(IA 19)，合十三、四公分。

4　反筆寫小人國之小，並呼應前章提及奉命前往探視格理弗的「高」官。

5　“an Austrian Lip”，奧地利哈布斯堡皇族(the Hapsburgs)典型的厚下唇(PT 294; ABG 348)。

6　如果小人國影射英國，國王則影射喬治一世(George I, 1660-1727，在位期間1714-1727)，此書初版時喬治一世依然在位。惟此處的外形描寫截然不同，或爲作者避禍之舉(IA 18; ABG 348; PT 294)——暗諷其日耳曼出身，卻又不致因文賈禍(AJR 25; LAL 503)。

7　第六章提到該國的十五歲相當於歐洲的二十一歲(女子十二歲適婚)，據此換算，皇上的年紀至少爲歐洲的四十歲(PT 294)，就當時人而言，確實「已過盛年」。

細，但很清楚明晰，我站起身時都能聽得分明。貴婦和朝臣的穿著全都極爲莊嚴華麗，所以他們立身之處宛如攤在地上的裙子，上面繡著金色銀色的人物圖樣[8]。皇上頻頻對我說話，我也回話，但彼此一個字也聽不懂。在場有幾位御前的牧師和律師(我是從他們的衣著猜測的)，他們奉命和我交談，我也用上自己一知半解的許多語言，像是德文、荷蘭文[9]、拉丁文、法文、西班牙文、義大利文、法蘭卡文[10]和他們談話，但絲毫不得要領。大約兩個小時後，宮廷上下全都離去，留下強健的守衛來防止群眾魯莽甚或惡意的行爲，因爲這些失去耐性的群眾壯起膽來簇擁在我周圍，有些人甚爲無禮，在我坐在門旁的地上時用箭射我，其中一枝差點射中我的左眼。衛隊長下令逮捕六名禍首，心想最適當的懲罰就是把他們綁交到我手上。幾名衛士聽令行事，用槍柄把他們推到我搆得著的地方。我右手一把抓住他們，把其中五人放入我大衣口袋，並作勢要把第六人活生生吃下去。那個可憐人駭怕得大哭大嚷，衛隊長和手下很是哀痛，尤其看到我掏出小刀時更是悲痛不已。但我

8 此描寫甚爲生動，與第一段把城鎮描寫成「戲院佈景上所畫的市景」有異曲同工之妙。

9 "High and Low Dutch"，分別使用於德國南部高地和北部海岸地區 (IA 20)。

10 "Lingua Franca"，就字面上來說是「法蘭克人的語言」("language of the Franks")，原爲地中海東部一種混雜了義大利文、法文、希臘文和西班牙文的語言，是拉丁民族與阿拉伯人、土耳其人、希臘人等相處時所使用的共通語文，以後泛指國際語文(ABG 349; IA 20)。呼應前一章主角說自己的記憶好、有語言才華，顯然不是徒托空言，在以後的遊記中也得到印證。

很快就化解了他們的恐懼，因爲我面容和善，當下切斷綁在此人身上的繩子，把他輕輕放在地上，只見他一溜煙跑了。我把其餘五人一一掏出口袋，如法炮製[11]。我看得出軍民們對我的寬厚之舉甚爲感激，並且呈報給朝廷，這對我十分有利。

近晚時分，我有些吃力地進入屋內，躺在地上，就這樣大約連續睡了兩個星期。在這段期間，皇帝下令爲我準備床鋪。他們用車子運來六百張相同尺寸的墊子，就在我屋裡縫了起來，以一百五十張墊子作爲長寬，上下四層，讓我不用再直接睡在堅硬的地板(也就是平滑的石頭)上。他們以同樣的算法，爲我準備床單、毯子、被單，對像我這樣長久吃慣苦頭的人來說，也滿過得去了[12]。

我前來的消息傳遍全國，吸引了大批有錢、有閒、好奇的人前來觀看，以致農村裡十室九空，要不是皇上連發數張佈告和命令，禁止這種不便的行徑，全國的耕作和家務必然大爲荒廢。他下令已經看過我的人回家，而且沒有朝廷許可，不得貿然來到我住處五十碼之內，國務大臣因此收入頗豐。

同時，皇帝頻頻召開會議，辯論應該如何處置我。一個位居高職、曾經參贊許多機密要聞的朋友後來告訴我，朝廷對我甚感棘手。他們擔憂我會掙脫；我的飲食耗費甚大，可能造成

11 有批評家認爲，此段影射一些惠格黨員撰寫攻擊托利政府的小冊子，遭到逮捕，後未受任何處罰而獲釋。時爲1712年(PT 295)。

12 由於主角與當地人的比例爲12：1，因此他的床鋪長寬應爲當地的144倍(12×12)，與此處的「一百五十張墊子」相近，但只「上下四層」(而不是十二層)，因此有些將就(HW 462)。

飢荒。有時他們決定要餓死我，或至少用毒箭射我的臉和雙手，那樣很快就可以打發掉我，但又考慮到巨屍發出的惡臭也許會在京城造成瘟疫，很可能還會傳遍全國[13]。正取決不下時，幾位軍官來到大會議廳的門外，其中兩位獲准進入會場，報告了我對上述六個罪犯的處置，這在皇上和所有與會人士心中留下很好的印象，因此皇上下令，京城方圓九百碼之內的所有村莊，每天早上送來六頭牛、四十頭羊和其他食物，外加相當數量的麵包、酒和其他飲料，供我飲食所需。爲了合理支付這些飲食的費用，皇上發出銀票，要他們向國庫兌領。因爲這位君王的收入主要來自王畿，除非發生大事，否則很少向臣子特別徵稅，遇有戰事，臣子接獲國王徵召時，必須自費前來效力[14]。他們又編了六百人作爲我的家僕，發給他們膳食津貼以維持生計，並且就近在我大門兩側爲他們搭了帳篷。皇上又下令三百個裁縫照該國的樣式爲我做一套衣服，聘請六位御前最飽學之士教我當地語言，最後則是命令皇帝、貴族和衛隊的座騎要在我面前演練，好讓牠們習慣我的模樣。所有這些命令都切實執行。大約三個星期之內，我在學習他們的語言上大有進步。這段期間，皇帝經常移駕前來看我，並且樂於協助老師們教我。我們已經多少可以交談了；而我最先學會的字眼就是表

13 此處表現出小人國國人殘酷無情、深謀遠慮、「人小鬼大」的一面，並爲下文預留伏筆。

14 小人國與當時歐洲一樣，屬封建制(ABG 350)。君王自給自足，少有苛捐雜稅，財務獨立，又可避免高壓、腐化。這是綏夫特的托利黨政治理想，把權力分攤給獨立卻又相互支持的部門來自由運作(AR 301)。

達我內心的意願，希望他能還我自由，我每天跪地一再請求。他的回答，就我所能了解的，就是這需要時間，非得經過他與朝臣會商不可；而且，我得先「路莫斯 柯敏 披索 得斯馬 隆安波索」，也就是「發誓與他和他的國家和平相處」，而他也會全力善待我；他還勸我要有耐心，謹言愼行，以博得他和群臣的好感。他說，如果他下令一些負責的官員搜我身時，不要覺得不高興，因爲我身上很可能攜帶武器，而像我這種龐大身軀所配戴的武器必然很危險[15]。我說，皇上儘管放心，我隨時可以當著他的面脫下衣物，翻出口袋。我在表達時，一部分是用口說，一部分則比手畫腳。他回答說：根據該國的法律，必須派他手下兩位官員搜我的身；他知道沒有我的同意與協助，這件事根本辦不到；他對我的慷慨大度、公平正義頗有好感，所以放心把他們的人交到我手上；他們從我取得的物品，會在我離開該國時交還，或以我訂的價錢收購。我用雙手捧起兩位官員，先把他們放進我的大衣口袋，然後放進身

15 此節可能諷刺喬治一世的惠格黨政府對先前安妮女王治下托利黨政府異議分子的懷疑。安妮女王於1714年駕崩，喬治一世於1715年成立祕密委員會(the Committee of Secrecy)調查托利黨大臣與法國媾和及同情天主教徒的情事。作者綏夫特與先前托利黨政府中被調查的要員哈利和波林布洛克相熟，再者身處愛爾蘭，對類似情節必然耳熟能詳。據說，有位被懷疑的人還一本正經地寄交火鏈等物品，並獲得一張收據(ABG 350)。該委員會成立時，綏夫特雖然已經回到愛爾蘭，但依然是被調查之列(AJR 28)。作爲政治寓言，此處的格理弗是綏夫特、哈利和波林布洛克的綜合(LAL 504)，仔細的搜索與清單則諷刺客觀、瑣碎的描述(AR 302)，但也另有妙趣。

上的每一個口袋，只有兩個錶袋和一個暗袋我無意讓他們搜查，因爲裡面放的是我個人隨身的一些小必需品，對其他人來說無關緊要。其中一個錶袋裝的是一只銀錶，另一個錶袋裝的是一只錢包，裡面放了少許黃金。這兩位紳士身上帶著紙筆、墨水，把看到的每件物品都詳列成一張清單。事情完成後，他們要我把他們放下，好把清單呈給皇帝。這張清單我後來逐字翻譯如下[16]：

首先，在最嚴密的搜查之後，我們在**大人山**[17](我是這麼解釋「昆博斯　弗萊斯林」的)大衣右口袋裡只發現了一大塊粗布，大得足以作爲皇上國政大廳的地毯。在左口袋裡，我們看到一個巨大的銀盒，盒蓋也是由相同的金屬製成，身爲搜查者的我們無法打開。在我們要求打開之後，一人踏入其中，赫然發現小腿有一半陷入一種塵土中，另有一些塵土飛揚到我們臉上，使兩人同時連打了好幾個噴嚏。在他的背心右口袋，我們發現一大疊薄薄的白色物體，層層相疊，大約有三個人大，以一條結實的纜繩繫住，上面有一些黑色的圖樣，愚見以爲是手寫的字，每個字母幾乎有我們手掌一半大小。左邊有一種工

16 這份清單是透過小人國官員的眼光來描述格理弗隨身攜帶的物品，讓讀者產生陌生化(defamiliarization)的效果，令人不禁好奇到底是什麼東西——先前讀者一直是透過格理弗的眼光來看小人國的一切。直到讀到下文，兩相對照，讀者才恍然大悟這些物品究竟是什麼，也更加佩服作者非凡的想像力。

17 “the Great Man Mountain”，譯爲「大人山」固然是直譯，但也與第二部「大人國遊記」呼應。因爲這兩部經常對比大小，造成如此的印象：「小人」之於格理弗，一如格理弗之於「大人」；反之亦然(「大人」之於格理弗，一如格理弗之於「小人」)。

具，後面伸出二十根長柱子，就像皇上宮廷前的欄杆，我們猜測這是**人山**梳頭用的。我們沒有經常以問題煩擾他，因爲我們發現很難讓他了解我們的話。在他中衣(我是這麼翻譯「蘭復一羅」的，指的是我的短褲)的右邊大口袋裡，我們看到一根空心的鐵柱，大約有一人高，固定在一塊比那根柱子還要大的硬木上，柱子一旁伸出幾塊巨大的鐵片，切割成奇怪的樣子，不知道究竟是什麼東西。左口袋也有一個相同的工具。右邊的口袋稍小，裡面有幾個白色、紅色的扁圓形金屬，大小不一，白的看似白銀，有些又大又重，我和同伴幾乎抬不起來[18]。左口袋裡有兩個形狀不規則的黑柱子，由於我們站在口袋底，無法搆到柱子頂端。其中一個是蓋著的，似乎渾然一體，但另一個黑柱子頂端是白色的圓形物體，大約我們兩個頭大小。在這兩個黑柱子裡各包著一塊巨大的鋼板，我們命令他展示給我們看，因爲我們擔心可能是危險的工具。他把它們從盒中取出，並且告訴我們，在他的國家其中一個是用來刮鬍子，另一個是用來切肉。有兩個口袋我們不能進入，他說那是「錶袋」，只見兩道大口子切入他的中衣，被肚子壓緊。右錶袋之外掛著一條大銀鍊，底端是一個神奇的機械。我們要他取出鍊子一頭的東西，只見它外形像球，一半是銀，一半是某種透明的金屬。在透明的一面，我們看到沿著圓圈有一些奇怪的字，原以爲摸得到，卻發現自己的手指被那個透明的物質擋住。他把這個機械放到我們耳邊，只聽得裡面不斷發出像是水車般的聲響。我

18　白色爲銀，紅色爲銅，都是鑄造錢幣的材料。

們猜測，這要不是某種不知名的動物，就是他崇拜的上帝，但我們認爲很可能是上帝，因爲他告訴我們(如果我們了解正確的話，因爲他很辭不達意)，他幾乎做任何事都要跟它商量。他把那個機械稱爲神諭，還說它指出自己生活中每個動作的時間。他從左錶袋取出一個網，大得幾乎像漁夫的網，但設計得像錢包一樣可以開闔，也被當成錢包使用。我們在其中發現幾大塊黃色金屬，如果是眞金的話，一定很値錢。

奉皇上之命，我們用心搜索所有的口袋之後，看到他腰間繫著一條帶子，是由某種巨獸的皮革製成的，帶子左端掛著一把劍，有五人高，右端掛著一個袋子或囊子，裡面隔成兩格，每格都裝得下皇上的三個子民。其中一格有幾個用最沉重的金屬做成的圓球，像我們的頭一般大小，只有身強體健的人才舉得動；另一格裝了一堆黑色的穀粒，既不大也不重，我們用雙手可以捧上大約五十粒[19]。

這是我們在**人山**身上所發現的物品詳細清單。**人山**對待我們十分有禮，而且充分尊重皇上的指示。吾皇聖明治下八十九月四日[20]，簽章。

克雷弗仁・弗雷洛克　馬西・弗雷洛克

官員向皇帝誦讀清單時，皇帝要我交出幾件特殊的物品[21]。他首先要我的阿拉伯彎刀[22]，我連刀帶鞘取出。同時，

19 子彈與火藥。

20 前文提到國王即位已經七年。

21 前面透過小人國官員的眼光所見的物品，如今一一還原，謎底揭

他下令隨侍的三千精兵遠遠把我圍住，彎弓搭箭，隨時準備發射。但我因為眼睛只盯著皇上而沒有注意到這些。接著他要我拔出彎刀。彎刀雖然泡了海水有點生鏽，但大體上極為明亮耀眼。我依令拔刀，頓時所有軍隊發出又驚又駭的叫聲，因為陽光明亮，我手中的彎刀來回揮舞，反光使他們眼花撩亂。皇上極為威嚴，沒像我預期的那般恐懼。他命令我把彎刀收入鞘中，盡量輕輕拋到距離我鍊子盡頭大約六呎的地面上。他要的下一樣物品就是那枝空心鐵柱，也就是我的手槍。我把手槍拔出，依他的吩咐盡可能地向他說明用途，只裝上火藥(由於袋口密封，所以沒被海水打濕，這是所有小心謹慎的水手都會特別提防的，以免因為受潮招致不便)。我先提醒皇帝不要害怕，然後朝天開了一槍，這所造成的驚嚇遠超過彎刀的光景。數以百計的人摔倒在地，好像被打死一般。皇帝雖然屹立不動，但一時半刻也無法平復。我像交出彎刀一樣交出手槍，以及裝火藥和子彈的袋子，並且請求皇帝務必使火藥遠離火苗，因為只要一星星的火花就能引燃，把整座皇宮炸到半空中。我同樣交出手錶，皇帝很好奇地看著它，並且下令兩名最高的衛士用桿子挑在肩上，就像英國馬車夫挑大酒桶一般。他很訝異手錶發出的連續聲響和分針的移動，因為他們的眼力比我們銳利得多，能輕易看出分針的移動。他詢問周遭飽學之士的意見，結果眾說紛紜，莫衷一是，不必我重複讀者也想像得出，

(續)

曉。

22 “Scymiter”（現在拼法為“scimiter”），為土耳其人和波斯人所用的短彎刀(ABG 350)，與劍(sword)不同，適合砍劈(IA 24)。

雖然我並不很了解他們所說的話。我接著交出銀幣、銅幣，裝有九個大金塊和一些小金塊的錢包，刀子和刮鬍刀，梳子和銀鼻煙壺，手帕和記事本。彎刀、手槍、袋子由車子運到皇上的庫房裡，其他物品則交還給我。

先前說過，我有個祕密口袋避過他們的搜查，裡面放的是一副眼鏡(由於我視力不佳，有時得用上)，一副小望遠鏡和其他幾個方便的小玩意[23]，這些對皇上無關緊要，我認爲自己也沒有告知的義務，而且我還擔心如果貿然交出，可能會弄丟或損壞。

譯者附誌

前章是對小人國人民的正面評價：慷慨大度、手藝靈巧、慎謀能斷。本章繼續描寫相關細節，說明主角日常生活所需及適應之道(既描寫飲食，也不避諱排泄物的處理)。進一步透過格理弗的眼光來看當地人，而他的觀察、感想與所作所為也反映出自己的個性：單純、和善、好奇、隨遇而安。搜身一節更是奇文，透過小人國官員的眼光來看格理弗隨身攜帶的各種物品。平常的物品因為懸殊的比例而顯得怪異，甚至辨識不出，讀者也隨著猜謎。如果說當地人看格理弗的物品有如用望遠鏡或放大鏡，那麼格理弗看當地人就如透過望遠鏡的另一端。然而，從朝廷商議如何處置他，透露出當地人邪惡、殘酷的一面。作者在此章中繼續操弄大小的對比，並描寫雙方如何透過善意的互動來彼此調適。

23 伏筆，這些物品在下文中果然派上用場。

第三章

作者以異乎尋常的方式娛樂皇帝和男女貴族。小人國朝廷的娛樂。作者答應一些條件，獲得自由。

我的溫和個性和良好舉止很得皇帝和朝廷、甚至一般軍民的好感，因此心生希望，期盼能在短時間內獲得自由。我使出渾身解數來營造這種有利的氣氛。當地人逐漸不再擔心我會對他們有任何危險。有時我會躺下來，讓五、六個人在我手上跳舞，後來男孩、女孩都敢在我頭髮中玩捉迷藏。現在我對聽、說當地的語言已經大有進步。一天，皇帝有心招待我觀賞該國的一些表演，這些表演的技巧和規模超過我所知道的任何國家。其中最令我感興趣的就是繩索舞者的表演[1]，這些舞者在一條纖細的白繩上表演，繩長大約兩呎，離地十二吋。請讀者耐

1 "Rope-Dancers"。綏夫特曾在1708年的宗教小冊子中諷刺，依照當時國會的規定，只消熟練空中走繩索的技巧，就能成爲主教(PT 296)，以此暗批時人爲得名位而耍各種手段，以致公職之取得與才、學、識、德完全無關。而政壇人士爲了取得或維持名位，得隨時保持柔軟的身段與高超的技巧，才不致「失勢」、「落空」、「跌跤」。

心聽我細細道來。

這項娛樂只有候選朝廷高位或榮寵的人才有資格表演。他們自青年起便學習這項技藝，並不一定要出身高貴或博學多聞。每當因爲有人亡故或失寵而有高位出缺(這種事經常發生)，就有五、六位候選人向皇帝請願，希望以繩索舞來娛樂皇上和朝臣。凡是跳得最高又未失足落下的人就獲得這個高位。大臣本身也經常奉命展示技藝，向皇帝證明自己並沒有荒廢才華。財務大臣弗凌納普[2]獲准在細繩上飛舞跳躍，跳得比全國的任何公卿至少要高出一吋。我曾看他在固定於細繩的平板上連翻幾個觔斗，而這條繩子還沒有英國一般綑紮繩那麼粗。如果我沒有偏袒的話，依我之見，我的朋友內務大臣雷追索[3]僅次於財務大臣，其他的高官則旗鼓相當。

這些娛樂經常伴隨著致命的意外，有案可查的很多。我就曾親眼目睹兩、三個候選人折手斷腳。然而大臣奉命展示技藝

2 “Flimnap”，一般認爲影射惠格黨的大臣華爾波，此人曾於1708至1710年擔任國防大臣，之後又擔任過短期的海軍大臣。後來於1715年及1721年兩度擔任財政大臣。1710年托利黨掌權時，其大員哈利和波林布洛克曾率先彈劾華爾波腐化，使其去位。華爾波銜恨，在喬治一世即位、惠格黨掌權時，彈劾前兩人。華爾波的首相任期爲1721至1742年，因此《格理弗遊記》出版時，正在他首相任內。綏夫特認爲華爾波應爲彈劾此二人以及在伍德事件(Wood affair，詳見下段注釋)中壓迫愛爾蘭之事負責(PT 296)，因此對其批評甚爲不堪。但當時一般民眾及後人對華爾波的評價未必如此嚴苛。

3 “Reldresal”，影射的對象說法不一，然皆爲當時政壇人物(IA 30; PT 296; AJR 32; D & C 349-50)，本書最初的讀者樂趣之一便是試圖「對號入座」。

時則危險得多，他們爲了爭相超越自己和同僚，勉力而爲，以致幾乎人人摔過，無一倖免，有些人還摔下兩、三次。有人告訴我，在我來之前的一、兩年，有一次弗凌納普在表演時出了意外，要不是國王的一個墊子[4]碰巧放在地上，減輕了下墜的力道，一定會摔斷脖子。

同樣還有另一種娛樂，只有在特殊場合時才會在皇帝、皇后和首相之前表演。皇帝在桌上擺了三條六吋長的細絲線，一條藍色，一條紅色，一條綠色，是要賞給皇帝有心特別表示恩寵的人。典禮是在皇上的國事大廳舉行的，候選人在這裡所要考驗的，是與先前的繩索舞大不相同的巧技，我在新舊世界的任何國家都沒看過類似的表演。皇帝手持一根木杖，與地面平行，候選人一一向前，隨著杖的升降，或從杖上躍過，或從杖下爬過，前後幾回[5]。有時皇帝持木杖的一端，由首相持另一端，有時全由首相來持。凡是表現最靈巧，跳躍和爬行的時間撐得最久的人，就賞給藍絲線， 第二名賞給紅絲線，第三名賞

4　影射喬治一世兩位情婦中較豐滿的肯鐸公爵夫人("the Duchess of Kendal")，因而描述成「國王的一個墊子」("one of the King's cushions"，暗示供國王躺臥之用)。華爾波於1717年被迫辭職，肯鐸公爵夫人運用影響力使他於四年後復職，甚至成爲首相。而她在收了伯明罕五金商伍德(William Wood)一萬鎊鉅額賄賂後，也協助他取得爲愛爾蘭鑄造銅幣的專利權，激發綏夫特寫出《布商書簡》(PT 296-97; IA 30; AJR 32; AR 302; D & C 350; RD 276)。詳見緒論。

5　綏夫特對華爾波的政治手腕頗爲不滿，曾寫詩諷刺：「爲國王跳過木杖的人／最適合當繩子拴的狗」("And he who'll leap over a stick for the King, / Is qualified best for a dog in a string")(ABG 351)，以此批評政壇人士身段之柔軟及善於觀察政治風向。

給綠絲線，他們就把絲線圍在腰間兩圈；朝廷裡的大人物身上很少不配戴著這些絲線的[6]。

軍隊和皇室的馬匹，每天都帶到我面前，因此不再膽怯，能來到我腳前也不驚嚇。我把手放在地面上，騎士就騎馬一躍而過；皇帝的一位獵師騎著雄偉的駿馬，躍過我的腳和鞋子，眞是了不起。一天，我有幸以很不尋常的方式來娛樂皇帝。我請他命人取來幾根兩呎長、像一般手杖般粗細的桿子。皇上當即下令掌管御森林的人依指示行事。第二天早上，六名林務官駕著六輛車子來到，每輛車子都由八匹馬拉著。我取了九根桿子[7]，牢牢固定在地上，形成兩呎半平方的四方形。我又取了四根桿子，綁在四個角上，兩兩平行，離地大約兩呎，然後把手帕綁在直立的九根桿子上，向四面撐開，直到繃緊得像鼓面一

6 這些彩色的細絲線影射當時幾種勳章的綬帶。嘉德勳章(Order of the Garter)爲愛德華三世於1348年左右所設，於1726年5月(本書出版前半年)頒予華爾波，其綬帶爲藍色；巴斯勳章(Order of the Bath)爲喬治一世在華爾波建議下，於1725年(本書出版前一年)所設，其綬帶爲紅色；蓟勳章(Order of the Thistle)爲詹姆士二世於1687年所設，是蘇格蘭勳位，其綬帶爲綠色(PT 297)。三種勳章都頒予爵士，其中以嘉德勳章歷史最悠久，勳位最崇隆，其他兩種位階相同。本書初版時，出版商莫特擔心諷刺過於明顯，會遭致危險，就把顏色改爲紫色、黃色、白色(PT 297; ABG 351; IA 30; AJR 32)。九年後的福克納版改回這些顏色，使諷刺更爲明顯。筆者就是由這個版本上的差異，斷定此書最著名的中譯本——林紓的《海外軒渠錄》——根據的是1726年版或由其衍生的版本。

7 爲何是「九根」，而不是四或八根，令人不解(HW 463)。是作者疏忽？故弄玄虛？故示破綻？或者，原本就是遊戲文章，當眞不得。

般；四根平行的桿子比手帕大約高出五吋，作爲每一邊的護欄。完成之後，我請求皇帝讓他最精銳的騎兵隊，總共二十四人，在這個平台上操演。皇上准我所請，我就把騎在馬上、全副武裝的騎兵一一以雙手捧上，由負責的軍官進行演練。他們一就緒就分爲兩方，模擬戰鬥，放射鈍箭，拔劍相向，彼此攻防進退，總之，展現出我平生所見最精良的軍事訓練。平行的桿子保護他們和馬匹不致跌出平台。皇帝大喜，命令這種娛樂一連重複幾天，一度還要我把他抬起，以便發號施令，甚至煞費周章，說服皇后讓我把她和轎子捧在手上，移到距離平台不到兩碼的地方，好觀看整個演練的全景。我很幸運，這些娛樂都沒有發生意外，只有一次一位隊長的烈馬用蹄子搔地時，把我的手帕戳破一個洞，馬蹄滑落洞中，連人帶馬摔倒，但我馬上幫他們脫困——我用一手掩住洞口，另一手把整隊人馬放下（就如同原先捧上一樣）。摔倒的馬挫傷了左肩，但騎士安然無恙。儘管我盡力補好破洞，卻不敢再用這條手帕嘗試這麼危險的事了。

我獲得自由之前大約兩、三天，正在以這些技藝娛樂朝廷時，來了一位專差，稟報皇上說，他的一些子民在首度發現我的地方附近騎馬時，見到地上有個黑色的龐然巨物，形狀怪異，周邊有如皇上的寢宮般大小，中間隆起有一人高。根據他們最初的了解，這不是活的東西，因爲它躺在草地上紋風不動。有些人繞行數周，以疊羅漢的方式爬上頂端，發現頂端平坦，用力跺它，發現是中空的，他們愚見以爲這件東西可能屬於人山；如果皇上願意，他們只要用五匹馬便可把它帶來。我立刻就明白他們指的是什麼，心裡很高興知道這個消息。原來，海難後我們划船逃生，當時我用帶子把帽子繫緊，戴在頭上，游泳時也一直沒脫落，但剛上岸時一團混亂，在我倒地睡著之前，帽子就掉了。我猜想，帽帶在我不知不覺中斷了，卻以爲把帽子遺落海上。我懇求皇上下令把它盡早帶來給我，並向他描述帽子的作用和性質[8]。次日，馬車夫就把帽子帶來，但帽子的狀況不是很好。他們在距離帽簷一吋半的地方鑽了兩個洞，拴上兩個鉤子，再把鉤子用長索綁到馬具上，因此帽子在地上拖了不只半哩路。還好該國土地極爲平滑，損傷的情況並沒有我預期的嚴重。

在這件意想不到的事之後兩天，皇帝下令駐紮在京城和附近的部隊待命，想要以很奇特的方式取樂[9]。他要我像巨像[10]般站立，兩腳盡可能張開，然後命令一位將軍(這是一位身經百戰的老將領，也很照顧我)把部隊排成密集隊形，從我胯下邁步通過。全隊由三千名步兵和一千名騎兵組成，步兵二十四人並排，騎兵十六人並排，手持長槍，鼓聲隆隆，旌旗飛揚。皇上下令，每位士兵在行進時都必須對我嚴守禮儀，否則處死。儘

8 小人國雖然不知道槍砲火藥的用途，但就先前對他們衣著、器物的描述，似乎不可能不知道帽子的作用和性質。或許由於比例過大，以致無法辨識。

9 諷刺喬治一世喜好軍事演練(ABG 352)。

10 “Colossus”，相傳是雙腳橫跨土耳其西南羅德斯島(Rhodes)港口入口處的百呎巨像(PT 297)。該銅像爲古希臘太陽神赫利阿斯(Helios)，由雕塑家卡雷斯(Chares)費時十二載，於紀元前280年左右完成，五十六年後因地震傾圮，被古人視爲世界七大奇景之一(ABG 352; IA 31)。

管如此，仍有些年輕軍士在經過我身下時忍不住抬眼上望。而且，坦白說，當時我衣褲襤褸，足以令人失笑、驚異。

我一再上書請願陳情，懇求給我自由，皇上終於先在內閣，再在滿朝文武的御前會議中提到這件事。除了斯蓋雷希·波格蘭[11]之外，沒人反對。我並未得罪這個人，他卻甘於成爲我的死敵，與我作對。但是所有與會者的意見都與他不同，而且這件事也得到皇上的認可。這個人位居「高伯特」一職，也就是該國的海軍大臣，深得主子的信賴，嫻熟各項事務，卻個性陰鬱苦悶[12]。然而他終究被眾人說服，卻要求親自撰寫釋放我的條文規章，而且我得宣誓遵行。這些條文由斯蓋雷希·波格蘭親自帶來給我，隨行的有兩位次長和幾位顯要人士。宣讀完條文之後，他們要求我發誓奉行。我發誓時，先用自己國家的方式，再以他們法律規定的方式，也就是以左手握住右腳，

11 “Skyresh Bolgolam”，雖然有人認爲作者並未影射特定的仇敵(ABG 353)，但也有人認爲是影射當時的政壇人士，尤其是諾丁漢伯爵(the Earl of Nottingham)芬奇(Daniel Finch, 1647-1730)，因爲此人從中作梗，致使綏夫特未獲主教一職，而哈利僅僅因爲繼承他的職位，「並未得罪」於他，竟然遭到敵視(PT 298)。

12 “of a morose and sour Complection” (現在拼法爲“complexion”)，除了指外在的容顏，也包括內在的性情，因爲當時認爲人有血液(blood)、黏液(phlegm)、膽液(choler)、憂鬱液(melancholy)等四種體液(humours)，可決定人的健康與性情，而人的個性與容顏相應(ABG 353)。綏夫特曾以類似字眼攻擊諾丁漢(PT 298)，因爲此人雖爲托利黨，卻不支持托利黨政府和談的努力，據說曾在國會裡攻擊綏夫特(AJR 35; AR 303)。體液的觀念也出現於下文，尤其第三部中有關醫生的段落。

把右手中指置於頭頂，拇指置於右耳頂端[13]。由於讀者可能多少想知道該國人民特有的表達風格和方式，以及讓我獲得自由的條文，所以我把整份法律文件盡可能逐字譯出，謹此呈現給大眾。

哥巴斯托 摩馬仁 伊拉美 葛地樂 希芬 慕力 屋力歸，厘厘普最強大的皇帝，整個宇宙喜悅和恐懼的聖主，領土超過五千布魯斯楚格(大約方圓十二哩)，直抵地球之極[14]，眾王之王，萬人中頭頂太陽、腳踏大地的最高者，一點頭各地的君王便戰慄不已，歡欣如春，舒暢如夏，豐收如秋，恐怖如冬[15]。至高無上的皇帝，向新近抵達天朝的人山提出下列條款，由人山鄭重宣誓謹為遵守。

第一，人山未得蓋有國璽之許可不得離開國境。

第二，人山未得明令，不得擅入京城；進城前兩小時須先向居民示警，以便居民閉門不出。

13 可能諷刺惠格黨，因惠格黨攻擊烏特勒支條約(Treaty of Utrecht)的合法性，認為未經正式副署(IA 32)。只是這種宣誓姿勢忒怪，匪夷所思，而作者也以細節的描述，故作寫實狀。

14 “the Extremities of the Globe”，但在第六章中又提到當地人「認為世界是平的」，彼此矛盾(GRD 43)。

15 好聽阿諛、奉承之詞，似為人性之常，尤以人君為然，不因身體大小而異，然而在與格理弗懸殊對比下，更覺其自大、荒謬。但是歐洲朝廷也不乏這類阿諛之詞，若在第二部「大人國遊記」中的巨人眼中看來，也是一樣自大、荒謬。作者便是利用這種大小對比的方式，有如哈哈鏡般，凸顯出人性的弱點。

第三，人山只限行走於主要道路，不得在草原或田地行走或躺臥。

第四，人山行走於上述道路時，應極小心謹慎，以免踐踏到可愛的臣民、馬匹或車輛；未經當事人同意，不得將上述任何臣民置於手中。

第五，若有急件須特別傳送，人山應將信差和馬匹放入口袋，(視情況需要)並把上述信差安全送返御前(每月出行六天)。

第六，人山應與我國結盟，對抗布列復思古島[16]的敵人，盡力摧毀現在準備進犯的艦隊。

第七，人山閒暇時應協助我國工匠，搬動巨石，砌建大公園和其他王室建築的石牆。

第八，人山在兩個月內，應以腳步丈量海岸，正確測出我國領域。

最後，人山若是鄭重宣誓遵守上述所有條款，即提供每日飲食所需(足供一千七百二十八國人之用)，並准許接近王室，獲得其他寵賜。吾王聖治九十一月[17]十二日，謹頒於貝發波拉克皇宮。

我滿心歡喜，發誓服從這些條款，雖然其中有些條款完全

16 小人國可能影射英國，布列復思古島(the Island of Blefuscu)則影射法國，兩國交惡多年(IA 33)。

17 距前之搜身已經兩個月(ABG 353)。

出自海軍大臣斯蓋雷希·波格蘭的惡意，不如我希望的那般有尊嚴。他們當下打開鎖住我的鍊子，讓我得到完全的自由。皇帝親自出席整個儀式，讓我備感榮耀。我匍匐在皇上腳前，當眾謝恩。但他令我平身，多所美言，爲了避免虛榮之譏，這裡不再重複。皇帝又說，希望我能爲他效力，不要辜負了他先前的恩典和未來可能的寵賜。

讀者請留意，在有關獲得自由的最後一款，皇帝明訂我的飲食之量足供一千七百二十八名該國人民所需。過了一些時候，我問朝廷裡的一位朋友，他們是怎麼訂出那個明確數字的。他告訴我，皇上的數學家藉著四分儀量出我的高度，發現與該國人民的比例爲十二比一，再根據他們的身體結算出我至少需要一千七百二十八人[18]的食量，因此明訂那麼多厘厘普人所需要的食物份量。讀者由此可知該國人民的精巧，以及這位偉大君王審慎、精確的經濟之道。

譯者附誌

本章藉由描寫雙方互娛的方式，進一步展現彼此，表面上是白描，其實巧思與諷刺俱見。小人國的娛樂固然特殊，卻呈現了朝廷用人之道唯在投上之所好與身段之柔軟，由此倖進之道不難想見皇帝之獨裁專制、朝綱之腐敗不振。作者一則藉此影射時政，批評惠格黨和華爾波，再則抨擊人性之喜好逢迎拍

18 由於格理弗與小人國居民的身高比例爲十二比一，因此換算出其體積應爲12的立方(12×12×12 = 1728)(IA 33)。但初版及其他版本曾誤爲1724(AJR 37)。

馬(由對皇帝的稱頌可以看出)，不重真才、實學、美德。格理弗的娛樂方式，一則表現了他的巧思，再則也可看出他挖空心思，一意取悅。遊行及其他事件進一步操弄大小之對比。商定條文是雙方基於自保的原則——當然可以美其名為互惠(一方為個人自由，一方為國家安全)；發誓的姿勢雖然可笑，但敘事者以細節呈現此奇風異俗以示寫實、可信，也表現其溫和、入境隨俗，以及在(小)人屋簷下的窘境。由大臣與之作對，反襯出格理弗的個性純真、善良、不曉世事，尤其是朝廷中爾虞我詐之事。至於大小之比例(十二比一)也在此處點出，既補第一章至此處之描述，下文也一路謹守。

第四章

描述小人國的京城米敦都[1]及皇宮；作者與一位大臣談論該帝國的事務；作者自願於戰時為皇帝效力。

我得到自由之後的第一個要求，就是希望獲准參觀京城米敦都，國王爽快地答應了，但特別囑咐我不要傷及居民或房舍。於是各地貼出告示，宣布我計畫訪問京城。京城的圍牆有兩呎半高，至少十一吋寬，馬車可以在上面很安全地行駛，每隔十呎有一座堅固的塔樓。我跨過宏偉的西門，輕輕側身走過兩條主要的街道，身上只穿著背心，唯恐大衣的衣襬會損壞到屋頂和屋簷。雖然官方嚴令所有的人都要留在屋內，否則後果自負，但我行走時還是極為小心，避免踩到任何可能仍在街上遊蕩的人。閣樓的窗口和屋頂擠滿了看熱鬧的人，在我所有的旅行中還沒看過人口比這更稠密的地方。這座城市呈正方形，城牆每邊長五百呎。兩條大街各五呎寬，彼此交叉，把全城一分為四。我進不去的巷弄，寬度從十二吋到十八吋不等，只能

1 "Mildendo"，有批評家認為是影射倫敦(PT 298)。

在路過時順帶一瞧。全城可以容納五十萬人[2]，房子從三樓到五樓不等，而且有許多的店鋪和市場。

皇宮在城市的中心，位於兩條大道交會之處，周圍有一堵兩呎高的牆，距離四周建築二十呎。我獲得皇帝的允許跨牆而入，由於圍牆和皇宮之間很寬，所以我能輕易從四面觀看皇宮。只見皇宮外院爲四十呎見方，包含另外兩進院子，最內圈是寢宮，我很想瞧瞧，卻發覺極爲困難，因爲廣場之間的大門只有十八吋高，七吋寬，而外院的建築至少五呎高，即使圍牆由石塊砌成，而且厚達四吋，十分堅固，但我跨過時必然會對這片建築造成嚴重損害。同時，皇帝很想要我一睹皇宮的莊嚴富麗，但我要到三天之後才能如願。這三天裡，我到離城一百碼左右的皇家公園，用刀砍下一些最高大的樹，做成兩張三呎來高的堅固凳子，足以承擔我的重量。於是官府再度發出告示，通知人民。我手持兩張凳子，再度經過城市，來到皇宮。來到外院一旁時，我站在一張凳子上，一手拿著另一張凳子，舉過屋頂，輕輕放在第一進院子和第二進院子之間大約八呎寬的空地，輕而易舉地從一張凳子移身到另一張凳子上，再用帶鉤的木杖把第一張凳子帶在身後，就這樣跨過許多建築。我用這種妙法進到最內院，側身躺下，把臉湊向中間樓層特地爲我打開的窗戶，只見眼前景緻華麗非凡，極盡想像之能事。我看到皇后、年輕王子在各自的寢宮裡，周圍有親信的侍者陪伴。皇后娘娘優雅地對我微笑，把手伸出窗口讓我親吻。

2　據估計，1700年倫敦人口爲五十五萬人(PT 298)。

這裡不再向讀者詳述這類細節，因爲要留作另一本大書之用。這本書現在幾乎可以付梓了，內容包括對這個帝國的一般描述，從建國，歷代君王，特別記載他們的戰爭、政治、法律、學術、宗教、動植物、奇風異俗，以及其他頗爲新奇、有益的事[3]。至於此處的主要計畫，只是敘述我在那個帝國居住大約九個月的期間，發生在公眾或自身的一些事件與來往情況。

我獲得自由之後大約兩星期的一個早上，雷追索，也就是他們所稱的內務大臣，只帶了一個僕人，輕車簡從地來到我的住處。他命人將車子停在遠處等候，希望與我晤談一個小時，我立即答應，因爲他位高德劭，而且在我屢次向朝廷懇求時，曾多方善心協助。交談時我本來要趴下，方便他靠近我的耳朵，但他寧願讓我把他捧在手上。他先是恭賀我得到自由，提到自己在這件事上略盡棉薄之力，但接著說，要不是朝廷現在遭逢內憂外患，也許我不會那麼快就如願以償。他說，儘管在外人眼中看來他們似乎繁榮興盛，卻苦於兩大危機：內有激烈黨派之爭，外有強敵虎視眈眈[4]。就內部磨擦來說，不久你就會了解，在過去七十多個月以來，這個帝國有特拉美克衫和斯拉美克衫[5]兩黨相爭，兩黨的名字來自他們鞋跟的高低，以這個

---

3 當時的遊記仿照馬可波羅(Marco Polo)的範本(IA 35)。綏夫特此處虛晃一招，表示此地可記之事甚多，目的在於加強此書紀實的印象。這種手法以後還會使用。

4 影射英國內有兩黨之爭，外有強敵法國。

5 “Tramecksan”和“Slamecksan”分別影射托利黨和惠格黨，即下文的高跟黨(High Heels)和低跟黨(Low Heels)。這兩黨雖然都信奉英國國教，但托利黨傾向於高教會派(High Church)，主張維持教會

來區分彼此。

有人主張，高跟黨最符合我們古代的憲法[6]，儘管如此，皇上還是決定在政府的行政和皇帝有權任命的職位上，只晉用低跟黨[7]，這種情形顯而易見，尤其是皇上的鞋跟比所有朝臣的鞋跟至少低了一卓爾(一卓爾約合十四分之一吋)[8]。兩黨交惡甚深，彼此不在一塊飲食，也不交談。我們估算，高跟黨在人數上超過我們，但權力則完全在我們這一邊[9]。我們擔心太子殿下，也就是王儲，有些傾向高跟黨，因為至少我們能清楚發現，他的一只鞋跟比另一只高，以致走起路來一顛一跛的[10]。

(續)

較高的權威地位，在教義、儀式和規章上大量保持天主教的傳統，惠格黨則傾向於低教會派(Low Church)，主張簡化儀式，反對過份強調教會的權威地位，較傾向於新教(IA 36)。後來新教徒(Protestants)覺得低教會派也太過保守，於是完全排斥英國國教，遂被稱為"Dissenters"，意為「(不順從英國國教的)新教徒」(IA 40)。雖然綏夫特影射英國時政，但黨派之爭在人類社會中甚為普遍。

6 在亨利八世(1491-1547)因為離婚再娶一事與教廷決裂之前，英國信奉天主教(IA 36)。本書將厘厘普敵對的鄰國"Blefuscu"譯為「布列復思古」，以示該國因堅持信守古法，而與厘厘普為敵(英國的世仇法國，則一直信奉天主教)。

7 惠格黨為喬治一世(1660-1727)的登基出力甚多，因此在他統治期間由惠格黨掌權，而不是人數較多的托利黨(ABG 354)。

8 以此涉及度量衡的細節，表示寫實。

9 惠格黨雖未得到大眾支持，但其權力來自控制國會的貴族和有錢階級(ABG 354)。

10 喬治二世(1683-1760)身為威爾斯親王(Prince of Wales)時，有些偏向托利黨，王妃則支持惠格黨，因此文中說他的鞋跟一高一低。本書出版時，喬治一世已六十六歲，次年便駕崩(IA 37)。他在擔任王儲時，許多人猜測他即位後會偏向哪一黨(ABG 354)，然而他在1727年登基時，讓華爾波留任首相，令綏夫特大失所望

除了這些內部的不安之外，我們也遭到布列復思古島入侵的威脅。這座島是宇宙的另一個大帝國，幾乎和皇上所統治的帝國一般大小，國勢同樣強大[11]。至於你言之鑿鑿地說，世上有其他王國和國家住著像你一樣大小的人類，我們的哲學家[12]很懷疑，而寧願猜測你是從月亮或星星掉下來的，因爲如果有一百個像你這樣身軀的人，肯定在短時間之內就會毀了皇上領土裡所有的蔬果、家畜。此外，我們六千個月[13]以來的史書，除了厘厘普和布列復思古兩大帝國之外，從來沒有提到其他任何地方。我要告訴你的是，過去三十六個月以來，兩大強權之間爆發最頑強的戰爭[14]，起因是這樣子的。所有人都承認，在吃蛋之前，最原始的敲蛋方式是由大的一端。但當今皇上的祖父還是小孩時，有一次要吃蛋，依照古法敲蛋，恰巧傷了一隻指頭。於是他的父皇立即發出告示，命令所有的子民從小端敲

(續)

(LAL 504; AJR 40)。友人阿布思諾特(John Arbuthnot, 1667-1735)曾於1726年11月致函綏夫特，說自己看到威爾斯王妃讀到這段，並忍俊不已(GRD 49)。

11 足見其坐井觀天，夜郎自大，普天之下只知此二帝國。

12 當時「哲學家」("philosopher")一詞類似今日的「科學家」(IA 37)，下文也會提到。

13 綏夫特時代的歐洲人盛行的觀念是地球大約六千歲(ABG 354)。當時人們接受《聖經・創世紀》的說法，而且認爲創世紀發生於紀元前4004年，到綏夫特的年代時接近六千年。再者，六千個月與六千年之比，也維持了厘厘普人與格理弗之間的一與十二之比(IA 38)。

14 英法海上爭霸始自1689至1697年爆發的奧格斯堡聯盟之戰，又稱大聯盟之戰(War of the League of Augsburg or the War of the Grand Alliance)，再次交鋒於1702至1713年的西班牙王位繼承戰爭。格理弗此航始於1699年，介乎上述兩次戰爭之間。

蛋，違者嚴懲[15]。人們對這條法令深惡痛絕，史書告訴我們，爲了那件事總共爆發了六次叛亂，一位皇帝[16]丟了性命，另一位皇帝[17]丟了王位。這些內亂一直受到布列復思古君主的煽動，內亂敉平之後，叛徒總是逃到那個帝國尋求庇護[18]。據估計，幾次動亂中總共有一萬一千人寧可受死，也不願屈從由小端敲蛋的嚴令。數以百計的鉅著出版，都來討論這項爭議。但大端派的書長久被禁[19]，法律也禁止他們擔任公職[20]。在這些爭執中，布列復思古歷任的皇帝經常派遣大使前來告誡，控訴我們違反偉大的先知魯斯卓格的基本教條(見於《布倫追卡》，也就是他們的《古蘭經》[21]，第五十四章)，製造宗教分裂。然而，這個說法被認爲只是曲解經文。因爲原文是這麼說的：

15 可能影射亨利八世從大端(天主教會)敲蛋(蛋爲復活節的象徵，因此也象徵教會)，「傷了一隻指頭」(天主教會不許他休掉凱薩琳王后[Catherine]，另娶安・寶琳[Anne Boleyn])，故下令從小端(英國國教)敲蛋。因此，「大端派」(Big-Endians)影射天主教派，「小端派」(Small-Endians)影射英國國教派(PT 299)。

16 影射查理一世(Charles I, 1600-1649)，他是高教會派，於1649年遭新教徒處死(IA 39)。

17 影射詹姆士二世(James II, 1633-1701)，他是天主教徒，於1688年主要遭低教會派驅逐(IA 39)。

18 當時許多在英國政爭中失敗的人都逃往法國，接受庇護。

19 1550年英國頒布法令，禁止所有天主教的著作(PT 299)。

20 宣誓條例(the Test Acts, 1661, 1672, 1678)要求所有擔任公職的人根據英國國教的儀式接受聖餐(Holy Communion)，因而排除了所有的天主教徒(ABG 355; D & C 351)。綏夫特支持這個條例(AJR 41)，而這個條例直到1828年才廢除。

21 "Alcoran"，不用基督教的《聖經》，而用伊斯蘭教的《古蘭經》，避免影射過於明顯。再者，引經據典以示可靠或可信。然而下文提到，經典的詮釋卻來自個人或由元首決定。

「所有眞正的信徒應該在方便的一端敲蛋。」至於哪端是方便的一端，依照我的愚見，似乎留待每個人的良心，或至少由元首的權力來決定[22]。現在，大端派的流亡者在布列復思古皇帝的朝廷深獲信任，也很受到國內黨羽的暗中協助、鼓勵，以致一場血腥戰爭已經在兩大帝國之間進行了三十六個月，雙方互有勝負。這段期間，我們損失了四十艘主力艦，爲數更多的小戰艦，以及三萬名最精銳的水手和士兵，敵方的損失估計比我們還大[23]。然而，他們現在組成了一隻大艦隊，正準備侵襲我們。皇上深信你的勇猛和力量，因此命令我將國事坦誠相告。

我請求大臣向皇帝表達我謙卑的敬意，並請奏知皇上，我認爲自己身爲外人，不宜介入黨派之爭，但隨時願意冒生命危險，捍衛皇上和國家，不受外敵侵略。

譯者附誌

京城之旅透過格理弗的眼光來看當地的都市計畫和皇宮建築，也顯示了主角腦筋的靈活和手藝的精巧(這些都是好水手必

22 當時的德意志較享有宗教自由(法國主要信仰天主教)。查理二世在英格蘭試圖大力統一宗教信仰，詹姆士二世則放棄這種政策，威廉三世於1689年頒佈「容忍法案」(Toleration Act)，賦予英格蘭新教徒宗教信仰的自由，1712年英國國教在蘇格蘭也獲得相同的權利(ABG 355)。此處引經據典的結論，卻是訴諸個人心證或政治勢力，但也反映了綏夫特本人對於宗教的觀點(他信奉英國國教[此國教因亨利八世的政治勢力介入而誕生]，卻允許個人更大的詮釋空間)。

23 反映了作者和托利黨反對與法國長年征戰的立場，詳見其〈盟國的行爲〉一文(HW 464)。

備的條件)。更重要的是，本章明顯借外諷內，借小諷大，以兩大危機來影射當時的英國：以高跟黨和低跟黨影射政治界彼此不斷攻訐的托利黨和惠格黨，以大端派和小端派影射宗教界時起的宗派紛爭，並由此引進「宇宙的另一個大帝國」(布列復思古島影射其世仇法國)。由斤斤計較於鞋跟的高低、敲蛋應由大端或小端(這些在身長十二倍的格理弗眼中根本無法分辨)，可以看出致使多少人頭落地的政爭或宗教摩擦，其實都出自微不足道的理由。然而，換個角度、場景、比例，便可看出這些摩擦或鬥爭的荒唐、多餘。透過小人因小事而大肆排除異己、大動干戈，一則諷刺當時政治、宗教、外交之荒誕不經、欠缺理性，再則諷刺普遍的人性，往往為了小事而彼此撻伐，動盪不安，離鄉背井，甚至兵戎相見、人頭落地。小人雖小，長相、建築及城市雖玲瓏可愛，卻依然具有人性弱點，以致內外交擾，爭鬥不斷。此外，藉由大臣之口，補述前一章簽訂條文的原因。

第五章

作者施奇計阻止敵人入侵，榮獲高官厚爵。布列復思古皇帝派遣使節前來求和。皇后寢宮意外失火，作者大力搶救其他內宮。

布列復思古帝國是位於厘厘普北北東方的一座島嶼，兩國只隔著一道八百碼寬的海峽。我還沒見過那個帝國，在得知該國有意入侵之後，我就避免出現在那一邊的海岸，唯恐被一些敵艦發現，因爲他們還沒接獲有關我的情報，這是由於戰爭期間兩個帝國之間嚴禁往來，違者處死；而且我們的皇帝也禁止所有的船隻通航。我方的斥候通報，敵方整個艦隊在港口下錨，只要一有順風，便要啓航。我於是想出一個把整個艦隊一網打盡的計畫，向皇上稟報。我向最有經驗的水手打聽海峽的深度，因爲他們經常在那裡探測。他們告訴我，高水位時，中間的深度爲七十咕倫咕嚕，折合歐洲的六呎左右，其他地方頂多五十咕倫咕嚕。我走到面對布列復思古的東北海岸，趴在一座小丘後，取出口袋裡的小望遠鏡[1]，觀察下錨的敵艦，發現總共約有五十艘戰艦和許多艘運輸艦。於是我回到住處，憑著皇上的授權，下令準備大量最牢固的纜繩和鐵條。纜繩的粗細類似綑繩，鐵條的長度和大小類似縫衣針。爲了牢固起見，我把三條纜繩纏在一塊，再把三根鐵條交纏，然後把鐵條末端折成彎鉤，就這樣把五十個鉤子固定在五十條纜繩上。我回到東北海岸，脫掉大衣、鞋襪，只穿著短上衣，在高水位之前大約半小時下海。我盡速涉水前進，中途游了大約三十碼，一直到腳底碰觸地面，不消半個小時就來到艦隊的所在地。敵人看到我時大爲驚恐，紛紛跳下船，向岸邊游去，人數不下三萬。於是我取出索具，以鉤子固定住每艘艦艦首的孔，並且把所有的繩索綁在一頭。我在做這些事的時候，敵人射出幾千隻箭，許多刺入我的雙手和臉上，不但極爲刺痛，而且嚴重妨礙我的工作。我最擔心的是眼睛，要不是突然想到一個方便之計，必定失明無疑。我的一些日常小用品中，有一樣就是暗袋裡的眼鏡，前面說過，這副眼鏡避過了皇上手下的搜查。我取出眼鏡，盡可能固定在鼻樑上，有了這層保護，儘管敵人箭如雨下，我還是大膽進行我的工作。許多箭就射在鏡片上，但對我起不了什麼作用。所有鉤子固定之後，我抓住繩頭開始拉，但是所有船艦的錨都下得很穩，一動也不動，這樣一來我計畫中最大膽的部分就落空了。於是我鬆開繩頭，讓鉤子還鉤住船

1　第二章曾提到，沒讓小人國官員搜查的口袋裡放了「個人隨身的一些小必需品」——草蛇灰線，前後呼應。此處只是暗點，下文則明指。

艦，毅然用刀子切斷拴在錨上的纜繩，這時臉上、手上被射了兩百多箭。然後我拿起帶鉤的纜繩打結的一頭，輕而易舉就把五十艘敵人最大的戰艦拖在背後[2]。

布列復思古人壓根兒也想像不到我的意圖，起初又驚恐又迷惑。他們看到我切斷纜繩，以為我的計畫只是讓船艦漂流或相撞。但等到看見整個艦隊秩序井然地前進，又見我在一頭拖拉，他們就發出悽慘絕望的尖叫，那種聲音簡直難以言傳，無法想像。我脫離險境後，暫時停下腳步，拔出射在手上、臉上的箭，抹上先前提過剛登陸時曾經抹過的那種膏藥。我接著摘下眼鏡，等了大約一個小時，潮水稍退，便帶著我的戰利品涉過海峽中段，安然抵達厘厘普的皇家港口[3]。

皇帝和文武百官站在岸邊，等待這次大冒險的結果。他們看見許多船艦以大半月形的隊形前進[4]，卻分辨不出我在哪裡，

2　第一章提及，厘厘普的戰艦為九呎長。如果布列復思古的戰艦大小相當，則此舉甚為可觀(ABG 356)。因此，「輕而易舉」之說或為作者借此暗示格理弗之言誇張，未必可信(PT 300; GRD 52)。而在此匆忙之際還能估算出自己「被射了兩百多箭」也令人難以相信(除非因為在下段中邊拔箭邊計算)。換言之，格理弗不但自己在若干事情上未能詳察實情，而且他的一些說法的虛實真偽也宜審慎判斷。這些說法可能有意無意間誤導。這點在第四部「慧駰國遊記」尤然。歷代批評家對身為敘事者的格理弗看法紛歧，有人認為他實話實說，有人認為他表裡不一，甚至「所言非實」。

3　此事似乎影射英國在西班牙王位繼承戰爭中摧毀了法國海軍勢力(LAL 505)。

4　1588年西班牙無敵艦隊(the Spanish Armada)便以此隊形向英格蘭逼近(PT 300)。

因爲那時我連胸部都泡在水裡。我到達海峽中段時，他們更擔心了，因爲我脖子以下都在水裡。皇帝斷定我已經淹死，而敵人艦隊充滿敵意直撲而來。但他的恐懼很快就平息了，因爲我每走一步，海水就愈淺，不久就來到人聲可及之處。我高舉拴住艦隊的纜繩一頭，大聲喊道：「最有權有勢的厘厘普皇帝萬歲！」我一登陸，這位偉大的君王以各種讚美之詞歡迎我，並且當場冊封我爲「納達克」，這是該國最高的榮銜[5]。

皇上要我再找個機會，把剩下的敵艦全都帶進他的港口。身爲君王的人野心眞是無法估量，他一心想把整個布列復思古帝國貶爲一省[6]，派一位總督去治理，消滅大端派的流亡人士，強迫人民由小端敲蛋，這樣他就可以成爲全世界獨一無二的君主。但是，我根據政策和正義的原則提出許多論點，努力想要改變他的計畫[7]。我明白反對，表示自己絕不會成爲工具，讓一

5 哈利和波林布洛克也因爲終止戰爭，於1711年及1712年封賜榮銜，後來卻也因爲此事而被惠格黨彈劾(PT 300)。就格理弗與該國國王、王后、公卿的交往，可以看出他入境隨俗，重視該國禮法、階級、名分，尤其是君臣之禮。因此，此處格理弗雖似平鋪直述，實難掩沾沾自喜之情。一介英國平民遭逢海難，淪爲小人國的階下囚，卻因爲戰功而被冊封高官，更是喜出望外。

6 在西班牙王位繼承戰爭中，托利黨爲主和派，認爲海戰的勝利便已足夠，並於1713年4月11日簽訂了烏特勒支條約；惠格黨爲主戰派，主張一再攻打法國路易十四，以獲取完全的勝利。所以此處的國王影射喬治一世(IA 46)。格理弗主和的態度則與綏夫特一致。

7 綏夫特在1711年的小冊子〈盟國的行爲〉中，曾熱切主張終止與法國的戰爭，認爲這場戰事只是使馬伯樂公爵和他的友人獲益(ABG 356)。

個自由、勇敢的民族淪爲奴隸[8]。在御前會議辯論這件事時，內閣裡最明智的人士與我意見一致。

我這個公然、大膽的宣告，與皇上的計畫和政治理念全然相左，以致他後來一直不能原諒我。他在會議中以很技巧的方式提到這件事，以致雖然有些最明智的人士至少是以沉默來表示支持我的意見，但其他那些暗中反對我的敵人就忍不住表示一些看法，間接非難我。這是人們後來告訴我的。打從這時起，皇上和一派惡意反對我的內閣大臣開始密謀，這項密謀不到兩個月便爆發出來，幾乎使我萬劫不復。君王就是這樣，一旦拒絕滿足他們的熱望，再大的功勞也變得微不足道[9]。

立了這件大功之後大約三星期，布列復思古鄭重其事派出使節團，謙恭地前來求和，不久便以對我們皇帝很有利的條件達成協議，此處不再贅述，以免煩擾讀者。他們總共派出了六位使節和五百名隨從，抵達的場面很莊嚴隆重，切合他們君主的高貴身分和重要任務。在雙方協商中，我以自己當今在朝廷

8 此話說得大義凜然，呼應全書最末章反殖民的說法，也令人想到作者綏夫特爲愛爾蘭仗義執言的情懷。然而，主角格理弗卻因此拂逆上意，予政敵可趁之機。而統治者對子民態度轉變之快、之劇，令人有「翻臉如翻書」、「伴君如伴虎」之感——即使面對的是身形如此渺小的厘厘普人也不例外。

9 主和派眼中很有利的條件，在主戰派看來未必如此。最明顯的影射是哈利和波林布洛克爲締結烏特勒支條約的功臣，但在新王喬治一世時失寵、去職。其實，先前托利黨掌權時，戰功彪炳的馬伯樂不但去職，而且受審(IA 46)。因此，「風水輪流轉」、「一朝天子一朝臣」的情形並非單獨的個案，而是相當普遍的現象。作者以此表現人性。

所具有的份量——至少是表面上具有的份量——幫了他們許多忙。有人私下告訴這些使節，我對他們多麼友好，於是他們在簽訂條約之後，正式拜訪我。首先他們多方稱讚我的豪情勇氣和慷慨大度，以他們君主的名義邀請我到該國訪問，並希望我能向他們展示驚人的力量，因爲他們耳聞了許多我的奇行異事。我當場答應，此處不再敘述細節，以免有礙讀者雅興。

我花了一些時間娛樂嘉賓，讓這些使節感到無比的滿足與驚奇，之後，我請他們代我向他們的君主致上最虔敬的心意，聲稱他們君主的美德英名傳遍天下，普受尊敬，實至名歸，我決定在回到自己國家之前，親往瞻仰聖顏。因此，我下次覲見我們皇帝時，奏請允許我拜訪布列復思古的君主，我可以清楚看出，他應允得很冷淡，但猜不出原因，一直到和某人私下交談時，知道弗凌納普和波格蘭把我和那些使節的來往解釋成是對皇上不滿[10]，我才恍然大悟——雖然其實我毫無此心。我這才首次萌生些許對於朝廷和大臣的不滿之意。

要說的是，這些使節和我交談都是經人口譯，因爲這兩個帝國的語言相差之大有如歐洲的任何兩國，而且都以自己語言的悠久、優美、活力自豪，對於鄰國的語言則明白表示輕蔑。但我們皇帝仗著虜獲對方艦隊的優勢，迫使他們以厘厘普語呈遞國書、發言。這裡必須承認，兩地的商業、貿易往來頻繁，雙方不斷收容對方的流亡人士，慣常派遣年輕貴族、富有士紳

10 波林布洛克因爲與法國交往、協商而遭疑，被惠格黨猛烈攻擊(PT 300; ABG 356)。此處格理弗分別影射了哈利、波林布洛克和綏夫特本人(AJR 45; AR 303)。

到另一國，讓他們廣見世面，了解人情風俗，以自我充實[11]，因此住在沿海地區有身分的人士、商人、水手，很少不能以兩種語言交談。這是幾個星期之後，我前往覲見布列復思古的皇帝時發現的。當時我的敵人不懷好意，使我身陷種種危難，所以前往該國訪問對我成了一大良機，下文會適時陳述。

讀者也許記得，我簽署獲得自由的條款時，有些條款因爲過於卑屈苛刻，讓我心生不悅，要不是因爲亟需自由，我是不會屈從的。但是現在身爲該帝國官位最高的「納達克」，那些職務有損我的尊嚴，而且爲皇帝說句公道話，他連一次也沒向我提起。然而，不久我終於有機會爲皇上效勞，立了一件最大的功勞——至少當時我是這麼認爲的。有天午夜時分，我被門口數百人的叫嚷聲驚醒，由於是突然醒來，所以有些驚恐。我聽到人們口中翻來覆去喊著「柏古侖」、「柏古侖」，幾位朝臣從群眾中擠過來，央求我馬上到皇宮，因爲一位宮女在讀言情小說[12]時不小心睡著了，導致皇后的寢宮著火。我立刻起身，有人下令爲我開路，同時因爲當晚正好有月光，所以我順利來到皇宮，一路沒踩到任何人。我發現他們已經把梯子搭在寢宮的圍牆上，也備妥了許多水桶，但該地離水邊還有段距離，而且這些水桶只如大的頂針般大小。這些可憐的傢伙盡快地把水桶遞給我，但火勢猛烈，水桶發揮不了什麼效用。我原

---

11 當時英國有「環遊」(“grand tour”)之作法，上流階級的子弟在學業告一段落時，赴歐洲大陸旅遊，以增長見聞(IA 47)。

12 “Romance”，可能暗示年輕女子不宜讀言情小說(PT 301)。下章提到該國女子的教育時，也有類似的說法。

本可以用大衣輕易把火撲滅，不幸的是，由於我匆匆趕來，把大衣擱在住處，只穿了件皮上衣。眼見毫無希望，悲慘絕倫，華麗的皇宮就要付之一炬了，這時我卻難得沉著，突然靈機一動，想到一個方便之計[13]。原來前一天晚上，我暢飲了一種叫「葛利米葛霖」的香醇美酒(布列復思古人稱爲「弗露尼克」，但人們認爲我們的酒猶勝一籌)，這種酒很利尿，天大幸運的是，我連一滴都沒排泄。因爲很靠近火焰，全身烤得熱烘烘的，再加上賣力救火，使得酒開始化爲尿，於是我一瀉而空，而且瞄準得恰到好處，三分鐘內就把火完全熄滅，經過許多歲月才建成的那片宏偉建築，終於倖免於難[14]。

這時天已亮了，我沒有留下來向皇帝道賀，就回到住處，因爲我雖然立了一件大功，但不知道皇上會不會厭惡我所用的方式，因爲根據該國的基本法律，任何人在皇宮周圍便溺，不論地位高低，一律處死。但皇上派人送信給我說，他會下令大司法官正式赦免我，我這才稍稍安心，卻始終沒得到正式的赦

13 又是以「方便之計」來排泄，只是這次爲了救火，情急之下不得不如此。

14 再次提到排泄之事，而且這次的對象是皇后寢宮。對皇后來說，是可忍孰不可忍。在歷代的插畫中，對此「撒尿」情景多所隱諱。1797年費柏(Le Febure)的插圖以格理弗背對讀者(見IA 49左欄)，而1835年葛蘭德維爾(J. J. Grandville)的插圖雖是正面，卻以塔樓遮住私處(見IA 48右欄之圖)，儘管如此遮掩，但這兩幅插圖在後來的版本中依然被抽掉。一些中英文兒童版則改爲主角吸滿一口水來滅火。譯者於2000年6月在德國慕斯特大學所舉辦的特展中，有一幅土耳其文版插圖裡的格理弗是以「口水」滅火(空中畫著一沱口水)，更令人匪夷所思——以「口水」而不是「尿水」來滅火，更見格理弗之巨大與壯舉。

免令。有人私下告訴我，王后對我的行爲深惡痛絕，搬到宮裡最遠的一頭，堅決不許修復那些建築供她使用，而且在心腹面前忍不住發誓要報復[15]。

譯者附誌

本章為主角在小人國的轉捩點，大起大落。格理弗再動巧思，以奇計虜獲大批敵艦，立下汗馬功勞(此計也表現出作者非凡的想像力)。加官晉爵，被封為該國最高的「納達克」實超出一介平民的期盼，主角在言語間也不免帶有幾分喜悅與自豪(這也是主角在歷次出航中最得意的一刻)。冊封高官固然是格理弗在小人國境遇的巔峰，隨即卻因不願順從皇帝向外擴張、征服、統治之心，引起不悅，埋下禍根。皇上的想法反映了人心之不足，尤其在上位者的野心，格理弗的不從則是愛好自由，反高壓、暴政、奴役之舉(畢竟他自己才重獲自由不久)，雙方因而種下嫌隙。主角漸曉宮廷鬥爭及小人們的殘酷，首度心萌異志。鄰國來求和的使節，為他的出路埋下伏筆。尿水救火一節與虜獲敵人艦隊同為奇計、奇文，結果卻同樣是大功變大

15 綏夫特本人因爲諷刺作品《桶的故事》得罪安妮女王，以致妨礙他在宗教界的晉升(IA 46; LAL 505; GRD 57)。有人認爲此節影射安妮女王不滿哈利和波林布洛克對她的不敬，而且這種解釋更符合此處的政治寓意(RD278)。然而，此事也不限於這種特定的政治詮釋，而可做一般的解釋。譯者認爲可由兩方面來看此節：(一)如果不能揣摩、迎合上意，大功也會變成大過；(二)對照第二部中格理弗對身長十二倍的巨人的一些嫌惡(尤其是對異性軀體的描述)，便可了解爲什麼小人國的皇后會對這件事如此深惡痛絕。

過。先後得罪了皇帝與皇后，再加上其他大臣在一旁虎視眈眈，貴為「納達克」的格理弗表面風光，其實危機四伏。

第六章[1]

描述小人國的居民；該國的學術、法律、風俗。教育子女的方式。作者在該國的生活方式。為一位高貴的仕女辯駁。

我有意把有關這個帝國的詳細描述留待另一篇專論[2]，這裡則描述該國一些普遍的觀念，以滿足好奇的讀者。由於本地人一般身高不到六吋，所以所有其他的動植物也完全依照這個比例，比方說，最高的牛馬是在四、五吋之間，羊在一吋半左右，鵝的大小如麻雀，依此類推，最小的東西以我的眼力幾乎看不見[3]；但是大自然賦予厘厘普人的眼睛就適於觀看這些東

1 有人認爲此章爲後來添加，而此書最早的法譯者德思逢泰(Abbe Pierre-Francois Guyot Desfontaines, 1685-1745)在譯文中對小人國的教育制度加以引申(HW 465)。

2 類似手法先前已用過，以後還會出現。

3 可能指涉當時盛行的存在巨鏈(the Great Chain of Being)之觀念，這種觀念主張從神至天使、人，一直到最小的昆蟲，如鎖鏈般相續不斷(AJR 47)。至於格理弗的眼力幾乎看不見的事物應當也包括了鞋跟的高低和蛋的大小端。

西。他們看得很細微，卻不遙遠，對於近處的事物眼光很銳利，我就曾看過廚子拔雲雀毛，那雲雀看來比一般的蒼蠅還小，也看過年輕女子穿針線，好像是用一條隱形的線在穿一根隱形的針。他們最高的樹大約七呎，我指的是在御森林裡的一些樹，我把握拳的手舉起，剛好搆得著樹梢。其他蔬菜也是一樣的比例，這些我就留給讀者想像。

他們的學術歷經許多年代，在各方面都蓬勃發展，這裡只略述一二。他們書寫的方式很奇特，既不像歐洲人那樣從左到右，也不像阿拉伯人那樣從右到左，也不像中國人[4]那樣從上到下，也不像卡斯卡吉人[5]那樣從下到上，而是像英格蘭的女士那樣，從紙張的一角斜到另一角[6]。

他們埋葬死者時頭下腳上，因爲他們主張在第一萬一千個月時，所有的死者都會重生，屆時世界(他們認爲世界是平的)會上下翻轉，如此一來，死者復活時便已站了起來[7]。他們當中的飽學之士承認這個教條荒誕不經，但人們依然屈從於流俗，

4 首次提到與中國相關的事物，下文還會再提到三次，分別見於第二部第三章、第七章及第四部第一章。

5 “Cascagians”，此字爲綏夫特所創，爲了與上文對仗，但如此寫來，反倒讓人有些眞僞莫辨。

6 當時至少有四本遊記提到類似的看法，而田波在文章中也曾提到(AJR 48)。此處諷刺英格蘭的女士。當時因爲歧視女性，所以女性的教育情況普遍比男性低落。此書對女性不乏奚落、歧視之語，以致包括時人在內都批評綏夫特歧視女性。然而，此章中對於男女教育又有相當平等的看法，有異於當時的一般觀念。

7 諷刺執著於舊約〈以賽亞書〉第二十四章有關「翻轉大地」一語的字面解釋(ABG 357)。

繼續奉行這種作法。

這個帝國裡有些奇特的法律和風俗，如果不是和我親愛的祖國完全相反的話，我倒願意爲他們說幾句話，並且期望這些法律和風俗能夠確實執行。我首先要提的與告密者有關[8]。所有不利於國家的罪行，在這裡都遭到最嚴厲的懲罰；但是如果被告在審判時能證明自己清白，那麼原告立即被判處最嚴厲的死罪，並以四倍的財產或土地來補償無辜者損失的時間、蒙受的危險、囚禁的折磨、辯護的費用。如果財產不夠，則由皇帝補足。皇帝也公開對他表示恩寵，並且在全城張貼告示，還他清白。

他們把詐欺看成是比偷竊更嚴重的罪行，因此很少不處以死刑。因爲他們主張，小心謹愼、提高警覺，再加上一點常識，就可以防止小偷竊取財物，但誠實卻防不了高明的詭詐。而且，人與人之間不斷有買賣來往、信用交易，如果允許或姑息詐欺，或沒有法令懲罰，那麼總是誠實的商人遭殃，壞人得利。我記得有一次在國王面前爲一名犯人說情，這個人收到匯票後捲款潛逃，使主人損失了一大筆錢。爲了減輕他的罪行，我就告訴皇上，那只是背信。皇帝覺得我很奇怪，既然要幫這個人辯護，竟又提出最嚴重的罪行。的確，當場我幾乎無言以對，只能以「各國國情不同」這種泛泛之詞來打發，因爲我承認自己實在衷心慚愧。

雖然我們經常把獎賞與懲罰稱爲所有政府運作的兩個樞

8　綏夫特對告密者深惡痛絕，也見於第三部第六章。

紐[9]，但除了在小人國之外，我從未見過任何國家奉行這種主張[10]。任何人只要能提出充分的證據，證明自己七十三個月以來恪遵國法，就能要求某些特權，根據他的社會地位和生活狀況，從專門爲那個目的所設立的基金獲得比例相當的賞金，並且可以在名字上冠上「是你寶」，也就是「奉法者」[11]這個頭銜，但是不能傳給後人。我告訴他們，我們的法律只有懲罰，根本沒提到獎賞。他們認爲這是我們政策的一大缺失。根據這種說法，他們法院裡的正義女神像有六隻眼睛：前面兩隻，後面兩隻，左右各一隻，以示周全；神像的右手拿著一袋打開的黃金，左手持著一把未出鞘的寶劍，顯示她多賞少罰的特性。

在選才用人方面，他們重視良好的道德甚於高超的能力[12]。因爲，既然政府是人類所必需的，他們相信以常人的智能就足以出任各種職位，而上天也從未有意把掌理公共事務當成神祕的事，只有少數傑出的天才才能了解(一個時代很少會有三位天才)。但是他們認定，眞實、正義、節制等是每個人都做得到的，只要實踐這些美德，輔以經驗和善意，任何人都有資格爲國服務，只不過有些地方需要學習罷了。但是他們認爲，缺乏美德的人很難以高明的天份來彌補，而任何職務不能交在這種

9　此處的比喻和說法來自綏夫特的主人田波(PT 302)。

10　類似的「懲惡獎善」的作法，也見於《烏托邦》(PT 303)。

11　「是你寶」原文爲“Snilpall”，如此中譯，以示該國以「奉法者」(“Legal”)爲寶，特賜此榮銜。

12　綏夫特在1709年〈提升宗教的計畫〉(“A Project for the Advancement of Religion”)的小冊子中，也有類似的主張(PT 303)。

危險的人手中[13]。畢竟有道德的人因爲無知所犯下的錯誤，不致對公眾福祉造成致命的後果，而生性偏向腐化但能力高超的人，卻會以他們的能力大量營私舞弊，並且掩飾自己的腐化行徑。

同樣的，不信天意的人也無法獲得任何公職[14]，因爲既然歷任國王都承認自己是代行天意的人，厘厘普人認爲君王任用否認他所奉行的權威的人，是再荒唐不過的事了。

在敘述前面和以下的法律時，讀者必須了解，我指的只是他們原先的制度，而不是這些人因爲人性墮落所淪入的最醜陋的腐化[15]。讀者必須記住，那些像是在繩索上跳舞來獲取高位的可恥行徑，或藉著跳過、鑽過木杖求得象徵恩寵和傑出的標記，最初都是由當今皇上的祖父[16]開始的，而且隨著黨派逐漸增加，才發展成今天的盛況。

忘恩負義在他們之間是死罪，就像我們在書中讀到的其他一些國家一樣。他們是這樣推論的：如果一個人連對恩人都恩將仇報，那麼對無恩於他的人則更會無情無義；這種人是人們的公敵，根本不配活在世上。

他們有關父母和子女的職責的觀念，與我們極爲不同。男

---

13 連用上兩個「但是」(“But”)，不避重複，以示其反覆論證。

14 類似的作法也見於《烏托邦》(PT 303)。

15 「世風日下，人心不古」之嘆，古今中外皆然。綏夫特的崇古思想與田波相同，顯見於其少作《書籍之戰》。

16 可能與第四章同樣影射亨利八世，他視大臣是否執行他的計畫而獎懲。《烏托邦》的作者摩爾就是因爲反對他離婚再娶，而被送上斷頭台(PT 303)。

女結合根據的是偉大的自然法則，爲的是繁衍後代、延續人類。因此，厘厘普人認定男女接合就像其他動物一樣，出自肉慾的動機，而父母對於小孩的溫柔也來自相似的自然原則，因此從不承認子女對於賦予他們生命的父親、或把他們帶到人世間的母親負有任何義務；有鑒於人生的各種苦難，所以生命本身既不是利益，也不是父母有心如此，因爲父母交歡時意不在此[17]。在諸如此類的推論下，他們認爲父母是最不宜被委託來教育自己子女的人[18]。因此，他們在每個城鎮設置公立育幼院，所有父母，除了佃農和工人之外，在男女嬰兒二十個月大、知道一些基本規矩時，就必須把他們送到育幼院接受照顧和教育。這些學校分爲幾種，以符合不同的地位和性別。他們請了一些專業的教師，教導小孩適合父母階級並且符合自己能力和性向的生活情況[19]。我先介紹男育幼院，再介紹女育幼院。

出身高貴或富豪之家的男孩的育幼院，聘請的是莊嚴、飽

17 這種「父母無恩於子女」的說法，的確驚世駭俗。

18 在柏拉圖的《理想國》(Plato, *The Republic*)和古代的斯巴達，小孩的教育不是由父母負責(PT 303; ABG 357)。

19 育幼院排除佃農和工人的子女，教導出來的人要符合原來家庭的地位與階級，這種強烈的階級意識，在英國由來已久，連綏夫特也視爲當然。這也說明了爲什麼中產階級出身的格理弗，即使遇到身形比他渺小得多的厘厘普和布列復思古的皇室，依然表現得畢恭畢敬。對於自己在小人國取得的爵位也沾沾自喜。而男女分別到專設的育幼院，接受不同的教育，顯然也有性別差異。簡言之，即使小人國有些歐洲人看來驚世駭俗的典章制度、風土人情，卻依然存在著階級與性別的差異。

學的教師和助手，每位教師有幾名助手。小孩的衣著、食物都很平實簡單。自幼就以榮譽、正義、勇氣、謙卑、寬厚、宗教、愛國這些原則撫養長大。除了很短的進餐和睡眠時間，以及兩個小時鍛鍊身體的遊戲時間之外，總是有正事讓他們做。四歲之前由男子爲他們穿衣，之後就必須自己來，即使地位再高也是如此。侍女的年紀相當於我們的五十歲，只做最卑賤的事。他們從來不許與僕人交談，遊戲時一小群或一大群人在一塊，總是有位教師或助手在場，避免像我們的小孩那樣，從小就受到愚行和罪惡的不良影響。父母一年只許探視兩回，每回不得超過一小時，可以在見面和分別時親吻小孩，但在那些場合總是有位教師站立一旁，不許他們耳語、使用溺愛的話語，也不許帶任何玩具、甜食之類的禮物。

每個家庭定期繳交小孩的教育和娛樂費用，若是不繳，則由皇帝派員徵收。

爲一般紳士、商人、小販、工匠的小孩所設置的育幼院也比照辦理；只有將來要經商的，在七歲時送出去當學徒；其他那些有地位的一直接受訓練到十五歲，相當於我們的二十一歲[20]，但到了最後三年，逐漸放寬限制。

在女育幼院裡，有地位的女孩受教育的方式和男孩很相似，只不過是由嚴守紀律的女僕穿衣，但總是有位教師或助手在場，直到五歲能自己穿衣爲止。如果發現保姆膽敢以恐怖或

20 換算起來，歐洲人的年紀是此地人的1.4倍，而小人國國王爲二十八又四分之三歲，相當於歐洲的四十又四分之一歲(IA 53)。

愚蠢的故事[21]，或以在我們國家的女侍中常見的愚行，來娛樂這些女孩，就在城市當眾鞭打三次，囚禁一年，終生放逐到全國最荒涼的地方。因此，那裡的年輕女士就像男士一樣恥於成爲懦夫、愚人，蔑視所有超過淑雅、清淨標準的個人飾品[22]。我在他們的教育中也看不出因爲性別的不同而有任何差異[23]，只不過女孩的運動不那麼激烈，要學一些家庭生活的規矩，對於學問的要求範圍較小，因爲他們的箴言是：在有地位的人之中，妻子應該總是明理、怡人的伴侶，因爲她不可能永遠年輕[24]。女孩十二歲時[25]，這在他們已經是可以嫁人的年紀，父母或監護人把她們帶回家，口中滿是對教師的感激之詞，分別時女孩和同伴很少不流淚的。

在比較低下階級的女育幼院裡，教導小孩各種符合她們性別和不同階級的各式工作。要當學徒的人在七歲時離開，其他人則待到十一歲[26]。

---

21 《理想國》提到這類故事的不良後果(ABG 358)，並由國家決定母親和保姆可以說哪些故事給小孩聽(PT 303)。對某些人來說，綏夫特這本書也淪爲這類書籍(IA 53)，因爲它極盡奇幻之能事。前一章提到，宮女便是因爲在看言情小說時不小心睡著了，導致皇后寢宮著火。

22 在烏托邦裡，只有小孩穿戴珠寶(PT 304)，犯人才套上金銀打造的腳鐐手銬。

23 理想國中的男女也接受相同的教育(PT 304)，惟此看法在綏夫特當時甚爲罕見。

24 綏夫特在1723年〈致年輕仕女書〉("A Letter to a Young Lady")中，表達了相同的觀念(PT 304)。

25 接近歐洲的十七歲(PT 304)，已是適婚年齡。

26 莫特的初版分別爲「九歲」和「十三歲」(GRD 63; HW 466)，如

比較卑賤的家庭，如果有小孩在育幼院裡，除了每年要支付極低的費用之外，還得每月把自己收入的一小部分交給育幼院的管理人員，作爲小孩的部分開銷，因此法律對於父母的支出有所限制。因爲厘厘普人認爲，人們屈從於自己的慾望，把小孩帶到世間，卻把撫養的重擔交給大眾，再也沒有什麼比這更不公平的了。至於有地位的人，則視自己的情況，爲每個小孩提供一定數額的保證金，而這些基金總是受到最妥善、公正的處理。

佃農和勞動者把小孩留在家裡[27]，他們的工作就只是耕地、種田，因此他們的教育與大眾無關，但是老人、病人則由醫院照顧，因爲在這個帝國裡從來沒見過乞討這一行[28]。

好奇的讀者可能很想知道，我在這個國家居留九個月又十三天期間的一些居家和生活方式。我的頭腦靈巧、喜好工藝，再加上爲形勢所逼，就以皇家公園裡最高大的樹，爲自己做了一套簡便的桌椅。又找了兩百位女裁縫師爲我做了幾件襯衫和床單、桌巾，用的全都是他們找得到的最堅固、粗重的質料，然而他們得縫上好幾層，因爲他們最厚的質料比我們上等的細麻布都還要精細幾分。他們的亞麻布通常是三吋寬，三呎爲一匹。我躺在地上，由女裁縫師爲我量尺寸，他們一個站在我脖

(續)

此一來則與上文不合，因此有人推測此處的更正來自作者本人(HW xlviii)。

27 綏夫特當時的工人階級只有少數接受教育(ABG 358)。

28 與第二部「大人國遊記」形成強烈對比。此外，綏夫特對於愛爾蘭到處可見的乞丐深深不以爲然，甚至曾經撰文要求各地發給乞丐標幟，只許他們在當地乞討，不得流竄，以免四處爲患。

子上，另一個站在我腿的中間部位，兩人各執一條結實繩子的一端，扯直，由第三人用一把一吋長的尺來量繩子的長度。他們接著量我的右手拇指，之後就不再量了。因爲根據數學的估算，拇指兩圈等於手腕一圈，脖子、腰圍依此類推[29]。我把舊襯衫攤在地上給他們做樣本，他們藉此之助所做出的襯衫完全合身。三百個裁縫以相同的方式爲我做衣服，但是以另一種方式來爲我量尺寸。我跪下身來，由他們從地面架梯子到我脖子，一個人爬上梯子，從我的衣領垂一條錘線到地面，這就是我大衣的長度，但腰圍和手臂則是我自己量的。由於連他們最大的房子都容不下我的衣服，所以就在我的房間裡工作。衣服做好時，看來就像英格蘭的女士所做的百衲衣，只不過我的衣服全都是同一種顏色。

我有三百位廚子爲我打點食物，他們和家人就近住在我房子周圍搭的小屋子裡，每位廚子爲我準備兩道菜。我把二十個侍者捧起放在桌上，另外一百個在地面侍候，有些準備肉食，有些準備淡酒，有些準備烈酒，全都是用肩扛的；所有這些飲食在我需要時，由桌上的侍者以很精巧的方式用繩索拉上來，就像我們在歐洲用桶子從井裡打水一樣。他們的一盤肉正合我一口，一桶烈酒恰好一口飲盡。他們的羊肉不如我們，但牛肉則很出色。我曾經吃過一大塊牛里脊肉，必須三口才吃得下，

29 換言之，手腕兩圈等於脖子一圈，脖子兩圈等於腰圍一圈。這是當時裁縫簡便的估算方式(ABG 358)，但並不精確(IA 55)。這正符合英文“rule of thumb”的說法(意即，「經驗法則」、「(實用而約略的)快速估算法」)。

但這種情形很罕見。僕人見我連骨帶肉吃下，就像在我們國家吃雲雀腿一樣，大為吃驚。他們的鵝和火雞我通常一口吃下一隻，而我必須承認，遠比我們的美味。至於較小的禽類，我一叉子就能叉起二、三十隻。

皇上聽說了我的生活方式，有一天希望自己、皇后和年輕的王子、公主「有幸」與我一塊進餐(他是這麼說的)。他們依言前來，我把他們安置在我桌上首座的椅子上，與我正對面，旁邊是守衛。財務大臣弗凌納普也出席，手持白手杖[30]。我注意到他經常以尖酸的表情望著我，我裝作不在意，反而比平常吃得更多，為的是我親愛的國家的榮譽[31]，也為了讓朝廷對我充滿崇敬之情。我私下認為，皇上的來訪讓弗凌納普有機會向主子進些不利於我的讒言。那位大臣一向暗中與我為敵，雖然表面上善待我，以掩飾他陰沉的本性。他向皇帝報告：國庫空虛；他被迫以大折價來換取現金；國庫券必須以低於票面價值百分之九以下的價格流通[32]；我已經花費了皇上大約一百五十萬斯普魯格(斯普魯格是他們最大的金幣，如同衣服上的亮片般大小)；總而言之，皇帝最好選個適當時機，盡早把我打發了。

我在這裡有責任維護一位高貴仕女的名譽，她因為我而無辜受害[33]。財務大臣是個醋罈子，有些沒有口德的人出於惡

30 白手杖為英格蘭財務大臣一職的象徵(PT 304; ABG 359; IA 56)。

31 格理弗在書中時時以祖國的榮譽為念，以示他的愛國心。此處的諷刺尚不明顯，但在第二部與大人國國王的對話，則顯示了「愛之適足以辱之」，詳見下文。

32 換言之，一百元的國庫券以不到九十二元賣出(ABG 359)。

33 故作鄭重其事狀，來描寫荒唐的指控與格理弗的回應。

意，告訴他說夫人對我懷有強烈的感情。有人傳言她曾私下來我的住所，這樁宮廷醜聞已經流傳了一陣子[34]。我鄭重宣告，這件事是最無恥的謊言，純屬無稽之談——只不過這位夫人喜歡以各種天眞無邪的方式向我表示坦然自在和友好情誼[35]。我承認她經常來我的住處，但總是公開的，而且每次馬車中都有三個人陪伴，通常是她的姊妹、年輕女兒和某位特定的朋友，這對許多宮廷仕女來說是司空見慣的。而且我也請周遭的僕人隨時留意，有沒有看到馬車停在門口，卻不知道裡面載的是什麼人。一遇到這種情形，僕人就通知我，我的習慣是立刻到門口，向來客致意後，雙手小心翼翼地把馬車和兩匹馬捧起(如果有六匹馬，馬車夫總是會鬆開四匹)，放到桌上；我在桌子周圍安裝了活動的邊欄，有五吋高，以防意外。我經常同時有四部馬車和馬匹，桌上滿是賓客，我就坐在椅子上，把臉湊向他們。我和其中一組人交談時，馬車夫們就輕輕駕駛其他的馬車環繞桌面。我在這些談話中，歡度了許多下午時光。但我要駁斥財務大臣或向他告密的兩個人克拉斯崔爾和尊樂[36] 的說法(我

34 有批評家把這段解釋爲諷刺華爾波漠視第一任妻子休特(Catherine Shorter)的不忠(PT 304; IA 57; AJR 54)，也有人認爲這段影射波林布洛克與田欣夫人(Madame Tencin)或綏夫特本人與馬萱夫人(Mrs. Masham)的關係(HW 466; GRD 66)。

35 與第二部第五章格理弗和大人國宮廷侍女的見面不可相提並論。

36 有批評家指出，這兩人可能影射華爾波在審判阿特貝利主教(Bishop Francis Atterbury, 1662-1732)時所用的兩名間諜(PT 304)。阿特貝利主教是綏夫特的好友，爲托利黨，在安妮女王治下相當有影響力，因支持詹姆士三世復辟，故於喬治一世即位後失寵，後被控謀反，受審，遭到放逐(IA 57)。

要指名道姓，讓這兩人好自爲之)，要求他們提出證據，因爲除了大臣雷追索奉皇上特令前來之外(這件事前面已經提過)，其他任何人都不曾微服私訪。要不是攸關一位高貴仕女的名譽，更別提我自己的名譽了，我是不會花這麼多筆墨在這樁特殊事件上的[37]。雖然我擁有「納達克」的榮銜，而財務大臣本人沒有——因爲全世界都知道他只是「克倫古倫」，地位差了一級，有如英格蘭的侯爵之於公爵[38]——但我總是尊重他的職位，處處禮讓。這些謠言是我後來無意中得知的——至於怎麼知道的，這裡不便透露。這件子虛烏有之事使得財務大臣有段時間不給夫人好臉色看，對我的臉色就更別提了。雖然他最後總算明白了眞相，與夫人言歸於好，但我卻完全失去他的信任，並且發現皇帝本人很快就對我意興闌珊，因爲皇上實在太受制於那位寵臣了。

譯者附誌

介紹小人國的文字(首次提到中國)、風俗、法律，尤其是兒童教育制度，內容及手法仿照《烏托邦》，若干觀念則類似

37 此段一方面表現「人言可畏」，即使在小人國也無所遁逃(在宮廷及官場尤其難免)；另一方面也諷刺，儘管外形如此懸殊，依然有此荒謬傳言。而格理弗如此鄭重其事地駁斥，平添諷刺效果。因此，閱讀此段的樂趣之一，就在明知由於身形懸殊，不可能發生被指控的醜聞，卻又煞有其事地謠傳、反應和辯駁。

38 不經意間流露出沾沾自喜、擁「位」自重的心態。這種自尊自大的心態(pride)，根據基督教的說法，足以讓人墮落，也多少預示了格理弗的下場。

《理想國》。對照人類社會，小人國的典章制度雖不乏荒謬誇大之處，但也有不少地方值得深思、甚至借鏡。獎善懲惡的法律制度固然理想，將兒童自幼集中教育、管理的方式則顯然不符人情。因此，書中既有烏托邦的成分，也呈現了「反烏托邦」(dystopia)的色彩。借古諷今、以遠刺近是這類作品的成規。主角為了宣揚國威，在皇室及大臣面前大快朵頤，反倒引得財務大臣側目，唯恐吃空國庫。格理弗接待賓客的方式特殊而有趣，足見作者的想像力。至於傳出與財務大臣夫人的緋聞，完全無視於身材之懸殊，幽默、諷刺卻匪夷所思，可見人性之好蜚短流長，在宮廷及官場中尤其如此。主角一本正經地闢謠，維護此仕女名節，更讓人覺得「小」題「大」作，啼笑皆非。主角的處境日益艱辛。

第七章

作者得知有人計畫控告他叛國，逃往布列復思古。在那裡受到的接待。

在敘述自己離開這個國家之前，也許該告訴讀者兩個月來有人私下密謀對我不利。

我的地位卑賤，在這之前從來沒跟宮廷打過交道。關於偉大的君王和大臣的個性，我的確聽過、讀過很多，但從沒料到會在這麼遙遠的國度，在與我心目中歐洲迥然不同的規矩的治理下，發覺到這些個性的可怕後果[1]。

就在我準備覲見布列復思古的皇帝時，朝廷裡有位大人[2]在夜間很祕密地坐轎來訪，未通報姓名就要求見我。有一次皇

1 格理弗自道出身寒微，渾然不知朝廷之爾虞我詐。即使身處小人國，也難逃此一人性通病。

2 此人可能影射馬伯樂。1715年，其老友波林布洛克詢問惠格黨要彈劾他的傳聞，馬伯樂就利用波林布洛克的恐懼，使他逃往法國(PT 305)。前來報信的這位大人很可能是雷追索(IA 58)，但下文又以第三人稱敘述雷追索如何在樞密院的會議中爲格理弗勉力說項。

上對此人甚爲不悅，我曾從中爲他大力說項。我打發了轎夫之後，把他連人帶轎裝入大衣口袋，命令一位可靠的僕人，要是有人求見，就說我身體不適，已經就寢了。然後我關上大門，依例把轎子放在桌上，自己則在桌邊坐下。寒暄過後，我見這位大人面色凝重，便詢問原因，他要我耐心聽，因爲這件事攸關我的名譽和性命。他的說法大致如下，因爲我在他離開後立即記了下來。

他說，你要知道，樞密院近來爲你召開了幾次極機密的委員會，皇上也只不過兩天前才完全定奪。

你很清楚，海軍大臣斯蓋雷希・波格蘭幾乎打從你一到來就是你的死敵。他原先的理由如何我不得而知，但自從你大敗布列復思古之後，使得身爲海軍大臣的他相形失色，於是對你的恨意更是大增。這位大臣連同財務大臣弗凌納普(他因爲夫人的緣故，對你深懷敵意，眾人皆知)、林多克將軍、拉爾孔內務大臣、巴馬弗司法大臣[3]，已經擬定了一些彈劾你的條文[4]，控

3　格理弗恐怕作夢也想不到自己樹敵如此之多。論者認爲這些人影射惠格黨。

4　安妮女王駕崩後，喬治一世登基，由惠格黨掌權。在華爾波主持下，成立委員會，調查前朝托利黨與法國簽訂的和約，以及計畫由斯圖亞特家族繼位之事，導致三人遭到彈劾：歐蒙德公爵(the Duke of Ormonde)和綏夫特的兩位友人波林布洛克及哈利。前兩人逃往法國(與格理弗類似)，後一人決定留在國內，結果被囚於倫敦塔(ABG 360; AR 305)，兩年後撤銷對他的所有控訴，但他從此未再任公職。此章多方影射此一事件，而格理弗的作爲與波林布洛克如出一轍。

告你叛國和其他死罪。

這段開場白使我心急如焚，因爲我深知自己的功勳和清白，連忙就要插嘴，他請我稍安勿躁，便繼續說道：

感念你對我的恩惠，我取得整個會議紀錄和一份彈劾的條文，冒死前來通告，報效於你。

彈劾昆博斯·弗萊思純(人山)的條文[5]

第一條

根據先皇卡林·德法·普倫治下頒布之法令，任何人在皇宮周圍便溺，當處以叛國之刑罰；上述人山，公然違反前述法令，於皇上最寵愛的皇后內宮著火時，假借救火之名，心存惡意，懷抱二心，於內宮便溺熄火，並擅闖皇宮內院，隨意起臥，違反該項法令，逾越職守云云。

第二條

上述人山，將布列復思古皇家艦隊帶回我皇家港口，後來皇上下令，將上述布列復思古帝國其他艦

5 諧仿1715年控訴哈利和波林布洛克的罪狀：與法國締結的和約不合法；對法國輕易退讓、媾和；與法國外交人員祕密聯絡；哈利未獲授權擅自和談(PT 305; IA 59-60)，而且事發後計畫逃往法國，並組織軍隊反抗喬治一世(IA 60)。此段文字模仿法律用語，一些同義詞重複出現(ABG 360)。

隻全數擄來，將該國貶爲一省，由此地派遣總督前往治理，消滅所有流亡該地之大端派，以及該國所有不立即放棄大端邪說之人；上述人山，心懷二志，違逆天縱英明之皇上，假意不願違背良心，摧毀無辜人民之自由與生命，請求免除上述任務[6]。

第三條

布列復思古朝廷派遣使節前來吾皇之朝廷求和：上述人山，心懷二志，明知上述使節所效力的君王，近來方爲吾皇之公開敵人，公然開戰，卻協助、慫恿、安慰、娛樂上述使節[7]。

第四條

上述人山，違反人臣職責，僅獲皇上口頭允許，即準備前往布列復思古朝廷及帝國訪問，並假借上述允許，胸懷異志，意圖前往，因而協助、安慰、慫恿近來方爲吾皇之敵且公然開戰的布列復思古皇帝[8]。

6　此條可能影射指控哈利和波林布洛克兩人不願繼續對法國作戰，有意媾和(IA 60)。

7　此條可能影射指控哈利和波林布洛克兩人祕密與法國聯絡(IA 60)。

8　此條可能影射指控哈利和波林布洛克兩人有意逃亡法國，並興兵對抗喬治一世(IA 60)。這些條文／罪狀可與第三章爲獲得自由而宣誓奉行的那些條款並讀。

其他還有一些條文，但這四條是最重要的，我讀給你聽的只是摘要。

有關這項彈劾的屢次辯論中，必須承認皇上多次寬宏大量，再三強調你的功勞，努力酌減你的罪行。財務大臣和海軍大臣堅持應將你處以最痛苦、羞辱的死刑：夜晚縱火燒你的房子；將軍則帶領兩萬人馬，手持毒箭，射你的臉和手。祕密命令你的僕人在襯衫和床單灑上毒液，使你馬上把自己抓得皮開肉綻，以最折磨的方式身亡[9]。將軍也持同樣的意見，因此有很長一段時間大多數人都不利於你。但皇上決定，可能的話還是饒你一命，終於獲得了內務大臣的支持。

在這個事件中，內務大臣雷追索一直表現出對你的真摯情誼，國王命令他表示意見，他的說法證明了沒有辜負你對他一向的好感。他承認你的罪行重大，但依然可以從寬處置，因為寬厚仁慈是君王最可佩的美德，而且人民一向頌讚皇上為仁君，實至名歸。他說，你們兩人的友誼舉世皆知，因此其他與會的成員也許會認為他有所偏袒，但他謹奉皇上之令，坦白提供一些感想。如果皇上考量你為國效力，並遵照他寬厚仁慈的秉性，願意饒你一命，只下令剜出你的雙眼[10]，他愚意以為這

9 希臘神話人物赫丘力士(Hercules)便因穿上沾了毒液的衣服，毒發痛苦身亡，體無完膚(PT 305; ABG 360; IA 60)。這裡和下文所提到的處置、懲罰方式，令人深深覺得這些「小人」之心狠手辣，「人小鬼大」，難免不寒而慄。

10 可能影射一些惠格黨主張哈利和波林布洛克兩人不該控以叛國罪(足以判處死刑)，而是行為不當(褫奪封號、家產和公民權)(ABG 360; AJR 58; LAL 506; GRD 72)。

個處理方式多少可以符合公理正義，而天下百姓不但會稱頌皇帝的仁厚，也會讚許有幸成爲皇上顧問的那些人公正、寬厚的決議。失去雙眼並不會減損你的體力，仍然可以爲皇上效力[11]。而且，失明之後看不見危險，會更形勇敢；你原先因爲害怕雙眼受傷，以致在俘虜敵艦時遭到最大的困難；你借助大臣們的眼睛就夠了，因爲最偉大的君王也不過如此。

這個建議遭到全體成員最強烈的非難。海軍大臣波格蘭按捺不住性子，氣得站起身來說：他奇怪內務大臣爲什麼膽敢提出保全叛徒性命的意見；你對國家效力之處，就一切眞正的政治考量來說，其實更加重了你的罪行；你既然能撒尿熄滅皇后內宮的大火(他提起來心有餘悸)，將來也就有可能以同樣的方式淹沒整座皇宮；你的力量足以擄獲整個敵人的艦隊，但只要一不高興，同樣也可以把敵人的艦隊帶回去；他有充分的理由相信，你在內心深處是個大端派；由於所有的叛亂都始於內心，然後才表現於外，所以他據此控告你是叛國者，因而堅持把你處死[12]。

財務大臣持相同的意見。他表示皇上的歲入因爲維持你的費用而陷入窘境，很快就要支撐不下去了；內務大臣提出剜去你雙眼的方便之計，非但無法解決這個難題，反而可能使情況惡化(因爲常有人把飛禽弄瞎後，牠們吃得更多、胖得更快，足

11　舊約〈士師記〉中的大力士參孫在眼睛被弄瞎之後，力量並未減損(AJR 58; RD 279)。

12　下段也提到，只要當權者認定有罪，無須確鑿證據。如此莫須有的栽贓手法，既令人髮指，又使人生畏。

以證明)；聖上和會議成員既然身爲審判你的法官，內心都完全相信你的罪行，這就足以判你死罪，而不必提出法律條文嚴格要求的正式證據[13]。

但皇上堅決反對判你死罪，並且寬宏大量地說，既然參與會議的成員認爲弄瞎雙眼的刑罰太輕，其他的可以日後再加。這時你的朋友內務大臣恭敬地請求再進一言，來回應財務大臣所稱維持你的費用使皇上耗費龐大這件事。他說，要解決這個問題不難，既然大臣閣下全權掌管皇帝的歲入，不妨逐漸減少你的飲食補給，這樣你就會因爲缺乏足夠的食物而逐漸軟弱無力，失去胃口，不出幾個月就衰弱、憔悴；死後的屍體因此消瘦大半，所發出的惡臭也不致那麼危險；屆時皇上立即派遣五、六千個子民，兩、三天內就可以卸下你的皮肉，裝車運走，埋在遠處，以防傳染，骨骸則可留給後人瞻仰。

就這樣，在內務大臣濃情厚誼的關說下，整件事達成協議。皇上嚴令，逐漸餓死你的這個計畫必須保密，但弄瞎雙眼的判決則列入紀錄，除了海軍大臣波格蘭之外，沒人表示異議，因爲波格蘭是皇后的手下，一直受到皇后的教唆，堅持要置你於死地；皇后則因爲你採取可恥、非法的手法熄滅她內宮的火，對你一直懷恨在心。

三天內你的朋友內務大臣就會奉命來到你的住處，當面宣

13 可能影射1722年對阿特貝利主教的審判，惠格黨提不出有力證據(PT 306; IA 61)，也可能影射祕密委員會控訴之理由不足，然而在叛國等類的審判時，對於法律條文的解釋往往偏向政府(AR 305)。「莫須有」之另一例。類似情況古今中外屢見不鮮。

讀彈劾條文，並表明皇上和樞密院成員對你寬大爲懷，只判處弄瞎你的雙眼。皇上相信你會滿懷感激，敬謹接受。皇上會派遣二十名御醫到場，確保行動順利執行，執行的方式是要你躺在地上，把很尖銳的箭射入你的眼球。

至於你要如何應變，就由自己審愼決定；爲了免人起疑，我必須以同樣隱密的方式立即回去。

這位大人隨即離去，留下我一人，心裡滿是疑團與困惑。

有人告訴我，這位君王和他的朝臣引進一種迥異於先前的作法。在法庭宣布任何殘酷的處置之後，不管是爲了讓君主洩憤，還是讓寵臣滿足他的惡意，皇上總是要向滿朝文武發表演說，表現出他「舉世周知的寬厚仁慈」。這篇演說立即在全國公布，但沒有什麼比那些歌頌皇上仁慈的言詞[14]更令人民害怕的了，因爲人們發現，頌詞愈是誇大、讚揚，懲罰就愈不人道，受刑人也就愈無辜。然而對我來說，我必須承認，由於自己的出身和教育從未計畫擔任朝臣，以致不善於判斷，看不出這個判決有什麼寬大爲懷的地方，反而認爲與其說是寬容，不如說是嚴苛(也許我的判斷錯誤)。我有時想去面對審判[15]，因爲雖然我無法否認各項彈劾條文中所指稱的事實，卻希望他們能從輕發落。但我這輩子仔細觀察過許多國家的審判[16]，發現

14　可能影射1715年叛亂處置以及1722年彈劾阿特貝利主教之後，喬治一世特別發布告示，稱頌國王的仁慈寬厚(ABG 361; PT 306; IA 62; HW 467)。這種情形在專制極權國家屢見不鮮。

15　本章多方影射的波林布洛克，曾試著製造他願意回應對他的控訴之印象(ABG 361)。

16　當時的人喜歡閱讀有關審判的報導，至於有關叛國的審判更是關

都是在法官們認爲應該判決時就定讞了，因此不敢在這麼緊要的關頭、面對這麼強而有力的敵人時，卻仰賴這麼一個危險的決定[17]。我一度很強烈地想反抗，因爲只要我保持自由之身，整個帝國的力量都難以降服我，而我輕易就能以石塊把首都砸得粉碎，但不久就放棄那個可怕的計畫，因爲我記起自己對皇帝所發的誓，他對我的恩寵，以及他賜給我的「納達克」榮銜。不過，我也沒那麼快就學到朝臣感恩的方式[18]，來說服自己：既然皇上對我不仁，就別怪我不義了[19]。

我終於決定了。人們很可能因而非難我，但他們的非難也不無道理。我承認因爲自己魯莽輕率、缺乏經驗，終能保住雙眼和自由。如果當時知道君王和大臣的本性(後來我在其他許多朝廷見識過)，以及他們處置比我更無辜的罪犯的手法，我就會乾脆俐落地接受這樣的薄懲。但由於當時年輕魯莽[20]，而且皇上又允許我覲見布列復思古的皇帝，於是我在三天內趁機送了一封信給我的朋友內務大臣，表明我決定當天早上遵照皇上的

(續)

心政治的人必讀的(AR 305)。

17 此段可能爲波林布洛克決定不面對審判一事暗地辯護(PT 306)。全書不時出現對於司法的質疑，以及對於相關人員(如法官、律師)的批評，措詞之強烈令人印象深刻。

18 此處說的是反話。

19 原文爲“ . . . his Majesty's present Severities acquitted me of all past Obligations”，直譯爲「皇上現在的嚴苛不仁，使我不必承擔所有以往的義務」。此處格理弗列出了心裡的三種盤算：束手就擒；強烈反抗；逃亡海外。

20 波林布洛克逃往法國時年三十七歲(PT 306)。格理弗此時年約四十歲，並不算年輕。也許因爲敘事者回首前塵，自覺當時年輕。

允許，前往布列復思古。不待回音，我就來到我們艦隊停靠的島嶼那一側[21]。我抓了一艘大戰艦，用一條纜繩綁住船首，起錨，脫去衣服，把所有衣服和夾在腋下的被單放入艦中[22]，把戰艦拖在背後，半涉水、半游泳地來到布列復思古的皇家港口，見到了該國長久期盼我到來的人民。他們派兩位嚮導引我進入京城，京城的名字也叫做布列復思古。我把他們捧在手中，一直來到距離城門不到兩百碼的地方，要他們向大臣通報我來了，讓大臣知道我在那裡等候皇上的旨意。大約一個小時光景得到回音，皇上在皇室和朝廷大臣的陪伴下，要出來接見我。我前進一百碼，皇帝和隨行人員下馬，皇后和仕女下車，我看不出他們有任何恐懼或擔憂[23]。我匍匐在地，親吻皇上和皇后的手。我奏知皇上，自己依約前來，並已獲得我的皇帝主人的允許，有幸拜訪如此偉大的君主，只要能力所及，並且不違反我對自己君王的責任，願意接受任何差遣；我隻字不提自己失寵的事，因爲到目前爲止我沒有接到正式通知，大可裝作完全不知情[24]。我也有理由相信，既然自己已經在厘厘普皇帝

21 雖是倉皇逃亡，卻不失智謀。送信之舉，既顧及君臣之義、主客之禮，也可作爲緩兵之計。「不待回音」顯示情況之急迫，但避免進一步糾纏不清。

22 雖是匆匆出走，但還記得帶衣服和被單，否則到另一國又要大事張羅。

23 與當初前來奪取艦隊不可同日而語。非但不是首次耳聞或乍見，而且格理弗在兩國和談中也出力不少，並盛情款待、娛樂前來求和的使節，再加上此番是踐履前約，前來作客，當然不用「恐懼或擔憂」。再說，人已上門，此時再恐懼、擔憂，爲時已晚。

24 然而，小人國的君臣既然工於心計，長於宮廷鬥爭，平民出身的

的勢力範圍之外，他不至於揭露那項祕密。然而，不久我發現自己想錯了。

這裡不再細述這位偉大的君王如何慷慨接待我，或我因爲沒有房子、床舖，被迫裹著被單、躺在地面的辛苦，以免煩擾讀者。

譯者附誌

前章介紹該國若干典章制度，不少具有烏托邦的理想色彩，以示其高超的一面；此章則以實例表現此國朝廷外似仁厚、內實殘酷的一面。兩章恰成強烈對比。透過一位朝廷大人深夜密訪，告知該國君臣幾次機密會議的決定，轉述出格理弗的四大罪狀，以及討論施以何種懲罰的過程。彈劾條文所列的固然是客觀事實，卻被賦予最不利的主觀詮釋，以致過往的絕大功勳竟淪為日後的確鑿罪證，可見只要拂逆上意，再遭政敵落井下石，即使有人從中說項，下場依然不堪設想。諷刺的是，說情之人所提出的「薄懲」，卻是駭人聽聞的酷刑，透露出該國之峻法嚴刑，君臣之心狠手辣，「人小鬼大」。故示寬大的言論，讀來令人不寒而慄，難怪當事人心生疑慮、驚恐，有所盤算。即使在此盤算之際，筆下依然不放過格理弗和其他

（續）

格理弗豈能明白其中的爾虞我詐。焉知此事不是小人國的皇上與朝臣設計，只派出一人於夜間密訪，就讓格理弗自己匆忙演出這場出亡記，既可不費吹灰之力就免除此一「大」患，又可造成敵國的困擾。至於下章致函布列復思古抗議云云，也可視爲此奇計之延續。如此說來，此章中格理弗的「當機立斷」，卻可能是小人國君臣的「奇計得逞」了。

朝廷，自認當時少不更事，否則便會接受剜出雙眼的「薄懲」。主角反覆思量，到底是束手就擒？強烈反抗？還是逃亡海外？終於選擇出亡鄰國，並受到熱烈歡迎。臨走時用上緩兵之計，以爭取時間，並顧全君臣之義、主客之禮。全章表現出「小人」之密謀相害，詭計多端，殘酷無情，卻又故示寬大。至於出身平民的格理弗，面對波濤洶湧的宮廷鬥爭，非有自己的求生之道不可，真正無計可施時，只有一走了之。

第八章

作者有幸意外發現離開布列復思古的方法；遭逢一些困難之後，安返故國。

我到達三天之後，好奇來到這個島的東北海岸散步，看見大約半里格之外的海中，有個東西像是翻覆的船。我脫下鞋襪，涉水兩、三百碼，發現那個東西被潮水推得更近了，可以清楚看出果眞是艘小船，我猜想可能是被暴風雨從大船吹落的。我當即返回京城，請皇上把前次艦隊折損後所剩下的船艦中，借我二十艘最高的船艦和三千名水兵。在海軍副司令指揮下，艦隊出航繞向那個地方，我則抄捷徑回到最先發現小船的海岸，發覺潮水把它推得更近了。所有水兵都配備了繩索，我已經事先把這些繩索搓得結實牢靠。艦隊到達時，我脫下衣服，涉水來到距離那小船不到一百碼的地方，接著不得不游泳來到船邊。水兵們把繩索的一頭拋給我，我就綁在船前的孔上，另一頭綁在一艘戰艦上。但我發覺自己幾乎白費氣力，因爲水深超過我的身高，使我無法工作。在這種情況下，我不得不游在船後，時時用一隻手把船向前推，在海潮的助力下，我一路前進，直到雙腳觸及海底，下巴剛能抬出水面。我休息了兩、三分鐘，又推了一下船，就這樣一直來到水深只到我腋下的地方。這時，最吃力的部分已經告一段落，我取出堆在一艘船艦上的其他繩索，先綁在那艘小船上，再拴住跟隨我的九艘船隻。這時順風，水兵們在前面拉，我在後面推，一路來到距離岸邊不到四十碼的地方，等到潮退，我把小船弄出水，在兩千人的幫助下，設法用繩索和機械把船翻正，發現船身只是輕微受損。

至於我如何花費十天的時間做了幾隻槳，把船移到布列復思古皇家港口，這些困難就不再細表，以免煩擾讀者。只說我到達港口時萬人空巷，眾人看到這麼龐大的一艘船都充滿驚奇。我稟告皇帝，幸運之神把這艘船賜給我，讓我出航，或許能回到故國，因此乞求皇上下令備置材料，並允許我離境。皇上幾經好言相勸，多加挽留，終於答應了我的要求。

在這段時間，我很詫異竟沒聽說我們皇帝派遣任何特使來布列復思古朝廷，交涉有關於我的事情。但我後來私下得知，皇上從沒想像到我居然知道他的計畫，相信我只是遵照他的允許，前往布列復思古履行前約(朝廷裡的人都知道這件事)，拜會結束後幾天就會回來。但我久久不歸，他終於覺得不安，在詢問過財政大臣和那個小集團的其他成員之後，派遣了一位有地位的人士[1]帶來那份彈劾我的條文。這位使節奉命向布列復

1　英國經常派遣外交人員向法國抗議給予詹姆士二世的追隨者(Jacobites)政治庇護(PT 307; ABG 361-62; HW 467)。

思古的君主表示他主子的寬宏大量，只要使我雙目失明，略示薄懲；我逃避國法，如果兩小時內不返國，將取消我的「納達克」頭銜，而且宣布我爲叛徒。這位使節還說，爲了維持兩國的和平、親善，他的主子期盼布列復思古的弟兄[2]下令把我綁住手腳，遣返厘厘普，好治以叛國之罪。

布列復思古的皇帝花了三天時間和群臣諮商，回了一封充滿禮數和推託之辭的信。他說，他的弟兄知道，是不可能把我捆綁送回的；雖然我奪了他的艦隊，但在他求和時我出了很大的力，所以他虧欠我的地方很多。然而，兩位皇帝很快就能解脫了，因爲我已經在岸邊發現一艘大船，能夠載我出海。他已經下令在我自己的協助和指示下全力配合，希望在幾周之內，兩國都能擺脫這個承受不起的累贅。

使節帶著這個答覆返回厘厘普。布列復思古的君主向我敘述事情的始末，同時說，如果我願意留下來繼續爲他效力，他願意(以最祕密的方式)善加保護。雖然我相信他的誠意，但決意不再相信任何君王或大臣，能躲就躲。因此，我再三感謝他的美意，請他俯允所求，讓我離去。我告訴他說，既然命運之神已經賜我一艘船，不管是好運還是惡運，我都決意冒險出海，而不願造成兩位如此強大君主之間的不和。我發覺皇帝沒有一絲不悅，後來偶然發現，他很高興我這個決意[3]，而且大多

2 君主之間經常如此互稱(ABG 362)，故示親善，雖然這兩國是世仇，也不免此虛僞的外交辭令。

3 法國政府其實也因給予詹姆斯二世的追隨者政治庇護，引發不少尷尬的情事(ABG 362)。同情詹姆士二世追隨者的路易十四駕崩

數的大臣也是如此。

這些考量使我加緊速度，比原先計畫的更早離開。朝廷急著要我離去，大力配合。他們派了五百名工匠為我的船造兩張帆，這些工匠在我的指示下，把十三層最厚的亞麻布縫在一塊。我花了很多氣力製造繩索和纜繩，把十條、二十條、三十條最粗、最結實的繩子搓成一條。我在海岸找了許久，剛好發現一塊巨石可以作為碇石[4]。我用三百頭牛的牛油塗抹船身[5]，並用於其他用途。最辛苦的是把一些最高大的巨木砍下，削成槳和桅桿，幸好得到皇上的船匠大力協助，在我完成粗略的工作之後，由他們幫我修整平滑。

大約一個月之內一切備妥，我向皇上覆命，並且道別。皇帝和皇室步出宮廷，我向皇帝頂禮，皇上特示恩寵，伸出一隻手讓我親吻，皇后和王子、公主也如法炮製。皇上賞賜我五十個錢袋，每袋裝有兩百「斯普魯格」，另賜真人般大小的御照一幀，我立即放入手套中，以免受損。啓程時的儀式甚為繁雜，此處不再敘述，以免煩擾讀者。

我在船上貯存了一百頭宰好的牛、三百頭宰好的羊，數量相當的麵包、飲料，以及四百位廚子全力處理過的肉類。我帶了六頭活的母牛、兩頭公牛、六頭母羊、兩頭公羊，想要引進

(續)———

後六個月，奧林斯公爵(the Duke of Orleans)成為攝政王，決意不再予以協助(PT 307)。由皇帝的反應，可知前段「承受不起的累贅」之說屬實。

4　下錨之用。

5　以彌補細縫，防止進水。第四部準備離開慧駰國時也有相同的情節。

我國繁殖[6]。爲了在船上餵食這些牛羊，我帶了一大堆乾草，一袋穀物。如果能帶走十來位當地人的話，我也會很樂於去做，但皇帝絕不容許這件事，除了派人仔細搜查我全身上下的口袋，還要我以名譽擔保，即使他的子民自己同意或願意讓我帶走，我也不得帶走一人[7]。

我盡可能備妥所有的物品之後，於1701年9月24日[8]清晨六點揚帆出海，向北航行四里格，風向東南，晚上六點我看見西北大約半里格的地方有座小島。我航向前，在島的背風處下碇。這座島似乎無人居住，我吃過一些食物後就安憩了。我睡得很好，猜測至少睡了六個小時，因爲醒來後兩小時就破曉了。夜晚很清朗。我在日出前吃早餐，起碇，由於順風，我以小指南針依照前一天的航道航行。我推測范・狄門之地東北邊有一些島嶼，心想可能的話先到其中的一座。那一整天什麼也沒發現，但第二天，大約下午三點，估計已經駛離布列復思古二十四里格，我看見一艘帆船向東南行駛，而我的航道向東。我向對方招呼，卻沒有回應，但因爲風勢轉弱，我漸漸追上。我張開帆，不出半個小時對方就看見我了，他們掛出旗幟，發

6 可對比第二部第八章。格理弗在該處對大人國國王想要豢養他繁殖後代的反應極爲激烈，認爲如此一來，人淪爲獸，是爲奇恥大辱。但在巨人眼中，格理弗何嘗不像小獸、甚至小蟲？

7 航海家／冒險家／侵略者／掠奪者／殖民者多具有這種習性，哥倫布便是一例，這種作法一則出於好奇，一則作爲證據(IA 66)。類似的說法也見於第四部第十二章。帝國主義盛行的英國，常有這種心態與行爲，不是爲了好奇、獲利，便是爲了展現國威。

8 距離自布里斯托出發兩年四個月又二十天。

射一發砲彈[9]。想不到有希望再次見到自己親愛的國家，和留在故國的子女，心中的喜悅難以形容。那艘船放下帆，我終於趕上，時間是9月26日晚上五、六點之間。看到船上的英國旗幟，我的心狂跳不已。我把牛羊放入大衣口袋，把所有的小小食物都帶上船。這是艘英國商船，從日本經由北海、南海[10]返回，船長是得普弗得[11]的約翰・畢德先生，溫文爾雅，是位傑出的航海家。我們現在位於南緯30度，船上大約有五十人，我在其中遇到一個名叫彼得・威廉斯的老同事，他為我向船長美言。這位紳士待我和善，要我告訴他自己剛剛從何處來，要往何處去，我大略說了一番，但他認為我是在瘋言瘋語，以為我因為身歷險境，神智不清。我當場從口袋掏出黑色的牛羊，他們見了大吃一驚，相信我說的是實話[12]。然後我出示布列復思古皇帝賞賜的金子，眞人般大小的御照，以及該國其他一些珍奇。我給了他兩袋金幣，每袋各有兩百「斯普魯格」，並且答應等我們到英格蘭時，送他懷孕的牛、羊各一頭，作為禮物。

這次航行大抵都很順利，此處不再細述，以免煩擾讀者。

9　兩者皆為通訊之用。

10　即北、南太平洋(PT 307)。當時從日本航行的船隻經過中國海，再經過(馬來半島與蘇門答臘之間的)麻六甲海峽(the Straits of Malacca)或(蘇門答臘與爪哇之間的)巽他海峽(ABG 362)，可參閱本部之前所附的地圖。

11　"Deptford"，此鎮位於倫敦東南十哩左右(IA 68)。

12　格理弗在第一、二部結尾時都能提出一些證物，證明自己的奇幻之旅確有其事。第三部則無。至於第四部非但沒有，而且性情大變，憤世嫉俗——或者說，這種恨世的表現本身就是證明。

我們於1702年4月13日[13] 抵達當斯[14]。我只遭遇到一件不幸的事，那就是船上的老鼠把一頭羊叨走了，我在洞裡找到牠的骨頭，肉被啃得精光。其他牛羊則安然上岸，我把牠們放牧於格林尼治[15] 的一處滾木球場草地，因爲那裡的草質細嫩甘美，可以讓牠們吃個痛快——雖然我原先一直擔心牠們會吃不好。要不是船長提供我一些上好的餅乾磨粉、摻水攪拌，作爲牠們日常的食物，在漫漫航程中可能就保不住了。我停留在英格蘭那段短暫時日，把牛羊展示給許多達官貴人和其他人觀賞，大獲其利[16]。在我開始第二次航行之前，把牠們以六百鎊賣出。我最後一次航行歸來之後，發現牠們繁殖了很多，尤其是羊隻；這些羊毛精細，希望對羊毛製造業大有助益[17]。

---

13 距離自布里斯托出發差三星期正滿三年。此時威廉三世駕崩約一個月，安妮女王繼位，一個月後，英國加入西班牙王位繼承戰爭(IA 68)。

14 “the Downs”，英格蘭東南端肯特郡(Kent)海岸外船隻停泊處，部分受到古德文沙洲(the Goodwin Sands)的屏障，因面對北當斯(the North Downs)而得名(ABG 362)，丹皮爾便是在這裡結束環遊世界之旅(PT 307)。

15 “Greenwich”，舊譯誤爲「格林威治」，位於英格蘭東南部，泰晤士河畔，以英國皇家天文台(the Royal Observatory，建於1675年)著稱，本初子午線經過此地。

16 在第二部中，大人國農夫便把格理弗巡迴展覽，大賺其錢。格理弗在第二部第二、三章中，對於農夫的利慾薰心很不以爲然。

17 當時愛爾蘭的羊毛品質是全歐之冠，但英國爲了保護自己羊毛業的利益，禁止愛爾蘭出口羊毛。綏夫特曾對此加以批評，在〈建議普遍使用愛爾蘭製品〉一文中，反對英格蘭獨占愛爾蘭的羊毛，因此這裡的說法具有反諷的意味(RD 279; PT 307)。這句的原文使用現在式，與上下文的過去式不同，表示是多次航行歸來之後，撰寫此書的時候。書中多次直接針對讀者發言或表示感想

我和妻子、家人只團聚了兩個月，因爲難以遏止見識異國的慾望，實在再也待不住了。我留給妻子一千五百鎊，把她安置在雷地夫的一處良宅。我帶著剩餘的積蓄，其中一部分是現金，另一部分是貨物，希望能增加我的財富。約翰伯父在靠近艾平[18]的地方留給我一處地產，每年大約有三十鎊的收入，我在費特巷的黑牛客棧[19]有個長期的租約，也帶給我相同的收入，因此家人沒有淪落到必須由教區救濟之虞[20]。我的兒子約翰，與他伯父[21]同名，就讀文法學校，是個上進的小孩。女兒貝蒂當時正在學女紅，現已結婚生子[22]。我和妻子、兒女道別，雙方都落下淚來。然後我登上冒險號[23]，這是一艘三百噸

(續)

時，也多用類似的現在式或未來式。

18 “Epping”，位於倫敦東北方十七哩(IA 69)。

19 費特巷對面的何爾朋(Holborn)有一家老客棧以此爲名(ABG 362)。至於費特巷，見第一章注釋。

20 兩處的收入符合主角的身分(AJR 66)。在1834年濟貧法(the Poor Law)通過之前，窮人由教區照顧(ABG 362)。

21 原文爲“his Uncle”。按，格理弗的伯父應爲其子的伯祖(granduncle)，所以此處或爲格理弗之誤(暗示其記憶或神智不清——歷代批評家中，不少人持此論點，對於第四部的詮釋尤其如此)，或者格理弗其他四位兄弟中也有名叫約翰的，但書中並未特別提到。

22 格理弗在書中甚少談論家人，綜合此處和第一章的資料，我們知道：其父名不詳，薄有家產，約翰伯父曾資助主角，有一些親戚，妻子是襪商的女兒，兩人育有一子一女。

23 “the Adventure”，當時許多船隻都用此名(PT 307)。此處一方面表現當時英人普遍具有冒險犯難、向海外擴張的精神，另一方面這種精神也反映在格理弗個人身上——雖然說他的動機主要是爲了廣見世面，增加收入。

重的商船，要前往蘇拉特[24]，船長是來自利物浦的約翰・尼可拉斯。欲知此航如何，且待第二部分解[25]。

第一部終

譯者附誌

前章因不滿於小人國皇帝的妄自尊大、高壓統治、擴張野心、心狠手辣卻故示寬大，主角遂選擇投奔鄰近的布列復思古國，臨行前並用上緩兵之計。此章則是無巧不成書，在布國海邊發現一艘小船，以細節描述如何取回這艘船，全力翻修，並決心冒險出航，把自己委諸命運。布國國王雖表示挽留，其實樂於見他離去，主角也識趣，否則長久下來，賓主雙方可能難以維持原先的和諧——布國擔心被吃垮，也得與小人國往返交涉，而格理弗可能會如先前一般，發現小小之人卻懷有大大之惡。回程非但用了許多細節，以示真實，更以國王餽贈的金幣、御照(寫真)、牛羊等物證，向搭救他的英國船長證明自己所言絕非謊言或瘋話，進而暗示此書是奇事之實錄，而非向壁虛構。出航既能廣見世面，又有豐碩的收入，於是格理弗回家

24 “Surat”，印度西部重要港市，在孟買北方一百五十哩，曾爲印度主要商業城，是英國占有的第一片印度土地(1608年)，英國東印度公司第一個工廠的所在地(1612年)(ABG 362; IA 69)。在綏夫特當時，此地依然是英國在印度最可觀的資產(IA 69)。

25 原文爲“But my Account of this Voyage must be referred to the second Part of my Travels”，此處譯文模仿中國古典章回小說的套語。

只待了兩個月，就離開(著墨甚少、個性模糊的)家人，再度出海。

*　*　*

格理弗出航固然有個人的動機，如想要廣見世面、增加收入，但多少也反映了當時大英帝國積極向外拓展的心態和作為。在簡短交代過主角的家世和背景之後，就直接進入冒險的主題。敘事者透過平實的風格，詳明的細節，及一再的保證(加上其他修辭伎倆，像是正文前的兩封信函)，意圖創造出寫實的印象，證明筆下所述是奇事的實錄，絕非向壁虛構，而且寫作動機在於公共利益(為了改善人性)。作者謹守一比十二的比例，藉由大小的對比，描寫兩者的懸殊以及由此所引發的奇聞趣事，其中不乏對時事的影射(如惠格黨與托利黨的政爭，宗教的衝突)，尤其不滿於特定人士，如當時的首相華爾波。經由縮小之後，讓人認知這些爭執與衝突之荒謬，但當事人卻又執迷不悟。然而，此書之所以成為文學經典，在於它既涵蓋卻又超越了政治寓言。因此，對於小人國的描述，除了影射時政，引發當時讀者「對號入座」之外，卻又超越了一時一地的限制，指向普遍的人性弱點，使不同時代和地方的讀者，都能在書中讀到自己熟悉的現象，覺得心有戚戚焉。再者，作者以生動的細節，建構出小人國的點點滴滴，在非凡的奇幻中表現出信實的一面。出身中產階級的格理弗，個性單純、善良，隨遇而安，至於小人國的風景、人物、習俗、典章制度以及大小人物之間的遭逢，可謂極盡想像之能事，本身便是值得大書特書的文學成就。原先看似小巧、玲瓏、無害的「小人」，在長時間、近距離接觸後，卻發現了其專橫、腐敗、爭鬥、迫害、狠毒、「翻臉如翻書」，讓主角感受到「人小鬼大」、「人不可貌相」。格理弗自有其生存之道，在命運之神的眷顧下，終能安抵家門。即使在如此奇特遭遇之後，強烈的動機依然誘使主角出航——還有許多人生航程在前，待他進一步冒險、體驗。

第二部

大人國遊記*

* 第二部的地圖依然出現「虛實雜陳」的現象。「這張地圖顯示的是北美洲的英屬哥倫比亞到加利福尼亞。德雷克爵士(Sir Francis Drake)於1579年到達位於奧瑞岡的布蘭科角(Cape Blanco)，並把這塊地區命名爲[新]阿爾比恩(Albion［譯按：此名原爲希臘、羅馬人對於英格蘭或不列顛的稱呼])。圖中的安尼安海峽("the Streights［Straits］of Annian")是想像中連接太平洋和大西洋的海峽，便是後來所稱分隔溫哥華和華盛頓的胡安·德·傅卡海峽(the Straits of Juan de Fuca)。第四章中提到大人國半島長六千哩，寬三千至五千哩，比地圖中的半島大得多，其實連整個北太平洋都容納不下」(ABG 363)。此半島發現於1703年(也就是格理弗登陸的這一年)，隔著高山與北美洲西岸相連，伸入北太平洋中。總之，作者再度以地圖來證明實有其地。

布羅丁那格
法蘭法拉斯尼克
羅布魯格魯德
發現於1703年
北美洲
安尼安海峽
布蘭科角
聖巴斯弟盎
新阿爾比恩
門德西諾角
聖法蘭西斯・德雷克港
聖馬丁山
蒙特利港

第一章

描寫一場大風暴。船長派大艇去取淡水，作者同去探索該地，卻被留在岸上，遭當地人抓去，帶到一個農夫家中。描述在那裡受到的待遇，一些事件以及當地的居民。

天性和命運注定我要過飄忽不定的日子，因此回來兩個月之後，就再度離開故國，於1702年6月20日，在當斯登上了冒險號[1]，前往蘇拉特，船長約翰·尼可拉斯是康瓦耳人[2]。我們一路順著疾風[3]直到好望角[4]，登陸取淡水，卻發現船隻漏水，只得卸下貨物，在那兒過冬。由於船長罹患瘧疾，一直到三月底

1 "the Adventure"，當時確有此船名，暗示格理弗性喜冒險(也見於第四部第一章)。

2 "a Cornish Man"，康瓦耳(Cornwall)位於英格蘭西南沿海。

3 "Gale"，1772年一位航海作家寫道，疾風每小時約十五哩(PT 308)，合二十四公里。根據同時代江森字典的定義，疾風「不是暴風，但強過微風」(RD 280)。

4 "the Cape of Good-hope"，綏夫特當時前往印度最近的海路是繞經非洲南端的好望角，至於溝通東西方捷徑的蘇伊士運河(the Suez Canal)直到1860年代才完成，距離《格理弗遊記》成書大約一個半世紀(IA 72)。

才離開好望角。啓程後航行順利，直到經過馬達加斯加海峽[5]，到了那個島北方，大約南緯5度的地方，那片海域每年從十二月初到五月初，一直在西方與北方之間吹著平穩的疾風，沒想到4月19日起風力開始增強了許多，而且比平常更往西，就這樣連吹了二十天。這段期間，我們被風吹到摩鹿加群島[6]稍東，大約赤道以北三度的地方——這是船長5月2日觀測所得。這時風停了，一切平靜，讓我頗爲欣喜。但是船長在那一帶海域航行經驗豐富，囑咐我們全體人員嚴陣以待，第二天果然暴風來襲，因爲南方的季風[7]出現了[8]。

---

5 “the Streights of Madagascar” (“Streights”現在的拼法爲“Straits”)，馬達加斯加海峽位於馬達加斯加島和非洲大陸之間，最狹窄處寬兩百五十哩，是爲莫三鼻克海峽(the Mozambique Channel)(IA 72)。

6 “Molucca Islands”，在探險時代(the Age of Exploration)稱爲香料群島(the Spice Islands)(IA 73)，位於印尼東部。

7 “Monsoon”，特定季節所吹的風，每半年轉往相反的方向(IA 73)。

8 底下一整段文字諧仿當時的遊記大量使用航海術語，根據諾樂思(Canon E. H. Knowles)的考證，幾乎逐字抄自斯特米(Samuel Sturmy)1669年的《海員雜誌》(*Mariners' Magazine*)(HW 469; PT 308; ABG 364 [斯特米的原文可參考HW 469-70])，只有當時受過訓練的水手才知道究竟是怎麼一回事，格理弗在這裡無意中流露出他的自大(IA 73)。這是全書最難翻譯的一段——因有專業、時代、文字、文化等多重之隔。書前之〈格理弗船長致辛普森表兄弟函〉中便提到，「聽說我們有些海狎猢指摘書中的航海用語多有不妥，也已廢棄不用。」因此，即使以注解詳盡著稱的艾西莫夫(Isaac Asimov)，在面對這段文字時也是避而不注(德馬利亞[Robert DeMaria, Jr.]甚至說，若嘗試注釋這段文字就是炫學[RD 280])，而以辜(A. B. Gough)的注解較詳盡，特納(Paul Turner)次之(且不少地方參照辜)，羅思(Angus Ross)也有不少注解。本段

我們發現上桅帆快支撐不住了，於是收了斜杠帆[9]，也隨時準備收下前桅的大帆。面對惡劣的天候，我們留意把所有的大砲都固定住[10]，並且收了後桅的縱帆[11]。由於船已經被風吹得偏離航道甚遠，所以我們想與其把船側向著風或把所有的帆捲起來隨風飄流，還不如乾脆在海上奔馳。我們捲起前帆，固定住，把前桅帆角索[12]拉向船尾，船舵則是朝著迎風面，整艘船就這樣勇猛前進；我們把前帆的繩子拴牢，但帆卻裂了開來，於是我們把帆桁放下，把帆收入船中，解開繫在帆上的所有東西。這陣暴風很兇猛，可說是驚濤駭浪，詭異險惡。我們收起繫在舵柄上的短索，讓舵手更容易掌舵。我們沒有降下中桅，而是讓它屹立在風中，因為中桅在疾風中的狀況良好，而且我們還得在海上航行好一陣子，知道中桅屹立著會使船更穩定，更容易在海上航行。暴風平息時，我們固定住前帆和主帆，把船停下來，然後固定住後桅的縱帆、主接帆和前桅的帆。我們的航道是東北東，風向則是西南。我們收起繫在縱帆右下角的

(續)

中譯主要參照韋和特納的注解本勉力而爲，其實此節對於全書的理解或詮釋影響不大，作者以此修辭策略故作寫實狀。

9 "Sprit-sail"，一種以往使用的帆，懸掛在船首斜桁(bowsprit)下的帆桁(ABG 364; PT 308)。

10 避免鬆脫後，隨著海浪起伏在船上滑動，左碰右撞。當時商船也有大砲，一則自衛，再則必要時也能加入戰事(ABG 364)，因爲當時英國與法國處於交戰狀態，而法國的船隻也在海外航行(IA 73)。

11 "Missen"，懸掛在後桅(mizen-mast)上的縱帆(fore-and-aft sail)(ABG 364; PT 308)。

12 "the Fore-sheet"，固定前桅下角的繩索之一，拉向船尾可使帆更接近風(ABG 364)。

繩索[13]，鬆開上風的轉帆索和吊索[14]，縮短下風的轉帆索，用帆腳索把橫帆的迎風面拉前，把它們拴牢，並把後桅縱帆前下角的繩索拉向迎風面，讓船帆張滿，盡可能順著風向前航行。

根據我的估算，這場暴風以及接下來的一陣西南西強風，把我們往東吹了五百里格，以致連船上最年長的水手都分辨不出我們到底是在世界的哪個地方。我們的補給充足，船隻堅固，水手全員健康，卻飽受缺水之苦。我們認爲最好維持相同的航道，而不是轉向更北方，否則可能會把我們帶到西伯利亞[15]的西北，進入冰凍的大海[16]。

1703年6月16日，中桅上的一個小伙子發現了陸地。十七日，我們可以清楚看到一塊大島或大陸(因爲我們分不清到底是哪個)，南邊是一片伸入海中的狹長土地，以及一條容不下百噸以上船隻的淺溪。我們在距這條溪不到一里格的地方下錨，船長派十幾個手下全副武裝帶著所有可以裝水的容器坐上大艇[17]。我請他讓我同行，上去瞧瞧這個地方，看能有些什麼發現[18]。

---

13 “got the Star-board Tack aboard”，以便能夠承受右舷方向的來風(PT 309)。

14 “cast off our Weather-braces and Lifts”，轉帆索(braces)使帆桁和船身呈某一角度，吊索(lifts)則支撐帆桁(ABG 365)。

15 “the great Tartary”，“Tartary”一字自中世紀以來便用來描述韃靼人(Tartars)來的地方(ABG 365)，墨爾(Herman Moll)於1709年的地圖中，以此稱呼中國以北的大陸塊，相當於西伯利亞(PT 309)。

16 也就是北極海(IA 74)。

17 “Long Boat”，船上最大的艇。

18 顯示格理弗好奇的個性。只是如此一來，不知平添多少事端。但若非如此，也就生不出底下的奇遇、奇文了。

我們登陸時，看不到什麼河流或泉水，也不見任何人煙。因此，大夥兒走上岸去，找找看近海之處有沒有淡水，我獨自向另一邊走了大約一哩，發現這個地方一片貧瘠，滿是岩石。這時我開始覺得疲勞，眼見沒什麼能滿足我的好奇心，就轉身緩緩向小溪走下。只見大海盡在眼底，卻看到大夥兒已經上了船，拚命向大船划去。我明知沒用，但依然想要大喊，叫住他們，這時看到一個巨人快速尾隨他們走入海中[19]。他大步涉水前進，海水比他的膝蓋深不了許多，但我們的人搶在他之前半里格，周遭的海域又滿是尖銳的岩石，所以巨怪追趕不上大艇。這是我後來聽說的，因爲我不敢待著看完那整個冒險的結果，反身盡快朝原路奔去，爬上一處陡峭的丘陵，站在丘陵上可以看到此地的一些景色。我發現這個地方已經完全開墾，但頭一個讓我驚訝的是草的長度，在那片看來像是用來堆乾草的地方，草長超過二十呎[20]。

我走上一條大路——我以爲是條大路，其實只是當地居民

19 在荷馬的史詩《奧迪賽》(*The Odyssey*)和羅馬詩人維吉爾的《羅馬建國錄》(Virgil, *Aeneid*)中，也有類似的場景(AJR 71; PT 309)。此處格理弗首次驚見巨人。下文提到，在大人國中，巨人與格理弗的身高比例爲12：1，其他事物面積之比爲歐洲的144倍(12 x 12)，體積之比爲1728倍(12 x 12 x 12)，正如格理弗與厘厘普人的比例(IA 75)。在第一、二部中，作者謹守這個比例。透過這個對比(格理弗是小人眼中的大人，大人眼中的小人)，讓讀者更能體會小人與大人的不同感受。

20 足證來到「異地」。下文處處強調大小的對比，並以此顯示巨人眼中的格理弗正如格理弗眼中的小人，透過如此對比，更能區別、體會三者的異同。

穿越大麥田的步道。我走了一陣子，但兩旁幾乎什麼也看不到，因爲這時已經接近收割的時節，而麥穗聳立地面至少四十呎高。走了一個小時，我才走到這片田的盡頭，周圍的籬笆至少一百二十呎高，樹木更是高得讓我無法估算。從這片田到另一片田之間有座台階，共有四級，頂端有塊石頭供人跨越。每級台階高達六呎，最上面的石塊超過二十呎，我不可能爬過去。我正設法在籬笆中找縫隙，這時發現鄰田裡有個居民向台階走來，他長得和在海中追逐我們船的人一樣巨大。這人看來像一般的尖塔[21] 那麼高，每一步我猜大約有十碼。我心中極爲驚駭，趕忙跑去藏在麥穗中，眼見他走上台階頂端，回頭看著右邊的鄰田，這時我聽到他喊叫，聲音比擴音筒還高上許多，由於巨響來自高空，起初我還認定是打雷。頓時有七個像他一樣的怪物，手持鐮刀向他走來，每把鐮刀都抵得上我們六把大鐮刀大小。這些人的穿著不像第一個那麼體面，似乎是他的僕人或工人，因爲他們只聽他說了幾個字，就在我藏身的田裡割起麥穗來。我盡可能遠離他們，由於麥桿之間有時間隔不超過一呎，幾乎擠不過身去，因此不得不很困難地移動。但我還是設法來到一片田地，這裡全是被風雨吹倒的麥穗，簡直寸步難行，因爲麥桿縱橫交錯，我爬不過去，而且倒下的麥穗鬚又尖又硬，穿透我的衣服，刺在皮膚上。同時，我聽到割麥的人離我背後不超過一百碼。我已經精疲力竭，滿懷悲哀絕望，躺在

21 依其比例，該國男子高約50-75呎(15-23公尺)，重約130噸(IA 75)。

兩道田埂之間，衷心盼望就此了結性命。我爲我孤苦無依的寡婦、年幼失怙的子女悲哀，悔恨不聽所有親友的勸，不識好歹，一意孤行，偏要嘗試第二次航行[22]。在內心焦灼混亂之際，不禁想起小人國，那裡的居民把我視爲世上最大的巨人，我能隻手拖回整個皇家艦隊，其他那些事蹟也能永垂那個帝國的史冊，儘管有數以百萬的人見證，但後人卻依然難以相信。反觀現在，在這個國度裡，我就像孤伶伶的小人國子民置身於我們這種身材的人之中，那麼不值得一顧，那是多大的羞辱。但我認爲這還算是不幸中的大幸。因爲，從觀察得知，人的野蠻殘酷與身軀的大小成正比[23]，除了成爲第一個碰巧抓住我的野巨人的一口美食之外，我還有什麼指望？哲學家[24] 告訴我們，「除非透過比較，否則沒有大小之別」。這種說法無疑是正確的。命運之神說不定會讓小人國的子民發現某個國家，該國的人在他們看來渺小得有如我眼中的他們。誰又知道，在世界遙遠的某處，我們尚未發現的地方，不會有更大的巨人，讓這個巨人族相形之下猶如小人[25]？

22　其實，格理弗在去小人國之前已經出航過幾回(HW 470)。全書難得見到格理弗有如此懊悔之情。

23　希臘神話中便有這類例子(PT 310)。

24　即綏夫特的友人柏克萊主教(Bishop George Berkeley, 1685-1753)，他主張「知識的主觀論」(subjective theory of knowledge)，並於1709年出版《視覺新論》(*An Essay Towards a New Theory of Vision*)，強調「判斷的相對性」(the relativity of judgment)(IA 76; AJR 73)。綏夫特本人也認爲許多判斷其實根據的是觀察者的角度(AR 307)。

25　此處的想像雖似狂野，卻不無可能，因爲天下之大，無奇不有。

我既驚恐又惶惑，不禁一再這樣尋思。這時一個收割的人已經近到離我躺臥的田埂不到十碼，讓我擔心下一步就會被踩死在腳下，或被鐮刀劈成兩段。因此，就在他又要移動之前，我驚聲尖叫。這時巨人突然停下腳步，在腳邊四處打量一番，總算發現躺在地上的我。他尋思了片刻，就像努力想要抓起危險的小動物而不被牠抓到或咬到——就像我在英格蘭有時要抓鼬鼠時一樣。他終於冒險以食指和拇指掐住我的後腰，把我拿到距離眼前不到三碼的地方，好更仔細看看我的模樣。我猜到他的用意，而且很幸運的是，我很平靜沉著，決意毫不掙扎，因爲這時的他把我高舉在空中，距離地面不只六十呎。雖然他把我的兩側捏得很痛，但我害怕會從他手指間滑落，只敢雙眼仰望太陽，合掌作懇求狀，以謙卑憂傷、符合當時處境的語調，說出幾個字。因爲，我隨時擔心他會把我摜到地上，就像我們有心消滅任何可惡的小動物[26]時經常會做的一樣。總算吉星高照，他似乎喜歡我的聲音和姿態，開始把我當成奇珍異品看待，很驚訝我居然會說話，雖然我說什麼他並聽不懂。這時，我不禁呻吟、落淚，把頭轉向兩側，盡可能讓他知道，我被他拇指和食指的力道傷得有多嚴重。他似乎了解我的意思，因而翻開大衣的翻領，輕輕把我放進去，兜著我立刻奔向主人。他的主人是一位結實的農夫，也就是我在田裡第一次看到的那個人。

（續）

敘事者除了直接見證之外，此處間接爲自己的奇遇提出較抽象的解釋。

26 “any little hateful Animal”，爲下文大人國國王的評論預作伏筆。

我從他們的談話猜想，農夫從僕人這裡聽到有關我的事，就拿了一根手杖般大小的小麥桿，挑起我大衣的翻領，似乎以爲那是我天生的一層外殼。他吹開我的頭髮，好更看清楚我的臉。他召來周圍的傭農，問他們有沒有在田裡看到任何像我這樣的小生物(這是我後來才知道的)。接著，他輕柔地把我四肢朝下放在地上，但我立刻起身，緩緩前後走動，讓那些人了解我無意逃走。他們全在我四周坐成一圈，好更仔細觀看我的動作。我脫帽，向農夫深深一鞠躬，跪下身來，抬高雙手雙眼，扯大嗓門說了幾個字。我從口袋裡掏出一袋金幣，謙卑地獻給他，他攤開手掌接下，拿近眼前，看看是什麼東西，然後從袖子裡抽出一根針，以針尖把它翻來翻去好幾遍，但看不出個所以然來。這時，我作手勢要他把手放在地面上，然後我拿起錢袋，打開，把裡面所有的金子都倒在他手掌上。除了六枚西班牙金幣，每枚各值七十二先令左右，還有二、三十枚更小的錢幣。我見他以舌頭沾濕小指尖，拿起最大的一枚，然後又拿起一枚，卻似乎渾然不知它們是什麼。他作手勢要我把錢幣放回錢袋，再把錢袋放回口袋，我幾次作勢要把錢袋獻給他，他都不接受，我只得放回口袋。

農夫這時相信我必然是有理性的動物[27]。他不時對我說

---

27 “a rational Creature”，然而下文中，尤其是格理弗與國王的對話，顯示了這種理性被用在哪些方面——其中許多令人瞠目結舌。第三部中那些發明家從事的稀奇古怪的實驗，以及第四部中慧駰的觀念與作爲，則是不同種類的理性。格理弗(和綏夫特)對那些科學家的理性不以爲然，是顯而易見的。對於慧駰的態度與評價，歷代批評家有不同的看法。至於綏夫特對人類則有下列的說法：

話，聲音就像水車聲那麼大，直穿我的耳鼓，卻相當清晰。我以幾種不同的語言盡可能大聲回答，他不時把耳朵貼近到距我不到兩碼的地方，卻依然無效，因爲彼此完全聽不懂對方在說什麼。然後，他派僕人去工作，自己則從口袋裡掏出手帕，對摺，掌心朝上平貼地面，把手帕鋪在手上，作手勢要我踏入，我輕而易舉就踏了上去，因爲厚度不到一呎。我心想自己只有聽命的份；因爲我害怕掉下來，所以全身趴在手帕上，他把手帕摺起蓋住我，一直到頭部，以確保安全，就這樣把我帶回家。一進家門他便喚來妻子，把我展示給她看，但妻子尖叫跑開，就像英格蘭的女人看到蟾蜍或蜘蛛一樣[28]。然而，她觀看我的行爲一陣子之後，見到我多麼服從她丈夫的手勢，於是很快就恢復了，漸漸就對我極爲溫柔。

這時大約是中午十二點，一個僕人擺上午餐。午餐只是一道份量很夠的肉，盛在直徑大約二十四呎的盤子裡，很符合農夫樸素的環境。一塊用餐的有農夫、他的妻子、三個小孩和一位老祖母。他們坐下後，農夫把我放在離他有一段距離的桌上，距地面三十呎高。我非常害怕掉下去，盡可能遠離桌緣[29]。女主人切下一塊肉，把一些麵包在麵包板上磨碎，擺在我面前。我朝她深深一鞠躬，取出刀叉，吃了起來，他們看了大爲

（續）

人不是理性的動物，而是能具有理性的動物。可見他對人的評價低於一般的認定。

28 一筆諷盡海內外女子——不但英格蘭女子如此，即使碩大如女巨人，乍見「小」格理弗還是驚恐失措。

29 第一部第六章中，格理弗爲桌子安裝了活動的邊欄，以防厘厘普人摔下桌面。

高興。女主人遣女僕取來一只小酒杯，大約容得下兩加侖，倒滿酒，我雙手費勁地捧起酒杯，以最恭敬的方式用英文盡可能高聲祝福女主人身體健康，這使得在場的人全都開心地笑了，笑聲幾乎把我震聾。這種酒嚐起來像淡蘋果汁[30]，並不難喝。然後，主人作手勢要我到他的麵包板邊。好心的讀者可以輕易想見而且諒解，我走在桌上時一直很惶恐，卻恰好踩到一片麵包屑，跌了個狗吃屎，還好沒受傷。我馬上爬起，看到這些好心人露出很關切的神情[31]，我把原先爲了表示禮貌而夾在腋下的帽子拿到手上，在頭上揮舞，歡呼三聲，表示沒有摔傷。但在走向我的主人時(後來我就一直這麼稱呼他)，坐在他身旁最年幼的兒子，是個十歲左右的頑童，竟一把抓住我的雙腿，高高舉在空中，嚇得我四肢顫抖不已。他父親把我從他手中奪下，同時給他左臉一耳光，力道之大足以把一隊歐洲騎兵打倒在地，並且命令把他帶下桌。但我害怕男孩會對我懷恨，也清楚記得我們所有小孩天生對麻雀、兔子、小貓、小狗是多麼殘酷，於是雙膝跪倒，指著男孩，盡可能讓主人了解我請他原諒兒子。父親聽進了，讓男孩回座，我立刻走上前去，吻小孩的手，主人也牽著兒子這隻手，要他輕撫我[32]。

進餐中，女主人的愛貓跳上她的大腿。我聽到背後發出有

30 “a small Cyder”，酒精成分低的甜蘋果汁(IA 80)。

31 只見其一，不見其二。苦頭還在後頭。

32 此段特別顯示，爲了生存，必須善加適應，極盡取悅、安撫之能事。格理弗闖蕩四海，不管是對天候、地理、人情、世事的適應都必須很強。

如十幾架織襪機[33] 在運轉的聲音，回頭一看，發現是來自這隻動物的呼嚕聲。女主人一邊餵她、摸她，我一邊估量這隻貓的頭、爪，看來比牛大三倍。只見這動物面貌凶惡，雖然我站在桌子另一端，距離超過五十呎，而且女主人牢牢抱著她，唯恐她一躍，用爪子抓住我，但我還是完全失去鎮定。結果卻安然無事，因爲主人把我放在她面前不到三碼的地方，她卻一點也沒注意到我。而我一直聽過一種說法，並且由多次旅行經驗也印證了一件事：在凶猛的動物面前逃跑或露出恐懼的神色，必然會引牠追逐或攻擊。因此，在這個危險的當兒，我決意絲毫不露出擔心的樣子。我放膽在貓頭之前來回走了五、六趟，來到距離她身前不到半碼的地方，這時她縮回身子，好像還更怕我似的。房間裡進來了三、四條狗——這在農宅是常有的事——其中一隻獒犬有四隻大象般大小[34]，還有一隻靈猩，比那隻獒犬稍高，卻沒那麼大，但我對狗倒不是那麼擔心。

午餐快結束時，保姆抱著一歲大的小孩進來，他一眼看見我，就像嬰兒常搞的把戲那般，要拿我當玩物[35]，於是開始啼

33 “Stocking-Weavers”，這種機器爲李(William Lee)於1589年發明，是綏夫特當時最複雜的機器(ABG 366; PT 310)。

34 也許自古希臘作家魯西安(Lucian，120-180年)的作品得到靈感(PT 310)。譯者觀賞英國國家肖像館(National Portrait Gallery)收藏的綏夫特油畫中，有一幅畫的是綏夫特坐在書房中，桌上擺的就是魯西安、伊索(Aesop)、霍雷思(Horace)等古典作家的書。

35 “Play-thing”，這大抵就是格理弗在大人國的命運，不管是善待他的農家女、皇后，或是虐待他的農夫、小丑，基本上都把他當成玩物。格理弗在小人國時，也有幾次顯露出這種心態(如作勢要活吃小人)，雖是遊戲之舉，卻也把在場的人嚇壞了。強勢者很容易

哭，哭聲大得能從倫敦橋傳到雀爾西[36]。母親純粹因爲寵愛小孩，就把我拿起，遞給那個小孩，他立刻攔腰一把抓住，把我的頭塞入口中，我驚聲吼叫，吼聲嚇到了這個小淘氣，把我丟下，要不是他母親用圍裙接住，我一定會跌斷脖子。保姆爲了讓嬰兒靜下來，趕忙用上撥浪鼓，只見這個玩具是把大石頭裝入中空的容器內，以巨繩繫在小孩腰上。但撥浪鼓根本沒什麼用，保姆逼不得已，只得用上最後的法寶，就是餵他吃奶。我必須承認，從沒看過像她巨奶這樣令我噁心的東西，簡直不知道該拿什麼相比，才能讓好奇的讀者知道它的碩大、形狀、色澤[37]。只見巨奶突起有六呎高，周圍不下十六呎。奶頭大約有我的頭一半大，奶頭和乳房的顏色斑駁，上面長著粉刺、疹子、雀斑，再噁心不過了[38]。因爲她爲了方便餵奶坐了下來，而我就站在桌上，靠得很近，看得一清二楚。這讓我回想到我們英國仕女的美好皮膚，在我們看來那麼美麗，只不過是因爲她們的尺寸與我們相當，只有透過放大鏡才能看到她們的缺

(續)——

(不經意)就對弱勢者表現出此種心態與作爲。格理弗因爲形單影隻，孤身在外，生活所需仰仗小人國的供給，所以盡可能奉守該國的法令。

36 “from London-Bridge to Chelsea”，雀爾西在倫敦橋西南約三哩(IA 81)。

37 此處透過「小人格理弗」眼中的「放大」手法，描寫女巨人乳房之不堪入目。下文接著反省大小其實是相對的，而與第一部相比，正是：巨人之視格理弗，正如格理弗之視小人(比例都是12：1)。

38 如此對比之下，才更清楚知道格理弗在小人國撒尿、出恭之舉，在當地人眼中看來是多麼「大大的」不堪，而小人國王后對格理弗以尿滅火極爲憤怒，耿耿於懷，也是情有可原。

點。我們從實驗發現，即使最平滑、白皙的皮膚，在放大鏡下都顯得粗糙不平，色澤難看。

我記得在小人國時，那些小人們的容顏在我看來是世上最美好的。我曾和那裡的一位密友，也是一位飽學之士，談起這個話題，他說，從地面看我，比我把他拿在手上、靠近看我時，我的面孔顯得美好、平滑得多。他承認，初看時景象很嚇人。他說，他能在我的皮膚上找到大洞，我的鬍子渣比豬鬃硬十倍，我的容顏由好幾種色澤組成，看起來很不協調。不過我必須爲自己說話，我和我國大多數的男性一樣白皙，並沒有因爲四處旅行而曬黑。另一方面，談到朝廷的仕女時，他經常告訴我說，某人有雀斑，某人嘴巴太寬，某人鼻子太大，這些我一點都分辨不出。我承認，這種說法雖然很顯而易見，卻依然忍不住要表達一番，免得讀者以爲這些龐然巨物果眞畸形。因爲，說句公道話，他們其實是標緻的族類，尤其是我主人，雖然只是農夫，但我從六十呎的高度來看他時，顯得五官端正，比例勻稱。

用完餐後，主人出去找工人，我從他的聲音、姿勢知道，他囑咐太太對我嚴加照顧。女主人見我很疲倦，昏昏欲睡，就把我放到她自己的床上，用一條乾淨的白手帕蓋在我身上，雖然是手帕，卻比軍艦的主帆更大更粗[39]。

我睡了大約兩個鐘頭，夢見自己在家裡，和妻子兒女一

39 與格理弗的手帕在小人國可以搭建擂台，讓騎兵上去操演、對抗，有異曲同工之妙。

塊；醒來時，發現獨自一人在兩、三百呎寬、兩百多呎高的大房間裡，躺在二十碼寬的大床上，心中格外悲痛。女主人做家事去了，把我鎖在房內。床上距地面八碼。我內急[40]必須下床，卻不敢冒昧叫人，即使出聲，以我這樣的音量也是沒用的，因爲從我睡覺的房間到那家的廚房有一大段距離。就在這時，兩隻老鼠爬上窗簾，跑到床上，嗅來嗅去，其中一隻幾乎來到我面前，嚇得我一骨碌爬起，拔出短劍[41]自衛。這些可怕的動物膽子真大，竟從兩邊夾攻我，其中一隻的前爪抓住我的領子，但我運氣好，在牠能傷我之前就先劃開了牠的肚皮，跌落我腳前。另一隻看到同伴如此下場，想要開溜，在脫逃時被我在牠背後留下一道大傷口，一路滴血逃逸。在這個英勇的行爲之後，我在床上緩步來回，好平復氣息和精神。這些動物的尺寸有如大獒犬，卻比獒犬靈活、凶猛得不知有多少；因此，如果我在睡前解下皮帶，必定早已被撕成碎片，葬身鼠腹。我量了量死鼠的尾巴，發覺只差一吋就兩碼長，鼠身還在床上流血，要把牠拖下床去實在令我反胃。我看牠還有些氣息，就拿劍往牠脖子猛力一揮，徹底把牠打發了。

不久女主人進入房間，見我渾身是血，趕忙跑上前來，一手把我拿起。我指著死鼠，微笑並作手勢，表示我沒有受傷。當下她極爲高興，喚來女僕，用火鉗挾起死鼠，丟出窗外。然後，她把我放在桌上，我讓她看滿是血跡的短劍，用大衣的垂

40　再次提到排泄之事。

41　“Hanger”，英文名之由來是因爲這種劍或匕首的鞘懸掛在皮帶上（IA 82; PT 310）。

擺擦拭後，插回劍鞘。我急著要做不只一件事[42]，這些是別人無法代勞的，因此努力讓女主人了解，要她把我放到地面上。放下之後，我十分害臊，只是以手指著大門，連連鞠躬。這位好婦人好不容易終於弄清楚我要做什麼，於是再次把我拿起，走進花園，把我放下。我向一邊走了大約兩百碼，作勢不要她瞧，也不要跟來，然後躲在兩片酢漿草[43]的葉子間，一洩爲快。

我希望，文雅的讀者能原諒我在這類瑣事上著墨。雖然這些事不管在卑下、粗俗的人心裡覺得多麼無關緊要，但必能幫助哲學家拓展思考和想像，並善加運用，以利於公眾和個人生活——這是我向世人呈現這些遠赴世界各地的遊記的唯一用意[44]。我在述說時，主要致力於事實眞相，不以學問或風格加以修飾[45]。但這次航行的整個情景在我心中留下如此強烈的印象，深深烙印在我的記憶中，因此寫在紙上時，未曾省略任何要緊的情事。然而，在仔細重看時，我刪去了初稿中比較不重要的幾個段落，唯恐被指責爲冗長、瑣碎——這些正是旅人經常被指控的毛病，也許不無道理[46]。

42 就是前面所說的「內急」(大小便利兩事)(IA 82)，雖然文字上稍委婉，但不避談排泄之事。只不過相同的排泄，在小人國與大人國時相比卻大異其趣。

43 在格理弗的世界中，一般的高度爲1-2呎(PT 310)。

44 先前在〈格理弗船長致辛普森表兄弟函〉中也曾表明心跡，下文中也數度出現。

45 模仿丹皮爾遊記中的說法(PT 311)。綏夫特本人的文風便是如此，是英國文學史上著名的文體家(stylist)。

46 此處重申寫作此遊記的動機、目的、風格，並批評當時風行的遊

譯者附誌

本章開頭一語帶過，只回家兩個月，性喜冒險的格理弗就又出航。第二段大量運用(抄襲)當時的航海術語，造成讀者、譯者、注釋者很大的困擾，主要基於兩個目的：既表示寫實，也藉此模仿來諷刺當時遊記中這種令人生厭的手法。前次出航因遇海難，流落到小人國；這次則是因為好奇、冒險(連船名都叫「冒險號」)，以致被倉皇逃逸的水手遺留島上。若說在小人國時，格理弗如同從望遠鏡的另一端來觀察，在大人國則是如用放大鏡般看事物，一切顯得碩大無朋。透過比例的掉轉，讓格理弗以嶄新的眼光來看事情，也呈現出三者之間的關係：大人之視格理弗，如格理弗之視小人。作者以非凡的想像，先描述由於大小懸殊，彼此初見時的驚異、恐懼：大人以為他是害蟲，格理弗更是險象環生，隨時隨地有喪命之虞。作者謹守1：12的比例，以具體的細節鋪陳出特異的情節(尤其是因身小所面對的種種危險)，藉由格理弗的眼光來觀察大人國的形形色色，並更能感受前一部中小人的處境與心理。

(續)

記。這一切表面上是紀實，其實是更深一層的諧仿與諷刺的手法。

第二章

描寫農夫的女兒。作者被帶往市集，然後帶往京城。旅途上的細節。

我的女主人有個九歲大的女兒[1]，年少藝精，擅長女紅，很會打扮她的玩偶[2]。母女兩人收拾出玩偶的搖籃，供我過夜。他們把搖籃放在櫥櫃的小抽屜裡，抽屜則放在懸著的架子上，以防老鼠。我與那戶農家相處的那段日子，這就一直是我的床。我開始學他們的語言，讓他們知道我的需要，因此日子愈過愈方便安適。這個小女孩的手很靈巧，我在她面前脫過一兩次衣服之後，她就能爲我穿衣、脫衣了，但只要她讓我自己穿脫，我就不麻煩她。她爲我做了七件襯衣，還爲我張羅來一些當地最細的亞麻布——質料比我們的粗麻布還要粗——而且一直親手爲我洗這些衣物。她也是我的女老師，教我他們的語

1 第一部第六章提到小人國的十五歲相當於歐洲人的二十一歲，但第二部沒提到歐洲人的歲數是否也與大人國的人成類似的比例。因此，一般讀法就把他們當成與歐洲人一樣歲數(IA 84)。

2 原文爲“Baby”，呼應前章所說的「玩物」。

言，我指什麼，她就會告訴我這在他們的語言裡怎麼稱呼，因此不出幾天，我想叫什麼，就叫得出口[3]。她生性很和善，身高不超過四十呎，以她的年齡來說算是個頭小的[4]。她爲我取名叫「格理脆格」，全家就跟著這麼叫，後來全國也這麼叫我。這個字就是拉丁人口中的「南能庫拉斯」，義大利人口中的「何木賽雷提諾」，英國人口中的「曼尼金」，也就是「侏儒」或「矮子」的意思[5]。我待在那個國家的日子裡主要受她保護，兩人從未分離。我管她叫我的「格倫達克麗琦」，意思就是「小保姆」。如果我不提她對我的照顧和感情，就是天大的忘恩負義。我衷心盼望有能力回報她，而不是因爲我而無端失寵受辱——我這麼擔心是有充分理由的[6]。

鄰居聽說了之後開始議論紛紛，說我的主人在田裡找到一個奇怪的動物，大約像「絲薄拉克那克」[7]般大小，渾身上下卻

3　此處一個小女孩就能包辦格理弗多方面的需求，與小人國的勞師動眾、煞費周章，不可同日而語。

4　相當於歐洲的三呎四吋(IA 84)，約一公尺。

5　格理弗在大人國的名字是“Grildrig”，中譯成「格理脆格」試圖兼顧音義（「脆」字暗示其身軀之「渺小危脆」）。原文中的“Mannikin”現在拼爲“manikin”。至於前面所稱的拉丁文(“Nanunculus”)和義大利文(“Homunceletino”)，其實是綏夫特自創的(PT 311)，也許諷刺當時一些作家不懂裝懂，賣弄學問(IA 85)。再者，以此諷刺格理弗自稱通曉多國語言(AJR 80)，由此可見，主角之言未可盡信。

6　此處動詞改用現在式，表示格理弗執筆爲文時，對於格倫達克麗琦(Glumdalclitch)的關切之情，預示了格理弗離開大人國的奇遇與身不由己，以及可能因而連累小保姆，在宮廷失寵。

7　“Splacknuck”，可能是蜥蜴或鼬屬動物(IA 85)。此字爲綏夫特自創，在下段才有描述（「這是該國一種動物，外形精緻，大約六呎

無一不像人形，一舉一動也都人模人樣，似乎能說自己的小語言[8]，也已經學會了他們的幾個字，以兩腳直立，溫和馴服，會應聲前來，聽令行事，擁有世上最纖細的四肢，面容比貴族的三歲女兒還姣好[9]。另一個住在附近的農夫，與我主人的交情特別，專程來訪，詢問這個傳言是否屬實。主人立即把我取出，放在桌上[10]。我遵照主人的命令走動，拔出短劍，收劍入鞘，向客人鞠躬致敬，用他們的語言問候、歡迎，就像小保姆教我的一樣。這個人年紀老邁，雙眼昏花，戴上眼鏡想瞧得清楚一點，我一看不禁開懷大笑，因爲他的眼睛看來就像從兩扇窗子照入室內的滿月。主人家裡的那些人發現我大笑的原因，也一塊笑了起來，這個老傢伙看不開，又怒又窘。他生性是個大財迷，我倒楣的是，他給主人出了個可恨的主意，要主人在距離我們家騎馬半小時、大約二十二哩的鄰鎮市集日那天，把我當成奇物來展示。稱他大財迷，一點也不冤枉。我看到主人和朋友交頭接耳了好一陣子，時時指向我，我猜想他們在密謀什麼壞事，心生恐懼，彷彿聽懂了他們說的幾個字。我的小保姆從

(續)——

長」)，可能此處爲後來增添，但忘了將下段的描述移前。由此可見大人國的人把格理弗當成動物，而不是人(連後來的猴子一節也有此意)——甚至在照顧他無微不至的小保姆眼中，格理弗也只是「玩偶」、「玩物」。

8 原文爲“a little Language”，綏夫特以此稱呼自己和紅粉知己斯黛拉通信時所使用的密語(PT 312)。

9 不但呼應前章有關大小相對之事，也呼應第一部中提到厘厘普人的纖細姣好。

10 第一部中，厘厘普人來訪時，格理弗也把他們(有時甚至連馬帶車)擺在桌上。

母親那兒技巧地打聽出來，第二天早晨就告訴了我這整件事。可憐的女孩把我抱在胸口上，又羞愧又悲傷地哭了起來。她擔心粗野庸俗的民眾會把我拿在手中，可能捏死我或折斷我的手腳，使我慘遭不幸[11]。她也看出我的生性多麼謙虛、多麼在意自己的榮譽，如今爲了錢而公開展示在最低俗的群眾面前，這對我會是何等的奇恥大辱[12]。她說，爸爸和媽媽已經答應把格理脆格給她，但現在她發現他們重施故技：去年他們假意送她一頭羊，但羊一長肥，就賣給了屠夫。就我來說，其實並沒像保姆那麼擔心。我一直懷抱著強烈的希望：總有一天我會重獲自由。至於被當成怪物四處展示這種恥辱，我倒認爲自己身處異國，情非得已，果眞有一天能回到英格蘭，人們也不會以這種不幸遭遇來責怪我，因爲就算大英國王本人在我的處境下也一定會遭逢相同的苦難[13]。

我主人聽從朋友的主意，在下個市集日用盒子把我帶到鄰鎭，把小女兒，也就是我的保姆，放在他後面的鞍墊上[14]。盒子的各面緊閉，只有一扇小門讓我進出，還鑽了幾個小孔透氣。女孩很小心，還把玩偶床上的被子放進來，讓我能躺在上

11 此時當更能體會厘厘普人的感受。

12 18世紀的英國，尤其是倫敦，經常有這種展覽，報紙也常刊登關於侏儒、巨人、連體人、雙頭動物等聳人聽聞的廣告(AJR 81)，有人甚至花錢到瘋人院去看瘋子的怪行(IA 85)。

13 喬治一世出生、成長於日耳曼，不通英文，在英國是個十足的陌生人(IA 86)；也許暗示喬治一世在英國既然是個陌生人，因此也是個怪物(PT 312)。

14 “Pillion”，原先是置於馬鞍後的墊子，供第二個騎馬的人(通常是女人)使用(IA 367)。

面。這段行程雖然只有半小時，卻把我震得七葷八素，不成人形。因爲馬每跨一步大約四十呎長，舉步又快又高，搖晃的程度有如大風暴中船隻的起落，卻頻繁得多。我們的行程比從倫敦到聖・艾班斯[15]還遠些。主人在常去的一家客棧下馬，和客棧主人商量片刻，做了些必要的準備之後，就雇了個人，在全鎮四下吆喝，通知鎮民可以在有綠鷹招牌的地方觀看怪物，這個怪物不到絲薄拉克那克般大小(這是該國一種動物，外形精緻，大約六呎長)，渾身上下人模人樣，能說幾個字，表演上百種有趣的把戲。

他們把我放在客棧最大的房間裡的一張桌子上，桌子將近三百呎平方。小保姆站在桌邊的一張矮凳上照顧我，指導我該做什麼。主人爲了避免人數太多，一次只准三十個人進場看我。我遵從女孩的命令，在桌上四處走動。她根據我對他們語言了解的程度問我問題，我盡可能高聲回答。我多次轉向群眾，向他們致敬，表示歡迎，並用上保姆教我的其他言詞[16]。我舉起裝了酒的頂針(這是格倫達克麗琦給我當杯子用的)，敬他們健康，一飲而盡。我拔出短劍，模仿英格蘭劍客的模樣揮舞。保姆給我一截麥桿，我照著年輕時學過的武藝，把它當成長槍來耍。那一天他們把我展示給十二批群眾看，我則經常被迫重複同樣的蠢事，又累又煩得幾乎半死。因爲看過我表演的觀眾逢人便說好，使得大家都想破門而入。主人爲了自己的好

15 “St Albans”，位於倫敦西北(IA 86)，相距二十哩(PT 312; ABG 367)。

16 格理弗表演的內容與當時的一些表演廣告相仿(PT 312)。

處，除了保姆之外，不准任何人碰我。爲了避免危險，長凳子與桌子四周維持一段距離，任誰都搆不著我。然而，還是有個頑皮的男孩用榛樹子直接瞄準我的頭丟過來，幸好只是擦身而過，否則小南瓜般大小的榛樹子，加上力道之猛，一定打得我腦漿迸裂。不過看到這個小壞蛋遭到一頓好打，逐出門去，我心裡很是痛快。

主人公告周知，下個市集日還要再展覽，同時爲我準備了一個更方便的容具，這實在很有必要，因爲我在第一次行程和一連八小時表演取悅群眾之後，已經筋疲力竭，幾乎站不住，一個字也說不出，至少三天才恢復氣力[17]。而我在家裡也沒什麼休息，因爲方圓百哩的士紳聽到我的名氣，都到主人家裡來看我。這個地方人口眾多，攜家帶眷而來的不下三十人。主人在家裡展示我時，即使只是給一家人看，也索取滿場的費用。因此，有一段時間雖然沒帶我進城，但一周中我每天都很少休息，只除了星期三，因爲這是他們的安息日[18]。

主人發現我奇貨可居，決意帶我到全國最大的一些城市。因此在備妥長途旅行所需的一切物品、安頓好家事之後，便告別妻子，於1703年8月17日，大約在我抵達該國兩個月後，出發前往京城——京城的位置靠近那個帝國的中央，距離我們家大約三千哩。主人要女兒格倫達克麗琦騎在他後面。她把盒子綁在腰際，放在腿上，就這樣帶著我。女孩把張羅到的最柔軟的

17　在巨人面前八個小時聲嘶力竭地賣力演出，確實累人。

18　可能暗示他們崇拜墨丘利(Mercury [mercredi])，司貿易及詐欺、竊盜之神(PT 312)。因爲根據西洋曆法，星期三與水星有關。

布襯在盒子四周，底下好好鋪上被子，擺上玩偶的床，爲我準備了亞麻布和其他必需品，盡可能把所有東西弄得方便舒適。同行的只有一個小男僕，他帶著行李，騎在我們後面。

主人的計畫是把我在沿途的所有城鎮展覽，並且叉出五十或一百哩，到任何可能有人惠顧的村落或有身分地位的人家。我們一路輕鬆走來，一天的行程不超過一百四十或六十哩，因爲格倫達克麗琦特意爲我著想，抱怨騎馬快走使她疲累。她經常在我的要求下，把我取出盒子，讓我透透氣，看看該國的景色，但總是用帶子牢牢拴著我。我們經過了五、六條河流，這些河流比尼羅河或恆河還要寬深許多，幾乎沒有像倫敦橋下泰晤士河那樣的小河。行程總共十星期，他們把我在十八個大城鎮和許多村落、私宅展覽。

10月26日，我們抵達京城，此地在他們的話中喚作「羅布魯格魯德」[19]，意思就是「宇宙的榮耀」。主人在城裡距皇宮不遠的大街下榻，並且像往常一樣發出告示，詳細描述我的特徵和本領。他租了一間三、四百呎寬的大房間，準備了一張直徑六十呎的桌子讓我在上面表演，在距離桌緣三呎的地方圍上三呎高的護欄，以防我掉落。我一天表演十場，讓所有的人驚歎、滿意不已。當地的語言我現在已經說得相當不錯，而且完全了解別人對我說的每一個字。此外，我也學會了他們的字母，偶爾能讀懂一些文句，因爲格倫達克麗琦口袋裡裝了一本

19 "Lorbrulgrud"，有人認爲影射倫敦(PT 312)。

小書，比杉森的地圖集[20]大不了多少，這是教導年輕女孩的一般文章，裡面簡述了他們的宗教，在家裡和旅途閒暇之餘，她就用這本書教我字母，解說文字。

譯者附誌

風水輪流轉，堂堂的歐洲成人、四海闖蕩的船醫，如今卻淪為大人國九歲女娃的玩偶，更別提在小人國中號稱「大人山」、冊封「納達克」的昔日光彩和種種英勇事蹟。此章描寫格理弗如何適應新環境以及大人國人民之兩面：既有和善的女主人和照顧他無微不至的小保姆，也有心懷不軌的鄰居和貪得無厭、唯利是圖的男主人。然而，此國人民基本上都把格理弗當成玩物：小保姆視他為玩偶、寵物；男主人視他為奇貨可居的小玩意兒，對此搖錢樹極盡剝削之能事；一般人則視他為會耍種種把戲的小怪物，亟欲一睹為快。作者以具體的細節，呈現出原先在小人國裡高大無比、孔武有力的格理弗，如今成為處處任人擺布的小玩物，隨時隨地都可能發生危險，賴其機智、勇氣、技能及運氣一一化解。

20 "Sanson's Atlas"，杉森(Nicolas Sanson, 1600-1667)是法國重要的製圖家，他繪製的地圖很受歡迎(ABG 367; IA 90)，但他的地圖繪製於1654年，因此綏夫特不可能看到原版(HW 471)。此處可能是指他的兩個兒子(Guillaume and Adrien Sanson)在17世紀末印行的《新地圖集》(*Atlas nouveau*)，長寬各約二十吋半(PT 313)，即半公尺左右，是當時尺寸最大的書(AJR 84)。而對巨人來說，小保姆的「小書」相當於歐洲的兩吋大小(HW 471)。

第三章

作者奉召入宮。王后從農夫主人手中買下他，獻給國王。作者和陛下的大學士論辯。宮裡為作者安排一個房間。深得王后寵愛。為祖國的榮譽辯護。和王后的侏儒之爭。

我天天頻頻辛苦表演，幾星期內健康急遽惡化，主人從我身上獲利愈多，就愈發貪得無厭。我胃口大失，瘦得幾乎只剩骨架。農夫看在眼裡，認定我將不久於人世，決意盡可能壓榨我。正當他這樣尋思、決意的時候，宮裡來了一位「司拉抓兒」，也就是門房[1]，命令主人即刻帶我進宮，娛樂王后和貴婦等嘉賓。有些貴婦已經看過我，傳誦我的美貌、行爲、才智等奇事。王后娘娘和隨侍的眾人對我的表現顯得無比歡欣。我雙膝跪下，乞求有幸親吻御足，但和藹的王后伸出小指給放在桌

1 "a *Slardral*, or Gentleman Usher"，前一字爲綏夫特自創，接著加以說明。此職位是朝廷的差官，原先職司開門和通報，後來包括在國家大典時在君王之前開路(ABG 367)。

上的我，我雙臂抱住，畢恭畢敬地把指尖放到唇上親吻[2]。她大略問了些有關我的國家、旅行的事，我盡可能簡明扼要地回答。她問我願不願意住在宮裡，我深深一鞠躬，頭觸桌面，謙卑地答道，我是主人的奴隸，但如果能聽命於自己的話，希望有榮幸爲王后娘娘效命。她便問我主人，願不願意以高價出讓。主人擔心我活不了一個月，巴不得和我分道揚鑣，便要價一千金幣，王后當場支付，每枚金幣的大小大約如八百個葡萄牙金幣。但考量該國和歐洲所有東西的比例，再衡量黃金在當地的高價，這筆錢卻比不上英格蘭一千金幣之鉅[3]。我於是向王后說，既然我現在已經是娘娘最卑微的臣子，必須懇請王后開恩，讓一直對我照顧有加的格倫達克麗琦也能獲准爲皇后效力，繼續當我的保姆和老師。王后娘娘准了我的請求，並且輕易就得到了農夫的同意，因爲農夫樂於見到女兒被推薦入宮，可憐的小女孩也掩不住自己的喜悅。我原來的主人退下，向我道別，還說他把我留下做這麼一份好差事，我一個字也沒回答，只是向他微微一鞠躬。

王后看出我的冷淡，在農夫步出房間後，問我原因。我壯

2　平民出身的主角先前在面對小人國及布列復思古國的皇室時，就有類似的舉動，此處面對碩大無朋的巨人，心理和行爲上當然更是謙卑。

3　"Moydores"，一個葡萄牙金幣相當於二十七先令，這是當時愛爾蘭流通的主要金幣(ABG 367)。我們可換算出格理弗的身價(27先令 x 800 x1000 = 21,600,000先令)，看似奇物可居、價值連城。然而就大人國與歐洲的比例來估計(立體爲1728：1)，約折合595英國金幣；但大人國的黃金稀少，所以比較值錢(ABG 367)。格理弗似乎對自己的身價不高有些不以爲然(IA 92)。

起膽來向王后娘娘稟報：我很感謝農夫在田裡偶然發現我這個可憐、無害的小東西時[4]，沒有把我摔得腦漿迸裂，但他巡迴了半個王國，到處展示我，從中牟利，現在又以這個價錢把我賣出，所以我已經充分回報了那份情，不欠他任何東西。我被他收留之後所過的勞累日子，就算比我強壯十倍的動物也會送命。我在一天中的每個小時都要取悅群眾，連續不斷幹這種苦活，使我元氣大傷。要不是主人認為我性命堪憂，娘娘可能不會有這筆便宜的交易。但眼前在這麼偉大、善良的皇后——大自然的光彩、世界的珍寶、臣民的喜悅、天地間的鳳凰[5]——保護下，我完全不擔心會受到虐待，因此我希望原先主人的擔心是無稽的，因為御駕之前，皇恩浩蕩，我發現自己的精神已經恢復了[6]。

以上是我的全套說法，但講得措詞很不當，支支吾吾，後面的部分飾以朝臣特有的風格，這是格倫達克麗琦帶我進宮時教給我的一些詞語。

王后對我言詞中的缺失大為寬容，卻很驚訝這麼小的動物竟然有如此的才智和理性[7]。她把我拿在一隻手中，帶我去見在內宮休息的國王。國王陛下很莊重，面容嚴肅，起先沒有仔細

4 有如格理弗在第一部時初見小人們的反應，並為下文的反諷預留伏筆。

5 鳳凰為神話中的飛禽，每五百年浴火重生。此處以一連串的同位語作為讚詞，稱頌王后。

6 不管在小人國或大人國，阿諛之詞、奉承之行實無二致，不因身體的大小而有區別。

7 為下文的反諷預留伏筆。

看清我的形狀，冷冷地問王后，她是什麼時候開始對「絲薄拉克那克」感興趣的。這是因爲我趴在娘娘的右手上，以致國王有此誤會。但這位聰明絕頂、幽默無比的王后，把我輕輕放在書桌上站著，命令我向陛下自我介紹，於是我言簡意賅地說了一番。捨不得讓我離開視線的格倫達克麗琦，隨候在內宮門口。國王召她進來，印證了我抵達她父親家之後所發生的一切。

國王是該國境內飽學多聞之人，曾經研習科學[8]，尤其精於數學；他在我開口說話之前仔細觀察我的形狀，見我直立走路，還以爲我可能是某位靈巧工匠所設計出的發條機器，因爲該國的發條機器已臻於完善。但聽到我的聲音，發現我說話正常、合理，便掩不住內心的驚異。對於我訴說自己如何來到他王國的說法，他毫不滿意，認爲是格倫達克麗琦和父親商量好，教給我的一套說詞，以便賣到好價錢。基於這種想法，他就問我一些別的問題，依然得到合理的答案，唯一缺點就是我說話帶有外國腔，而且對該國語言所知不多，回答時用的是在農夫家裡學到的一些鄉野用語，不符合宮廷的高雅風格。

陛下召來那個星期輪值的三位大學士(這是該國的規矩)。這些紳士仔仔細細端詳了我好一陣子之後，對我意見紛歧。他們一致認爲，我不可能產生自正常的自然律，因爲我的身體結構無法維持生命——不管就行動的敏捷、爬樹或挖地洞來看，

8　“the Study of Philosophy”，指的是今日的「科學」(“science”一字直到19世紀才使用)(IA 93)。

都是如此。他們細細觀察我的牙齒，斷定我是肉食動物，但大多數的四足動物都比我強，而田鼠和其他一些動物更是敏捷，除非我吃蝸牛和其他昆蟲，否則想像不出我如何維生。但他們又旁徵博引地論辯，證明我不可能吃蝸牛或昆蟲。其中一人似乎認爲我可能是胎兒或早產。但這個意見遭到另外兩人反對，因爲他們觀察到我的四肢完好無缺，而且從放大鏡中清楚發現我的鬍子渣，顯見我已經活了好些年。他們不承認我是侏儒，因爲我渺小無比，而王后最寵愛的侏儒[9]，雖然是該國所知最矮的人，但也將近三十呎高[10]。爭辯多時之後，他們一致結論，我只是「類普倫・斯克卡斯」，字面上的意思就是：「造化的玩笑」[11]。這種判定正符合現代的歐洲哲學——倡導這種哲學的人鄙視以往避而不談的玄妙情況(亞理斯多德的追隨者藉此努力掩飾自己的無知，卻徒勞無功)，因而發明了這種解決所有困難的妙方，對於人類知識的提升貢獻之大無可言喻[12]。

在做成這項定論之後，我懇求說一、兩句話。我啓奏國王

---

9 中世紀的宮廷或貴族，許多豢養侏儒、弄臣以取樂(IA 94)。

10 折合歐洲的兩呎半(IA 94)，近八十公分。

11 "Relplum Scalcath"一詞爲綏夫特自創，至於「造化的玩笑」("*Lusus Naturae*")則是拉丁文，意爲「大自然的怪物」("a freak of nature")，是大自然爲了好玩而隨意創造出來的東西(IA 95)。

12 牛頓(Isaac Newton, 1642-1727)主張，現代科學以其一般的自然律，遠勝具有玄妙特質的亞理斯多德哲學。但在綏夫特看來，以「造化的玩笑」來解釋格理弗，是以新詞來掩飾自己的無知，同樣是迴避問題。因此，此處可能暗批牛頓。可參閱第三部第八章(PT 313-14; ABG 369; IA 95)。此段諷刺學者，在第三部中更多譏諷。

並且向他保證，我原來的國家有幾百萬男女，都像我這般身材，動物、樹木、房宅的比例也都相當，因此我能夠自衛、維生，就像此地陛下的臣民一樣。我以爲這就完全回答了這些紳士的爭論。對於我的說法，他們只是報以輕蔑的一笑[13]，說農夫把我調教得很好。善於體察情況的國王遣退這些大學士，派人召農夫進宮，幸運的是，農夫還沒有出城。陛下先私下查問農夫，然後要農夫與我和小女孩對質，開始認爲我們說的可能是實話。他要王后下令特別照料我，而且認爲格倫達克麗琦應該繼續負責照顧我，因爲他看出我們彼此之間感情深厚。宮中就近爲她準備了方便的住所，指派一個女教師負責她的教育，一個侍女爲她著裝，其他兩個僕人做些粗活，她自己的專職就是照顧我。王后命令自己的宮廷建築師根據我和格倫達克麗琦認可的模型，設計一個盒子，充當我的臥房。這是一位極爲靈巧的工匠，根據我的指示，在三個星期內爲我做出了一個十六呎平方、十二呎高的木屋，有幾扇格子窗，一扇門，兩個櫥子，就像倫敦的臥房一樣。當作天花板的木板，可以由兩條鉸鏈開上闔下。屋內也放進了王后娘娘的裝潢師備妥的一張床。格倫達克麗琦每天把木屋拿到外面透氣，親手打理，晚上取下來，鎖上屋頂。一位以製作小珍玩聞名的靈巧工匠，爲我做了兩張椅子(有椅背、椅架，材質與象牙相仿)，兩張桌子，一個置物櫃。房間四面以及地板、天花板都鋪上襯墊，以免因爲攜

13　學者的觀念封閉、剛愎自用，可見一斑。多少預示了第三部中對發明家和學者的譏諷。

帶我的人行爲不愼而發生意外，坐馬車時也可以減輕顚簸的力道。我要求裝個門鎖，以防老鼠進來。鐵匠幾經嘗試，終於造出他們所見過最小的鎖，因爲我知道在英格蘭一位紳士的家宅有個比這還要大的鎖。我設法把鑰匙放在自己的口袋裡，唯恐格倫達克麗琦弄丟了[14]。王后也命令用找得到的最薄的絲爲我做衣服，這種絲比英國毯子厚不了許多，一直到我習慣之後，才不覺得很笨重。這些衣服根據該國的式樣製成，一部分像波斯式，一部分像中國式，是很莊嚴、高雅的衣著[15]。

王后很喜歡我相陪，進餐時不能沒有我。我有張桌子，還有張椅子，就放在娘娘進餐的桌子上，靠她左肘邊。格倫達克麗琦站在地板上擺的一張凳子上，靠近我的桌子，幫助、照料我。我有一整套的銀碟子、盤子和其他必需品，這些跟王后使用的餐具相形之下，比我在倫敦玩具店看到的玩偶屋裡的家具大不了許多。我的小保姆把這些餐具放在她口袋的銀盒子裡，在我用餐需要時再給我，而且總是由她親手清理。與王后共餐的只有兩位公主，年長的十六歲，年幼的當時十三歲零一個月。娘娘經常把一塊肉放在我的碟子上，由我自己切來吃，她的樂趣就在看我小塊小塊吃。其實，王后的胃口雖然很小，但她一口的量抵得上十二個英國農夫一餐所吃的，有一段時間這

14 因爲實在是太小了，所以唯恐小保姆遺失。此段與下段主要對比格理弗與巨人，以及如何取得日常必需品，逐漸適應在此地的生活。

15 再次提到與中國相關的事物。只不過有異於第一次提到中國文字由上而下的書寫方式，此處我們想像不出大人國的衣著式樣如何，只知道是東方式的——結合了波斯和中國的特徵。

種景象很令我作嘔[16]。這個地方的雲雀有我們九隻大火雞般大小，但王后把雲雀的翅膀、骨頭等全擺在齒間，嚼得嘎吱作響。他們一塊麵包有我們兩條長麵包大，她也是一口吃下。王后喝酒用的是金杯，一口喝下的就超過我們一大桶。她的餐刀是我們帶柄大鐮刀的兩倍長。湯匙、叉子和其他餐具都是同樣的比例。我記得有一次格倫達克麗琦好奇，帶我去看宮廷裡用餐的情形，只見十幾對巨刀、巨叉同時拿起，我心想從未見過這麼恐怖的景象[17]。

每個星期三(前面說過，這是他們的安息日)，國王與王后慣例會和王子、公主一塊在陛下的內宮進餐，我這時已經成爲國王的寵臣。在這些時候，我的小桌小椅就擺在他左手邊的一個鹽罐前。國王喜歡與我交談，垂詢歐洲的禮俗、宗教、法律、政府、學問，我盡可能詳細回答。他的理解透澈，判斷精確，對我說的一切都能很明智地省思、觀察。但我承認，在談到我心愛的國家、我們的貿易、海戰與陸戰、宗教的分裂、國家的黨派時，我的話稍微多了些，以致他顯露出他所受教育的偏見，忍不住以右手拿起我，以左手輕撫，先是一陣開懷大笑，接著問我是惠格黨還是托利黨[18]。然後他轉向侍立在後、

---

16 格理弗在小人國大吃大喝時，卻自認令當地居民驚奇，大開眼界，甚至一度在國王和財務大臣面前特意表現食量，以此自豪。由此反證，財務大臣認爲他食量之大足以動搖國本，這種看法不無道理，只是當時格理弗把它解釋成個人和政治恩怨。

17 可與第一部中格理弗身上所帶的「巨物」相比，尤其他的彎刀與刀槍更是駭人。

18 有如格理弗眼中小人國的高跟黨與低跟黨、大端派與小端派。作

手持白杖的首相說(這根白杖幾乎像皇家「君主號」的主桅一樣高)[19]，人的排場多麼可卑，連像我這麼小的昆蟲都能模仿。但他說，他敢打賭，那些小東西有他們的封號、榮銜；他們設計出小小的巢穴、地道，稱爲房屋、城市；他們在衣服、用具上設計圖案；他們相愛、互鬥、爭辯、欺騙、背叛[20]。他就這樣一直數落個不停，而我聽到我們高貴的國家，文治武功的主宰，法蘭西的懲罰者，歐洲的仲裁人，美德、虔敬、光榮、眞理的所在地，世界的榮耀和羡慕[21]，遭到如此輕蔑，心中忿忿不平，臉色一陣紅一陣白。

由於我的處境不能因爲感到傷害而憤懣，所以三思之後，我開始懷疑自己是不是眞的受到傷害。因爲在這幾個月間，我已經習慣了當地人的模樣和交談，留意到舉目所及盡是龐然巨物，當初因爲他們的巨大身軀和外觀所產生的恐懼已經打消了許多[22]。如果那時我看到一群英國貴族、仕女穿著華服和慶祝皇家生日的衣服，個個以宮廷典型的模樣昂首舉步，高談闊

(續)

者對於時政的諷刺，在這種對比下更爲明顯。

19 “the Royal *Sovereign*”，查理一世的戰艦，於1637年建造完成，有一百零六門砲，爲當時著名的大船艦，主桅高約一百一十呎，超過三十公尺。白杖是權威的象徵，先前在小人國也出現過(PT 314; ABG 370; AJR 89)。

20 證諸小人國，的確如此。只是常人不知，天下之大無奇不有。

21 此處格理弗以一連串的同位語來稱頌祖國(原文爲“our noble Country, the Mistress of Arts and Arms, the Scourge of *France*, the Arbitress of *Europe*, the Seat of Virtue, Piety, Honour and Truth, the Pride and Envy of the World”)，卻遭到大人國的輕蔑。

22 一如厘厘普人當初對他的反應。

論，裝腔作勢，老實說，我會很想笑他們，就像這位國王和大臣們笑我一樣[23]。此外，王后經常把我捧在手上，湊近鏡子，兩人的身影同時全部映現在我面前，這時我也忍不住笑自己，因爲再沒有比這種對比更荒謬的了。因此，我眞的開始想像自己比平常的尺寸縮小了許多。

最讓我生氣、丟臉的，莫過於王后的侏儒。他是那個國家裡身材最矮的(我眞的認爲他身高不滿三十呎)，看到有東西比他小那麼多，就變得很盛氣凌人，經過王后的前廳時，見我站在桌上和宮廷裡的貴族或仕女談話，他總是故意昂首闊步、裝出很高大魁梧的樣子，很少不針對我的渺小冒出一、兩句損人的俏皮話。我唯一能報復的，就是叫他「兄弟」，向他挑戰摔跤。這種唇槍舌劍經常出現於宮廷侍從的口中。有一天進餐時，這個壞心眼的小傢伙被我對他說的事惹火了，竟站上王后娘娘的椅子把手，我當時坐著，心中毫無防備，他攔腰抓起我，把我丟進一大銀碗的奶油裡，然後飛快跑開。我倒栽蔥地摔下去，要不是善於游泳，後果就不堪設想，因爲那當兒格倫達克麗琦正巧在房間另一頭，王后則驚惶失措，不知如何幫我。幸而我的小保姆跑來援救，幫我脫困，那時我已經吞下不只一夸脫的奶油。我被送上床休息，除了損失一套衣服之外(因爲衣服全毀)，沒有其他損傷。侏儒除了好好吃了一頓鞭子，還

23 在第一部中，格理弗並未與小人國的人民如此認同；但在第二部和第四部中，卻與巨人和慧駰認同，並進而「小看」、輕視故國的同胞，此中心態(「見賢思齊」、「看大不看小」？)值得玩味。

被罰喝光他把我丟進去的那碗奶油，從此失寵，不久王后就把他賞給一位地位很高的貴婦，我再也沒見過他，覺得很心滿意足，因爲我不知道這麼壞心眼的淘氣鬼由於對我懷恨在心，會採取什麼極端的手段來報復[24]。

他以前就對我耍過一次卑鄙的伎倆，使得王后一面大笑，卻又同時打心底惱火，要不是我寬宏大量，爲他求情，他當場就會被開革。原來娘娘的盤子裡盛了一塊髓骨，她把骨髓敲出之後，再把骨頭像先前一樣豎在盤子裡。格倫達克麗琦這時走到餐具櫃旁。侏儒見機不可失，爬上用餐時她站在上面好照料我的凳子，雙手拿起我，把我的雙腿併擠，塞入髓骨中，超過我的腰際。我就這樣困住了一段時間，模樣十分可笑。我相信大約過了將近一分鐘，才有人知道我發生了什麼事，因爲我認爲大聲叫嚷有失身分。幸好王室很少用熱食[25]，所以我的雙腿沒有燙傷，只是襪子和褲子遭殃。在我懇求下，侏儒只是好好挨了一頓鞭子。

王后經常取笑我膽小，常常問我國的人民是不是都像我這樣的膽小鬼。事情是這樣子的。這個國家夏季蒼蠅肆虐，這些可憎的昆蟲每隻大得像是堂斯特柏的雲雀[26]，當我坐下進餐

24 一般認爲，身體畸形的人心理容易扭曲，何況侏儒因爲渺小的格理弗頓失原先在宮廷裡的獨特地位及寵愛，再加上受到如此「小人」的言詞挑釁，憎恨之情可想而知。下段再舉奇例，證明他的極端手段。

25 法國路易十四用餐時繁文縟節，後來許多君主仿效，以致菜肴上桌時多已涼了(IA 99)。

26 “a *Dunstable* Lark”，此鎮位於倫敦西北三十五哩(IA 99)，以雲雀

時，它們在耳邊嗡嗡作響、吵個不停，讓我片刻不得安寧。它們有時停在我的飲食上，留下討厭的糞便或蠅卵。雖然那個國家的人眼睛巨大，看小東西時卻不像我這麼敏銳，對這些穢物也就視而不見，但在我看來卻十分清晰[27]。有時蒼蠅就停在我鼻子或額頭上，叮得我痛澈心扉，而且腥臭刺鼻。我能輕易看到它們的黏液——博物學家告訴我們，就是這種黏液使得那些生物能在天花板上倒著爬行。我費了很大的功夫來防衛這些令人嫌惡的動物，它們一挨近我的臉就不禁讓我驚起。侏儒就像我們的男學童一樣，經常用手抓住這些昆蟲，突然在我面前放開，故意嚇我，以此取悅王后。我的回敬之道就是當它們飛在空中時，用刀把它們劈成碎片，手法靈巧很受讚嘆。

天氣好時，格倫達克麗琦經常把我的盒子放在窗口，讓我透透氣(因為我不敢冒險讓她像我們在英格蘭掛鳥籠一樣，把盒子掛在窗外的釘子上)[28]。我記得一天早晨，我打開一扇格子窗，坐在桌邊享用甜蛋糕早餐，二十多隻黃蜂聞香而來，飛進屋內，嗡嗡聲比二十多隻風笛還響。有些抓住我的蛋糕，零零碎碎地帶走，有些繞著我的頭臉，聲音令我惶恐，心裡極怕挨刺。但我勇敢起身，拔出短劍，在空中攻擊它們。我打發了四隻，但其他的脫逃了，之後我立刻關上窗子。這些昆蟲大小像是鷓鴣，我取下它們的刺，量量足足有一吋半長，像針一樣尖銳。我全都小心翼翼保存下來，後來在歐洲幾個地方和其他一

(續)

聞名，捉到後賣到倫敦市場(ABG 370)。

27 厘厘普人的視力與格理弗相較，也是明察秋毫。

28 為後來離開大人國的奇異方式預留伏筆。

些珍奇一併展示，回到英格蘭就立即把其中三枝送給葛來興學院[29]，第四枝則自己保存。

譯者附誌

農夫將壓榨得已經皮包骨的格理弗以高價出售給王后，既可將命在旦夕的小玩物脫手，又可大賺一票，至於女兒能留在宮中，則是額外的收穫。主角的命運因此丕變，而由他對王后的奉承，可看出他適應之快。國王的質疑只不過進一步印證了他所言屬實。面對渺小的格理弗，巨人不但目中無人(認為他只是非人的動物、昆蟲、「造化的玩笑」)，甚至服侍王后的全國最矮小的侏儒，也因為地位受到威脅，懷恨在心，一再伺機打擊。格理弗在此地遭遇的危險主要有兩種：(一)人為的——如農夫的剝削，侏儒的爭寵(小人國中也有大臣爭寵的情事，可見是人性之常)，其他的疏忽、惡意；(二)自然的——如先前的老鼠，此處的蒼蠅、黃蜂(以及未來的狗、青蛙、猴子、冰雹、飛禽……)。此外，主角逐漸接受巨人的觀點，對自己的國人「另眼看待」，也更能體認到厘厘普人的感受。讀者看格理弗時，在匪夷所思中，可能又帶著些許的幸災樂禍與感同身受。

---

29 "Gresham College"，倫敦著名商人葛來興爵士(Thomas Gresham)於1579年去世時，留下巨額遺產，支持學術活動。此學院於1597年創建，蒐集了許多珍奇(ABG 370)，1660-1666、1673-1710年間，爲英國皇家科學院(Royal Society)所在地(PT 315)。皇家科學院爲查理二世於1660年創立，是當時最著名的科學機構(IA 99)，也是第三部中有關發明家科學院的描述中主要的諷刺對象。格理弗以這些證物顯示，遊記所載確有其事，而非向壁虛構。

第四章

描述此國。建議修正現代地圖。描寫王宮和京城。作者旅行的方式。描述主廟。

我現在有意就自己行蹤所到之處，爲讀者簡短描述這個國家。我的行蹤不出京城羅布魯格魯德方圓兩千哩，因爲我一直隨侍王后左右，而王后陪國王出巡時，從不超過這個範圍，通常是留在當地，等候陛下從邊界視察歸來。這位君王統治的全部領土大約六千哩長，三千至五千哩寬[1]。因此，我不得不斷言，我們歐洲地理學家認爲日本和加利福尼亞之間只有海洋，實在是大錯特錯。因爲我一向認爲，地球上必須有塊地方來平衡亞洲[2]這塊大陸，因此地理學家應該修正他們的地圖和海圖，把這大片土地和美洲西北部相連，而我隨時可以提供這方面的協助[3]。

1 此國面積除以十二，則與英國面積相近(PT 315)，但比此部地圖上所繪的半島要大得多(ABG 363)。
2 原文爲“the great Continent of Tartary”，見本部第一章注釋。
3 第三部第六章也有類似說法。

這個國家是個半島，東北邊是三十哩高的山脊[4]，頂上是火山，因此完全無法攀越。連最有學問的人也不知道山那邊住的是什麼人，或者到底有沒有住人。其他三面環海，卻連一個港口也沒有，河流的入海口滿是尖石，大海通常波濤洶湧，所以他們最小的船隻根本沒辦法冒險出航，因此這些人與外界毫無貿易往來[5]。不過大河裡滿是船隻，到處都是上好的魚，而他們很少在海上捕魚，因爲海魚的尺寸和歐洲的相仿，不值得捕。由此顯見，這些巨大的動植物僅限於這塊大陸，理由何在還有待科學家斷定。偶爾有鯨魚撞上岩礁時，平民百姓就會大快朵頤。我所知道的鯨魚很大，一個人很難扛在肩上[6]。有時爲了好奇，人們會用大籃子把鯨魚帶到羅布魯格魯德。我在國王餐桌的菜肴上就曾看過一隻，被當成珍品，但我看不出國王喜歡它，可能是因爲過於龐大，使國王倒盡胃口——雖然我以前在格陵蘭見過一隻稍微大些的鯨魚。

這個國家人口稠密，總共有五十一座城市[7]，將近一百個築

4 當時流行誇大的估計，如拉雷(Sir Walter Raleigh)在《世界史》(*History of the World*)中說，沒有任何山高過三十哩，即四萬八千兩百餘公尺(ABG 371)。地球最高的聖母峰約五哩半，即八千八百餘公尺。三十哩高的山脊若依該國與歐洲的比例除以十二，約合兩哩半，即四千兩百餘公尺，相當於歐洲人眼中的阿爾卑斯山(IA 100)。如此說來，未嘗不是合理的估算。

5 作者以此解釋爲何該國與外界不相往來，彼此毫不知對方的存在。

6 特意用此說法，以示當地人之巨大。

7 與烏托邦(五十四座)以及英格蘭和威爾斯的城市數目相近(PT 315)。

有圍牆的城鎮，以及許多的村落。爲了滿足好奇的讀者，就此描述羅布魯格魯德以見一斑。這座城矗立在流經該城的河流兩岸，兩邊大小相仿。全城超過八萬棟房舍，城長三格隆倫(大約五十四哩)，寬兩格隆倫半[8]。這是我親自根據御令繪製的皇家地圖測量而得。他們特意爲我把地圖攤在地面，長達一百呎，我幾次赤腳丈量它的直徑和周長，依比例計算，很精確地測量出來。

王宮並不是方正規則的宅院，而是方圓大約七哩的一堆建築，主要的房舍通常高兩百四十呎，長寬比例適當。宮裡派了一部馬車給我和格倫達克麗琦，女教師經常帶她到市區觀光或逛商店，我總是由她們用盒子帶著同行，但只要我要求，女孩經常會把我拿出來，放在手上，讓我在我們行經街道時更方便觀看房舍和人群。我估計我們的馬車大小類似西敏大廳[9]，但並不全像那麼高，然而我無法估算得很精準。有一天，女教師命令馬車夫在幾家店鋪前停下，乞丐們見機會來了，就擠在馬車四周，我在歐洲從沒見過這般可怕的景象[10]。有個女人胸部長

8 “Glonglung”，此字爲綏夫特自創。因此該城長約54哩(87.9公里)，寬約45哩(72.4公里)，面積2430平方哩(約6293平方公里)，相當於歐洲的17平方哩(44平方公里)，在面積與人口上類似綏夫特當時的倫敦或巴黎(IA 101)。

9 “Westminster-Hall”，係英國國會大廳(IA 102)，長290呎(88.4公尺)，寬68呎(20.7公尺)，高85呎(25.9公尺)，屋脊高達92呎(28公尺)，因此馬車的面積約合歐洲的140平方呎(12.9平方公尺)(PT 316; ABG 371; AJR 93; AR 308)。

10 綏夫特曾在一些文章(如〈野人芻議〉)中描寫都柏林街頭有許多乞丐，以示在英國統治下愛爾蘭的慘狀。此處描寫巨人的醜狀，

個惡性腫瘤，腫得奇大，上面全是洞，其中兩、三個洞大到能讓我輕易爬入，掩住整個身軀。有個傢伙脖子上長了個瘤，比五個裝羊毛的袋子還要大。另一個傢伙裝了一雙木腿，每條木腿大約二十呎長。但最可憎的景象則是爬在他們衣服上的蝨子，我用肉眼就能把這些害蟲的肢體看得一清二楚，比顯微鏡下歐洲的蝨子還清楚得多，它們拱食用的口鼻，就像豬一樣。這還是我第一次看到，可惜我的工具全留在船上，否則只要有適當的工具，我會好奇去肢解一隻瞧瞧——雖然那種景象令人噁心，完全讓我反胃[11]。

除了經常用來裝我的大盒子之外，王后下令為我造個小一點的盒子，大約十二呎平方，十呎高，以便旅行，因為大盒子放在格倫達克麗琦腿上稍微大了些，放在馬車裡也嫌笨重。小盒子是由同一個工匠製造的，整個設計都由我指點。這個旅行屋方方正正的，三面的中間各有一扇窗戶，每扇窗戶外面都斜斜綁上鐵絲，一格一格的，以防長途旅行中發生意外。第四面沒有窗戶，釘了兩個堅固的ㄇ形釘。如果我外出時想要上馬，可以讓人把小屋拴在皮帶上，扣在腰間。我要隨侍國王和王后出巡，或想看花園，拜訪朝廷某位貴婦或大臣，而格倫達克麗琦又恰好身體不適時，這件事總是由某位認真可靠的僕人負責。不久朝廷裡的高官大臣就都知道我這號人物，而且很看重我，我猜想主要是由於陛下的恩寵，而不是我自己有什麼優

（續）

與前後章呼應。

11 可見此地絕非理想境界。

點。旅途中，我坐馬車坐累的時候，騎馬的僕人便會把我的盒子扣在腰間，放在身前的墊子上，這樣我就能從三扇窗戶看到當地三面的全景。旅行屋中有張行軍床和從天花板垂下來的吊床，兩張椅子，一張桌子，俐俐落落地用螺絲釘拴在地板上，以防因爲馬匹或馬車顚簸而拋來甩去。我長年慣於海上航行，這些震動雖然有時很猛烈，但不致使我很不舒服。

每當我有意到市區看看，總是待在旅行屋裡，由格倫達克麗琦坐在一種露天的轎子裡，把旅行屋放在腿上。這個國家的轎子由四個人抬，我們則另有王后的兩個侍從在一旁照料。慕我之名而來的群眾很好奇地擠在轎子周圍。女孩會善體人意地要轎夫停下，把我拿在手上，讓大家更方便看我。

我很想去看主廟，特別是其中的塔，大家公認這是該國最高的建築。於是，有一天保姆帶我去，但坦白說，我是失望而返，因爲它的高度從地面到最高的塔尖估計不超過三千呎[12]，鑒於那些人和我們歐洲人的身材之比，並不值得大肆稱頌，在比例上也根本比不上薩里斯伯里尖塔(如果我記得沒錯的話)[13]。但爲了不貶損這個對我照料有加的國家，我該知恩圖報，因此必須說這座名塔儘管在高度上有所不足，卻以美麗、堅固見長。它的圍牆將近一百呎厚，由石頭砌成，每塊石頭大

12　此地的3000呎相當於歐洲250呎(76公尺)，確實不高。格理弗已經逐漸認同大人國的比例，以致此處有失望之說(IA 103)，其實對人類而言，3000呎(914公尺)的高塔是前所未見的。

13　“Salisbury Steeple”，英格蘭最高的塔，格理弗並沒記錯，此塔高404呎(123公尺)，相當於大人國的4848呎(PT 316; ABG 371; AJR 95)。

約四十呎平方，各面都飾以神祇和帝王的雕像，雕像是用比眞人還高的大理石刻成，放在幾個壁龕裡。有一只雕像的小手指掉了下來，落在一些垃圾旁邊，沒人注意到，我量了量，發覺正好四呎一吋長。格倫達克麗琦把它裹在手帕裡，放進口袋帶回家，和其他小玩意放在一塊——她那個年紀的小孩就是喜歡做這種事。

御膳房的的確確是個高貴的建築，頂端呈圓拱狀，大約六百呎高。大爐子比聖保羅大教堂的圓頂要小十步，因爲我回國後特意去聖保羅大教堂量過[14]。但如果我描述壁爐、巨鍋大壺、烤肉叉上旋轉的帶骨大肉塊，以及其他許多細節，可能沒人會相信，至少嚴苛的批評者可能會認爲我有些誇大，就像一般人經常懷疑旅人一樣[15]。爲了避免這種責難，我恐怕自己走上了另一個極端。如果這篇文章恰巧被翻譯成布羅丁那格[16]的語言(這是那個國家的通名)，傳到那裡，那麼國王和人民會有

14 "St. Paul's"，由雷恩(Sir Christopher Wren)設計，於1675年動工，1710年竣工，是英國國教的主要教堂(IA 103; AR 309)，此教堂高度也是404呎(123公尺)，內部直徑122呎(37公尺)。格理弗從大人國回來時是1706年，此教堂尚未完工(PT 316; ABG 317)，可見作者在細節上未詳加考證，以致有四年的出入。

15 這種寫法是模仿旅人故事(mock-traveler's tale)中常見的(PT 316)。然而作者在此除了套用這種寫法之外，在下句更帶入了翻譯、回傳、再現及扭曲等議題。

16 "Brobdingnag"，該國的名字首次出現。此字如同書中許多字一樣，爲作者所創，現已進入英語(IA 104)。在正文之前格理弗致辛普森的信函中曾提到，「這個字的正確拼法應該是"Brobdingrag"，而不是"Brobdingnag"」，雖然如此，但後來的版本並未因此而修正，可見編者們對此遊記／遊戲文章的態度。

理由抱怨，我所呈現的過於虛假、渺小，有損他們的形象。

陛下在御馬房裡養的馬很少超過六百匹，馬匹通常五十四到六十呎高。但國王在重大節慶外出時，伴隨的是五百名騎馬的民兵，在我看到陛下的軍隊戰鬥隊形之前，那可真是我所見過最壯觀的景象，至於戰鬥隊形則留待另一個場合再說[17]。

譯者附誌

作者以親身經歷，建議歐洲的地理學家和地圖繪製者修訂他們的觀念和地圖、海圖，以納入大人國。藉著描述大人國的地理位置，說明此地因天險阻隔，故遺世而獨立。主角由於相形之下身材甚小，不能如先前在小人國般，短期內看盡京城的一切和皇宮的富麗，只能以赤腳丈量該地的皇家地圖，聊備一格，或在小保姆及僕人帶領下，才能出外實地觀看巨人、巨景、巨物。外出時所見的乞丐慘狀，由於身軀碩大，更令人作嘔。這種手法既對比出格理弗之渺小，也影射了在英國政治高壓、經濟剝削下的愛爾蘭景象。對於自己住所的描述(前章的住屋和此章的旅行屋)，以寫實的細節說明皇室大力提供他生活及行動所需，格理弗當然也盡量適應此地的環境。此章也點出主角在該國逐漸受到重視。至於結尾提到，為了避免誇大之譏(此處順帶諷刺了當時流行的旅遊文學)，自己矯枉過正，反而在文章中矮化、扭曲了大人國，實為作者巧妙的反面文章。

17　見本部第七章末。

第五章

作者連番遭逢險事。觀看處決犯人。作者展現航海技術。

要不是因爲身形渺小，爲我招來幾次荒唐、麻煩的意外[1]，我在那個國家的日子會過得很快樂。底下冒昧敘述幾樁。格倫達克麗琦經常用那個較小的盒子帶我到御花園，有時將我取出，放在手上，或放我下來走動。我記得在侏儒離開王后之前，有一天他尾隨我們進入花園，保姆把我放下，我和侏儒距離很近，旁邊是幾棵矮蘋果樹，這時我有意炫才，用一個愚蠢的文字遊戲來表示他這個矮子和矮樹之間的關係——他們和我們的語言恰巧可以玩這個文字遊戲[2]。我正走在一棵蘋果樹下，這個壞心眼的惡人看到機會，就在我頭頂上搖那棵樹，十幾個

1 作者善於運用大小的對比，這些意外極盡想像之能事。

2 「矮蘋果樹」原文爲“Dwarf Apple-trees”，「侏儒」原文爲“Dwarf”，因此英文裡確實有此關係。中文譯爲「矮子」和「矮樹」，以表示兩者之間的關係。

蘋果在我耳邊砸下，每個都大如布里斯托的木桶[3]，這時我剛好彎下腰，一個蘋果打到我背上，砸得我狗吃屎，幸好沒受到其他的傷。在我請求下，饒過了侏儒，因爲整件事是我挑起的。

又有一天，格倫達克麗琦把我留在一片平坦的草地上，隨我自己去找樂子，她和女教師走開，隔著一段距離。那時，突然下了一陣猛烈的冰雹，力道很大，頓時把我打倒在地，這時雹塊猛砸我全身上下，就像網球狠狠打在身上一般。我設法匍匐向前，平趴在一片狹長的野百里香[4]花壇的背風面，但從頭到腳依然被砸得瘀青，十天不能外出。這根本不足爲奇，因爲那個國家的自然現象完全依照當地人的比例，冰雹是歐洲的將近一千八百倍[5]，這是我的親身經驗，因爲出於好奇，我特地量了冰雹的重量和尺寸。

但在同座花園發生了一件更危險的意外。我經常懇求小保姆把我放在安全的地方，好一個人沉思。有一天爲了省去帶來帶去的麻煩，她把我的盒子留在家裡，與女教師和幾位認識的仕女到花園的另一邊。當她走開到聽不著我叫喊的地方時，一個園丁主管的小白獵犬意外闖入花園，正好逛近了我躺的地方，循著味道直接上來，把我啣在嘴裡，搖著尾巴，逕自跑到主人跟前，輕輕把我放在地上。幸好這狗調教得很好，把我啣

3　“a Bristol Barrel”，綏夫特當時度量衡尚未統一，各地桶子大小不一，布里斯托一地的桶子較大(IA 106)。

4　“Lemmon Thyme”，此植物通常離地面只有一、兩吋(PT 317)。

5　由於此地各事物與歐洲的長度之比例爲12：1，因此立體的冰雹爲歐洲的1728倍(12 x 12 x 12)。小人國各事物與歐洲的長度之比爲1：12，而第一部第三章曾明確地提到此數字。

在牙齒間，一點也沒傷到我，甚至連衣服都沒扯破。這位可憐的園丁和我很熟，也對我很好，看了大吃一驚，雙手輕輕把我捧起，問我怎麼了，但我早就嚇得目瞪口呆，上氣不接下氣，一個字也說不出，過了幾分鐘才恢復過來，他把我安然帶給小保姆。小保姆這時已經回到原先擱下我的地方，看不見我的身影，叫我也沒有回應，心裡很焦急。爲了那隻狗，她嚴厲斥責園丁，但整件事被壓了下來，宮裡沒有人知道，因爲女孩怕王后生氣，至於我自己，則認爲這種故事流傳開來會有損我的名譽。

這起意外使格倫達克麗琦打定主意，以後出外絕不讓我離開她的視線。長久以來我就怕她會這麼決定，因此儘管獨處時發生了幾件不幸的小險事，我都瞞住她。有一次，一隻猛鳶盤旋在花園上空，向我直撲而來，要不是我當機立斷，拔出短劍，跑到濃密的花棚下，一定早就被牠用爪子抓走了。又有一次，我走到一處新的田鼠丘頂上，田鼠挖土時，在地上留下了個洞，我就落入洞中，只露出頭來。我事後捏造了個謊言，說自己爲什麼弄壞了衣服，至於是什麼謊言，就不値得一提了。又有一次我踽踽獨行，心裡想著可憐的英格蘭，結果絆到蝸牛殼，擦破了右小腿的皮。

有件事我不知道該覺得高興還是丟臉。在我獨自行走時，小一點的鳥似乎根本就不怕我，它們會跳到我身旁不到一碼的地方找蟲和覓食，毫不擔心在意，旁若無人。我記得一隻畫眉大剌剌地用嘴奪走我手中的蛋糕，那是格倫達克麗琦剛給我當早餐的。我想要抓這些鳥的時候，它們會大膽轉向我，要啄我的手指，所以我不敢冒險靠近，然後它們會跳回去，若無其事地繼續獵食昆蟲或蝸牛。但有一天我拿了根又粗又短的棒子，使出渾身氣力擲向一隻紅雀，竟然幸運地把它打倒。我雙手掐住它的脖子，得意洋洋地奔向保姆。然而這隻鳥只是被打昏，隨即恢復了知覺，雙翼猛力連番拍打我的頭和身子兩側，雖然我與它保持一臂的距離，它的爪子抓不著我，但把它放走的念頭在我心裡出現了不下二十次。有個僕人一把扭下鳥頭，登時解決了我的難題。王后下令，讓我第二天就以這隻鳥做餐點。就我記憶所及，這隻紅雀似乎比英國的天鵝還大一些。

宮中的侍女常常邀格倫達克麗琦到她們房間，還要她帶我一塊去，特意想看看我、摸摸我。她們常常把我全身上下剝個精光，讓我平躺在她們胸口上[6]。我很討厭這樣，因爲，老實說，她們的皮膚有股很刺鼻的味道。我不想提這回事，是因爲我很尊敬這些好仕女，不願意傷害到她們。但我認爲，由於我身軀愈渺小，感官就愈敏銳，而那些美女在愛人面前或彼此之間，就像英格蘭的美女和我們之間一樣，並不覺得難聞。我後來發現，她們天然的體味要比使用香水時好多了，我一聞到她們的香水就當場昏倒。我忘不了在小人國時，有一個熱天我在激烈活動之後，一個密友直言不諱地說，我的身上有股強烈的氣味。雖然我的氣味並不比大多數的男性更強烈，但是我想他面對我時嗅覺的敏銳程度，就像我面對這些巨人時一樣。就這

6　這段文字大大觸怒了喬治一世的宮廷侍女(PT 317; LAL 507)，因爲這兩段是全書最暴露的文字，描寫宮廷侍女的放蕩不羈。

一點，我忍不住要說句公道話，我的王后女主人和我的保姆格倫達克麗琦就像英格蘭的任何女士一樣芳香。

保姆帶我去拜訪這些侍女時，最讓我不自在的，就是看見她們不按照任何禮數待我，彷彿我是無關緊要的小東西。因爲，她們會把自己身上的衣服剝光，當著我的面穿內衣，而這時的我就被放在梳妝台上，直接面對她們的裸體[7]。我確信，這對我來說絕不是誘人的景象，除了引起我的恐懼和反感之外，沒有任何其他反應[8]。近看時，她們的皮膚粗糙不平，顏色斑駁，到處都是有如麵包板般大小的痣，上面垂著比綑紮繩還粗的毛髮，其他部分就更別提了。我在身邊時，她們也毫不顧忌地排泄，份量至少有兩大桶之多[9]，每個尿桶能容納三噸以上[10]。這些侍女中最美的是個愛開玩笑、嘻嘻哈哈的十六歲女孩，有時她就讓我跨坐在她的奶頭上，她還有許多其他把戲，請讀者恕我不細述了[11]。但我很不高興，央求格倫達克麗琦找個藉口，不再見那個年輕女士。

有一天，女教師的侄子前來。這位年輕紳士慫恿保姆和女

---

7 或者無視於格理弗的存在(即使是男性，也是「小人」一個)，或者有心暴露(IA 109)。

8 暗示在正常情況下應該會有反應？可與第四部第八章受到母猗猢的騷擾相對照。

9 “two Hogsheads”，這種桶子大小不一，但在倫敦的啤酒桶是54加侖(IA 109)。

10 一噸相當於252加侖，因此尿桶能裝800加侖左右(IA 109)。由此對比，多少可想見小人國初見格理弗排泄之驚人「盛況」。

11 詳情如何，留給讀者想像。只是當時苦了小格理弗，所以日後不願再見那人。

教師去看處決[12]。這個犯人殺害了紳士的一位密友。這件事雖然大大違反了格倫達克麗琦的仁慈本性，但她還是被說動了，一同前去。至於我自己，雖然厭惡這種景象，但好奇心誘使我去看這樁想必是很不尋常的事。罪犯被綁在斷頭台上的椅子，這座斷頭台是特地爲了這次處決而搭建的。只見四十呎左右的長劍一揮，就把他的頭砍了下來，從靜脈和動脈噴出來的血又多又高，連赫赫有名的凡爾賽噴泉[13]噴水的時間都沒那麼長。頭顱掉落斷頭台時，高高彈起，嚇我一跳，雖然我至少站在一哩開外。

王后常常要聽我講自己航海的事，在我憂鬱時想盡辦法讓我高興。她問我，懂不懂如何操帆或搖槳，划划船、運動運動是不是對我的健康有益。我回答說，不管操帆或搖槳我都很在行，因爲雖然我的正職是船醫，但緊急時經常得像一般水手一樣工作。不過我看不出自己在這個國家如何能夠操舟，因爲這裡最小的舢板就像我們頭等的戰艦那麼大，而我能操作的小船在他們的河流中根本就無法倖存。娘娘說，如果我能設計一艘小船，她的御用細木匠應該就做得出，而她會提供地方讓我航

12 在綏夫特的時代，帶小孩去看處決並不稀罕。公開處決一直到1868年才廢除(ABG 372)。公開處決的原因古今中外皆同——「以昭炯戒」。

13 “*Jet d’Eau at Versailles*”，凡爾賽宮位於巴黎西南十二哩，爲路易十四於1671年所建，富麗堂皇，以彰顯法國的國威，卻也因興建此宮耗費龐大而使國庫空虛。花園中有幾處噴泉，其中的“Enceladus”噴泉可高達七十五呎，約二十三公尺(ABG 372; PT 317)。將噴血與噴泉相比，雖有相似之處，卻也駭人聽聞。

行。御木匠的手藝很靈巧，在我指導下十天內就完成了一艘遊艇[14]，上面備有各種索具，輕而易舉就能搭載八個歐洲人。完工後，王后大為高興，捧著跑去見國王，國王下令把船放在裝滿水的池子裡，讓我在裡面試划，但是因為缺乏空間，沒辦法操縱我的兩支小槳。不過王后事先想好了另一個計畫，命令細木匠造了一個三百呎長、五十呎寬、八呎深的水槽，塗上厚厚的瀝青以防漏水，放在皇宮外屋牆邊的地板上。水槽靠底部的地方有個塞子，可以在水開始髒時把水放掉，兩個僕人只消半小時就可以把水槽裝滿。我經常在這裡划船玩樂，王后和貴婦們也常觀賞我的技術和靈巧取樂。有時我張起帆來，那時只消操舵，由貴婦們用扇子為我搧風。如果她們累了，一些僕人就會用嘴吹帆前進，我則隨興時而向右、時而向左行駛，展現自己的技藝。划完之後，格倫達克麗琦總是把我的船帶進自己的房間，掛在釘子上晾乾。

有一次划船遇到意外，險些要了我的命。當時一個僕人把我的船放入水槽中，照顧格倫達克麗琦的女教師很殷勤地把我拿起，要放入船裡，我卻恰巧從她手指滑落，要不是命大，被那位女士胸衣上的大別針勾住，一定會墜落到四十呎之下的地面。這只別針的頭正好穿過我的襯衫和褲帶之間，就這樣把我吊在半空中，一直到格倫達克麗琦跑來解救，才脫離險境。

又有一次，負責每三天為水槽換一次水的僕人很不小心，沒有注意到一隻大青蛙，竟然讓牠溜進水桶裡。青蛙躲著，一

---

14 與小人國的大費周章不可同日而語。

直到我被放入船中，牠看到有個休息的地方，就爬了上來，船往一邊猛傾，我被迫站到另一邊，用全身的重量來維持平衡，免得翻船。青蛙上了船之後，一躍就是半個船身，然後躍過我的頭，如此來來回回，令人作嘔的黏液沾得我滿臉滿身。青蛙的臉很大，看起來眞是想像中最畸形的動物。不過，我要格倫達克麗琦讓我單獨來處理。我用一支小槳痛打了牠好一陣子，最後逼牠跳下船去。

但我在那個國家遇到最危險的一件事，是御膳房的一個帳房[15]養的猴子搞出來的。格倫達克麗琦出外辦事或拜訪時，都把我鎖在她的小房間裡。因爲天氣很熱，房間的窗戶沒關，我的大盒子的門窗也沒關——由於這個盒子既寬敞又方便，我通常都住在裡面。我在桌旁靜坐沉思時，聽到有東西從房間的窗戶跳了進來，從這一邊溜到另一邊，我很驚覺，雖然人沒離開坐椅，卻大膽向外望，這時瞧見了這隻頑皮的動物，蹦來蹦去，跳上跳下，終於來到我的盒子邊，似乎看得很喜歡又好奇，從門口和每扇窗口往內窺視。我退到房子——或者說盒子——最遠的角落，但猴子從每一邊往內看，嚇得我失去了冷靜，原本可以輕易躲到床底的，但竟然不知所措。猴子四下窺視，齜牙咧嘴，吱吱嘰嘰了一陣子，終於看見了我，就從門口伸進一隻爪子，像貓玩弄老鼠一樣，雖然我頻頻移動來躲避，終究還是被他[16]抓到大衣的翻領(這是由該國的絲製成的，既厚

15 “one of the Clerks of the Kitchen”，負責登記食物和其他補給的採購(IA 112)。

16 原文將人稱代名詞“he”用在猴子身上，多少也表示格理弗與猴子

重又結實)，把我拖了出去。他用右前爪把我拿起、抱住，既像保姆要給小孩餵奶，也像歐洲的大猴子對待小猴子一樣。我一掙扎，他就把我壓得緊緊的，我心想還是順從得好。我有充分的理由相信，他把我誤認爲是與他同類的小猴子，因爲他常常用左爪很輕柔地撫摸我的臉。就在他這麼取樂的時候，卻被房門的聲音打斷，好像有人正要開門進來，這時他突然跳上原先進來的窗戶，再跳上屋頂和導水管，用三隻腳走路，第四隻腳則抱著我，直到攀上鄰房的屋頂[17]。他把我帶出房時，我聽到格倫達克麗琦發出一聲尖叫。可憐的女孩幾乎發狂，而皇宮的那個地區則是一片騷動，僕人們奔跑著找梯子，宮裡數以百計的人看見猴子坐在屋脊上，一隻前爪像嬰兒一樣抱著我，另一隻前爪把從他腮幫的囊袋裡擠出的食物塞進我嘴中，我不吃就輕拍我，底下許多人看了忍不住大笑。我想這也怪不得他們，因爲這個景象毫無疑問在每個人看來都很荒誕不經——除了我自己以外[18]。有些人丟石頭，指望把猴子趕下來，但被嚴令禁止，否則我很可能就腦漿迸裂了。

有幾個人搭了梯子，爬上去，猴子見狀，發現自己幾乎被包圍了，由於三隻腳的速度不夠快，就把我丟在脊瓦上，逃之

(續)

相近——至少此處猴子把他當成同類。

17 有人認爲此段寫於1722年6月，綏夫特的女友范妮莎(Vanessa，即Esther Vanhomrigh)寫信給他，說在宴會中遇到幾個猴子般的紈褲子弟，其中一個「動物」拿走她的扇子，讓她覺得像被帶到屋頂般擔心(PT 317-18)。

18 原先爲大人國的成人與小孩的玩物，此刻在眾目睽睽下，更淪爲猴子的同類與玩物。

夭夭。我在這裡坐了一陣子，距離地面五百碼[19]，隨時都可能被風吹下，或因爲自己暈眩[20]而墜落，從屋脊翻滾到屋簷。但一位可靠的小伙子，也就是我保姆的侍者，爬了上來，把我放入褲袋，安全帶下來。

猴子塞進我喉嚨裡的髒東西幾乎把我噎死，但我親愛的小保姆用一根小針把那些髒東西挑出我的嘴巴，接著我一陣嘔吐，之後覺得輕鬆許多。但這隻可惡的動物把我擠壓得四處瘀傷，十分衰弱，被迫臥床兩個星期[21]。國王、王后和整個朝廷每天都派人打探我的健康，生病期間，娘娘幾次前來探望。後來那隻猴子被宰了[22]，而且下令皇宮周圍不許蓄養這類動物。

我身體恢復後去覲見國王，回謝他的恩寵，他喜歡以這番冒險大大消遣我。他問我，躺在猴子的爪下時，有什麼念頭和想法？可喜歡他給我的食物、餵我的方式？屋頂上的新鮮空氣有沒有使我胃口更好？他想要知道在我自己的國家遇到這種情況的話，我會怎麼做。我告訴陛下，除了從其他地方帶來作爲奇珍異獸之外，歐洲並沒有猴子，而且他們體型很小，如果膽敢攻擊，我一次可以對付十來隻。至於我最近剛打過交道的大

19　第一、二版爲「三百碼」，相當於歐洲的75呎，1735年版及後來的版本都是「五百碼」，相當於歐洲的125呎。前者較爲可能(GRD 125; HW 472)。

20　綏夫特本人罹患梅尼爾症，爲暈眩所苦。

21　格理弗到此大人國形體已顯渺小(已遭「小看」、「藐視」)，又被猴子誤爲同類(非人之族類)，更被當眾如此餵食，非但不衛生，更是情何以堪，不病也怪。

22　猴子因爲好奇而招來殺身之禍，格理弗因爲好奇兼好利而四處出遊，屢次遇險，頻傳奇遇，致有此奇文。

怪物(的確是如大象般巨大)，當他把爪子伸進我房間時，如果我當時沒有被嚇壞，想到使用短劍(這時我表情凶狠，一邊說話，一邊手拍劍柄)，也許能給他來道傷口，讓他進得快、退得更快。我說話時語氣堅定，就像有心自我維護的人，唯恐別人懷疑我的勇氣。然而，我的話只是引來一陣大笑，儘管周遭的臣子依禮對國王充滿尊敬，依然忍俊不已[23]。這不禁讓我尋思，一個人要在與他毫不相稱的人群中努力維護自己的榮譽，是多麼的徒勞無功。但自從我回國之後，在英格蘭常常看到我從經驗中所得到的教訓一再發生，例如渺小可卑的侍從，毫無任何家世、身分、才智、常識值得誇耀，竟自認了不起，膽敢把自己和王國中最偉大的人物等量齊觀。

每天我都為宮裡提供荒唐可笑的故事。格倫達克麗琦雖然極愛我，卻很調皮，我做出的傻事中，如果有她認為會取悅王后的，就去稟報[24]。有一次，女孩身體不適，女教師帶她到一小時的路程，也就是離城三十哩外的地方去透透氣。她們在田野的一條小步道附近下車，格倫達克麗琦放下我的旅行屋，讓我出來走走。步道上有一堆牛糞，我想藉著跳過它來試試自己的活力。於是我起跑，不幸跳得不夠遠，正好落在中間，糞高

23 事過境遷再如此裝腔作勢，引人訕笑，豈是偶然?!

24 畢竟小保姆只是九歲大的女孩，好玩而調皮，而且「小」格理弗做出的傻事，在他們眼中無傷「大」雅(無需顧及他的顏面或尊嚴——「小東西」有何顏面可言!?)；再者，宮中生活不易，人人爭寵(先前的侏儒便是一例)，須多討主子歡心，來自鄉野的小女孩尤須如此——而格理弗正是她得寵的主要「工具」。

齊膝[25]。我好不容易涉過，一名侍者用他的手帕盡可能把我擦拭乾淨，但依然全身沾污。保姆把我關在盒子內，一直到回家。這件事很快就傳進了王后耳中，也在宮中侍者之間流傳開來，因此有些日子他們全都拿我的出醜當樂子。

譯者附誌

此章描寫主角遭遇的一些危險，如冰雹、巨犬、猛禽、青蛙、猴子等，顯示由於大小懸殊，隨時隨地都可能出意外。就是類似這些充滿想像力的情節，使本書成為兒童文學經典。捕殺紅雀、擊退青蛙，則是主角難得的得意事。有關宮女的描述從另一個角度透露了宮中生活不為人知的一面，帶有些微的性暗示。對大人而言，格理弗只是玩物，毫無尊嚴可言。至於他所發生的意外，過於驚險的部分則各有所瞞：如格理弗不願因而更不自由；隱瞞巨犬的意外，在小保姆是怕失寵於王后，在格理弗則是怕顏面無光。然而其他看來無傷「大」雅的事(對格理弗卻是有損自尊)，即使小保姆鍾愛他，也會把這些糗事告訴王后，藉此取悅王后——此為小保姆在宮中生存之道。猴子事件更加強了格理弗「非我(巨人)族類」(與猴子同類)的印象，然而這件性命攸關的事，後來在國王口中卻成了取笑的趣事。小格理弗在該國的角色和處境可想而知。

25　可能來自《伊里亞得》，xxiii，774行起，描寫亞傑克斯(Ajax)眼見賽跑要得勝了，卻踩到牛糞滑了一跤，而且臉剛好摔在糞中(PT 318)。

第六章

作者以幾項設計取悅國王、王后。展現音樂技巧。國王詢問歐洲的情況，作者告知，國王表示他的看法。

我通常一星期有一、兩天早晨會去覲見國王[1]，也經常看理髮師爲他理容，那種景象乍看實在很可怕，因爲刮鬍刀大約有一般大鐮刀的兩倍長。根據那個國家的風俗，陛下一星期只刮兩次臉。有一次，我央求理髮師給我一些刮鬍子刮下來的肥皂沫，從裡面挑出四、五十根最硬的鬍渣，又取來一塊精緻的木頭，削成梳背的形狀，並向格倫達克麗琦要來最小的針，在木頭上按相等的距離鑽了幾個孔，靈巧地插入鬍渣，用刀把一頭削尖，做成了一把很不錯的梳子，剛好替換了我原先的梳子。因爲那把舊梳子的梳齒大多斷落了，幾乎無法使用，而且我也不知道那個國家裡哪位工匠能有那麼靈巧精細的手藝，爲我另

1 “Levee”，指的是國王或顯貴起床後，一邊穿衣、刮臉，一邊接見來訪的人，而這些人通常希望得到特別的恩寵或待遇(AJR 104)。綏夫特本人有時就以這種方式去見哈利(LAL 508)。這有別於正式的早朝或拜會，多少顯示彼此之間「不見外」。

做一把。

這讓我想到我花了很多閒暇時間在上面的一項消遣。我要王后的侍女爲我留下娘娘梳頭時脫落的頭髮，沒多久就收集了許多。我和奉命爲我做些小事的朋友——也就是爲我造房子的那一位——商量，指點他做了兩個椅架，尺寸不比我盒子裡現有的那些椅子更大，然後在設計爲椅背和椅座的部位，用細鑽鑽了一些小洞，挑出最結實的頭髮，穿入洞中，完全模仿英格蘭藤椅的方式。完成後，我把這兩張椅子獻給娘娘當禮物，王后把它們放在內宮，當作珍奇來展示，見到的人個個稱奇。王后要我坐在椅子上，但我堅拒從命，聲稱寧可萬死，也不敢把身軀卑下的部位置於曾經榮飾娘娘頭部的寶貴頭髮上[2]。一向手藝高超的我，也用這些頭髮做了一只精緻的小袋子，大約五呎長，以金線繡上娘娘的名字，徵得王后同意後，送給格倫達克麗琦。說實話，這袋子與其說實用，不如說是爲了炫耀，因爲袋子連稍大一點的錢幣的重量都承受不住，因此裡面除了女孩子喜歡的一些小玩具之外，其他什麼都沒放。

國王喜好音樂[3]，宮中常有音樂會，有時也帶我去，把我的盒子放在桌上以便我聆賞。但那些聲音太大了，使我很難分辨得出曲調來[4]。我確信，即使御林軍全部的鼓號在你耳邊吹打，

2　格理弗不敢以「身軀卑下的部位」(屁股)坐在王后的頭髮上，顯見他嚴守上下、尊卑之分。

3　此書撰寫時，韓德爾(George Frederick Handel, 1685-1759)正在皇家贊助下譜寫歌劇(HW 473)。

4　綏夫特本人不喜音樂(PT 318)，罹患梅尼爾症的他，病徵之一就是害怕噪音。

也不比這響亮。我的因應之道就是請人把盒子盡量放遠離演奏者，然後關上門窗，拉上窗簾，這樣一來，我發覺他們的音樂還不難聽。

我年輕時稍稍學過演奏小型撥弦古鋼琴[5]，格倫達克麗琦房裡有一架，有位老師一星期來爲她上兩次課。我把它稱作小型撥弦古鋼琴是因爲外型有些相似，而且彈奏的方式也相同。我突發奇想：可以用這個樂器演奏英國曲調，來娛樂國王與王后。但這似乎極爲困難，因爲這琴將近六十呎長，每個琴鍵幾乎一呎寬，即使我兩臂平伸也無法超過五個鍵，彈奏時必須用拳頭猛敲，不僅耗費氣力，而且效果不佳。於是我想出了這麼一個法子。我準備了兩支圓棍，大小像一般的短粗棍，一頭粗、一頭細，粗的一頭蒙上一片老鼠皮，這樣叩擊時既不會傷到琴鍵，也不會妨礙聲音。琴前擺了一條長凳，大約比琴鍵低四呎，請人把我放到凳子上。我就在長凳上左右來回快跑，用兩支圓棍敲擊適當的琴鍵，盡力演奏出一首吉格舞曲[6]，國王與王后聽了大爲滿意。縱使這是我做過最激烈的運動，卻依然無法敲擊十六個以上的琴鍵，因而也無法像其他樂師一樣，同時奏出低音和高音，這使我的演奏大打折扣。

前面說過，國王的領悟力出眾，經常下令連我帶我的盒子一併帶到，放在內宮的桌上，然後命令我從盒子裡搬出一張椅子，就要我坐在屋頂上，距離國王不到三碼，大約與國王的臉

---

5 “Spinet”，一種原始的鋼琴，類似小的大鍵琴，但每鍵只有一弦（ABG 373）。

6 “Jigg”（現在的拼法爲“jig”），源自英國，通常是三拍子的快步舞。

孔同高。我和他兩人就這樣交談過幾次。有一天，我大膽向陛下直言，說他對歐洲和世界其他地方所表現出的輕蔑，似乎和他擁有的傑出心靈並不相稱。其實，理性並不隨著身軀而增長，相反的，在我們國家看到身材最高的人，往往理性最低。在其他動物中，蜜蜂和螞蟻比許多較大的動物，更享有勤勞、靈巧、聰慧的美譽。雖然國王認為我微不足道，但我希望能為陛下效力，有些非凡的貢獻。國王留心聽完我的話，開始對我另眼看待。他要我盡可能精確地描述英格蘭的政府，因為雖然君王通常都喜好自己的風俗習慣(他是從我以往的言論這麼猜測其他君主的)，但他樂意聽聽任何可能值得仿效的事。

敬愛的讀者，你不妨想像，我多少次盼望自己有狄摩西尼茲或西塞羅的口才[7]，讓我能恰如其分地稱頌祖國的優點和美好。

我在言談一開始就告訴陛下，我們的版圖除了美洲的一些殖民地之外，由兩座島嶼[8]組成，底下分為三個強大的王國[9]，

7 狄摩西尼茲(Demosthenes，紀元前385-322年)和西塞羅(Marcus Tullius Cicero，紀元前106-43年)兩人公認是古希臘和古羅馬最偉大的演說家，以言詞鼓勵國人反對暴政，但都不得善終(AJR 106; AR 309; IA 118)。羅馬諷刺詩人朱文諾(Juvenal，60?-140?年)也有與此處相同的說法(ABG 373)。他們的作品在18世紀的英國廣被引用與模仿(AJR 106)。

8 即不列顛與愛爾蘭兩大島(IA 118)。

9 即英格蘭、蘇格蘭和愛爾蘭(IA 118)。1689年，威廉和瑪麗統治蘇格蘭，並於1690年波恩戰役(the Battle of the Boyne)之後統治愛爾蘭(PT 318)，然而蘇格蘭於1707年，在安妮女王治下(格理弗從大人國回來之後)，才與英格蘭統一為大不列顛，而愛爾蘭直到1801年依然是獨立的王國(ABG 373)。

由一位君主統治[10]。我詳述了我們土地的富庶，氣候的溫和，然後大談英國國會的體制，一部分由稱作上議院的傑出團體組成，議員們具有最高貴的血統，以及最古老、豐厚的世襲財產[11]。我描述說，上議院的議員對文武教育一向極爲留意[12]，以便有資格成爲國王和國家世襲的顧問，議會的一分子，負責終審定讞的最高法院的成員[13]，以勇氣、領導力和忠誠來保王護國的勇士。這些人是國家的光輝和棟樑，是最赫赫有名的祖先的優秀傳人——他們祖先的榮譽便是美德的報償，而後代也從未有人墮落。此外，也有幾位神聖的人士加入這群人，他們的頭銜是主教，專司宗教事務並負責督導那些教誨國人的神職人員[14]。這些人是由國王和最有智慧的顧問，從全國神職人員中，依照生活的聖潔和學問的淵深，精挑細選出來的，的的確確是神職

10 即安妮女王(IA 118)。

11 這三段文字是對英國典章制度的描述——但只是理論或理想的情況。綏夫特以此手法表現世風日下，典範在「夙昔」(而非「現在」)，達到借古諷今的目的。

12 其實，綏夫特在〈論現代教育〉("An Essay on Modern Education")中，貶斥當時年輕貴族所受的教育(ABG 373)。而在《報信人》(*The Intelligencer*)中更說，「教育總是與父母的財富和榮耀成反比……君王的獨子和繼承人是開天闢地以來教育最差的人」(PT 318)。

13 貴族組成的最高法院對愛爾蘭特別不公，綏夫特曾在〈愛爾蘭國情略覽〉("A Short View of the State of Ireland")中抱怨(ABG 373)。今天這個法庭的十二位法官依然在上議院中，組成司法委員會(the Judicial Committee)(RD 282)。

14 英國國教的主教以精神或神聖的同儕身分加入上議院，便是「屬靈的上議院議員」("lords spiritual")，其他人則爲「屬世的上議院議員」("lords temporal")(RD 282; AJR 106)。

人員和人民的精神之父。

國會的另一部分由稱作下議院的團體組成，這些人全是地位崇高的紳士，由人民根據他們的傑出才華和愛國情操，自由挑選出來的，來代表全國的智慧。這兩個團體構成了歐洲最受敬重的議會，而整個立法機構就託付給他們和君王掌理。

然後，我的話題轉到法院。法院是由德高望重的賢達和解釋法律的人士主持，針對人們有爭議的權利和財產加以裁決，並懲罰罪惡，保障無辜。我提到我們財政部門精明的經營管理，海軍和陸軍的英勇和成就。我計算我們的人口，估算每個教派或政黨可能有幾百萬人。甚至連運動和娛樂，以及任何我認爲有益於我們國家榮譽的細節，我都沒有省略。結尾時，我簡短敘述了過去百年來英格蘭所發生的事件[15]。

我覲見國王至少五次，每次幾個小時，才結束彼此之間的對話。國王一直仔細傾聽，經常筆記我所說的，並把想問我的問題寫下備忘[16]。

這些長談結束之後，陛下在我第六次覲見時查閱筆記，對每一項都提出許多的懷疑、質問和反對意見[17]。他問，用什麼方法來培育我們年輕貴族的身心？他們一生中最初、最受教的歲月，通常都花在哪些事情上？任何貴族世家滅絕時，用什麼

15 這百年自伊莉莎白女王1603年駕崩開始，爲斯圖亞特王朝多事之秋，其中有兩次叛亂，十一年沒有國君(IA 119)。

16 藉由國王的問題，點出理想與現實、理論與實際之間的落差。大人國國王的許多觀點反映了當時托利黨的看法。

17 這些問題完全不涉及君王，避免因文賈禍(IA 119)。

措施來補充議會？冊封爲新貴族，需要什麼條件？國王的好惡，賄賂貴婦或首相[18]，設計圖利特定黨派而違反公共利益——這些是不是曾經成爲晉升的動機？這些貴族對於國家的法律知道多少？他們如何獲取這些知識，以便能對同是臣民的財產做出最後的定奪？他們能不能一直免於貪婪、偏袒、匱乏，使賄賂或其他的邪見無法存在？我說到的那些神聖的貴族，是不是都因爲對宗教事務的知識、生活的聖潔，而得到晉升？他們在身爲一般牧師時，是不是從未隨波逐流，還是在擔任某個貴族的牧師時，曾經唯唯諾諾、出賣節操，而一旦晉身上議院之後，繼續卑躬屈膝地遵從他的意見[19]？

國王還想知道，我們採用什麼方法來選舉我所稱的下議院議員。腰纏萬貫的外人有沒有可能影響低俗的選民投票選他，而不選他們自己的地主或鄰近最值得尊敬的紳士？如果像我所說的，議會事務繁雜，所費不貲，既沒薪水，也沒津貼，經常使人傾家蕩產，爲什麼人們還是趨之若鶩？因爲陛下似乎懷疑，表面上如此崇高的美德與公益精神，可能並不完全眞誠。而且他想知道，這類熱心的紳士會不會爲了回收自己花費的錢

18 “Prime Minister”，一直到19世紀才有這個正式名銜，18世紀時人們以嘲諷的方式把這個名稱加在華爾波身上(RD 282)。正文前的〈啓事〉也以這種方式指涉華爾波，但用的是“Chief Minister”一詞，所以也譯爲「首相」。

19 綏夫特痛斥政治人物擔任保護人(patron)的制度，認爲會導致政治任命，由不夠資格的人士擔任重要的神職人員，進而使得教會屈從於國家之下(AJR 108)。他對喬治一世大量任用低教會的人士擔任主教頗有怨言，尤其不滿於愛爾蘭教會的主教(LAL 508)，並且覺得自己便是因爲堅持理念而未獲晉升(IA 119)。

財和心血，就和腐敗的政府部門串通，迎合意志薄弱、心思邪惡的國王，而犧牲了公共利益？他的問題接二連三，就這方面的每一個細節都徹底盤問，提出無數的詢問和反對意見，這裡不宜也不便重複[20]。

有關我對於我們法院的說法，陛下就其中幾點要求我給予滿意的答覆。這正是我的專長，因爲我先前在大法官法庭曾進行長期的訴訟[21]，花了相當代價才得到有利的判決，幾乎爲此傾家蕩產。他問，在斷定是非時，通常花多少時間？多少費用？對於明明知道是不公、無理、迫害的案件，律師和原告能不能隨意訴訟？在司法的天平上，宗教或政治的派別有沒有任何份量？那些訴訟的原告，有沒有學過有關公平的普遍知識，或者只知道區域的、國家的和其他地方的風俗習慣？他們或法官有沒有參與起草那些法律，以致認定可以隨自己的喜好來詮釋和曲解法律？他們曾不曾在不同時間對同一個案件又支持又反對，並且引用不同的判例來證明相反的意見？他們這個行業是富是窮？他們是不是因爲訴訟或發表自己的意見，而接受任何金錢的報酬？尤其是，他們是不是曾經獲准成爲下議院的成

20 然而在今日社會看來，這些懷疑、質問、反對的現象不但依然存在，甚至可能愈演愈烈。

21 “Chancery”，此大法官法庭是僅次於上議院的最高法庭，爲愛德華三世時所設立，目的在於解決習慣法(the common law，或譯「不成文法」)所不能處理的紛爭，卻因爲審判程序曠日廢時且所費不貲而惡名昭彰，有時使訴訟的雙方耗盡家產(ABG 373; AJR 108)。一百多年後的狄更斯在《荒屋》(*Bleak House*, 1853)中，還對此大加諷刺(IA 120; ABG 373; AR 309)。可參閱第四部第七章注釋8。

員[22]？

他接著轉到財政部門的經營管理，並且說，他認爲我的記憶有誤，因爲我計算我們一年的稅收大約有五、六百萬，但他發現我提到的支出有時高達一倍以上——他的筆記在這一點記得很仔細。他告訴我說，希望我們經營管理的知識對他有用，所以他在計算上不能遭到蒙蔽。但是，如果我所言屬實，他依然不了解，國家怎能像私人一樣欠債[23]？他問我，我們的債權人是誰？我們到哪裡籌錢付給他們？他聽我說起那些耗時費錢的戰爭時非常驚異，認爲我們要不是好鬥之徒，就必然是被惡鄰環繞；我們的將軍必然比國王富有[24]。他問，除了進行貿易、簽訂條約或以艦隊防衛海岸，我們在自己島嶼之外的地方還做些什麼事[25]？尤其聽到我說一個承平時的自由民族中竟然有常備的傭兵，他很驚訝。他說，如果我們的統治者是經由我們自己同意的代表，他想像不出我們會害怕誰或要與誰爭鬥。

22 本段針對法律提出一連串問題，至今依然值得深思。

23 國王表達的是托利黨的經濟政策，反對長期國債的原則。國債是惠格黨主政時，於1693年開始的，目的在於籌措與法國戰爭的經費，次年因爲英格蘭銀行(the Bank of England)的成立而體制化(PT 319)。喬治一世登基時，國債已高達五千四百萬鎊，綏夫特和當時許多人都一樣擔憂，惠格黨的政策會導致破產(ABG 374)。

24 可能影射馬伯樂公爵，當時許多人批評他爲了中飽私囊而延長西班牙王位繼承戰爭，甚至以超過五十萬鎊的巨資建造一座豪宅(D & C 353)。綏夫特曾爲文批評此人，此人於本書出版前四年去世，但仍未能倖免於作者的譏諷(ABG 374; IA 121; AJR 109)。

25 這一方面是托利黨的政策(IA 121)，另一方面也暗諷帝國主義之對外擴張與殖民有違常理。

他也想聽聽我對下面這件事的意見：私人的房宅由自己、子女、家人來防衛，不是勝於交給五、六個在街上隨意挑來、志在微薄薪資的流氓？這些流氓如果殺了雇主，還可能賺上百倍呢[26]。

他取笑我的算術稀奇古怪(他喜歡這麼說)，竟然以我國各個宗教和政治的派別來計算人民的數目。他說，他不懂有什麼理由非要那些對大眾心懷歹念的人改變心意，而不讓他們藏在心裡、祕而不宣。任何政府如果要求人們改變心意，便是專制暴虐；如果允許他們公然表白不利大眾的想法，則又是軟弱無能[27]。因爲個人盡可把毒藥收藏在自己的櫥子裡，卻不許當成甜酒四處兜售[28]。

他注意到，在我們貴族仕紳的消遣中，我提到了賭博。他想知道這種娛樂通常是從什麼年紀開始的？什麼時候擱下？占

26 反對有常備的傭兵，是托利黨喜好的議題(PT 319)。「克倫威爾、查理二世和詹姆士二世都借助傭兵來壓制憲政自由，因此英國人不喜常備兵。威廉三世登基時，權利法案(the Bill of Rights)確定太平時期未經國會同意而維持常備兵是違法的，爲了維持兵力，每年得通過叛亂法案。在雷斯維克和約(the Peace of Ryswick)之後，國會經過長久討論，允許威廉三世保留八萬七千人軍隊中的一萬人。喬治一世時，國王和惠格黨要仿照歐陸模式建立強大、精銳的常備武力，但托利黨對於海軍和民兵更有信心，雙方爆發爭議」(ABG 374-75)。綏夫特主張採用古代以民兵(militia)保衛家園的方式(RD 283)。此處質疑傭兵唯利是圖，逞凶鬥狠，不堪信賴。

27 國王對於容忍的看法，與綏夫特相似。綏夫特主張爲了紀律，可以要求外在的統一，但不許探究私人的信仰。此點與小人國形成強烈對比(ABG 375)。

28 即主張個人思想自由。

用他們多少時間？會不會影響到他們的財富？卑鄙邪惡之徒會不會憑著精湛的賭技獲致巨富，以致有時我們的貴族必須仰仗他們，而與狐群狗黨為伍，完全背離了修身養性，並且因為債台高築而被迫去學那種不名譽的手藝，運用在他人身上。

我把我們過去一個世紀的歷史說給他聽，他聽了十分震驚，指稱那全是一堆陰謀、叛亂、謀殺、屠殺、革命、放逐，是貪婪、內訌、偽善、背信、殘酷、盛怒、瘋狂、仇恨、嫉妒、慾望、惡意、野心所能產生最糟的結果。

在另一次覲見時，陛下費心總結我所說的一切，對照他的問題和我的答覆，然後把我捧在雙手中，輕輕撫摸我，講出底下這番話。我永遠也忘不了他所說的話和說話時的神情：「我的小朋友格理脆格，你對你的國家讚頌得無以復加。你清楚證明了無知、懶散、邪惡是構成立法者的要件[29]。有些人的私利和能力在於歪曲、混淆、規避法律，但這些人卻也是最會解說、詮釋、應用法律的人。我在你們之中觀察到典章制度的若干痕跡，這個典章制度原先可能還不錯，但好的這一半被抹煞了，剩下的一半腐化得完全模糊、污穢[30]。從你所說的一切，看不出在你們之中謀得任何職位需要任何的出眾之處，更別提有人是因為德行而尊貴，牧師因為虔誠或學問、軍人因為行為或英勇、法官因為正直、議員因為愛國、顧問因為智慧而得到晉升。(國王又說，)至於你自己，大半生出外旅行，我很希望

29 「構成立法者的要件」，初版時被改得比較緩和：「有時也許是唯一構成立法者的要件」(AR 310)。

30 典章制度每況愈下是綏夫特喜好討論的主題(ABG 375)。

你能就此擺脫你國家的許多罪惡。但我從你自己的敘述，以及我費心、勉力從你得到的回答來看，不得不下這個結論：你的國人中，絕大多數是大自然有史以來容許在地面上爬行的最惡毒、最可憎的小害蟲。」[31]

譯者附誌

前章描寫主角因為身材渺小所遭遇的危險與屈辱，此章則因其制度淪喪、道德墮落引來惡評。就是因為「人微」，格理弗更需要以技巧與努力來贏取尊重。此章前半著重於格理弗如何面對大小的歧異，從中引發巧思，用以取悅大人國國王與王后(雖說演奏音樂一節確實疲於奔命，真難為他了)；後半依然運用兩地的歧異，以「遠方來客答主人問」的方式，顯示格理弗處心積慮要宣揚故國的典章制度，甚至加上溢美之詞，試圖打動國王，卻適得其反——原意在於宣揚國威，反而導致國王態度丕變，落得十分不堪的惡評(國王原先視格理弗只是無害的小玩物，如今卻知其同類之惡毒可憎)。作者透過對比的手法，諷刺格理弗及他所代表的英國、歐洲，乃至於圓顱方趾的人類。如果說此處是正面表述「祖國的優點和美好」，那麼第三部第八章就是以奇幻的手法表現出這些王室貴冑不堪入目的一

31 此句經常被引用來印證綏夫特的恨世思想(第四部第八章對於犽猢也有相當不堪的描述與評價)。原先綏夫特只是不滿於人性的險惡和制度的淪喪。然而證諸今日的生態觀，以往的人類中心論(anthropocentrism)所發展出的嚴重後果，如生態危機，確實印證了大人國國王對格理弗同類的評斷。

面，第四部第八章則藉由慧駰與犽猢的對比，進一步貶低人類。

第七章

作者熱愛祖國。向國王貢獻良策，遭到拒絕。國王對政治甚為無知。該國的學問很殘缺、有限。他們的法律、軍事與黨派。

由於我熱愛眞理實情，所以底下的故事也就不隱瞞了。如果我露出忿忿不平的神色，不但徒勞無益，反而總是遭到嘲弄，所以我只得耐著性子，眼見自己高貴、至愛的國家遭到如此中傷。會出現這種場面，我和任何讀者一樣都覺得衷心遺憾。但這位君王恰好對每個細節都如此好奇、百般詢問，如果我不盡力滿足他，不但顯得知恩不報，也不合禮數。然而，我也得爲自己辯解：我技巧地迴避了他的許多問題；回答每個問題時盡可能有利於我國，遠超過了嚴格的實話實說的程度。因爲，我一向認爲偏袒自己的國家是項美德，這也正是哈利卡納瑟斯的戴奧尼修斯[1]給歷史家的建議，他的說法很言之成理。

1 "Dionysius Halicarnassensis"，哈利卡納瑟斯(Halicarnassus)是現在土耳其西南海岸的一座城市(IA 123)。戴奧尼修斯(紀元前66?-7年)出生於該城，但後來在羅馬居住大約四十年，曾以希臘文撰寫

所以我會隱瞞祖國的弱點和缺失，以最有利的方式呈現她的優點和美貌。在與那位君主的許多會談中，我眞心致力如此，卻不幸未能成功[2]。

但是我們必須多多原諒這位國王，因爲他和世界其他地方完全隔絕，所以根本不知道其他國家最通行的規矩禮儀、風俗習慣。欠缺這種知識會導致許多偏見，使人思想狹隘，而我們和歐洲那些較文明的國家則能完全避免這種情形。如果把一位君王如此與世隔絕的善惡觀當成全人類的標準，那的確會窒礙難行。

爲了印證我現在的說法，以及進一步顯示褊狹的教育所造成的不幸後果，這裡穿插一段令人難以置信的插曲。爲了更討得陛下的寵愛，我告訴他一項三、四百年前的發明[3]：有人製造

(續)

羅馬早期歷史，頌揚其美好，全長二十冊，現存九冊(ABG 375)。他認爲古希臘史家修西得底斯(Thucydides，紀元前460-400?年)的地位不如希羅多德(Herodotus，紀元前484?-420年)，因爲他遭到放逐，所以對故國充滿批判之情，詳述缺失，對優點卻往往略而不提(PT 320)。其實，戴奧尼修斯撰寫的歷史是對外來統治者的頌揚，要希臘人接受羅馬人的統治，有異於格理弗的情況。

2 主角故作愛國狀，其實是作者說反話的工具。

3 相傳火藥於1354年(一說爲1325年[ABG 376])爲史華茲(Berthold Schwarz)所發明，槍枝則在1326年在佛羅倫斯(Florence)已被使用(PT 320)。其實，火藥爲中國四大發明之一，最初與煉丹術有關，唐朝孫思邈的《丹經》已有關於原始火藥配方的記載。天祐元年(904年)，鄭璠攻打豫章(今江西南昌)時，曾使用「飛火」，也就是火藥製成的火砲之類，這是中國首次將火器用於戰爭的紀錄。宋開寶二年(969年)，馮繼昇等改進火箭法，試驗成功。在宋、遼、金、元的戰爭中多方使用火器，而傳給了契丹人(遼)、

出一種粉末，即使星星之火落在堆積如山的粉末上，也會瞬間全部引燃，飛到半空中，發出的聲響和震動都超過打雷。如果在中空的銅管或鐵管裡，依照管子的大小塡入適量的這種粉末，就能把鐵彈或鉛彈以強力快速射出，沒有東西承受得了它的力量。以這種方式發射出的最大砲彈，不但能一次摧毀一排排的軍隊，而且能把最堅固的城牆夷爲平地，把乘載千人的大船擊沉海底，用鏈子串在一起時[4]，能切過桅桿和索具，把數以百計的人攔腰斬斷，眼前一切化爲烏有。我們常常把這種粉末放入巨型的中空鐵彈，用器械射入圍攻的城市裡，威力足以刨開路面，扯碎房舍，碎屑向四面八方炸射，凡是靠近的人無不腦漿迸裂。我知道這種粉末的成分既便宜又普遍，也知道組合的方式，可以指導國王的工匠製造符合該國比例的管子，最大的不需超過兩百呎。有了二、三十支這種管子，塡上適量的火藥和砲彈，就能在幾小時之內，轟倒他領土內最堅固的城牆；如果京城裡的人膽敢違反他絕對的命令，就可輕易毀掉整座京城[5]。我謙卑地把這獻給陛下，對浩浩皇恩和重重保護聊表回報之意[6]。

(續)

女眞人(金)、蒙古人(元)，後來隨著蒙古西征而輾轉傳給阿拉伯人，再傳到歐洲。

4　“linked together by a Chain”，即成爲「鏈彈」(chain-shot)，射出後在空中旋繞，主要用於破壞敵船的纜索(ABG 376)。

5　英格蘭便是如此高壓統治、威嚇愛爾蘭以及其他殖民地。

6　綏夫特在《桶的故事》和《書籍之戰》中都提到古今之爭。主張今勝於古的陣營所提出的理由之一就是今人在火藥上的成就，認爲這促成了殖民地的征服和基督教的擴展。放在古今之爭的脈絡來看，綏夫特的立場呼之欲出，而格理弗成了他戲謔的對象(LAL

我把那些可怕的武器如此描述一番並提出以上的建議，國王聽了大爲驚恐。他很訝異像我這般無能、卑下的昆蟲(這是他的說法)，竟然懷有這麼不合人道的想法，而且說得如此輕鬆自在，似乎完全不爲血腥、蹂躪的情景所動搖(在我的描繪下，這般情景是那些毀滅性武器的普遍效果)。他說，最早發明這種武器的人必然是邪惡的天才，人類的公敵[7]。他自己則堅稱，雖然他常常最熱中於藝術或自然上的新發現，但寧願喪失一半的國土，也不願意知道這種祕密。他命令我，要是珍惜自己的性命，就絕口不再提這件事[8]。

原則狹隘、眼光短淺，莫此爲甚！這位君王具備了所有值得推崇、熱愛、尊敬的特質，才華出眾，智慧高超，學問淵深，統治的才能卓越，臣民對他幾乎到了崇拜的地步；這種人竟然會因爲無關緊要的顧慮——我們在歐洲對這種顧慮渾然不解——坐失到手的機會，這個機會能使他成爲人民生命、自由、財富的絕對主宰。我這麼說，對那位英明國王的許多美德毫無貶低之意，因爲我曉得這種說法會使英國讀者對他的評價降低許多。但我認爲他們這個缺點來自無知，不像歐洲那些更

(續)

508)。再者，綏夫特本人反高壓、反殖民的立場鮮明，尤其見於第三部第三章，全書最後一章(第四部第十二章)對此更反覆申論，用心良苦。

7 彌爾頓在《失樂園》(John Milton, *Paradise Lost*)中也認爲火藥是撒旦發明的(RD 283)。

8 托利黨反對與法國的戰事。綏夫特曾爲此撰寫政治小冊子，宣揚反戰的理念。

精明的才子，已經把政治化減爲科學[9]。我記得很清楚，有一天與國王交談時，我恰好說到，我們有幾千本討論爲政之道的書；國王的反應與我原先的用意完全相反，竟然對我們的學問評價很低。他宣稱自己既厭惡又輕視君王或大臣的高深莫測、細膩縝密、陰謀詭詐。他不明白在不涉及敵人或敵國時，我所說的國家機密是什麼意思。他把治理的知識限制在很狹隘的範圍內，像是常識與理性[10]，公義與仁厚，民事與刑事案件的速審速決，以及其他一些不值得一提的老生常談。他主張，只要有人能使原先只長一枝穀穗或一片草葉的地方長出兩枝穀穗或兩片草葉，這種人對國家的貢獻，比所有的政治人物加起來都更實在，也更值得人類欽佩[11]。

這裡的人學問很貧乏，只有道德、歷史、詩歌、數學，但必須承認，他們在這些方面出類拔萃。不過，數學全應用在生活中有用的事物，像是改進農業和所有的機械技術，因此在我們之中會很不受尊重[12]。至於理念[13]、本質[14]、抽象、超越[15]，

9 這種觀念與作法可溯及馬基維利的《君王論》(Niccolo Machiavelli, *The Prince*, 1513)(PT 320)，而盛行於18世紀(ABG 376)。

10 常識與常理是綏夫特喜好的觀念(IA 125)，也是當時理性時代的思潮，新古典主義的信條。

11 托利黨注重國內農民的利益(HW 474)。這句對政治人物的批評，是本書除了前章結尾之外，最常被引用的文字(IA 125)。

12 微積分發展於綏夫特的時代，其中有些觀念一般人難以掌握，卻對人類很有貢獻(IA 125)。可以和第三部中對發明家的諷刺相較。

13 "Ideas"，即柏拉圖的原型，所有個別事物都是有關這個原型的不完美的仿造(PT 321)。

14 "Entities"，在經院哲學(scholastic philosophy)中指的是事物的本質

這些我連一絲一毫的概念都無法塞進他們的腦袋裡[16]。

那個國家每項法條的字數不得超過他們字母的數目，而他們只有二十二個字母[17]。的確，他們的法條幾乎都沒有達到那個長度，而且都是以最平實、簡單的文字表述，所以人民不至於精明得能發現一種以上的詮釋。撰文評論任何法律更是死罪。至於民事案件的決定或起訴罪犯，則判例甚少，沒什麼理由誇耀在這兩方面有任何過人之處[18]。

他們很早以前就有印刷術，可以媲美中國[19]。但他們的圖

(續)

或存有，相對於特質或關係(PT 321; ABG 376-77)。

15 "Transcendentals"，在亞理斯多德的哲學中，超越任何單一類別之界限的事物(PT 321)，或超越感官經驗的事物(ABG 77)。

16 綏夫特本人傾向於實用的學問，厭惡故弄玄虛的哲學術語(ABG 376; AJR 113)。根據此處的描述，務實是大人國的思想、行事作風，至於是褒是貶，則見仁見智。此處格理弗顯然不以爲然。但以他在該國的弱勢地位及諸多荒謬行徑、異見來看，作者以其不以爲然所表達的到底是正面或反面的意見，值得深思，不宜根據字面上遽下判斷。

17 根據綏夫特那時的文法，拉丁文有二十二個字母(RD 283)，再次將大人國與古人聯想到一塊。

18 可能指涉英國法令不周全，時常要靠判例來裁決，不僅耗時，而且解說不一(ABG 377)。此段描寫該國唯恐有人知法犯法，玩法弄權，所以嚴格規定，預作防範。

19 再度提到中國。一評注者說，相傳中國自紀元932年起將孔子的教誨刻於木板上印刷(PT 321)。另一評注者說，中國人在紀元175年即以木板印刷經典，在11世紀已有活版印刷(ABG 377)。又有評注者說，中國人早在紀元200年便有此觀念，比歐洲發明印刷術早了十二個世紀。中國在1050年發明活版，1313年有六萬個中文字刻在木板上，在高麗有更精緻的銅字字型。而歐洲之所以能後來居上，主要因爲其文字只有二十幾個字母，隨著印刷的超前，在學問及科技上也超前，終致暫時控制世界(IA 126)。此處臚列這

書館不很大，就連公認最大的國王的圖書館，藏書都不超過一千冊[20]，放在一千兩百呎長的一道長廊裡，我能隨興自由借閱。王后的細木匠在格倫達克麗琦的一個房間裡設計了一種木頭機械，二十五呎高，形狀像是直立的梯子，每級五十呎長。這其實就是可以移動的階梯，底端放在離牆十呎的地方。我把想要讀的書斜靠著牆，先登上梯子最上一級，面向書本，從頁首開始讀起，就這樣左右來回走動，依照各行的長度，走上八到十步不等，直到比視線低一點，然後逐級下降，一直到底端，之後再爬上，以相同的方式開始讀另一頁。至於翻頁，我用雙手就能輕易辦到，因爲書頁像硬紙板一樣又厚又硬，而最大的對開本不超過十八或二十呎長。

他們的文風[21]清晰、陽剛、平順，但不華麗[22]，因爲他們

(續)

些評注者的意見，旨在顯示英美評注者如何向英文讀者再現中國。其實，中國的雕版印刷開始於唐代，於兩宋達到極盛。北宋仁宗慶曆元年(1041年)，畢昇(生年不詳，約卒於1051年)發明活字版印刷，用膠泥製成活字排印，比德國的谷騰堡活字印書約早四百年。元代初期王禎的《農書・造活字印書法》(1313年)記載錫活字印刷，是歷史文獻中最早的記載，比歐洲的金屬活字約早一、兩百年。如今中文輸入方式急起直追，只要找到拆解中文的適當方式，再配合詞庫的運用，可比歐西文字更快速、方便。

20 在古今之爭中，支持今人者主張因爲印刷術的發明，使得知識更容易傳播。然而崇古者不以爲然，田波爵士便認爲學問的傳播不是靠書籍，而是靠傳統，書籍的數量不足以衡量學問，而有將國王的圖書限定不超過一千冊的說法(LAL 508)。

21 “Stile”，現在的拼法爲“style”。綏夫特於1721年的〈致年輕紳士書〉(“A Letter to a Young Gentleman”)中，對風格下了一個簡明扼要的定義：「適當的文字擺在適當的位置」(“Proper Words in Proper Places”)，接著說：「一個人的思想清晰時，通常最適當的

最忌諱使用贅字或不同的表達方式。我瀏覽過他們許多書，尤其是歷史和道德的書籍。在道德書籍中，我對一本小古書很感興趣。這本書總是擺在格倫達克麗琦的臥房裡，是女教師的。這位女教師是一位上了年紀的嚴肅女士，喜愛閱讀有關道德和忠義的作品。這本書探討人類的弱點，但除了女人和俗人之外，其他人都很不重視[23]。然而，我好奇想看看那個國家的作家對這個題材會有些什麼說法。這位作者談遍了歐洲道德家經常討論的主題，顯示人這種動物的本性是如何的渺小、可卑、無助，無法防範大自然的險惡或野獸的憤怒，不同的動物各自在氣力、速度、預感、勤勞上都遠超過人類。作者又說，世界每況愈下，一代不如一代，大自然不斷退化[24]，和古代相比，現代產生的只是些渺小、發育不全的人。他說，人類原先不但龐大得多，而且古代一定有巨人。這種想法很合理，因爲不但

（續）

文字會自動先出現，然後他自己的判斷就會指引他如何排列文字，以便最能爲人所了解」(PT 321-22)

22 綏夫特本人的文風便是如此，而且以此文體聞名，此處應爲夫子自道(IA 126; ABG 377)。當時以平實的文風爲理想(LAL 509)。

23 類似手法也見於第三部有關飛行島島民的說法，表面上看似貶低女性，其實是反諷地位高於女性或販夫走卒之人。

24 「今非昔比」、「一代不如一代」之嘆，古已有之。古代人較高的說法，西洋古代作家如荷馬和赫西歐德(Hesiod)早已有之。這種說法盛行於17世紀。1718年曾有一篇法國論文主張亞當身高一百二十三呎，摩西身高十三呎，亞歷山大身高僅六呎(PT 322)。綏夫特同時代的人，由於《聖經》的記載及挖掘出巨骨，更認爲如此(ABG 377)。然而，當時另一派主張進步的觀念，因而形成了古今之爭(LAL 509)。綏夫特本人則崇古。只是不知大人國古代的巨人會有多大，比歐洲人又大多少。

受到歷史和傳統所肯定，而且從全國各地偶爾挖出的巨大骸骨和顱骨[25]也可以印證，這些遠遠超過當代普遍縮小了的人類。他主張，自然的法則絕對要求我們原先的身材應該更龐大、強健，才不容易因爲屋瓦掉落[26]、小孩丟石、小河溺水種種小意外而喪命。作者以這種方式推論，得到一些可以應用在生活行爲中的道德寓意，這裡無須重複。就我個人來說，不禁讓我省思：從我們與大自然的齟齬不和中，引申出道德的教誨，或者該說，引申出不滿和埋怨的事情——這種本領是多麼的普遍。而且我相信，要是嚴格探究起來，不管是在我們歐洲還是在這個國家，那些齟齬不和都是毫無根據的。

至於軍事方面，他們誇耀國王的軍隊由十七萬六千名步兵和三萬兩千名騎兵組成。所謂的軍隊，其實是由各個城市的商人和鄉村的農夫所組成，指揮官只是貴族和紳士，並沒有收入或酬勞。他們的操練實在稱得上完美，而且紀律嚴明，但我看不出有什麼太大的優點；因爲每個農夫都由自己的地主指揮，每個市民都由自己城市的大人物指揮(這些大人物是仿照威尼斯

25 以往的人多從宗教加以解釋：有人主張是上帝的練習之作；有人主張是魔鬼模仿上帝的失敗之作；有人主張是大洪水之前的動物遺留下來的。17世紀丹麥地理學家史汀諾(Niels Steno, 1648-1686)則認爲是古代動物的遺骨。與綏夫特同代但年紀稍長的胡克(Robert Hooke, 1635-1703)同意史汀諾的見解(IA 127)。今日看來，其中可能有恐龍的遺骨。

26 羅馬作家朱文諾(Juvenal，紀元60?-140?年)便在諷刺文中提到，有人要踐餐會之約，言甫出口，便爲落下的屋瓦擊斃，以示人生之無常(PT 322)。

的方式投票選出的)[27]，紀律怎麼可能不嚴明呢[28]？

我經常看到羅布魯格魯德的民兵被帶到靠近城市一處二十哩平方的大廣場上操練。總共不超過兩萬五千名步兵和六千名騎兵，但由於占地遼闊，我無法計算他們的數目。坐在雄偉駿馬上的騎兵大約有九十呎高[29]。我曾見到一聲令下，全體騎兵同時拔劍，在空中揮舞。任憑再好的想像力都想像不出這麼宏偉、這麼驚奇、這麼駭人的景象，有如萬道閃電同時從天空的每一處猛然擊下[30]。

我好奇想知道，既然從任何國家都無法接近這位君王的領土，爲什麼會想到要有軍隊，或教導人民軍事訓練。但我很快就從言談和閱讀他們的歷史中知道了。因爲許多時代以來，他們也患上了全人類的通病[31]：貴族經常爭奪權力，人民爭取自

---

27 威尼斯在1297年起，便以祕密投票的方式推舉國會成員，職司投票選出國家官員(ABG 378)。英國在查理二世統治時，曾提出在國會祕密投票的主張(PT 322)。

28 此處以大人國的情況來表達托利黨的觀念，主張依照舊有體制設置民兵，而不是惠格黨主張的新觀念：即使在承平時期也要維持一支量少質精的職業軍人，主要用於對抗歐陸的新式軍隊(ABG 377)。

29 早先的版本爲「一百呎」(相當於歐洲的八呎四吋)，福克納版改爲「九十呎」(相當於歐洲的七呎六吋)，前者較爲準確(GRD 142; HW 474)。

30 與第一部中小人國部隊在格理弗胯下遊行，不可同日而語。然而也可由此想像小人國人民見到格理弗揮動彎刀時的情景——當時只是單人一刀，便已令人驚愕，此處六千名巨人騎兵騎在駿馬上同時拔劍揮舞，聲勢不知壯大了多少。

31 「全人類」(“the whole Race of Mankind is”)在先前版本中爲「許多其他政府」(“so many other governments are”)(ABG 378; AR

由，國王爭取絕對的統治[32]。儘管這一切幸而受制於國法，但有時三方中的任何一方都會違反，不只一次造成內戰。最後一次內戰幸而被這位君王的祖父在一次大協議中終結，經過一致同意，設立民兵，從此奉行最嚴格的職務。

譯者附誌

接續前章的筆法，再次展現格理弗試圖取悅大人國國王，反而自取其辱。先點出主角的矛盾：既自稱熱愛真理，卻又為祖國隱瞞缺失，誇大優點。表面上看似格理弗批評國王的無知、偏見、識見短淺，該國學問有限、法律單純云云，實則對比、洩露出歐洲人(乃至人類)的邪惡、狡猾、殘酷。國王嚴詞拒絕格理弗的「良策」，不但因為該國如世外桃源，外與世隔絕，內久無爭戰，無需如火藥般的致命武器，更因為道德高超，宅心仁厚。由於主角第一人稱的敘述，讀者一路被引來與他認同，卻發覺自己連同格理弗都成了大人國國王責備的對象。綏夫特諷刺手法之高，由此可見。格理弗對於該國的諸多批評，只不過反襯出大人的恢宏高超，自暴歐洲人殘酷、嗜殺

(續)

310)，把指責的對象擴及全人類，無一倖免。

32 綏夫特在1701年的〈論雅典與羅馬的上下議院之爭，以及對此二城邦之影響〉("A Discourse of the Contests and Dissensions between the Nobles and the Commons in Athens and Rome, with the Consequences They Had upon Both Those States")中，主張「單一」、「少數」、「多數」之間維持權力平衡的重要性(PT 322)。對照此處，「單一」、「少數」、「多數」分指國王、貴族、人民。

的劣根性。巨人雖不完美，但道德高超、態度務實、安和樂利、極少征戰、沒有玩法弄權的情事。格理弗處境每況愈下。

第八章

國王與王后出巡邊境。作者隨侍。詳述作者離開該國的方式。返回英格蘭。

我一直有個強烈的預感，自己一定會重獲自由，不過我猜想不出是用什麼方式，也無法擬定任何有絲毫成功希望的計畫[1]。我搭乘的那艘船，是有史以來第一次被吹近該國海岸的船隻，而國王嚴令，任何時候只要有另一艘船出現，就得帶上岸，用雙輪車[2]把所有的水手和乘客送到羅布魯格魯德。他很想爲我找個身材相似的女子繁衍後代。但我心想，自己寧死也不願留下後代受辱，被當成溫馴的金絲雀般[3]關在籠子裡，也許不久

1 先提出這個難題，讓讀者尋思，等到眞正離開時，更見出作者的想像力——其實，格理弗離開大人國的方式前面已有伏筆，只是此處還看不出。

2 “Tumbril”，現在拼法爲“tumbrel”，這種車主要用於裝卸糞便(便於從一頭「傾倒」[tumble])(ABG 378; IA 128)。

3 “Canary Birds”，在當時的俚語中有不佳的涵義——「被抓到牢籠裡的惡棍或妓女」；而且，當時有人將皇宮裡的侏儒配對(一次是1710年在聖彼得堡)以及數次嘗試繁殖失敗(PT 322-23)。此處格理弗厭惡成爲被豢養、沒有尊嚴的寵物，這是人情之常，然而他

就賣給全國裡的顯要人士，當成珍奇。我的確受到很善心的照料，偉大的國王和王后對我寵愛有加，整個朝廷也很喜歡我，只是這種地位有失人類的尊嚴。我永遠忘不了留在家裡的妻子兒女。我要與自己可以平起平坐、平等對話的人生活在一塊，在街道和田野走動時，不必害怕會像青蛙或小狗般被踩死[4]。但我比預期的還早解脫，方式也不很尋常。底下就忠實訴說我解脫的整個故事和情況。

我到這個國家已經兩年了，就在即將進入第三個年頭時，格倫達克麗琦和我隨侍國王和王后出巡該國的南方海岸。我跟往常一樣，被放在旅行屋裡隨行。以前描述過，這個旅行屋是個十二呎寬、很方便的盒子。我命人以絲繩把吊床固定在屋頂的四角，這樣有時要僕人騎馬帶我出去，置於他身前可以減輕震動，在路上時也經常可以睡在吊床上。我命令細木匠在屋頂，而不是在吊床的正中上方，挖個一呎平方的洞，天熱睡覺時可以流通空氣。我隨時可以用一塊木板，在溝槽上前後移動，開關洞口。

我們來到旅程的終點時，國王認為該在距離海邊不到十八哩的法蘭法拉斯尼克[5]一城附近的行宮過上幾天。格倫達克麗

(續)

對小人國的人與動物，卻不乏類似的看法及作法(如在第一部第八章末，他將小人國的牛羊帶回英格蘭展示、販售、繁衍，大獲其利)。因此，許多事情透過對照與轉換，可以有更深切的領會。

4 此時更能體會小人國的人民面對他時的感受，尤其是恐懼——縱然格理弗並無心加害。

5 “Flanflasnic”，根據本部所附的地圖，此城靠近這座半島的西海岸，是除了首都之外唯一出現在地圖上的城市，由於靠近海邊，

琦和我都很疲累，我略感風寒，而可憐的女孩則臥病在床。我渴望去看海洋，因爲如果我能脫逃的話，大海會是唯一可能的地方。我誇大自己的病情，要求讓我去呼吸新鮮的海風，隨同的是一個我很喜歡的童僕，他有時也受託照顧我。我永遠忘不了格倫達克麗琦是多麼心不甘情不願地答應了，嚴令童僕好好照顧我，同時眼淚如洪水般奔流而下，彷彿多少預感到會發生什麼事[6]。男孩把我放入盒中帶出，來到距離行宮大約半小時路程的海岸岩石上。我命令他把我放下，打開一扇格子窗，我向大海一望再望，眼神中充滿了渴望和憂鬱。我覺得自己不太舒服，告訴童僕我想在吊床上小睡片刻，希望能稍微恢復。我上了床，男孩把窗戶關上，以防風寒。我很快就睡著了。現在回想起來，我所能猜測的就是，在我睡覺時，童僕心想不會發生什麼危險，便到岩石堆裡去找鳥蛋。因爲我曾經從窗口看他找過，並且在石縫中發現一、兩顆鳥蛋。我的房子爲了方便攜帶，特地在屋頂拴了個圓環。這個圓環被猛力一拉，使我突然驚醒。我感覺到盒子騰空而上，以極快的速度被帶向前。第一次的震動幾乎把我震出吊床，後來的動作則相當平穩。我盡可能高聲叫了幾回，卻一點用也沒有。我朝窗口望去，只見白雲和藍天。我聽到頭頂有聲響，像是翅膀撲搧的聲音，然後才察覺到自己的悲慘處境：有隻老鷹用嘴啣住我屋子上的圓環，想

(續)

提供了格理弗離奇脫身的機會。

6 “a Flood of Tears”，「眼淚如洪水般奔流而下」，與格理弗在第一部第一章裡小解時的奔流(“Torrent”)，有異曲同工之妙，並爲下文預留伏筆。

把它拋落在岩石上，就像摔帶殼的烏龜一樣[7]，然後挑出我的軀體吞食[8]。這種鳥眼尖鼻銳，大老遠就能發現獵物，即使獵物藏身之處比躲在兩吋木板下的我更隱密，也難以倖免。

不多時，我發覺翅膀的拍打聲急速加快，盒子上下顛簸，彷彿風中的招牌一般。我聽到幾聲巨響或猛擊，心想叼著屋環的老鷹受到攻擊了，然後突然感覺自己垂直墜落了超過一分鐘，速度之快令人難以置信，我幾乎無法呼吸。接著一聲可怕的巨響(在我耳中比尼加拉瀑布[9]的聲音還大)，止住我的墜勢，之後又是一分鐘的漆黑，然後盒子開始升高[10]，我從窗戶頂端看得到亮光。這時我察覺到自己已經落入海中。由於我的身體、房中的物品、上下四角爲了強化所固定的鐵板等重量，所以盒子漂浮在水中大約五呎深。我當時猜想——現在也依然這麼猜想——叼走我盒子的老鷹遭到其他兩、三隻老鷹追逐，想分享獵物，在自衛時不得不拋下我。幸虧盒子底部拴的是最堅固的鐵板，不但在下墜時維持了盒子的平衡，也避免在撞擊

7 相傳古希臘悲劇作家艾斯克勒斯(Aeschylus)是因爲老鷹把他的禿頂誤認爲石頭，而把烏龜摔在他頭上，以致斃命(PT 323; ABG 378)。

8 先是「震醒」，再是「感覺」，接著「高叫」，然後「目視」、「耳聞」，終能很快便「察覺」到自己的處境，內外情境一氣呵成，緊湊而分明。底下繼續一步步描述他的遭遇，但因已過了初次的震驚，節奏上較爲舒緩，卻仍不乏妙筆。

9 "Niagara"，在尼加拉河上，如今一邊屬美國，一邊屬加拿大。

10 雖然盒子沉入海中，但由於與空中墜落的速度相比甚爲緩慢，所以並未感受到沉入水中的過程，而只是「一分鐘的漆黑」，接著盒子「開始升高」，浮出水面，見到外面的亮光。手法頗爲寫實。

海面時破裂。盒子的每道接縫都很密合，門不是以鉸鏈來開關，而是像格子窗一樣上下開閤，使得房子很緊密，不容易進水。我發現自己幾乎悶死，就先冒險拉開屋頂的滑動木板(先前說過，這塊活板是爲了讓空氣流通)，好不容易爬出吊床。

短短一個小時就使我和親愛的格倫達克麗琦分隔這麼遙遠，那時我多少次盼望自己依然和她在一塊。說實話，雖然我自己身處不幸，卻仍不禁爲我可憐的保姆感到悲哀，她失去我的哀慟，王后的不悅，她的幸福毀於一旦。也許有許多旅人未曾遭遇過比我這時更大的困境和悲傷，盒子隨時都可能裂成碎片，或者只要一陣暴風或大浪就會把它打翻。任何一面窗玻璃出現裂縫，都會使我立即送命。而且，要不是爲了預防旅行時發生意外而在窗外纏繞了堅固的鐵絲，窗子早已不保。我看見水從各個縫隙滲進來，雖然滲漏並不嚴重，但仍盡可能堵住。這時我打不開屋頂，否則就會打開，坐在上面，至少可免於被禁錮在監牢裡——我心裡是這麼稱呼它的。然而，即使我能逃過這些危險一、兩天，但除了慘死於饑寒交迫外，其他又有什麼好期待的呢！我處在這種情況下已經四個小時了，期待，甚至盼望，隨時都會是我的最後一刻。

我告訴過讀者，在盒子沒有窗戶的那一面，固定了兩根堅固的ㄇ形釘，方便僕人要帶我上馬背時，可以用皮帶穿過，扣緊在腰間。在這種淒慘的情況下，我聽到，或至少以爲自己聽到，固定ㄇ形釘的那一面傳來某種刺耳的聲音，不久，我開始心想盒子在海面上被拉著或拖著，因爲我時而有一種被拖拉的感覺，這使得海浪上升到接近窗頂，幾乎使我置身於黑暗中。

這給了我些微解脫的希望，雖然我想像不出要如何才能辦到。我的椅子原先總是固定在地板上，我冒險旋下一張椅子的螺絲[11]，並費勁再度用螺絲把椅子固定在我剛剛打開的活板的正下方。我站上椅子，嘴巴盡量挨近洞口，用所知道的各種語言大聲呼救，然後把手帕繫在通常隨身攜帶的手杖上，把手杖伸出洞口，在空中揮舞幾回。如果附近有任何大小船隻經過，船上的水手也許會猜想，有個不幸的人被關在盒子裡。

我試盡一切手段，毫無效用，卻能清楚察覺到自己的房子被拖著走。過了一個小時光景或更久，ㄇ形釘所在的沒有窗子的那一面碰到某個硬物。我擔心撞上的是岩石，而且發覺自己被更猛烈地拋來拋去。我清楚聽到房子上方有聲音，像是纜繩穿過扣環時發出的刺耳聲。然後，我發覺自己逐漸被抬高至少三呎。這時，我再度伸出手杖和手帕，大聲呼救到幾乎沙啞。回應我的是重複三次的大叫，使我欣喜若狂，這種心情只有身歷其境的人才能感受。我現在聽到有人踏在我頭頂上，而且用英文向洞口大喊：「底下如果有人，請說話。」我回答說：我是英國人，不幸遭遇人間最大的災難，然後我說盡好話，求他們把我救出所處的黑牢。那個聲音回答說：我已經安全了，因爲我的盒子已經固定到他們船上，木匠應該馬上就到，會在蓋子上鋸個洞，把我拖出來。我回答：沒那個必要，而且太花時間了，只消船員把一根手指插入圓環，把盒子取出海面，提上

11 補述。一直到離開了大人國，才讓讀者知道他旅行屋中的椅子一直固定在地板上，以及固定的方式——否則出遊時豈不如暴風中未拴緊的大砲一樣在船上東碰西撞(見本部第一章第二段)。

大船，放入船長的艙房就可以了[12]。一些人聽我如此胡言亂語，以爲我瘋了，其他人則大笑。因爲我壓根兒也沒想到，現在到了和自己身材、氣力相同的人們之中了。木匠來了，幾分鐘內就鋸出一個大約四呎平方的洞口，放下小梯子，我爬上梯子，被帶到船上，這時的身體狀況很虛弱。

水手們都很吃驚，問了我上千個問題，而我無心回答。看到這麼多侏儒，也讓我同樣困惑，因爲雖然我現在已經離開了大人國，但是眼睛長久以來已經習慣了那些龐然巨物[13]。船長湯瑪斯・威寇克斯先生是什羅普郡人[14]，正直可敬，他見我快昏倒了，就帶我到他的艙房，給了我些甜酒讓我舒坦一下，要我睡在他自己的床上，勸我稍事休息，而這也正是我很需要的。臨睡前，我讓他知道，我的盒子裡有一些珍貴的家具，丟了可惜：一張精緻的吊床、一張美好的行軍床、兩張椅子、一張桌子、一個置物櫃。我的房子各面都掛了東西，更精確地說，各面都鋪襯上了絲、棉。如果他要一個水手[15]把我的房子帶進他的艙房，我就會當面打開，向他展示我的物品。船長聽我說出這些荒唐話，斷定我在瘋言瘋語，然而，我想他是爲了

12 以爲自己依然置身於巨人之中。

13 畢竟在大人國待了兩年，雖然返回與自己身材相仿的人群中，一時之間仍難適應。爲第四部慧駰國回來之後的適應不良、格格不入預留伏筆。

14 "Shropshire"爲"Shrewsburyshire"（什魯斯柏里郡）的縮寫，位於英格蘭西部，其中心什魯斯柏里("Shrewsbury")於1974年改名爲「薩洛普」("Salop")(IA 133)。這位船長的言行舉止爲第四部結尾時的船長預留伏筆。

15 依然沒恢復過來。他的房子豈是「一個水手」就帶得動的。

安撫我，才答應照我的要求發號施令，走上甲板，派幾個人下到我的房子裡，(後來我發現)取來我所有的物品，剝去襯墊，但椅子、櫃子、床架原先是用螺絲旋在地板上的，由於水手們無知，用蠻力硬拔，嚴重受損。然後，他們敲下幾片木板，拿到船上使用。在拿到了所有他們想要的東西之後，就讓空殼掉入海中，由於底端和各面有許多縫隙，因而直沉大海。的確，我慶幸自己沒有目睹他們破壞，因爲我確信那會勾起我心中的往事，令我觸景傷情，而那些事是我寧可遺忘的。

我睡了幾個小時，但一直被惡夢驚擾——夢到我已經離開的地方、已經逃脫的危險。然而，醒來後我覺得自己恢復了許多。這時大約晚上八點，船長心想我已經太久沒進食了，立刻令人備餐，對我善加款待，見我不像心神狂亂，講話也不致前言不搭後語。兩人獨處時，他要我敘述我的旅行，以及發生了什麼意外，以致在那個大怪木櫃裡漂浮[16]。他說，大約中午十二點，他正用望遠鏡眺望，見到遠處那個木箱，以爲是艘帆船。由於離他的航道不太遠，而船上的餅乾開始短缺，於是想過去，希望能買些餅乾。靠近時，發現自己看錯了，便派出大艇前去探個究竟。他的手下驚恐返回，發誓他們看到的是一間游動的屋子。他聽到之後嘲笑他們的愚蠢，於是親自上艇，命令手下帶著一條堅固的纜繩同行。由於風平浪靜，他們划著大艇在我周圍繞了幾圈，看到我的窗戶和保護窗戶的鐵絲，發現

16 底下是從船長的角度來描述整個事件的經過，與格理弗先前的敘述對照，便可看出兩者(一外一內)若合符節。

有一面全是木板，密不透光，上面釘了兩根ㄇ形釘。於是他命令手下划向那一面，把纜繩拴在一根ㄇ形釘上，把我的櫃子(他是這麼稱呼的)拖向大船。拖到船邊時，他指示把另一條纜繩拴在固定於外面的圓環上，用滑輪把我的櫃子抬高，但儘管出動所有的船員，都無法抬高過兩、三呎。他說，他們看到我的手杖和手帕伸出洞口，斷定必定有個不幸的人被關在裡面。我問，他最初發現我的時候，他或船員有沒有看到空中有任何巨鳥。他回答說，在我睡覺時，他和船員談論過這件事，有個船員說，他看到三隻老鷹向北飛去，但指出它們不比平常的老鷹大。我猜想，那必然是因爲它們飛得很高。他猜不出我爲什麼問這個問題。然後我問船長，他估算我們離陸地大概多遠。他說，就他最佳的估算，距離陸地至少一百里格。我向他保證，他必然錯估了大約一半，因爲從我離開原先的國家到落入海中，不超過兩個小時[17]。這時，他又開始認爲我頭腦不清，對這一點稍加暗示，並勸我在他提供的艙房裡就寢。我向他保證，承蒙他善加款待、好生相陪，我恢復得很好了，神智和平時一樣清明。接著他面露凝重之色，坦白問我是不是犯了什麼重罪，被某位君王下令關進櫃子裡，以致心神錯亂。因爲其他國家會把重犯關進有縫隙的大櫃子裡，不給任何飲食，投入海

17　雖然此段「飛航」不到兩個小時，但與岸邊的距離根據船長估算至少三百哩(格理弗則估算距離約一百五十哩)——又是因爲比例的不同，造成估算的差異。這是綏夫特當時所能想像的飛行時速，與今日的飛行器不可同日而語。

中[18]。雖然他遺憾把這樣重大的惡人帶上船來，但保證會在抵達第一個港口時，放我安全上岸。他又說，我起先對船員和後來對他所說的一些有關房子或櫃子的很荒唐的話，以及後來晚餐時的古怪神色和行爲，讓他更加起疑。

我求他耐心聽我說自己的故事，於是把從上次離開英格蘭到他最初發現我的這段時間所遭遇的一切和盤托出。真話實情總是能進入理性的心靈，所以這位正直可敬的紳士，本身具有些許的學問和良好的理性，立刻相信我坦誠無欺。但爲了進一步證實我所說的一切，我請他下令取來我的置物櫃。我口袋裡有櫃子的鑰匙(他已經告訴我，船員怎麼處置了我的房子)，當他的面打開，讓他看我在剛才離奇脫身的國度中所製作的一些奇珍異物。其中有我用國王的鬍渣所做的梳子；另一把梳子用相同的材料製成，固定在王后娘娘剪下來的拇指甲上，而用拇指甲作梳背；有好些針和別針，長度從一呎到半碼不等；四根黃蜂的刺，就像細木匠的大頭釘一般；王后頭上梳下來的一些頭髮；王后送我的一枚金戒指，有一天她以最體貼的方式從小指脫下給我當禮物，套在我頭上，就像衣領一樣。我請船長收下這枚戒指，以回報他的善待，但他堅決不肯接受。我讓他看我親手從宮中侍女的腳趾挖下的一個雞眼，大小有如肯特郡的

18 這是傳奇故事中常見的情節，將受懲罰者的命運委諸天意，最著名的兩個例子就是：希臘神話中的達妮(Danae)與兒子柏修斯(Perseus)，以及莎士比亞的《暴風雨》(*The Tempest*)中的魔法師普羅斯貝羅(Prospero)和女兒蜜蘭達(Miranda)(IA 134; ABG 378-79)。在第三部第一章，落入海盜手中的格理弗便遭遇到類似這種「比死亡本身更嚴厲」的懲罰。

小蘋果[19]，但變得很硬，所以回到英格蘭之後，我就把它挖空成杯子，鑲上銀的底座。最後，我要他看我當時穿的短褲，那是由老鼠皮做成的。

我堅決要送他禮物，但他只接受了一顆僕役的牙齒，這是因為我見他很好奇地檢視這顆牙齒，發現他很喜歡。他接過之後，一謝再謝，其實這種小玩意不足掛齒。這顆牙齒是這麼來的：服侍格倫達克麗琦的僕役中有一人牙疼，找來的醫生技術欠佳，誤拔了這顆牙，其實它跟其他牙一樣完好[20]。我把它清理之後，放入置物櫃中。這顆牙大約一呎長，直徑四吋。

船長對我平實的敘述很滿意，並且說，希望我們回到英格蘭之後，我能寫下來公開發表，嘉惠世人[21]。我的回答是：我認為旅遊書已經到處充斥了，以致凡是平凡無奇的東西，現在都無法流通，因此我懷疑一些作者根據的不是真人實事，而是為了自己的虛榮、利益，或者為了取悅無知的讀者。我的故事只是些平常事件，沒有大多數作家筆下充斥的對奇花異木、珍禽稀獸、野蠻習俗、蠻人的偶像崇拜等的花俏描述[22]。然而，

---

19 "Kentish Pippin"，肯特(Kent)位於英格蘭東南端。

20 即使大人國也難逃庸醫的禍害。第三部中對醫生諷刺尤多。

21 前文一再強調作者的風格平實，以示其文樸實無華，其人誠實無欺。這位船長是除了格理弗的表親之外，另一位勸他出版遊記的人，目的同樣是為了公共利益。

22 誠為反話。如果這些只是「平常事件」，其他的「花俏描述」就不知如何了。但文學史證明，格理弗的「平常事件」流傳了下來，再就其內容之匪夷所思，卻是遠比其他「花俏描述」更為「花俏」、狂野的想像與「描述」，而且影響深遠——古今中外，男女老少。

我還是謝謝他的高見，並且答應考慮這件事。

他說，他對一件事很好奇：聽我說話這麼大聲，那個國家的國王或王后是不是重聽。我告訴他，過去兩年多來我一直都是這樣說話，而且很驚訝他和手下的聲音雖然只是近似耳語，我卻還能聽得清楚。但我在那個國家說話時，除非是被放在桌上或捧在手裡，否則就像站在街頭向尖塔上的人說話一樣[23]。我告訴他，我也觀察到另一件事：我剛上船時，船員們站在我四周，我心想他們是我所見過最渺小、最可卑的生物。因爲，我在那個國家時，眼睛習慣了那種龐然巨物，的確無法再忍受照鏡子，因爲這種比較會使我深自慚愧。船長說，我們用晚餐時，他注意到我看每樣東西都帶著一種驚奇的神情，而且似乎經常忍不住要大笑。他不知道該如何以對，只好歸因於我腦筋有些錯亂。我回答說，的確如此，當我看到他的盤子大小有如三便士的銀幣，豬腳幾乎不到一口，杯子沒有堅果外殼般大小，又如何忍俊得住呢[24]？我一路說下去，以同樣的方式描述他的家用器具和飲食。因爲，雖然我在服侍王后時，王后下令我需要的一切東西都特別準備一份小型的，但我的念頭完全被周圍所看到的事物所盤據，並且對自己的渺小睜一隻眼、閉一

23　一則補述當初隨農夫主人巡迴演出時爲何那麼疲累，再則也讓人想到厘厘普人和他說話時也一樣，只是當時處境不同(己大人小)，不知對方的情況。透過如此的對比與翻轉，更能顯現彼此的處境。

24　類似格理弗對於厘厘普人以及巨人對於格理弗的心態與反應。只是此時已回到身材相仿的人群中，以凸顯這種對比的趣味／荒謬。

隻眼，就像人們面對自己的錯誤時一般。船長很了解我的戲謔，愉快地以一句英國古諺回應：「我的眼睛比肚子大」[25]，因爲我雖然一整天沒有進食，但他注意到我的胃口不是很好。說得興起，他還聲稱很願意花一百鎊來看老鷹叼著我的房子，再把房子從那樣的高度拋進大海的情景，那必然是最驚人的一幕，值得記下，流傳後世。而且這件事與菲頓[26]那麼相似，他忍不住加以比較，只是我不很欣賞這個比喻。

船長到過東京[27]，但在返回英格蘭的途中，被吹往東北，到了北緯44度，東經143度[28]。但我上船後兩天，我們遇上了貿易風[29]，就向南航行了很長一段時間，沿著新荷蘭[30]海岸航

25 原文爲"mine Eyes were bigger than my Belly"，這句英文古諺原意爲「肚子明明吃不下，但眼睛卻還不滿足」，也就是「眼饞肚飽」。此處船長轉化這句古諺爲「明明回到自己正常大小的世界，卻依然以在大人國的眼光來看事物」，來開格理弗的玩笑。

26 "Phaeton"，較常見的拼法爲"Phaethon"，是希臘羅馬神話中日神赫力歐斯(Helios)之子，因爲任性，駕駛父親的馬車，卻失控，太接近地面，以致大地著火，受創至鉅，天神宙斯(Zeus)不得不以雷電將他擊斃，他的身體直落入河中(PT 323; ABG 379; IA 136)。船長有此聯想相當合理，而格理弗「不很欣賞」這個比喻也事出有因。

27 "Tonquin"，即"Tongking"，法屬印度支那的一個港口(LAL 509)，由耶穌會的傳教士命名(RD 284)，即越南北部的港都「東京」(PT 324; IA 136; AJR 124)。第三部第一章會再提到此地。

28 如果這個經緯度屬實，格理弗則置身於北日本(RD 284)。

29 "Trade Wind"，赤道地區空氣上升，以致地面氣壓降低，形成赤道低壓帶，因此北半球冬天時，風自北緯30度吹向赤道，加上地球自轉，形成東北風。在帆船時代，從歐洲航向新大陸的商船多仰賴這種風，所以稱爲「貿易風」，由於出現的時間與風向穩定，又名「信風」。

30 "New-Holland"，17世紀時荷蘭人到澳洲海岸探險，故如此命名。

行，航道保持在西南西，然後轉向南南西，直到繞過好望角。我們的航行獲利甚豐，但這裡不再詳載，免得煩擾讀者。途中我們接近了一兩個港口，船長派遣大艇去取食物和淡水，但一直到1706年6月3日[31]（距離我脫逃大約九個月），我們回到當斯之前，我都沒下船[32]。我要把我的物品折抵船費，但船長說什麼一分錢也不收。我們互道珍重再見，我要他答應到我雷地夫的房舍[33]看我，並向船長借了五先令，雇了馬匹和嚮導。

一路上我看到房舍、樹木、牛群、人們都十分渺小，開始以為自己置身於小人國。我害怕踩到遇見的每個行人，經常高喊要他們讓路，莽撞之間好像碰破了一、兩個人的頭。

我不得不一路打聽自己的住處，終於到家，一個僕人開門時，我彎身進入，就像鵝過大門一樣，害怕碰著了頭。妻子跑上前來擁抱我，但我身子彎得比她的膝蓋還低，以為不這樣她就搆不到我的嘴唇。女兒跪下請安，但一直到她起身，我才看見，因為我長久以來習慣在站立時，頭和雙眼直視六十呎以上的高度。我看到她時，走上前去，一手攔腰把她抱起。我俯視僕

（續）

但他們並未到東岸，所以綏夫特寫的應為循澳洲西北海岸，再轉入印度洋(ABG 379; AR 310)。書中數度提到此地，然而其命名顯示了帝國主義向外擴張、殖民、統治的心態。全書最末章對這種心態有所批判，而與《魯濱遜冒險記》中主角的「據島為王」形成強烈對比。

31 距第二次出航差半個月就滿四年。

32 此番大人國遊記便是因為一時興起，隨著大艇登陸，以致有此奇遇。殷鑑不遠，豈敢再貿然上岸？

33 兩地相距七十哩(ABG 379)。

人們和屋中的一、兩個朋友，彷彿他們是侏儒，而我是巨人[34]。我告訴妻子，她太節儉了，因爲我發覺她把自己和女兒餓得骨瘦如柴[35]。總之，我的行爲莫名其妙，致使他們和船長初見我時一樣，斷定我喪失了神智。我提這一點爲例，顯示習慣和偏見的力量之大[36]。

不多時，我和家人、朋友彼此了解無訛。但妻子堅決主張我不該再出海，雖然我命該如此，以致她也無力阻攔——讀者以後便知分曉[37]。同時，在此結束我命運多舛的旅行的第二部[38]。

第二部終

34 「俯視」之說過於誇張，因爲以格理弗的身材，不至於高到能「俯視」他人。

35 未提到兒子如何。

36 此處格理弗自知行爲「莫名其妙」(“unaccountably”)，與第四部自慧駰國返回時的自以爲是，形成強烈對比。至於全書結尾時「莫名其妙」的行爲究竟是「眾人皆醉我獨醒」，還是像此處所言，「顯示習慣和偏見的力量之大」，有請讀者自行評斷。

37 不盡然是命運，還包括了個性及經濟需要，下一章便是明證。

38 就寫作順序而言，綏夫特接下來寫的是「慧駰國遊記」(正式出版時成爲第四部)，而不是現行的第三部。原先的安排是在第二部結尾時，家人覺得格理弗「行爲莫名其妙……斷定我喪失了神智」，但「不多時，我和家人、朋友彼此了解無訛」，恢復了正常的人際關係。然而「慧駰國遊記」卻是格理弗「非理性之旅的不歸路」，回來之後幾乎與家人親友不相往來，成天與馬交談。至於現在的第三部，爲綏夫特最後所寫，但很可能基於藝術上的考量而移前(主題紛雜未能充分發揮，有如簡短的「列國遊記」，在內容與結構上無法與另三部等量齊觀)，以主題、結構較完整的「慧駰國遊記」收束全書，並於第二版時，增添格理弗致表親的信函，以相呼應。

譯者附誌

格理弗的身材、道德、才智等等在大人國都很不利，更不願成為被豢養、繁殖的寵物(雖然他先前曾從小人國帶回牛羊繁殖、獲利)，因為各方受挫而更加思鄉。他離開大人國方式之奇異和發生之迅速，更甚於到來之時——雖然前幾章已埋下若干伏筆。簡言之，本章前半為「驚」——在睡夢中突然被猛力一拉，騰空而起，直上雲霄(上天)，再陡然下墜，落入海中(下海)，然後浮出水面，被不知形體究竟多大的人救起。後半為「異」——格理弗兩年多來習慣了大人的形狀，以致自己的心態、目光、聲音很難在短時間內恢復，所以用異樣的行為來對待國人和家人。本章的趣味主要便在這「驚」、「異」之間，而「驚」的部分可進一步對照格理弗和船長對同一事件的描述與評斷(雖然格理弗對船長的評斷及比喻「不很欣賞」)，「異」的部分則在於明明是歐洲人卻以巨人的眼光來看一切人、事、物，自視高人一等，其實只是自欺，徒見荒謬可笑，但幸好他仍有自知之明，知曉「習慣和偏見的力量之大」。

* * *

前一部是格理弗遭逢海難，流落到身材是他十二分之一的小人國的奇遇，這一部則是他被遺棄島上，在身高十二倍的大人國的冒險。作者謹守這個比例，極盡想像與諷刺之能事，一路寫下，呈現出主角在這個國家異乎尋常的遭遇，並藉由比例的翻轉，讓主角與讀者更能領會先前厘厘普人與他相處時的感受：格理弗眼中的趣事對厘厘普人來說卻可能是攸關生死的大事。在第一部裡，他原先認為厘厘普人小巧玲瓏、精緻可愛，但在深入接觸後才體會到他們的爾虞我詐、心狠手辣，讓他心寒，於是匆匆出亡鄰國。在大人國中他角色逆轉，成為小女孩的玩偶、農夫的搖錢樹、皇后的寵物(以及侏儒眼中爭寵的對手)，甚至被猴子視為同類，但作者藉由他與國王的對話，換用巨人的角度來諷刺英國的時事、朝政，以及歐洲人的妄自尊大、殘酷無情，反襯出大人國國王的仁厚、寬大、務實、具才智、有理性；總之，其「大人大量」——雖然「小」格理弗不解為什麼國王會對他所獻的良策嗤之以鼻，反而嘲笑國王迂腐。不但如此，在介紹祖國的典章制度時，主角原意在於宣揚國威，反遭國王質疑與駁斥，更對比出祖國的今不如昔。換言之，「愛國的」格理弗有關故國的溢美之詞或昔日的典章制度的描述(應然)，反諷了英國政治的墮落現況(實然)。相較於在小人國中拒絕成為統治者征服他國的工具，此處的格理弗為了證明自己有用，向國王大獻其策，結果國王聽到格理弗要為他設計能使千百人頭落地的武器時，心中的驚駭實不下於格理弗初聽到小人國君臣要對他的罪行「從輕發落」，只剜出雙眼。這種自我墮落、自取其辱的作為，是因為自身的不安全感，激發了人性邪惡的一面？經過兩年多的相處，主角逐漸接受巨人觀點，但他本身卻不是巨人，有時甚至「妄(忘)自尊『大』」而有逾越、異常之舉。主角經由又「驚」又「異」的情節而脫險——此脫險的過程本身便是奇險——又回到同樣身材的國人之中，等待下一次的出遊、冒險。

第三部

諸島國遊記*

* 此部原名「拉普塔、巴尼巴比、拉格那格、格魯都追布與日本遊記」("A Voyage to Laputa, Balnibarbi, Luggnagg, Glubbdubdrib, and Japan"[按照主角眞正的旅遊順序，拉格那格和格魯都追布應該對調])，其中只有最後的日本實有其地(因此日本人對此書特別感興趣)，其他四島均爲虛構。由名稱便知此部是個大雜燴，本書譯爲「諸島國遊記」，以便與之前的「小人國遊記」、「大人國遊記」和之後的「慧駰國遊記」對仗。就寫作順序而言，本部是綏夫特最後著手的，結構最鬆散，內容最紛雜，爲了避免造成後繼無力的印象，作者特地挪前，作爲第三部，而以結構較完整、內容較統一的「慧駰國遊記」結束全書。

地圖上的各島，只有日本實有其地，即使如此，當時的西方人對它依然甚爲陌生。地圖西邊顯示的是本州，其北爲西伯利亞，但頗有扭曲，至於東邊各島，包括註明發現於1701年的巴尼巴比，都屬子虛烏有(IA 138)。此外，地圖與內文的描述不一：如第七章開頭提到巴尼巴比一國其實是「[美洲]大陸的一部分」，但此處則呈島嶼狀；馬都納達(Maldonada)一港應在巴尼巴比，而不是在拉格那格；「格魯都追布」一島在地圖上拼字錯誤，距離馬都納達只有五里格，而且巴尼巴比與格魯都追布兩地距離拉格那格有一個月的航程(見第九章)，不像地圖上那麼接近(ABG 380)。這些錯誤不知原先出自作者或書商，但經綏夫特本人過目的1735年版依然如此，可見他雖然表面上似乎有意於寫實，但在細節呈現方面卻有出入——正如書中的日期有若干前後不合之處——多少也印證了其爲遊戲文字，當眞不得。

未知名地區
忍耐角
康波尼地
聖雅各灣地
羅賓島
耶索
薩爾蒙灣
克納爾
弗利斯海峽
斯戴特島
朝鮮海
三田島
托比亞
四房
庭絽
江戶
京都
日本
大阪
托依港
紅港
房州港
巴納弗爾茨
翁崎勒基格島
東薩島
番戶島
南島
迪參里斯海峽
店島
拉格那格
察卓格達布
克倫美尼格
葛蘭斯桂鐸
馬都納達
德西他島
格魯都追布
烏拉特
提木爾
拉普塔
巴尼巴比
拉嘎都
發現於1701年

第一章

作者第三次出航。遭海盜洗劫。遇到一個狠心的荷蘭人。抵達一座海島。被迎入拉普塔[1]。

我回家還沒超過十天，好望號的威廉．羅濱遜船長便登門造訪[2]。他是康瓦耳人，指揮一艘三百噸重的堅固船隻。我以前曾在另一艘前往地中海東岸的船上擔任隨船醫生[3]，當時他是那艘船的船長，而且是四分之一的股東[4]。他一向待我如兄弟，從

1 "Laputa"，綏夫特自創之詞，有人認爲來自西班牙文的「妓女」("*la puta*")，有人認爲來自拉丁文的"*puto*"，可解爲「思想家的國度」(PT 324)。

2 綏夫特當時確有人名叫"William Robinson"，擔任「冒險號」的船長(格理弗在第二部和第四部中所上的船名)，1702年有兩艘船名爲"Hopeful"，與此處的船名"Hopewell"相近(PT 324)。

3 這位船長與第二部第一章裡的尼可拉斯船長來自相同的地方，而第一部第一章也提到格理弗曾去過一、兩趟地中海東岸。

4 此處連續以四個不同的字眼來形容羅濱遜的角色："Captain"爲「船長」；"Commander"實際負責船上指揮之責，"Master"主掌船上的事務，因此也都譯爲「船長」；"Owner"則爲「股東」。以往若干中譯者不明白其中的關係，以致時有混淆，如將第一部第一章的"Captain *Abraham Pannell* Commander"誤爲兩人，其實是同一

不把我當成下屬，聽說我回來了，便來看我。我只當是友誼的探望，因為所談的無非是久別重逢之後常說的一些話。可是他經常來訪，表示高興看到我身體健康，問我現在是不是安頓下來過日子了，還說他有意在兩個月內出航東印度群島，最後他雖然附帶說了些致歉的話，但還是直截了當邀我擔任隨船醫生。他提出了一些優渥的條件：我除了兩個助手之外，底下另有一位醫生；我的薪水是一般的兩倍；他深知我的航海知識豐富，至少與他不相上下，因此保證願意接納我的意見，就如同我也享有指揮權一般[5]。

他還說了許多讓人窩心的事，而我知道他為人誠實，實在無法拒絕他的邀約。儘管以往我有許多不幸的遭遇，但渴望廣見世面的心依然一樣熾熱[6]。唯一的難題就是要說服妻子，但我終於獲得她的同意，因為她盼望我出航會為子女帶來好處[7]。

我們於1706年8月5日出發[8]，1707年4月11日抵達聖喬治堡[9]。由於許多船員生病，我們就在那裡待了三個星期，讓船員

(續)

人。

5 為下文格理弗指揮單桅帆船(特別說是「『我的』單桅帆船」)和第四部第一章親任船長埋下伏筆。

6 《烏托邦》中的主角也是「想要廣見世面」(PT 324)，故有出海之遊，遭逢異國、奇事。

7 由此可見，他的再度出航實在綜合了人情、個性、家庭經濟等因素，並不像前章之末所說的命運——除非把這些因素也當成命運的一部分。

8 格理弗自大人國歸來，在家裡只待了兩個月又兩天便又出海。

9 "Fort St. George"，東印度公司的戴伊(Francis Day)於1640年所建，位於印度東南海岸，現在的馬德拉斯(Madras)便由此堡發展而成(ABG 381; PT 324; IA 141)。一句之間便過了八個月，眞是

調養身體。我們從那裡前往東京[10]，船長決定在那裡待一段時間，因爲他想買的許多貨還沒準備妥當，也不指望能在幾個月內辦妥。因此，爲了支付一些必要的開支，他買了一艘單桅帆船，裝上東京人和鄰近島嶼經常交易的各種貨物，派了十四個人上那艘船，其中三個是當地人，並指派我爲船長，授與我交易的權力，他則待在東京處理事務。

我們航行還沒超過三天，就起了颶風，把我們往北北東吹趕了五天，然後又趕向東方；之後，天氣好轉，但依然有來自西邊的強風。到了第十天，我們遭到兩艘海盜船[11]追逐，由於我的單桅帆船載重大，航行慢，很快就被趕上了，而且我們的情況也不適宜自衛。

兩艘海盜船上的人幾乎同時強行登上我們的船，海盜頭子氣沖沖地率人上船時，卻發現我們全都匍匐在地(這是我下的命令)，就用結實的繩子綁住我們，派了一名守衛看著，便搜起船來。

我看到他們當中有個荷蘭人，雖然不是任何一艘海盜船的船長，但似乎有些權勢。他從我們的長相知道我們是英國人，就用荷蘭話衝著我們嘰哩咕嚕，詛咒說應該把我們背靠背地綁起來，丟到海裡。我的荷蘭話還過得去，便告訴他我們是誰，求他念在我們都是基督徒和新教徒的份上，既是鄰邦又是關係

(續)

「無話便短」。

10 位於越南，詳見前一章的注釋。

11 當時的中國海及鄰近海域，海盜猖獗(ABG 381)。

密切的盟國，請他向兩位船長求求情，可憐可憐我們[12]。這番話卻激起了他的怒火，口口聲聲語帶威脅，轉向同伴們憤憤地說話，我猜他說的是日文，而且不時提到「基督徒」這個字眼[13]。

較大的那艘海盜船由一位日本船長指揮[14]，會說一點荷蘭話，但說得很不好。他走到我跟前，問了幾個問題，我畢恭畢敬地回答，他便說不會要我們的命。我向船長深深一鞠躬，然後轉身向那個荷蘭人說，很遺憾異教徒會比基督教的弟兄更仁慈。但很快我就後悔不該說出那些蠢話，因爲那個狠心的惡棍，不時努力要說服兩位船長把我丟入海裡，但由於船長已經答應饒我一命，不聽他的勸唆，然而他還是想出法子整我，這種懲罰在世人看來甚至比死亡更嚴厲。他們把我的手下平分，

12 英國和荷蘭都不接受天主教，兩國於西班牙王位繼承戰爭中聯盟，對抗天主教勢力的法國和西班牙(惠格黨主戰，但綏夫特支持的托利黨主張媾和)。雖然英國和荷蘭都是反抗法國的大聯盟(the Grand Alliance，於1701年締盟)的成員，雙方卻一直是貿易上的競爭對手，而且荷蘭對於宗教的寬容，是信仰英國國教的托利黨所難以接受的(IA 142)。雙方在海上爭奪商機，在東方海域的競爭尤其激烈，經常引發衝突。當時的歐洲國家中，荷蘭獨享與日本貿易之利(ABG 381)。綏夫特在著名的政治小冊子〈盟國的行爲〉中宣揚烏特勒支條約，主張與法國媾和，因爲英國比荷蘭更信守盟約，與荷蘭結盟有損英國的利益(AR 312; D & C 354)。早期的旅行寫作中經常提到荷蘭人對英國人的殘暴(GRD 159)。綏夫特對荷蘭人不以爲然由來已久，在本書中只要有機會就批評。

13 日本自17世紀鎖國，並拒斥西方宗教，到了1640年已經排除了西方宗教，因此這個荷蘭人一直向日本船長強調格理弗是「基督徒」，希望能置他於死地(IA 142)。日本的天主教作家遠藤周作在長篇小說《沉默》中對這段歷史有深刻的呈現。

14 日本當時禁止人民離境，不許建造大型海船，因此公海上有日本船長並不符合當時的情況(IA 142)。

送上兩艘海盜船，我的單桅帆船也換上新的人手。至於我自己則被放入有帆有槳的小獨木舟裡，給上四天的口糧，任我在海上漂流[15]。日本船長很仁慈，從他自己的貯藏中撥出了相同份量的口糧，還不許任何人搜我的身[16]。我下到獨木舟，那個荷蘭人則站在甲板上，把他所知道的荷蘭文中所有詛咒和傷人的話一股腦兒加在我身上。

在看到海盜船之前大約一小時，我曾觀測過，發現我們位於北緯46度，經度183度[17]。離開兩艘海盜船一段距離之後，我拿出小望遠鏡眺望，發現東南方有幾座島嶼。由於順風，我就張起帆來，計畫前往其中最近的一座島，大約不到三小時就抵達了。島上全是岩石，但我找到了許多鳥蛋，打起火來，點燃了一些灌木和乾海草，便烤起蛋來[18]。晚餐就只吃這些，因爲我決意盡可能節省口糧。我身下鋪了些灌木，在一塊岩石的遮蔽下過夜，一夜睡得很好。

次日，我航向另一座島，接著航向第三座、第四座島，有

15　前一章中，救起格理弗的船長就曾提到類似的懲罰：將受懲罰者的命運委諸天意。

16　因此有下文提到的望遠鏡、取火工具等。而從第一部第二章小人國的搜身一節，可知格理弗隨身攜帶的一些物品。

17　綏夫特當時尚未確定計算經度的方式，當時的地圖是由格林尼治向東計算，全部爲三百六十度，此地大約爲今日的西經177度(IA 143; PT 325; ABG 381)。格理弗的位置在日本東方的太平洋，阿留申群島之南(HW 477; PT 325; RD 285)。

18　前一部因爲男童僕貪玩，在海邊岩石堆中找鳥蛋，疏於防範，以致格理弗的小屋爲巨鷹叨起，意外離開大人國。此處的鳥蛋則是救命的糧食。

時張帆，有時划槳。但我不想細述自己的種種不幸來煩擾讀者，只消說，第五天我抵達了視野所及的最後一座島，這座島位於前一座島的南南東方[19]。

這座島比我原先想的更遠，花了不只五個小時才抵達。我繞了將近一圈，才找到一處方便登陸的地點；此處是一條小溪，大約是我獨木舟的三倍寬。我發現這座島全是岩石，只有些許地方混雜著一簇簇的青草和一些芳草。我取出自己有限的口糧，果腹之後，把剩下的收藏在一處洞穴內——這島上的洞穴可多著呢！我在岩石上搜得許多鳥蛋，採來相當數量的乾海草和枯草，計畫第二天升火，好好烤蛋——因爲我手邊有打火石、火鐮、引火繩、取火鏡[20]。我在存放口糧的洞穴裡躺了一整夜，床鋪是同樣要做燃料用的乾草和乾海草。我睡得很少，因爲內心的不安超過了身體的疲倦，使我難以入眠。我想到，在這麼荒涼的地方要保住自己的性命是多麼不可能的一件事，我的下場必然很淒慘。我發現自己無精打采、灰心喪氣，無心起身；等到強打起精神爬出洞穴時，已經日上三竿了。我在岩石堆中走了一陣子，這時天空十分清朗，艷陽高照，逼得我轉頭避開。突然天色暗了下來，我心想，這和雲彩擋住陽光的情況很不一樣，於是掉轉頭來，只見我和太陽之間有個巨大的陰

19 根據這裡的描述，這些島應位於本部所附的地圖上，或許因爲太小，所以沒有畫出。

20 “Flint, Steel, Match, and Burning-glass”，當時尚未發明火柴，而是以打火石和火鐮打火，或用取火鏡(也就是凸透鏡)聚光，再引燃浸了硫磺的棉芯(IA 143)。其實，兩段之前已經提到打火、烤鳥蛋了。

暗物體，直衝著這島而來：這物體似乎有兩哩高，把太陽遮蔽了六、七分鐘，但與站在山蔭下相比，氣溫並沒更低多少，天空也沒更暗。當它更接近我所在的地點上空時，看來像是個實體，底部平滑，在大海的映照下閃閃發亮。我站的高地大約高出海岸兩百碼，眼見這個龐然巨物下降到幾乎與我同高，相距不到一哩。我取出小望遠鏡，能清楚看到許多人在它的側面上上下下，側面看來有些斜度，但我分辨不出那些人在做什麼。

求生的本能使我內心激盪著喜悅，當下升起一絲希望，希望這個奇遇多少能幫助我脫離這座荒島和眼前的困境。但在這同時，讀者很難想像我的驚訝，竟然目睹天空中飄浮著一座島[21]，上面住著人，能隨心所欲讓這座島或升或降，或連續移動。但我當時無心仔細思索這個現象，而是觀察這座島會航向何方，因為它似乎靜止了一段時間。過不多時，它更靠近了，我能看到側面環繞著幾層走廊和階梯，每隔一段就能上下相通。我看到最下層的走廊上有人用長釣竿釣魚，其他人在一旁觀看。我

21 在奇幻之旅中，有關飛行器的描述從古希臘魯西安(Lucian, 120-180)的《眞史》(*True History*)至綏夫特同代的狄福的《團結者》(*The Consolidator*)，都有描述(AJR 132; AR 312)。17世紀對於製造飛行器很感興趣，當時的英國皇家科學院有人發明了三十架這種機器(PT 325)。艾西莫夫指出，以往雖然有人寫過空中飛行的城市，但綏夫特是第一個以當時的科學發現描述如何操作的，因此是眞正的科幻小說(science fiction)，而且可能是有關飛行島的最早的例子。就諷刺的角度而言，象徵英國法院的權力和地位凌駕一切之上，而且連同下文，也象徵科學界凌駕其他(IA 144)。日本動畫家宮崎駿的名作《天空之城》的靈感便源自於此(片中飛行島的名字就是“Laputa”)。

衝著那座島揮舞便帽(因爲有簷的帽子早已破損了)[22] 和手帕；它更靠近時，我扯開嗓子盡力喊叫，然後仔細觀看，只見一群人聚集在最靠近我的那一邊。我發現他們衝著我，也衝著彼此指指點點，顯然已經發現了我。他們雖然沒有回應我的叫喊，但我能看見四、五個人急急忙忙跑上通往島頂的梯子，就不見了蹤影。我猜得沒錯，這些人在這時節被派去詢問某位權威人士的旨意。

人愈聚愈多，不到半個小時，這座島移動、爬升，最下層的走廊和我所站的高地平行，相距不到一百碼。這時我擺出苦苦哀求的姿態，用最低聲下氣的語調說話，但沒有回應。那些站在最靠近我頭頂的人，從他們的衣著打量，似乎是身分顯赫的人。他們彼此認眞商量，不時望著我。終於其中一人以清越、優雅、平順的言語向我喊話，聽起來和義大利文有些相仿，於是我便用義大利文回答，希望至少那種抑揚頓挫的語調能讓他聽起來更順耳。雖然彼此言語不通，但我的意思很容易了解，因爲這些人親眼目睹我的慘狀。

他們作手勢要我步下岩石，走向岸邊，我照著做了；飛島就爬升到方便的高度，下緣正對著我的頭頂，從最下層的走廊垂下一條鍊子，末端繫著一張座椅，我坐定之後，就由滑輪拉上去[23]。

22 “Hat”爲有帽簷，較正式，“Cap”則否。

23 與第二部「大人國遊記」結尾的從天而降、墜入海中形成強烈對比。下海、上天，文思奇巧。

譯者附誌

江山易改，本性難移。主角好了瘡疤就忘了疼，回國才兩個月，就禁不住人情、好奇，以及財富(兩倍的薪水)、權力(和船長平起平坐)的誘惑，再度拋別妻小，踏上航程。此番雖然小圓了船長夢，當上單桅帆船的船長，但時運不濟(或如前一部結尾所說的，「命運多舛」)，馬上遇到天災(颶風)、人禍(海盜)，再度落難。格理弗前兩次奇遇分別由於海難與被人遺棄，這次則是因為海盜，予人每況愈下之感。主角雖然能屈能伸，但也難免因逞一時口頭之快，得罪了邪惡的荷蘭人，以致遭到「比死亡更嚴厲」的懲罰。此處直刺同為基督徒的荷蘭人甚至不如日本異教徒，間接表達了綏夫特對荷蘭人的不滿。一島接一島的航行和日漸減少的口糧，讓格理弗覺得窮途末路、命在旦夕、悔不當初，飛行島的出現則是匪夷所思的轉折，主角被搭救「上天」之後，又是連番奇遇。

第二章

描述拉普塔人的怪癖和習性。他們的學問。國王和朝廷。作者受到的款待。居民的恐懼與不安。當地的女人。

我一登上島就被一群人團團圍住，站得最靠近的人似乎身分地位比較高。他們以充滿訝異的神色望著我，而我訝異的程度也不下於他們，因爲我從未見過外形、衣著、容貌那麼奇特的一族人。他們的頭不是斜向右邊，就是斜向左邊；一眼朝內，另一眼直接朝天[1]。他們的外衣飾滿了太陽、月亮、星辰的圖樣，交織著提琴、笛子、豎琴、喇叭、六弦琴、撥弦古鋼琴[2]和我們歐洲人所不知道的許多樂器的圖樣[3]。我四處看到許多穿

1 綏夫特不滿當時由牛頓爲代表的理性時代(the Age of Reason)，批評其太偏重理性而遠離人世，因此一眼朝內指的是研究人體，一眼朝天指的是研究天文，並分指當時兩種重要的觀察工具：顯微鏡及望遠鏡(IA 146-47)。

2 “Harpsicords”，撥弦古鋼琴，第二部第六章曾提到類似的樂器。

3 此處以天文與音樂代表抽象、無用之學，在當時的科學論述中，兩者關係密切(AR 312; IA 147; LAL 510)，而綏夫特本人則崇尚平實，厭惡抽象，也不喜歡音樂。

著僕人衣著的人，把吹滿氣的氣囊綁在短杖的末端，樣子就像槤枷[4]一般，拿在手裡，後來有人告訴我，每個氣囊裡裝了少許乾豌豆或小卵石。他們不時用這些氣囊拍打站在身旁人的嘴巴和耳朵，當時我還想不透這種作法的用意何在。原來，這些人的心似乎都專注於沉思，如果不用外在的接觸喚起他們言語和聆聽的器官，就無法說話或注意別人的言談；因此，有辦法的人總是在家裡雇個執拍人(在原文裡稱爲「開理門路」[5])，當作家僕，出外或訪人時總是隨侍左右。這個人的職責就是兩人或多人相聚時，用氣囊輕拍該說話人的嘴巴和對方的右耳。主人行走時，執拍人同樣殷勤照料，不時輕拍主人的雙眼，因爲主人總是陷入沉思，每每有墜入懸崖或撞上柱子的明顯危險，走在街頭則有撞上他人或被人撞入水溝之虞[6]。

此處有必要告訴讀者這件事，否則他們帶領我登上階梯，來到島的頂端，進入皇宮這一路，讀者會像我一樣茫然不解這

4 "Flail"，打穀用的農具。

5 "Climenole"一詞爲綏夫特自創，此處譯作「開理門路」以兼顧音、義。至於雇人者和受雇者之間到底誰主、誰奴，誰理性、誰不理性，值得思量，而作者的諷刺意味不言而喻。

6 這裡指涉的是號稱「希臘七賢」之一的泰理思(Thales，紀元前624?-546?)。據說這位哲學家、數學家、天文學家有次走路時仰觀星辰，結果掉進水溝裡。路人笑說：「這個人了解日月星辰的運行，卻看不見腳前的事物。」泰理思因此成爲「心不在焉的哲學家」的原型(IA 147)。據說另一位古希臘哲學家阿那西門尼斯(Anaximenes，紀元前?-528?)在觀看星象時，不小心掉入水溝中致死。牛頓也有許多心不在焉或不通世理的故事，如該煮蛋的，卻把錶放到鍋裡煮，門上開了兩個洞，好讓大貓走大洞，小貓走小洞(ABG 382-83)。

些人的行徑。我們向上攀登時，他們幾度忘了自己在做什麼，把我甩在一旁，直到執拍人喚起他們的記憶，才猛然驚醒，因爲不論是我這身外地人的衣著和容貌，還是心思沒那麼專注的市井小民的叫喊聲，他們都完全不爲所動[7]。

我們終於進入皇宮，來到接見賓客的大廳，只見國王坐在王位上，兩旁隨侍的都是些高官貴人。王位前有張大桌，上面擺滿了各式各樣的地球儀、天體儀、數學儀器[8]。我們進入時，所有朝臣發出的聲響不算小，但陛下壓根兒也沒注意到我們，因爲那時他正沉思一個問題，我們等了至少一個小時，待他解決這個問題。他的兩側各站著一個年輕侍從，手執拍子，一見國王分神，一人就輕拍他的嘴，另一人輕拍他的右耳；這時，國王就像突然驚醒的人那樣，望望我和周圍的人，想起我們所爲何來，因爲先前已經有人向他稟報過了。他說了幾個字，馬上就有個執拍的年輕人來到我身邊，輕拍我右耳，但我盡可能作手勢讓他們知道，我不需要這種工具；後來我才發現，這使得陛下和滿朝文武認爲我的理解能力低劣[9]。就我所能猜想到的，國王問了我幾個問題，我用自己所知道的各種語言回答。

7 換言之，這些耽溺於沉思的「菁英」，日常生活能力不如執拍人、市井小民或格理弗這個外地人(以及下文提到的居住於底下大陸的人)。下文是對這些「菁英」的具體描述。

8 論者一般認爲此國的國王和小人國的國王一樣，影射喬治一世，因爲他支持科學和音樂，但他個人相關的知識和興趣卻未必那麼高(IA 148; AR 510)。

9 因爲他們認爲格理弗未能專注思考問題——格理弗卻認爲他們耽溺於沉思——習慣與偏見所造成的誤解由此可見一斑。

他發現彼此言詞不通，就下令帶我到皇宮裡的一處住處(這位君王比以往的任何君王都更善待外地人)[10]，那裡有兩個人奉派來服侍我。上餐時有四位大人與我同席，我記得他們是國王的貼身大臣，因此備感榮幸。總共上了兩道菜，每道各有三盤。第一道是一塊切成等邊三角形的帶肩前腿羊肉，一塊長菱形的牛肉，一個圓形的布丁。第二道是兩隻紮成提琴狀的鴨子，笛子和雙簧管狀的香腸和布丁，一塊豎琴狀的牛犢胸脯肉。僕人們把我們的麵包切成圓錐體、圓柱體、平行四邊形和其他各種的數學圖形[11]。

用餐時，我鼓起勇氣問了各樣東西在他們的語言裡要如何稱呼，這些貴族在執拍人的協助下，樂於告訴我答案，指望如果我能和他們交談，就會更崇拜他們的偉大能力。我很快就能叫出麵包、飲料或我要的任何東西。

餐後，來客退去，御令派遣一人由執拍人伴隨而來。這個人帶來了筆、墨水、紙張和三、四本書，用手勢讓我了解，他是奉派來教我該國語文的。我們同坐了四個小時，我一欄欄寫下許多字，一旁加上它們的翻譯。我也同樣設法學會了幾個短

10 影射安妮女王駕崩後，喬治一世自德國漢諾威(Hanover)前來英國繼承大位，帶來許多當地人，在朝廷中安插職位，為英國人所憎惡(IA 147; PT 326)。然而，從流落在外的格理弗的角度來看，這是對於落難者的慷慨大度。因此，以影射的方式來諷刺，在讀者解讀時，未必能達到原先的目的。

11 此處一一寫來，以示該國飲宴之大費周章，只是未曾明言這些菜肴是否美味，然而從前後文的描述，尤其下文對於裁縫、音樂的評價，恐怕難逃「形式勝於實質」、「中看不中用／吃」之嫌。

句，這是因爲教我的人命令我的僕人取東西、轉身、鞠躬、坐下、起立、行走等等，我就把句子寫下來。他也讓我看一本書，裡面有太陽、月亮、星辰、黃道十二宮、回歸線、南北極圈的圖形，以及許多平面和立體圖形的名稱。他告訴我所有樂器的名稱並加以描述，也告訴我演奏各種樂器時的一般用語。他離開後，我把所有的字連同它們的解釋依照字母順序排列。就這樣在幾天之內，憑著很可靠的記憶力，我就稍能了解他們的語言了[12]。

我譯成「飛行島」或「飄浮島」的這個詞，在原文裡是「拉普塔」(“*Laputa*”)，但我找不出它眞正的字源[13]。「拉普」(“*Lap*”)在已廢棄不用的古語裡的意思是「高」，而「溫突」(“*Untuh*”)的意思是「掌理者」，他們說「拉普塔」一詞便是從「拉普溫突」訛誤而來[14]。但我不贊同這種衍生的說法，因爲似乎有些牽強[15]。我大膽向他們中的飽學之士提出自己的揣

12 顯示格理弗敏於學習、「格」物、窮「理」的個性，而他也以此自豪。

13 諷刺當時的歷史語言學家班特利(Richard Bentley, 1662-1742)，此人曾攻擊田波爵士以致得罪綏夫特，在《書籍之戰》中遭到嘲諷(AJR 136; PT 326)。此處的「說文解字」多少爲第六章別有用心、望文生義式的文字獄作伏筆，當然也不乏主角炫學的心理。

14 由此可見，這些人自認是「高高在上的掌理者」(“High Governor”)，與下界的被統治者之間存在著對立關係，而下界的抵抗也是「官逼民反」、「造反有理」。以此影射英格蘭與愛爾蘭的關係。

15 或許爲了避免因文賈禍，而有這種「此地無銀三百兩」的說法。但若與第三章結尾被刪去的五段文字一併考量，作者確實有心影射英格蘭與愛爾蘭的關係。

測，說「拉普塔」是「跨西　拉普　奧提德」("*quasi Lap outed*")，「拉普」的意思是「陽光在大海上跳舞」，「奧提德」的意思是「翅膀」，但我不會強要別人接受這種說法，只是提供明智的讀者定奪[16]。

奉國王之命來照顧我的人，見我穿著襤褸，下令一位裁縫於第二天上午過來爲我量身作衣。這位裁縫辦事的方式與歐洲的裁縫不同，先用四分儀量我的身高，再用尺和圓規描繪我全身的尺寸和輪廓，一一記在紙上，六天內帶來了我的新衣，但因爲在計算時恰巧錯了一個數字，所以做得很差勁又很不合身[17]。所幸這種意外我見多了，不以爲意[18]。

由於缺乏衣物不便外出，又因爲身體微恙多待了幾天，所以我的詞彙增加了許多，下次進宮時已能聽懂國王說的許多事情，而且多少能回答一些。陛下下令該島向東北偏東移動[19]，到達座落於堅實地面的拉嘎都的正上方，這座城是全國的首都。這段距離大約九十里格，航程持續了四天半，我絲毫沒有

16 「拉普塔」一詞爲作者自創，如此煞有其事寫來，故作眞實狀。許多讀者會聯想到西班牙文的「妓女」(*la puta*)；也可能指涉馬丁路德(Martin Luther, 1483-1546)在對手以理性來反駁他根據信仰而來的論點時，怒斥「理性那個大妓女」(IA 150)。無疑的，格理弗的說法傾向於大自然的描述，更具詩意，不像該島人士的詮釋那般具有政治意涵。

17 牛頓有一篇天文學論文因爲手民之誤，多加了一個零，以致地球與太陽的距離大了十倍(PT 324; ABG 384; LAL 510; D & C 355)。「形式勝於實質」又一例，並與第一部第六章小人國裁縫的巧手呈強烈對比。

18 見多識廣，心胸自易開闊。

19 "North-East and by East"，即「東北」與「東北東」之間(PT 327)。

感覺到這座島在空中移動。第二天上午大約十一點，國王在備妥樂器的貴族、朝臣、官員隨侍下，親自連續演奏了三個小時，這種噪音讓我頭昏腦脹[20]。要不是老師說明，我根本不可能猜出音樂中的意思[21]。他說，島民的耳朵已經習慣聽這種天空的音樂了[22]，這種音樂總是在固定的時間演奏，而朝廷裡的每個人現在也都能就自己最擅長的樂器來參與演奏了。

在我們前往首都拉嘎都途中，陛下下令這座島在某些城鎮和村莊上空停留，接受子民的請願。爲了接受請願，他們在幾條綑紮繩的末端墜著小重物，從空中垂下。人民把請願書綁在這些綑紮繩上，只見請願書扶搖直上，就像學童綁在風箏線一頭的紙片般[23]。有時我們也接到底下的酒和食物，這些是用滑輪拉上來的。

在學習他們的用語時，我的數學知識幫助很大，因爲這些

---

20 諷刺喬治一世大力贊助音樂，曾支持韓德爾(PT 327; HW 478)。前面提過，綏夫特本人不喜音樂。此外，如果拉普塔的裁縫仔細計算過之後所做出來的衣服竟然很不合身，那麼對於他們實際的音樂演奏，也不敢奢望。由格理弗「頭昏腦脹」的反應看來，顯然不甚高明。

21 「形式勝於實質」又一例。

22 古希臘哲學家、數學家畢達哥拉斯(Pythagoras，紀元前580?-500?)的門人有「天空的音樂」(“the Musick of the Spheres”)之說，主張宇宙是由許多透明中空的同心圓球組成，中間是火焰，這些圓球彼此之間呈簡單的數字關係，對應於不同的音符，整個宇宙爲一大和聲，非人耳所能聽聞(ABG 384; IA 150-51)。當基督教採納此看法時，隱喻了神的秩序，但並未爲人類的智能所充分了解(AJR 136; AR 312)。

23 獨特的「下情上達」方式，但底下的被統治者不只限於期待在上者善意的回應，也可能採取更激烈的手段，詳見下一章。

用語許多仰賴數學和音樂，而我對音樂也不外行。他們的思考模式都是用線條和圖形表達。比方說，如果他們要稱讚女人或任何其他動物之美[24]，就用菱形、圓形、平行四邊形、橢圓形和其他的幾何術語或音樂術語來形容，這裡無須重複。我在御膳房裡看到各式各樣的數學工具和樂器，御廚們把大塊大塊的肉切成這些形狀，送上陛下的餐桌[25]。

他們的房子蓋得很差勁，牆的角度不對，任何住屋都找不到一個直角；這種缺失來自他們對於實用幾何的輕蔑[26]。他們看不起實用幾何，認爲它粗俗、機械，而他們的指示過於精巧，不是工人的才智所能理解，以致錯誤連連。雖然他們在紙上運用尺、鉛筆、兩腳規頗爲巧妙熟練，但在生活中的一般動作和行爲，我還沒看過更笨手笨腳的人；而且除了數學和音樂的事物之外，我也沒見過對其他事物那麼反應遲鈍、糊里糊塗的人[27]。他們的推理能力很差，性喜爭辯，難得自己的意見恰巧正確時，卻又不挺身而辯了。他們全然不知想像、幻想、創造爲何物，在他們的語言裡也沒有任何字眼可以表達那些觀念，因爲他們的心思完全封閉於上述的兩種學問裡[28]。

他們大多數人，尤其負責天文那一部分的人，對於占星

24 將女人與動物並提，歧視女性又一例。

25 補述前文與國王共餐時，為何會有奇形怪狀的各式菜肴。

26 綏夫特本人則重實用之學，不尚玄虛。

27 見識淺短，心思封閉，紙上談兵，「理論勝於實用」的後果。

28 此地菁英既輕視實用，又不知想像、創作爲何物，心思只在數學和音樂這兩種最純粹的學問上，以致成爲日常生活裡的白癡。

術[29]都有很大的信心，只是恥於公開承認。但最讓我驚訝、而且完全無法理解的，就是在他們身上所看到的那種強烈的新聞和政治傾向，總是不斷詢問公共事務，評斷國家大事，熱切爭論一個黨派意見的點點滴滴。的確，我在自己認識的大多數歐洲數學家身上都觀察到相同的傾向，雖然我從來找不出這兩種學問之間有任何相似之處[30]，除非那些人認爲：因爲最小的圓和最大的圓有著相同的角度，所以控制、掌理世界所需要的能力，不會多於處理、轉動地球儀的能力[31]。但我卻認爲這種特質來自人性很共通的弱點，使我們對於最不關己的事、在學習或天性上最不適應的事，反而顯得最好奇、固執。

這些人一直惶惶不安，從未享有心靈的片刻安寧，而讓他

---

29 「占星術」("judicial Astrology")研究天體對於人的影響(ABG 384)，相對於研究天體運行的「天文學」("natural astrology," IA 151)。摩爾的《烏托邦》曾貶斥占星術。綏夫特對此術不滿，曾於1708年化名爲占星家畢可斯塔夫(Isaac Bickerstaff)，預測當時風行的占星家帕崔奇(John Partridge)將於何時去世，到時詳細報導其死訊，帕崔奇反駁無效，只得徒呼負負(PT 328)。詳見緒論。

30 當時的數學家多爲惠格黨(PT 328)。綏夫特在此攻擊科學家經常熱中於政治(ABG 384)，尤其影射科學家牛頓介入影響愛爾蘭人深遠的鑄幣政策。綏夫特本人化名爲一布商，發表了一系列文章，名爲《布商書簡》，使得英國政府的整個計畫胎死腹中(IA 152; GRD 164; HW 478)。綏夫特的見義勇爲、一夫當關，不但維護了愛爾蘭人的權益與尊嚴，成爲愛爾蘭人的英雄，更見證了其筆力萬鈞，誠爲英國文學史上難與匹敵的作家。詳見緒論。

31 既然大圓與小圓同樣都是360度，那麼處理大球(地球)與小球(地球儀)也就一樣了。這與「治大國如烹小鮮」的說法有若干相近之處，惟格理弗不以爲然，並以此諷刺理論家之空泛、簡化、單純、自以爲是。

們煩惱的原因很少會對其他人造成影響[32]。他們的憂慮來自於害怕天體的各種變化，比方說，地球不斷接近太陽，終有一天會被它吸入或吞噬[33]；太陽的表面會逐漸被自身的廢料所形成的硬殼圍住，以致不再有陽光照耀世界[34]；地球堪堪躲過上一個彗星的尾巴，要是被掃中一定會化爲灰燼[35]；而下一個彗星，根據他們估計，是在三十一年後，很可能就會毀了我們[36]。因爲，如果彗星的近日點[37] 接近太陽到一定的程度時(從他們的估算，有理由這樣擔心)，所產生的熱度會比火紅的鐵塊高上一萬倍；而在離開太陽時，會拖著一條一百萬零十四哩長熊熊烈焰的尾巴[38]；如果地球在距離彗星的核心或主體十萬哩的地方經

32 當時天文學的長足進步固然袪除了一些往昔的迷信，但也造成人心的不安，有些恐懼甚至延續到今日。據說牛頓八十三歲時(1724年)曾說：「我說不出1680年的彗星何時會墜落到太陽上，也許再環繞五、六次之後吧。不管那是什麼時候，會使得太陽的熱度升高到足以把地球燒掉，而地球上的所有動物都會消滅」(ABG 385)。

33 牛頓曾有類似的主張(AJR 138; D & C 355)。

34 德漢(William Derham)猜測太陽黑子是太陽表面火山活動的證據(AJR 138; D & C 355)。

35 即1682年的哈雷彗星(PT 328)。

36 1682年出現的彗星很接近地球，在歐洲造成普遍的恐慌，許多著名的天文學家都擔心彗星會撞到地球。1712年，數學家惠斯敦(William Whiston, 1667-1752)預測十月十四日將出現彗星，兩天後燒掉地球，引起時人的驚恐，綏夫特曾撰文諷刺此事(ABG 385)。牛頓的友人哈雷(Edmund Halley, 1656-1742)預測此彗星將於1758年(也就是《格理弗遊記》出版後第三十二年)重返，果然靈驗，只不過那時哈雷和綏夫特都已去世，未能目睹(IA 152-53)。

37 "Perihelion"，環繞太陽的星球最接近太陽的那一點。

38 加上「十四哩」，故示精確狀。綏夫特雖然以此巨大數字表示其

過，屆時一定會著火，化爲灰燼[39]；太陽每日消耗能量，卻沒有任何補充，終會消耗殆盡，地球和所有接受陽光的行星必然會隨之毀滅[40]。

他們一直心懷這類的隱憂，以致既不能在床上安眠，對於生活中的一般樂事也沒有任何興味。早上遇到認識的人，他們的第一個問題就是有關太陽的健康，日出、日落時的景象如何，有什麼指望可以避開迫近的彗星的撞擊。他們常常進行這樣的對話，就像男孩喜歡聽有關鬼怪、幽靈的恐怖故事一般，聽的時候貪得無饜，聽完之後卻又因爲害怕而不敢上床。

島上的女人很活潑；她們看不起自己的丈夫，卻極喜歡陌生人。而總是有許多陌生人從底下的大陸上來到朝廷，不是爲了各個城鎮和行會的公事，就是爲了自己的私事；但他們很受輕視，因爲欠缺和島民相同的才華。女士從這些人裡選擇自己的情人。令人氣惱的是，她們爲所欲爲，肆無忌憚，因爲丈夫總是陷溺於思索，只要給他紙和工具，旁邊又沒有執拍人，女

（續）

荒誕，但彗星尾巴有時比這還長上許多(ABG 386; IA 153)。

39 此書出版一又四分之一個世紀後，科學家終於蒐集到足夠資料來證明能源之說，直到19世紀中葉，將此說應用於太陽的能源問題(IA 153)。

40 綏夫特以這些事例來批評「杞人憂天」，然而從今日的科學來看，卻有不少可能成立的說法。而晚近類似《天體末日》(*Cosmic Shock*, 1997)、《彗星撞地球》(*Deep Impact*, 1998)、《世界末日》(*Armageddon*, 1998)等電影，再次呈現了人類對這方面的長久恐懼。換言之，科學上、理論上，這種災難的可能性確實存在，但若爲此而惶惶不可終日，則只是自尋煩惱、徒增恐慌。

士和情人就可以當著丈夫的面大肆狎昵[41]。

儘管我認爲這裡是全世界最怡人的地方，而且此地的女士過的是最富足、豪華的日子，能隨心所欲做任何事，但這些妻女們卻怨嘆被限制在島上，渴望去見見世面，享受首都的各種樂子，然而要是沒有國王的特許，就不准下去；而要取得國王的特許並不容易，因爲有身分地位的人從以往多次經驗發現，要說服他們的女人從地下重返是多麼的困難。據說，有位地位崇高的宮廷仕女，生了幾個小孩，她的夫婿貴爲首相[42]，是全國最富有的臣子，個性優雅，極寵愛她，讓她住在島上最好的華宅。這位仕女以健康爲由，下到拉嘎都，藏匿了幾個月，直到國王下令搜尋，才在一家偏僻的飯館找到，衣衫襤褸，只因爲她把全身的華服都典當來包養一個又年老又殘廢的門房，每天挨他的打，被帶回時竟然還心不甘情不願。雖然丈夫寬大爲懷，仁慈地接納她，沒有絲毫責備，但這位仕女不久又想方設法帶著所有的珠寶偷偷下去，回到那個情人身邊，從此沒有下文。

讀者可能以爲這是歐洲或英國的故事，而不是來自如此遙

41　來自下界的男士很可能正是因爲「欠缺和島民相同的才華」，才對飛行島上的女子那麼有吸引力。有趣的是，在小人國中格理弗提到朝廷流傳他與大臣夫人的緋聞，他不得不鄭重澄清，但在拉普塔有可能發生韻事，卻毫不著墨，或許因爲前者的可能性太低，加以著墨，故示傳聞之荒謬，後者反而因爲可能性較高，而避免描寫。

42　可能諷刺他的政敵，當時的首相華爾波。相同的影射也見於第一部第六章。

遠的國度。但讀者請思量，女人任性多變，不受任何氣候或國家所限，其實比大家平常想像的還更相似[43]。

大約一個月的光景，我已經相當熟練他們的語言，有榮幸覲見國王時，能夠回答他大部分的問題。陛下對我所到過的那些國家的法律、政府、歷史、宗教、風俗習慣沒有露出絲毫的好奇，問的全是有關數學的事，對於我的說法表現出很輕蔑、漠不關心的樣子，儘管執拍人時時在他兩側提醒，也沒什麼用[44]。

譯者附誌

主角在前一、二部遇到的是與他身材懸殊的小人、大人，此番來到飛行島，面對的是身材相仿，但興趣、才智、理解迥異的人。作者以誇張的手法描寫飛行島上陷入沉思的君臣與子民，而真正清醒的卻是這些沉思者所鄙視的女性、僕役和格理弗。這些高高在上、不食人間煙火的菁英，無法過日常生活，必須由僕役隨時提醒，才能回到現實中，孰為主、孰為僕，孰治人、孰治於人，值得玩味。主角指出這些人陷溺於音樂和數學這兩門最純粹、抽象的學問，結果不但奏不出好樂曲，連縫衣、建屋的方式也顯示了誤用數學、輕視經驗法則(rule of the thumb)的缺失。在類似「杞人憂天」的事例中，也看到迷信知

43 再度發表輕蔑女性的言論。

44 足證其視野狹隘、自視甚高、畫地自限，與大人國國王形成強烈對比。此國國王可能暗示喬治一世對於英國的冷漠，因爲他不會說英文，而且長期訪問漢諾威(AJR 140)。

識所造成的憂心。面對如此乏味、憂慮、心不在焉、如土似木的男人，難怪妻女要「下凡」另尋他歡。

第三章

現代科學和天文學所解答的一個現象。拉普塔人在天文學上的偉大進展。國王鎮壓造反的方法。

我請求君王允許我去參觀島上的奇珍異物，他欣然恩准，並且命令我的老師隨行。我主要想知道的是，這座島的種種移動方式是根據什麼人工或自然的原理，現在就給讀者一個科學的說明[1]。

這座飛行島或飄浮島呈正圓形，直徑爲七千八百三十七碼，約合四哩半，因此面積爲一萬英畝。島的厚度爲三百碼，底下的人往上看，島的底面是一塊平整、規則的金剛石，向上聳立約兩百碼高，金剛石上依序排列著各種礦石，最上層則是十到十二呎深鬆軟肥沃的土壤。地表由圓周向中央傾斜，以致降到島上的雨露自然經由小河匯入中間的四個大窪地，每個窪

1　此說明諧仿當時英國皇家科學院所發表的學術論文，寫來煞有其事，不僅文字說明，還配合圖解，本身便是傑出的科幻之作(IA 154; AJR 140; AR 313)。以磁力作爲動力，反映了當時科學界的興趣(LAL 510-11; AJR 141)。

地周長約半哩，各距離島中央兩百碼。日間因爲太陽照射，水分不斷從窪地蒸發，有效地遏止了氾濫[2]。此外，由於君主有權讓這島凌駕在雲霧之上，所以只要他高興，隨時可以阻止雨露降落。因爲博物學家公認，最高的雲層不超過兩哩——至少那個國家的雲層從沒超過這個高度。

島中央有道峽谷，直徑約五十碼，天文學家由這裡下到一個大圓頂，因而有「法瀾都納　卡格諾」之名，意思是「天文學家的洞穴」，位於金剛石地表下一百碼的深處[3]。洞穴中有二十盞燈，晝夜不停地燃燒，經由金剛石的映照，強光四處投射。這裡貯放了各式各樣的六分儀、四分儀、望遠鏡、星盤[4]和其他的天文儀器。但最珍奇的是一塊維繫全島命運的巨形天然磁石，形狀像是織布用的梭子。這塊磁石長六碼，最厚的部分至少三碼，由一根很堅實的金剛石軸穿過中間支撐著，磁石就在岩軸上運轉，由於磁石很精準地懸掛著，因此手無縛雞之力的人也轉得動。磁石周圍由中空的金剛石圓筒箍住，圓筒有四呎深，四呎厚，直徑十二碼，水平放著，由八根金剛石腳柱支撐著，每根腳柱高六碼。在凹面的中間有條溝槽，槽深十二吋，軸心的兩端就嵌入這裡，視情況需要而旋轉。

2　如此描述，既說明了飲水、灌溉等日常用水的來源，也說明了爲何不致氾濫成災(飛行島若氾濫，也會殃及底下的地面)。因此，該島自成一生態體系。

3　巴黎的皇家天文台位於洞穴內，離地面有一百七十級台階(PT 330)。

4　“Astrolabe”，星盤是六分儀(Sextant)發明之前測量天體高度的儀器，但因不精確，於18世紀初便遭廢棄(ABG 387)。

任何力量都移動不了這塊石頭，因爲圓箍、腳柱和構成這個島底部的金剛石體連成一氣。

藉著這塊天然磁石可以使島上升、下降，從一處移往另一處。因爲相對於君主統治的下界，磁石的一端有吸力，另一端有斥力。只要把磁石豎直，吸力的一端朝向地面，島便下降；斥力的一端朝下，島便直接上升；磁石的位置傾斜時，島的移動也隨著傾斜，因爲這塊磁石的磁力永遠和它的方向平行[5]。

藉著這種傾斜的動作，就可以把島帶往君主在各處的領土。爲了解釋它進行的方式，我們以AB代表橫越巴尼巴比領土上的一條線[6]，以cd這條線代表磁石，d代表斥力的一端，c代表吸力的一端，而該島位於C上；把磁石擺在cd的位置，斥力的一端朝下，島便向D斜升。到達D時，於軸心旋轉磁石，直到吸力的一端指向E，島便斜向E前進；如果再於軸心旋轉磁石，到達EF的位置，以斥力的一端朝下，島便會向F斜升，把吸力的一端指向G，就可把島移往G，再藉著旋轉磁石把斥力的一端直接朝下，便可把島由G移往H。因此，視情況需要隨時改變磁石的狀態，就可使島以斜向或升或降；而藉著時升時降(斜度並非那麼可觀)，這島就可從一塊領土移動到另一塊領土上[7]。

5　當時有英國物理學家試圖用磁力來解釋星球的運行(IA 156)。

6　由於當時英國統治愛爾蘭，再加上綏夫特不時爲愛爾蘭人請命，因此許多人將巴尼巴比解釋爲愛爾蘭，懸浮並統治其上的飛行島則代表英國。這種政治寓言式的讀法，尤其對照本章末所描述的事件和愛爾蘭屢屢出現的反抗行動，頗能言之成理。

7　艾西莫夫以八個注解來說明，此島並不能依照綏夫特所解說的方式移動。這當然是以20世紀的科學加以驗證。但艾西莫夫也指

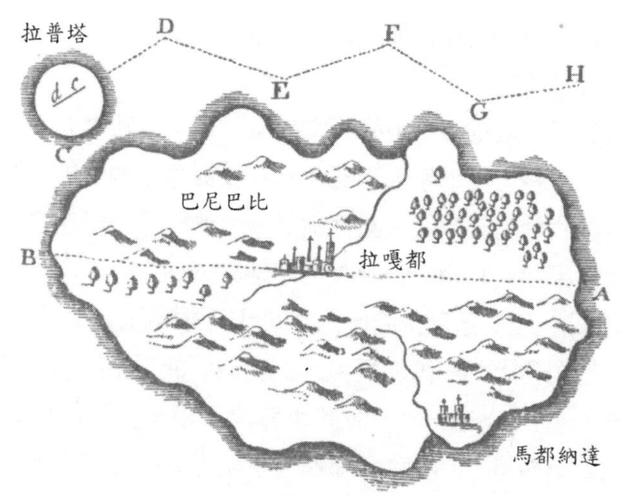

圖1　飛行島

但必須指出的是，這個島移動的範圍不能超越底下的領土，也不能高於四哩。天文學家曾經就這塊磁石寫出了一些長篇大論的系統之作，認爲原因如下：磁石的磁力不超過四哩，而且地底和距離海岸大約六里格的海洋裡，蘊藏了能和磁石相互作用的礦物，但這種礦物並未遍布整個地球，而僅限於國王的領土。這種高高在上的狀態有很大的優勢，使得在磁力範圍內的任何地區都輕易臣服於君王的統治[8]。

磁石與水平線平行時，島就靜止，因爲在那種情況下，磁

(續)

出，重要的是書中的說法及附圖看似科學，而且使人印象深刻(IA 156-57)。

8　雖然看似如此，但被統治者依然有反抗的可能。詳見下文。

石的兩端與地面距離相等，作用力相等，一端向下拉，一端向上推，因而不動。

這塊天然磁石由特定的天文學家掌理，時時奉君主之命移動方位。這些天文學家大半輩子都花在觀察天體，借助的是品質遠勝於我們的望遠鏡。雖然他們最大的望遠鏡不超過三呎，但放大效果卻比我們一百呎長的望遠鏡要好得多，所呈現的星球也更爲清晰[9]。這項長處使他們的發現遠超過我們歐洲的天文學家。他們列出了一萬顆恆星，而我們所能列出的頂多不超過那個數目的三分之一[10]。他們也發現了環繞火星的兩顆小星球，也就是衛星[11]，內軌的那顆衛星與主星中心的距離正好是它直徑的三倍，外軌的那顆距離則是五倍，前者繞行一周須十小時，後者繞行一周須二十一個半小時，因此它們周期的平方與它們和火星中心距離的立方之比相近[12]，這明確顯示它們和

9 此句並未出現於第一版，而是後來福特所加(PT 330; AJR 144)。1660年代荷蘭天文學家曾使用一百二十三呎長的望遠鏡，1673年德國天文學家曾使用一百五十呎長的望遠鏡，1722年(本書出版前四年)英國天文學家曾使用兩百一十二呎長的望遠鏡，直到1757年(本書出版三十一年後)天文學界發明新鏡片，此章所描寫的望遠鏡眞正問世，才淘汰了長望遠鏡，此時綏夫特已不在人世(IA 158; PT 331)。

10 格林尼治天文台的創建者佛蘭史第(John Flamsteed)於1725年的《英國天文史》(*Historia Caelestis Britannica*)第三冊列出2935顆恆星(HW 478; PT 331; AJR 144; AR 313)。

11 一直到1877年，天文學家才發現火星的兩個衛星，距離本書出版已一個半世紀。綏夫特的揣測之詞竟能言中，純屬巧合，但經常被後人引爲文學中最著名的科學預測(IA 158; PT 331; ABG 389)。

12 此處綏夫特運用德國天文學家開普勒(Johannes Kepler, 1571-1630)行星運動三大定律中的第三定律(IA 159)，此定律公布於1619

其他天體一樣受制於同樣的萬有引力定律[13]。

他們觀察到九十三顆不同的彗星，並且很精確地定下它們的周期。如果此事屬實(他們篤定如此)，很希望他們的觀察能公諸於世，藉此改進〔歐洲〕目前很蹩腳、殘缺的彗星理論[14]，以期與天文學的其他部分達到同樣完美的境界。

如果國王能要臣子接受他的作法，就會成為宇宙間最有絕對權力的君王[15]。但這些臣子在底下的大陸都有家產[16]，又考慮到不知自己能受寵多久，因此絕不同意奴役他們的地區。

如果有任何城鎮反叛或叛變，發生激烈的內訌，或拒絕循例納貢，國王有兩個方法來降服他們。第一個方法比較溫和，就是讓這個島懸浮在這座城鎮和周圍的土地上方，阻絕陽光、雨水，使居民蒙受饑荒、疾病之苦[17]。如果罪行重大，就同時不斷從上空投擲巨石[18]，底下的人毫無招架之力，只能爬進地窖或洞穴，任由屋頂被砸碎。如果他們依然頑抗或造反，國王就使出撒手鐧，讓該島直接落在他們頭上，全部屋毀人亡。然

(續)

年，後來由牛頓證實。周期就是衛星繞行軌道一周所需的時間(ABG 389)。

13 如果火星的衛星遵從開普勒的定律，就證明牛頓的萬有引力定律是正確的。這是綏夫特少數未嘲諷牛頓之處(IA 159)。

14 哈雷在1704年估算出二十四顆彗星的軌道(PT 331)。

15 可能暗諷喬治一世比拉普塔國王更為幸運，有首相華爾波助他為虐，魚肉國人(AJR 145)。

16 當時許多英國上層階級在愛爾蘭都有家產(IA 159)。

17 象徵英國政府介入愛爾蘭的貿易，以致愛爾蘭民不聊生(IA 159)。但也可能官逼民反，如下文所述。

18 可能是文學作品中首次描寫自空中轟炸(IA 159)。

而，君王很少被逼上這個極端，因爲一方面他的確不願意這麼做，另一方面大臣們也不敢勸他採取這種行動，以免惹人憎恨，也使自己在底下的家產蒙受重大損害，因爲飛行島完全屬於國王。

然而歷任國王除非絕對必要，不願意採取這麼恐怖的行動，其實另有一個更重要的理由。因爲，如果國王有意摧毀的城鎮中有任何高聳的岩石(大一點的城市通常如此，很可能當初就是爲了避免這種災難而選擇在這種地方建立城市)，或許多巍峨的尖塔、石柱，猛然降落可能會危害到島的底部或底面。雖然前面說過，這個島由一整塊兩百碼厚的金剛石構成，但如果壓力太大，可能會意外斷裂，或者因爲太接近底下房舍的烈火而爆裂，像是我們煙囪裡的鐵壁、石壁就經常發生這種情況。人民對這些都了然於心，知道在涉及他們的自由或財產時，可以頑抗到什麼程度。當國王被大大激怒，打定主意要把一座城市壓成廢墟時，就下令這座島以最緩和的方式下降，表面上是對人民故示寬大，其實是怕損毀金剛石的底部，因爲他們所有的科學家都認爲，如果底部損毀，天然磁石就無法支撐，整座島會墜落地面[19]。

〔在我來這裡之前大約三年，有一次國王出巡，發生了一件極不尋常的事，幾乎終結了這個王國的命運，或至少是王國

19 爲了避免因文賈禍，以下有關叛亂的五段文字既不見於1726年的初版，也不見於綏夫特本人訂正的1735年版(雖然福特的校訂版中曾加入)，一直到1899年的一個版本才納入，距離初版已經一百七十三年(ABG 389; IA 160; AR 313)。

目前的制度。該國第二大城林達林諾是陛下這次出巡的第一座城市[20]。他離開之後三天，對高壓統治迭有怨言的居民關上城門，抓住地方長官，以不可思議的速度和動作建起四座大塔，分別位於這座正方形城市的四個角落，與矗立於城中心的堅固尖石一樣高[21]。尖石和每座塔上各安置了一塊巨大的天然磁石，還準備了大量最易燃的燃料[22]，如果天然磁石的計畫失敗，就以燃料來爆破飛行島的金剛石底部。

一直過了八個月，國王才完全察覺到林達林諾人造反了[23]，因而下令把島飄到這座城的上空。底下的人民同心協力，貯藏了許多糧食，而且有條大河穿越城的中間[24]。國王讓島飄浮在他們上空幾天，阻絕陽光和雨水。他命令垂下許多綑紮繩，但沒有一個人送上請願書，反而都是一些很大膽的要求，要求平

20 “Lindalino”，一般認爲此城影射愛爾蘭的都柏林(IA 160)。有人進一步指出，此名中的“da”是愛爾蘭文裡的「二」，而且此字前後有兩個“lin”，故可解爲“double lin”，即“Dublin”（都柏林）(PT 332)。歷代讀者與批評家以書中的文字遊戲爲樂，各現巧思，但也見仁見智，莫衷一是，與其説是彰顯作者的意圖，不如説是表現自己的才智。

21 有論者指出，四座高塔象徵愛爾蘭當地政府的四個主要機構(樞密院、大陪審團以及國會的上下議院)，中央的尖石則象徵愛爾蘭的教會，以綏夫特擔任總鐸的聖帕提克大教堂爲中心(PT 332)。

22 可能暗示愛爾蘭國會的決議和綏夫特搧風點火的小冊子(PT 332; IA 160)。

23 1724年4月，相關的小冊子問世之後八個月，愛爾蘭總督返回倫敦，向國王報告當地的情況(PT 332)。

24 大城市幾乎都有河流通過，都柏林也不例外。此處則説明此城的用水不成問題。

反他們所有的冤屈，大赦，有權選擇自己的地方長官[25]，以及其他類似的非分之舉。陛下立刻下令所有島民從下層的迴廊向城裡丟擲大石頭，但人民早已備妥了對付這個災難的方式，把人員和家財送入四座高塔、其他堅固的建築和地窖。

國王於是決心鎮伏這些桀驁不馴的人民，下令該島緩緩降到距離高塔和尖石頂端不到四十碼的地方。負責的官員們依令行事，但發現下降的速度比平常要快得多，而且在轉動天然磁石時，得很費勁才能維持在固定的位置上，卻發現整個島搖搖欲墜。他們立刻向國王報告這件驚人的事情，並乞請陛下允許把島升高。國王同意了，並且召開御前大會，負責天然磁石的官員奉命出席。其中一位最年長、專精的官員獲准做一項實驗。當時這座島就在他們感覺到吸力的城市上空，這位官員取來一根一百碼長的結實繩子，繩子末端綁上一塊混有鐵礦的金剛石，性質和島的底部或底面的成分相同，從下層迴廊慢慢向塔頂垂下。金剛石下降還不到四碼，這位官員就覺得被一股很強的力道往下扯，幾乎拉不住。他接著拋下幾塊小金剛石，只見它們全被塔頂猛吸而去。他對其他三座塔和尖石進行相同的實驗，結果一樣。

這件事完全破壞了國王的各種手段，其他的情況姑且不

25 綏夫特在化名爲布商的第四封信中指出，他之所以承認英王的統轄，只是因爲愛爾蘭國會接受他爲愛爾蘭國王。他直言無諱地指出：「就道理來說，未得到受統治者的同意而加以統治，就是奴隸制度的定義」(PT 333)，其政治思想由此可見。

談，至少國王被迫答應了這座城市所提出的條件[26]。

一位大臣向我肯定表示，如果這座島降到很靠近該城市的高度，以致無法升起，人民決意把它永遠固定，並殺死國王和所有臣僕，徹底改變政府。〕[27]

根據這個地區的一項基本法，國王或兩位較年長的王子都不許離開飛行島，王后則一直要超過生育年齡才能離開[28]。

譯者附誌

本章分為三部分。第一部分以科學的細節，精確描述如何操縱飛行島的飛航，並有圖為證，諧仿當時的科學論文。雖然飛行島其實不能依照這種方式移動，但此處的描述至少予人科學、精確、可信的印象。第二部分文字簡短，略述當地天文學的先進，多少諷刺了對天文的知識超過了對人世，尤其被統治者的了解與認識。第三部分以高度的想像，訴說高高在上的飛

---

26 英國政府在愛爾蘭發行錢幣的計畫，事先未徵得愛爾蘭人的同意，而且有損該地經濟，遭到強烈反對，綏夫特化名撰寫一系列文章抨擊，發揮了關鍵性的作用，該計畫只得於1725年8月(本書出版前一年)告終(IA 161; D & C 356)。

27 本書出版前一世紀，人民的反抗至少造成一位國王的處決(查理一世)，一位國王的流放(詹姆士一世)，綏夫特當時的國王喬治一世則不得人心(IA 160)。官逼民反，中外皆然。只是當時書商對如此露骨的表達方式自然有所顧忌，以致上述五段文字湮沒了一百七十三年之久。

28 根據1701年的「王位繼承法」(the Act of Settlement)，國王未得國會特許，不准離開英格蘭，喬治一世說服國會於1716年取消這項限制，以後經常造訪漢諾威(第一次待了六個月)，而不喜歡住在英格蘭，引發英國人不滿(PT 333; AJR 146; LAL 511; RD 286)。

行島如何「鎮壓」(「『鎮』伏」、「『壓』制」)底下的受統治者，而受統治者又如何運用計謀，同心協力反抗飛行島的「高壓」(「從高處重重壓下」)，影射了綏夫特一生中引以為傲的反抗英格蘭強加於愛爾蘭的貨幣政策。此外，文中也透露了君臣、統治者與被統治者各有所圖，各為其利，彼此試探，爾虞我詐。國王為了避免喪失權力，故示寬大；臣子為了自己的利益，虛與委蛇；被統治者只要有具體可行的謀略，便可有效反抗高壓。至於本章中被壓抑了一百七十三年的五段抗暴文字，雖有叛亂、造反之嫌，一度遭到「鎮壓」，不見天日，但總有出頭的一天，恰好隱喻了高壓必不持久的道理。

第四章

作者離開拉普塔，被帶到巴尼巴比，抵達京城。描寫京城和鄰近的鄉間。大公盛情接待。與大公的對話。

雖然我不能說在這座島上受到不好的待遇，但必須坦承自認很受冷落，也受到些許的輕視。因爲不論君王或人民除了數學和音樂之外，對其他任何知識似乎都不感興趣，而我在這兩方面都望塵莫及，因此很不被看重。

另一方面，在看過了島上所有的奇珍異物之後，我很想離去，因爲我打心底就厭倦那些人。他們的確精於數學和音樂，而我對這兩門學問略有所知，因此對他們深表敬意；但他們同時又是那麼心不在焉，沉溺於思索，我這輩子還沒遇過這麼難處的同伴[1]。我住在島上的那兩個月，只和女人、生意人、執拍人、宮廷僕役交談，結果使得自己極受輕視，但我只有和這些人交談，才能得到合理的回應[2]。

1　補充說明了爲什麼飛行島的女子喜歡到下界(見第二章)。

2　綏夫特一路寫來，時時表現出男尊女卑的心態，反映了若干時人的態度。此處將下層階級的「生意人、執拍人、宮廷僕役」與女

我勤奮學習，已經很能掌握他們的語言。禁錮在這個對我沒什麼好臉色的島嶼令我生厭，我決意一有機會就離去[3]。

朝廷裡有一位大公，與國王關係親密，但也只是因為那個緣故才受尊重。大家公認他是他們之中最無知、愚蠢的人。他為國王立下了許多大功，具有多項先天和後天的傑出才華，為人誠實，有榮譽感，但因為不解音律，以致詆毀他的人都說他經常打錯拍子，而且老師必須煞費苦心，才能教他證明數學上最簡單的命題[4]。他對我極盡善意，經常大駕光臨，很想知道有關歐洲的事情，以及我行蹤所及的各個國家的法律、習俗、禮儀、學問。他很專注傾聽，對我所說的一切都表示了很有見地的觀察。為了體面起見，他身邊有兩個執拍人隨侍，但只有在宮廷和正式拜會時才派上用場，我們兩人獨處時，總是摒退他們[5]。

我懇求這位顯貴為我向陛下說情，允許我離去。他依言行事，卻也表達了遺憾之意，其實他向我提出了各種很優渥的條件，雖然我沒接受，但也向他表達了最高的謝意。

（續）

人同列，以示地位低落，而見多識廣的格理弗便廁身其中。反諷的是，該國自視才智高超的人士，只陷溺於自己的思維，連在日常交談中都未能給予「合理的回應」，成為生活中低能、可笑的人物。換言之，這些精通數學與音樂的才智之士，在日常生活與應對中，還比不上他們輕視的「女人、生意人、執拍人、宮廷僕役」。綏夫特藉此表達出「雙重輕視」——這些人士被他們所輕視的格理弗所輕視。

3 或許暗示綏夫特對安妮女王治下的英格蘭甚為失望，決心離去。

4 以貌取人，失之子羽。以音樂和數學取人，又如何？

5 以與大公的交往，再度表現出「雙重輕視」——遭國人輕視的大公，其實除了音樂與數學不行之外，其他各方面都遠勝過該國尊敬的才智之士，也就是格理弗眼中的無趣之人。

2月16日[6]，我告別陛下和朝廷。國王送我一個價值大約兩百鎊的禮物，我的保護人，也就是他那位親戚，也致贈價值相仿的禮物，並給了我一封致京城拉嘎都友人的推薦函。當時這座島正飄浮在距離該地兩哩的一座山的上空，他們依原先吊起我的方式，把我從最低的走廊放下去。

飛行島的君主所統治的這塊大陸[7]通稱爲「巴尼巴比」，前面說過，京城叫「拉嘎都」。我發現自己腳踏實地時，心裡有著些許的愜意[8]。我自由自在地走進城裡，因爲我的穿著和當地人一樣，而且受過足夠的教導，能和他們交談。我很快就找到了大公推薦我去的那戶人家，送上來自飛行島上大公友人的推薦函，受到盛情的招待。這位名叫「穆諾地」的大公[9]，爲我在他自家的豪宅裡安排了一間住處，我停留該地時就一直住在這兒，受到最熱烈的款待。

6　時爲1708年。

7　但地圖上爲島嶼(HW 478)。

8　一則離開高高在上的飛行島，終於能夠腳踏實地，再則離開那些自視甚高、虛無縹緲、不切實際的人。不知從飛行島下來的女人是否也有同感？

9　“Munodi”，有人猜測此名來自拉丁文的“mundum odi”，意爲「我恨這個世界」(AJR 147)。此人究竟影射何人，說法紛歧。其中一說便是影射綏夫特曾任秘書的政壇大老田波(William Temple, 1628-1699)(PT 333)，尤其下文中描寫他對古法的尊重，與田波在〈古今之學〉(“Of Ancient and Modern Learning”)一文的論點相符，更加強了這種看法(IA 163)。也有人認爲此人可能影射當時幾位人物：如密德敦子爵(Viscount Middleton，此人雖然是惠格黨，卻反對伍德半便士硬幣的「邪惡計畫」)，波林布洛克(在流亡回來之後就退隱)，或哈利(在1717年有關他的指控撤除之後，他就退隱鄉間[D & C 356; HW 478-79])。

我抵達的第二天上午，他用馬車帶我遊覽整座城鎮。這座城大約是倫敦的一半大小[10]，但房舍蓋得很奇怪，大部分都沒有整修。路人行色匆匆，看似狂野，眼神呆滯，大多衣衫襤褸[11]。我們經過一個城門，進入鄉間大約三哩，我在那裡看到許多勞動者以各式各樣的工具在土地上耕作，卻猜不出他們在做什麼[12]；雖然這些像是上好的土壤，但看不出可以指望長出任何穀物或草類。城裡和鄉間的這些奇怪景象令我不勝驚訝，便壯起膽來請帶領我的人解釋，街上和田裡這麼多忙忙碌碌的人手和面孔，到底都在忙些什麼，因為我並沒有發現他們忙出什麼豐碩的成果；相反的，我從沒見過土壤被這麼糟蹋，房舍的設計這麼不當、敗壞不堪，人們的面容這麼痛苦，衣著這麼匱乏[13]。

穆諾地這位大公地位一流，曾經擔任過幾年拉嘎都的地方長官，但一小撮大臣以無能為由，逼他去職。然而，國王待他寬厚，認為他為人善良，只是理解力低劣可鄙。

我這樣貿然評斷此地和居民，他並沒有多加回答，只是告

10 1726年，倫敦的人口六十萬出頭(ABG 390)。

11 此地的活動代表了當時科學進步和資本主義興起之後的各種新狀況，綏夫特擔心會造成嚴重的惡果。1720年南海公司(South Sea Company)在南美進行的股票投機騙局(即著名的「南海泡沫」[South Sea Bubble])便是一例，結果因為貪圖暴利，產業停滯，後來泡沫破滅，造成廣泛的影響(ABG 390-91)。這裡的描述預示了作者後來的名文〈野人芻議〉中所描寫的愛爾蘭慘狀(AJR 148)。

12 當時英國正在以從荷蘭、法國等地學得的農業系統來取代傳統方式(ABG 391)。

13 有論者認為綏夫特心裡想的是都柏林。1724年時，當地有一千五百間空屋，農業也因把可耕地轉變為牧場而沒落(PT 333)。

訴我說，我在他們之中待的時間還不夠長，不足以判斷，又說，世上不同國家各有不同的習俗，諸如此類的話。但當我們回到他的宅邸之後，他問我喜不喜歡這座建築，看到了些什麼荒唐事，覺得他家僕的衣著和外貌有什麼不對勁。他可以安心這麼問，是因爲他周遭的事事物物都高雅華麗、中規中矩、符合禮儀。我回答說，大公的講究、品味、財富，使他免於因爲愚蠢、貧窮而犯上了那些人相同的毛病。他說，如果我願意隨他到大約二十哩外的鄉間別墅，也就是他莊園的所在，就會有更多閒暇來談論這些話題。我告訴大公，悉聽尊便，於是次晨啓程。

旅途中，他要我觀察農夫處理土地的種種方式，在我看來完全無法解釋，因爲除了很少數的一些地方之外，我找不到一片麥穗或小草。但走了不到三小時，景色全然改觀，我們來到了一片最美麗的鄉間，農舍蓋得整整齊齊，雞犬相聞，田地圍了起來，裡面是葡萄園、小麥田、草原。我記憶中不曾見過更怡人的景致[14]。大公見我神色頓然開朗，對我嘆道，從這裡開始就是他的莊園，一直到他的住宅都是同樣的景色。他還說，國人取笑、輕蔑他沒把自己的事情辦得更好，卻爲全國立下這麼一個惡例。然而還是有很少數像他那樣年老、執拗、軟弱的人，遵循這個惡例[15]。

我們終於來到他的住宅，這的確是座宏偉的建築，根據古

14　第一部第二章對小人國也有相同的說法。
15　「雙重輕視」又一例。

代建築的最佳規矩所建造。噴泉、花園、走道、林蔭道路、樹叢全都根據精準的判斷和品味排列而成。我對眼中看到的每一件事物都給予恰如其分的稱讚，大公卻一點也不在意，直到晚飯後，沒有第三人在場，他才神色憂鬱地告訴我，恐怕自己必須拆毀城裡和鄉間的住宅，依照現今的模式重建，毀掉所有的農場，把其他一切改爲現代作法所要求的形式[16]，並指示所有的佃戶照辦，否則便會遭人責怪爲傲慢、古怪、造作、無知、任性，而且可能會使陛下更爲不悅。

他還說，如果告訴我一些細節，我的欽慕之情就不會像現在這樣，甚至可能會煙消雲散。這些細節我在朝廷很可能從沒聽說過，因爲那裡的人太耽溺於自己的玄思，而不顧底下這裡所發生的事[17]。

他的整個說法是這樣子的。大約四十年前[18]，有些人上去拉普塔，可能是爲了正事，也可能是去遊玩，在那兒連待了五個月，帶回了一些一知半解的數學。他們從那個空中之城回來之後，滿腦子全是縹緲之思[19]，開始厭惡底下每件事的處理方

16 綏夫特諷刺18世紀早期因科學進步而有意進行的農業改良，其崇古之情明顯可見(IA 164)。

17 高高在上的朝廷不知民間疾苦。

18 位於倫敦的英國皇家科學院於1660年獲准成立，大約是這段對話之前四十七年。在前兩章的飛行島中諷刺純科學，在巴尼巴比諷刺的對象則轉爲應用科學或技術(ABG 391)。英國皇家科學院的設立自有其背景、宗旨及作用，但綏夫特顯然非但不認同，反而嚴詞諷刺。

19 來自「空中之城」(“Airy Region”)的「縹緲之思」(“Volatile Spirits”)豈能當真？在塵世執行起來，果眞成了「空中樓閣」。下

式，並著手計畫把所有的藝術、科學、語言、技藝全部翻新。爲了達到這個目的，他們取得皇家的特許，在拉嘎都設立了一所發明家科學院[20]，流風所及，以致全國稍具份量的城鎮無不設立這種科學院。在這些科學院中，教授設計出有關農業和建築的新規矩和新方法，各個行業和製造業的新器械和新工具。他們保證，使用這些可以以一當十，在一周內蓋起一座宅邸，堅固的材料可以永久維持，不必整修。地上所有的水果可以在我們要它們成熟的季節裡成熟，而且產量比現在多出一百倍。這些人還提出了其他不計其數的巧妙計畫。美中不足的是，這些計畫沒有一項已經臻於完美，反倒使得全國處於悲慘的荒廢狀態，房舍毀損，人們無衣無食[21]。儘管如此，他們不但沒有灰心喪志，反而在希望與絕望的雙重驅策下，以五十倍更狂野

(續)——

文果然有此設計。

20 「發明家科學院」(“an Academy of PROJECTORS”)咸信諷刺英國皇家科學院。此處的「發明家」不限於自然科學，也包括了政治、社會、財經、工業等方面(PT 334; ABG 392; LAL 511)。「發明家」所指的除了自許追求新知、爲人類謀福利的人之外，還帶有另一層貶意：那些以計畫來招搖撞騙、不切實際的人，包括造成南海泡沫事件的人。綏夫特曾以南海泡沫事件爲題寫詩，此處顯然也偏向「發明家」一詞的貶意(AJR 149)。綏夫特在《桶的故事》中曾抨擊這類以幻想凌駕理性的作法(AR 313-14)。由以上的「縹緲之思」，引入此學院，下接對於各種發明家／科學家的明嘲暗諷。此處將“Academy”譯爲「科學院」一者暗示原文所欲諷刺的「英國皇家科學院」(雖然後者的原文是“Society”)，再者認爲其中的若干諷刺之意也可引申到中文世界裡廣設的各種科學院或研究院。

21 此人表達的是當時一些有田產的仕紳的態度，他們與綏夫特一樣，懷疑新穎的觀念和作法，認爲會對鄉村不利(ABG 392)。

的決心來執行他們的計畫。至於他自己，由於生性不積極進取，所以滿足於維持舊狀，居住在祖先蓋的房子，生活中的一切都維持像祖先一樣的作法，沒有任何創新。其他還有少數一些有地位的人士和仕紳也是如此，卻被人投以輕蔑、惡意的眼神，把他們視為技藝之敵，無知，缺乏公益精神，把個人的安逸、懶散置於國家的全面改進之上。

大公還說，他認為我應該前往探訪那座宏偉的學院，一定會得到不少樂趣，因此不再細說那些事，免得掃了我的興。他只要我看看大約三哩外的山邊一座毀壞的建築[22]。對於這座建築，他是這麼說的。距離他住宅不到半哩的地方，有一座很便利的磨坊，由一條大河的水流推動，足供他家和他的許多佃戶使用。大約七年前，有一夥發明家帶著計畫來找他，要毀掉這座磨坊，在山邊另蓋一座，並且在綿延的山脊上開鑿一條長運河來貯水，以水管和發動機把水打上來供磨坊使用，一則因為高處的風和氣流能激盪水，產生更大的動力，再則因為斜坡流下的水只消平坦河道水流的一半，便可推動磨坊。他說，由於當時自己和朝廷的關係不是很好[23]，又受到許多朋友的壓力，就順從了這項計畫。結果雇了一百個人花了兩年的時間，工作未能完成，這些發明家一走了之，把一切都怪罪到他頭上，從此對他嘲訕不已。他們也敦促別人從事相同的實驗，一樣保證會成功，結果卻一樣令人大失所望。

---

22 可能影射南海泡沫。1712年發給南海公司執照的馬伯樂因此備受批評(PT 334)。

23 安妮女王不喜馬伯樂(PT 334)。

幾天後我們回到城裡，大公考量到自己在科學院裡名聲不佳，不願親自陪我，便把我推薦給友人，要他陪我前去。大公把我說成是很推崇各項發明的人，充滿了好奇心，容易取信；這種說法的確不無道理，因爲我自己在年輕時也稱得上是位發明家[24]。

譯者附誌

飛行島上的菁英人士見識狹隘、心不在焉又自視高人一等，以致主角真正能交談的對象，只有一位因不解音律、拙於數學而受朝廷歧視的大公，於是心生不如離去之感。透過大公的引介，格理弗下到巴尼巴比，拜訪另一位大公。在這位穆諾地大公的安排下，他先參觀該城鎮，驚訝於當地的荒蕪，再到大公位於鄉間的莊園與住宅，與先前的城鎮儼然天壤之別。這位大公的性情與遭遇和飛行島上那位大公一樣，但在他勢力範圍之內，卻能維持富庶安樂，顯示只有務實尊古、符合自然之道，才能產生豐碩的結果。然而，奉行此道的人卻因為不符主流思想，而遭鄙視。作者藉由穆諾地大公訴說的事例，諷刺知識與科學的傲慢，以及為新奇而新奇的心態，表現在外的則是發明家求新善變，一再犯錯，推諉卸責，嚴於責人，不知反省。作者筆觸辛辣，並為下一章科學院中各種光怪陸離的現象預留伏筆。

24 具有「格」物窮「理」的精神，而且「容易取信」(也「容易被騙、上當」[“gullible”])。

第五章

作者獲准參觀拉嘎都宏偉的科學院，並仔細描述。教授們所從事的技藝。

這所科學院不是完整的獨立建築，而是街道兩旁彼此相連的幾棟房舍，由於逐漸荒廢，就被購置作爲科學院之用[1]。

承蒙院長熱心接待，我造訪科學院多日，裡面的每個房間都至少有一位發明家，而我相信自己去過的房間不下於五百個[2]。

我見到的第一個人外形枯槁，面容和雙手焦黑，長髮長鬚，全都蓬蓬鬆鬆，甚至還燒焦了。他的穿著、內衣、皮膚全

1 英國皇家科學院於1710年和1724年相繼擴充(PT 334)。第二部第三章曾提到的葛來興學院就是皇家科學院的所在地，1724年時已占有倫敦市幾棟建築。綏夫特曾於1710年造訪科學院(AJR 151)。

2 下文便針對此科學院中的發明家和他們異想天開的計畫逐一嘲諷。有些靈感可能來自拉伯雷的《巨人列傳》第五部第二十二章，如把黑人漂白，以狐狸來犁沙地，自浮石中提煉出水，教牛跳舞等等。1720年代的一些泡沫公司也以從海水提煉銀子等計畫來吸金(ABG 392; GRD 186; HW 479)。有些靈感也可能來自培根的《新亞特蘭提斯》(Francis Bacon, 1561-1626, *The New Atlantis*)(PT 334)。

是一樣的顏色。他花了八年所從事的計畫，就是從黃瓜裡抽取陽光，密封在小瓶子裡，在陰鬱濕寒的夏天釋放出溫暖空氣。他告訴我說，有把握再八年就能把陽光以合理的價位提供給地方長官用於花園，但他抱怨資金短缺，懇求我給他一些東西以示鼓勵創意，尤其這個季節的黃瓜很昂貴[3]。於是我送上一點小禮，這是大公特意爲我準備的一些錢，因爲他知道這些人向所有訪客討錢的行徑。

我進入另一個房間，幾乎被一股可怕的惡臭熏倒，正要匆忙退出，引導的人卻把我推向前，並悄聲告誡不要得罪人，因爲這會很犯忌諱，於是我連鼻子都不敢掩。這間斗室裡的發明家是科學院裡最年老的學者，面孔和鬍鬚都是淡黃色，雙手和衣服全沾滿了穢物。接待人員引介我時，他趨前緊緊擁抱我，這種問候方式我寧可敬謝不敏。打一進入科學院，這位學者就從事於如何把人的糞便化爲原先的食物，所用的方式就是把糞便分解成各種成分，去除膽汁的味道，蒸發去異味，濾掉唾液。科學院[4]每周固定提供他一個裝滿人糞的容器，大小有如布里斯托的木桶。

我看到另一個人從事的是把冰鍛燒成火藥。這個人同時給我看他所寫的一篇有關火的延展性的論文，表示有意出版[5]。

3　可見科研人員「募款」從事實驗與研究，自古皆然，於今尤烈。

4　“the Society”，原文一直以“Academy”稱呼這所科學院，此處卻用上與英國皇家科學院(“Royal Society”)相同的字眼，諷刺的對象更加明顯。

5　當然是希望有人贊助出版經費。

其中有一位才智出眾的建築師，設計出一種蓋房子的新法子，是從屋頂往下蓋到地基。他以蜜蜂和蜘蛛那兩種最精明的昆蟲相同的築巢手法，來向我證明自己的正確[6]。

有一個人天生就瞎了，帶著幾個同樣失明的學徒，他們的工作就是為畫家調製各種顏料，像師傅教的那樣用感覺和嗅覺來分辨[7]。不幸的是，我遇上他們的時機不太對，不但他們學藝不精，教授本人更恰巧全盤皆錯。但這位藝術家[8]很受所有同道的鼓勵和敬重。

在另一個房間裡，我很高興看到一位發明家發明了以豬犁地的方式，可省去犁、牛隻、勞力的費用。方法是這樣子的：

---

6 綏夫特在《書籍之戰》中，也用上蜜蜂與蜘蛛的比喻，但與此處的用法不同。在該書中，他以兩者對比古今之優劣：古人有如蜜蜂，採集大自然中的精華，產生的是「甘甜與光亮」("sweetness and light")；今人則如蜘蛛，極為自我中心，只是製造骯髒污穢。綏夫特藉此表達在當時文化界的古今大論戰中，自己和主人田波都站在尊古的立場。「甘甜與光亮」的說法，在19世紀被詩人、評論家、教育家阿諾德(Matthew Arnold, 1822-1888)用來描述文化的作用，對於英國人的文化觀產生重大影響。

7 此書寫作之前不久，科學圈有人討論瞎子以觸覺分辨顏色的可能性，特別提到一位瞎眼的雕塑家據說有此能力(ABG 393)。其他也有用嗅覺或觸覺分辨顏色的類似報導(PT 335)。1664年並有專書討論此事(AJR 152)。綏夫特在與友人波普等人合寫的諷刺之作《思克理布勒洛思回憶錄》(*The Memoirs of Martinus Scriblerus*)第七章中曾提到偉大的思克理布勒洛思最先發現了顏色是觸摸得到的(LAL 512)。如此說來，倒像是今日所謂的特異功能了。只是此處以盲引盲，自誤誤人。

8 "Artist"，早先泛指從事任何技藝的人(ABG 393)，此處則兼具「大師」和「騙子」二意。以盲引盲之徒竟能得到「所有同道的鼓勵和敬重」，匪夷所思，諷刺至極。

在一英畝的土地裡埋下大量的橡樹果實、海棗、栗子、其他果實或豬隻最喜歡的蔬菜，間隔六吋，深八吋；然後把六百頭或更多的豬趕進田裡，豬隻爲了覓食，不出幾天就會用鼻子把整塊地翻拱起來，不但適合播種，同時豬糞又可以肥田。其實，經過實驗之後，他們發現這種法子既耗錢又費事，收成卻很少，甚至一無所獲，然而卻不懷疑這種發明大有可爲。

我進入另一個房間，牆上和天花板到處掛滿了蜘蛛網，只留下一條狹窄的通道讓藝術家進出。我進入時，他高聲嚷嚷，叫我不要攪亂了他那些網。他感嘆世人長久以來養蠶吐絲，犯下了嚴重的錯誤，而生活周遭有那麼多昆蟲，比蠶不知道好過多少，因爲蜘蛛不但知道如何吐絲，也知道如何結網。他進一步主張，使用蜘蛛可以省下染絲的費用。他讓我看許多五彩繽紛的蒼蠅，是用來餵他的蜘蛛的，他還向我們保證，蜘蛛吃了五彩的蒼蠅之後，蛛網就能著色，這種說法我完全信服[9]。他擁有各種顏色的蒼蠅，只要能給這些蒼蠅找到適當的食物，像是某些樹膠、油脂和其他黏性的物質，就能結出有勁道、黏度的蛛絲，希望能符合每個人的喜好[10]。

9　綏夫特當時便有許多人實驗從有顏色的昆蟲萃取顏料，但並不是爲了把這些顏料餵給其他動物，來爲它們的分泌物染色(IA 171)。只是，爲了使蛛網著色，而養五彩的蒼蠅餵蜘蛛，但蒼蠅身上的五彩又是從何而來？若是人爲的著色，豈不更爲迂迴？

10　綏夫特很可能聽說過一個法國人呈給皇家科學院自己用蜘蛛絲做成的襪子和手套(GRD 188; ABG 393; PT 335)。此處結合了1708年和1710年在英國皇家科學院刊物上所發表的兩篇論文(D & C 356-57)。

有位天文學家把日晷放在市政廳的大風信雞上，藉著調整地球和太陽每年和每日的移動，只要氣流偶有轉向，就能立刻反應而且標示出來[11]。

我正抱怨肚子有點痛，引導的人馬上帶我進入另一個房間，裡面住著一位名醫，他之所以出名，是因為運用同一個工具的相反作用來治療腹痛。他有一個大風箱，一頭是細細長長的象牙噴嘴。他把噴嘴探入肛門之內八吋[12]，吸氣，並肯定地表示他能使內臟像乾癟的氣囊一樣細長。如果疾病更頑強，他就把裝滿氣的風箱噴嘴插入，把氣灌入病人體內，然後抽出工具，重新裝滿氣，用一根拇指猛扣肛門口，這樣重複三、四次，外來的氣就會從體內衝出，把有害的氣一併帶出(就像把水灌入幫浦以利抽水一樣)，病人就恢復了。我見他在一隻狗身上進行這兩種實驗，但看不出第一種實驗有任何效用，而在第二種實驗之後，那隻狗幾乎要脹爆，然後猛然排出一股氣，我和周遭的人聞了幾乎作嘔。那隻狗當場斃命，我們離開時，醫師正努力用相同的方式要救活它[13]。

我探訪了其他許多房間，為了簡要起見，不以親眼目睹的

11 英國建築師雷恩(Sir Christopher Wren, 1632-1723)把鐘附在風信雞上，製造出一種自動記錄氣流的儀器(PT 336)。

12 在綏夫特當時，灌腸是一種風行的方式，用來治療許多真正的或想像的疾病(IA 172)。

13 斯普拉特(Thomas Sprat)在1667年出版的《皇家科學院史》中曾記載了胡克(Robert Hooke)以狗做實驗(AJR 154)。另外也有一位武華德醫生(Dr. Woodward)，他的催吐理論根據的是在狗身上所做的實驗(GRD 189)。

所有奇聞異事來煩擾讀者。

到目前爲止，我只看到這所科學院的一邊，另一邊則是從事玄思的學者專用[14]。我要再提一位顯赫的人物，談談這位在他們之中稱爲「通才藝術家」的人[15]。他告訴我們，自己三十年來都在思索如何改進人類的生活。他有兩個大房間，裡面滿是奇珍異物，有五十個人在工作。有些人藉著抽離空氣中的硝石，濾掉水分或液體的分子，把空氣濃縮爲乾燥、摸得著的物質；有些人把大理石軟化，作爲枕頭、針插；有些人把活馬的蹄子硬化，以防染患蹄葉炎。藝術家本人那時正忙著兩大設計：一個是把糠播到土裡，他肯定糠具有再生的能力，用了各式各樣的實驗來證明，但我技遜一籌，無法了解；另一個就是用某種樹膠、礦物、蔬菜的混合物敷在兩隻小羊身上，防止長出羊毛，他希望在一段合理的時間內，就能讓無毛羊的品種在全國各地繁殖[16]。

我們穿越走道，來到科學院的另一部分，前面說過，這裡是從事玄思學問的發明家居住的地方。

我看到的第一位教授的房間很大，他周圍有四十個學生。打過招呼後，他見我很認眞打量一個占了大半個房間的排字架，便說，也許我想看看他所從事的計畫，那就是以實用、機

14 以上是從事科學實驗的人，底下則是從事下文所謂「哲學、詩歌、政治、法律、數學、神學」研究的人。

15 可能影射皇家科學院創始人之一的波義耳(Robert Boyle, 1627-1691)，他曾針對各種自然現象進行實驗與觀察，也是一位神學家(AJR 154)。

16 今日的基因改造食品或複製動物，也是類似思維的產物。

械的運作方式，來增進玄思的知識[17]。世人很快就會明白它的用處。一想到任何人的腦袋都從沒想出更高明、得意的點子，他就沾沾自喜。每個人都知道，在藝術和科學上要有成就，用尋常的方法是多麼費力的一件事，但是藉著他的發明，即使最無知的人，只要付出合理的費用和一點點的體力，就能寫出一本本的哲學、詩歌、政治、法律、數學、神學著作，根本不必借助天分或學問。接著他帶領我到架子前，所有的學生則排列站在架子四周。只見這個排字架有二十呎平方，放在房間中間，外表由各種木塊組成，每個木塊像骰子般大小，但有些稍大。這些木塊都由細金屬線串起來，每一面都貼上紙，依序寫下他們語言中的所有文字[18]。接著教授要我觀看，因爲他要啓動機器了。排字架的邊緣固定著四十個鐵把手，教授一聲令下，每個學生抓住一個鐵把手，猛然一轉，所有字的排列順序完全改變。他接著命令三十六個小伙子輕聲念出架上出現的各行字，只要發現有三、四個字在一起可以組成句子的一部分，就口述給其餘的四個男孩抄寫。這種工作重複三、四遍。機器設計的方式使方木塊可以上下移動，因此每次轉動時文字都移到新的位置。

這些年輕學生一天六個小時從事於這項工作。教授讓我看

17 在西塞羅的時代就有類似的想法(PT 336)，後來也有拉利(Raymond Lully)等人提倡(GRD 190; HW479)，而在當今的電子計算機時代更有可能實現(IA 174)。

18 此句在其他版本爲：「不依任何順序，寫下這些字的所有語氣、時態、詞類變化」(IA 173; ABG 207; JH 179)。

已經收集到的片斷文句，總共集成了好些冊的大對開本，他有意把這些片斷的文句串起來，從那些豐富的材料中提供世人所有藝術和科學的全貌。如果眾人能集資在拉嘎都製造、運用五百個這樣的排字架，要求負責人把各自收集到的東西提供出來共享，就能精益求精，大大提升教授原先的成果。

他向我信誓旦旦地說，這個發明自年輕時起就一直盤據他所有的心思，他已經把全部的語彙都放入排字架中，並且以最精密的方式計算出書本中的語助詞、名詞、動詞和其他詞類的一般比例。

承蒙這位名人如此傾囊相告，於是我畢恭畢敬地向他致意，並且答應如果有幸回返故國，一定尊奉他爲這個奇妙機器唯一的發明者，使他實至名歸，並請他允許我把這個機器的外形和設計描繪在紙上，圖案謹附於此[19]。我告訴他，雖然我們歐洲的飽學之士習慣竊取彼此的發明，但至少有這麼一點好處：究竟誰是眞正的擁有者，已成爲爭議[20]。但我會留意讓他獨享這份榮耀，沒有其他的競爭對象[21]。

19 有圖爲證，以示眞有其事，爲全書的寫實策略之一。以文字、圖案——包括各個木塊上該國的文字——如此再現虛構的物件，也眞難爲了作者。然而，圖、文之間未盡相符。

20 此書出版之前大約五十年，牛頓和德國的萊布尼茲(Gottfried Wilhelm von Leibniz, 1646-1716)大約同時研究出微積分的原則，然而到底誰是第一人則引起爭議，甚至有抄襲的傳言(IA 174)。被指定調查這起事件的英國皇家委員會的結論是萊布尼茲抄襲牛頓，但現在看來似乎是牛頓先研究出，但萊布尼茲也獨立獲致相同的發現(PT 337)。

21 可見剽竊之風，古已有之。如何讓人實至名歸，須大費周章。此

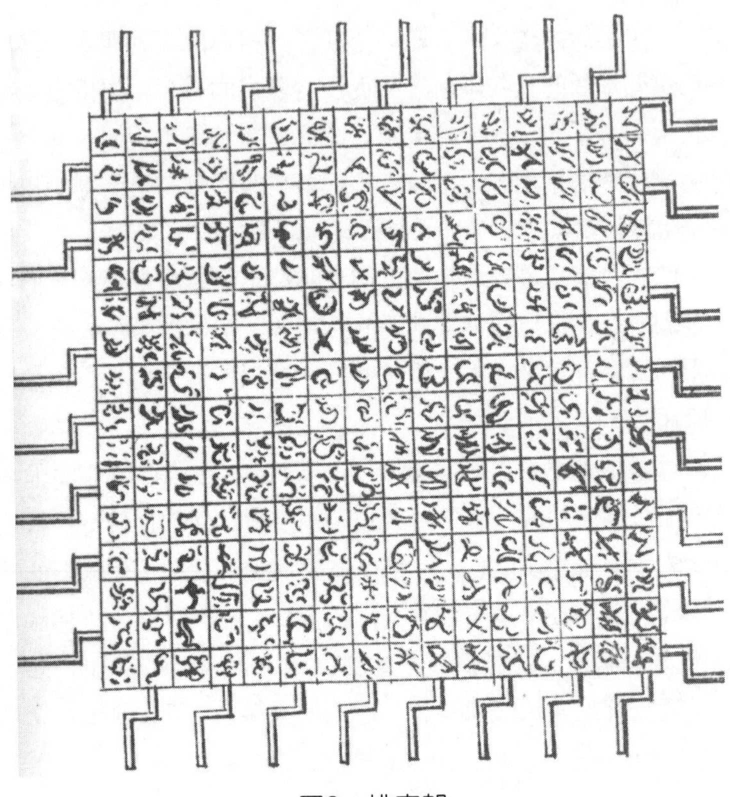

圖2 排字架

接下來我們到語言學校，這裡有三位教授坐著商議如何改進自己國家的語言[22]。

(續)

流弊至今尚且難免。

22 諷刺有人主張要成立一個英文學院來掌管英文，改進其說寫之道，英國皇家科學院也有成員主張簡化語言，使其純淨(PT 337; IA 175; D & C 357)。綏夫特於1712年也寫過〈校正、改進、確定

第一個計畫是把多音節的字削減爲單音節，去掉動詞和語助詞，因爲實際上所有想像得出的東西都只是名詞而已。

另一個計畫是廢除所有的文字。提出這種主張是因爲既有利於健康，也有助於簡化。理由是，我們所說的每一個字顯然多多少少都會因爲磨蝕肺臟而有損肺的健康，以致縮短我們的壽命。因此，他們提出了一個變通之計，既然文字只是東西的名字[23]，所以更方便的方式就是：所有的人要談論特定的事情時，就帶著在表達上必要的那些實物。這項發明本來一定會施行的，但是女人和粗野、不識字的人卻聯合起來，要求能像祖先一樣有用嘴巴說話的自由，否則就要造反，以致未能實行這項對所有子民都大爲簡便、有益健康的事。市井小民眞是科學永遠的死敵[24]。然而，許多最有學問、智慧的人，都遵行這種以實物來表達的新計畫。這種方式只有一點不方便：如果事情重大，牽涉甚廣，相對地自己背上就得馱更大包的東西，除非雇得起一、兩個健僕。我常常看見兩位這種賢士幾乎被包袱的重量壓垮，就像我們之中沿街叫賣的小販一樣。這些人在街上

(續)

英語之議〉("A Proposal for Correcting, Improving, and Ascertaining the English Tongue, in a Letter to the Earl of Oxford")(RD 287)。當時一些哲學家想要使語言達到數學的精確，增加文字與事物之間的對應關係，理想之一就是事物的「名稱」本身就該能揭示其「性質」(類似中文六書裡的「象形」與「指事」？)。此處綏夫特嘲弄這種觀念，乾脆連名字都廢去，以事物本身作爲溝通的工具(LAL 512; AJR 157)。

23 許多前人，包括培根在內，都有類似的主張(PT 338)。

24 再次批評女性和市井小民。其實，到底誰不切實際，由上下文已經呼之欲出。

相遇時，就會放下重負，打開包袱，交談一個小時，然後收起工具，幫助彼此重新馱上重負，相互道別[25]。

如果是簡短的交談，人們在口袋、腋下就能帶著足夠表達的工具；在自己家裡就更不會茫然若失了；因此，奉行這種方式的人在屋裡見面時，手邊滿是這種實物，這些都是這種不自然的談話的必備物品。

這種發明的另一大好處，就是可以作爲所有文明國家都能通曉的共通語言[26]，因爲這些國家的貨品和工具大多相同或近似，因而用途容易了解。所以，大使就能和外國的君王或國務大臣磋商——即使他們完全不通對方的語言。

我也前往數學學校，那裡老師教學生的方式是我們在歐洲幾乎無法想像的。他用頭痛藥製成的墨水，把命題和證明清晰地寫在一張薄圓餅上，要學生空腹吞下，接下來三天只能吃麵包、喝水。薄圓餅消化時，藥劑便帶著命題上升到腦部。但到目前爲止這種方式並未如預期的成功，部分是因爲劑量或成分有誤，部分是因爲小伙子故意作對，他們覺得這種大藥片很噁心，便經常矇混，在它能發揮作用之前吐出，而且老師也沒能說服他們遵照處方的指示那樣長期禁食[27]。

25 是否達到簡化、有益健康的目的，由此明顯可見。

26 “an universal Language”，由於數學清楚、明確，17世紀時很受重視，1653、1661、1668年分別有人提出類似的主張，以象徵取代文字，作爲表達事物和觀念之用，以避免多餘且不必要的混淆(AR 314; ABG 395; PT 338; AJR 158)。

27 這可能使人想到新約〈啓示錄〉第十章第十節「約翰喫小卷」而得到預言的能力，也可能諷刺天主教主張經過祝聖之後，酒與餅

譯者附誌

與此章各種光怪陸離、令人瞠目結舌的發明和計畫相較，前章只是牛刀小試。作者在此極盡想像之能事，寫出十多種匪夷所思、毫無實用價值的科學研究，以及科學院裡發明家的行徑，以嘲諷學界人士。除了所描寫的應用科技其實並不應用之外，從事玄思的學者的各項計畫也過於空幻、渺不可行。改進國語的計畫被婦女和沒有教育的人拒絕，但若非如此，失去語文之後，文化也將隨之消失(以實物作為表達的工具，甚至成為後來分析哲學中提到的事例)。至於將知識「吞」到肚子裡的作法固然奇特(可謂另一種形式的「『填鴨式』教育」)，但未來的晶片移植使此成為可能，看來未必全屬奇思幻想。文中提到排字架時特地附上圖片，以示真有其事，與前文圖示操控飛行島的方式，有異曲同工之妙。至於政治發明家的種種怪現象，則見下一章。

(續)

成爲耶穌的血與肉，進入信徒體内(AJR 158)。數學教學失敗，只檢討藥品的定量、定性及「病人」不合作的問題，卻未從根本檢討老師的教學方式是否恰當。

第六章

進一步描述這所科學院。作者提出改進意見，榮獲採納。

在政治發明家學院裡，我覺得很無趣；根據我的判斷，這裡的教授全都喪失了理智，每每想到這種景象，都讓我憂心忡忡[1]。這些可憐人提出種種的計畫，想要說服君主根據智慧、才能、品德來選擇寵臣；教導大臣以公共利益爲念；獎賞勞苦功高、能力非凡、貢獻傑出的人；指導君王認清他們眞正的利益，把自己的利益和人民的利益放在同樣的基礎上；甄選合格的人出任職位；還有其他許多狂野、無法實現的妄想[2]。這些妄想以往從來沒有人思考過，也更爲我證實了一個古老的看法：

---

1 以下說的全是反話。

2 “Chimaeras”，原爲希臘神話中獅頭、羊身、蛇尾的怪物，後來引申爲「幻想」或「妄想」(ABG 395; IA 176)。此處這些「喪失了理智」的教授、政治發明家所提出的見解，其實是常情常理下的理想境界，竟成了「狂野、無法實現的妄想」，以此反諷當地政治的荒誕不經以及這些教授的不切實際。然而，綏夫特的諷刺不僅於此。揆諸古今中外政壇，這種荒謬景象似乎時時上演。

再怎麼過分、無理的事，還是會有一些哲學家認定是眞理。

然而，持平地說，我必須承認在科學院裡的這個部門，並不是所有的人都那麼充滿幻想[3]。有一位最聰明的醫師似乎十分精通政府所有的性質和體系。這位名人善用所學，找出這些毛病和腐敗的有效療法；這些毛病存在於各種公共行政部門，原因不單單在於統治者的邪惡或弱點，也在於服從者的放縱[4]。比方說，所有的作家和論者都同意，生物體和政體極爲相似[5]，兩者的健康都必須維護，兩者的疾病也都要用相同的處方來治療——還有什麼比這道理更明顯的嗎？大家都承認，參議院和眾議院的成員經常受到過量、沸騰、有病的體液困擾[6]；產生了許多頭部的疾病，甚至更多的心病；強烈的抽搐，雙手神經和肌

3　以下所言反倒是文學中極爲罕見的幻想，極盡諷刺之能事。

4　政治之良窳，統治者和被統治者都擺脫不了責任。

5　柏拉圖的《理想國》和英國政治哲學家霍布斯(Thomas Hobbes, 1588-1679)的《巨靈利維坦》(*Leviathan*)對此都有所發揮(ABG 395)。這是中古時期和文藝復興時期的重要政治理論，在18世紀時依然風行，綏夫特早年之作《桶的故事》便曾運用這個比喻(AJR 159)。底下依此比喻大肆發揮，盡是些匪夷所思的見解，卻也能博君一粲。

6　第一部第三章提過，古希臘的希波克拉底醫療學派(the Hippocratic school［代表人物爲希波克拉底(Hippocrates, 460?-377? BC)］)以「體液」來解釋人的健康與個性，認爲人的身體由四種體液構成，即血液、黏液、膽液和憂鬱液，四種體液平衡則身體健康，失衡則導致疾病(IA 177; PT 339; ABG 395; AJR 159)。全段將醫療用語轉用於政治，其中的「政治病態」或「病態政治」顯而易見。由曾近身觀察甚至親身參與政治運作的綏夫特寫來，更是辛辣。

腱嚴重萎縮，尤其是右手[7]；還有壞脾氣，吹牛，暈眩，狂想；充滿了惡臭、膿狀物質的淋巴腫瘤；滿是酸氣、脹氣的打嗝；胃口如狼似虎卻又消化不良；其他許多就不在話下了。因此，這位醫師主張，參議院開會的頭三天應該安排一些醫師在場，每天辯論結束後爲每位參議員把脈，在深思熟慮、會診各種疾病的性質和治療的方法之後，第四天回到參議院，帶著藥劑師和適當的藥品，在參議員坐下開會前，依照各自的病情需要，給每個人投以鎮定劑、輕瀉劑、瀉藥、腐蝕劑、整腸劑、緩和劑、通便劑、頭痛藥、黃疸藥、振奮劑、耳聾藥，再根據藥效，在下次開會時重複、調整或省略這些藥劑[8]。

這個計畫對大眾不致構成任何龐大的花費，但依我拙見，對任何地區享有立法權的參議員在處理事情時，卻能發揮很大的作用：產生共識，縮短爭辯，讓一些現在閉著的嘴巴張開，讓更多現在張開的嘴巴閉起；抑制青年人的莽撞無禮，矯正老年人的自以爲是；激發遲鈍的人，制止唐突的人。

還有，由於人們普遍抱怨君王的寵臣患了記憶衰退的毛病，同一位醫師主張隨侍首相的人，在首相以最簡短、淺顯的方式報告完公事離去時[9]，應該擰一下他的鼻子，或踢一下肚子，踩一下雞眼，猛扯三下雙耳，針刺屁股，把他的手臂捏得烏青，以防健忘；而且每在有早朝的日子，就重複相同的動

7　收受賄賂和奪利之手(ABG 395; PT 339)。

8　條列出這麼多藥名，一則炫耀才學，一則顯示政客的毛病眾多。

9　綏夫特再次諷刺當時的首相華爾波，而由這裡的說法，可見當時的政治人物言談冗長、深奧，不得要領，做事欠缺效率。

作，一直到那件公事處理完畢或完全被拒絕爲止。

他也主張，國會中的每位成員在發表完意見並爲之辯護後，應該投完全相反的票，因爲這樣的話，結果必然有利於公眾[10]。

國內政黨爭議激烈時，他提供了一個和解的妙方。方法是這樣子的：從各政黨中挑出一百位領袖人物，依頭部尺寸最相近的配對，然後要兩位精巧的外科醫師同時把每對人物的枕部鋸掉，鋸的方式剛好使腦部平均一分爲二，把這樣鋸下來的枕部對調，安裝到敵對政黨的人的頭上[11]。這種工作看來的確需要相當的精準；但這位教授向我們保證，如果執行得有技巧，這種療法必然有效。因爲他是這麼主張的：手術後，腦的兩半就會在同一顆頭顱內彼此辯論，很快就會有良好的了解，產生中庸之道和規律思考；對於那些腦子裡想像自己來到世上只是爲了觀看、管理世事的人來說，這是求之不得的事。至於那些派系負責人腦子的質或量的差異，這位醫師以親身的體驗向我們保證，那完全是小事一樁[12]。

我聽到兩位教授很熱烈地辯論，什麼是最方便、有效卻又不讓子民感到心痛的籌錢辦法。第一位認定，最公正的方法就是針對惡行和愚行徵稅，至於每個人的稅額，就由鄰人組成的陪審團以最公平的方式來計算。第二種意見正好相反，主張根據人們自認最珍貴的身心品質來徵稅，稅額多少根據傑出的程

10 諷刺政治人物心口不一，顛倒是非。

11 由此細節可知當時英國已是兩黨政治。

12 諷刺政治人物其實是天下烏鴉一般黑。

度而定，至於傑出的程度如何，全憑他們自由心證。稅額最高的就是異性最寵愛的男人，這項估計根據的是他們受寵愛的次數和性質，而且准許這些人爲自己作證。他們也主張才智、勇氣、禮貌要課以重稅，收稅的方式一樣是由每個人根據所擁有的特質自行申報。然而，榮譽、正義、智慧、學問則根本不該課稅，因爲這些條件甚爲稀罕，沒有男人會承認周遭的人擁有它們，若是自己擁有也不會珍惜[13]。

他們主張根據女人的美貌和穿著的技巧來課稅；在這方面她們和男人有同樣的特權，便是由自己的判斷來決定。但堅貞、節烈、明理、善良則不該列入，因爲要課這些稅的話會不敷成本[14]。

爲了讓參議員謹記國王的利益，有人主張職位應由成員抽籤，每個人先發誓、保證不管自己是贏是輸，都會投票支持朝廷[15]；之後，輸的人在下次職位出缺時，可以再度抽籤。如此一來，他們就能維持希望和期盼，沒有人會抱怨別人食言，只會把自己的失望完全歸咎於命運之神；比起內閣來，命運之神的肩膀更爲寬闊、強健。

---

13 由課稅的項目與標準，便可看出當地人的價值觀及評斷的標準。對於男人，一種方式是惡行和愚行由鄰居判斷，另一種方式是「美德」由自己申報，而「美德」中又有區分，但不包括「榮譽、正義、智慧、學問」。

14 綏夫特也沒饒過女人，要她們就美貌和穿著自我申報，卻不及於「堅貞、節烈、明理、善良」等美德，因爲這種美德已如鳳毛麟角，針對這些課稅會不敷成本。有趣的是，有關女人課稅一事，兩位教授的見解一致。

15 查理二世統治時，國會分爲執政黨和在野黨(ABG 396)。

另一位教授給我看一篇長篇大論的論文，上面寫著如何發現不利於政府的陰謀和密議[16]。他建議偉大的政治人物要檢視所有可疑人物的飲食，用餐時間，以哪一側躺在床上，以哪一隻手擦屁股，仔細檢查他們的糞便，從顏色、臭氣、滋味、稠度或消化的程度，來判斷他們的思想和計畫。因爲他由經常的實驗中發現，人們就屬如廁時最嚴肅、留意、專心了[17]。在那種情況下，當他只是試著思索以什麼方式謀害國王最好時，排泄物就會呈綠色，但只想造反或火燒京城時，顏色則很不一樣。

整個論述寫得極其仔細，明察秋毫，包括了對政治人物許多既奇怪又有用的觀察，但我認爲還不周全，斗膽告訴作者，如果願意的話，我可以提供一些補充；他接受我的提議，虛心受教的態度超過我們在作家、尤其是寫研究計畫的那些人身上經常看到的，並且表示樂於接納更多的資料。

我告訴他[18]，在我長久旅居的「摧捕匿押」國，當地人稱

---

16 阿特貝利(Francis Atterbury, 1663-1732)是羅徹斯特(Rochester)的主教，高教會派(High Church)的領導人，也是綏夫特的友人，於1722年因叛國罪被審，根據的是眾議院一個祕密委員會的報告。他和其他人被控密謀恢復前朝的天主教舊勢力(Jacobite insurrection)以及自海外入侵，但控訴的證據薄弱。結果此人於1723年被放逐到法國。托利黨對此事大爲憤怒，其中有些人，包括綏夫特在內，公開宣稱不相信有這種密謀(ABG 396; HW 480; GRD 198; AJR 161; D & C 357-58)。

17 1727年審判阿特貝利主教時，一些不利於他的證據據說來自在他的夜壺裡所發現的文件(IA 179; PT 339)。

18 在前兩版中，書商莫特爲了小心起見，特地改爲較爲和緩的假設語氣：「我告訴他，如果我碰巧居住的國家裡，由於卑下人民的

爲「濫蹬」[19]，大多數人都是出賣者、目擊者、告密者、控訴者、原告、證人、賭咒者，以及他們各種卑躬屈膝、逢迎諂媚的爪牙，這些人全都在大臣和他們副手的旗幟、管理、雇用下。在那個國家裡，通常從事陰謀的人[20]爲的是要提升自己身爲重要政治人物的地位，使積弱不振的行政部門恢復活力，壓制或轉移普遍的不滿情緒，以沒收財產來中飽私囊[21]，決定政府公債價格的升降(全看哪一種情況最符合他們的私利)。這些人之間先彼此串通，並決定在嫌疑人士之中要控告哪些人謀反，然後有效地取得他們所有的書信和其他文件，把持有人戴上鐐銬。這些文件送交一票專精於找出文字、音節、字母的祕義的藝術家。比方說，他們能把「馬桶」解釋爲代表「樞密院」，「一群鵝」代表「參議院」，「瘸腳狗」代表「入侵者」[22]，「瘟疫」代表「常備軍」[23]，「禿鷹」代表「大臣」，

(續)

騷動而使得計畫和密謀流行，或者可被用來有利於高層人士，我首先會留意去重視並鼓勵像是出賣者、目擊者……這類的人」(ABG 397; GRD 199)。換言之，除了避免下個注釋的調字法(anagram)所指涉的不列顛和英格蘭之外，並說成是「我格理弗」(而不是該國)會採取這種行徑。

19 依照下文所謂的「調字法」，"Tribnia"顯然是"Britain" (不列顛)，"Langden"顯然是"England" (英格蘭)(IA 180; PT 339; ABG 397)。此處中譯爲「摧捕匿押」和「濫蹬」，以期多少音義兼顧，暗示此國黑手遍布，甚多匿名舉發的行爲，濫告、濫捕、濫押盛行，踐踏、摧毀異己。

20 托利黨認爲所謂恢復前朝勢力的陰謀大多爲惠格黨所捏造(PT 339)。

21 1715年叛亂領袖的財產遭到政府沒收(ABG 397; PT 339)。

22 調查阿特貝利主教一案的祕密委員會試圖證明他勾結外國勢力，準備入侵。證據中包括法國人送給他作爲禮物的一隻狗(後因故瘸

「痛風」代表「大祭司」[24]，「絞架」代表「國務大臣」，「夜壺」代表「貴族委員會」[25]，「篩子」代表「宮廷仕女」[26]，「掃帚」代表「革命」[27]，「捕鼠器」代表「職位」[28]，「無底洞」代表「國庫」，「污水槽」代表「C—t」[29]，「帶鈴鐺的小丑帽」代表「寵臣」[30]，「折斷的蘆葦」代表「法院」[31]，「空桶」代表「將軍」[32]，「流膿的瘡」代表「行政部門」[33]。

這個方法若是失敗，他們還有兩個更有效的方法，他們之

(續)———

了一條腳)。綏夫特於1722年曾撰詩諷刺此事(ABG 397; PT 340-41; AJR 161; RD 288; HW 480; GRD 200-01)。

23 在這之前，福特的修訂稿還有"a Codshead, a —"等字，但不論在莫特或福克納的版本中都被刪除，因爲"codshead"意爲「笨蛋」，而破折號可能指的是"king"（「國王」），也就是「『笨蛋』代表『國王』」，指涉喬治一世，被刪除的原因明顯可見(ABG 397; PT 340)。把常備軍當成瘟疫，指涉托利黨及綏夫特本人反戰的立場。

24 可能指涉都柏林的大主教金恩(William King)，此人受痛風之苦長達三十年(ABG 397; PT 340)。

25 其惡臭、低下可想而知。

26 因宮廷仕女無法守口如瓶，謹守別人的祕密(ABG 398)，而向他人洩露。

27 革命的目的在於將舊有的政權和勢力一掃而空。

28 綏夫特覺得自己的政治抱負受制於其神職，而在當時放棄神職是不可能的事(ABG 398; PT 340)，因此可能暗示其「職位」有如「捕鼠器」。

29 福克納版爲"C[our]t"，即「朝廷」(IA 180)。

30 「寵臣」即取悅國王的小丑、弄臣。

31 司法未能發揮效用。

32 國之將領爲空空如也的飯桶。

33 行政部門沉痾不起。這些具體的字眼一方面讓人看出「羅織入罪」、「欲加之罪，何患無詞」的恐怖行徑，另一方面也借著這些字眼和比喻來諷刺朝廷和時政。

中有學問的人管這兩個方法叫「字首法」和「調字法」[34]。第一個方法就是把所有的第一個字母予以政治意義的解釋，因此"N"代表「謀反」，"B"代表「騎兵團」，"L"代表「海上艦隊」。第二個方法就是把任何可疑文件中的字母調換順序，如此一來，不滿現況的政黨即使有任何最隱密的計畫，也會被揭穿。比方說，如果我在給朋友的信中說"*Our Brother* Tom *has just got the Piles*"〔我們的兄弟湯姆剛得了痔瘡〕，精於此藝的人就會發現，構成這個句子的那些字母可以拆解爲"*Resist,—a Plot is brought home—The Tour*"［反抗——有個密謀被帶回家了——簽名］[35]。這就是調字法。

這位教授很感謝我提供這些看法，並答應會在他的論文中提到我的名字，以示敬意[36]。

我在這個國家裡看不到什麼值得留戀的事物，就開始想回英格蘭故鄉。

譯者附誌

此處筆鋒轉向政治科學家，「拔擢人才」、「民之所欲，

---

34 即"Acrosticks"(現在的拼法爲"acrostics")和"Anagram"，詳細意義及實例見下文。

35 將這三十個英文字母重組，便會發現除了第一句中的"j"與第二句中的"i"有別，其他字母完全相同。一方面，此處的"i"可解釋爲"j"的變形；另一方面，即使運用調字法之後兩句並不完全吻合，但爲了打擊對手，依然可以入罪於人。

36 該科學院的教授對於處置政治人物的各種主張已經匪夷所思，卻對於格理弗所提供的看法如此尊崇，足證英國羅織罪行的手法高人一等，令人稱奇。

常在我心」等等全屬常識，卻也是理想，但作者以反話的方式呈現，顯示常識／理想與現實之間的落差。政治人物則是病患，需要醫生辨證下藥。鋸頭換腦以解決黨派之爭，更是面對非常人的非常手段(切記，全書對醫生極盡諷刺，前一章也才剛調侃過)。這些主張固然聳人聽聞，卻為厭煩政治人物、政黨之爭的人出了一口氣。課稅的方式看似自由心證，所條列的理由卻迥異尋常，藉以諷刺價值觀的顛倒。當權者為政之道，相對於大人國相信好政府來自好人，此處的學者專家提出的卻是如何陷害對手、羅織入罪。格理弗一時技癢，便提到自己曾長久旅居的一國(此國完全不見於主角先前和以後的描述)，如何運用非凡的想像，以明顯的文字獄來對付政敵，讀來令人一面不禁發噱(尤其是以各種不堪的實物來代表各類人物[加上注解之後，更了解影射的對象])，一面又不寒而慄(欲加之罪，何患無詞)。所謂「長久旅居之國」只不過是「此地無銀三百兩」的說法，以示並非指稱英國，即使如此迂迴呈現，若干字眼依然不得不隱晦，免得作者和書商遭人羅織罪名，蒙受牢獄之災——由作者匿名出版和書商修改文稿中的敏感字眼，可見書裡書外同樣都籠罩在文字獄的陰影下。

第七章

作者離開拉嘎都，抵達馬都納達。無船可搭。短航至格魯都追布，受到總督接待。

這個王國是大陸的一部分，我有理由相信，大陸向東延伸到加利福尼亞以西，美洲那一大片不知名的土地，位於太平洋之北[1]，距離拉嘎都不超過一百五十哩，那裡有個良港，和拉格那格這座大島貿易頻繁。這座大島位於西北方，大約北緯29度，經度140[2]。拉格那格島位於日本東南方，大約一百里格之遙。日本皇帝和拉格那格國王締結了緊密的盟約，提供了許多往返航行於兩島之間的機會。所以我決定取道於此，以便返回歐洲。我雇了兩頭騾子，還雇了一個嚮導帶路，帶著我的小行囊。我向尊貴的保護人道別，他不但多方照料我，在我離開時

1　根據此處的描述，與大人國的位置相去不遠。這種手法只是爲了達到寫實的效果，看似確有其地，其實不然(ABG 398; IA 181)。至於本部第一章和第三章所附的兩張地圖，也有矛盾之處，詳見下文。

2　如果是這個經緯度，則位於日本東南方，東京之南五百哩(IA 181)。

還送了一份厚禮。

一路上沒什麼值得一提的意外或冒險。我抵達名叫馬都納達[3]的港口時，港裡沒有前往拉格那格的船隻，而且短期之內似乎也不會有。這個城鎮大約像普茲茅斯一樣大[4]。不多時我就認識了一些人，受到很好的款待。一位有地位的紳士對我說，既然一個月之內都沒有前往拉格那格的船隻，那麼到西南方大約五里格之外的格魯都追布小島一遊[5]，倒不失爲好消遣。他和一位友人願意陪我前去，並提供我一艘輕便的帆舟作爲航行之需。

「格魯都追布」這個詞，就我的了解，意指「魔法師」或「魔術師」之島。這座島大約是外特島[6]的三分之一大小，島上果實纍纍，由某族的首領統治，族人全是魔法師，只在自己人之間通婚，排行最長的就是君王或總督。他有一座宏偉的王宮和一處大約三千英畝的莊園，莊園由二十呎高的石頭牆圍起，裡面到處是一小塊一小塊圈起來的地，作爲畜牧、種穀、園藝之用。

總督和家人由不太尋常的家僕服侍。總督藉著巫術能隨心

3　在本部第三章的地圖中，馬都納達(Maldonada)出現於巴尼巴比的東南(地圖上誤拼爲“Malonada”)，這是它可能的位置，但在本部第一章的地圖中，卻出現於拉格那格的西南海上(PT 341)。

4　“Portsmouth”，英格蘭南部的重要海港和海軍基地。

5　就上下文看，此島位於馬都納達西南，但根據第一章的地圖，卻是在拉格那格的西南海上(PT 341)。

6　“The Isle of Wight”，位於英格蘭南部，普茲茅斯西南方，面積一百四十七平方哩，即三百八十平方公里(IA 182)。

所欲地召喚死者，命令他們服務二十四小時，但不能逾時，而且除非在很特殊的情況下，否則三個月內不能再召喚同一批人。

我們抵達那座島時，大約是上午十一點，陪伴我的一位紳士去拜望總督，請求允許接見一位專程前來陪侍總督閣下的陌生人。這項請求立即獲准，我們三人從兩排衛士之間進入王宮大門，這些衛士的武器和衣著都很古怪，臉上的神情讓我毛骨悚然，有一股說不出的恐怖。接下來的幾個房間中，都有同樣古怪的僕人分立兩側，我們從這些僕人之間穿過，一直來到會客廳。在深深三鞠躬，泛泛幾句問答之後，我們獲准坐在靠近總督閣下寶座旁最低台階的三張凳子上。雖然巴尼巴比的語言與該島不同，但總督卻能通曉。他要我說說自己的一些旅行；爲了讓我明白不必拘禮，他手指一轉，要所有的隨侍退下，令我大吃一驚的是，他們就像夢中的幻影一樣，在我們突然醒來時，立刻消失得無影無蹤。我一時片刻無法恢復，直到總督向我保證不會受到任何傷害，才回過神來；兩位同伴因爲常常受到這種款待，絲毫沒有張皇擔憂的神色，我見狀才開始鼓起勇氣，向總督閣下簡要訴說了幾次冒險的經歷，但心中不無一些猶豫，時時回頭看那些僕人幽靈原先出現的地方。我很榮幸與總督共餐，另一批新鬼魂送上肉來，隨侍桌旁。我發覺自己已經不像上午那般恐懼了。我一直待到日落，畢恭畢敬地請總督原諒我沒接受邀請在王宮住下。我和兩位友人住到鄰城的一間私人房宅，這個城是這座小島的首都；次晨我們則遵照總督的囑咐，回去向他報到。

就這樣我們在島上待了十天，白天大部分的時間陪伴總督，晚上則待在住處。不多時我已經熟悉了鬼靈的景象，三、四次之後便絲毫不爲所動；就算還有任何疑懼，我的好奇心也超過了疑懼之情。因爲總督閣下命令我召喚任何我想要找的死者，從創世紀一直到現在，多寡不拘，並且命令他們回答我想問的任何問題；唯一的條件就是，我的問題必須限定在他們生活的時代範圍裡。而且，有一件事是我可以確信的，那就是他們一定會告訴我眞相，因爲說謊這項本領在冥界是沒有用的[7]。

我畢恭畢敬地感謝總督閣下如此寵賜。我們位於廳上，莊園中的美景一覽無遺。因爲我第一個想要看的是盛大、華麗的場景，就說要見見剛打完阿畢拉戰役，班師凱旋的亞歷山大大帝[8]；總督手指一動，我們佇立的窗下那片廣闊田野中，立刻就出現了那幅景象。我們把亞歷山大召進房間。我對希臘文所知無幾，花了很大的功夫才了解他所說的希臘文。他以榮譽向我

7　希臘史詩《奧迪賽》第十一章，主角奧迪修斯(Odysseus)與一些特洛伊英雄的鬼魂會面(ABG 399)。古希臘作家魯西安在《眞史》一書中也與著名的死者，如蘇格拉底、柏拉圖、荷馬等人會面，而有所謂的「死者對話」(dialogues of the dead)。拉伯雷的作品中也有類似的情節(PT 341; AJR 165; GRD 204; HW 481)。此章運用詭異的「招魂」手法，由不說謊的死者來見證當時的歷史，旨在顚覆一般人心目中的正史或傳聞。以如此手法作翻案文章，實屬罕見，令人匪夷所思。由於指涉到許多歷史人物，若無注釋，讀者不易掌握原意。

8　“the Battle of Arbela”，阿畢拉戰役發生於紀元前331年的美索布達米亞，此戰役是亞歷山大大帝(Alexander the Great，紀元前356-323年)征服了埃及之後，繼而打敗了波斯國王大流士三世的大軍，而征服波斯是亞歷山大最偉大的戰役(IA 184; ABG 399)。

擔保，自己不是遭到毒害，而是飲酒過量、發燒致死[9]。

接著我看到漢尼拔越過阿爾卑斯山。他告訴我，他的軍營裡沒有一滴醋[10]。

我看到凱撒和龐培率領各自的軍隊正要交鋒[11]，也看到凱撒最後一場偉大的勝利[12]。我要羅馬的參議院出現在我面前的一座大廳，現代的議員[13] 出現在對面的另一座大廳。前者好像是一群英雄、半神半人，後者則是一群小販、扒手、強盜、惡

---

9 亞歷山大於紀元前323年6月逝於巴比倫，年僅三十三歲，死因是在沼澤督導運河改善工程時發燒，接著在宴飲中因痛飲而致病情惡化，然而傳言卻是他爲侍酒者所毒害(ABG 399; IA 184; PT 341-42)。

10 漢尼拔(Hannibal，紀元前247-183年)是迦太基人，歷史上的名將，於紀元前218年秋天翻越天險阿爾卑斯山，突襲羅馬。根據古羅馬歷史家李維(Livy，紀元前59年至紀元17年)的記載，有巨岩擋道，他們就用火燒，倒上醋，使它變軟，然後清除(LAL 513; AJR 166; AR 315; IA 184-85; PT 342; ABG 400; GRD 205; HW 481)。此處作者諷刺許多歷史研究不著邊際(D & C 358)。

11 凱撒(Gaius Julius Caesar，紀元前100-41年)和龐培(Gnaeus Pompeius Magnus，紀元前106-48年)是羅馬共和晚期的兩位將領，原先密切結盟，後來龐培有警於凱撒的權利慾，兩人因而反目。紀元前49年保守的參議院得到龐培之助，反對凱撒。凱撒入侵義大利，龐培和參議院被迫逃往希臘，紀元前48年雙方交戰，是爲法薩勒斯戰役(the Battle of Pharsalus)。龐培的兵力雖爲凱撒的兩倍，卻戰敗，逃往埃及，遭到暗殺(IA 185; ABG 400; AJR 166)。

12 時爲紀元前45年10月，凱撒在西班牙戰勝了龐培諸子，爲羅馬境內贏得和平，但他慶祝的方式違反習俗，引發非議(ABG 400; AJR 166)。

13 指英國國會(IA 185)。此爲福特的修訂。根據1726年的版本，此句爲：「一群稍後期的人」(AJR 166)。綏夫特崇古抑今之心昭然若揭，此處明顯借古諷今。

霸[14]。

總督在我的要求下，作手勢要凱撒和布魯托斯走上前來。一見到布魯托斯，我心中頓然生出深深的崇敬之情，從他面容上的每個輪廓，很容易就能發現最完美的德性、無與倫比的勇氣、堅定的心志、眞正的熱愛國家、民胞物與的仁慈胸懷[15]。我很高興見到這兩人的交情很好，而凱撒向我坦承，自己一生中最偉大的行動，和取走他生命的這個榮耀相比，相去甚遠[16]。我很榮幸與布魯托斯談了許多話，他告訴我，他的祖先朱尼阿斯[17]、蘇格拉底[18]、依帕米農達斯[19]、小凱圖[20]、湯瑪斯・摩爾

14 綏夫特早年在《書籍之戰》中對比古今，並認爲今不如昔(ABG 400)。

15 布魯托斯(Marcus Junius Brutus，紀元前85-42年)，羅馬共和末期的領袖人物之一，率人於紀元前44年3月15日暗殺凱撒。自文藝復興至法國大革命，大抵把他推崇爲捍衛自由、反抗暴政的英雄人物。他統治阿爾卑斯山之南的高盧時(紀元前46-45年)，公正而溫和，獲得居民的高度讚揚(ABG 400)。有人猜測，綏夫特化名的布商字母的縮寫"M. B."就是代表"Marcus Brutus" (AJR 166)。今人對於布魯托斯的認識，則多來自莎士比亞的名劇《凱撒大將》(*Julius Caesar*)，而非正史的記載，由此可見文學作品作用之大。

16 綏夫特如此貶抑凱撒而頌揚布魯托斯，可能是再次諷刺馬伯樂，甚至自比布魯托斯，以連串的諷刺攻擊致使馬伯樂被召回(IA 185)。

17 "Junius"，即"Lucius Junius Brutus"，是早期羅馬歷史上的傳奇人物，據說是布魯托斯的祖先，於紀元前509年協助推翻羅馬最後一位國王。他的美名在於領導革命，大義滅親(兩個兒子被判陰謀推翻新共和政府時，他下令處決[IA 186; ABG 401])。

18 蘇格拉底(紀元前470-399年)，著名希臘哲學家，後被控蠱惑雅典青年而處死(IA 186)。

19 "Epaminondas" (紀元前418-362年)，古希臘城邦底比斯的統帥和政治家，誠實高貴，具軍事長才，打敗斯巴達人，後來戰死沙場

爵士[21] 和他自己一直在一塊，成爲光榮的六人組，全世界任何時代都找不到第七個夠資格加入的。

我前後召來許許多多的名人，以滿足自己想目睹古代每個時期的世界那種無盡的慾望，此處就不訴說了，因爲這樣煩擾讀者，難免瑣碎之譏。我主要的矚目對象是推翻暴君和篡位者的人，以及讓受到壓迫、傷害的國家重獲自由的人[22]。雖然我以這種方式來娛樂讀者，但實在無法表達自己心中所得到的滿足。

譯者附誌

由於短期間之內沒有船前往拉格那格，便又出了格魯都追布的一段奇文，是作者繼政治科學家之後，對歷史家的諷刺。在此章中，來到魔法師之島的格理弗藉總督的魔法之助，得以「活見鬼」、「白晝見鬼」，並藉由只說實話的鬼魂，還原歷史真相，滿足主角的歷史慾。這些「鬼故事」表面上看似糾正

(續)

(IA 186)。

20 "Cato the Younger"，即"Marcus Porcius Cato"(紀元前95-46年)，以別於同名的曾祖父。他爲人誠實，打擊賄賂，拒斥奢侈，在非洲與凱撒對抗，兵敗自殺(IA 186; ABG 401)。

21 " Sir Thomas More" (1478-1535年)，是綏夫特唯一允許與古賢並列之人。摩爾是文藝復興時代的著名人文主義者，品德高超，堅守原則，因拒絕承認亨利八世爲英國教會之首，被送上斷頭台。以《烏托邦》一書聞名於世(IA 186; ABG 401; PT 342)。

22 格理弗景仰的對象都反抗暴政，有些甚至爲此犧牲性命(AJR 167)，由此多少可知他的性情，也間接表現了綏夫特的政治和道德理想(AR 315)。

人類歷史記載的謬誤(有關歷史家的不可靠，下章有進一步的發揮)，其實是利用連篇的「鬼話」來呈現另類的史觀、史識和判斷，加以平反、翻案，並表達出「今不如昔」的觀點。由於此章的歷史典故繁多，其中若干頗為簡略(如翻越天險阿爾卑斯山的古代名將漢尼拔說，他的軍營裡沒有一滴醋)，英文讀者都未必能掌握，中文讀者當然更需要注釋，否則往往不知所云。

第八章

進一步描述格魯都追布。修正古今歷史。

我有心要見那些以才智、學問聞名的古人，特意挪出一天。我提議讓荷馬和亞理斯多德[1]出現在所有評論他們的人面前，但是因爲人數眾多，以致幾百人被迫隨侍於宮廷和外殿。我一眼就能分辨出那兩位主角，他們不但與眾人不同，彼此也相異。這兩個人之中，荷馬的個頭比較高，長得比較清秀，以他的年紀來說，走路的姿勢算是很英挺的，他那雙眼睛是我所見過最機敏、銳利的[2]。亞理斯多德的身子弓得很低，拄著一根枴杖，面容瘦削，頭髮平直、疏疏落落，聲音空洞洞的。我很快就發現，兩人對其他人全然陌生，從來沒見過或聽過他們。有個鬼魂向我耳語，此處姑隱其名[3]；他說，在冥界裡，這些評

1 一擅長文學，一擅長哲學，代表了西方文明的重要源始，故有許多人評論。

2 根據傳統的說法，史詩《伊里亞得》和《奧迪賽》的作者荷馬是盲人。魯西安《眞史》中的荷馬則不是盲人(AJR 167)。此處作者讓格理弗以親眼目睹來駁斥以往的傳聞。

3 可能影射作者綏夫特曾經服侍過的田波，綏夫特曾在《書籍之

論者自覺羞恥、罪過，總是待在距離他們的主角最遠的角落，因爲自己向後人嚴重誤解了這兩位作家的意義。我向荷馬介紹迪戴莫斯[4]和攸斯塔修斯[5]，並說動他善待他們——也許過於善待了，因爲他很快就發現他們欠缺才華，無法進入詩人的心靈[6]。然而我向亞理斯多德介紹斯考特斯[7]和雷莫斯[8]時，他對我有關這兩人的說法滿臉不耐煩，還問他們，其餘那群人是不是像他們一樣的大笨蛋[9]。

(續)

戰》中爲田波崇古的觀點辯護(PT 343)。

4 "Didymus"（紀元前80-10年）出生於亞力山卓，是羅馬奧古斯都時代聞名的評論家，勤於著述，但已亡佚，此人曾撰文討論過荷馬，其中一部分流傳下來(ABG 402; IA 188; GRD 206; HW 481; AJR 168; D & C 358)。

5 "Eustathius"（生年不詳，卒於1198年）是當時最博學的人，也是帖撒羅尼迦(Thessalonica)的大主教，宗教改革者，被希臘正教視爲聖人。他住在中世紀的拜占庭帝國，曾評論古希臘詩人，是有關荷馬的著名評論者(IA 188; ABG 402)。

6 魯西安在《眞史》裡也詢問荷馬有關他詩歌的事，以及他對編輯和評論家的意見(PT 342)。

7 "John Duns Scotus"（1265-1308）出生於蘇格蘭的唐斯(Duns)，任教於牛津和巴黎，是中世紀最偉大的哲學家之一，著作有十二鉅冊，其中最著名的是有關亞理斯多德的詮釋，主張意志爲首要，信仰不是來自臆測，而是來自實際，其詮解與阿奎那(Thomas Aquinas, 1225?-1274)相反(IA 188; ABG 402; GRD 207)。其名"Duns"後來成爲"dunce"（「笨蛋」）一詞的由來(PT 343; AJR 168)，是以本段結尾有亞理斯多德一問(D & C 358)。

8 "Petrus Ramus"（1515-1572）是著名的法國人文主義者，曾大膽批判亞理斯多德，引起時人的仇視，後改信新教，死於聖巴脫羅繆節(Saint Bartholomew)慘案(IA 188-89; ABG 402)。

9 諷刺文學與哲學評論家，歷代以來人數眾多，但大多曲解原典，貽害後人，愧對先賢。

接著我要總督招來笛卡爾[10]和卡先第[11]，並試著向亞理斯多德解釋他們的體系。這位偉大的哲學家坦承自己在自然科學[12]上所犯的錯誤，因爲他就像所有的人一樣，許多事情必須靠揣測；他也發現，雖然卡先第盡可能使伊比鳩魯[13]的主張迎合時人，笛卡爾也有漩渦論[14]，但兩人的理論同樣被戳破。他預測，當今飽學之士熱烈肯定的引力說[15]，也會遭到相同的命運。他說，有關大自然的新體系只不過是新風潮，會隨著每個時代而改變；即使有人僞稱能以數學原則來證明自己的體系[16]，也只不過會風行一時，被人揭穿後就不再流行了[17]。

---

10 "Rene Descartes" (1596-1650)是法國偉大的數學家和哲學家，爲現代科學和哲學奠基(IA 189)。

11 "Pierre Gassendi" (1592-1655)是笛卡爾同時代的法國數學家和哲學家，兩人雖見解不同，卻都反對亞理斯多德的觀念，卡先第則要回到伊比鳩魯的原子論。由於這種原子論帶有唯物論與無神論的色彩，綏夫特在《桶的故事》中曾加以攻擊(AJR 168; LAL 513)。在《書籍之戰》中，綏夫特把卡先第與笛卡爾描寫成與亞理斯多德對壘的弓箭手，被亞理斯多德射傷眼睛(ABG 403)。

12 "Natural Philosophy"，當時所謂的「自然哲學」即當今的「自然科學」，尤其是物理學。

13 "Epicurus" (紀元前342-270年)主張原子論，亞理斯多德則反對此說(IA 189)。

14 笛卡爾爲了解釋天體的運行，發展出一套漩渦論(Vortices)，主張太空中充滿了漩渦般的物質，這種理論在英國極受爭議，不到半個世紀就被牛頓的萬有引力理論推翻，但卡先第的原子論則成爲定論(IA 189)。綏夫特曾在《桶的故事》中批評，認爲是「幻想的系統」("romantick [romantic] system")(LAL 513)。

15 "attraction"便是今日的「引力」(gravitation)，是牛頓研究太陽系的運轉，於1684年提出的學說，不久便公認爲天文學的基本原理(ABG 403: IA 189)。綏夫特對牛頓不滿，在本書中數度諷刺。

16 「能以數學原則來證明自己的體系」，這種宣稱反映了18世紀科

我花了五天和許多古代的飽學之士交談，見過了大多數早期的羅馬皇帝。我說動總督招來伊里歐加巴勒斯[18]的廚師爲我們準備膳食，但他們由於缺乏材料，無法向我們展現太多的廚藝。斯巴達國王阿吉西勞斯[19]的奴隸爲我們作了一道斯巴達肉湯，但我連第二匙都無法下咽。

帶領我到這座島的兩位紳士迫於私事，必須在三天內回去，我就用這三天見了一些已逝的近代人物，他們都是過去兩、三百年在我國和歐洲其他國家叱吒風雲的大人物。我一向很崇拜著名的古老家族，因此要總督招來一、二十位國王，連同他們八、九代的祖先依序出現，結果出乎意料，令我大失所望。因爲我看到的不是一長列冠冕堂皇的王室，而是在一個家族裡看到兩個游手好閒的人、三個光鮮漂亮的朝臣、一個義大利主教，在另一個家族裡看到一個理髮匠、一個修道院院長、

(續)

學家與人文學者之間的衝突。當時的科學家認爲數學能達到精確與終極的眞理，人文學者則主張要以人爲本(LAL 513)。

17 諷刺科學家只是以自己的專長創造符合時尚的學說，而不是普遍的科學眞理。

18 “Eliogabalus” (紀元204-222年)自紀元218年登基羅馬皇帝，雖然年少，但有關他奢侈無度的傳言不少，據說他嗜食進口的奇珍，如孔雀舌和夜鶯舌(IA 189; ABG 403)。吉朋(Edward Gibbon)的《羅馬帝國衰亡史》(*Decline and Fall of the Roman Empire*)曾有記載(PT 343)。

19 “Agesilaus II” (紀元前440-360年)是斯巴達鼎盛時的國王，後來被依帕米農達斯(Epaminondas)打敗(見前章注釋)，親眼目睹國勢由盛變衰。斯巴達人重視紀律、磨練，生活樸實，飲食簡單，以肉湯爲主，色黑，其味甚差，據說有位雅典人在嚐過之後說，難怪斯巴達人在戰場上如此驍勇，因爲回去要面對如此惡食，死不足懼(IA 189-90; ABG 403-04)。

兩個紅衣主教[20]。我對頭戴王冠的人異常崇敬，因而未追究如此精采的[21] 題材；對於公爵、侯爵、伯爵、子爵、男爵等，就更不那麼認眞了。我承認，能發現某些家族的特徵，循著特徵追溯到原祖時，自己心中不無些許的喜悅。我能清楚發現，一個家族從那裡遺傳到長下巴；第二個家族爲什麼兩代有許多惡棍，下兩代又有許多笨蛋；第三個家族爲什麼會是瘋子；第四個家族爲什麼會是騙子。這些從何而來，正如波厲多・維吉爾[22] 對某個偉大家族的說法：「究其出處，無一勇夫，無一貞婦。」[23] 殘酷、虛僞、怯懦如何成爲某些家族的特色，就像他們的盾徽一樣。誰最先把梅毒帶入某個豪門，在淋巴腫瘤中傳給後代。看到家族的血脈中摻雜了侍從、跟班、男僕、馬夫、賭徒、游手好閒的混混、吊兒郎當的人、軍士、扒手，也就見怪不怪了。

近代歷史最讓我噁心[24]。我仔細檢視百年來許多王室中所

20 諷刺一般人心目中貴爲王室的人，其實血統不純正，有許多是私生子，甚至涉及宗教人士。一箭雙鵰，一併諷刺政治與宗教。

21 原文“nice”有「正經、細緻、嚴肅、難以處理、淫亂放蕩」之意。

22 “Polydore Virgil” (1470-1555)是義大利籍的歷史家和人文主義者，在英國居住了將近五十年(1502-1550)，是《烏托邦》作者摩爾的友人，所撰寫的二十六冊英國史於1546年出版，自最早期直到亨利八世，對於亨利七世著墨尤多(AJR 169; IA 190; ABG 404; PT 343)。

23 原文爲“*Nec vir fortis, nec faemina Casta*”，但此句不見於維吉爾的原作，可能是綏夫特捏造的(ABG 404; PT 343)。

24 綏夫特接受西塞羅的歷史觀，認爲歷史是時代的見證、眞理之光，在《書籍之戰》中曾把近代歷史家說成是「傭兵」。對綏夫特頗爲佩服的法國文豪伏爾泰也說，「歷史只不過是我們擺在死

有最知名的人士，發現世人被出賣人格的作家所誤導，結果懦夫在戰爭中立下了最偉大的汗馬功勞，傻子想出了最聰明的謀略，奉承諂媚的人一派眞誠，叛國者擁有古羅馬的美德，無神論者一心虔敬，犯雞姦罪的人謹守貞潔，告密者說的都是眞話。有多少無辜、傑出的人，因爲大臣利用法官的腐敗、派系的惡鬥，而遭到處死或放逐。有多少惡棍獲得提拔，享有寵信、權勢、尊榮、利益的最高地位。在宮廷、樞密院、參議院的提議和事務中，有多大部分跡近老鴇、妓女、皮條客、食客、小丑的行徑。眞正得知世間大業和革命的起源與動機，以及它們之所以成功是出於可鄙的意外時，使我對人類智慧和誠信的評價一落千丈。

這裡我發現假意撰寫軼聞或祕史[25]的那些人眞是狡詐又無知，他們以一杯毒酒就把許多國王送進墳墓；重複國王和首相之間的談話，其實當時根本沒有其他證人在場；揭露大使和國務大臣的思緒和密室——不幸的是，這些作家總是犯錯。這裡我發現了許多使世人驚奇的偉大事件背後眞正的原因：一個妓女如何掌控了幕後的黑手[26]，幕後的黑手如何掌控了樞密院，

(續)

人身上的一堆謊言」(LAL 514)。

25 由於祕史號稱揭露一些幕後的祕辛，因此在17世紀晚期盛行於英格蘭，持續到18世紀，綏夫特對於這類歷史著作不滿，尤其是在惠格黨主教柏耐特(Gilbert Burnet)死後出版的《當代歷史》(*History of His Own Times*)上以眉批大加抨擊，並在此加以諷刺(AJR 170; RD 290)。

26 原文爲"back-stairs"，經常用來比喻皇室成員對於公共事務的祕密影響(ABG 404)。

而樞密院又如何掌控了參議院。一位將領向我當面承認，有次戰勝純粹是因爲他膽小和指揮不當；一位艦隊司令[27]由於沒有掌握正確的情報，反倒打敗了原先他有意帶著艦隊去投靠的敵人。三位國王[28]向我抗議說，他們在位期間從沒有一次因爲任何人的功勞而提拔，除非是他們自己一時不察或遭到寵信的大臣矇騙，而且如果他們能再活一次的話，也不會改變以往的作法。他們振振有辭地表示，沒有腐敗就保不住王位，因爲美德賦予人的那種積極、自信、倔強的個性，永遠有礙於公眾事務。

我心裡好奇，想以另一種特別的方式來詢問，許多人是用什麼方法爲自己謀得崇高的榮銜和豐厚的家產，並且把我的詢問限定於近代，但並沒有降至當今，因爲我要確認自己甚至連外國人都不會得罪(我希望無庸告訴讀者，這裡所說的絲毫沒有影射自己國家的意思)[29]，於是招來許多相關的人，稍稍檢視就發現了如此不名譽的情事，因而不得不多少嚴肅以待。僞證、壓迫、教唆、詐欺、淫介以及諸如此類的缺失，是他們所提出的最能饒恕的伎倆手法，由於不無道理，我也就寬宏大量不予追究。至於他們的高位和財富，有些人承認來自雞姦亂倫，有些人承認來自出賣妻女，有些人承認來自叛國欺君，有些來自

---

27 可能影射艾德華・羅素(Edward Russell, 1653-1727)，他於1692年的大海戰中，與被放逐的詹姆士二世協商，試圖避免與法國艦隊交鋒，卻誤打誤撞，擊敗了法國艦隊(ABG 404; PT 345)。

28 斯高特認爲這三位國王是查理二世、詹姆士二世和威廉三世(GRD 209; HW 482)。

29 先做此聲明，以免遭人指責、甚至指控。

下毒，更多來自扭曲司法正義以毀滅無辜的人。對於居高位的人，我自然而然發出崇高的敬意，認爲由於他們崇高的尊嚴，地位低下的我們理應表示最高的敬意。然而，如果這些發現使我的崇敬之心稍減，尚祈諒宥。

我經常讀到一些忠君愛國的偉大功勳，就想要看看這些立大功的人。一問之下，才知道除了少數人在歷史上被記載爲最邪惡的惡棍、叛徒之外，其餘那些人的名字根本不見於任何紀錄，所以我連一次也沒聽說過。他們出現時全都面容沮喪，衣衫襤褸，大多告訴我說自己死於窮困潦倒、委屈受辱，其他的則死在斷頭台或絞架上。

其中一人的情況有點奇特，他旁邊站了一個年約十八歲的年輕人。他告訴我，他擔任艦長多年，在艾克屯海戰中[30]，有幸突破敵人堅強的戰線，擊沉三艘主力艦，還擄獲了另一艘主力艦，這是安東尼倉促逃逸以及〔屋大維〕後來獲勝的唯一原因[31]。站在身旁的年輕人是他的獨子，在戰役中陣亡。他又說，由於自信有些戰功，戰爭又已接近尾聲，於是他前往羅馬，在奧古斯都的朝廷中請求晉升爲一艘更大戰艦的艦長，因爲這艘

30 “Actium”，位於希臘西北。這次戰役是古代最偉大的海戰，屋大維(Octavian，紀元前63年至紀元14年，就是後來的奧古斯都，羅馬帝國第一任皇帝)與安東尼(Mark Antony)於紀元前31年9月2日決戰，這是羅馬內戰的高潮，導致羅馬共和的終結(IA 191; ABG 404)。

31 根據流傳的故事，在這場海戰的高峰，屋大維的船艦划向埃及艷后克麗歐佩特拉(安東尼之妻)的旗艦。克麗歐佩特拉捨不得隨身攜帶的珍寶，遂脫離戰場，深愛她的安東尼隨她之後逃逸(IA 191)。

戰艦原先的艦長陣亡了。然而朝廷罔顧他的請求，把艦長一職給了一個從未看過大海的男孩，只因爲這男孩的母親是侍候國王的一位嬪妃的自由女[32]。這人回到自己艦上，卻被指控怠忽職守，於是這艘戰艦落入副艦隊司令帕布里柯拉[33]寵愛的侍從手中。他只得退隱到距離羅馬很遠的一處貧窮農莊，終其一生。我很好奇想知道這個故事的眞相，因此要求把那場戰役中的艦隊司令阿格里帕[34]招來。他現身，證實了整個說法，而且對艦長更爲有利，因爲艦長謙沖爲懷，對自己的功勞大多輕描淡寫或避而不談[35]。

我驚訝地發現，那個帝國因爲新近引入的奢侈之風，以致腐化的程度如此之深、速度如此之快；這讓我看到其他國家的許多類似情況時不致那麼驚訝，因爲在這些國家中，各種罪惡盛行的時間長遠得多，所有的讚美和戰利品都歸主將[36]獨占，

32 "Libertina"，即獲得自由的女奴。此男孩之母連嬪妃都不是，而是前女奴，更令人不平。

33 "Publicola"，全名爲"Lucius Gellius Publicola"，在大海戰中與安東尼共同率領右翼的艦隊。諷刺的是，被打敗的敵軍指揮官的門人都比奧古斯都致勝的功臣更得寵(PT 345)。

34 "Agrippa"，全名爲"Marcus Vipsanius Agrippa"（紀元前63-12年），古羅馬的將軍和政治家，是屋大維的左右手，於紀元前37年督導屋大維的艦隊訓練，是該次大海戰中的大功臣(IA 192; AJR 172)。

35 此段可能影射彼得伯樂伯爵(Earl of Peterborough)，此人是綏夫特的朋友，在西班牙王位繼承戰爭早期曾打贏幾場海戰，卻遭惠格黨撤掉指揮權，他的兒子在一場海戰中當著親人的面陣亡(AR 317; RD 290)。

36 可能指涉馬伯樂公爵，他是綏夫特最主要的政敵，自1702至1711年獲頒許多勳章，一直到托利黨主政時他才失勢(RD 291; PT

事實上他可能是最沒資格獲得這些的。

由於招來的每個鬼魂出現時都和他在世時一模一樣，看到過去百年來人類如此退化，想起來眞讓我悲哀。各式各樣的梅毒所造成的種種結果，完全改變了英國人的外貌：身材縮短，神經衰弱，肌腱鬆弛，面色如土，肉體疲軟、酸臭。

我甚至不避卑下，請求招來一些具有古代特徵的英國自由民[37]。這些人以往之所以出名，是因爲他們生活淳樸、衣食簡單、處事公正，具有眞正的自由、英勇、愛國的精神。比較過生者與死者之後，不禁令我動容，因爲我想到所有這些純潔、固有的美德，卻被子孫後代因爲一點錢而出賣了，他們賣掉自己的選票，操縱選舉，在宮廷裡可能學到的種種罪惡和腐敗他們一樣也沒漏。

譯者附誌

如果說有關拉嘎都的科學院那幾章諷刺科學家有如傻子，這兩章則諷刺歷史家有如騙子。本章繼續藉由死者現身說法，批評各式各樣的不公與邪惡。先是招來古希臘文學和哲學的代表人物荷馬和亞理斯多德，從他們的口中訴說對於後世詮釋者的不滿；這些詮釋者也自知曲解先賢，無顏相見。接著招來近代的歐洲皇室，以諷刺其血統不純，甚至連宗教人士都成了入幕之賓。歷史更經常淪為權勢的工具，不是向壁虛構，就是罔

(續)

345)。

37　綏夫特認爲獨立的農人道德高超(AR 317)。

顧智慧、美德、勇氣，以致豎子浪得虛名，而英雄與有德之士卻未能實至名歸，甚至終生潦倒，不得善終。經由古今對比，表達出貴古賤今的思想——如支持有公益精神的貴族階級，不信任新興的商人階級，以及隨之而來的賄選(當代讀者不禁省思，如此說來，政商勾結不但由來已久，而且於今尤烈)。總之，這兩章透過不會說謊的死者，大作翻案文章，批評古今學術、政治、歷史，是全書對古今歐洲最嚴厲的批評、諷刺之一。

第九章

作者回到馬都納達，航向拉格那格王國，遭到拘禁，召入宮中，覲見的方式，國王對臣子的仁慈寬大。

我們離開的日子到了，我向格魯都追布的總督閣下道別，與兩位同伴回到馬都納達，等了兩周之後，終於有一艘船準備航向拉格那格。兩位紳士和其他人很慷慨、仁慈，提供我飲食所需，並送我上船。這次航行花了一個月，遇到一次颶風，不得不向西航行，進入貿易風，持續了六十里格以上。1708年4月21日[1]，我們駛入克倫美尼格的河流，克倫美尼格是座港都，位

1 第一個版本爲1711年，第二個版本改爲1709年，福克納版則爲1708年。本書所載日期不少彼此牴觸，因爲作者無意於精確，偶爾提到日期只是試圖給予讀者寫實感。1711年顯然有誤，因爲第十一章中明確提到1709年5月6日告別拉格那格國王。但這個日期也有問題，因爲如此一來，他待在島上的時間與本章末所提到的三個月不符。又，本部首章提到格理弗這次航行於1706年8月5日出發，末章則說1710年4月10日回國，實際出海時間爲三年八個月，卻說成「五年六個月」(ABG 405)。威廉思(Harold Williams)細數主角在此部的行程，發現日期相互矛盾，並說此部之前的地圖更增加了其中的混淆(HW 482-83)。

於拉格那格東南端。我們在離城不到一里格的地方下錨，表示需要領航員。不到半小時，兩位領航員上船，引導我們穿過航道中一些很危險的暗礁和岩石，來到一處大灣，這裡艦隊可以在距城牆不到一纜繩之遠[2]的距離安全駛入。

我們一些船員不知道是有心出賣還是無心疏失，告訴領航員說我是外地人，行蹤廣闊，他們於是通知海關官員，我一登陸就遭到很嚴格的盤查。官員和我交談時用的是巴尼巴比語，因爲貿易往來頻繁，這座城裡的居民，尤其是水手和海關人員，普遍通曉這種語言。我向他簡述了一些細節，盡可能使自己的故事聽來可信、前後一致；但我認爲有必要掩飾自己的國籍，所以自稱是荷蘭人，因爲我有意前往日本，而我知道荷蘭人是唯一獲准進入那個國家的歐洲人[3]。因此我告訴官員，我在巴尼巴比的海岸遭遇船難，被海浪打到岩石上，被接上拉普塔，也就是飛行島(他經常聽說此島)[4]，現在正設法前往日本，希望能在那裡找到方便的方式回到自己的國家。官員說，必須先拘禁我，再聽朝廷指示行事；他還說會立即上奏，可望

2 "a Cable's Length"，大約六百呎，合一百八十三公尺(也見於第一部第一章)。

3 葡萄牙人大約於1543年開始與日本人貿易，教士使不少人改信基督教，引起日本政府的疑慮與反感。1638年日本政府敉平了基督徒的叛亂後，執行鎖國政策，除了協助平亂的荷蘭人之外，其他歐洲人一概被逐。然而荷蘭人的行動範圍頗爲有限，而且不許帶有任何基督教的色彩或標幟(ABG 405-06; PT 346; RD 291; HW 483)，並以踩聖像等方式來考驗是否爲基督徒(見第十一章)。若拒絕踩聖像，便被認爲是基督徒，會遭到嚴懲。

4 補上一句，以加強這個島嶼的可信度。

在兩周內得到回音。我被帶到一個方便的住處，門口有名守衛，不過我可以自由進出一座大花園，而且受到相當仁厚的待遇，因爲這段期間的開銷完全由國王支付。有幾個人來見我，主要是出於好奇，因爲有人告訴他們，我來自他們從未聽說過的遙遠國度。

我雇了同船來的一個年輕人擔任口譯，他是拉格那格當地人，但在馬都納達住過幾年，精通兩種語言。在他的協助下，我能和來訪的人交談，但只限於他問我答。

朝廷的快信大約在我們預期的時間來到，批准由十人的馬隊帶領我和我的隨從到察卓格達布或崔卓格追布(就我記憶所及，這兩種唸法都有)。我的隨從就只有那個充當口譯的可憐男孩，因爲我說動他爲我服務。在我的懇求下，兩人各自騎上騾子。有位信差趕在我們之前半天的行程，向國王稟報我到來，並請求陛下賜下日子和時辰，讓我有幸「舔舐國王腳凳前的灰塵」[5]。這是宮廷的說法，而我發現這不只是說說而已。因爲我抵達兩天後獲准覲見，被命令匍匐前進，並且一路舔舐地板；但有鑒於我是外地人，他們特意清理地板，讓灰塵不至那麼令人作嘔。然而，只有最高層的人士求見時才能享有這種特殊的恩寵。相反的，有時地板上會故意撒上灰塵，因爲求見的人碰巧在朝廷裡有勁敵。我親眼看過一位大臣嘴巴塞滿了灰塵，爬

5　這個比喻來自希伯來文，見舊約〈以賽亞書〉第四十九章第二十三節(「餂你腳上的塵土」)。坎佛(Engelbert Kaempfer, 1651-1716)所撰的《日本史》(*The History of Japan*)中曾提到覲見日皇時須匍匐前進(PT 346)，而日本這種方式想必沿襲自中國。

到王座前的適當距離時，連一個字都說不出來；這種情況也沒有補救之道，因爲覲見的人如果當著陛下的面吐痰或擦嘴，就是死罪。該國的確還有另一種習俗是我無法苟同的。國王有意以溫和、寬容的方式處決任何貴族時，就下令在地板撒上某種含有致命成分的褐色粉末，只要舔上，二十四小時之內必然喪命。但說句公道話，這位君王寬宏大量，關切臣子的生命(深盼歐洲的君主能群起效尤)，所以必須一提的是，每次這樣行刑後，就嚴令徹底清洗地板沾染的部分，如果內侍疏忽了，便有招致國王不悅之險。我親耳聽到他下令鞭打一個侍從，因爲他輪值時應該在行刑後通知清洗地板，卻不幸忘了，因爲這個疏忽，以致前來覲見的一位年輕有爲的大公，在國王絲毫無意取他性命的情況下，卻慘遭毒斃。但這位好君王雍容大度，在侍從保證不會再犯之後，饒了他一頓鞭子，而沒有特別處分。

閒話少說，言歸正傳。我爬到離王座不到四碼的地方，輕輕跪起，然後以前額叩地七次，並按照他們前一夜教我的，說出底下這些字：「伊克普林　葛羅佛索布　斯庫特色倫　布希歐普　馬拉許納特　則溫　特諾巴克古佛　斯希歐普哈德　古德路巴　啊許特。」這是當地法律規定所有獲准覲見國王的人都要說的頌詞，可以翻譯如下：「願天子高壽，比太陽還長十一個半月。」[6] 國王聽了，就回了一些話，我雖然聽不懂，卻照別人教我的回答：「佛路佛特　德林　亞雷里克　都敦　帕拉

6　比喻的方式雖有不同，但奉承的意思卻完全一樣，不因地域或體型的大小(如小人國或大人國)而異。

斯查德　莫普拉喜」，就是表示：「我的舌頭在朋友的口中」，這個說法的意思是：我請求帶我的口譯[7]。因此，前面提到的那個年輕人就被帶上來，由他居中，陛下在一個多小時的時間內盡情發問，我一一以巴尼巴比語回答，由口譯以拉格那格語傳達我的意思。

國王很高興有我爲伴，下令他的「布里佛馬克魯布」，也就是宮廷大臣，在宮內爲我和口譯安排住處，提供每日的飲食，以及一大錢包的黃金供我日常花費。

我完全遵照陛下的旨意，在這個國家待了三個月[8]，承蒙陛下盛情恩寵，賞賜豐厚，使我備感榮耀，但我依然認爲與妻子家人共度餘生，才更符合審慎、正當之道[9]。

譯者附誌

此章甚短，描述主角離開魔法師之島後，初到拉格那格王國的情形。為了掩飾身分，格理弗冒充荷蘭人，以便將來借道日本，返回故國。奉召入宮時，赫然發現「舔舐國王腳凳前的灰塵」不只是說說而已，而是真正付諸實行。把這種誇張、奇特的覲見方式放在遙遠的東方異國，借遠諷近，以示國王的唯

7　坎佛的《日本史》中提到日文裡有「透過別人之口」的説法(PT 346)。其實，中國古代還將口譯稱作「舌人」，與此處的説法不謀而合。

8　與本章開頭和第十一章開頭的時間不符(PT 346)。

9　居家時渴望出航，廣見世面，增長財富，但去國多日，卻又倦鳥思巢，想念家人(更何況與君王大臣來往，隨時有失寵或遭陷害之虞)，格理弗多次航行便在這一出一入的矛盾情結中逐一完成。

我獨尊，臣子的毫無尊嚴，戒慎恐懼，隨時可能因為國王的不悅或侍臣的疏忽而送命(侍臣的疏忽未必得到應有的懲罰，全看國王一時的喜怒而定)。透過「舌人」的口譯，格理弗和國王可以充分溝通，並獲得豐厚的賞賜，只是去國離鄉多時，不如歸去。

第十章

稱讚拉格那格人。細述長生不死之人，作者與一些有身分地位的人多次談論該主題。

拉格那格人既禮貌又慷慨，雖然不免略帶所有東方國家特有的傲氣，但對於陌生人，尤其是朝廷的客人，都以禮相待。我認識了許多上流社會人士，由於一直有口譯相隨，我們的對話不無樂趣。

有一天，我置身於一大群頗具身分地位的人士之間，其中一位地位顯赫的人問我，有沒有見過他們的「斯楚德布拉格」[1]，也就是「長生不死之人」[2]。我說沒見過，並且要他向我解釋，

1 “Struldbrugg”，此字爲綏夫特所創。他曾在〈雜思〉(“Thoughts on Various Subjects”)中提到：「每個人都想活得久，但沒有人願意老」(LAL 514)。「長生」固然是許多人的願望，但「不老」與「不死」之間卻是差之毫釐，謬以千里。作者有意以此特例，破除世人對於「長生」的癡心妄想。與第四部第九章中慧駰視死如歸的達觀，一反一正，相互輝映。

2 “Immortals”，科幻小說不時會涉及長生的主題，綏夫特則是處理這個主題的第一人(IA 197)。

在必死的凡人身上加上那個名稱是什麼意思。他告訴我，這種情況其實很稀罕，但有時小孩出生時，在左眉正上方的額頭上會有顆圓的紅痣，這個記號明確標示這個人不會死。根據他的描述，這顆痣大約像三便士的銀幣般大小，但會隨著時間而長大，並且改變顏色——十二歲時變成綠色，一直到二十五歲，然後變成深藍色，四十五歲時變成墨黑，像英國先令般大小，從此不再有任何改變。他說，這種人很稀罕，他相信全國長生不死的男女不超過一千一百人，並估計其中大約五十人在京城裡，其他城市中則有個小女孩大約在三年前出生。這些人的出生並不限於任何家庭，全憑機運，而長生不死之人本身所生的小孩和其他人一樣會死。

我坦承自己一聽到這件事時，心裡的喜悅簡直無法形容。告訴我的這個人恰巧通曉巴尼巴比語，這種語言我也說得很好，於是忍不住說出一些也許有點太過分的話。我欣喜若狂地呼喊[3]：幸福的國家，每個小孩至少有機會長生不死！幸福的人民，有幸與許多具有古代美德的活生生楷模共處，有大師隨時教導他們以往各代的智慧！但最最幸福、無與倫比的，莫過於那些傑出的長生不死之人，他們生來就免於人性那種普遍的苦難，心靈自由自在、無牽無掛，沒有死亡的憂慮一直帶來的精

3 剛剛才「忍不住說出一些也許有點太過分的話」(“I could not forbear breaking out into Expressions perhaps a little too extravagant”)，馬上就「欣喜若狂地呼喊」(“I cryed [cried] out as in a Rapture”)，看似矛盾，其實不然。因爲當時的表達方式偏好類似前者的委婉，如第一段裡的「不免」(“not without”)、「不無樂趣」(“not disagreeable”)都是以雙重否定的方式婉轉表達。

神負擔和沮喪。我很訝異在朝廷裡沒有看到任何這種出色的人——這些人額頭上的黑痣十分突出，我是不會輕易錯過的[4]。而且陛下是最聰明睿智的君王，不可能沒有許多這種既智慧又能幹的顧問。也許那些可敬的聖賢們德行嚴謹，不適合宮廷腐化、放蕩的作風。我們經常從經驗中發現，年輕人太固執己見、變化無常，無法接受長者明智的指導。然而，由於國王樂於讓我接近，我打定主意在下次覲見時，充分藉著口譯之助，把自己對這件事的意見坦然相告。不管他願不願意接受我的忠告，有件事我心意已決：陛下先前經常要留我在此國定居，現在我會滿懷感謝接受賞賜，在與長生不死的高人對話之中度我餘生——如果那些高人願意接受我的話[5]。

我如此大發議論，前面提到會說巴尼巴比語的那位紳士聽了，臉上露出通常是憐憫對方無知的那種微笑說道，只要一有機會他會樂於讓我與他們相處，並且徵求我的允許，向其他人解釋我剛才所說的話。他解釋之後，眾人用自己的語言交談片刻，我一個字也聽不懂，從他們的神情也看不出對我的議論印象如何。沉寂片刻之後，那個人告訴我，他的朋友們和我的朋友(他認爲該自稱是「我的朋友」)很高興聽到我對長生的天大幸福和利益所發表的高見，他們想詳細知道，如果我命中注定生爲長生不死之人，會爲自己立下什麼生活規劃。

我答道，要對這麼豐富、快樂的題材洋洋灑灑發表意見，

4　預留伏筆。
5　與第四部中對於慧駰的看法相同。

實在太容易了，尤其我經常以幻想如果自己是國王、將軍或大公應該做些什麼事來自娛[6]。就眼前這件事來說，我經常仔細尋思，如果我能永遠活下去的話，要如何自處，度過這些時光。

如果我有幸來到這個世界時是個長生不死之人，當我能了解生與死的差別、發現自己的幸福時，首先就會決心以各種技巧和方法爲自己獲取財富；在追求財富時，藉著勤儉和管理，可望在兩百年左右成爲全國的首富。其次，從青春年少起，我就致力於學習藝術和科學，假以時日就會在學問上超過其他所有的人。最後，我會仔細記錄國家發生的每個重大行動和事件，公正無偏地記下各代君王和大臣的個性，以及自己對每一點的觀察。我要分毫不爽地記下有關風俗、語言、衣著時尚、飲食、娛樂的各種變遷。擁有了這一切的我，應該是知識與智慧的活生生珍寶，必然成爲國家的聖哲。

六十歲之後我就不結婚[7]，而要過著殷勤好客的日子，卻依然維持儉省[8]。我會樂於塑造、指引年輕有爲的心靈，以自己的

---

6 除了主角務實的心態、靈巧的手藝、能屈能伸的本領之外，透露出他幻想的一面。

7 綏夫特本人終生未娶，但有兩位紅粉知己，其中之一的斯黛拉與他合葬於都柏林的聖帕提克大教堂地板下，詳見本書緒論。

8 綏夫特自奉儉約，樂善好施，根據傳記家史蒂芬(Leslie Stephen)的記載，「他晚年以收入的三分之一過日子，三分之一施捨，剩下的三分之一留作死後的慈善事業之用」(ABG 406)。愛爾蘭最早的一家精神病院，聖帕提克醫院(St. Patrick's Hospital)，就是以他的遺產興建的，至今依然是愛爾蘭治療精神病最有名的醫院。綏夫特對此事有諷刺的說法：愛爾蘭人生活艱苦，很多人精神失常，亟需精神病院。這種說法一方面諷刺愛爾蘭人，但更是暗批英國政府造成愛爾蘭的慘狀。至於綏夫特對於人性的一些極端說

記憶、經驗、觀察來說服他們，佐以許許多多的例證，來說明美德於公、於私的利益。但我精挑細選、常相左右的友伴，應該是一群像自己這樣長生不死的兄弟[9]，我會從最古老的一代到自己這一代裡挑出十來個人。他們中任何一個人缺錢，我就會在自己家產附近提供方便的住處，總是要其中一些人陪我吃飯，只摻雜少數你們這些凡人中最尊貴的人士[10]。時間的久遠會使我硬起心腸，即使失去這些凡人朋友時也只是稍有、甚至了無遺憾，而且會以同樣的方式對待你們的後代；就像人們以自己花園裡的石竹花、鬱金香每年的遞嬗自娛，而不會哀嘆去年凋零的那些花朵。

我和這些長生不死之人會互相交換我們在時間過程中的觀察與紀錄，註記腐化如何一點一滴地滲入人世，不斷給人類警告和教誨，藉此一步步對抗腐化；再加上我們以身作則的強烈影響，很可能會防止人性不斷的墮落；對這種人性墮落的悲嘆古今皆然，而且事出有因[11]。

此外，我希望能親眼目睹城邦和帝國的循環流轉[12]，天地上下的變遷，古老的城市化為廢墟，荒野的村落變成國王的首

(續)

法以及恨世思想，許多人認為與他的精神狀態有關。有些人甚至認為他年老時已經瘋狂，其實未必。

9 未提到「姊妹」，類似的歧視也見於下文。

10 講得興起，彷彿自己已經是長生不死之人，而稱對方為「你們這些凡人」。

11 再度顯現崇古賤今的思維。

12 “the various Revolutions of States and Empires”，此處表現的是周期式的(cyclical)歷史觀，有別於另兩種通行的歷史觀：進步的歷史觀和退步的歷史觀(LAL 514)。

府；著名的大河縮爲淺溪；海洋使一邊的海岸乾涸，另一邊的海岸氾濫[13]；發現許多前所不知的國度。野蠻橫行於禮儀之邦，而最野蠻的人變得文明。那時我會見到人們發現經度[14]、永久運動[15]、長生不老藥，其他許多偉大發明也都能臻於完美[16]。

我們會活著看到自己的預測成眞，觀察彗星的行進和重返，日月星辰活動的變化，這會在天文學上有多麼奇妙的發現。

我也對其他許多題材大發議論，因爲人類天生就希求長生

---

13 中國也有「滄海桑田」之說。

14 以往航海由於未能精確定位，故海難頻傳。英國政府之所以成立格林尼治天文台，主要原因在此，並於1714年懸賞一萬鎊(後來增加到兩萬鎊)，徵求能尋得經度的簡易、精確方式，一直未果，「尋找經度」遂成爲人們心目中「不可能的任務」。鐘錶匠哈理遜(John Harrison, 1692-1776)經多年研究，於1735年開始找到以時間推算經度的方式，卻因爲當時的科學界不願此項榮譽落於外行人頭上，從中作梗，遲至1765年才發出鉅額獎金(IA 199; ABG 407; AJR 178; AR 317)。當時有不少人提出各種匪夷所思的方式，綏夫特和友人曾對此加以諷刺，並在1712年的信中提到，有人告訴他，尋找經度和長生不老藥、永久運動是一樣不可能的(LAL 514)。有關尋找經度的詳情，參閱梭貝爾的《尋找地球刻度的人》(Dava Sobel, *Longitude: The True Story of a Lone Genius Who Solved the Greatest Scientific Problem of His Time*, 1995)，范昱峰、劉鐵虎合譯(台北：時報文化，1998年)。

15 “perpetual Motion”是指某種發明能一直發揮作用而不減損其能量，故能永久地運動下去(IA 199)，這是17世紀科學研究的熱門話題，培根在《新亞特蘭提斯》中就提到，到了綏夫特時，已經成爲許多人諷刺的對象(PT 347; LAL 514)。

16 這裡所提的都是當時認爲不可能的發明，但格理弗認爲，假以時日應該可以達到——以今天的眼光來看，人類已經知道如何精確地測量經度了。

不死[17] 和塵世的幸福[18]，所以這類題材俯拾即是。我說完之後，像先前一樣悉數口譯給其他人聽，他們聽了就用本國話交談了好一陣子，其中不乏對我的嘲笑。最後，爲我口譯的那位紳士說，其他人要求他糾正我的一些錯誤，他們認爲我之所以犯下這些錯誤，是因爲人性的通病，而不全是我個人的問題。這種長生不死之人是他們國家特有的，因爲不管在巴尼巴比或日本都沒有；他曾榮幸被陛下派往那兩國擔任大使，發現兩國的人民很難相信竟然有這種事實，而且他初次向我提到這件事時，從我的驚訝可以看出這對我來說是件嶄新、難以置信的事。他派駐在上述兩國期間，熟知當地的風土人情，觀察到長生是人類普遍的欲求和期望。任何人要是一腳踏進了墳墓，一定盡可能堅決不踏出另一腳。年紀最大的人都還希望多活一天，把死亡視爲最大的罪惡，而天性一直催促他擺脫死亡。只有在拉格那格這座島上，人們對於生存的慾望不是那麼急切，因爲他們不斷親眼目睹長生不死之人的實例。

〔他說，〕我所設想的生存體系無理而不當，因爲這種體系假設的是青春、健康、活力永駐，而任何人不管如何非分之

17 根據基督教教義，人類墮落之後，必然會死亡。身爲神職人員的綏夫特知之甚詳(LAL 515)。

18 “sublunary Happiness”。“sublunary”就字面而言是「月下的、月球軌道內的、受月球影響的」，引申爲「地球上的、人世的、塵世的」。這種說法根據的是古希臘托勒密的宇宙體系(the Ptolemaic system)，認爲地球是宇宙的中心，周圍環繞著不同的星球，最內層是月球，月球範圍外的任何事物都完美、不朽，只有在月球範圍內的地球才會有欠缺、損壞、死亡(IA 200)。

想，都不至於傻到會那樣期望。因此，問題不在於是不是選擇永遠處在青春的巔峰，既茁壯又健康，而在於如何隨著老年帶來常見的種種不便，度過永生[19]。因爲雖然很少人會公開承認自己想要在這種艱難的情況下長生，但在上述的巴尼巴比和日本兩國，他觀察到每個人都想要延後死亡，盡量讓它晚些降臨；他很少聽到有任何人心甘情願地死去，除非是受到極度的悲傷或折磨所刺激。他請教我，在我故國和遊蹤所到的那些國家，有沒有觀察到相同的普遍傾向。

在這番開場白之後，他仔細向我描述該國的長生不死之人[20]。他說，他們的舉止通常像其他凡人一樣，一直到三十歲左右，之後就逐漸憂鬱、沮喪，一直到八十歲。這是他從長生不死之人自己的告白中得知的，否則一個時代裡那種人不超過兩、三個，人數少得無法提供普遍的觀察。當他們八十歲時——這被認爲是此國壽命的極限——不但有其他老人所有的愚

---

19 綏夫特的靈感可能來自兩則著名的神話。一則是日神阿波羅(Apollo)中意的悉碧拉(Sibylla)答應委身於他，以換取預言的能力和她手中沙粒般多的歲數。阿波羅應允之後，悉碧拉食言。阿波羅大怒，指出悉碧拉只求長壽，未求青春，於是讓她一直老去。另一則是黎明女神伊娥絲(Eos)愛戀俊美的特洛伊王子提托諾斯(Tithonus)，祈求讓他長生，卻忘了同時祈求不老，結果提托諾斯逐漸老去，說話尖聲細氣，伊娥絲只得將他變成蝨斯(IA 200)。

20 這些描述很可能反映了綏夫特本人的一些深切感受。本書出版時，作者五十九歲，但身體狀況已不佳，紅粉知己的逝去更讓他憂鬱，時時想到死亡，當他與友人道晚安時，有時加道：「希望不再見到你。」1736年，綏夫特六十九歲，曾說：「歲月和病痛打敗了我；我不能讀、不能寫、不能記憶、不能交談。」失智的情況益發嚴重，九年後去世(ABG 408)。

蠢和毛病，還有更多是來自永遠不死這種可怕的遠景。他們不僅固執己見、脾氣乖戾、貪得無厭、個性孤僻、驕傲自大、喋喋不休，而且無法結交朋友，對於所有天生的感情麻木不仁，因爲他們的感情只到孫子這一代，就不再往下延伸了[21]。嫉妒羨慕和心餘力絀是他們的主要感受，但是他們嫉妒羨慕的對象似乎多爲比他們年輕的人所犯的惡行以及老者的死亡。在想到年輕人的惡行時，他們發覺自己不可能再有任何的愉悅；每次看到葬禮，他們就哀嘆、埋怨別人去了安息之港，而自己卻永遠沒有希望抵達。他們除了在青年和中年時所學到、看到的事之外，其他都沒有記憶，即使有也很殘缺不全：對於眞相或任何事實的細節，依賴一般的傳統比依賴他們最好的記憶還更安穩可靠。他們之中最不悲慘的，似乎是那些昏聵、完全失去記憶的人；這些人得到更多的憐憫和協助，因爲他們沒有充斥在其他人身上的許多惡質。

如果長生不死之人恰巧和同類結婚，只要兩人中年輕的那一位到達八十歲，依照國法就自然解除婚姻關係。因爲法律認爲，那些自己沒有任何過錯卻受到詛咒永遠活在世間的人，理應得此豁免，因爲他們的痛苦不該因爲要負擔妻子而加倍[22]。

一旦他們到了八十歲的年限，在法律上就視同死亡；他們的繼承人立刻繼承家產，只留給他們少量津貼維持生活所需，窮人則受到公費的照顧。在那個年紀之後，他們無法從事任何

21　若是會往下延伸，徒然增加一次次爲後輩送終的痛苦，因此不失爲一種自保的機制。

22　這種說法當然是從男性的觀點。

信託或營利的工作，不能購買土地、租賃，也不許作爲民事或刑事案件的證人，連充當決定地標和地界的證人都不行。

九十歲時，他們掉牙齒、掉頭髮；到了那個年歲，分辨不出口味，只是拿到什麼就吃、喝什麼，沒有任何滋味或胃口。原先會生的病照生，沒有增減。他們在談話時，忘了一般東西的名稱和人名，甚至忘了最親近的朋友、親戚的名字。基於同樣的原因，他們從來無法以讀書自娛，因爲記憶力無法從句首維持到句尾；由於這個缺憾，他們唯一可能的娛樂也被剝奪了。

這個國家的語言一直在演變，因此一個時代的長生不死之人無法了解另一個時代的長生不死之人；過了兩百年之後，除了幾個一般的字眼之外，他們也無法與身爲凡人的鄰居交談，因此在自己的國家裡生活得很不方便，有如外國人。

這是就我記憶所及，他所告訴我有關長生不死之人的說法。後來有些朋友幾次帶長生不死之人來，讓我見過五、六個不同時代的長生不死之人，其中最年輕的不超過兩百歲。雖然他們聽說我遊蹤遠布，見過全世界，卻連問我問題的一絲絲好奇心都沒有，只要我給他們「斯南姆斯庫達斯克」，也就是紀念品，這是一種委婉的乞討方式，因爲他們的生計由公家負擔，所以法律嚴禁他們乞討，然而他們的津貼實在很少。

各種人都輕蔑、厭惡他們；如果有這種人出生，就被視爲惡兆，而且很仔細記載他們的出生，因此查登記簿就可以知道他們的年紀，然而登記簿這種制度還不到一千年，或至少因爲年代久遠或國家動亂而損毀。通常計算他們年紀的方式，是問他們記得哪些國王或大人物，然後查歷史，因爲他們心裡還記得的最後一位君王，必然不會在他們八十歲之後登基。

他們是我所見過最恐怖的景象，女的比男的更可怕。除了極老的人常見的毛病之外，還有一種額外的可怕特質，與他們的年歲成正比，筆墨無以形容；在五、六個長生不死之人中，我很快就分辨得出哪一個年紀最大，雖然他們之間的差距不超過一、兩個世紀。

從我所見所聞，讀者不難相信，我對永生的熱切慾望減低了許多。我對自己以往的美妙幻想感到由衷的慚愧，心想就算有暴君設計出任何死法，但我爲了逃避這種永生，還是會樂意送死。國王聽說了我和友人之間有關長生不死這種情況的林林總總，很開心地取笑我；希望我能帶兩、三個長生不死之人回到自己的國家，讓同胞們不再害怕死亡；但這似乎爲該國的基本法令所禁止，否則我倒會很樂於費神、花錢來運送他們。

我不得不同意，這個王國有關長生不死之人的法律，根據的是最堅強的理由，任何其他國家在類似情況下也必然會如此執行。否則，由於貪婪是老年的必然結果[23]，那些長生不死之人假以時日會擁有全國，獨占國家的權力，但因缺乏掌理的能力，結果必然是毀滅全國。

23 "Avarice is the necessary Consequent of old Age"("Consequent"現在拼爲"Consequence")。古羅馬劇作家泰倫斯(Terence，紀元前190?至159年)早已將貪婪與老年相提並論(IA 203)。同樣的，《論語》告誡：老年「戒之在得」。

譯者附誌

此章公認是第三部最精采的一章。長久以來，人類最大的妄想、幻想之一就是長生，然而「長生不死」與「長生不老」之間，一字之差，謬以千里。主角聽到有「長生不死之人」，喜出望外，該國友人願聞其詳，引格理弗滔滔不絕道出他的「長生規劃」(多少也代表了芸芸眾生的一般想法)，如何運用時間累積財富、知識、經驗、智慧，說得興起，忘了自己的身分，甚至稱呼對方為「你們這些凡人」。然而，友人以實例說明「長生『不死』」的虛妄，以及由於生理因素、人性弱點所招引來的無盡痛苦，主角後來也見過活生生、「老而不死」之人，使他幻想破滅，終至醒悟先前的貪婪與愚癡，轉而面對生命有限之現實。作者藉由格理弗的幻滅，對芸芸眾生當頭棒喝。其實，有生就有死，生死乃自然現象(這個主題在第四部的「慧駰國遊記」得到進一步的發揮)，把握當下，幻想無益。

第十一章

作者離開拉格那格，航向日本，搭上一艘荷蘭船，回到阿姆斯特丹，再由阿姆斯特丹到英格蘭。

我認爲，有關長生不死之人的描述，讀者可能會覺得有些樂趣，因爲那似乎有些不尋常，至少在手邊的任何旅行書中，我不記得看過類似的報導。如果我記錯了，那必定是因爲描述同一個國家的旅行者，常常不約而同集中於相同的細節，所以無需擔當借用或抄襲前人的罪名[1]。

這個王國和日本大帝國之間確實一直都有貿易往來，很可能日本作家描寫過長生不死之人；但我在日本逗留的時間很短，又對當地的語言一竅不通，所以無法詢問。但我希望荷蘭人讀到這篇報導會覺得好奇，能補充我的缺憾[2]。

---

1 意指自己有關長生不死之人的描述前所未有。萬一以往有人寫過，只是旅人所見、所書略同，不必指責作者假借或抄襲。作者以此手法故作寫實狀。

2 故作寫實狀。只是下文把荷蘭人描寫得相當不堪，令人懷疑即使荷蘭人有相關的記載，是否可信也成問題。其實，荷蘭人在宗教上抱持容忍的態度，以致內部安定，商業繁榮，成爲英國在海外

陛下經常要我接受在宮廷裡當差，但發現我返回故國的決心絲毫不為所動之後，也就願意讓我離境，並且賜我一封御筆親自寫給日皇的推薦信。同時，他致贈我四百四十四枚大金塊(這個國家喜歡偶數)和一顆紅鑽石，這顆鑽石後來我在英格蘭以一千一百鎊賣出[3]。

1709年5月6日[4]，我鄭重告別陛下和所有的朋友。這位君王特別降恩，命令一名衛士帶領我到葛蘭桂斯鐸，這是該島西南部的皇家港口。六天內我找到了可以載我到日本的船隻，航行了十五天，在位於日本東南部的煞魔奇[5]小港城登陸。城鎮位於西部，那裡有道狹窄的海峽，向北延伸入狹長的港灣，港灣的西北部矗立著京城江戶[6]。登陸時，我向海關官員出示拉格那格國王交給我致日皇的書信。上面的印信如我的手掌般大小，他們都已經很熟悉了，印記是「國王從地上扶起一位跛腳的乞

(續)

的強大競爭對手(LAL 515)。

3 紅鑽石為珍品(PT 348; ABG 409)，以此故作寫實狀。

4 格理弗待在飛行島及其他各島已經兩年。

5 "Xamoschi"，確切地名不詳，可能是綏夫特捏造的，也可能指的是東京與橫濱之間的川崎(Kawasaki)(IA 205)。有人認為可能是"Choshi"（銚子，前往東京商道上的港鎮，但位於西北)(RD 291)。也有人認為可能是東京東邊千葉縣的"Samoshi"（Viktor Krupa 116)。文國書局的譯本(166)和楊昊成(187)都譯為「濱關」。經友人林芙美、張力、楊謹在日本和台灣協尋的結果，加上日譯本也是用片假名翻譯此名，因此推斷此地純屬子虛烏有。中譯為「煞魔奇」兼顧音、義(「煞是魔奇」、「煞有其事／其地」)，以符合全書的奇幻性質。

6 "Yedo"，1868年改名「東京」(PT 349)。下文將幕府將軍誤為日皇，是當時歐洲人常犯的錯誤(IA 205; ABG 409)。

丐」。鎮上的地方官們聽說我持有國王的書信，把我奉爲大臣般接待，提供馬車和僕人，並且負擔我前往江戶的費用。我在江戶獲准覲見日皇，呈上書信，他們以隆重的禮儀開啓書信，由口譯向皇帝解說，也向我宣示皇上的命令，要我提出請求，並且說不管我提出任何請求，看在拉格那格國兄弟之君的份上，都會允許。這位口譯負責與荷蘭人有關的事務，從我的面容立刻猜出我是歐洲人，因此用流利的荷蘭語重複皇上的命令。我照原先打定的主意，回答說自己是荷蘭商人，在很遙遠的國度遭到海難，經由海路和陸路旅行到拉格那格，然後搭船前來日本，而我知道我的國人經常與日本貿易往來，希望在這裡能遇到一些國人，有機會回到歐洲，因此我以最謙恭的方式懇求皇上賜令，安全帶領我到長崎[7]。我還加了另一項請求，請看在我的保護人拉格那格國王的份上，皇上能體恤下情，雖然我國人必須執行「踩十字架」的儀式，但因爲我命運多舛，流落該國，無意於貿易，希望能豁免此事[8]。最後一項請求口譯給

7 “Nangasac”，即“Nagasaki” (長崎)，九州島西岸港市，是當時日本唯一允許歐洲進口的城市，該地有荷蘭人的聚落(IA 205; AJR 183)。

8 “trampling upon the Crucifix”，當時日本人懷疑有人是基督徒，便用踩十字架上的耶穌聖像、向耶穌聖像吐口水等方式加以考驗。受考驗者若拒不奉行，可能有嚴刑或死亡之虞(IA 205; ABG 409)。據說17世紀時，數以千計的基督徒因爲拒絕踩十字架而被拋下長崎附近的懸崖(PT 349)，直到1873年才廢止(GRD 226)。日本天主教作家遠藤周作的長篇小說《沉默》，對此有極爲動人、深刻的呈現。然而，對「呵佛罵祖」的禪宗而言，這種考驗未必有效。

皇帝時，他似乎有些驚訝，並說，他相信我是國人中第一個如此看重這件事的人，開始懷疑我究竟是不是眞正的荷蘭人，並且疑心我必定是基督徒[9]。然而，基於我所提出的理由，但主要是看在拉格那格國王的份上，他恩准了我古怪的請求；但這件事必須有技巧地執行，因此下令官員讓我通過時假裝是忘記了。因爲他向我斷言，如果我的國人，荷蘭人，發現了這個祕密，會在航行途中要了我的命[10]。我請口譯感謝皇上如此特別的恩寵。當時剛好有部隊要前往長崎，指揮官接獲命令要安全護送我到那裡，並且特別指示有關十字架的事。

在很漫長、勞頓的旅程之後[11]，我於1709年6月9日抵達長崎，很快就結交了屬於阿姆斯特丹的安波那號[12]上的一些荷蘭水手，安波那號是一艘四百五十噸的堅固船隻。我在荷蘭住過很長一段時間，在萊登求學[13]，荷蘭話說得很好。水手們不久

9 荷蘭人在與日本人的貿易中獲利良多，也認爲日本人要他們所做的反基督教之舉並無大礙，於是曲意奉行。綏夫特有意指出荷蘭人爲了利益而放棄宗教(IA 205; ABG 409)。坎佛在《日本史》中提到一個故事：當被日本人問道自己是不是基督徒時，他們回答：「不，我們不是基督徒，我們是荷蘭人」(PT 349)。

10 作者再度表現出對於荷蘭人的反感與懷疑，認爲他們甚至不如異教徒。呼應本部第一章。

11 根據上文的時程推斷，此行大約十天。

12 "Amboyna"即"Amboina"，東印度群島中的安波那島。1623年，英國人和荷蘭人爭奪此島和附近島嶼出產的名貴香料及其他物品，荷蘭人殺死了幾十個英國人，英國人對此「安波那屠殺」("Amboina massacre")憤恨多時。此處作者特意將船名取爲安波那，反映了他反荷蘭人的心態(IA 206; PT 349; AR 318)。

13 第一部第一章便提到在萊登學醫。

就知道我剛從什麼地方來，好奇地詢問我的航行和人生經歷。我盡可能編造了一個簡短、可信的故事，但掩去了絕大部分。我認識在荷蘭的許多人，因此能捏造出父母的姓名，假裝他們是歸德省[14]的卑微人士。船長名叫西奧多拉斯・范古魯特，如果他索取前往荷蘭的旅費，我會悉數支付。但他知道我是醫生，就樂於只收平常費用的一半，條件是爲他擔任醫生一職。在我們出航之前，有些水手經常問我，是不是執行了上述的儀式。我用一些泛泛的答覆迴避了這個問題，說自己在所有細節上都滿足了皇帝和朝廷的要求。然而一個壞心腸的水手去找一位官員，指著我說，我還沒踩十字架。但另一位接獲指示讓我通過的官員，用竹子在那惡人肩上抽了二十下，之後就再也沒有這些問題來煩擾我了。

這次航行中沒發生什麼值得一提的事。我們順風航向好望角，在那裡只待了一下汲取淡水。4月6日，我們安然抵達阿姆斯特丹[15]，在航行中只因病折損了三人，另一人在距幾內亞海岸不遠之處從前桅墜海。不久，我從阿姆斯特丹搭上該城一艘小船，航向英格蘭。

1710年4月10日，我們停靠當斯。我於次晨登陸，在闊別整整五年六個月之後[16]，再度看到故國。我直接前往雷地夫，於

14 "Guelderland"，位於荷蘭東部，省會爲安亨(Arnhem)(IA 206)。

15 有話便長，無話便短。去年六月還在日本長崎，這段旅程超過九個月。

16 本部第一章提到「1706年8月5日」啓程，因此這次出航前後三年八個月，而不是「五年六個月」。作者雖然加上許多日期故示寫實，卻未十分用心，以致有若干差池。

當天下午兩點抵達，發現妻子和家人身體健康。

第三部終

譯者附誌

主角終於離開有長生不死之人的拉格那格國，帶著國王致日本「皇帝」的書信，搭船前往日本，不但受到多方禮遇，而且得以覲見日本「皇帝」，在他協助下，前往長崎，乘上前往阿姆斯特丹的船隻。格理弗為了方便返回英格蘭，假冒當時唯一與日本有貿易來往的歐洲人(荷蘭人)，仰賴「皇帝」的特別照顧，迴避了「踩十字架」之舉(以此諷刺荷蘭人為了商業利益犧牲宗教信仰)，既維持了基督徒的信仰，又達到重返故國的願望。

* * *

就寫作順序而言，本部是最後著手的，但因為連訪五地，與其他三部相較，主題紛雜，結構鬆散，故與「慧駰國遊記」對調，成為第三部。這五地中，前四地(拉普塔、巴尼巴比、拉格那格、格魯都追布[主角真正的旅遊順序與本部的標題不符，拉格那格與格魯都追布應對調])都出自作者詭譎的想像，即使實有其地的日本，對當時歐洲人來說也很陌生，因此維持了異域遊記的基調。此番格理弗雖然小圓了船長夢，當上了單桅帆船的船長，但命運多舛的他接連遇到颶風、海盜，又在荷蘭人陷害下，被放入獨木舟中「下海」，自生自滅。飛行島的搭救使他「上天」，但拉普塔人陷溺於沉思，各方面不切實際，可謂「數學和音樂上的天才，日常生活中的白癡」。拉普塔國王「鎮壓」子民的方式更是一絕，但臣子有效的反制使國王不敢為所欲為。如果說有關拉普塔的描寫是諷刺抽象的理性，那麼巴尼巴比和科學院的描述則是批評自然科學、應用科技和社會科學的種種計畫，指出其中種種的荒誕不經。叉出的格魯都追布之旅，以魔法招來死者訴說真相，藉由「連篇鬼話」來質疑人類的歷史記載。拉格那格之旅顯現了國王主宰生殺大權，臣子朝不保夕，而有關長生不死之人的描述，也打破了格理弗和一般人對於長生的幻想。日本的出現和史上實有的「踩十字架」的儀式，既為本書增添了寫實色彩，也是對東方異域的再現。總之，在第一、二、四部中，格理弗都在那個國家待了相當長的時間，融入了當地的生活，算得上是居民了，而在第三部則接連造訪五個地方，有如過客，並藉由這些異地許多匪夷所思的人、事、物，質疑抽象的理性、科學的計畫、技術的創新、歷史的記載、長生的虛幻等等，顯示出作者對於常識、常理的重視。格理弗歷經這些奇遇，依然保持自己的宗教信仰，全身而歸，等待最後一次的出航。

第四章
慧駰國遊記*

* 本部名為“A Voyage to the Country of the Houyhnhnms”（有關“Houyhnhnm”〔「慧駰」〕之名，詳見下文注釋），原先撰寫時雖在第三部之前，成書時卻列為最後一部。目前的第四部較第三部結構完整、主題統一，置於書末有終結之感。格理弗於1711年5月9日被叛變的手下放逐到一座不知名的島嶼，也就是地圖左中的「慧駰地」(Houyhnhnms Land)。北方的海灣為澳洲南方的大澳大利亞灣(the Great Australian Bight)，圖上的那些地名都是早期荷蘭探險家所取的(“Edel”、“Nuyts”和“De Witt”都是荷蘭航海家)，有些已經不復使用(ABG 410-11)。圖中註明慧駰地發現於1711年，暗示格理弗為發現者，此圖當然也是由他繪製。

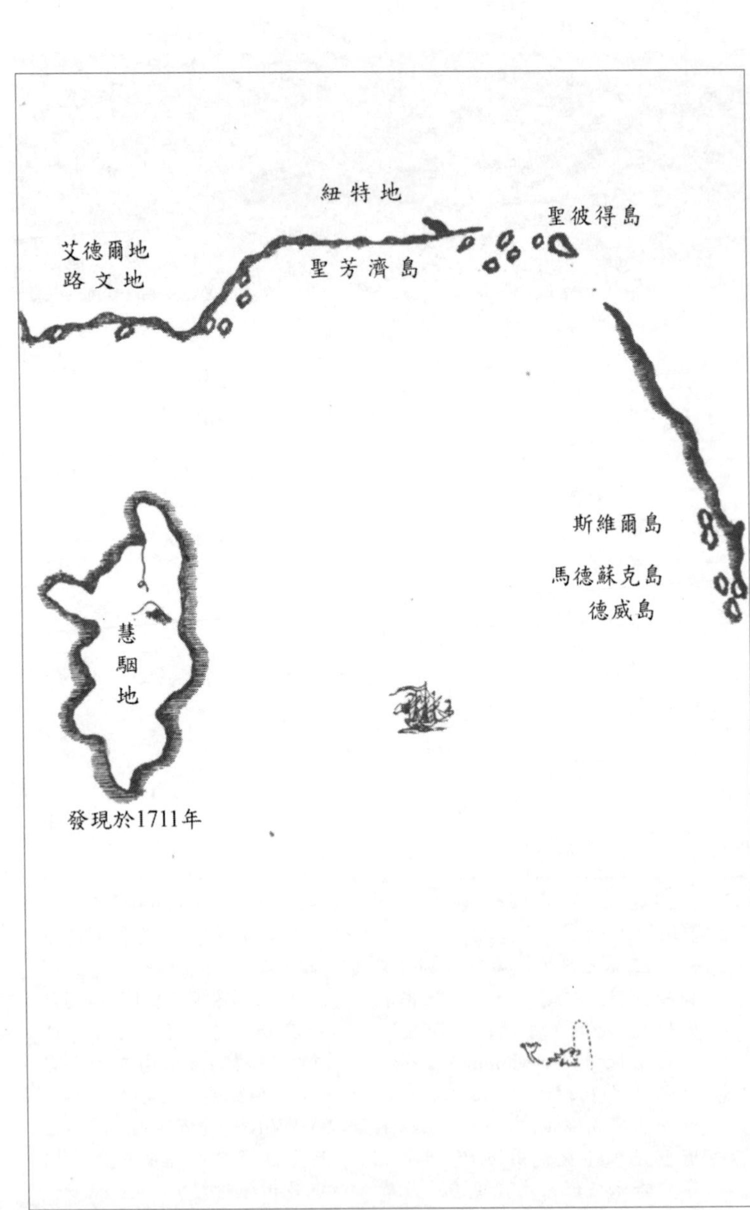

紐特地
聖彼得島
艾德爾地
路文地
聖芳濟島
斯維爾島
馬德蘇克島
德威島
慧駰地
發現於1711年

第一章

作者擔任船長，出航海外。手下串通叛變，將他長期囚禁於船長室，送至無名島。在該地探遊。描述「犽猢」這種奇怪動物。作者遇到兩頭「慧駰」。

我在家和妻子、兒女共享了大約五個月的天倫之樂，卻身在福中不知福，告別有孕在身的可憐妻子，接受優渥的條件，成爲「冒險號」[1]的船長，掌管這艘三百五十噸的堅固商船。熟悉航海的我，厭倦了擔任隨船醫生，雖然不妨偶爾爲之，但找了一位名叫羅博特．普瑞福[2]的年輕良醫上船。我們於1710

1 “the Adventure”，此船名除了暗示格理弗性喜冒險之外，也可能有意使人聯想到同樣名爲「冒險號」的船長基德(William Kidd, 1645-1701)。此人原先奉命緝捕海盜歸案，繩之以法，不料反倒淪爲海盜。作者可能以此暗示格理弗的道德性格逐漸淪喪(PT 351)。相同的船名也見於第二部第一章，只不過先前擔任船醫，如今自任船長。

2 “Purefoy”，意爲“pure faith”（「純正的信仰」），暗批自認比其他教會更具純正信仰的清教徒(“Puritans”)。此處似乎暗示格理弗的自以爲是會毀了他的人性(PT 351)。

年9月7日[3]從普茲茅斯揚帆出海，十四日在特那里夫遇到來自布里斯托的波可克船長，他正前往坎佩切灣採伐洋蘇木[4]。十六日，一場暴風把我們吹散。我回來後聽說，他的船因爲進水而沉沒，除了船上一名小廝，無人倖免。波可克船長是正人君子，也是海上好手，但有點太固執己見[5]，以致喪命，同樣的情形也發生在其他幾個人身上。如果他聽從我的忠告，這時可能就像我一樣在家安享天倫。

我船上有幾個人因罹患熱病而死[6]，不得不奉船東的指示，從巴貝多和背風群島[7]召募人手，不久我便後悔莫及，因爲後

3 原爲「1710年8月」，福克納版改爲「9月」，因爲主角上次航行於4月10日返家，待了「大約五個月」，再度出航(ABG 411; HW 486)。作者本人並不是那麼在意時間或地理上的正確性(AJR 187)。

4 普茲茅斯(Portsmouth)是英國南部的海港；特那里夫(Tenariff [Teneriffe])是位於非洲西北的加那利群島(Canary Islands)中的最大島；布里斯托(Bristol)是英國西南部的海港；坎佩切灣(Campechy [Campeachy])位於墨西哥灣最南端，猶加敦(Yucatàn)半島西部；洋蘇木(logwood，又名"Campeachy wood")，可作爲染料，原產於墨西哥灣中的猶加敦；波可克船長(Captain Pocock)可能影射當時的丹皮爾(William Dampier, 1652-1715，英國海盜、航海家、海軍軍官)，此人獨斷橫行，曾赴該地採伐洋蘇木(PT 351; AJR 187)。

5 可能暗示此部的主題：格理弗太過堅持慧駰的價值觀，反倒成爲憤世嫉俗的恨世者，甚至被認爲精神狀態異常。

6 熱病經常起因於熱帶地區的炎熱(ABG 411)，伴隨著焦躁與囈語(IA 211)，也許暗示格理弗後來行徑的荒誕。

7 從波多黎哥到委內瑞拉之間有一列弧形小島，稱爲小安地列斯群島(Lesser Antilles)，其中最東邊的便是巴貝多(Barbadoes)，自1626年歸屬英國，1966年獨立；小安地列斯群島的南半迎向貿易風，是爲向風群島(the Windward Islands)，北半背向貿易風，是

來我發現這些召募來的人大多是海盜[8]。船上有五十名人手，而我奉命和南海[9]的印第安人[10]做生意，並盡可能去發現新事物。我挑選的這些惡棍慫恿其他水手，全部串通起來要抓我、奪船。一天早上，他們付諸行動，衝進船長室，綑住我的手腳，威脅說如果我膽敢妄動，就把我拋下船去。我告訴他們說，自己已經是他們的階下囚了，會俯首聽命的。他們要我發誓，然後鬆了綁，只用條鍊子把我一隻腳拴在床邊，並在門口派了一名守衛，子彈上了膛，命令他說，如果我企圖脫逃，便當場格殺。他們把飲食送下來給我，接管了整艘船。他們打算當海盜，掠奪西班牙人，但因人手不足，一時還無法行事。他們先決定把船上的貨賣掉，然後到馬達加斯加島[11]召募人手，因爲自從我被囚禁以來，他們之中已有幾個人去世。他們航行了許多星期，和印第安人做生意。他們把我關在船長室裡嚴密

（續）

爲背風群島(the Leeward Islands)(IA 211)。

8 "Buccaneers"，尤指17世紀時掠奪西班牙船隻和殖民地的西印度群島海盜，肆虐的範圍包括加勒比海和美洲的太平洋海岸。這些海盜往往是英國、法國、荷蘭籍，經常在聖多明哥島補給，當地人把這些在烤肉架(boucans)上烤野牛肉的人稱爲"boucanier"（ABG 411）。

9 此處則爲南大西洋(IA 211)。

10 "the Indians"，當初發現美洲的人誤以爲到了印度，所以把原住民稱爲「印度人／印第安人」。此處指的可能不只是秘魯、智利等地的土著，還包括了太平洋群島的居民。當時歐洲人認爲太平洋海岸充滿財富(ABG 411)。

11 "Madagascar"，是位於非洲東南方印度洋中的大島，距非洲約兩百五十哩(約合四百公里)。自從1672年法國人被逐出之後，被各國海盜當成補給站(ABG 412; AJR 188)，並在該地從事奴隸交易。

看管，並且經常以死相逼，使我一直擔心會遭到殺害，所以根本不知道他們走的是什麼航線。

1711年5月9日，一個叫詹姆斯・威爾奇的人下到我的艙房，說是奉船長之命送我上岸。我再三央求，但他不爲所動，甚至連新船長是誰都不告訴我。他們強迫我坐進大艇[12]，讓我穿上最好的衣服(還跟嶄新的一樣)，帶了一小捆麻布，除了短劍之外，什麼武器都不許帶。他們還算客氣，沒搜我的口袋，所以我在口袋裡裝了所有的錢和其他一些小必需品。他們划了大約一里格，然後把我放在海灘上[13]。我要他們告訴我這是什麼國家，但他們全都發誓說自己也不知道[14]，只說船長(他們是這麼稱呼他的)決定在貨物賣出後，一發現陸地就要甩掉我。他

---

12 “Long-boat”，是船上所載的最大的艇(IA 211)，也出現於第二部第一章。

13 這是海盜處置不想要的人時比較人道的手法，英文稱爲“marooning” (ABG 412)。

14 格理弗以往多少能說明自己所在的位置，這一次則不然。但他後來還是判斷大約在好望角之南10度，也就是南緯45度左右。然而該處一片汪洋。格理弗歷次冒險中發現的地方，似乎都是在海洋中，從來不是眞正的陸地所在(IA 211)。很可能如此才符合「子虛之國，烏有之地」的奇幻想像，否則有些讀者更會嘗試「對號入座」(其實此書出版時，不少讀者的樂趣之一便是猜測書中的人物影射何人)，並以此評斷書中地理和其他方面的謬誤——而寫實雖是綏夫特表面上的寫作策略，卻不是他的動機。他的手法是以奇幻諷刺一般的人性，並以曲筆影射時政。但由於這部作品針對普遍的人性，歷代不同語文的讀者，即使不知道他所影射的時政，依然能從其中認知人性的弱點。然而如果多少知道作者可能影射的對象，則可進一步欣賞他以藝術手法轉化一時一地之人、事、物，成爲不受時空限制的文學傑作。這也是注解本的重要作用之一。

們擔心退潮，就勸我動作快些，並立即把船撐離，向我道別[15]。

我就在這種悽慘的情況下舉步向前，不久便踏上堅實的地面，於是坐在岸邊休息，盤算最好該怎麼辦。等到體力稍稍恢復，我就走上此地，心中打定主意，一遇到蠻人便束手就擒，用一些手鐲、玻璃戒指和其他小飾物來換取自己的性命——水手出航時，身上經常帶著這些東西，我自然也不例外。這裡的土地由一長排一長排的樹木隔開，樹木種得不是很有規則，而是自然生長的，還有許多的草和幾片燕麥田。我小心翼翼地行走，唯恐遭到突襲，或被後方、兩側的冷箭射中。我步上一條道路，看到路上有許多人的足跡，還有一些牛蹄印，但大多是馬蹄印[16]。終於我看到一片田野中有幾隻動物，另有一、兩隻同類坐在樹上。他們的外形很怪異、畸形，讓我稍感不安，於是趴在灌木叢後想觀察得更仔細些。他們中有幾隻走近我趴著的地方，讓我有機會把他們的形狀看個分明。只見他們的頭部和胸部覆蓋著厚毛，有些是鬈毛，有些是直毛；臉上長著山羊鬍，一排長毛沿著脊背而下，直到腳、腿的前方，但身上其他部位全是光溜溜的，因此我看得到他們的皮膚呈暗黃色。他們沒有尾巴，屁股上也沒有任何毛髮，只有肛門周圍有一些，我猜想那是大自然的安排，讓他們坐在地上時有些防護。他們除了這種坐姿之外，就是躺臥，也經常以後腳站立。他們爬在高樹上，像松鼠一樣靈活，因爲前後都有強健的長爪，爪端尖銳

15　如此看來，這些人不但沒喪盡天良，還保有些許禮節。

16　伏筆。要到下章才眞正了解這些足跡和蹄印的意義，這裡有誤導之嫌——此地的「人」與「馬」超乎格理弗和讀者的想像。

而彎曲。他們經常蹦蹦跳跳，十分敏捷。母的塊頭沒有公的大，頭上是長長的直髮，身上其他部位，除了肛門和外陰，就只長著一種汗毛。她們的乳房垂在前腳之間，行走時經常幾乎碰到地面。公母的毛髮都有幾種顏色：褐色、紅色、黑色、黃色。總之，在我所有的旅行中，從沒看過這麼討厭的動物，也從沒自然產生這麼強烈的反感[17]。我心想已經看夠了，滿懷著蔑視和厭惡，起身繼續上路，希望順著這條路可以來到某個印第安人的茅舍[18]。還沒走多遠，就遇到一隻這種動物正在前面路上，直接衝我而來。那個醜惡的怪物看見我時，面上的五官一再扭曲，直盯著我，好像從沒看過這種東西似的。待走近時，他舉起前爪，我分辨不出他是出於好奇，還是惡意。但我拔出短劍，用劍背好好給了他一下子，因爲我不敢用刀刃砍他，唯恐居民知道我殺了或傷了他們的畜牲，會被激怒，不利於我。野獸受到劇痛，抽身後退，高聲大吼，引來了附近田野裡的野獸，一群至少四十隻把我團團圍住，一邊咆哮，一邊做著怪臉。我跑到一棵樹邊，背靠著樹，揮舞著短劍，讓他們近不得身。幾隻可惡的動物抓著後面的樹枝，跳到樹上，開始向

17 綏夫特此處看似以毫無想像的寫實手法，描寫很原始的人類，其實卻極具想像力，因爲最近似這裡描述的尼安德塔人(Neanderthal man)，在本書出版後一又四分之一個世紀才被發現(IA 213)。當然，當時已有一些探險家描述曾探訪的野蠻部落(PT 352)。作者此處一方面透過格理弗的眼中，描述此物之可憎(用上了「動物」、「怪物」、「野獸」等字眼)，也爲下文中慧駰對格理弗的看法留下伏筆。

18 顯然格理弗認爲自己在南美海岸或附近(IA 213)。

我的頭頂排泄穢物[19]。我緊靠樹幹，雖然躲得很好，卻依然被落在四周的污物熏得幾乎窒息。

就在危難之際，只見他們突然全都飛快跑開，這時我冒險離開大樹，繼續上路，心中奇怪到底是什麼能使他們這般害怕。我往左手邊望去，看到一匹馬在田野裡緩緩行走，原來圍攻我的那些野獸一見到他就倉皇逃去。這匹馬靠近我時微微一驚，但很快就恢復了鎮定，直盯著我的臉，顯現出驚奇的神色。他看看我的手腳，繞著我走了幾圈。我本想繼續我的行程，但他就直接擋在我路上，用很溫和的神色望著我，不帶一絲絲的暴力。我們就這樣站著，彼此凝視了一段時間，最後我大膽把手伸向他的脖子，有意撫摸，口中吹著口哨，這是騎師處理陌生馬匹時常用的方式。但這隻動物似乎嫌惡我的善意，搖搖頭，皺皺眉，輕輕抬起左前足，把我的手撥開，然後嘶鳴了三、四次，節奏各有不同，我幾乎要認爲他是用自己的某種語言在自言自語。

我和他就這樣相持不下，這時另一匹馬走上前來，用很正式的神態靠近第一匹馬，他們輕觸彼此的右前蹄，輪流嘶鳴幾聲，變換音調，幾乎像是在說話。他們走開幾步，彷彿在一塊兒商量事情，並排走來走去，就像人們在商議重大的事件一般，但不時把眼睛轉向我，似乎在盯著不讓我逃走。看到野獸中居然有這種動作和行爲，我很驚訝，心中暗忖，這個國家連馬都這麼有理性了，那麼居民必然是世界上最智慧的人了。這

19　再次提到排泄物，此處用來表示犽猢的野蠻、污穢。

個想法使我頗感寬慰，決意再向前走，直到發現房舍、村落，或遇到任何當地人爲止，讓那兩匹馬去談個盡興。但第一匹帶深色斑點的灰馬見我要悄悄溜走，便在我背後嘶鳴，彷彿要表達些什麼，以致我幻想自己聽得懂他的意思，立即轉身，走近他，等待他進一步指示，同時盡可能掩住內心的恐懼，因爲我開始覺得有些不安，不知道這次冒險的下場如何，而且讀者不難相信，我不太喜歡自己目前的處境。

這兩匹馬走近我身邊，一本正經地望著我的臉和雙手。灰色駿馬用右前蹄摸了一圈我的帽沿，把它弄歪了，我不得不脫下帽子，再戴上，重新整好，灰馬和他的同伴棗紅馬見了似乎很驚訝。棗紅馬觸摸我的大衣垂片，發現它鬆鬆地垂在我身旁，兩匹馬又都露出驚奇的神色[20]。他輕觸我的右手，似乎訝異於它的柔軟和色澤，卻用蹄子和骹骨[21]用力擠壓我的手，痛得我不由得吼出來。之後，他們倆都盡可能溫柔地碰觸我。他們對我的鞋襪深感困惑，頻頻觸摸，相對嘶鳴，並用上許多不同的姿勢，那種神態和科學家試圖解決某種困難的新現象時並無不同[22]。

總之，這些動物的行爲有條不紊、理性、敏銳、明智，我

20 顯然，慧駰以爲衣帽都是格理弗身體的一部分，故有此吃驚之舉(IA 215)，以此暗示本部中自然與人爲對立的主題(LAL 516)。下文中，格理弗脫了內衣之後的軀體，也讓慧駰訝異。

21 “Pastern”，馬蹄後上方的部位，慧駰顯然比一般馬匹靈活，可用這種方式來抓物(IA 215)，甚至可以做出更靈巧的動作，作用和人的手相似(見第九章)。

22 指涉英國皇家科學院的科學家(AJR 191)。

終於斷定他們必然是魔法師，特意如此易容變形，見到路上有陌生人，決意尋他開心[23]；或者說，看到有人的衣著、五官、面容和這個遙遠地方的居民很不相同，覺得很驚訝。根據這樣的推理，我就放膽對他們這麼說：兩位紳士，你們想必是魔法師，懂得任何語言，因此我斗膽奉告閣下，我是個可憐、悲慘的英國人，因爲時運不濟，被放逐到你們的海岸，我懇求你們就像眞馬一樣，讓我騎到背上[24]，帶我到某座房舍或村落，使我脫離險境。爲了回報你們的恩惠，我就用這把刀和手鐲作爲禮物。我邊說邊從口袋裡掏出。我說話時，這兩隻動物靜靜站著，似乎很仔細在聽。我說完話，他們頻頻彼此嘶鳴，彷彿在嚴肅交談。我清楚看出，他們的語言很能表達感情，而他們的文字不太費勁就能轉換成字母，比中文還容易[25]。

---

23 此時的格理弗見識猶如一般人，不相信馬能如此「有條不紊、理性、敏銳、明智」，故有「易容變形」的「魔法師」這種推測。

24 古代圖像中以代表理性的人騎在代表激情的馬身上，若激情壓過理性時，則是馬騎人。第四部主要呈現的就是馬有理性，人欠缺理性。綏夫特當時的邏輯教科書中，把人定義爲「理性的動物」(*animal rationale*)，把馬定義爲「非理性的動物」(*animal irrationale*)或「嘶鳴的動物」(*animal hinnibile*)。綏夫特在1725年9月29日致波普的信中則說，人不是「理性的動物」，而是「能有理性的動物」(*animal rationis capax*)，全書就是建立在這個基礎上(AJR 192)。

25 田波曾提過中文與英文不同，沒有字母，而有文字(AJR 157, 192)。17世紀的人曾夢想要有一種共通的語言，中文則被認爲過於複雜，無法成爲共通語(RD 292)。中文的拼音系統很複雜，字會因聲調不同而意思迥異，北平話有四聲，廣東話有九聲(ABG 413)。ABG此注雖然爲英文讀者說明了中文的困難，但並未指出中文裡有同音字或破音字。再度提到與中國相關的事物，此次則

在他們的嘶鳴中，我經常能聽出「猏猢」[26] 這個字眼，因爲他們各自重複了幾次。雖然我無法猜出這是什麼意思，但在這兩匹馬忙著講話時，我試著自己用舌頭練習這個字眼，待他們一靜下來，我就大膽高聲發出「猏猢」，同時盡可能模仿馬的嘶鳴。這兩匹馬顯然都大吃一驚，灰馬把這個字重複兩遍，彷彿要教我正確的音調，我則盡量模仿他，每次都能察覺自己有進步——雖然距離完美的程度還很遙遠。接著棗紅馬用另一個字眼試我，這個字眼的發音困難得多，但是轉化爲英文拼字時，可以拼成「慧駰」[27]。這個字我發得不如前一個好[28]，但又

（續）

針對中文。

26 "Yahoo"一詞爲綏夫特所創。有批評家主張此詞由"yah!"與"ugh!"("hoo")合組而成，爲18世紀常見的表示厭惡之驚歎語。對"Yahoo"獸性的描述，使人聯想到當時旅行者對於猩猩或原始人的敘述，以及在佈道詞中常用的意象，描寫身陷罪惡淵藪中的人之處境(PT 350-51; GRD 235)。此書出版後，「猏猢」一詞正式進入英文。一直到1995年楊致遠(Jerry Yang)和費羅(David Filo)把此字用作網站名稱，一時風行，成爲日常生活中的重要用語。楊致遠等原先採用此詞帶有自嘲之意，因爲他們就讀史丹佛大學時成天上網，無暇唸書，自認有如野蠻無文的猏猢，不料卻把此一經典之作中的用語普及化，並因網路的高科技屬性，而得到新意，甚至當成動詞使用(如其廣告"Do You Yahoo?")。至於中譯名「雅虎」，則是「如虎添『雅』」般既虎虎生風有活力，又具高雅氣質，符合高科技的文明與效率，形成另一種轉化與變易。

27 "Houyhnhnm"的發音可能爲"Whinnim"，暗示「馬嘶聲」("whinny")。超人一等的馬，這個觀念可追溯到希臘神話中的人頭馬身怪物柴龍(Chiron)，既智慧、公正，又精通醫理、音樂，曾教導過大英雄傑森(Jason)和阿奇力士(Achilles)。以往的詮釋把慧駰當成理想的動物，近代則把它視爲諷刺，認爲慧駰代表的是錯誤的理想，而對他們崇敬得無以復加的格理弗，則成爲笑柄而不自知(PT 349-50)。然而，邏輯書中把人定義爲「理性的動

試了兩、三遍之後，就好了些，他們倆對我的能力顯得驚訝。

兩位朋友又交談了一陣子——我猜想談話的內容可能和我有關——同樣以互拍蹄子的禮節道別。灰馬作勢要我走在前面，我心想還是順從爲宜，等找到更好的嚮導再做打算。我若是放慢腳步，他口中就「哼哼」地叫。我猜得出他的意思，並盡可能讓他了解，我很疲累，不能走得更快，這時他會佇立片刻，讓我休息。

譯者附誌

格理弗舊習不改，「身在福中不知福」，依然執意出海。這次總算當上船長(這顯然是「優渥的條件」之一)，卻爬得高、跌得重，因為識人不明，遭到自己召募來的手下叛變、囚禁，終至遺棄在不知名的海灘上，開啓了另一段奇遇與奇文。讀者隨著格理弗上岸，一路探險，透過他的眼光和思緒來觀察、思考。饒是閱歷豐富、奇遇不斷的主角，依然被路上的

(續)

物」，定義「非理性的動物」時，經常以馬爲例(PT 350-51)。綏夫特在描述慧駰的語言時，限於一些子音，主要是 “h”, “n”, “m”, “l”, “w”。當時的名詩人波普曾在遊戲詩〈瑪麗・格理弗致格理弗船長〉(“Mary Gulliver to Captain Lemuel Gulliver”)中寫道：“To hymn harmonious Houyhnhnm through the nose”(「從鼻孔歌頌和諧的慧駰」)，想必是聽過綏夫特本人唸過此字。由音律分析(此行爲抑揚五部格[iambic pentameter])，此字應爲兩音節(ABG 413; GRD 235)，而且根據文意應具有鼻音。「慧駰」爲前人之佳譯，兼顧音、義，根據譯者寓目的資料，1948年張健的中譯本首次使用這個譯名。

28 此字字尾連續五個子音，不符英文的發音原則(“Yahoo”則可輕易上口)。

「人跡」與牛馬的蹄印誤導，有待下文逐步揭曉。此章主要描寫落難、迷惘、不安的主角，長相可憎、行為暴戾的「動物」、「怪物」、「野獸」（格理弗未看出其「人形」），以及溫和、彷彿會說話、魔法師般的馬匹。見到這兩匹馬使主角心安——當地的馬都已如此溫馴，居民想必很文明。本章也介紹了「犽猢」和「慧駰」這兩個字眼，只不過當時主角還不知道是什麼意思，更沒想到自己與兩者的關聯。而格理弗對「怪物」的鄙視，也為後文和自己的遭遇埋下伏筆。

第二章

慧駰帶領作者回家。描述那座家宅。作者受到的款待。慧駰的食物。作者苦無肉食，終獲解決。他在該國的飲食方式。

我們走了大約三哩，來到一棟長形木造建築，只見這棟建築由枝條編築而成，穩立在地面上，屋頂低矮，上面蓋著稻草。我開始有些放心，取出一些小玩意兒，這些是旅人經常帶在身上，作爲送給美洲等地的印第安野人的禮物，希望屋裡的人收到這些小玩意兒後會善待我。灰馬作勢要我先進入。這是個大房間，地面是平滑的黏土，一邊是與房間等長的草料槽。裡面有三匹小馬，兩匹母馬，並沒有在進食，有些以臀部坐著，這已經讓我覺得很奇怪了[1]；但讓我更奇怪的是看到其他馬匹在做家事，而這些做家事的馬匹似乎只是尋常的牲口[2]，這證

1　馬匹能站著或躺著睡(在需要提高警覺的地方站著睡，在安全的地方躺著睡)，但不會坐著休息，因此主角「覺得很奇怪」。此處已露出蹊蹺，只是主角心中一直以人爲對象，因而不察。

2　“ordinary Cattle”。“Cattle”一字早先泛指活的牲口，來自中古時代

實了我最初的想法，能把野獸馴服到這種程度的人，他們的智慧必然超過世上所有的國家。灰馬尾隨進來，這免除了其他動物可能對我的虐待。他威嚴地向他們嘶鳴數次，並且得到回應[3]。

除了這個房間之外，還有三個房間，一直到這間屋子的盡頭，可以從三個相對的門進入，宛如狹長的通道。我們經由第二個房間向第三個房間走去。灰馬先進去，示意我等候。我就在第二間房等待，準備好要送給屋主和女主人的禮物：兩把刀子、三個養珠手鐲、一面小鏡子、一條珠子項鍊[4]。灰馬嘶鳴了三、四次，我等著聽人回應的聲音，但只聽到同樣的嘶聲，其中一、兩聲比灰馬的嘶聲要尖一點，再就聽不到其他回應了。我心想，這座宅第必然屬於此地的某位達官顯要，因爲在我獲准進入之前，還有這麼多的規矩。但一位顯貴全由馬來服侍，這種事超出我的理解。我擔心自己因爲連番遭逢苦難而頭腦錯亂，頓時驚起，環視自己獨處的房間。這個房間和第一間擺設相同，只是更爲講究。我把眼睛揉了又揉，看到的依然是相同的東西。我捏捏自己的手臂和兩側，讓自己清醒，希望自己是在夢中。然後，我斬釘截鐵地斷定，所有的這些形貌都只是妖術、魔法。但我沒時間仔細尋思，因爲這時灰馬已來到門口，

(續)

的拉丁文(vivum capitale[“Chattel”與“capital”來自同一字])(ABG 413)。

3 慧駰國與英國相彷，也是階級分明，有主僕之分。灰馬爲主人，此處所見到的其他馬匹則爲僕人(IA 281)。只是格理弗此時依然限於「人」的見解，以爲「能把野獸馴服到這種程度的『人』」智慧必然舉世無雙。

4 補足上文所說的「一些小玩意兒」。

作勢要我隨他進入。在第三間房裡，我看見一匹很標致的母馬，以及小公馬、小母馬各一匹，蹲坐在草蓆上，草蓆編織的手法不錯，而且極整潔乾淨。

我進入之後，母馬立刻從草蓆起身，走上前來，仔細觀察我的雙手、臉孔之後，對我露出極輕蔑的神色，然後轉向灰馬，只聽得他們口中把「犽猢」這個字眼重複了好幾次。雖然這是我學會說的第一個字眼，但當時並不了解它的意思，不久我的見聞逐漸增長，這個字眼使我永遠蒙羞。灰馬用頭向我招呼，重複路上曾用過的「哼哼」一字，我了解是要我隨他去。他帶我出去到一個類似院子的地方，那兒另有一棟建築，與這房舍稍有距離。我們走進去，映入我眼簾的是三隻可厭的動物（就是我登陸後最先見到的那種），正在吃樹根和某些動物的肉，後來我才發現那是驢肉和狗肉，偶爾則是橫死或病死的牛隻的肉[5]。他們的脖子都用堅固的籠頭箍住，拴在橫樑上。他們以兩隻前爪抓著食物，以牙齒撕開。

主人馬[6]命令僕人，也就是一匹栗色小馬[7]，把這些動物中最大的一隻解開，帶入圍欄，把那隻野獸和我帶到一塊，讓主

5　本章及第八、九章都提到犽猢的惡食，似乎印證了神學中的原罪觀(PT 353)。

6　“the Master Horse”，敘事者至此才確定馬是主人，而先前提到的「一匹很標致的母馬，以及小公馬、小母馬」則是居住於內室的女主人和小主人。

7　“a Sorrel Nag”，此地唯一真正善待格理弗的慧駰，但也是個僕人（先前在飛行島上，格理弗也是與婦女和市井小民交往，只有在小人國中曾因戰功而封侯）。

僕仔細比較我們的面容，這時他們又重複了幾次「犽猢」這個字眼。我觀察到這個可憎的動物竟然完全像人形時，心中的恐懼和驚訝無法形容[8]。它的臉長得眞是又平又寬，塌鼻子，厚嘴唇，寬嘴巴[9]。但這些差異在所有的野蠻國家普遍可見，因爲那些土著的幼兒趴在地上或揹在背上，臉孔在母親的肩上磨磨蹭蹭，以致面容的輪廓扭曲。犽猢[10]的前足和我的雙手差別只在於牠們指甲的長度，手掌粗糙、呈褐色，手背上毛茸茸的。我們的雙腳大體相似，差別之處也和雙手一樣；這個差異我心知肚明，雖然馬因爲我穿了鞋襪而不知道。彼此身體的各個部位，除了前面已經描述過的顏色和毛茸茸的情況之外，其他完全一樣[11]。

8 「人之異於犽猢者，幾希」，也難怪慧駰有此看法。下文就此大肆發揮，而格理弗在慧駰的潛移默化下，逐漸接受慧駰的價值觀，鄙視犽猢和自己。至於前章提到的「人的足跡」，其實是犽猢的腳印。

9 前章中，格理弗「遠觀」犽猢，此處則是「近看」，收互補之效。

10 終於確認了「犽猢」指的是什麼。

11 上下文中一方面極力醜化犽猢，也表現出了慧駰，乃至於格理弗，對犽猢的嫌惡其來有自，另一方面卻指出格理弗與犽猢極爲相似(此處僅限於外形，後來逐漸也表現在心智與道德上)。這也難怪爲什麼慧駰一直把格理弗視爲犽猢的同類，而格理弗也漸漸自慚形穢，甚至覺得自己可能眞是犽猢的同類。這種矛盾態度尤其表現於格理弗後來對「人」的評價，也是歷代批評家爭論不休之處。有人認爲格理弗是綏夫特的傳聲筒，表達的是作者的恨世觀；也有人認爲作者與書中人物保持距離，而格理弗這種恨世觀也是綏夫特所要諷刺的對象。換言之，這裡的諷刺可能有兩個層次：一個是作者透過格理弗在慧駰國的觀察、體驗、感受，直接諷刺人類；另一個是作者在直接諷刺人類的同時，也間接諷刺了

這兩匹馬見我身體的其他部分和犽猢那麼不同，百思不解；其實這多虧了我的衣服，而他們不知道衣服爲何物[12]。栗色小馬用蹄子和骹骨夾著樹根給我(用的是他們的方式，我在適當時機會加以描述)，我拿在手中，聞了聞，盡可能禮貌地還給他。他從犽猢窩裡取出一塊驢肉，聞起來十分刺鼻，我嫌惡地轉開頭去，他就把這塊驢肉拋給那隻犽猢，馬上就被他狼吞虎嚥地吃了下去。他接著給我一把乾草和一叢燕麥，但我搖搖頭，表示這些都不是適合我的食物[13]。這時我眞切省悟到，如果我遇不著自己的族類，包準會挨餓。至於那些骯髒齷齪的犽猢，雖然當時找不到幾位比我更愛人類的，但我坦承自己從未看過在各方面都這麼可憎的生靈[14]；而且，我待在那個國家期間，愈是接近他們，愈覺得他們可恨。主人馬從我的舉動瞧出了這一點，便把犽猢遣回窩裡。之後，他把前蹄放在嘴上，作了一些手勢，想知道我要吃什麼。雖然他的手勢做來輕易，動作十分自然，卻著實讓我吃了一驚。但我的回答無法讓他了解；即使了解，我也看不出有什麼門道可以讓自己找到滋養的

(續)——

書中人物格理弗。

12 其實前章中灰馬已看過格理弗脱帽、戴帽，可見慧駰的理解有其限制，而且從以後各章可以觀察到，除了少數有同情心的慧駰之外，其他的慧駰十分堅持自己對格理弗的看法／成見。此處以衣服來象徵文明，人之異於慧駰和犽猢者在此——「人要衣裝」另一解。

13 由此處慧駰提供的食物，可見他們把格理弗當成犽猢或慧駰的同類，而沒有意識到其他的可能性。

14 這裡已逐漸將人類與犽猢看成同一類。

飲食。就在雙方比手畫腳的當兒，我看見一頭母牛走過[15]，馬上指著她，表示希望讓我去擠扔。這招果然奏效，因爲他引我走回房中，命令一個母馬僕打開一間房間，裡面儲存了許多牛奶，都放在陶器、木器裡，整整齊齊、乾乾淨淨地擺著[16]。她給我滿滿一大碗，讓我喝個痛快，覺得自己恢復了許多。

大約中午時分，我看到四隻犽猢拉著一種像是雪橇的車子[17]，朝房子而來。上面坐著一匹老駿馬，看來頗有身分地位。老馬左前腳因爲意外受傷，就以兩隻後腳先下車。他來和我們的馬主人進餐，受到主人盛情款待。他們在最好的房間裡進餐，第二道菜是牛奶煮燕麥，老馬趁熱吃了，其他的菜都是冷的。他們的草料槽放在房子中間，呈圓形，分爲幾份，他們就圍坐在稻草墊上。中間是一個大架子，依照不同的角度，配合草料槽邊的每個位置，所以每匹馬吃的都是自己的那份乾草、燕麥糊、牛奶，態度甚爲高雅而規矩。小公馬和小母馬的行爲很謙恭，男主人和女主人對客人招待得極爲殷勤，顯得十分歡樂。灰馬命令我站在身旁，他和友人談了許多有關我的事，因爲我發覺這位陌生者時時望著我，並且經常重複「犽猢」這個字眼。

我正巧戴著手套，灰馬主人見了，顯得困惑，作出驚奇的手勢，問我把前腳怎麼了。他用蹄子指向手套三、四次，彷彿

---

15 補足前章提到的「牛蹄印」。

16 由細節透露出慧駰的整潔、有序。而由使用的器皿，大略可判斷他們文明的程度。

17 慧駰不知製造車輪。

示意我該讓它們縮回原狀。我登時照辦，把兩隻手套扯下，放進口袋。這引發了更多的談論，我見他們對我的行爲很高興，不久便發現頗有好處。他們命令我講幾個我懂的字；進餐時，主人教我燕麥、牛奶、水、火和其他一些東西的名稱，我模仿主人輕易就可唸出，因爲我自幼便對學習語言很有天分。

用完餐，主人馬把我帶到一旁，邊用口說、邊作手勢讓我了解，他很關切我沒有東西吃。燕麥在他們的話中稱作「囫圇」，我把這個詞唸了兩、三遍，因爲雖然我最初排斥燕麥，但轉念一想，認爲自己可以想法子把它製成一種麵包，配上牛奶，足以讓我活命，直到逃往其他國家、回到自己的族類爲止[18]。主人立刻命令家中一個白馬女僕用一種木盤爲我取來許多燕麥。我竭盡所能地把燕麥在火上加熱，磨呀磨，一直到把外殼磨去，設法篩去硬殼，放在兩塊石頭之間研磨、捶打，然後取來水，製成麵團或糕餅，放在火上烤，趁熱和著牛奶吃。這種餐食雖然在歐洲許多地方很普遍，起初吃來很平淡無味，不過吃久了倒也還過得去[19]。我生平經常受環境所逼，不得不粗飲陋食，所以這並不是頭一回嘗試印證自然的需求是多麼容易滿足。而且，我必須說的是，羈留在這座島的期間，我連一

18 這時還不知慧駰的美德，想的是「回到自己的族類」，後來逐漸改變心意。

19 此處可能暗諷蘇格蘭。英格蘭人不喜歡燕麥，但在貧窮的蘇格蘭，燕麥是主食。1755年，江森(Samuel Johnson, 1709-1784)在他著名的字典中，把燕麥定義爲是一種在英格蘭用來餵馬、在蘇格蘭用來餵人的穀物，其中的貶抑不言而喻(IA 222)。

時片刻的病痛都沒有[20]。的確，有時我利用犽猢的毛髮做成套索[21]，用來抓兔子或小鳥，也經常採些有益健康的藥草煮食，或當沙拉和著麵包吃，偶爾爲了換換口味，我會做點乳油，喝點乳漿。起初我因爲沒有鹽而不知如何是好，但不久也就習慣了。我相信我們經常用鹽是奢侈的結果，而當初引進鹽只是當作湯飲中的刺激物，眞正必須用上鹽的，只有在長途航行中或距離大市集遙遠的地方，爲的是要保存肉類。因爲，我們看到除了人以外，沒有動物喜歡鹽[22]。至於我個人，在離開這個國家以後，過了很久才能忍受食物中的鹽味。

我的飲食方面就談到這裡。其他旅人在書中對飲食著墨甚多，彷彿我們吃得好、吃得差，讀者都得深自關切[23]。然而，我必須提這件事，否則世人會認爲我在那樣的國度、那樣的居

20 綏夫特因爲有暈眩的毛病，爲了健康之故，節制飲食，經常實驗不同的食物。此外，本部中，慧駰的節制與犽猢的貪吃也形成強烈的對比(LAL 516; AJR 197)。

21 可見與犽猢漸行漸遠，不再視爲同類，故能如此利用其毛髮，而沒有物傷其類之感(IA 224)。

22 其實動物需要適量的鹽分，肉食動物自食物中便能攝取足夠的鹽分，草食動物有時特地到鹽地(salt lick)去舔舐、攝取。因此，需要鹽分的是慧駰，而不是犽猢(IA 224; ABG 414)。古羅馬作家普林尼(Pliny, 23-79)在《博物誌》(*Natural History*)中曾寫道：「沒有鹽就不可能有文明生活。」因此，格理弗此處拒絕鹽，可能暗示他已拒絕人類社會(PT 354)。

23 作者以諧仿的手法，一方面模仿這類文體的成規來描寫在異地的飲食，另一方面諷刺這類作品的缺失，以示自己不落俗套。這種書寫策略在書中多次出現，是其諷刺文體中重要的挪用(appropriation)手法。

民中，不可能找到東西來支撐三年的歲月[24]。

近晚時分，主人馬命令我住進一個地方，距離房子只有六碼，與馬廄裡的犽猢分開[25]。在這裡我有些稻草，身上蓋著自己的衣物，睡得很熟。但不多時，我的居住環境就更好了。底下細談我的生活方式時，讀者便見分曉。

譯者附誌

格理弗在灰馬引導下登堂入室，一心想要致贈主「人」禮物，卻不見人蹤，一路狐疑，讀者也隨著他感到懸疑，並透過他的眼光來看這座屋宅及裡面的一切。此章進一步比較格理弗與犽猢，藉著仔細的描述，批評犽猢的野蠻、獸性，但也赫然發現「這個可憎的動物竟然完全像人形」。格理弗幸好有衣著(文明的象徵)蔽身，多少掩飾了他的獸形／獸性，但慧駰依然稱他為犽猢，並且要給他犽猢嗜吃的骯髒食物。此章也描述能屈能伸的格理弗，如何逐漸適應此地的生活，解決了食的問題。從格理弗住處的空間位置，可以看出他介於慧駰與犽猢、潔淨與污穢、理性與獸性、美德與邪惡之間，正如綏夫特的好友、名詩人波普在名詩〈人論〉(“An Essay on Man”)中，把人性視為介於神性與獸性之間，這是新古典主義典型的看法。

24　故作寫實狀。

25　這個空間位置的安排具有象徵意味：格理弗介於完全理性的慧駰與徹底獸性的犽猢之間。

第三章

作者勤習該國語言，主人慧駰幫著教他。描述該國語言。幾匹有地位的慧駰出於好奇，前來探視作者。作者為主人簡述其航行。

我的當務之急就是學習該國的語言，我的主人[1](此後我就一直這樣稱呼他)、他的孩子們和家裡每個僕人都很願意教我。因爲在他們眼中，野獸竟然展現出理性動物的這些特徵，簡直是一件奇事。我指著每件東西詢問名稱，獨處時就寫在記事本裡，並且要家裡的成員常常唸給我聽，糾正自己的怪腔怪調。這件事就由擔任下手僕人的一匹栗色小馬隨時幫我。

他們說話是透過鼻子和喉嚨發音，而他們的語言，在我所通曉的任何歐洲語文中，最接近高地的荷蘭文，也就是德文，但遠爲優雅，更能表意。查理五世大帝說，如果要對馬說話，他就會用高地的荷蘭文。這種看法幾乎雷同[2]。

1　前一章曾提到「主人馬」，表示格理弗已經認知該馬爲宅第的主人，此處則承認這匹慧駰是他的主人。

2　查理五世(Charles V, 1500-1558)是神聖羅馬帝國的皇帝、西班牙的國王，統治了部分的義大利、荷蘭、南北美洲和海外的島嶼。

我的主人很好奇、急切，所以花了許多閒暇時間來教導我。他後來告訴我說，他相信我必然是一頭犽猢，然而我不但受教，而且有禮、乾淨，讓他驚異，因為這些性質和那些動物完全相反。我的衣著最令他困惑不解，他有時自己尋思，這些衣著是不是我身體的一部分，因為我一直到他們全家入睡之後才脫衣，在他們早上醒來之前就穿上了[3]。我的主人急於知道：我從哪裡來；如何培養出那些理性的模樣，表現在各種行為上。他想從我自己口中知道我的故事，因此希望我熟習他們的字句，好早日達成這個願望。為了幫助記憶，我把學到的一切寫成英文字母，連同翻譯一起寫下。過了一段時間之後，我放膽當著主人的面這麼做。我費了很多唇舌向他解釋我在做什麼，因為當地居民對於書籍或文學渾然不知[4]。

大約不到十個星期的光景，我已經能了解他大部分的問題；不出三個月，就能給他一些過得去的答案。他極好奇我從哪裡來，如何學會模仿理性的動物，因為犽猢(他只從我露在外

(續)

據說他在談論轄區內的主要語文時，曾說：「對上帝說西班牙文，對女人說義大利文，對男人說法文，對馬說德文。」此說法原先表示他對德文的輕蔑(他的德文說得不好)(IA 225)，這裡則被用來描述道德高超的慧駰的語言，但其中的「欠缺」在下文中也透過格理弗的觀察逐漸披露。

3　本部第一章慧駰初見格理弗時，已對他的帽子和大衣垂片感到奇怪。如今格理弗起早睡晚，只為了掩飾自己與犽猢的相似之處，但紙包不住火，過不多久還是被拆穿了。

4　書籍和衣服一樣，代表文明。第九章提到此地有口頭吟唱的詩歌，而蘇格拉底則主張書籍遠不如口頭的教誨有價值(PT 354)。此國是「絕聖棄智」或「無知無識」？歷代批評家對於慧駰的評價不一，第四部中的格理弗也最引人爭議。

面的頭臉和雙手來看，和犽猢完全相似)具有狡猾的外表，最邪惡的傾向，公認是所有野獸中最不受教的。我回答說，我飄洋過海，從遠地而來，隨著許多同類，乘坐的是樹幹做成的中空大容器[5]，我的同伴逼我登上這個海岸，然後留下我自討生路。這段話說來有些辛苦，我還用上了許多手勢，讓他了解我所說的。他答道，我必然是錯了，或者「所言非實」(因爲他們的語言中沒有表示「說謊」或「虛僞」的字眼)[6]。他知道大海之外不可能有國家，一群野獸也不可能使木製的容器在水面上隨意行駛。他確信現今的慧駰沒有能力製造這種容器，也不相信犽猢有這種能力[7]。

「慧駰」這個字眼在他們的語言中表示「馬」，在字源上表示「天性的完美無瑕」[8]。我告訴主人，我不知道如何表達，但會盡快改進，希望不久就能告訴他一些奇聞異事。他高興地指示女主人、兩個子女和家裡的僕人，要利用一切機會來教我，他每天也花上兩、三個小時親自同樣費心教導。鄰近幾匹

---

5 慧駰尚不知船爲何物，只得如此描述。

6 雖然慧駰的語言中「沒有表示『說謊』或『虛僞』的字眼」，但從「所言非實」(“I *Said the thing which was not*”)的說法，可看出他們完全了解這種觀念(PT 355)——也就是「言實不符，表裡不一」。

7 可見慧駰固然有誠實的美德，卻缺乏想像力，而且自以爲是。這種「理性」是否「理想」，難以斷定。格理弗在慧駰國的心路歷程及外在行爲，生動地呈現了這種處境。而格理弗最後造船離開此地，足以讓慧駰見識到自己見解的狹隘。

8 格理弗顯然逐漸接受這種看法，但批評家與讀者對於格理弗的轉變見解不一。

有地位的公馬和母馬，聽說有一頭神奇的犽猢能像慧駰那樣說話，言行舉止間隱隱約約透露出理性，就經常到我們家。他們樂於和我交談，提出很多問題，我也竭盡所能回答。在所有這些有利的情況下，我進步神速，抵達不到五個月就了解他們所說的一切，也能表達得相當好。

來拜訪我主人的這些慧駰，有心要看我、與我交談，簡直無法相信我是一頭眞正的犽猢，因爲我身體的外表與其他同類不一樣。他們驚訝地發現，我除了頭臉和雙手之外，沒有一般的毛髮或皮膚。但我在大約兩星期前[9]，意外地向主人坦露了我的祕密。

前面已經告訴過讀者，每晚在全家上床後，我習慣脫下衣服，蓋在身上。有一天一大早，主人派僕人，也就是那匹栗色小馬，來傳喚我。他進來時，我正熟睡，衣服滑落一側，襯衫縮到腰際之上。他發出的聲響把我弄醒，只見他有些顚顚倒倒地傳完口信後，就回覆主人，十分驚惶地把所見到的情況夾七夾八地告訴主人。我馬上就發現是怎麼一回事，因爲我一穿好衣服便去向主人請安，主人問我，剛才僕人報告，我睡覺時和其他時候不一樣，而且僕人還信誓旦旦向他說，我身上有些地方是白色的，有些地方是黃色的(至少不是那麼白)，有些地方是褐色的，這究竟是怎麼一回事。

一直到那時爲止，我都隱藏了衣服的祕密，爲的是要使自

9　「大約兩星期前」("about a Fortnight before")的說法在時間上似乎兜不攏。

己盡可能有別於卑劣的犽猢族，但現在發現再這樣裝下去也沒用了。此外，我心想自己的衣服和鞋子已經逐漸破損，再不多時就會穿壞，必得設法以犽猢皮[10] 或其他獸皮來補充，到那時整個祕密就會揭穿。因此，我告訴主人，在故國我的同類總是運用手藝以某些動物的毛髮掩蓋身體，這不僅是爲了體面，也是爲了避免寒風熱氣的無情侵襲；如果主人願意下令，我可以立刻證明給他看，但是如果我沒有展露大自然教我們隱藏的那些部位，還請主人原諒。他說，我的言論，尤其是最後一部分，實在很奇怪，因爲他無法了解，大自然賦予我們的東西，爲什麼又會教我們隱藏[11]。他本人或家人都不會爲自己身體的任何部位覺得羞恥，不過，我高興怎麼辦就怎麼辦。當下我先解開大衣的鈕扣，把它脫下，背心也依樣照辦；我脫下鞋子、襪子、褲子，把襯衫垂落到腰際，撩起下半身的衣物，像腰帶一般纏繞在身體中間，掩住〔重要部位的〕裸露。

主人觀看整個表演，露出非常好奇、驚異的神色。他用骸

10 可能暗示格理弗愈來愈失去人性，或者他認爲犽猢非我族類，殺之、用之無妨，絲毫沒有物傷其類的感受。綏夫特在英國文學史上最著名的諷刺文〈野人芻議〉中，描寫英格蘭對愛爾蘭的剝削時，建議愛爾蘭人把幼兒賣到英格蘭，除了肉嫩味美之外，皮也可以做仕女的手套和紳士的夏靴(PT 355)。

11 有批評家認爲這證明慧駰代表當時的自然神論者(Deist [PT 355])。但更普遍的看法則是暗示慧駰代表未墮落之前的人類，因爲在伊甸園中亞當與夏娃不以裸露爲恥，然而一旦吃了禁果、墮落以後，羞恥感隨之而來。舊約〈創世紀〉第三章第二十一節說：「耶和華上帝爲亞當和他妻子用皮子做衣服、給他們穿」(IA 228; PT 355; AJR 200)。類似「不以裸露爲恥」的說法，也見於天體營的說詞。

骨把我所有的衣物一件件拿起，仔細檢視，然後很輕柔地撫摸我的身體，繞著我看了好幾圈，然後說，顯然我是十足的犽猢，但和我的族類很不同的地方在於皮膚白皙、光滑，身上幾個部位沒有毛髮，前後爪的形狀、短小，而且我喜歡一直用兩隻後腳走路。主人看夠了之後，允許我再穿上衣服，因爲這時我已經冷得發抖了[12]。

我對犽猢這種可憎的動物充滿了忿恨和輕蔑，但主人卻經常這麼稱呼我，於是我向他表達我的不安。我求他不要再把那個字眼加在我身上，也要求全家和他允許來看我的朋友，不要這麼稱呼我[13]。我同樣請求，我身上有假的掩蓋物這個祕密，只可以讓他一個知道，至少在我目前的衣服還能維持時，要守住這個祕密。至於他的僕人栗色小馬所看到的，也請主人命令他不得張揚。

主人很體恤地答應了這一切，因此這個祕密一直維持到我的衣物開始損壞，我不得不想方設法來補充時，至於用的是什麼方法，以後會提到。同時，他要我繼續全力勤學他們的語言，因爲我的身形，不管掩不掩蓋，都不如我的言語和理性的能力更讓他驚訝。他還說，他急著要聽我告訴他一些奇聞異事，這是我先前已經答應了他的。

---

12 這兩段與第一部中小人國的搜身，第二部中大人國的察看與爭議，有異曲同工之妙，都是對於格理弗這個「異類」的觀察與研究。

13 格理弗對犽猢「充滿了忿恨和輕蔑」，卻不願慧駰如此「歧視」自己，己所不欲卻加諸於異己，矛盾之處明顯可見。

從那時起，他加倍費心教導我，與友人見面時都帶著我，要他們以禮相待，因為他私下告訴他們，這會使我心情好，表現得更有趣。

每天我隨侍主人時，他除了費心教導，還會問一些有關我自己的問題，我都盡可能回答，他以那些方式已經略知梗概，雖然還很不完整。要我敘述自己如何一步步進步到能更正常的對談，會嫌瑣碎。但我第一次訴說自己的故事時，順序和內容如下：

就像我以前試著告訴他的，我來自一個很遙遠的國度，伴隨的是五十個左右的同類。我們搭乘木製的中空容器在海上旅行，這個容器比主人的房子還要大。我盡可能想出最適當的詞語來向他描述我們的船隻，並且借助手帕來解釋船如何靠風來推動。由於我們之間失和，就把我擱在這個海岸，我只得漫無目的往前走，一直到他把我從那些可惡的犽猢的迫害中救出。他問我，是誰造的船？我國家的慧駰怎麼可能把這種事交給野獸來處理？我回答說，除非主人以名譽保證不生氣，否則我就不敢再說下去，告訴他我經常答應要說的那些奇聞異事。他答應了。於是我繼續向他肯定地表示，船是由像我自己這樣的生靈建造的，在我的故國和行跡所到的所有國家，這種生靈都是唯一主宰的理性動物。我來到這裡之後，看到慧駰的行為有如理性的動物，吃驚的程度不下於他或他的朋友在他們稱為犽猢的生靈身上找到一些理性的徵象。雖然說我每個部位都像犽猢，卻說不出他們為什麼會有這麼墮落的獸性。我還說，如果我有幸重回故國，一定會訴說自己在此地的旅行，但每個人都會相信我「所言非實」，是從自己的腦袋裡杜撰出來的故事[14]。儘管我很尊敬主人、他的家人和朋友——在他保證不生氣的情況下，我繼續說——但我們國人無法想像，在一個國家裡慧駰怎麼可能會是主宰的生靈，而犽猢是野獸[15]。

譯者附誌

慧駰雖然美德天成、篤實無欺，但不僅見識狹隘(不知書籍、文學、書寫、謊言、船隻、衣服為何物)、缺乏想像，而且自以為是、崇己抑人。格理弗在主人的要求和辛勤調教下，努力學習慧駰語，短時間內就能溝通。然而，主角雖然盡力向主人描述船隻的功能，但見解有限而且欠缺想像力的慧駰終究不相信有此事物，更不相信人類／犽猢有造船的能力。此外，崇尚自然的慧駰不解人類為什麼會以大自然賦予的肉體為恥，而必須遮遮掩掩。格理弗在熟睡中露出「真相」，不得不在主人面前寬衣解帶，「驗明正身」。此情節也顯示了在剝去衣服(文明的象徵)的情況下，人之異於犽猢／野獸者幾希。然而格理弗一再鄙視犽猢，自認「非我族類」。總之，「馬」眼看人低，不知天下之大，識見、理解、想像有限，固執己見，而格理弗在學習慧駰語的同時，也逐漸接受慧駰的眼光，以致未能正視自己(人類)和犽猢。

---

14 敘事者用這種手法爲自己「所言非實」的奇幻之作預作防範。

15 彼此都無法想像對方的情況。眞正訴說起來，也會認爲對方「所言非實」。只不過格理弗愈來愈被慧駰同化，也愈爲彼此之間的差異所苦。

第四章

慧駰的真偽觀。作者的言論遭到主人否定。作者細述自己和航行中發生的事故。

主人聽我說話時，臉上流露出極爲不安的神色，因爲這個國家根本不知道什麼是「懷疑」或「不信」，以致居民在這種情況下不知道要如何自處。我記得曾經多次和主人談論世界其他地方的人性，有時會談到「說謊」和「錯誤的呈現」。雖然他在其他方面具有最敏銳的判斷力，但在這方面卻要很費勁才能了解我的意思，因爲他是這麼主張的：使用言詞是爲了讓我們彼此了解，得到有關事實的訊息，如果有任何人「所言非實」，就破壞了這些目的；由於我沒有把握了解對方，也無法得到正確的訊息，這種情況比無知更糟，因爲我被誤導，把白的當成黑的，長的當成短的[1]。這是他對說謊這種能力的全部概念，而人類不但十分了解說謊這回事，而且廣泛運用。

1　古典修辭家的目的在於傳達正確的訊息，但詭辯家(sophist)則顛倒是非黑白。在綏夫特看來，律師與政治人物名列當時詭辯家的前茅(AJR 202)，由書中多處對於法律界和政治界的嘲諷便知。

言歸正傳。我肯定地指出，在我的國家裡犽猢是唯一主宰的動物。主人說，這完全超乎他的想法，他要知道，我們那裡有沒有慧駰，他們都做些什麼事。我告訴他，我們的慧駰數量眾多，夏天在田野裡放牧，冬天待在屋裡，有乾草和燕麥，而犽猢僕人受雇把他們的皮膚刷得光滑，為他們梳理鬃毛、剔腳、餵食、鋪床。主人說：我很了解，從你所說的一切，顯然不管犽猢自稱有多少理性，慧駰都是你們的主人；我衷心盼望我們的犽猢也能那麼溫馴。我求主人讓我就此打住，因為我很確定他要我說的事很不中聽。但他非要我直言無諱，不管是最好或最壞的事都要讓他知道。我告訴他，既然如此，只好恭敬不如從命。我坦白地說，我們把「慧駰」稱作「馬」，是我們所擁有的最溫厚、標致的動物，力量既大，速度又快；達官顯要的馬是用來旅行、競賽、拉車的，受到良善、悉心的照顧，一直到生病或跛足才被賣掉，用在各式各樣的苦差事，到死為止。死後，他們的皮被剝下來，照價出售，屍體就給狗和猛禽吞噬。但一般的馬沒有那麼幸運，他們由農夫、馬夫和其他低賤的人飼養，用在更沉重的差事，吃得更差。我盡可能描述我們騎馬的方式，轡頭、馬鞍、馬刺、馬鞭、馬具、車輪的形狀和作用[2]。我還說，我們把一片叫做「鐵」的硬物固定在他們腳底，以免蹄子被我們經常旅行的石頭路磨損。

主人聽了大表憤怒，之後問道，奇怪我們怎麼膽敢騎到慧

2　本部第二章提到當地「一種像是雪橇的車子」，此處則以說明「車輪的形狀和作用」加以補足。下文會再提到當地的車子。

駰背上，因爲他確信即使他家最羸弱的僕人都能把最強健的犽猢摔下，或躺下來打滾，壓死背上的野獸。我回答說：我們的馬從三、四歲起就照我們想要的各種用途來訓練；如果他們桀驁不馴，就派去拉車；如果他們在幼時耍任何壞把戲，就會遭到毒打；一般用作騎乘或拉車的公馬，在兩歲左右就閹了，以減低他們的雄風，使他們更馴服、溫和；這些馬也懂得什麼是賞、什麼是罰；但我請主人鑒察，這些馬就和本國的犽猢一樣，沒有絲毫的理性[3]。

我煞費苦心拐彎抹角，才讓主人正確了解我所說的。原因在於他們的需求和感情比我們單純，所以語言用字不夠豐富。主人聽到我們對待慧駰族的野蠻手法，尤其是我解釋閹割馬匹的方式和作用，以避免他們繁殖，並使他們更溫馴之後，簡直不知如何表達自己心中的義憤。他說，如果在任何國家中只有犽猢具有理性，他們必然是主宰的動物，因爲只要假以時日，理性終將勝過蠻力。但就我們的體型(尤其是我的體型)來判斷，他認爲相同體格的動物中沒有構造這麼差勁的，以致無法把那種理性運用在日常生活中的一般事務；說到這裡，他想知道，我生活中的那些人，是像我還是像他國家裡的犽猢。我向他保證，我和大多數同年齡的人外形相仿，但青年和女性則輕柔、纖細得多，而女性的皮膚一般都潔白似奶。他說，我的確與其他犽猢不同，不但整潔得多，也不全然那麼畸形；但就實

3 如此一路描寫下來，把人類習以爲常對待馬匹的方式，表現得極爲暴虐。相形之下，身處慧駰國的格理弗的遭遇則幸運得多。人馬之間，孰優孰劣？

際的作用來說，他認爲這些差異只是使我處於劣勢。我的指甲對前後腳毫無用處，至於我的前腳，實在不宜那麼稱呼，因爲他從沒看過我用它們走路；它們柔軟得無法著地；我通常都不覆蓋它們，而我偶爾套在前腳上的東西，和套在後腳上的不但形狀不同，強度也比不上[4]。我走路不穩，因爲只要兩隻後腳中有一隻滑了，就必然摔倒。他接著開始挑剔我身體的其他部分：臉部太平；鼻子太凸；眼睛在正前方，不轉頭就無法看到兩邊；非得把一隻前腳抬到嘴巴，否則不能吃東西，因此大自然安置了那些關節來符合我的需求。他不知道我後腳那幾道裂縫和分叉有什麼作用；如果沒有其他野獸的皮製成的套子，以我後腳的柔軟是受不了又硬又利的石頭的；我全身上下沒有防熱禦寒的外表，被迫每天穿上脫下，既瑣碎又麻煩。最後，他觀察到這國家的每個動物天生都厭惡犽猢，弱小的閃避牠，強壯的驅離牠。因此，即使上天賦予我們理性，他也看不出如何可能化解每個生靈對我們展現出的與生俱來的敵意，而我們又如何能馴服牠們，要牠們爲我們所用[5]。然而他說，這件事他不願多加辯論，因爲他更想要知道我自己的故事、國家、出生地，以及來到這裡之前生平裡的種種行動和事件。

我向他保證，我極願意每一點都讓他心滿意足，但對於主人毫無概念的那些事，我很懷疑自己可不可能解釋得清楚，因爲我在他的國家看不到任何可以比較的事物。雖然如此，我仍

4　一爲手套，一爲鞋子，兩相比較。
5　透過慧駰的眼光，指出人類各項弱點——尤其是生理構造上的「缺失」。

願意盡力而爲，藉著類似的事物來表達，詞窮時希望他能協助，主人欣然答應。

我說，父母親爲人誠實，我出生在一個叫做「英格蘭」的島嶼，距離這裡非常遙遠，即使他最健壯的僕人也得走上一年[6]。我接受醫生的教育，這個行業是治療因爲意外或暴力所遭致的身體傷痛。我的國家由一位女人統治，我們稱爲「女王」[7]。我出國是爲了發財，希望回國後能維持自己和家人的生活[8]。最近這次航行中，我擔任船長，手下大約有五十隻犽猢[9]，許多死在海上，我不得不從幾個國家挑選一些犽猢來補充。我們的船有兩次險些沉沒，第一次是遇到暴風，第二次是撞上岩石[10]。說到這裡，主人插嘴問道，在蒙受那些損失、遭遇那些危險之後，我如何能說服不同國家的陌生人隨我冒險。我說，這些傢伙命運乖違，因爲貧窮或犯罪被迫離鄉背井[11]。有些毀於訴

6 原文爲"the Annual Course of the Sun"，直譯爲「太陽一年的行程」，可見當地以大自然的遞嬗來計算歲月。全書首度提到母親，但也只是短短一句。

7 格理弗這一次出航時，安妮女王依然在位(統治期間爲1702至1714年)。此處以「女人」("a Female Man")而不是「女犽猢」稱呼，避免惹禍上身(IA 234)。

8 與第一部末章和第三部首章所說的動機不同(PT 356)，但以此處的說法較爲眞切，而且前幾次返國也都提到獲利多少。

9 即使格理弗認爲叛變的手下品行低劣有如犽猢，也依然是他的同類，可見主角已經接受慧駰的觀點。

10 本部第一章提及遇到暴風，但未提及撞上岩石，因此這裡可能是補述，也可能是摻入先前的航行。如果是第二種情況，格理弗不是記憶不清，腦筋有問題(受熱病影響？)，就是「所言非實」——總之，其言不可盡信。

11 綏夫特在〈野人芻議〉中說，愛爾蘭乞丐的小孩，不是當賊，就

訟，有些把所有的積蓄花在喝酒、嫖妓、賭博上，有些因爲叛國而遠走他鄉，許多人是因爲凶殺、偷竊、下毒、搶劫、僞證、僞造文書、製造僞幣，或是犯了強姦、雞姦，或是爲了逃兵、投敵，而且這些人大多越獄，沒有一個敢回到故國，因爲害怕被吊死或在獄中挨餓，因此必須在其他地方討生活[12]。

在這番談論中，主人經常喜歡打斷我的話。我必須一再拐彎抹角，煞費周章地來向他描述各種罪行的性質，我的船員大多因爲犯了這些罪行而被迫逃離故國。我花了幾天的唇舌才讓主人了解。主人百思不解，犯下那些罪行到底有什麼作用或必要。爲了解釋清楚，我努力告訴他一些有關權力慾、金錢慾的觀念，以及慾望、放縱、惡意、嫉妒的可怕後果。這一切我都不得不以例證和推斷來爲他定義、描述。在我說明之後，就像想像力受到見所未見、聞所未聞的事情衝擊一樣，他驚訝、憤怒地抬起眼來。權力、政府、戰爭、法律、懲罰和千百種其他的事情，在他們的語言中都找不到可以表達的字眼，這幾乎使我無法讓主人了解我的意思。但他善於理解，又因爲沉思和交談而頗有長進，終於充分知道我們那個世界的人性可能做出些什麼事[13]，而且要我仔細描述我們稱作「歐洲」的那塊土地，尤其是我自己的國家。

(續)

是到國外當傭兵、海盜(AJR 206)。

12 難得見到對水手如此惡劣的描述。

13 藉遠諷近，藉慧駰諷人類。

譯者附誌

此章透過交談，對比出雙方的歧異。見識和想像力有限、不知說謊為何物的主人慧駰，必須努力藉由格理弗的描述，才能逐漸了解人類(他眼中的犽猢)是怎麼一回事，其中不乏相當的誤解或一廂情願的看法。作者透過另一層的轉折，讓讀者更能看出人性／人形的醜陋和欠缺之處：從格理弗的說法，可以看出歐洲人習以為常對待馬匹的方式，是多麼的殘酷、無情，極盡虐待、剝削之能事；透過主人慧駰的觀察，可以看出號稱「萬物之靈」的人類與其他動物比較，在生理結構上是多麼地相形見絀，但若具有理性，則更會作惡多端(為下文伏筆)。對於水手的描述頗為不堪，一則說明了水手的出身及素質，二則間接諷刺了英國社會，尤其是司法，三則多少解釋了自己為何會遭到叛變，流落馬國，甚至間接批評了英國的海外冒險與擴張。總之，透過對話與對比，益發彰顯出人性的墮落和人類的惡形惡狀。

第五章

作者奉主人之命，稟報英國國情。歐洲君王之間戰爭的原因。作者開始解釋英國司法。

讀者請留意，以下是兩年多來我與主人多次對話的精要，包括了要點的摘錄。隨著我的慧駰語能力與日俱增，主人經常要我更滿足他的好奇心。我盡可能向他坦陳整個歐洲的情況，談論的內容包括了貿易和製造業，藝術和科學；這些題材引發了主人各式各樣的問題，我一一回答，提供了談不盡的話題。這裡只記下對話中有關我自己國家的要旨，盡可能有條有理，不管時間的前後或其他情況，但求恪遵眞相。我唯一關切的是，自己的能力不足，又要翻譯成我們野蠻的英文[1]，以致無法完全傳達出我主人的議論和表達方式。

於是，我奉主人之命，述說了奧倫奇君王所率領的革命[2]，

1　從前後文可以看出，其實是慧駰的語言和觀念不足，而不是英文「野蠻」(IA 235)。或者該說，慧駰的語言和觀念不足以了解墮落的人性，以及描述墮落人性的英文。

2　"the *Revolution* under the *Prince of Orange*"。英王詹姆士二世於

這位君王與法蘭西的長期戰爭[3]，以及他的繼承者，也就是當今的女王，重啓戰端。基督教世界的強權都加入了這場戰事，持續至今[4]。我應主人的要求，估算在整個戰爭的過程中大約有一百萬犽猢喪命，也許一百個或更多的城市遭到侵占，五倍的船隻焚毀或沉沒[5]。

他問我，通常是什麼原因或動機使一國向另一國開戰。我回答說，開戰的原因或動機不可勝數，我只舉一些主要的[6]。有時是出於君王的野心，總認爲自己統治的土地不夠大、人民不夠多；有時是大臣的腐敗，促使國王參戰來扼止或轉移子民對苛政的抨擊。歧見奪走了數以百萬計的性命，這些歧見包括了「身體」是「麵餅」或「麵餅」是「身體」，某種漿果的汁液是血還是酒[7]，吹口哨是罪惡還是美德[8]，是該親吻十字架還是

(續)

1685年即位，信奉天主教，而國人大多信奉新教。詹姆士二世的手腕拙劣，引發革命，只得逃亡。由於這次革命(1688-1689)由信奉新教的威廉三世(便是所謂的「奧倫奇的威廉」[William of Orange])率領，而且沒有流血，史稱「光榮革命」("the Glorious Revolution")(IA 235)。

3 詹姆士二世逃往信奉天主教的法國，得到法王路易十四的支持，因此威廉三世於1689年開戰，一直到1697年雙方簽訂條約爲止(IA 236)。

4 威廉三世於1702年駕崩，繼任者安妮女王向法國宣戰，正式加入了西班牙王位繼承戰爭，雙方各有盟國參戰，形成大戰(IA 236)。

5 此處格理弗由光榮革命談到西班牙王位繼承戰爭，表達了托利黨反戰的主張，但在數字上頗爲誇大(AJR 207)。

6 底下臚列開戰的種種原因和動機，看似矛盾、荒謬，在人類歷史上卻屢見不鮮，足證人性之貪婪、邪惡、愚癡。

7 根據天主教聖餐變體(transubstantiation)的說法，彌撒中的麵餅和葡萄酒經過神父祝聖之後，變爲耶穌的聖體和聖血，只留下餅和

把它丟入火裡[9]，大衣最好是黑色、白色、紅色或灰色，該長或該短，該寬或該窄，該骯髒或該乾淨[10]，還有其他許許多多的事[11]。在所有戰事中，沒有比歧見所引發的戰事更爲凶暴、血腥、持久，尤其如果這些歧見涉及無關緊要的事情[12]。

有時兩位君王失和是爲了決定誰能奪取第三者的領土，而這塊領土根本是兩人無權過問的。有時一位君王向另一位君王挑釁，是因爲怕對方先向他挑釁。有時開啓戰端是因爲敵人過於強大，有時則是因爲敵人過於軟弱。有時鄰國想要我們擁有的東西，或擁有我們想要的東西，於是雙方爭戰，直到他們取走我們擁有的，或交出他們擁有的。一個國家的人民遭逢饑荒蹂躪、瘟疫摧殘、派系纏鬥不休時，其他國家就師出有名，舉兵入侵。當鄰近盟國的城市唾手可得，或某片土地可以使我們的領土更加完整鞏固，就有冠冕堂皇的理由發動戰爭。如果一

(續)

酒的外形，但新教不以爲然，雙方激辯不休(IA 236)。

8 當時新教徒強烈反對在教堂裡使用風琴和其他樂器，認爲會分神(ABG 415)，一直到19世紀中葉，在蘇格蘭還認爲使用風琴有罪(PT 356)。

9 十字架是受尊敬的信物，還是涉及偶像崇拜而該銷毀(IA 236)？

10 指涉對於法衣的爭辯(PT 357; IA 236; ABG 415)。

11 此處對於宗教爭議的描述，見於綏夫特早先的作品《桶的故事》(ABG 415)，也可參閱第一部第四章末兩段(PT 238)。

12 此段說明開戰的動機，前半描述的是政治動機，後半描述的是宗教動機。綏夫特擅長以「小題大作」的技巧來諷刺人性的愚癡。先前在小人國、大人國中已見到類似的手法。只是第一部中訴說的是「小人」們之間的爭執，在格理弗和一般讀者眼中自然覺得「小題大作」或「人小鬼大」。第二部中則透過巨人的眼光來看歐洲人／人類的「人小鬼大」。此部則透過慧駰的眼光，來諷刺卑劣的人性。

個國家的人民貧窮無知，君王派兵入侵時，可以名正言順地把一半的人處死，把剩下的另一半當成奴隸，以便教化、改變他們，讓他們擺脫野蠻的生活方式。外敵入侵時，君王渴望另一國的君王協助抵禦，等到入侵者被逐退時，原先前來協助的人卻自己占據領土，反而把他來解救的君王殺死、囚禁或放逐，這種行爲不但屢見不鮮，而且是很高貴榮耀的君王行徑。因血緣或婚姻所建立的聯盟，便足以構成君王之間發動戰爭的理由，親戚關係愈緊密，愈容易失和。窮國饑饉，富國傲慢，而傲慢與饑饉永遠不和。這種種原因使得人們認爲軍人是最榮耀的行業，因爲軍人是受雇來殺戮的犽猢，冷血無情地盡可能多多殺害從未冒犯過他的同類[13]。

歐洲也有一種乞丐般的君王，他們自己無力開啓戰端，卻把部隊租給富有的國家，每人每天收費若干，君王自己保留了其中的四分之三，成爲維持他們生計的最大宗收入，在北歐的許多地方便是如此[14]。

主人說，你告訴我這些有關戰爭的事，的確明白展現了你號稱具有的理性所帶來的後果，幸好這種可恥的事並不是那麼危險，因爲大自然使你們完全無法做出太大的禍事——你們的嘴平貼在臉上，除非彼此同意，否則很難相咬，造成任何傷害；你們前後腳上的爪子又短又軟，我們一隻犽猢就能趕走你

13 綏夫特和托利黨持反戰的立場。

14 諷刺喬治一世和一些日耳曼小諸侯。喬治一世便雇用日耳曼傭兵來保護他在漢諾威的領土，引起英人強烈不滿(IA 236; GRD 255; HW 487)。有些君王藉由出租部隊作爲他國傭兵來賺取佣金。

們十來個[15]。因此，你在細述戰役中喪生的數字時，我不由得不認爲你「所言非實」。

我不禁搖頭，哂笑他的無知。由於我對兵法並不陌生，便爲他描述了加農砲、大加農砲、火槍、卡賓槍、手槍、子彈、火藥、劍、刺刀、戰役、圍攻、撤退、攻擊、挖牆角、反制挖牆角、轟炸、海戰；載著千人的船隻沉入海底；雙方各死兩萬人；垂死的呻吟，飛在空中的肢體；硝煙、嘈雜、混亂、被馬蹄踩死；逃脫、追擊、勝利；戰場上到處散落的屍體，成爲狗、狼、猛禽的食物；劫掠、搶奪、強暴、焚燒、摧毀。爲了展現我親愛的國人的英勇，我向他保證，我親眼目睹他們在圍攻中和船艦上，一次炸飛一百個敵人；也曾眼見屍體從雲端一片片落下，使所有旁觀者大樂[16]。

我正要說出更多細節時，主人命令我住口。他說，凡是了解犽猢本性的，很容易就會相信，如果這種邪惡動物的力量和狡詐與他們的惡意相當，就可能做出我所說的每一件事。但是，我的說法加深了他對整個犽猢族的厭惡，致使他發覺自己心煩意亂，而這種不安的經驗是他前所未有的。他認爲，只要耳朵聽慣了這種卑劣的字眼，可能逐漸就不會那麼憎惡了。雖然他厭惡這個國家裡的犽猢，但不會責怪他們可憎的本性，就像他不會責怪「古惱爺」(猛禽)的殘酷，或尖石割傷他的蹄

15 如同前一章，再次透過慧駰的眼光，指出人類體型上先天不足之處。但格理弗在下一段立即指出了人類可能做出的凶狠惡事。

16 與第二部第七章在大人國國王面前訴說戰事有異曲同工之處。說的人興起，聽的大人或慧駰卻難以消受，反襯出人性的墮落。

子。但是，如果號稱具有理性的生靈竟能犯下如此滔天大罪，他擔心敗壞的理性會比獸性本身更糟。因此，他似乎很有自信地認爲，我們擁有的不是理性，而是恰恰會助長我們天生邪惡的某種性質，就像畸形的軀體在亂流中所映照出來的身影不只更巨大，而且更扭曲。

他還說，在這次和先前的幾次對話中，他聽了太多有關戰爭的事。有一點至今讓他有些困惑。我曾說過，我們有些水手因爲被法律所毀，而離開了自己的國家。雖然我已經向他解釋過這個詞的意思，但他茫然不解，原意在於保障每個人的法律，怎麼會毀掉任何人呢？因此，他要我進一步說明，根據我自己國家目前的實際情況，我所說的法律和執法者是什麼意思[17]。因爲他認爲，既然我們號稱是理性的動物，那麼自然和理性就足以教導我們什麼該做、什麼不該做[18]。

我向主人說，法律這門學問我涉入不深，只不過在自己遇到一些不公的事情時，委託過律師，但徒勞無功。然而我保證

17 福特從此處起刪去莫特初版六頁半的文字，加了三段半(在此版本則爲五段半)，一直到「法官們也全都照這些來判決」，使對律師的諷刺更爲尖銳。福特爲此於1727年1月3日致函莫特，抗議他的改寫大大削弱了作者的嚴詞批判，要求他「恢復刪去的那十二頁」，以後的出版者就都根據此版本(GRD 256-59; RD 293-94; AJR 210)。綏夫特對當時法律界不滿，因爲他認爲他們大多偏向惠格黨(HW 487)。

18 古代的斯多噶學派(Stoics)和當時的自然神論者都有類似主張，但綏夫特和江森等作家抱持較正統的宗教觀，對此有所批評(RD 293; PT 357)。

會盡量讓主人滿意[19]。

我說，我們之中有一群人自年輕便學習文字析辨之藝，根據所收受的酬勞，來搬弄文字，顛倒是非，證明「白」是「黑」，「黑」是「白」。其他人都成爲這群人的奴隸。

舉例來說，如果鄰居有心侵占我的母牛，就雇用律師來證明他有權擁有我的母牛。於是，我就得雇用另一位律師來維護我的權利，因爲法律禁止任何人爲自己辯護。就眼前這個案例來說，身爲眞正主人的我有兩個大大不利之處。第一，我的律師幾乎自襁褓以來就練習爲虛假的事情辯護，當他爲正義辯護時，有違他的本性，也由於這個職責和本性不合，所以做起來即使不是心不甘情不願，也總是笨手笨腳。第二個不利之處就是，我的律師必須很小心行事，否則會被法官斥責，被同業弟兄嫌惡，認爲他有辱法律這一行的行規。因此，爲了保有我的母牛，我只有兩個法子。第一個法子是用雙倍的費用收買對手的律師，他就會背叛原先的客戶，暗示正義在他那一方。第二個法子就是讓我的律師盡可能使我方的理由看起來很不合公理

19 初版時，出版商唯恐開罪於律師和法官，在文字上加以修飾，僅限於部分的律師和法官。綏夫特此處描寫時，心中想的很可能是當時的高等法院王座庭庭長惠特雪德(Lord Chief Justice Whitshed)。華特斯(Edward Waters)因爲印刷綏夫特的〈建議普遍使用愛爾蘭製品〉(1720年)遭到起訴，陪審團認爲無罪。惠特雪德不接受這項判決，九次召回陪審團，羈留十一小時。他在1724年解散大陪審團，因爲它拒絕把綏夫特的〈及時的忠言〉("Seasonable Advice")視爲煽動文件(PT 358; ABG 417)。下文對於律師和法官的描述，說的全是反話，是對於法律行業最嚴厲的反諷。第二部第六章也曾對此一行業嚴詞批評。

正義，讓我的母牛屬於對手，如果做得有技巧，必然贏得庭上的好感。

主人您是知道的，這些奉派來審判罪犯和決斷有關財產的一切爭議的法官，是從最有手腕的律師中挑選出年紀老大或個性懶散的。他們一生都對眞理、公平懷有偏見，必然會死命偏袒虛假、僞證、迫害；我知道他們有些拒絕來自正義一方的巨額賄賂，以免做出不合他們本性或職務的事，而傷害到整個行業。

這些律師之中流傳一句格言：「凡是以往做過的事，都可以合法地再做。」因此，他們特別花心思去記錄以往所有違反人類普遍正義和一般理性的判決，稱之爲「判例」，當作權威來證明自己最不公平的見解其實是正確的，而法官們也全都照這些來判決。

他們在辯護時，一意避免進入案由的是非曲直，卻著力於所有不相干的證據，針對這些來高亢、激昂、繁瑣地進行辯論。比方說，在前面提到的案例中，他們從來不想知道對手於我的母牛有什麼權利或所有權，卻想知道那頭牛是紅色還是黑色，牛角是長是短，我放牧的田野是圓是方，在家裡還是外面擠奶，牠容易得什麼病……諸如此類的事情。之後，他們時而查閱判例，延期審判，在十年、二十年、三十年間才定案。

同樣要指出的是，這個社群有自己獨特的行話和術語，其他人都無法了解；所有的法律就是用這種行話和術語寫成，而且他們特別花心思來衍生語意，因而完全混淆了眞僞、對錯的本質，所以得花三十年來決斷祖宗六代傳下來給我的那塊田地是屬於我，還是屬於三百哩外的一個陌生人。

在審判被控叛國罪的人時，方法簡捷、可取得多。法官先派人去探詢當權者的意向，之後就能輕易地吊死或放過那個犯人，而這一切都嚴格遵守所有的法律形式[20]。

這裡我主人插話了。他說，根據我對律師的描述，他們必然是極具心智能力的生靈，卻沒有人鼓勵他們來教導其他人智慧和知識，實在可惜。我回答時向主人保證，律師對於自己行業之外的所有事情，通常是我們之中最無知、愚笨的，在平常的對話中也最可鄙，他們是所有知識和學習的公敵，在自己行業和其他所有行業的言談中，同樣習慣於顛倒人類一般的理性。

譯者附誌

此章與接下來兩章是格理弗摘述與主人多次對話的重要內容，主要說明英格蘭和歐洲的情況，藉此對比出人類的墮落。主角的難處在於向道德高超、崇尚理性、真誠無欺的慧駰來訴說人類種種矛盾、荒誕、無理、欺詐的行徑。作者運用弔詭(paradox)的手法，把筆鋒指向兩方面：首先就是人類先天的體型雖然不利肉搏、廝殺，卻因為濫用理性，反而能想出各種征戰的理由，輕啓戰端，製造出種種的殺人工具，設想出戰場上的攻防，致使多少人命喪沙場，屍沉大海；其次就是法律界的

20 此句及下段爲福特所加，取代原先較爲泛泛的說法，達到更明確的諷刺效果(AJR 211)。先有結論，再談程序或形式，是法律爲政治效力之一例。

不公不義、虛偽狡詐，尤其是律師受雇於人，運用理性，操控法律，為達目的，不擇手段，以致公理正義喪失，法律淪為政治的工具。由此可見，理性不用於正途時，貽害無窮，輕則個人失財，重則千萬人送命。

第六章

繼續描述安妮女王統治下的英國國情。歐洲朝廷中首相的性格[1]。

主人依舊渾然不解，到底什麼動機能促使這個律師族串通起來，從事不公不義的勾當，來困惑、煩擾、疲累自己，只是爲了傷害他們的野獸同胞；他也不能理解我說他們爲人「雇用」是什麼意思。當下我煞費周章地向他描述金錢的作用[2]、材質和金屬的價值。當犽猢得到許多這種寶物時，想要什麼，就買什麼：上好的衣服，最豪華的宅邸，大片的土地，最昂貴

1 福特的修訂版只是「繼續描述英國國情。首相的性格。」莫特初版的標題則加上了安妮女王和歐洲朝廷：「繼續描述英國國情，在女王英明統治下，無需宰相。在一些歐洲朝廷中首相的性格」(JH 840)，以掩飾原先對於喬治一世統治下的英國的諷刺(PT 358)，此處之更動爲了配合下文注釋15所刪去的文字(GRD 262)。正文前的〈啓事〉及格理弗的信函都提到此事。

2 古今有關金錢之惡的議論不勝枚舉，但在綏夫特這些崇尚傳統的人看來，金錢能讓人購得原先由家世繼承的事物，如房地產，特別覺得難以接受(AJR 212)。

的肉食和飲料，還有最美麗的女子供他挑選[3]。由於單單金錢便能成就所有這些好事，所以我們的犽猢認爲要花、要省的錢說什麼也不夠，因爲他們發覺自己天性就偏向奢侈或貪婪。富人和窮人的比例是一比一千，他們坐享窮人勞動的果實，而大多數人則被迫過著困苦的生活，每天爲微薄的工資辛勞，讓少數人過得富裕。我詳述了這些和其他許多類似的細節。但主人依舊茫然不解，因爲他的想法是：大地出產的東西，所有的動物，尤其是統治者，都有權享有一份。因此，他要我告訴他，這些昂貴的肉食是些什麼，我們之中又怎麼會有人想要。當下我就把心裡想到的一一列舉出來，並且訴說各種不同的調理方法(調理所需要的材料非得派船到世界各地才能取得)，喝的烈酒、佐料和其他數不完的方便器物。我言之鑿鑿地向主人說，必須至少繞地球三圈，才能讓一位稍有地位的女犽猢得到她的早餐或盛放早餐的杯盤。他說，這個國家的食物無法自給自足，必然十分困苦。但讓他感到奇怪的主要是，我描述的那片廣大土地怎麼會完全沒有淡水，使得人們必須出海去取喝的。我答道，據估計英格蘭(我親愛的故鄉)出產的食物三倍於當地居民所能消耗的[4]；自穀物萃取或從某些樹的果實榨出的烈酒，成爲上好的飲料，產量也是一樣豐足；生活中每一件方便器物也是相同的比例。但爲了滿足男子的奢侈無度、女子的虛

3　類似對於女性的輕侮之詞，本章多次出現。

4　1726年，英格蘭和威爾斯的人口大約五百七十萬，小麥的年產量大約兩千萬蒲什耳(bushel)，並未超出太多，此處的數字過於誇張(ABG 417-18)，是計算錯誤？還是有意誇張，以宣揚國威？

榮奢華，我們把絕大部分的必需品送到其他國家，換取疾病、愚蠢、罪惡之物，供我們花費[5]。因此，我們之中許多人必然被迫以各種方式謀生：乞討、搶劫、偷竊、欺騙、拉皮條、作僞證、諂媚、教唆、僞造、賭博、說謊、奉承、威嚇、投票、繕寫[6]、觀星[7]、下毒、賣淫、僞善、誣衊、妄想，諸如此類的行當。上面的每個用語都得煞費周章才能讓我的主人了解。

我們從外國進口酒並不是由於缺水或缺其他飲料，而是這種液體使我們快樂，因爲它能使我們喪失理智，轉移所有的憂思，在腦部產生狂野、放肆的想像，提升希望，驅除恐懼，暫時停止理性的各項功能，使四肢不聽使喚，直到我們沉沉入睡——雖然必須承認，酒醒時總是覺得噁心、沮喪，而且飲用烈酒使我們罹患許多疾病，進而使我們生活不適、生命短促[8]。

但除此之外，大多數人都以提供富人和彼此生活中的必需

5　《烏托邦》中對於金錢、奢華多所諷刺(PT 358)。這些文字既攻擊了女性的奢侈，也表現出反對進口的主張。綏夫特曾抱怨愛爾蘭每年進口的茶、咖啡、巧克力價值高達十五萬鎊，他也同意柏克萊主教的看法，認爲穿著進口奢華服飾的愛爾蘭女子是人民公敵(LAL 517)。

6　「投票」(“Voting”)、「繕寫」(“Scribling”，現在拼爲“Scribbling”)除非涉及賄選、利益，否則稱不上是不正當的行爲(IA 241)。

7　綏夫特看不慣當時的曆書，於1708年以化名寫了一本曆書，以子之矛攻子之盾，甚至惡作劇地在曆書中預測另一位曆書作者的死亡。此處的「觀星」(“Star-gazing”)當與此有關(ABG 418)。詳見緒論。

8　綏夫特本人則嗜酒，在書信裡經常提及(PT 358-59)。他也曾撰文以風趣的口吻反對愛爾蘭對進口酒類加稅，因爲沒有哪個地方的人比愛爾蘭人更需要酒來提振他們的精神(LAL 517)。

品或方便器物為生。比方說，當我在家打扮整齊時，身上穿戴的衣物出自一百個工匠的手藝，家裡的建築和家具要用上更多人的心血，至於我太太的裝扮則要花上五倍之多。

我繼續告訴他，有另一種人以照顧病人為生，因為我曾在一些場合告訴過主人我的許多船員是病死的，卻費盡心思才能讓他了解我的意思。他能輕而易舉了解慧駰在死前幾天身體會衰弱、沉重，也可能因為意外而傷了肢體。但使萬物臻於完美的大自然[9]竟會使我們的身體滋生痛苦，這讓他匪夷所思，因此想知道這種難以理解的惡事究竟原因何在。我告訴他，我們吃進上千種的食物，而這些食物彼此的作用相剋；我們不饑而食，不渴而飲；有時宴坐終宵，飲酒達旦，卻不吃一點東西，這使得我們精神懶散，身體發炎，消化不良。妓女犽猢感染某種疾病，使得落入她們懷抱的人骨頭腐爛[10]；諸如此類的許多疾病由父親傳給兒子，因此很多人一出世就帶了各種疑難雜症。要一一道出人體容易罹患的所有疾病，那真是說也說不完，因為不下於五、六百種，散布於每個肢體、關節。總而言之，體內和體外的每個部位都有與它相對應的疾病。為了治病，我們就培養一種人，他們的職業就是治療病人或假裝治療病人。而且因為我在這方面有點本事，為了答謝主人的恩澤，就和盤托出他們治病的祕密和方法[11]。

9 類似自然神論者的主張。下文也會出現。

10 性病。

11 底下對於醫生極盡諷刺之能事。而第一部第一章曾提到，格理弗「無法昧著良心模仿許多同行那種心黑手辣的作法」，以致生意

他們的基本原則就是，所有的疾病都來自過量，因此他們的結論是，必須進行身體大清除，不管是由自然的通道，還是由上方的嘴巴。他們下一件事就是從草藥、礦物、樹膠、油脂、貝殼、瀉鹽、汁液、海草、糞便、樹皮、蛇、蟾蜍、青蛙、蜘蛛、死人的肉和骨頭、鳥、獸、魚，竭盡所能配成一種聞起來、嚐起來最低劣、噁心、可憎的藥劑，服用後立即反胃，他們稱之爲「嘔吐」。再不然，他們就把相同的物料加上一些其他的毒物，看醫生當時的興致，命令我們納入上面或下面的孔穴；這種藥物同樣會攪擾腸胃，讓人噁心，使肚子放鬆，把在那之前吃進去的所有東西向下排出體外，他們稱之爲「清滌」或「灌腸」。醫生聲稱，大自然的用意是前面、上面的孔穴只許吞納固體和液體，後面、下面的孔穴則是排泄之用。這些師傅殫精竭慮，認爲既然所有的疾病都是因爲大自然失調，因此要調整回來，就得對調上下孔穴的功用，以這種完全相反的方式來治療身體，把固體和液體由肛門塞入，從嘴巴排出[12]。

但除了眞正的疾病之外，我們也經常罹患許多只是想像的疾病，醫生對這些也發明了想像的療法。這些病各有各的名稱，也各有適用的藥物；我們的女犽猢總是罹患這些疾病。

醫生族的一大本領就是預卜之技，很少失誤。當眞正的疾病發展到任何險惡的程度時，他們通常都預測會致死；如果他

(續)

欠佳，只得出海。

12　可參照第三部第五、六章中所描寫的發明家科學院中的醫術。

們無法讓人恢復，總是有能力致人於死。因此，如果在他們宣判之後，病情卻不期出現改善的徵象時，他們不會被人指控爲假先知，反而知道如何以適當的劑量，向世人證明他們判斷的精準[13]。

對於厭煩配偶的夫妻、長子、國之重臣，以及(經常是)君王，他們也同樣特別有用[14]。

我先前曾在某個場合和主人談論過政府的一般性質，尤其是我們自己傑出的司法，確實值得舉世稱奇和羨慕。但由於我在這裡偶爾提到一位「大臣」，過了一陣子，主人命令我告訴他，那個名稱特別指的是哪一種犽猢。

我告訴他，我有意描述的是「首相」[15]，這是一種完全沒

---

13 也就是說，醫生爲了向世人證明自己的判斷準確，竟然罔顧醫德，謀殺病人。

14 醫生受這些人之託，以他們的專長來「治人」，或者該說「致人於死」。

15 此處顯然又在諷刺華爾波(參閱第一部第三章)。書前的〈啓事〉抱怨先前的版本有所增添，聲稱安妮女王統治時並無首相襄助一節，指的就是這裡。莫特爲了避禍，加了下列文字：「我告訴他，我們的女統治者，也就是女王，沒有野心，無意擴張自己的勢力而傷及鄰國，對自己的臣子也沒有偏見，因此很不需要一個腐敗的內閣來執行或掩飾任何邪惡的計畫；她不但自己的所作所爲都是爲了人民的利益，依照這個方針來領導人民，把他們限制在國法內，也把自己託付行政事務的人的行爲委由樞密院監督，接受國法的制裁，因此不會因爲過於相信任何人，而託付他所有的行政事務。但是，我知道，這個國家先前的統治者，以及現在歐洲的其他許多朝廷，君王們因爲一直追逐逸樂，以致疏於朝政，不務國事，就以我先前提到的『首相』這個名銜，重用那些行政者。如果要描述這些人的話，我們從他們的行爲以及書信、回憶錄和他們自己出版的著作，可以看出一個不爭的事實：他這

有喜怒、哀樂、愛恨的生靈，除了對財富、權勢、名銜的強烈渴求之外，沒有其他感情。他的語言適合所有的用途，就是不用於表明自己的心跡；每次說實話時，有意讓人把它當成謊言；每次說謊話時，卻設計得讓人以爲是實話。遭他在背後極力詆毀的人，卻肯定是最會加官晉爵的；每當他開始向別人或當面稱讚你，從那一天起你就要倒楣。最糟糕的就是你得到他的承諾，尤其是他信誓旦旦時，每個聰明人就會自行引退，放棄一切的希望。

晉升到首相的法子有三種：第一種是知道如何老謀深算，解決掉自己的太太、女兒、姊妹；第二種是背叛或挖前任首相的牆角；第三種是在公眾集會時，義憤塡膺、狂熱地抨擊朝廷的腐敗。但是明智的君王寧願選用採取第三種法子的人，因爲這種狂熱分子卻總是最曲意順從主子的意志和情緒。這些大臣手操所有的任用大權，以賄賂參議院或樞密院裡的多數，來維持自己的權勢，最後以名爲「赦免法案」[16]的權宜之計(這裡我向他描述這個法案的性質)，使自己免遭秋後算帳，滿載著從國家掠奪來的東西，自公眾退隱。

首相府是孕育他這一行人的溫床：侍從、跟班、門房藉著

(續)

種人完全沒有……」(JH 840-41)。福特曾爲此致函莫特抗議，認爲增加的文字「虛僞、愚蠢，絕非出自同一作者之手」(GRD 266)。

16 “an Act of Indemnity”，此法案由國會批准，針對以往擔任公職的官員，赦免他們在沒有惡意的情況下所犯下的不法行爲。綏夫特可能特別指涉1660年和1690年的法案，赦免了那些反對查理二世和威廉三世的人(AJR 216)。

模仿主人而成爲一方的「大臣」，學著精通無恥、說謊、賄賂這三大本事。因此，上流人士爲他們支付下屬的開銷，而這些下屬有時藉由靈巧的手法和無恥的穢行幾經晉升，繼承他們主人的權位。

首相通常受制於腐化的情婦或寵信的侍者，這些寵倖之徒成爲所有利益輸送的管道，因此可以恰如其分地說，他們才是「最高法院」[17]、國家的統治者[18]。

主人聽我提過我國的貴族，有一天興致一來稱讚了我幾句，讓我愧不敢當。他說，他確信我必定出生於某個貴族世家，因爲我的外形、膚色、乾淨遠超過該國所有的犽猢——雖然我看來不夠強壯，也不夠靈活，這必然是由於我和其他野獸的生活方式不同；此外，我不但有說話的能力，同樣也有相當程度的基本理性，因此他認識的人都認爲我是奇才。

他指點我觀察，在慧駰中，白色、栗色、鐵灰色的和棗紅色、灰色、黑色的在外形上並不完全相似，也沒有相同的心智或改進心智的能力，因此總是一直處在僕人的地位，從不期望能超出自己的族類，否則在該國會被認爲怪異、有違自然[19]。

我畢恭畢敬地謝過主人對我的好評，但同時向他坦承，我的出身比貴族低，因爲父母親是平凡、誠實的人，只能提供我差強人意的教育，而我們的貴族和他所想的完全不同。我們的

17 "in the last Resort"，法律用語，故原文用斜體(PT 360)。

18 寵倖之徒竟然兼掌司法與行政，國之不亂者，幾希。

19 即使在慧駰國這樣的「烏托邦」，依然是階級分明，不得逾越。這其實反映的是作者綏夫特視爲當然的階級觀。

年輕貴族自幼便習於怠惰、奢侈；年紀一到，便虛耗精力，在淫蕩的女人堆中染患惡疾；坐吃山空時，爲了錢財，就娶個出身卑微、惹人嫌惡、體質欠佳的女人，卻又憎恨、輕視她們。這種婚姻所生下的通常是些病懨懨、歪歪倒倒、畸形怪樣的小孩，因此家族很少綿延過三代——除非妻子費心在鄰居或傭人間爲小孩找個健康的父親，以便改善、延續後代。衰弱的病體、瘦削的面孔、灰敗的容顏，這些都是貴族血統的眞正標記；健康、強壯的外表對有地位的人來說是一大恥辱，因爲全世界的人都會推斷他眞正的父親是男僕或馬車夫[20]。伴隨身體的殘缺而來的就是心智的殘缺，因爲這種人集脾氣[21]、遲鈍、無知、善變、縱慾、傲慢於一身。

如果沒有這個眾所矚目的團體同意，就不能執行、廢除或改變任何法律；這些貴族能夠決斷我們所有的財產，我們則不得上訴[22]。

譯者附誌

此章用誇大的手法介紹英國國情，藉以嚴厲批判。首先批評英國社會的貧富懸殊，窮人生活困苦，富人卻奢侈成風，貪婪成性，這也反映了當時英格蘭的經濟發展與海外擴張。飲食

---

20 第三部第八章卻又說，貴族世家之所以沒落是由於妻子不貞。反說正說，都是諷刺家綏夫特的理(IA 244)。

21 “Spleen”，此處的說法與中文／中醫吻合。

22 此句爲福特的修訂版所加(他也修訂了上一段的最後三句)，特別攻擊上議院(AJR 217; ABG 419)。

方面的窮極奢華，不知節制，導致罹患各種疾病。至於治病的醫生，則是醫術與醫德俱缺，唯利是圖，草菅人命，與其說是醫「生」，不如說是醫「死」。政治上的腐敗也令人扼腕，首相之流的國之大臣，偽善，腐敗，不知愛國，只圖己利，並且縱容情婦與下屬為非作歹。貴族則道德淪喪，行為乖張，身體孱弱，集眾惡於一身，卻又肩負立法、司法等重任。全章痛批英國的墮落慘狀，這些在不貪、無邪、無病、無律師、無醫生的慧駰看來，誠然不可思議，把人類視為犽猢，也就理所當然了。

第七章

作者深愛祖國。主人根據作者的描述，提出對英格蘭司法和行政的觀察，指出相似的案例和比較。主人對人性的觀察。

讀者也許會奇怪，慧駰族從我與他們的犽猢完全相似之處，已經對人類產生了最惡劣的看法，我又如何說服自己如此坦然呈現我的同類。不過我必須坦承，那些傑出的四足動物慧駰具有許多美德，正好對比出人類的腐敗，使我眼界大開，見識增長，於是開始以很不一樣的眼光來審視人類的行爲和情緒，而且認爲我的同類的榮譽不足爲慮。此外，主人判斷敏銳，每天都讓我看到自己的千般錯誤，這些錯誤我以前絲毫都沒察覺到，而且在我們人類之中也從來不算做缺點；所以在他面前，我不可能有所隱瞞。我也從他的榜樣中學到了深惡痛絕所有的虛假或僞裝；眞理在我看來如此可親，我決心爲眞理犧牲一切[1]。

1　話雖如此(「吾愛吾國／吾類，吾更愛眞理？」)，但格理弗在前

乾脆我就坦誠面對讀者，承認我之所以如此坦白呈現這些事物，其實有個強烈得多的動機。我來到這個國家不到一年，就對這裡的居民產生了濃厚的敬愛之意，決心再也不返回人群，而要在這些可敬的慧駰中度我餘生，思索、修習每項美德，因爲這裡沒有罪惡的事例或誘惑。但我的宿敵——命運之神——注定我不配享有這麼大的福分。然而，現在回想起來，在有關國人的描述中，我在這麼嚴格的考官面前還敢盡力爲他們的過錯緩頰，在每件事情上都盡可能轉向有利的一面來發揮，心中稍覺寬慰。因爲，畢竟凡是生靈，誰不偏袒自己的家鄉？

我有幸隨侍主人的大部分時間，曾多次和他交談，其中的大要已敘述於此，但爲求簡潔，我刪去的部分遠比記下的要多。

在我回答了他所有的問題，似乎完全滿足了他的好奇心之後，有一天清晨，主人把我召去，命令我隔一段距離坐下，這對我是前所未有的恩寵。他說，他一直都在很嚴肅地思考有關我自己和故國的整個故事[2]。在他看來，我們這種動物，不知爲

(續)——

後文中也多次說到自己「深愛」或「偏袒」祖國和人類。至於這是人情之常(人性的常態或普遍的弱點？)，還是前後不一、自相矛盾、自我欺騙，是欲「格理」、探知並維護眞理，還是這種努力終究未能實現理想(「弗」)，則見仁見智。這也涉及作者是透過格理弗來諷刺，還是連同格理弗也一併成爲諷刺的對象。歷代批評家對此眾說紛紜。

2 底下的說法與第二部中大人國國王對於格理弗及國人的評論，有異曲同工之妙。

了什麼他猜想不出的原因，竟然碰巧擁有少許的理性，而我們沒有把它用在正途，不但藉著它助長了自己天生的腐敗，還造成了原先大自然所沒有的新的腐敗；我們摒棄了大自然賦予自己的一些能力，卻使得原先的缺陷益形擴大，似乎把一生都花在以自己的發明來彌補這些缺陷，卻徒勞無功。至於我自己，顯然既沒有一般犽猢的力氣，也沒有牠們的靈巧；我用後腿走路，走起來搖搖擺擺的；設計出一種東西使自己的爪子既派不上用場，又不能防禦，還除去下巴上的毛髮，有違原先防止風吹日曬的功用。最後，我不像這個國家裡我的犽猢弟兄(他是這麼稱呼的)那樣，既不能快跑，也不能爬樹[3]。

我們的政府和法律制度顯然由於我們嚴重欠缺理性，以致嚴重欠缺美德；因為單單理性就足以統治理性的生靈[4]；因此，從我對自己人的描述中，即使主人明顯察覺到我為了偏袒他們而掩飾了許多細節，並且經常「所言非實」，還是看得出我們沒有資格自認具有理性的性格。

他對這個意見頗有把握，因為他觀察到我身體的每個特徵都和其他犽猢相符，不同的地方在於我的力氣小、速度慢、行動遲鈍、爪子短小，還有其他一些與自然無關的細節，相形之下更為不利。因此，從我所呈現的我們的生活、禮儀、行為上，他發覺我們的心態相似。他說，大家都知道犽猢彼此仇視的程度超過對其他動物的仇視；原因通常在於他們自己的外形

3　再次透過馬眼來看人，不但把人與犽猢扯在一塊，而且在許多方面還不如「我的犽猢弟兄」。

4　此為當時新古典主義的格言，其優劣顯而易見(ABG 420)。

醜惡，而每個犽猢都看得到其他犽猢的醜態，但就是看不見自己[5]。因此，他曾經想過，我們把身體遮蓋起來不失爲明智之舉，因爲藉著那種發明可以掩飾彼此許多的醜狀，否則不堪入目。但他現在發覺自己錯了，因爲從我的描述發現，他國家裡的那些野獸之所以爭吵，原因和我們一模一樣。他說，如果把足夠五十隻犽猢吃的食物丟給五隻犽猢，牠們不會相安無事各吃各的，反而會爭個不休，每一隻都急著想獨吞。因此在戶外餵食時，經常得派個僕人站在一旁，至於室內的犽猢則得拴住，彼此相隔一段距離。如果有頭牛因爲年邁或意外而死，在慧駰能爲自己的犽猢取回之前，鄰近那些犽猢會成群前來搶奪，結果就會引發我所描述過的大戰，用爪子在彼此身上抓出可怕的傷痕——雖說牠們因爲欠缺我們發明出來的那些方便的致命工具，很少能致對方於死地[6]。其他時候，一些鄰近地區的犽猢也會毫無緣由就爆發同樣的大戰，一個地區的犽猢虎視眈眈地盯著另一個地區的犽猢，一有機會就趁虛而入、攻其不備。但如果發現自己的計畫失敗，牠們就會回家，而且因爲沒有敵人，就在自己人之間打起我所謂的「內戰」。

5　這正是綏夫特在《書籍之戰》前言中對諷刺的定義，只不過把人換爲犽猢：「諷刺這面鏡子，觀者在鏡中通常只見他人的面孔，而不見自己。它之所以那麼受世人歡迎，很少引人反感，主要原因在此。」由此可見，人與犽猢相近之處。不知讀者看到書中對人性的諷刺時，是否也「只見他人非，不見自己過」？

6　相形之下，有「些微」理性的人類，把天賦用於不當之處，發明大規模的毀滅性武器，爲害反而大得多。這種情況自古已然，於今尤烈，甚至可以假借對方擁有這類武器爲由，大舉入侵。

在這個國家的一些田野中，有些五彩繽紛、閃閃發光的石頭，犽猢們喜愛得很。有時這類石頭固著在地面上，牠們會用爪子連挖上幾天，把它們挖起、帶走，一堆堆藏在窩裡，還小心翼翼四處張望，唯恐同伴會發現牠們的珍寶。我的主人說，他總是想不透爲什麼會有這種違反自然的癖好，還有這些石頭對於犽猢究竟有什麼用處；但他現在相信，這可能就像我所說的人類一樣，來自相同的貪婪的原理[7]。有一次他爲了實驗，私下把一堆這種石頭從他家犽猢所埋的地方移走。這隻貪婪的動物一發現自己的珍寶不見了，大聲哀慟，嚎叫聲把整群犽猢都招引來，當著眾犽猢的面哀號，然後對牠們又咬又扯，後來開始逐漸憔悴，不吃、不睡，也不工作，直到主人命令一個僕人私下把那些石頭埋回原來的洞裡，像從前一樣藏起來。這隻犽猢發現時，當場就恢復了精神和興致，但小心翼翼把它們移到一個更好的藏匿處，從此成爲很聽使喚的家畜。

我的主人更向我保證(而我自己也觀察到)，只要是在這些閃亮石頭很多的田野，就最常發生最激烈的爭鬥，這都是因爲附近的犽猢不斷闖入所引發的。

他說，當兩隻犽猢在田野裡發現一塊這種石頭時，就會爭是誰的，第三者就逮到機會，從兩者手邊取走，這種情況經常發生。主人硬說這和我們的法律訴訟有些相似，我心想不爲他拆穿眞相其實對我們更有利，因爲他所提到的判決比我們的許

7　《烏托邦》中對於金銀財寶也有類似的看法。根據基督教教義，「貪婪」(Avarice)是置靈魂於死地的七罪宗(seven capital or deadly sins)之一。

多判決要公平合理得多——他們的原告與被告除了失去所爭的石頭之外，其他一無所失，而我們的衡平法庭[8]如果不讓雙方一無所有，就不結案。

主人繼續大發議論，說犽猢最討人厭的就是只要有東西擺在面前，不管是草、樹根、漿果、動物的腐肉或這些混在一塊，就一概吞到肚裡。牠們的個性怪異，家裡明明準備了很好的食物，卻偏偏喜歡從很遠的地方搶來、偷來的差勁得多的東西。如果獵來的食物足夠，就一直吃到肚子幾乎脹爆了，然後用大自然指點牠們的某種樹根，讓自己大瀉一場[9]。

另外也有一種樹根汁液很多，卻極罕見、難覓，犽猢很急切地找尋這種樹根，興高采烈地吸吮。這種樹根的作用和我們的酒相同，會使牠們時而彼此擁抱，時而相互撕扯；牠們會高聲嚎叫，咧嘴大笑，吱吱不休，踉踉蹌蹌，跌跌撞撞，然後倒在爛泥裡呼呼大睡。

我確確實實觀察到，犽猢是這個國家裡唯一會害病的動物，但不像我們的馬匹那麼常害病，病因不是受到虐待，而是這種卑賤的野獸自身的骯髒與貪婪。此外，該國的語言對於那些毛病也只有一個泛稱，借自這個野獸的名字——「恨你犽猢」[10]，意思就是「犽猢之惡」。治療的處方就是把牠們自己的屎、尿攪和起來，強灌入喉嚨。就我所知，這個方法常常奏

8 “Courts of Equity”，此法庭根據一般的公平原則，處理習慣法未適當涵蓋的案件(PT 360)，可參閱第二部第六章注釋21。

9 「貪饕」(gluttony)也是基督教的七罪宗之一。

10 “Hnea Yahoo”，中譯試圖兼顧音、義。

效，在這裡為了公共利益，大力推薦給我的國人，作為治療衰竭所衍生的各種疾病的特效藥[11]。

至於學問、政府、藝術、製造業和諸如此類的事，主人承認他看不出該國的犽猢和我國的犽猢有什麼相似之處，因為他只有意觀察我們的本性中有什麼雷同。他的確聽說有些好奇的慧駰注意到，大多數的犽猢群中都會有一隻類似帶頭的(就像在我們國王特許的獵園中，通常會有一隻帶頭的或主要的雄鹿)，這頭犽猢總是比其他犽猢的身軀更畸形，性情更古怪。這個頭領通常會找個酷似自己的犽猢作為寵信，牠的工作就是舔主人的腳和屁股，把女犽猢趕到主人的窩巢，偶爾因此得到主人賞賜一塊驢肉。整群的犽猢都痛恨這頭寵信，為了自保，牠總是挨在頭領身旁。牠通常待在這個職位上，直到頭領能找到一隻比牠更糟的，這時牠立刻失寵，繼任的犽猢就率領那個地區所有的男女老少犽猢前來，把糞便排泄在牠身上，從頭到腳，滿身都是[12]。至於這種方式適不適用於我們的朝廷、寵信、大臣，主人說我可以做最好的判斷。

對於這個不利的影射，我不敢回嘴；這種說法把人類的智力貶得比尋常的獵犬還低，因為連獵犬都有足夠的判斷力來分辨一群獵犬中哪一隻最有能力，並且追隨牠的叫聲，而不致犯錯。

11　這種治療方式與第三部和第四部中對於醫生的諷刺相符。在卷首的書信中，格理弗也自稱出版此書的動機是為了公共利益。

12　此段與上段再度出現有關排泄物的描述，而且是更等而下之的灌入喉嚨和排泄在全身上。

主人告訴我說，在我有關人類的報告中，沒聽到或很少聽到我提起犽猢的一些特質。他說，那些動物就像其他野獸一樣共有母獸，但有兩點不同：母犽猢懷孕時允許公獸親近[13]；公犽猢和母犽猢爭吵、打鬥的凶猛程度，不下於公犽猢之間的爭吵、打鬥。這兩種可恥的獸性表現，是其他稍有理性的動物絕對做不出來的。

他對犽猢覺得奇怪的另一件事，就是牠們骯髒污穢的怪癖，而所有其他動物似乎天生就喜好乾淨。對於前兩項非難，我樂於擱下不答，因爲找不到片語隻字來爲我的同類辯護，否則依我的個性，一定會說個分明。但對於最後一項特殊的指責，如果那個國家有豬的話，我就能輕而易舉爲人類開脫。豬雖然可能是比犽猢可愛的四足動物，但平心而論，我實在很難說牠們比犽猢更乾淨。如果主人看過牠們骯髒的餵養方式，在泥裡打滾、睡覺的習慣，一定也會這麼承認。不幸的是，該國並沒有豬，讓我辯解無門。

主人又提起一個特徵，這是僕人們在一些犽猢身上發現的，對他來說完全無法理喻。他說，有時一隻犽猢會突然心神失調，雖然年輕體壯，不缺吃喝，卻退縮到一個角落，躺下，哀嚎，呻吟，任誰挨近牠身邊都會被踢開；僕人們也想像不出牠到底得了什麼病。他們找到的唯一治療方式，就是派牠去做苦工，在那之後就恢復正常，屢試不爽。有關這一點，出於對

---

13 其他動物只有在發情時才允許異性接近，進行交配，人類則不然。綏夫特把人類這項特質轉移到犽猢身上，以示其淫佚，加強兩者相似之處，並予以諷刺。

同類的偏袒，我默不作聲；但在這裡我明白發現了脾氣的眞正來源，這種疾病只侵襲懶人、富人和奢侈的人；如果強迫他們接受相同的療程，我敢保證療效[14]。

主人進一步觀察到，母犽猢經常會站在土堆或灌木後，盯著一些路過的年輕公犽猢，然後現身，再躲躲藏藏，做出許多稀奇古怪的姿勢和表情，同時發出最刺鼻的味道。要是有公犽猢走向前來，母犽猢就緩緩退後，頻頻回顧，裝出害怕的樣子，跑進某個方便的地方，心裡知道公犽猢會尾隨而來。

其他時候，如果一隻陌生的母犽猢來到牠們之中，就會有三、四隻母犽猢把牠圍起來，直盯著看，竊竊私語，咧開嘴巴，聞遍牠全身，然後帶著似乎是輕蔑、厭惡的姿態走開。

從這些自己觀察所得或別人告知的事情中，主人的揣測也許過分了些；然而回想起來，我卻不由得有些驚訝，更覺得很悲哀，原來淫蕩猥褻、賣弄風情、品頭論足、流言蜚語竟然是女性的本能[15]。

我隨時都預期主人會指控公、母犽猢那些不自然的嗜好[16]，這也是我們人類之中常見的。但大自然似乎並不是那麼高明的教師，因爲這些比較風雅的歡愉，在我們所處的地球這

14 這是18世紀初的一種時髦病，尤其是因爲安妮女王也染患了這種病，患者主要是上層階級，病徵如憂鬱、沮喪等，英國人和外國人都認爲是英國人的特徵(LAL 517; AJR 222)。前一章提到脾氣時只是一筆帶過，這裡補述。

15 雖有性別歧視之嫌，但爲下章中格理弗「一次奇異的冒險」埋下伏筆，似乎多少也回應了大人國宮女的一些行徑。

16 “unnatural Appetites”，可能暗示不正常的性癖好(IA 251)。

一邊，完全是藝術和理性的產物[17]。

譯者附誌

此章開始坦承慧駰的傑出和人類的錯誤，主角雖然愛國，但更愛真理，便是在這種矛盾心態和尷尬處境中，訴說國人(人類)的諸多缺憾。透過慧駰主人和格理弗的對答，一一比較犽猢和人類，發覺彼此都貪婪成性、樂於自鬥、迷戀珍寶、好吃貪杯、逢迎諂媚、骯髒污穢、情緒起伏、淫蕩好色，然而人類在這些方面不是與犽猢相似，就是有過之而無不及，因為犽猢的邪惡出自天性，尚屬小奸小惡，而人類因為具有理性，或者該說，因為濫用理性，反而為惡更大。兩相比較之下，格理弗痛悟：人不但是獸，而且在許多方面由於文明的緣故，反而做出大奸大惡的事。總之，犽猢縱有千般缺點，依舊是在自然和天性的範圍之內，而人類正是因為具有「些許的理性」，反而擴大了天性中的邪惡，所作所為更不堪聞問(前三章就是明顯的例證)。

17 暗示男女之間的風情甚或變態不是出於自然，而是人類文明社會的特殊產物。尊崇自然的慧駰當然無法得知，遑論指控了。

第八章

作者敘述犽猢的種種細節。慧駰的崇高美德。年輕慧駰的教育與訓練。慧駰的代表大會。

我對人性的了解，總該比我的主人清楚得多，因此很容易把他認定的犽猢性格套用在我自己和國人身上，而且我相信從自己的觀察中會有更多的發現。因此，我常央求主人讓我到鄰近的犽猢群中，而他總是恩准，因爲他十分相信我很憎惡那些野獸，絕不會被牠們帶壞；他命令一個僕從，也就是一匹很誠實又善良的強健栗色小馬做我的護衛；如果沒有他的保護，我是不敢那樣冒險的。因爲我已經告訴過讀者，剛剛抵達此地時曾受到那些惡劣動物的糾纏；以後我又有三、四次險些落入牠們的魔爪，因爲我恰巧稍稍走岔了路，又沒帶短劍防身。我有理由相信，牠們多少想像我是牠們的同類；爲了幫助自己區別起見，當護衛在身旁時，我就捲起袖子，露出赤裸的手臂和胸部讓牠們看[1]；這時牠們會放大膽子，盡量接近，像猴子般模仿

1　意在顯示自己與犽猢不同，但由下文的描述可知無效。

我的動作，但總是帶著很憎惡的神色；這種情形就像戴帽穿襪的馴服鶵哥[2]，恰巧和野生的同類在一塊時，總是受到迫害[3]。

牠們自嬰兒起反應就極敏捷、激烈。有一次我抓到一個三歲的小男犽猢，使出渾身解數溫柔地要讓牠靜下來，但這個小鬼高聲尖叫，亂抓亂撓，張口猛咬，使我不得不放牠走[4]；還好放的正是時候，因爲一大群大犽猢聞聲而來，但看到小畜生安然無事(因爲牠已經逃之夭夭了)，栗色小馬又在旁，就不敢冒險靠近我們。我注意到小動物的身體聞起來很腥臭，味道介於臭鼬和狐狸之間，但難聞得多。我忘了描述在另一個場合(如果我完全省略不提的話，也許讀者會原諒)，我把可憎的小惡蟲[5]抱在手中，牠竟拉出稀稀黃黃的髒屎，沾滿我的衣服，幸好附近有條小溪，我盡力洗乾淨，一直到晾夠了，才敢在主人面前出現。

我發現，犽猢似乎是所有動物中最不受教的，牠們的能力僅限於拉扛重物。但我認爲這個缺點主要來自偏差、乖戾的個性，因爲牠們狡猾、惡毒、詭譎善變、有仇必報。牠們體格強健，卻個性怯懦，因此厚顏無恥、卑躬屈膝卻又殘忍無情。由

2 “Jack Daw”，是鴉類之中最小的，很容易馴服並教導模仿人聲(AJR 224)。

3 「迫害」之說既接前文，也爲下文伏筆。

4 試想三歲的小犽猢被一個奇裝異服的怪「犽猢」抓到，並「使出渾身解數溫柔地要讓牠靜下來」，反應激烈是理所當然。

5 “the odious Vermin”，在第二部第六章中，大人國國王曾用類似的字眼(「小害蟲」)形容格理弗，由此可見人類與犽猢相近。然而人類這種「小惡蟲」還會發明火藥槍砲，使千萬人頭落地。

觀察得知，公、母犽猢中以紅髮的最淫蕩、惡毒，體力和行動也遠超過其他的犽猢[6]。

慧駰把犽猢安置在離房舍不遠的小屋裡，方便隨時使喚，其他的則送到田野裡，讓牠們在那裡挖樹根，吃各種野草，找腐肉，有時也抓臭鼬或一種叫做「魯西牡」的野鼠[7]，一抓到就狼吞虎嚥。大自然教牠們用指甲在隆起的土地一側挖深洞，牠們就獨自睡在洞裡；只有母犽猢的窩巢大些，足夠容納兩、三隻小犽猢[8]。

牠們自幼就像青蛙般游泳，能潛伏在水裡很久，經常這樣捕魚，母犽猢就把捕到的魚帶回家給小犽猢吃。這裡，我希望讀者容我敘述一次奇異的冒險。

有一天，我和護衛栗色小馬在戶外，由於天氣極熱，我懇求他讓我在附近的河裡洗澡，他答應了，我立刻把渾身上下剝個精光，緩緩步入溪中。恰巧有一頭年輕的母犽猢站在岸邊，看到整個經過，全速飛奔而來，躍入離我洗澡的地方不到五碼的水裡(我和小馬事後猜想，牠是慾火中燒)。我這輩子從沒這麼駭怕過，小馬壓根兒沒想到會有任何意外，正在一段距離外吃草。母犽猢以最噁心的方式抱住我，我全力高聲吼叫，小馬

6　自古對紅髮就有如此傳說，據說出賣耶穌的猶大長得一頭紅髮(ABG 420; PT 361)。至今許多人依然把紅髮視爲熱情的象徵。

7　"*Luhimuhs* (a Sort of *wild Rat*)"，此字爲綏夫特所創，有論者指出，此字來自愛爾蘭文的"luc"(「鼠」)和拉丁文的"mus"(「鼠」)(PT 361)。

8　前章提到母犽猢引誘公犽猢後，會「跑進某個方便的地方」，由本章的描述可知，這種地方可能包括她的窩巢。

急馳而來，母狩獺見狀滿心不情願地鬆開手，跳上對岸，在我穿衣的這段時間，一直站著盯著我看，口中嘶吼不已[9]。

這件事成了主人和他家人的樂子，卻讓我很困窘，因為現在我不能再否認我的四肢和每項特徵都是道道地地的犽猢，因為母犽猢對我出自天性的喜好就像對同類一樣[10]；而且，這頭野獸的毛髮也不是紅色的(否則多少可以說明這個癖好有些異常)，而是像黑刺李般的黑色，長相也不像其他犽猢那麼可憎，因為我想她可能不超過十一歲[11]。

我在這個國家已經住了三年[12]，我想讀者會期盼我像其他旅人一樣，訴說一些該國居民的風俗習慣，這也的確是我主要的學習事項。

這些高貴的慧駰得天獨厚，生性喜愛所有的美德，全然不知道理性的生靈身上會有什麼罪惡，因此他們主要的格言就是：培養理性，唯理是從。而且理性對他們來說也不像我們那樣是個有問題的論點：我們人類可以為一個問題的正反兩面來爭辯，而且各有道理；但理性則使你當下信服，因為它必然不受情緒和利益的摻雜、蒙蔽、沾染[13]。我記得費了九牛二虎之

---

9 第二部第五章也曾暗示遭大人國的宮女輕薄。

10 第二部第五章也曾被猴子誤為同類。

11 由此可見犽猢比人類早熟。不超過十一歲的女犽猢竟然能讓年逾五十、航行四海、見過「大」、「小」世面、「上天」(上到飛行島)、「下地」(與冥界之人來往)的格理弗如此驚駭，高喊求援，其野蠻、醜陋、噁心可想而知。而格理弗的窘境也令人發噱。

12 格理弗在慧駰國待了大約三年九個月(HW 488)。

13 當時法國哲學家笛卡爾和英國哲學家洛克都有類似的看法(PT 362)。

力才讓主人了解「意見」這個詞的意思，或怎麼來爭辯一個論點；因爲理性教導我們，只有對自己確定的事才能肯定或否定，如果超越了我們的知識，就無法肯定或否定[14]。因此，針對錯誤或可疑的命題來爭議、喧嚷、辯論、斷言，都是慧駰們所不知道的罪惡。同樣的，我向他解釋我們有關自然哲學的種種思想體系時，他會嘲笑我們這些假裝理性的生靈，竟然自誇知道別人的猜測和其他事物，這些就算眞正知道也沒有實益[15]。這點他完全同意蘇格拉底的感受[16]，這些感受是柏拉圖傳達給我們的，我提到這一點，是向那位哲學家裡的君王致上最高的榮譽。自那之後我經常反省，這種教誨不知道會毀掉歐洲圖書館裡多少圖書，在學問的世界裡會關閉多少通往名聲之途。

友誼和仁慈是慧駰的兩大美德，不限於特定對象，而是普及全族。因此，來自最遠地的陌生慧駰，受到的待遇就像最鄰近的慧駰一樣，而且不論到任何地方，都覺得和在自己家沒有兩樣。他們極尊奉高雅和文明，對繁文縟節則渾然不曉。他們不溺愛子女，對子女教育的用心完全來自理性的要求。我觀察到主人對鄰居子嗣表現出的感情，和對自己的子女一樣。他們認爲大自然教導他們去愛整個族群，區別彼此時唯理性是憑，

14 由此可見，格理弗的主人也做不到這一點，可參閱本部第三章(PT 362)。因爲慧駰不知道自己之外的世界，卻對許多事情斷然肯定或否定。

15 綏夫特本人也不喜歡玄思或抽象的臆測(ABG 420)。

16 根據柏拉圖的《理想國》，蘇格拉底區分意見與知識，主張知識由推理而來，具有實用的目的，是美德的基礎，而眞正的美德與傳統的道德不同，依賴的是信念(ABG 420)。

以高超的美德爲準[17]。

母慧駰生下一子一女後，就不再與配偶相伴，除非因爲意外失去子嗣，但這種事很少發生。果眞發生，他們就再度相會；如果這種意外發生在妻子已經超過生育年齡的慧駰身上，另一對慧駰夫妻就會把自己的一個子女給他們，然後再度相伴，一直到母親懷孕爲止。這種審愼是必要的，以免慧駰數量過多，造成國家的負擔[18]。但長大要當僕人的低劣慧駰族在這一項並不這麼嚴格限制，可以生三子三女，作爲貴族家的僕人[19]。

他們結婚時極小心挑選顏色，以免造成品種上任何不良的混雜。公的首重氣力，母的首重秀麗，不是爲了愛情，而是爲了維持品種，免得一代不如一代；如果母的恰巧氣力突出，擇偶時就著重秀麗。在他們的思想中，完全沒有求愛、愛情、聘禮、寡婦授予權[20]、財產贈與[21]的觀念，在他們的語言中也沒有表達這些觀念的用語。年輕男女慧駰相遇、結合，只是因爲父母和友人的決定：這是他們每天看到的事，而且把它當成理

17 《烏托邦》中有類似此段的描述(PT 362-63)。

18 已有「馬」口計畫。愛爾蘭貧窮人口遽增，綏夫特甚表關切，此書出版三年後發表〈野人芻議〉，以諷刺的方式針對這個問題提出解方(AJR 226)。

19 在遵從理性、友善慈愛的慧駰國裡，依然難逃階級歧視。可見綏夫特視階級社會爲理所當然。

20 “Joyntures”（現在的拼法爲“jointures”），法律用語，意指「結婚時已明定丈夫死後給予妻子的財產」。

21 “Settlements”，法律用語，意指「婚姻時的協定，妻子藉此得到財產」(ABG 421)。

性生靈的一項必要行動。但違反婚姻或任何其他不貞的事則聞所未聞。配偶以對待所有同類一樣的友情和相互的慈愛共度一生，沒有妒嫉、癡愛、爭吵或不滿[22]。

他們教育年輕男女的方法高明，很值得我們仿效。在十八歲之前，除了某些特定的日子，不許吃一粒燕麥，也很少喝牛奶。夏天早上在外面吃兩個小時的草，晚上也一樣，父母遵守同樣的規矩，但僕人進食不許超過這個時間的一半，牠們把大部分草料帶回家，等到工作之餘最方便的時間再吃。

節制、勤勞、鍛鍊、清潔是給年輕男女共同的美訓。主人認爲我們女性所受的教育與男性不同，只有一些家庭管理，無寧是樁怪事[23]，因爲他眞切觀察到，我們有一半的國人除了會把小孩帶到世間之外，其他一無是處；他說，把小孩託付給這種無用的動物來照顧，是獸性的另一個有力例證。

然而，慧駰鍛鍊年輕男女的氣力、速度、堅毅，憑的是訓練他們在陡峭的山丘跑上跑下，或跑過堅硬的石頭地面；當他

22 在柏拉圖的《理想國》中，婚姻由國家掌管，根據的是優生的原則(PT 363)。然而，像慧駰國這樣完全基於優生的考量，經由父母、友人的媒介，夫妻之間既無愛情，也無異於平常的情感，父母對子女也無特殊的親情，子女可以讓渡給其他失去子嗣的慧駰……如此「理性」的國度是否「理想」，值得深思。

23 在理想國和烏托邦中，男女都接受相同的教育。綏夫特在未完成的〈論女子的教育〉("Of the Education of Ladies")一文中抱怨，女子接受適當教育的人數只有男子的一半，這意味著大約有一千位貴族和紳士不是得單身，就是得娶「他們不可能敬重的女人」(PT 363-64)。就這一點，綏夫特走在他時代之前。第一部第六章也提到小人國裡男女受教育的方式很相近。

們全身是汗時，命令他們一頭跳進池塘或河流裡。一年四次某些地區的年輕慧駰聚集在一塊，展現他們奔跑、跳躍的能力，以及其他傑出的氣力或敏捷的表現，優勝者的獎賞是一首爲他所寫的頌歌[24]。在這個節慶時，僕人把一群扛著稻草、燕麥、牛奶的犽猢趕到場中，提供慧駰盛宴所需的物品，這些野獸把東西放下後立刻被趕回去，唯恐掃了大會的興。

每四年在春分時節，舉行全國代表大會[25]，集會地點是距離我們房舍大約二十哩的一處平原，連續大約五、六天。會中他們質詢國情和各個地區的情況，乾草或燕麥、牛隻或犽猢是否足夠？如果哪個地方有任何短缺(這種情況甚爲罕見)，立刻經由全體的同意、奉獻來補足。子女的調整也是在這裡決定，比方說，有兩個兒子的慧駰，就和有兩個女兒的慧駰交換一個；因爲意外而失去一個小孩，而母慧駰已經超過了生育年齡，就決定那個地區哪一家要多生一個來彌補這個損失。

譯者附誌

前一章談的主要是犽猢，後一章談的主要是慧駰，此章則承上啓下，犽猢、慧駰各半。文中再次集中於主角與犽猢的曖昧關係。格理弗以「小惡蟲」來形容小犽猢，可見他眼中的犽猢一如大人國國王眼中的他。然而逾五十歲的格理弗竟然險遭

24 此處慧駰的競賽與節慶有如奧林匹克競賽，綏夫特本人喜歡劇烈運動，尤其是快走(AJR 227)。

25 在烏托邦中，每年一度的全國代表大會處理相似的問題(PT 364)。

不到十一歲的女犽猢非禮，這個神來之筆顯示格理弗與犽猢果真是同類(至少在慾火中燒的女犽猢看來如此)，否則為什麼會有那麼大的吸引力。另一方面，主角逐漸心悅誠服於慧駰的美德，尤其是他們的崇尚理性，並以實例來說明慧駰如何將理性化為實際行動，而這也正是人類望塵莫及之處。然而，唯理是從，不重感情，重集體而不顧個人，甚至連天生的親情也不能超越團體的考量，這種理性至上、不分親疏、無情無愛的國度算不算是烏托邦？如此國度究竟是崇高(honorable)或可怖(horrible)？主角漸次接受慧駰的價值觀，而忘了自己是誰。第四部後半的諷刺在此，趣味也在此。

第九章

慧駰代表大會中的大辯論與決議。慧駰的學問，建築，埋葬方式[1]，以及語言的缺失。

我停留期間，舉行了一次這種代表大會，時間大約在我離開之前三個月[2]，由主人代表我們這一區出席。在這次大會中繼續他們長久以來的辯論，而這的確也是該國唯一的辯論，主人回來之後一五一十地告訴了我。

辯論的問題是：該不該把犽猢從地表上剷除[3]？持贊成意見的一員提出了幾個強有力的論點，指稱由於犽猢是大自然所產生的最骯髒、有害、畸形的動物，因而最桀驁不馴、古里古怪、凶狠惡毒。如果不一直嚴加看管，就會偷吮慧駰豢養的母牛的奶頭，殺害、吞食他們的貓隻，踐踏他們的燕麥和草地，

1 此處提要雖爲「埋葬方式」(“Their Manner of Burials”)，但就內文的描述，其實「死亡觀」更爲恰當。

2 伏筆——慧駰代表大會與格理弗離去之間的關係。

3 前一章提到慧駰不知如何爭辯。此處則提到該國唯一的辯論，究其因依然是由犽猢引起。

做出其他上千種放蕩恣肆的行爲。他察覺到一個傳聞，也就是說，犽猢並不是打一開始就存在於他們的國家，而是許多年代之前，兩隻這種野獸一起出現在一座山上。究竟牠們是因爲太陽的熱氣作用在腐爛的泥漿和黏土上所產生的，還是來自大海的軟泥和泡沫，實在不得而知[4]。這些犽猢迅速繁衍，不多時便橫行全國，四處爲害。慧駰爲了除去這種惡物，曾大肆獵捕，終於一網打盡，把老犽猢消滅掉，小犽猢則分配由每個慧駰在窩裡豢養兩隻，盡可能去馴服這種天性野蠻的動物，作爲拖拉負載之用。這個傳聞似乎很符合實情，而那些生靈不可能是「因泥安濕」[5]（也就是「原生的動物」），因爲慧駰和所有其他動物都強烈憎惡牠們；雖然就牠們的邪惡本性來說是咎由自取，但如果是原生的動物，不可能受憎惡到這種程度而沒早早被趕盡殺絕。該國居民喜歡役使犽猢，卻輕忽了培養驢子，其實驢子這種動物雖然不如犽猢敏捷，但是好看，容易飼養，更溫馴、聽話，沒有任何臭味，足以勝任勞力工作；還有，驢子的叫聲縱使不好聽，也比犽猢可怖的嚎哮要好得多。

其他幾位也發表了同樣的感受，這時我主人向大會提出權宜之計，這其實還是從我借來的點子。他贊同先前發言那位尊貴的代表所提到的傳聞，也肯定在他們之中首次見到的那兩隻犽猢是由海外被趕到這個國家的；牠們被同伴拋棄，登陸後就

4　根據希臘神話，巨蟒排松(Python)是由太陽的熱氣作用在大洪水所遺留的泥漿和黏土所產生的，而愛神(Aphrodite)則來自大海的泡沫(IA 259)。

5　“Ylnhniamshy”，此字爲綏夫特自創，中譯試圖兼顧音、義。

退居山裡，逐漸墮落，隨著時光的推移，變得比最先兩隻在故國的同類野蠻得多。他提出這個主張的理由在於，他現在擁有一隻奇特的犽猢(指的就是我)，在場的代表大多聽說過，許多也親眼見過。接著主人告訴他們，他最先是怎麼發現我的；我的全身遮蓋了層層其他動物的皮毛做成的東西；我說的是自己的語言，也學通了他們的語言；我曾向他敘述是些什麼意外把我帶到那裡；他看過我除下遮蓋時，渾身上下是不折不扣的犽猢，只不過膚色白些，毛髮少些，爪子短些。他還提到，我如何努力說服他，在我的故國和其他國家，犽猢成爲統治的理性動物，而要慧駰服侍牠們；他在我身上看到犽猢的所有特質，只不過因爲具有些微的理性而稍稍開化，但我遠遜於慧駰族的程度，就像犽猢遠遜於我[6]；我提到的許多事情之中，有一件就是爲了使慧駰馴服，從小便把他們閹割了；這種手術既簡單又安全；向野獸學習智慧並不是什麼羞恥的事，就像螞蟻教導我們勤勞，燕子教導我們建築一樣(我是這麼翻譯「來航」[7]這種鳥的，雖說它大得多)。這種發明可以用在此地的年輕犽猢身上，不但使牠們更溫馴、容易使喚，而且在一代之間不必殺生就可以終結全族。在這同時，應該勸說慧駰培育驢子，因爲這種野獸在各方面都更有價值，而且還有一項長處，那便是五歲時就堪使喚，其他動物則得到十二歲。

這是主人當時認爲適合告訴我在代表大會裡所發生的事，

6 如此說來，格理弗便介於犽猢與慧駰之間，然而慧駰卻一直視他如犽猢。

7 “Lyhannh”，此字爲綏夫特自創，中譯試圖兼顧音、義。

卻有意隱瞞了另一件與我切身相關的事，不久我就體驗到這件事所帶來的不幸後果，讀者在適當的時機便會知曉，而且從那時起，就開始了我人生中所有後續的不幸事件[8]。

慧駰沒有字母，因此他們的知識都是口耳相傳的。但由於他們很團結，天性喜愛各種美德，完全遵從理性，而且和其他國家完全沒有經貿往來，所以該國不論什麼時代都很少發生事故，易於保存歷史而不致造成記憶上的負擔。我已經提過了他們不生病，因此不需要醫生。然而他們有藥草組成的上好藥物，用來治療偶爾受到的瘀傷，尖石在骹骨或蹄楔造成的割傷，以及身體各個部位的殘害和傷口。

他們以日月的運轉來計年，卻未細分為星期[9]。他們熟悉那兩個光體的移動，了解日月蝕的性質，而這是他們天文學發展的極致[10]。

在詩歌方面必須承認他們超越了其他所有的生物，他們的比喻適切，描述翔實、精確，確實無與倫比。詩歌中充滿了這些比喻和描述，通常包含了一些有關友誼和仁慈的崇高觀念，或是讚美競賽和體能運動中的優勝者[11]。他們的建築雖然很粗

8　回應第一段的伏筆——此處依然是伏筆，承上啓下。格理弗自認從那時起，人生便轉爲不幸，到執筆寫書時，依然如此。

9　日、月、年爲自然的劃分，星期則是人爲的劃分。

10　與飛行島的島民形成強烈對比。

11　柏拉圖的理想國裡允許的是讚美名人堅毅美德的詩歌，希臘詩人品達(Pindar，約紀元前518-438年)的作品則歌頌在賽跑和其他運動競賽中的勝利。綏夫特初期的詩作便是「品達體頌歌」(“Pindaric Odes”)(PT 365)。前章也提到，在運動競賽中優勝的慧駰，獎賞是一首頌歌。因此，沒有字母的慧駰有如原始民族般依

糙、簡單，但不會不方便[12]，而是匠心獨具，使他們免於所有寒暑的侵害。當地有一種樹，長了四十年後根部就鬆動，一遇強風便倒。這種樹長得很直，有尖角，就像綁了尖石的木樁(慧駰不知道鐵的用途)。他們把這種樹直插在地上，彼此相隔十吋，然後在其間編上燕麥桿，有時則編上枝條。屋頂和房門也如法炮製。

慧駰使用前腳的骹骨和蹄子之間的中空部位，就像我們使用雙手一般，而且比我一開始所能想像的靈巧得多。我曾見過我們家的一匹白色母馬用那個關節來穿針線(針線是我特意借給她的)[13]。他們以同樣的方式來擠牛奶，收割燕麥，做人類需要用到手的所有工作[14]。他們有一種堅硬的燧石，把它在其他石頭上研磨，製成工具，當作楔子、斧頭、錘子使用[15]。他們也用這些燧石製成的工具來割稻草，收割燕麥，而這些稻麥自然生長於各處的田野。犽猢用車子把一捆捆的稻麥拖回家，僕人在一些有遮蓋的小屋裡踩這些稻麥，脫出穀粒，貯藏起來。他們製造一種粗糙的陶器和木器，把陶器曝曬在太陽下。

如果他們能避開意外，就只會因為年邁而死亡，而且埋在最隱密的地方，親朋好友對於他們的離去既不喜也不憂；垂死

(續)

賴口述傳統，詩歌則頌揚美德與體能的傑出。

12 再次與飛行島的島民形成強烈對比。

13 前段提到，慧駰不知道鐵的用途，以往也提過，他們不知衣物為何物，因此針線來自格理弗，屬於本部第一章提到的口袋中「一些小必需品」，藉此考驗慧駰的手藝。

14 本部第一章便提到，此處描寫得更仔細，加以補足。

15 可見慧駰依然處於石器時代。

的慧駰對於即將離開世間也沒顯露出絲毫的悔恨，彷彿只是拜訪鄰人後要回家一般。我記得主人有一次和一位朋友及他家人因爲某件要事相約到他家，到了約定的那一天，對方的夫人和兩個小孩很晚才來，她說了兩個理由，第一個理由是她丈夫那天早上恰好「臨娚隱」了。這個字眼在他們的語言中含意很強烈，但不容易翻譯成英文，意思是「退隱到第一個母親」[16]。她沒有早點來的理由就是，她丈夫在近午時分去世，她花了好一陣子和僕人們商量，找個方便的地方埋葬。我看她在我們家的舉止和其他慧駰一樣歡樂，大約三個月之後，她也去世了。

他們通常活到七十或七十五歲，很少到八十歲。他們在死前幾個星期，會感覺逐漸衰弱，但沒有痛苦。這時朋友紛紛來訪，因爲他們不能像往常一樣自由自在、隨心所欲地外出。然而，在死前十天左右(他們的估算很少失誤)，他們乘坐著由犽猢拖的一種方便車子，回訪最鄰近的朋友——這種車子不單用在這種場合，在年邁、要出遠門或因意外跛足時也都用上[17]。因此，即將棄世的慧駰在回訪時，向朋友們莊嚴地告別，彷彿要去該國某個遙遠的地方，計畫在那裡度過餘生[18]。

我不知道這件事是否值得一提：慧駰的語言裡沒有表達任

---

16 前一句將"Lhnuwnh"譯爲「臨娚隱」，以便對應此句的「退隱到第一個母親」("to retire to his first Mother")，意爲「回歸大自然」。這種「視死如歸」的精神，也對應先前「彷彿只是拜訪鄰人後要回家一般」的說法。

17 這種「像是雪橇的車子」已見於本部第二章，前後呼應。

18 慧駰的自然灑脫、視死如歸、自知時至，恰與第三部第十章長生不死之人遙遙無期的負擔形成強烈對比。

何邪惡事物的字眼——除非借自犽猢的畸形或惡質。因此，他們表示僕人的愚行、小孩的疏失、割傷腳的石頭、接連的壞天氣或不當令的氣候時，都加上「犽猢」這個表述詞，像是「辛犽猢」、「哇哪何犽猢」、「噫那威碼犽猢」，而設計不良的房子則稱作「因何木落楞犽猢」。

我很樂於詳加敘述這個傑出族群的風範和美德，但因爲我打算不久便出版一本有關那個題材的專著，所以請讀者參閱那本書[19]。在這同時，我接著敘述自己悲慘的災難。

譯者附誌

從慧駰代表大會的辯論可以看出他們長久以來最關切的議題：該不該消滅犽猢？由發言者的口中道出有關犽猢起源的傳聞(不是原生的動物)，降服犽猢的歷史，可能替代牠勞務的動物。主人提出閹割的建議，則是「不恥下問」於格理弗的結果，把歐洲人用於馬／慧駰身上的不人道方式用於犽猢，可以在一代之間不用殺生就解決了所有的犽猢。此外，透過主人口中，表示格理弗具有些許的理性，介於慧駰與犽猢之間。至於主人善意隱瞞的事，則攸關主角的未來，在下一章便見分曉。本章進一步描述慧駰的文明程度：沒有文字，只能仰賴口述，天文學的知識有限，詩歌的作用在於歌功頌德，而由他們使用的工具可以看出處於石器時代。全章最重要的便是慧駰的生死觀，呼應第三部中有關長生不死之人的描述。先前從負面表述

19 作者虛晃一招，故示寫實。先前也曾用過這種手法。

不死的悲哀與負擔，打消對於長生的幻想，此處從正面表述慧駰面對死亡時的自然灑脫，甚至自知時至，在死前莊嚴地道別，然後「退隱到第一個母親」，破除對於死亡的恐懼。一反一正，表現出作者的生死觀。

第十章

作者在慧駰國的日常所需和快樂生活。與慧駰交談使他美德大增。他們的交談。主人通知他必須離開此國，作者聞訊後哀傷昏厥，黯然從命。在另一個僕人協助下，製造、完成獨木舟，冒險出海。

我個人日常所需都得到滿意的解決。主人下令仿照他們的方式，爲我造了一間小屋，距離他們的房舍大約六碼[1]。我用黏土塗抹四壁和地板，覆蓋上自己編製的燈心草蓆。我取來該地野生的大麻，捶打後做成一種麻布，並用犽猢毛做了一些套索[2]，抓來各種鳥，這些鳥肉很美味，鳥毛則塞到麻布裡。我

1 前一章提到，主人在慧駰代表大會中公開指出，「我〔格理弗〕遠遜於慧駰族的程度，就像犽猢遠遜於我」。第二章中便提到，格理弗的住處介於慧駰與犽猢之間，也暗示了他的地位。新古典主義時期把人視爲介於神與獸之間，綏夫特的好友、當時詩壇祭酒波普的名詩〈人論〉即對此申論。

2 格理弗對於犽猢毫無「物傷其類」(遑論「民胞物與」)之感，完全視爲「非我族類」，只有蔑視、厭惡，爲底下慧駰代表大會對他的處置埋下伏筆。

用刀子做了兩把椅子，栗色小馬則幫我做些比較粗重的工作。衣服穿爛時，我就自己做一些，用的是兔皮和努諾皮——努諾是一種美麗的動物，大小與兔子相仿，表皮覆蓋著纖細的絨毛。我也用同樣的材料做了些很過得去的襪子。我把砍下來的木頭做成鞋底，搭配鞋面的皮革，皮革磨損時，就換上曝曬過的犽猢皮。我經常從樹洞裡採蜂蜜，和水喝或塗麵包吃。沒有人比我更體驗到底下兩則格言的眞諦：「自然很容易滿足」、「需要爲發明之母」。我享有完美的健康身體、寧靜心靈；沒有感受到朋友的背叛或善變，也不覺得被在暗處或明處的敵人所傷害。我不必賄賂、阿諛、逢迎，以贏取任何大人物或他親信的寵幸。我無需提防他人的虛僞或壓迫。這裡沒有醫生來破壞我的身體，沒有律師來毀損我的財產。沒有密告的人來監視我的言行，或受雇編造不利於我的控訴。這裡沒有嘲諷的、指責的、背後中傷的、扒手、攔路打劫的、闖空門的、訟棍、鴇母、插科打諢的、賭徒、政客、才子、壞脾氣的、喋喋不休的、好辯的、打劫的、殺人的、搶人的、半調子科學家；沒有黨派的首領或徒眾；沒有以言詞或行動鼓勵犯罪的人；沒有地牢、斧頭、絞架、鞭笞柱、頸手枷[3]；沒有不肖的商家或勞工；沒有自大、虛榮、矯情；沒有紈褲子弟、惡霸、醉漢、流鶯、染了性病的人；沒有大呼小叫、淫蕩、揮霍的妻子；沒有愚蠢、傲慢的學究；沒有胡攪蠻纏、盛氣凌人、吵吵鬧鬧、嗜嗜呼呼、吼吼叫叫、空空如也、自視甚高、胡亂賭咒的友伴；沒

3 “Pillories”，將罪犯的頸部與雙手枷住以示眾的刑具。

有奸人因罪惡而平步青雲，也沒有顯貴因美德而貶落塵埃；沒有領主、浪人、法官或善舞者[4]。

多位慧駰來拜訪我的主人或一塊進餐時，我有幸參見；承蒙主人寬大，恩准我在房中隨侍，聆聽他們談論。主人和友伴經常不恥下問，並且聽我回答。主人拜訪他人時，我時有榮幸隨從。除非被問起，我從不貿然開口，但每一開口必然心生懊悔，因爲耗費了許多改進自己的時間。在這些對話中，我極爲欣然接受謙卑的旁聽者這個身分，因爲這些交談言簡意賅，句句受用。我已經說過，這些對話極爲得體，又無絲毫的繁文縟節；說話的和聽話的同伴皆大歡喜；沒有插嘴、囉嗦、激動、爭議。他們有個觀念：相見時，短暫的靜默對交談大有裨益。我發覺這種作法很正確，因爲交談暫停時，他們心中會產生新的想法，使言論活潑生色許多。他們的主題通常是友誼和仁慈，秩序和生活所需，有時是自然界明顯可見的現象或古老的傳統，美德的範圍和界限，理性的正確規則，或下次大會中要做的一些決定，而且經常是有關詩歌的許多出色之處。我可以毫不虛榮地加道，我在場經常提供他們足夠的談話題材，因爲這讓主人有機會引領朋友進入我個人和國家的歷史，他們全都樂於詳加評論，但評論的方式對人類並不很有利，所以我不重

4 “Dancing-Masters”，可能指的是立場飄忽不定的牆頭草(IA 266)，但也使人聯想到第一部第三章小人國中以舞技邀寵、取得高位的「繩索舞者」。中譯爲「善舞者」暗示其手腕高超，「長袖善舞」。此處採取「負面表列」的手法，一一指出人類社會中的邪惡行徑，對比墮落的人類和理性的慧駰。

複他們的談話內容，只希望容我指出，令我十分欽佩的是，主人對犽猢本性的了解似乎比我自己深入得多。他臚列我們所有的罪惡和愚行，而且發現許多我從未向他提過的，而他只是揣測該國的犽猢如果有少許理性，可能會做出什麼事來，而且下結論說，這種生靈必然是多麼的邪惡與不幸；這種說法很言之成理。

我坦承，自己僅有的些許寶貴知識都得自於聆聽主人的言論以及他和友人的交談，我寧可傾聽這些談話也不願聽取歐洲最偉大、最明智的集會。我欽佩此國居民的氣力、秀麗、速度，這麼多的美德薈萃於這麼出色的生靈身上，使我內心生出最高的敬意。起初，我的確沒有感受到犽猢和所有其他動物對他們那種自然的敬畏，但這種敬畏在我心中逐漸滋長，比我想像的要快得多，而且摻雜了敬愛和感恩，因爲他們屈己下人，折節相交，使我有別於其他的同類[5]。

當我想到家人、朋友、國人或全人類時，就看出了他們的眞面目，認爲他們在外型和性情上都是犽猢，也許更開化些，而且具有語言的能力，卻沒有把理性用在正途，只是強化、增加了那些罪惡，而他們在這個國家的兄弟則只有大自然所賦予的罪惡[6]。我偶爾在湖水或泉水裡看到自己的倒影，就會因爲恐怖和自憎把臉轉開，寧可忍受一般犽猢的樣子，也受不了自己

5　這只是格理弗一時錯覺，實爲反諷，但也可看出他的一廂情願、妄自尊大、自以爲是。

6　如此說來，人類因爲稍具理性，反而比犽猢更邪惡、可怕，也爲下文慧駰代表大會中的討論與決議埋下伏筆。

的模樣。由於我和慧駰談話，而且歡喜見到他們，於是開始模仿他們的步法和姿勢，現在已經成了習慣，友人經常坦白相告，我快步走來像匹馬，而我把這當成很大的恭維。我也不否認，當聽到自己因爲說話時往往流於慧駰的聲音和模樣而遭到取笑時，一點也不覺得受辱[7]。

我身處這種快樂中，自認已經完全定了下來，準備就此過一輩子。有天早晨，主人比平時稍早把我召去。我從他的臉色看出他有些茫然，不知如何開口是好。靜默了片刻之後，他告訴我，他不知道我聽了他的話會有什麼反應。上次代表大會中，當討論到犽猢的事情時，代表們對於他在家裡養了一隻犽猢(指的是我)，而且像慧駰(而不是像野獸)一樣對待，很不以爲然。他們知道他常常和我談話，好像有我爲伴能得到一些利益或樂趣；這種行爲既不符合理性或自然，在他們之中也是前所未聞的。因此大會勸誡他，不是把我當成我的同類那般使喚，就是命令我游回原先的地方。凡是在主人家或自己家見過我的慧駰，都極力反對第一個對策。他們指稱，因爲我具有些微的理性，加上那些動物的劣根性，惟恐我會引誘牠們遁入該國的山林，夜晚帶領牠們成群結隊而出，損毀慧駰的牛隻，因爲牠們劫掠成性，厭惡勞動。

主人還說，鄰近的慧駰每天逼他執行大會的勸誡，他再也無法拖延。他怕我游不到另一個國家，因此希望我製造出某種

7　此處表現格理弗的尷尬地位，因爲稍具理性而介於慧駰與犽猢之間，面對理性的慧駰時，自慚、自憎之餘，崇敬並極力模仿，而對同類和犽猢擺出自大、傲慢的姿態。

類似我向他描述過的容器，能讓我航行海上；他家和鄰居的僕人會協助我。結尾時他說：自己樂於把我留下來終生服侍他，因爲他發現我在低劣的天性所允許的範圍內，努力模仿慧駰，已經矯正了一些壞習慣和個性。

這裡該向讀者指出，這個國家代表大會的裁決用的是「嗯洛啊因」這個字眼，意思就是「勸誡」——這是盡我所能的翻譯。因爲他們無法了解，理性的生靈除了忠告或「勸誡」之外，又如何能夠「強迫」；因爲無人能違反理性，而依然宣稱自己是理性的生靈。

主人這番話有如晴天霹靂，頓時使我極爲悲哀、絕望，由於承受不了這種哀慟，昏倒在他腳下。甦醒時，他告訴我說，他以爲我已經死了(因爲他們不受制於這種天性的愚蠢)[8]。我悠悠地回答，死了的話還是天大的樂事呢；雖然我不能責怪大會的勸誡或他朋友的催逼，但根據我差勁、拙劣的判斷，如果不那麼嚴苛的話，可能更符合理性。我游不上一里格，而距離他們最近的陸地很可能超過一百里格；如果要造艘小船把我載離，這個國家卻又完全欠缺許多必要的材料，然而爲了向主人表示服從與感恩，我會試著去做——雖然我斷定這件事不可能做到，因此認爲自己早已注定滅亡。確定自己難享天年，算是不幸中的大幸，因爲假若我因爲某種奇遇竟能逃得一命，但想到自己要與犽猢一塊過日子，卻因爲缺乏榜樣來引導、維持我

8　這裡模仿當時作品對於女性的描述——感情用事，遇事張皇，不知如何處理。這種激烈反應更坐實了有關主角的劣根性(如欠缺理性)的說法。

走在美德的路上，以致故態復萌，心中又如何能平靜？我很清楚，睿智的慧駰所有的決定都是根據堅實的理由，不會被我這麼一隻不幸的犽猢的說法所動搖[9]。因此我向主人謙謝提供僕人協助造船，並請求給我一段合理的時間，來完成這麼困難的工作；之後，我告訴他，我會努力維持殘生，倘若有朝一日回到英格蘭，會大力歌頌傑出的慧駰，推薦他們的美德供人類仿效，希望藉此造福我的同類[10]。

主人寥寥數語，大方地回應我，給我兩個月的時間把船造好，並且命令與我「同為僕人」的栗色小馬(如今遠隔重洋，我可以冒昧地這樣說)，依照我的指示來協助，因為我告訴主人，有他幫忙就夠了，而且我知道他待我仁慈。

在他的陪伴下，我第一件事就是到叛變的水手命令我上岸的那片海岸。我爬上一塊高地，向海上四處張望，彷彿在東北方看到一座小島：我取出小望遠鏡瞭望，能清楚分辨出，據我估算，小島大約在五里格開外；但在栗色小馬看來，那只是一朵藍色的雲，這是因為他除了自己的國家之外，對其他國家都沒有概念，所以在辨識海上的遠物時，比不上我們這些精於此道的人。

我發現這座島後就不再反覆考量，心中打定主意，如果可能的話，那就是我遭放逐後第一個要去的地方，而把後果委諸

9 因「理性」而缺乏「同情」，甚至變得「無情」，這種境界是否理想？

10 呼應正文前格理弗致表兄弟之函。

命運[11]。

我回家和栗色小馬商量後，來到一段距離之外的矮樹林，我用刀子，他則用他們很笨拙地綁在木把上的銳利燧石[12]，砍下幾枝手杖般粗細的櫟木棍和一些更大的木頭。但此處技術性的細節按下不表，以免煩擾讀者；只消說，栗色小馬負責最需要勞力的那些部分，在他的協助下，我在六個星期內造出了類似印第安人的那種獨木舟，但要大得多，覆蓋上用自製的細麻繩密密縫合的犽猢皮。船帆是由同一種動物的皮製成，但用的是我能弄到手的最年輕的犽猢皮[13]，因爲年紀大一些的犽猢皮又硬又厚。我又爲自己準備了四支槳，貯存了一批煮熟的兔肉和鳥肉，帶了兩個容器，一個裝牛奶，另一個裝水。

我在主人家附近的大潭試獨木舟，改正缺失，用犽猢油塞住所有的縫隙，一直試到滴水不漏，能安載我和物品。獨木舟已盡可能完備時，在栗色小馬和另一個僕人的指揮下，我要犽猢用車子把它輕輕拉到海邊。

一切準備就緒，我離開的日子也到了。我向主人、女主人和全家道別，雙眼淌著淚水，內心因哀傷而沉重。但主人出於

11　可見格理弗視慧駰國爲樂土，離開此地爲放逐。從古至今，放逐都是極悲慘的遭遇。

12　前一章提到慧駰不知鐵的用途，只知以燧石製造工具，可見他們處於石器時代。

13　這些年輕、細緻的犽猢皮如何取得，格理弗語焉不詳，有可能爲此而殺生(IA 270)，因爲船帆及覆蓋的面積不小，需要不少的犽猢皮。這也讓人聯想到作者在名文〈野人芻議〉中建議愛爾蘭人將幼兒賣到英格蘭充當食物或皮製品。

好奇，也許部分出於感情(如果我能不虛榮地這麼說)，決定看我坐上獨木舟，找了幾位鄰近的朋友陪他。因為潮水的緣故，我被迫等了一個多小時，很幸運地眼見風吹向我有意駛往的島嶼，於是再次向主人道別。我正要匍匐在地親吻主人的蹄子，他卻輕輕抬到我嘴邊，賜給我如此的尊榮[14]。我不是不知道提到最後這個細節曾使我受到多少指責。詆毀的人喜歡認為那麼傑出的慧駰竟然降尊紆貴，如此禮遇像我這麼低下的生靈，是不當之舉。我也沒忘記，一些旅人喜歡誇耀自己獲得的殊榮。但是，如果這些指責的人更熟悉慧駰高貴、禮貌的個性，他們很快就會改變想法的[15]。

我向陪伴主人的其他慧駰致敬，然後爬進獨木舟，撐離岸邊。

譯者附誌

格理弗好不容易克服了日常生活中的困難，逐漸適應了下來，處處模仿馬言馬行，自覺頗有心得，不但憎恨犽猢，也厭惡人類的種種惡形惡狀。這裡將惡行一一條列，有如控訴人類的罪狀。如同在第二部中主角認同大人的眼光，此處在道德和

---

14 19世紀英國小說家薩克雷(William Makepeace Thackeray, 1811-1863)認為這是全書「最幽默的一筆」，「顛倒眞理，完全合理而又荒謬」(PT 366)。

15 原文中這四句使用現在式時態，有別於敘述往事的過去式時態，表示敘事者格理弗執筆時的見解與議論(英文自傳中常見此時態之別，以過去式來敘事，以現在式來議論，如此「夾敘夾議」)。全書中雖然多次出現這種情況，但以此處較為明顯。

言行上逐漸認同慧駰，但更趨於極端，顯得更可笑且有害。「馬眼看人」的格理弗，不但與人類產生疏離感，更視犽猢為邪惡的野獸，用它的毛皮和油脂，絲毫沒有物傷其類的感覺。因此，格理弗一方面要遠離異類的犽猢、同類的歐洲人，自慚形穢，恨人恨世，另一方面卻極盡學舌、學步之能事。然而，他對異類、異己的殘酷無情，也為自己的遭遇埋下伏筆，因為這也正是號稱具有充分理性的慧駰對於稍具理性、屢屢效顰的格理弗的態度。換言之，主角因虛矯狂妄，而喪失了慈悲、謙遜、人性，慧駰非趕他走不可也與此心態相關。主人的一番話有如晴天霹靂。臨行前吻馬蹄一節，更是神來之筆。相對於以往盼望離開異域，此處的格理弗覺得自己遭到慧駰放逐，不得不黯然離去。

第十一章

作者的危險之航。抵達新荷蘭，希望在該地定居。為土著箭傷。就擒，被強行帶上一艘葡萄牙船。船長頗為禮遇。作者抵達英格蘭。

我於1714/1715年[1] 2月15日上午九點開始這個絕望之航。風向很順，但起初我只用槳划，後來考慮到很快就會疲倦，而且風很可能突然轉向，於是大膽扯上小帆，這樣借著潮水之助，每小時航行一里格半——這是盡我所能做的猜測。主人和朋友們站在岸邊，一直到我幾乎出了視線，我耳邊不時聽到一向鍾愛我的栗色小馬高喊，「恩耐　衣拉　尼哈　馬衣啊　犽猢」

1　1752年之前(綏夫特逝於1745年)，英國的法定年度始於3月25日，因此從1月1日至3月24日，在英國爲前一年，在歐洲則爲次年。爲了避免混淆，通常都註明兩個年份。1752年英格蘭改制後，曆法才與歐洲統一(蘇格蘭直到1600年才改制)。換言之，此行時間爲舊制的1714年，新制的1715年，日期恰好是西洋情人節(Valentine's Day)的次日。距離格理弗最後一次的出航時間，已經四年五個月(IA 272; PT 366; ABG 422; AJR 238)。

(自己保重，溫和的犽猢) [2]。

我的計畫是，可能的話找一座沒有人煙的小島，自食其力 [3]，這會比歐洲最上流宮廷裡的首相還快樂。一想到回去生活在犽猢的社會裡，接受犽猢的統治，就覺得可怕。因爲在我所想要的那種孤獨中，至少可以沉溺於自己的思緒，愉快地回味那些無與倫比的慧駰的美德，不致有機會淪落入我同類的罪惡和腐化中。

讀者也許記得我說過，水手陰謀背叛時，把我囚禁在船長室裡，連待了幾個星期，不知道我們的航道；大艇送我上岸時，水手們發誓不知道我們位於世界的哪個地方，這話不知是眞是假。然而，我當時相信我們大約在好望角 [4] 南邊10度，也就是南緯45度左右；這是我根據無意中聽到水手們說的一些話，推測是在他們想去的馬達加斯加的東南方。雖然這只比瞎猜好一點，但我還是決意向東航行，希望到達新荷蘭 [5] 的西南海岸，也許在那裡的西邊有某座我所想要的那種島。風向正西，晚上六點我估算至少向東航行了十八里格，這時看到半里

2　即使離別之際，在「一向愛我的栗色小馬」口中，格理弗依然是一頭犽猢——只不過是稍帶理性、「溫和的犽猢」。

3　可能讓讀者聯想到《魯濱遜冒險記》(AJR 238)。

4　“The Cape of Good Hope”，位於非洲大陸南端，大約南緯34度。

5　“New-Holland”，即現在的澳洲。從格理弗推斷的位置到澳洲西南海岸約四千哩，到非洲南岸約七、八百哩，但因風向，他選擇前往澳洲。以獨木舟穿越整個印度洋，而且如此順利(只花十六小時)，殊不可能(ABG 422)。若要勉強解釋，只能說由於格理弗不知道自身確切位置，因此估算不精。當然，更可能是綏夫特無意於精確。

格外有座很小的島，不多時就到了[6]。這只是有個小灣的岩石，受暴風雨吹打形成天然的拱形。我把獨木舟停靠在這裡，爬上岩石的一處，能清晰看見東邊的陸地從南向北延伸。我整晚都躺在獨木舟裡，清晨再度啓航，七小時內抵達新荷蘭的東南端。這證實了我長久以來的想法，地圖和海圖把這個國家至少向東多移了三度[7]。多年前我便向我敬重的友人何曼·摩爾先生[8]表達過這個想法，並且說明理由——儘管他還是選擇接受了其他權威人士的看法。

我登陸的地方看不到任何居民。由於沒有武裝，我不敢冒險深入該區。我在岸上找到一些貝類，唯恐被土著發現，所以不敢升火，只好生吃。爲了節省口糧，連吃了三天的蠔和蝛，

6 前一章中，格理弗曾打定主意要前往東北方五里格之外的一座島。不知是作者矛盾(全書中有不少自相矛盾之處)，還是格理弗錯亂。

7 前文剛說要到新荷蘭的西南海岸，此處已到東南端，而且很精確地知道緯度。此外，距離主角自慧駰國啓航的時間只有十六小時，因此原先估計慧駰國在好望角東南顯然有誤。綏夫特無意讀者如此仔細檢視(ABG 423)。另一方面，每部之前的地圖及看似精確的年月日(彼此間時有矛盾，出版商曾加修訂)，自述式的寫法，甚至包括先前已出現的更改地圖和海圖的建議，在在有意製造「紀實」的印象。綏夫特以這種諧仿的手法，一方面調侃當時風行的旅人遊記，一方面諷刺特定的時事及一般的人性。此處不知是作者矛盾，格理弗錯亂，還是有意模糊慧駰國的確切位置。

8 “Herman Moll”，著名的荷蘭地理家、地圖製造者，於1698年定居倫敦，1732年去世(IA 274; ABG 423)。他的《最新翔實世界全圖》(*A New and Correct Map of the Whole World*, 1719)，可能是本書地理及地圖的根據(PT 367; AJR 239)。但根據他的地圖，新荷蘭的西岸位於東經108度(而非113度)，而且完全沒有標示東岸(GRD 295)。

而且幸運地發現了一條水質極佳的小溪，讓我頗爲寬心。

第四天，我一早冒險走得稍遠，看到一塊高地上有二、三十個土著，距離我不超過五百碼。他們全身赤裸，男女老少圍著一堆火，因爲我看到了煙。其中一個看見我，告訴其他人；只見五個人離開火邊的婦孺，向我而來。我趕忙盡速向海岸奔去，爬進獨木舟，撐離岸邊。野人見我逃逸，便在後追逐；在我尚未遠遁大海之前放箭，深深傷到我左膝內側(這箭疤會帶進墳墓)。我擔心箭上有毒，等划出射程之外(當天平靜無風)，就設法吸吮傷口，盡力包紮。

我茫然失措，由於不敢回到原先登陸的地方，於是向北走。當時雖然有微風，卻是吹向西北，與我的方向不符，因此不得不用划的。我四下環顧，想要找個安全的登陸地點，這時看到北北東有艘帆船，輪廓愈來愈清楚。我心中起疑，不知該不該等他們。最後，我對犽猢族的憎惡占了上風，便掉轉獨木舟，帆槳並用向南駛去，進入我早上出發的同一條小溪，寧願委身於這些蠻人之間，也不願與歐洲的犽猢同住。我盡量把獨木舟拖上岸，自己則藏身在那條水質極佳的小溪邊的石頭後。

帆船來到距離小溪不到半里格的地方，派出大艇帶著容器來取淡水(這個地方似乎以淡水聞名)，但我直到大艇幾乎靠岸才看見，已經來不及另覓藏身之處。水手們登陸時看見我的獨木舟，裡裡外外仔細搜了一番，很容易就推測獨木舟的主人不可能走得太遠。四個全副武裝的水手搜索每個岩縫和可以藏身的洞穴，終於在石頭後發現趴在地面上的我。他們驚奇地凝視我怪異、粗野的衣著一陣子——皮做的大衣，木頭底的鞋子，毛皮做的襪子[9]；但根據這些判斷我不是該地的土著，因爲土著們全身赤裸。其中一個水手用葡萄牙話要我起身，問我是誰。我通曉那個語言，於是站起身來說，我是個可憐的犽猢，遭到慧駰放逐，求求他們高抬貴手讓我離去。水手們聽到我用他們自己的語言回答，大爲驚訝，看我的長相，必然是歐洲人，但渾然不解我說的「犽猢」和「慧駰」是什麼意思，同時聽到我說起話來怪腔怪調，就像馬叫一樣，都不禁爆笑。這段時間我的心情擺盪在恐懼與忿恨之間，渾身一直發抖。我再次請求他們讓我離去，並緩緩走向獨木舟，但他們抓住我，想要知道我是哪一國人？從哪兒來？還有許多其他的問題。我告訴他們，我出生在英格蘭，大約五年前從那兒出發，當時兩國維持著和平關係，因此我希望他們不要把我當敵人看待，因爲我對他們毫無惡意，只不過是隻可憐的犽猢，想找個荒涼的地方度此殘生。

他們開始講話時，我心想自己從來沒聽過或看過那麼不自然的事，因爲在我看來就像英格蘭的狗、牛或慧駰國的犽猢會說話一樣怪異。那些老實的葡萄牙人同樣訝異於我奇特的衣著和古怪的說話方式，卻很清楚我的意思。他們很好心地與我交談，並且說他們確信船長會免費載我到里斯本[10]，我可以從那裡回到自己的國家；他們還說要派兩個水手回大船，向船長報告所見到的事，聽從船長的命令行事；同時，除非我發下重誓

9 不但呼應前一章提到的如何解決自己日常生活所需，而且反映出主角一向高超的適應力和靈巧的手藝。

10 “Lisbon”，葡萄牙首都。

絕不脫逃，否則就得把我強行綑綁起來。我心想最好還是順從他們的提議。他們很想知道我的故事，但我並沒讓他們如願。因此，他們全都猜測我的不幸遭遇斲傷了我的理性[11]。不到兩個鐘頭，原先載走許多罐水的大艇回來，並奉船長之命，要把我帶上船。我雙膝跪地，求他們讓我保有自由，但徒勞無功，那些人用繩索綁上我，拖入艇裡，帶上大船，把我帶進船長的艙房[12]。

船長名叫貝德羅・德・曼德茲，很多禮、慷慨。他懇請我談談自己，想知道我要吃喝些什麼，並且說，他會待我如己，還說了許許多多體貼的話，讓我奇怪竟然能在一隻犽猢身上發現這些禮儀。但我依舊沉默，鬱鬱寡歡，一聞到他和手下的氣味幾乎就要昏倒。最後，我要求從自己的獨木舟裡取些東西來吃，他卻幫我叫了一隻雞和一些上好的酒，然後下令把我帶到一間很乾淨的艙房就寢。我不願脫衣，只是躺在床單上，不到半個鐘頭便偷偷溜出，心想這時水手們正在吃晚餐。我來到船邊，正要跳入海中泅泳逃生，不願繼續待在犽猢群中，卻被一個水手攔下，報告船長之後，把我拴在艙房裡。

晚餐後，貝德羅先生來看我，想知道我爲什麼會如此不顧一切要離去，並向我保證，他的用意只是要盡可能幫助我，他

11 水手們從他的穿著和言行舉止如此猜測，符合常情常理，只是高度崇尚理性慧駰的格理弗自認高人(犽猢)一等，不屑一顧，卻被他眼中欠缺理性的人類認爲他的理性受損，情何以堪。下文有關格理弗的誇張描述，極盡諷刺之能事，雙方究竟誰理性、仁厚、通情達理，不難判斷。

12 一句話之間，格理弗已經離開荒島，回到人類(文明？)社會。

說得很動人，我終於放下身段，待他像是稍具理性的動物[13]。我向他很簡短地敘述我的航行，自己的手下密謀叛變，把我遺棄在岸上的那個國家，以及在那裡居住的五年[14]。這一切在他看來彷彿夢境或幻想，令我大爲不悅，因爲我早已忘了如何撒謊，而這卻是所有國家中的犽猢特有的本領，因而在個性上就懷疑同類所說的眞話。我問他，「所言非實」是不是他國家的習慣？我向他保證，我幾乎忘了他所說的「虛假」是什麼意思；即使我在慧駰國住上一千年，都不會從最卑微的僕人口中聽到一句謊言；我完全不在乎他相不相信我，但爲了回報他的協助，我願意寬容他的劣根性，回答他可能提出的任何不同意見，讓他很容易就能發現眞相。

船長是個有智慧的人，多次想抓我故事中的破綻，卻總抓不到，終於開始比較相信我誠實可靠[15]。但他又說，既然我宣

---

13 由此可推斷慧駰主人對格理弗的態度。

14 第一版爲「三年」(第八章也提到在慧駰國三年)。福克納版改爲「五年」，顯然爲了呼應前三段中格理弗對水手們的說法，卻忘了出航的時間超過九個月(PT 367)。

15 第一版中，此句之下尚有：「或者該說，他坦承遇過一位荷蘭船長，此人宣稱他和五個水手曾爲了取淡水，登上新荷蘭南方的某個島或大陸，在那裡看到一匹馬前面趕著幾隻動物，這些動物完全就像我所描述的犽猢，還有一些其他特徵，他〔貝德羅船長〕已經不記得了，因爲他當時認定這全屬一派謊言。」1735年福克納版刪去這些，爲了避免與格理弗的宣稱矛盾(「在我之前沒有歐洲人造訪過這些國家」)。然而，這兩段文字都深具意義：前者把格理弗的「誠實可靠」與英國的仇敵、以虛僞著稱的荷蘭人相提並論；後者所說的不是事實，而是暗示格理弗會發誓甚或賭咒(PT 367)。

稱堅持眞理，絲毫不得違犯，就必須以榮譽向他保證，在這次航行中與他作伴，不再尋短見，否則就得繼續囚禁我，一直到我們抵達里斯本[16]。我依言向他承諾，但同時抗議說，我寧願受天大的苦，也不願回去與犽獑共同生活。

我們的航行並沒有遭遇任何值得一記的事件。爲了向船長表示感恩，我有時在他誠摯要求下與他同坐，努力掩飾自己對人類的反感，雖然經常還會爆發出來，但他視而不見。然而一天中絕大部分的時間，我都把自己關在艙房裡，避免見到任何水手。船長經常懇求我脫掉身上野蠻的衣著，並且要把自己最好的一套衣服借給我。我不爲所動，因爲厭惡用曾經穿在犽獑背上的任何東西來遮蓋我的身體。我只要他借我兩件乾淨的襯衣，由於在他穿過之後已經清洗，所以相信不會那麼污染我。我每兩天更換襯衣，並且親自洗濯。

我們於1715年11月5日抵達里斯本。上岸時，船長強迫我用他的披風遮住身體，以防群眾圍到我身邊。我被送到他家；在我誠摯要求下，他帶我到裡邊最高的房間[17]。我告誡他，我向他說過有關慧駰的事，千萬不要告訴任何人，因爲即使這個故事中最微小的暗示，不但會吸引許多人來看我，而且很可能使我蒙受牢獄之災或被宗教法庭判處火刑的危險[18]。船長說服我

16　由此處及下文，可以看出貝德羅船長果眞宅心仁厚、具有智慧，以各種方式循循善誘，讓格理弗逐漸重返人類世界，只是格理弗拗於己見，不怎麼領情。兩人之中誰理性、智慧，誰不通情理，不言而喻。

17　這個房間最隱蔽、高高在上、距離人群／犽獑最遠。

18　"burnt by the Inquisition"，若人不信格理弗有關慧駰、人類與犽獑

接受一套新做的衣服，但我不能忍受讓裁縫量身。不過貝德羅先生的身材與我相仿，所以那些衣服相當合身。他爲我準備了其他的必需品，全是新的，我在使用前都會先晾上二十四小時。

船長沒有妻子，僕人也不超過三個，我用餐時不許他們隨侍。他所有的言行舉止都很熱心，加上很善體人意，所以我眞正開始能忍受他的陪伴。他很博得我的信任，以致我敢放膽從後窗往外望。漸漸地，他帶我到另一個房間，從那裡往街上窺視，但我嚇得把頭縮回[19]。不到一個星期，他把我引下到大門。我發覺自己的恐懼逐漸減少，但憎恨和輕蔑之心似乎增加。終於我膽子大到能在他陪伴下上街，但鼻孔裡緊緊塞著芸香，有時塞上煙草。

貝德羅先生聽我說過家裡的事，基於榮譽和良心，不到十天便對我說，我應該回到自己的國家，和妻子、兒女團聚。他告訴我，港裡有一艘英國船正要啓航，他會提供我所有的必需品。這裡不再贅述他的說法和我的反對意見。他說，要找到像我想居住的那種孤島是完全不可能的，但我可以在自己家裡作

(續)

的說法，則他會被視爲散播異端邪說(有違舊約〈創世紀〉中「人爲萬物主宰」之教理)；若人相信他的說法，則他是與魔法師打交道(ABG 423; PT 367-68)。在伊莉莎白女王時代，英國人曾遭西班牙宗教法庭判處火刑，但葡萄牙宗教法庭較溫和，而且此時已是1715年，應不致如此(ABG 423-24)。

19 格理弗對猰㺄尚且不致如此驚恐。或許因爲他自認有別於野獸猰㺄，故可利用其皮毛、油脂，不以爲意。然而看到與自己一樣圓顱方趾的人／猰㺄，故而驚恐、厭惡。也可能如慧駰所言，具有些許理性的人類比猰㺄更可怕。然而，船長的善意與誘導，卻是慈悲與智慧的結合，迥異於格理弗此處對於人類的成見／偏見。

主，隨心所欲過著隱士般的日子。

我發現自己找不到更好的方式，終於答應了。我於11月24日坐上一艘英國商船，離開里斯本，但從沒問船長是誰。貝德羅先生陪我上船，借給我二十鎊[20]。他親切地向我道別，在分手時擁抱我，而我則盡量忍受他的擁抱。在這最後的航行中，我沒和船長或他的任何手下打交道，推說有病把自己關在艙房裡[21]。1715年12月5日上午九點左右，我們在當斯下錨，下午三點，我安抵位於雷地夫的家中[22]。

妻子和家人迎接我時大爲驚喜，因爲他們認定我早已身亡。但我必須坦承，見到他們的樣子只是使我感到憎恨、厭惡、輕視；回想起我與他們的親密關係時，更是如此。因爲雖然自從我不幸被從慧駰國放逐以來，已經強迫自己忍受見到犽猢的樣子，並且和貝德羅・德・曼德茲先生交談，但我的記憶和想像一直充滿了那些崇高的慧駰的美德和觀念。而當我想到自己和犽猢族之一交合，成爲更多的犽猢的父親時，就感覺極爲羞恥、困窘、恐怖。

我一進門，妻子便把我抱在懷裡，並且親吻我；由於我這麼多年沒接受過那種可憎動物的觸摸，昏厥了大約一個鐘

20 前三次航行，格理弗多少有些收入——不是財富，就是珍奇。這也是他不畏艱難，冒險出航的重要動機。然而第四次的下場不但是靠人善心接濟，而且帶著恨世厭人(犽猢)的心理回來。

21 裝病是否又淪入犽猢「所言非實」的毛病？

22 格理弗此次離家五年三個月，這段期間，西班牙王位繼承戰爭結束，安妮女王駕崩，喬治一世繼位，惠格黨掌權。格理弗最後一次航行回來已五十四歲，四次航行共計十六年(IA 278)。

頭[23]。我現在寫作時，已經回英格蘭五年了[24]。第一年我受不了妻子兒女在我面前，他們的氣味讓我無法忍受，更不能忍受他們和我在同一個房間裡吃飯。直到這個時刻，他們都還不敢擅動我的麵包，或用同一個杯子喝水；我也不能讓他們牽手。我花的第一筆錢就是買兩匹年輕的雄馬[25]，養在好馬廄裡；除了他們之外，我最喜愛的就是馬夫了，他從馬廄沾染的氣味使我精神振奮。我的馬相當了解我，我每天至少跟他們交談四個小時。他們不知轡頭、鞍具爲何物，與我相處融洽，彼此以友誼相待。

譯者附誌

先前作者顯示格理弗認同慧駰，區隔自己與當地的犽猢，以及此區隔之無情，此章則表現格理弗視人類為犽猢，區隔自己和人類，以及此區隔之荒謬。在見識到慧駰的理性和美德之後，主角有心見賢思齊，卻遭到慧駰族無情(理性？)的放逐。

---

23 與初聞主人轉告慧駰代表大會要他離開該國時的反應一樣。只不過前次是面對理性的慧駰，此處則是面對久別的妻子的擁吻，表現出非理性的反應。

24 格理弗時年五十九歲(IA 279)。波林布洛克於1721年1月致函綏夫特，「我盼望看到你的《遊記》。」這是有關此書最早的明確紀錄，正好距離格理弗返回故國五年(ABG 424)，也距離此書出版五年。

25 "Stone-Horses"，未被閹割的公馬(AJR 244; RD 296)，以示格理弗善待馬匹(可對照第四章所提，「〔在英國〕一般用作騎乘或拉車的公馬，在兩歲左右就閹了，以減低他們的雄風，使他們更馴服、溫和」，以及其他殘忍的手法)。

相對於前三部熱切盼望重歸故國，回到家人身邊，此處的格理弗寧願遺世而獨立，也不願重返道德淪喪的人類社會。途中遭遇到的野人，有如介於犽猢與歐洲人之間，格理弗雖被他們箭傷，卻寧願冒險與野人同處，也不願再回文明社會。搭救格理弗的葡萄牙船長是全書中最好的角色，既通人情、有智慧，又仁慈、有禮、具耐心，循循善誘，逐步把主角帶回人類社會，還資助他回國，與家人團聚。至於主角已全盤接受慧駰的看法，積重難返，在人類社會格格不入，行徑有如瘋子(尤其相對於葡萄牙船長的仁厚關切)。他與家人的會面和相處，是傑出的諷刺之筆。歸來之後的格理弗不願與人相見，只願與馬相處，甚至執筆寫書時已過了五年，依然故我，暗示他心目中理性與理想的慧駰形象很值得懷疑。

第十二章

作者誠實可靠。出版本作品的計畫。指責那些偏離真相的旅人。作者澄清自己寫作沒有任何邪惡的目的。回應一項反對意見。建立殖民地的方法。稱讚祖國。證明國王對作者描寫的那些國家擁有主權。征服那些國家的困難所在。作者最後一次向讀者道別，提出自己未來的生活方式，忠告，結束全書。

因此，文雅的讀者[1]，我已經向你訴說了自己十六年七個多月旅行的忠實歷史，力求眞實，不重文飾。我本來也許可以像其他人一樣，用奇怪詭異的故事來譁眾取寵，卻寧願選擇用最簡單的方式和風格來敘述平白的事實，因爲我的主要目的是告知，而不是娛樂[2]。

---

1 “GENTLE Reader”，前文已數度以類似的方式稱呼讀者。這是當時作品的習慣用語，以示對讀者的敬意，本不足爲奇。然而，置於慧駰國之旅結尾，此處「文雅的讀者」反倒是格理弗嫌惡、蔑視的人類／犽獺，呈現出奇的內容與習慣的用語之間的矛盾。

2 新古典主義時期服膺古羅馬詩人霍雷思(Horace，紀元前65-8年)的文藝觀，認爲文學的作用在於「寓教於樂」，此處格理弗更正

像我們這些人，到英國人或其他歐洲人很少到訪的遙遠國度旅行，很容易就寫出對海洋和陸地奇禽異獸的描述[3]。然而旅人的主要目的應該是使人更睿智、更善良，以書寫外地的好壞事例來改進人的心靈。

我衷心期盼能頒布一項法令，規定每個旅人在獲准出版遊記之前，應該在大法官面前宣誓，他想要印行的著作絕對忠於自己的見聞。這樣的話，世人就不會再像往常一樣受騙；因爲有些作家爲了使自己的作品暢銷，把彌天大謊強加在容易受騙的讀者身上。在我少不更事的歲月，曾經很樂於細讀各種遊記，但在那之後，我的行蹤遍及全球大部分的地方，能以自己的觀察來否定許多出奇的記載。這使我很厭惡這類讀物，也有些氣憤它們這樣無恥地利用世人的信任。因此，既然友人抬愛，認爲拙著在國內並非不可接受，我要求自己的準則就是：「恪遵眞相，絕不偏離」。而且，長久以來我便有此榮幸，謙卑地聆聽高貴的主人和其他傑出的慧駰，只要心懷他們的言教、身教，就不會受到任何誘惑而有違眞相。

——雖然殘酷的命運之神使西農遭逢不幸，

(續)

此論調(AJR 245)，故作嚴肅、紀實狀。其實，當時其他旅人有關奇風異俗、冒險犯難的故事，縱使奇怪詭異，依然在常理的範圍之內。綏夫特以「最簡單的方式和風格」所敘述的「平白的事實」卻是最「奇怪詭異」的奇幻之作，其諷刺手法可謂以「娛樂」的方式「告知」有關人性的觀察。

3　如丹皮爾就曾長篇描述紅鸛、綠龜、海獅和其他奇禽異獸(AJR 245)。

也未能使他言不由衷，成爲騙子[4]。

我清楚知道，有些作品既不需要天才，也不需要學問或任何其他才能，只消有良好的記憶或精確的日誌[5]，這樣的作品得不到什麼好名聲。我也知道，遊記作家就像字典編者一樣，被後來居上的作品的份量和厚度壓得沒沒無聞[6]。將來造訪我作品中所描述的那些國家的旅人，很可能會發現我的錯誤(如果眞有任何錯誤的話)，添加許多自己的新發現，而把我擠出流行，取而代之，使世人忘記我曾經是作家。如果我是爲了名聲而寫作，這的確是奇恥大辱；但由於我一心爲公共利益，就不致全然失望[7]。因爲，讀到我筆下光明磊落的慧駰的美德，再想到自己是掌理國家的理性動物時，誰不會爲自己的罪惡而覺得羞

4 此處作者引用拉丁文，典出維吉爾的《羅馬建國錄》(Virgil, *Aeneid*, ii. 79-80)。此事發生於特洛伊戰爭末期，希臘人久攻特洛伊不下，於是設下計謀，造了一匹大木馬，裡面暗藏許多兵士。西農(Sinon)故意被俘，在特洛伊國王面前先說了這段話，接著一派謊言，說木馬是獻給女神雅典娜的，拖入城裡會永遠保護特洛伊。特洛伊人忽視勞孔(Laocoon)先前的警告(「不要相信馬」)，中了希臘人的計，把木馬拖入城裡，半夜藏在木馬中的兵士出現，裡應外合，特洛伊城破國亡。這就是著名的「木馬屠城記」，西農則成了典型的言不由衷的騙子(IA 281; PT 369; ABG 424; AJR 246)。格理弗引用這句話，表面上強調自己「誠實可靠」，卻具有反諷的意味，可能暗示他有關慧駰的說法就像特洛伊木馬那樣表裡不一，暗藏玄機，包藏禍心(PT 369)。

5 如丹皮爾的敘事就是根據他在海上航行時的日誌(AJR 246)。

6 綏夫特在《桶的故事》中指出，這就是所有現代書籍的命運(AJR 246)。

7 重申自己的寫作動機。

恥？我就不提犽猢掌管的那些遙遠的國度，其中最不腐敗的就是大人國國民[8]，如果能遵守大人國道德和管理的智慧準則，就是我們的福氣了。但我不再細談，就留待明智的讀者[9]自己評論、運用。

如果沒人責怪這部作品，我會很高興。因爲我只敘述發生在遙遠國度的平白事實，而且這些國度跟我們沒有絲毫經貿或洽商的利益，對這樣的作家又有什麼好反對的呢？我已經小心避開一般遊記作家常遭詬病的各項錯誤，這些批評經常都言之成理。此外，我毫不涉及任何黨派，針對任何個人或團體寫來都不含激情、偏見或惡意[10]。我是爲了最崇高的目的而寫：告知、指導人類，因爲我長久以來與最傑出的慧駰交談，獲益匪淺，自認高人一等，也不違謙虛之道[11]。我寫作毫無任何名利之心。我絕不容許筆下的任何一個字看來像是非議，即便最容易被觸怒的人，也不可能覺得被得罪了。因此，我希望能公允地自稱是個完全沒有過錯的作者；任何想反駁、評量、觀察、

8 可見在格理弗眼中，連大人國國民都只不過是「最不腐敗的」犽猢罷了。

9 “judicious Reader”，主角／敘事者如此相信犽猢統治下的「明智的讀者」？

10 此處呼應古羅馬歷史家泰西特斯(Tacitus，紀元55?-120?年)的聲明，但兩人並非都如此公正不偏(AJR 247)。綏夫特本人反惠格黨的政治立場人盡皆知，對於首相華爾波的諷刺已出現在前幾部(IA 282)。如此說來，格理弗不是「所言非實」，就是不知自己「所言非實」——若爲前者，則是說謊；若爲後者，則是無知。

11 已經不謙虛了，卻依然自認謙虛，主要因爲他自認居於崇高的慧駰與低劣的犽猢／人類之間，比上不足，比下有餘。全書結尾時對「妄自尊大」另有著墨。

非議、檢查、省視的人，都找不到材料來大作文章。

我承認有人私下告訴我，身為英格蘭的臣子，我有責任一回國就向國務大臣呈送外交備忘錄，因為臣子所發現的任何土地都屬於國王[12]。但我懷疑我們若要征服我所提到的那些國家，會不會像弗地南度·柯特茲[13]征服赤身露體的美洲人那樣容易。我想小人國不值得我們大張旗鼓，派遣艦隊和軍隊去征服；我懷疑嘗試征服大人國是不是審慎、安全。或者說，如果英國軍隊頭頂上出現飛行島時，會不會很安然自在。慧駰國的確似乎不善於備戰，對於兵學，尤其是弓矢，完全陌生。然而，假如我是大臣，絕不會獻策入侵他們。他們的審慎、團結、無畏、愛國，足以彌補兵法上的所有缺失。想像兩萬慧駰衝入歐洲軍隊中，以後蹄可怕的猛踢，擾亂隊形，翻倒車輛，把兵士的臉搗成肉醬，因為他們完全符合人們賦予奧古斯都的特色：「他後踢，四周都被保護著。」[14] 與其建議征服那個高尚的國度，我倒盼望他們有能力或意願派遣足夠的居民前來，教導我們有關榮譽、正義、眞理、節制、公益、堅忍、貞節、

---

12 不經意間便流露出帝國主義向外擴張、侵略、殖民的心態。綏夫特對此不以為然。

13 "Ferdinando Cortez"，柯特茲(1485-1547)，西班牙殖民者，1518年率領探險隊前往美洲大陸，開闢新殖民地，1523年征服墨西哥。

14 此處引用的拉丁文來自霍雷思的《諷刺詩》(*Satires*, II. I. 20)，原意是說，向奧古斯都(Augustus，紀元前63年至紀元14年)逢迎拍馬要有技巧，否則適得其反，遭到反踢(如中文所說的：「拍馬屁拍到馬蹄子上」)(PT 370; ABG 425; RD 297)。至於格理弗一再揄揚慧駰，推崇至極，卻得到被放逐的下場，恐怕也有些類似。

友誼、仁慈、忠實的首要原則，藉此教化歐洲[15]。在我們大多數的語言中，依然保存所有這些美德之名，也見於古今的作家中——我從自己有限的閱讀能肯定這一點。

但是，我不那麼熱心要藉著自己的發現來擴展國王的領土，其實另有原因[16]。老實說，我對在那些情況中君王們的權益分配是否公平有些疑慮。比方說，一群海盜被暴風雨不知吹到何方，終於中桅上眺望的男子發現了陸地。他們上岸搶奪、劫掠。他們看見一個沒有惡意的民族，受到善心的款待，替這個國家取了新名字，爲國王正式占有它，樹立起爛厚木板或石頭作爲紀念碑，殺害了二、三十個土著，強行帶走兩個土著作樣本，返回故國，獲得〔官府的〕赦免[17]。就這樣根據神授的權利，取得一塊新領土。在第一時機派出許多船隻；驅逐或毀滅土著，折磨他們的君王，要他們交出黃金[18]。他們獲准從事

15 "civilizing Europe"，歐洲殖民主義向外擴張時，所持的重要理由就是向蠻荒、落後之地進行「教化任務」("civilizing mission")，視其他種族爲「白人的負擔」。此處作者反其道而行，認爲歐洲需要慧駰的教化。

16 此段爲難得一見的對帝國主義殖民罪行的嚴厲指控。從此段起，接連四段以「但是」("But")開頭，自不同的立場與角度，反覆申論此議題，其中不乏反諷。從後殖民論述(Postcolonial discourse)的角度應可讀出不少新意。

17 這是當年歐洲向外擴張時常見的行徑。本書中數度提到的丹皮爾就是海盜、冒險家。

18 墨西哥帝王蒙提祖瑪二世(Montezuma II, 1466?-1520)，1519年爲柯特茲所擒，遭到監禁，付出大約價值一百五十萬鎊的金銀財寶才獲得自由。秘魯印加帝國末代帝王阿塔瓦爾帕(Atahuallpa, 1502?-1533)，於1532年被西班牙探險家皮薩羅(Francisco Pizarro, 1475-1541)所擒，監禁在房間裡，要求交出大批金銀(範圍如該房

任何不人道、貪慾的行爲。當地人血流遍地，腥臭撲鼻。這批喪盡天良的屠夫被用在如此神聖的遠征，成爲派遣出去的現代殖民者，要教化盲目崇拜的野蠻民族，改變他們的宗教信仰[19]。

但是，我承認，這個描述絕不會影響在許多方面都可以作爲全世界楷模的英國：他們在樹立殖民地上所展露的智慧、悉心、正義；爲了促進宗教和學問而慷慨捐輸；選任虔誠、能幹的牧師來宣揚基督教；審愼地從祖國帶來生活嚴謹、言行持重的人，投身這些地區[20]；執法嚴格，爲所有殖民地的文官政府提供最有能力、毫不貪瀆的官員；尤其是派遣兢兢業業、道德高超的總督，這些人完全著眼於轄區人民的幸福和君主的榮譽，別無其他想法[21]。

但是，我所描述的那些國家似乎不想被殖民者征服、奴

（續）

間大小，高度如他手臂可及），才予釋放。儘管如此，阿塔瓦爾帕還是遇害，原因在於他拒絕信奉基督教，而且不承認西班牙國王爲最高統治者。他原先被判活活燒死，行刑前改信基督教，獲准改爲絞死(ABG 424; PT 370)。

19 田波在《論英雄美德》(*Of Heroick* [Heroic] *Virtue*)的結論提到，第一等的英雄美德是妥善治理，維持公正的秩序與法律，而征服只是第二等的英雄美德，因爲會造成屠殺(AJR 248)。

20 綏夫特不喜歡新教徒，認爲美洲新英格蘭的殖民者很不「嚴謹」，而且當時英國許多盜匪被送到殖民地去開墾。有些地方情況更糟，如西印度群島成爲海盜聚集之地(ABG 425)。

21 這些仁慈的統治都不見於英格蘭對愛爾蘭的統治，以致愛爾蘭人有如奴隸(AJR 248)。此段表面上看來稱讚英國，避免因文賈禍，卻是「棉裡藏針」，暗諷英國的殖民統治手法更爲高明——在整部諷刺人類／犽猢的文字中，出現這段頌揚英國殖民統治的文字，可謂居心叵測。

役、殺害、驅逐，也沒有豐富的金、銀、糖、煙草，因此我的淺見認爲，那些國家絕不是我們的熱忱、英勇、利益適用的對象。然而如果有關人士另有想法，依法傳喚，我隨時可以宣誓作證，在我之前沒有任何歐洲人造訪過這些國家。我的意思是說，如果那些居民所言可以相信的話[22]。

但是，以君主的名義正式占有，卻是我連想都沒想過的事；即便是有，以我當時的處境，爲了審愼和自保起見，應該會等待其他更好的時機。

這可能是針對身爲旅人的我唯一的反對意見，謹此回應，並向溫文爾雅的讀者[23]最後道別，回到我在雷地夫的小花園安享沉思之樂；身體力行我在慧駰之中學到的那些傑出的美德教訓；自己家裡的犽猢能學多少，我就傾囊相授；我經常看著鏡中自己的模樣，心想可能的話使自己漸漸習慣忍受看到人類：[24]哀嘆我國慧駰的悲慘處境，卻看在我高貴的主人、他的

22 第一版在此句之下接著：「除非有人對最早那兩隻犽猢的來源有爭議。據說，許多世代以前，當地人在慧駰國山上看到兩隻犽猢，一般認爲牠們就是那些野獸的祖先〔見第九章〕。就我所知，後代的面容輪廓雖然大不如前，但我很懷疑牠們其實可能是英國人。但那如何能讓英國宣稱對該地具有所有權，我就留待鑽研殖民法的飽學之士。」但是許多後來的版本，包括福克納版，都刪去了這段明顯侮辱英國的文字(英國人是犽猢的祖先)。

23 “Courteous Readers”，與章首的「文雅的讀者」有異曲同工之妙：表面上是以此習慣用語向讀者表示敬意，其實所指的是格理弗嫌惡、蔑視的人類／犽猢。

24 綏夫特在《書籍之戰》的前言曾說：「諷刺這面鏡子，觀者在鏡中通常只見他人的面孔，而不見自己。它之所以那麼受世人歡迎，很少引人反感，主要原因在此。」此處主角在鏡中見到的是

家人、朋友和整個慧駰族的份上，總是敬待他們——我們的這些慧駰有幸外貌與他們完全相似，但智能卻退化。

上星期我開始允許妻子坐在長桌的另一端與我一道進餐，而且以最簡短的方式回答我問她的幾個問題。但犽猢的氣味依然很衝鼻，所以我總是在鼻子裡塞好芸香、薰衣草或煙草葉。雖然年事漸長的人很難去除舊習，但我並不完全絕望，也許過些時候能容許鄰近的犽猢靠近我身旁，不像現在這樣擔心受他爪、牙的威脅。

也許我跟一般犽猢族和好並不會那麼困難——如果他們只是滿足於大自然賦予他們的那些罪惡和愚行[25]。我看到律師、扒手、軍人、愚人、領主、賭棍、政客、嫖客、醫生、證人、教唆者、代書、叛徒等等，沒有絲毫激烈的反應，因爲他們都是奉行其道。但看到有人身體畸形、身心俱病、妄自尊大[26]，立刻使我失去耐性；我也想不透這種動物是怎麼和這種罪惡湊到一塊的。有智慧、美德的慧駰，充滿了能裝飾理性動物的所有優點，在他們的語言中找不到名字來形容這種罪惡，因爲他們除了用來描述犽猢的可憎特質的那些字眼之外，沒有其他用

（續）

他人還是自己的模樣？而作者與讀者見到的又是什麼？

25 意指人爲的罪惡和愚行更難以忍受。這些罪惡和愚行是因爲比起眞正的犽猢，人類稍具理性——這正是當初慧駰特別擔心格理弗的原因。

26 "Pride"（驕傲）位居七罪宗之首，但此處最「妄自尊大」的卻是格理弗本人，其中的反諷不言而喻。至於妄自尊大的格理弗到底可不可信，歷代批評家見仁見智，而閱讀本書的樂趣之一也在於此。

語來表達任何邪惡的事；由於他們對人性欠缺徹底的了解，所以無法從這些惡質中區別出妄自尊大，而人性的毛病則顯現於那種動物所掌管的其他國家中。但飽經世故的我，能在狂野的犽猢之中清楚看出一些人性的殘渣。

但是，在理性支配下生活的慧駰，不會因爲自己的優點而妄自尊大，就像我或任何明智的人都不會因爲自己四肢健全而誇耀；然而一旦缺手缺腳，那情況可就悽慘了。我在這個主題上著墨甚多，是因爲我想要以各種方式使一個英國犽猢的社會不致難以忍受；所以我在此懇求沾染到這種荒謬惡行的人，千萬不要出現在我眼前。

全書終

譯者附誌

千里來龍，到此結穴。在歷經了十六年七個多月的旅行和奇遇，格理弗終於歸返故國，回到家人身邊。與他心目中的人類／犽猢生活在一起雖然顯得格格不入，但多少已逐漸適應了（適應的程度明顯比不上先前的各次冒險）。主角重申自己的寫作動機、內容、風格、目的，強調自己效法慧駰的言教、身教，毫不涉及一己的名利，一切以公共利益為依歸，「恪遵真相，絕不偏離」。然而，綏夫特卻是透過格理弗，寫出文學史上難得一見的奇幻之作、「彌天大謊」。此外，透過有人提醒外交備忘錄一事，引入帝國主義向外擴張、侵略、殖民的議題。主角先一一指出要占領那些國家並不符合英國的國家利益，接著以四個「但是」提出說明，其中尤以第一個「但是」的理由最為具體、有力(第二個「但是」其實是針對第一個「但是」，卻以諷刺的筆觸反襯英國「高明」的殖民政策)。如果說第三部第三章以具體事件描寫如何成功反制飛行島的「高壓」政策，此處則以論理的方式，逐一表達出反殖民、反壓迫的言論。主角秉承慧駰的標準評斷人性，並向墮落的人類示警，其行為荒誕、可笑，但其情可憫，就心態與文章結構上，與正文之前的書函首尾呼應，連成一氣。

＊　＊　＊

本書第四部原先撰寫於第三部之前，因結構較完整、主題較統一，改置於書末，有終結之感。就內容而言，這個安排也有道理，表現出主角的地位雖然愈來愈高(由第一、二部的隨船醫生，到第三部與船長平起平坐，到第四部自任船長)，但境遇卻每況愈下。落難的原因從第一次的遭逢天災，第二次自願上岸探尋卻遭遺棄，第三次遇到海盜，到第四次手下叛變。諷刺的對象由第一部小人國身上的惡質(反映了歐洲人的缺失)，第二部透過與大人國的對比來反諷歐洲人，第三部諷刺人類在許多方面的妄想與愚癡，到第四部與慧駰對比出人類的低劣不堪。四部雖然都遵循「出航—冒險—返回」的模式，但返回之後的情況卻由第一部的適應正常，第二部的不自然(眼中盡是身材渺小的人)，第三部未特別著墨，但至少維持了對人性的基本信任，到第四部則成為格格不入的恨世者以及全書的敘事者。

本部延續並發揮前三部中發展出的若干主題，藉著出人意表的想像和對比的手法，深入剖析並諷刺人性，往往被視為全書最具爭議的一部。歷代批評家對此部爭論不休，尤其是針對理性、冷靜、不動感情、不受誘惑、不畏死亡的慧駰。有人認為慧駰是理性、理想的化身，慧駰國則有如理想國、烏托邦；有人認為慧駰的理性過於冷酷、不通情理，未必理想；有人認為作者諷刺過度推崇理性是虛幻不實的作法；有人認為慧駰只是理性的馬，既不是理想的人，也不是諷刺人的理想；有人認為格理弗極端崇拜慧駰，顯示其判斷錯誤、容易受騙(主角之名"Gulliver"和"gullible"[「容易受騙」]相近)。

相對於慧駰的無邪、道德、冷酷的理性，則是犽猢的邪惡、墮落、沉溺於感官之樂(包括淫樂)，至於代表人類的格理弗則是在兩者之間，此位置符合新古典主義的人性論(人性介於神性與獸性之間，人類介於天使與野獸之間)。在慧駰的言教與身教下，格理弗逐漸認同他們的美德與行為，卻不為慧駰所接納(格理弗在此國甚至沒有名字，只是一隻另類的、「溫和的」犽猢)。格理弗的限制與悲哀在此，而閱讀第四部的趣味也在此。格理弗對待犽猢的態度，伏下了後來慧駰對待他以及他對待人類的態度。總之，格理弗學會了以「馬眼看人」之後，一方面自慚形穢，自怨自艾，另一方面又見賢思齊，學舌學步，並因而妄自尊大，反過頭來鄙視人類和「非我族類」的犽猢，連搭救他的船長身上的人性光輝也看不出，踏上了心靈的不歸路，終致落得瘋子、恨世者的下場。主角的個性和行為的荒誕不經，顯示作者不但透過格理弗來諷刺人類，甚至連自己筆下的主角都沒饒過，一併在諷刺之列——一如綏夫特在自輓詩中連自己都沒有放過。是超然、灑脫，看破人性，還是尖酸、刻薄成性？是愛深責切，還是深惡痛絕？藉由文學作品的演現，作者層層剖析、檢視人性，展示各種可能性，歡迎讀者參與，各盡所能，各取所需。

參考書目

一、參考版本

■《格理弗遊記》英文版本

Asimov, Isaac, ed.

1980 *The Annotated Gulliver's Travels* (New York: Clarkson N. Potter).

Davis, Herbert J., ed.

1941 *Gulliver's Travels* (Oxford: Basil Blackwell).

DeMaria, Robert, Jr., ed.

2001 *Gulliver's Travels*, Penguin Classics (London and New York: Penguin).

Dennis, G. Ravenscroft, ed.

1909 *Gulliver's Travels* (London: George Bell and Sons), vol. 8 of *The Prose Works of Jonathan Swift, D.D.*, 14 vols., ed. Temple Scott (London: George Bell and Sons, 1897-1909).

Dixon, Peter, and John Chalker, eds.

1967 *Gulliver's Travels*, Penguin English Library (London and New York: Penguin).

Eddy, William Alfred, ed.

1933 *Gulliver's Travels, A Tale of a Tub, Battle of the Books, etc.*, by Jonathan Swift (New York: Oxford UP).

Fox, Christopher, ed.

1995 *Gulliver's Travels: Complete, Authoritative Text with Biographical and Historical Contexts, Critical History, and Essays from Five*

Contemporary Critical Perspectives, Case Studies in Contemporary Criticism (Boston: Bedford Books of St. Martin's Press).

Gough, A. B., ed.

1915 *Gulliver's Travels* (Oxford: Clarendon Press).

Greenberg, Robert A., ed.

1961 *Gulliver's Travels*, Norton Critical Edition (New York: Norton, 1961; 2nd ed. 1970).

Greenberg, Robert A., and William Bowman Piper, eds.

1973 *The Writings of Jonathan Swift* (New York and London: Norton).

Harvey, Gill, ed.

2003 *Gulliver's Travels*, by Jonathan Swift (London: Usborne).

Hayward, John, ed.

1942 *Gulliver's Travels and Selected Writings in Prose and Verse* (New York: Random House).

Heilman, Robert B., ed.

1950 *Gulliver's Travels by Jonathan Swift* (New York: Modern Library).

Jenkins, Clauston, ed.

1971 *Gulliver's Travels* (New York: Bantam Books).

Landa, Louis A., ed.

1960 *Gulliver's Travels and Other Writings* (Boston: Houghton Mifflin).

McKelvie, Colin, ed.

1976 *Gulliver's Travels* (Belfast: Appletree Press).

Morley, Henry, ed.

1906 *Gulliver's Travels and Other Works by Jonathan Swift* (London: George Routledge and Sons).

Parker, Huw, ed.

1996 *Gulliver's Travels to Lilliput and Brobdingnag* (Cheltenham: Stanley Thornes).

Pinkus, Philip, ed.

1968 *Jonathan Swift: Gulliver's Travels* (Toronto: Macmillan of Canada).

Price, Martin, ed.

1963 *Gulliver's Travels by Jonathan Swift* (New York: Bobbs-Merrill).

Quintana, Ricardo, ed.

1958 *Gulliver's Travels and Other Writings* (New York: Modern Library).

Rawson, Claude J., ed.

2002 *The Basic Writings of Jonathan Swift* (New York: Modern Library).

Rivero, Albert J., ed.

2002 *Gulliver's Travels*, Norton Critical Edition (New York and London: Norton).

Ross, Angus, ed.

1972 *Travels into Several Remote Nations of the World, Known as Gulliver's Travels*, Longman English Series, 12 (London: Longman).

Starkman, Miriam Kosh, ed.

1962 *Gulliver's Travels and Other Writings by Jonathan Swift* (Toronto and New York: Bantam Books, 1981, c1962).

Swift, Jonathan

1886 *Travels into Several Remote Nations of the World by Lemuel Gulliver*, pref. George Saintsbury (London: John C. Nimmo).

1896 *Gulliver's Travels into Several Remote Nations of the World* (London: n.p.).

1926 *Gulliver's Travels by Jonathan Swift, D.D.: The Text of the First Edition*, edited, with an introduction, bibliography and notes, by Harold Williams (London: First Edition Club).

1932 *Travels into Several Remote Nations of the World* (London: Macmillan).

1939 *Gulliver's Travels by Jonathan Swift*, intro. F. E. Budd (London: Macmillan).

1947 *Gulliver's Travels: An Account of the Four Voyages into Several Remote Regions of the World*, intro. Jacques Barzun, prints and drawings by Luis Quintanilla (New York: Bonanza Books).

1969 *Gulliver's Travels*, intro. Peter Quennell ([London]: Heron Books).

1976 *Gulliver's Travels* (Delmar, NY: Scholars' Facsimiles & Reprints).

1977 *Jonathan Swift: Gulliver's Travels*, intro. Jacques Barzun, illus. Warren Chappell (New York: Oxford UP).

1980 *Gulliver's Travels*, illus. J. J. Grandville (Arlington, VA: Great Ocean).

1991 *Gulliver's Travels*, intro. Pat Rogers (New York: Alfred A. Knopf).

1992 *Gulliver's Travels*, intro. Clive T. Probyn ([New York]: Everyman's Library).

1995 *Travels into Several Remote Nations of the World by Lemuel Gulliver, and Then a Captain of Several Ships* (Köln: Könemann).

1997 *Gulliver's Travels* (Boston and Los Angeles: Cyber Classics).

1999 *Gulliver's Travels*, intro. Jeanette Winterson (Oxford: Oxford UP).

2000a *Gulliver's Travels*, adapt. D. J. Arneson (Taipei: Far East Book Co.).

2000b *Gulliver's Travels*, adapt. James Dunbar, illus. Marti Hargreaves (New York: Dorling Kindersley).

2002a *Gulliver* (Cambridge, Mass.: Indypublish.com).

2002b *Gulliver's Travels*, adapt. Malvina G. Vogel, illus. Pablo Marcos (Edina, MN: ABDO).

2002c *Gulliver's Travels*, illus. Nicoletta Oeccoli, based on the story by Jonathan Swift (Columbus, OH: McGraw-Hill Children's Publishing).

2002d *Gulliver's Travels*, retold by James Riordan, illus. Rosamund Fowler (New York: Oxford UP).

2002e *Gulliver's Travels*, adapt. Malvina G. Vogel, ills. Pablo Marcos, 張曼君譯注(合肥：安徽科學技術出版社)。

2003a *Gulliver's Travels*, illus. S. D. Schindler (Memphis, TN: Troll Communications).

2003b *Gulliver's Travels*, adapt. Joan Macintosh, 張穎注釋(Shanghai: Shanghai Foreign Language Education Press).

n.d. *Gulliver's Travels*, illus. Frank Jennens (Watford: Bruce).

Turner, Paul, ed.

1998 *Gulliver's Travels*, Oxford World's Classics (1971; Oxford and New York: Oxford UP, 1998).

Williams, Harold, ed.

1926 *Gulliver's Travels by Jonathan Swift, D.D.: The Text of the First Edition*, edited, with an introduction, bibliography and notes, by Harold Williams (London: First Edition Club).

■《格理弗遊記》中文譯本及相關資料

王林、史曉麗譯，斯威夫特原著

2000 《格列佛游記》(北京：北京燕山出版社)。

王維東譯，楊一楠插圖，斯威夫特原著

2003 《格列佛游記》(北京：中國少年兒童出版社)。
史威佛特
1991 《格列佛遊記》(台南：文國書局)。
伍光建選譯，士維甫特原著
1934 《伽利華遊記》，英漢對照(上海：商務印書館)。
李淑貞譯，強納生．史葳特原著
2002 《格列佛遊記》(台北：經典文庫)。
周越然注釋，Thomas M. Balliet編，Jonathan Swift, D.D.原著
1970 《海外軒渠錄》(台北：台灣商務印書館)。
林紓、魏易(曾宗鞏？)合譯，斯威佛特原著
1914 《海外軒渠錄》(上海：商務印書館)。
林誠譯注，斯威夫特原著
1992 《小人國與大人國》(台南：大夏出版社)。
唐琮改寫，強納生．史威佛特原著
1997 《格列佛遊記》，六刷(台北：東方出版社)。
孫予譯，斯威夫特原著
2003 《格列佛游記》(上海：上海譯文出版社)。
張健譯，綏夫特原著
1948 《格列佛遊記》(上海：正風出版社)。
張健譯，斯威夫特原著
2002 《格列佛游記》(北京：人民文學出版社，第19次印刷)。
張彬譯，強納生．斯威夫特原著
2000 《格列佛遊記》(台北：希代書版股份有限公司)。
張菁、張莘譯，江奈生．斯威夫特原著
1996 《格列佛遊記》(北京：中國婦女出版社)。
張靜二
2004 《西洋文學在台灣研究書目，1946-2000年》(台北：國科會人文中心)。
陳難能譯，強納生．斯威夫特原著
2003 《格列佛遊記》(台北：正中書局)。
陳鑑譯，斯惠夫特裘那孫原著
1967 《海外軒渠錄》，英漢對照 (台北：宏業書局)。
章招然譯，約拿單．史威福特原著
2002 《格列佛遊記》(台北：角色文化事業有限公司)。
喻麗琴譯注，史威夫原著
1980 《格列佛遊記》，英漢對照 (台北：長橋出版社)。

喬納桑·斯威夫特原著
1987 《大小人國遊記》，修訂再版（台北：華一書局）。
華鏞編著
1993 《大小人國遊記》，再版一刷（台南：企鵝圖書有限公司〔大千〕）。
黃廬隱譯注，斯威夫特原著
1935 《格列佛遊記》，英漢對照（上海：中華書局）。
楊昊成譯，喬納森·斯威夫特原著
1995 《格列佛游記》(南京：譯林出版社)。
楊壽勛譯，維思特(Clare West)改寫，斯威夫特原著
1997 《格列佛游記》，英漢對照（北京：外語教學與研究出版社）。
賴世雄編著，堀口俊一編，斯威夫特原著
2004 《格列佛遊記》，英漢對照，附朗讀CD片(台北：長春藤有聲出版有限公司)。
謝蕙蒙主編
1999 《小人國歷險記》(台北：人類文化事業有限公司)。
改寫者不詳
1965 《談瀛小錄》，《申報，一八七二～一八八七》，第一冊，同治11年4月15-18日[1872年5月21-24日](台北：台灣學生書局〔重印〕)，頁130-31, 137-38, 146-47, 153-54。
譯者不詳，司威夫脫原著
1980 《汗漫游》(《僬僥國》)，《繡像小說》，第五至七十一期，1903年7月24日至［1906年3月25日］(上海：上海書店〔影印本〕)。
樽本照雄
2002 《新編增補清末民初小說目錄》(濟南：齊魯書社)。

■《格理弗遊記》法文譯本

Pons, Émile, trans.
1976 *Voyages de Gulliver* (Paris: Gallimard).
Villeneuve, Guillaume, trans.
1997 *Les voyages de Gulliver* (Paris: GF-Flammarion).

■《格理弗遊記》德文譯本

Real Hermann J., and Heinz J. Vienken, trans.

1987 *Gullivers Reisen* (Stuttgart: Philipp Reclam).

■《格理弗遊記》日文譯本

平井正穗譯

1996 《ガリヴアー旅行記》(東京：岩波書店)。

二、綏夫特其他著作

Swift, Jonathan

1955 *The Journal to Stella* (London and Toronto: J. M. Dent & Sons; New York: E. P. Dutton & Co.).

1998 *Abolishing Christianity and Other Short Pieces by Jonathan Swift* (San Francisco: Manic D Press).

2002a *The Battle of the Books and Other Short Pieces* (Cambridge, Mass.: Indypublish.com).

2002b *The Journal to Stella* (Cambridge, Mass.: Indypublish.com).

Ross, Angus, and David Woolley, eds.

2003 *Jonathan Swift: Major Works* (Oxford and New York: Oxford UP).

Williams, Harold, ed.

1937 *The Poems of Jonathan Swift*, 3 vols. (Oxford: Clarendon Press, 1937; rev. ed. 1958).

1963-65 *The Correspondence of Jonathan Swift*, 5 vols. (Oxford: Clarendon Press).

Woolley, David, ed.

1999- *The Correspondence of Jonathan Swift, D.D.*, 4 vols. (Frankfurt am Main: Peter Lang).

三、評論

Acworth, Bernard

1947 *Swift*（London: Eyre & Spottiswoode）.

Anonymous

1970 *A Letter from a Clergyman to His Friend, with an Account of The Travels of Captain Lemuel Gulliver*（1726; Los Angeles: William Andrews Clark Memorial Library, 1970）.

Arnold, Bruce

1997 *Irish Art: A Concise History*（New York: Thames and Hudson）.

1999 *Swift: An Illustrated Life*（Dublin: Lilliput Press）.

Barnett, Louise K.

1981 *Swift's Poetic Worlds*（Newark: U of Delaware P）.

Bateson, F. W.

1967 *A Guide to English Literature*, 2nd ed.（London: Longman）.

Beasley, Jerry C.

1978 *English Fiction, 1660-1800: A Guide to Information Sources*（Detroit, MI: Gale Research Co.）.

Beaumont, Charles Allen

1965 *Swift's Use of the Bible: A Documentation and a Study in Allusion*（Athens: U of Georgia P）.

Bellamy, Liz

1992 *Jonathan Swift's* Gulliver's Travels（New York: St. Martin's Press）.

Berwick, Donald M.

1965 *The Reputation of Jonathan Swift, 1781-1882*（New York: Haskell House）.

Boyle, Frank

2000 *Swift as Nemesis: Modernity and Its Satirist*（Palo Alto, CA: Stanford UP）.

Boyle, John

2000 *Remarks on the Life and Writings of Dr. Jonathan Swift*, ed. João Fróes（London: Associated UP）.

Brady, Frank, ed.

1968 *Twentieth Century Interpretations of* Gulliver's Travels (Englewood Cliffs, NJ: Prentice-Hall).

Brady, Frank, and W. K. Wimsatt, eds.

1977 *Samuel Johnson: Selected Poetry and Prose* (Berkeley and Los Angeles: U of California P).

Brown, Homer Obed

1997 *Institutions of the English Novel: From Defoe to Scott* (Philadelphia: U of Pennsylvania P).

Bruce, Michael, ed.

1998 *Jonathan Swift* (London: Everyman's Poetry).

Bush, Douglas

1979 *English Literature in the Earlier Seventeenth Century, 1600-1660* (Oxford: Clarendon Press).

Butt, John

1979 *The Mid-Eighteenth Century*, ed. Geoffrey Carnall (Oxford: Clarendon Press).

Cameron, Kenneth

1996 *English Place Names*, new ed., rev. and reset (London: Batsford).

Carnochan, W. B.

1968 *Lemuel Gulliver's Mirror for Man* (Berkeley and Los Angeles: U of California P).

Case, Arthur E.

1945 *Four Essays on* Gulliver's Travels (Gloucester, Mass.: Peter Smith, 1958, c1945).

Chalmers, Alan D.

1995 *Jonathan Swift and the Burden of the Future* (London: Associated UP; Newark: U of Delaware P).

2003 "'To Curse the Dean, or Bless the Draper': Recent Scholarship on Swift," *Eighteenth-Century Studies* 36.4: 580-85.

Chamberlain, B. H.

1879 "Wasobyoe, the Japanese Gulliver," *Transactions of the Asiatic Society of Japan* 7: 287-313.

Clark, Paul Odell

1972 *A Gulliver Dictionary* (New York: Haskell House).

Clifford, James L.

1974 "Gulliver's Fourth Voyage: 'Hard' and 'Soft' Schools of Interpretation," *Quick Springs of Sense: Studies in the Eighteenth Century*, ed. Larry S. Champion (Athens: U of Georgia P), pp. 33-49.

——, ed.

1959 *Eighteenth Century English Literature* (New York: Oxford UP).

Connery, Brian A., ed.

2002 *Representations of Swift* (Newark: U of Delaware P).

Connery, Brian A., and Kirk Combe, eds.

1995 *Theorizing Satire: Essays in Literary Criticism* (Hampshire: Palgrave Macmillan).

Conway, Daniel W., and John E. Seery, eds.

1992 *The Politics of Irony: Essays in Self-Betrayal* (Hampshire: Palgrave Macmillan).

Cook, Richard I.

1967 *Jonathan Swift as a Tory Pamphleteer* (Seattle and London: U of Washington P).

Craik, Sir Henry

1969 *The Life of Jonathan Swift*, 2nd ed., 2 vols. (New York: Burt Franklin).

Craven, Kenneth

1992 *Jonathan Swift and the Millennium of Madness: The Information Age in Swift's* A Tale of a Tub (New York: E. J. Brill).

Crook, Keith

1998 *A Preface to Swift* (London and New York: Longman).

Daiches, David

1969 *A Critical History of English Literature*, 2nd ed., 2 vols. (London: Secker & Warburg).

Davis, Herbert J.

1947 *The Satire of Jonathan Swift* (New York: Macmillan).

1964 *Jonathan Swift: Essays on His Satire and Other Studies* (Oxford: Oxford UP).

——, ed.

1939-74 *The Prose Works of Jonathan Swift* [Shakespeare Head Edition], 16 vols. (Oxford: Basil Blackwell).

Deporte, Michael

2003 *Essays on Jonathan Swift* (Bethesda, MD: Academica Press).

Dobrée, Bonamy

1968 *English Literature in the Early Eighteenth Century, 1700-1740*, reprinted with corrections (Oxford: Clarendon Press).

Donoghue, Denis, ed.

1968 *Swift Revisited* (Cork, England: Mercier Press).

1969 *Jonathan Swift: A Critical Introduction* (Cambridge: Cambridge UP).

1971 *Jonathan Swift: A Critical Anthology* (Baltimore: Penguin).

Doody, Margaret Anne

1997 *The True Story of the Novel* (London: Fontana).

Douglas, Aileen, et al., eds.

1998 *Locating Swift: Essays from Dublin on the 250th Anniversary of the Death of Jonathan Swift, 1667-1745* (Dublin: Four Courts Press).

Downie, J. A.

1984 *Jonathan Swift: Political Writer* (London: Routledge).

1997 "Swift and Jacobitism," *ELH* 64: 887-901.

Düring, Michael

1994 "Swift in Russia: An Annotated Bibliography (I)," *Swift Studies* 9: 100-112.

1995 "Swift in Russia: An Annotated Bibliography (II)," *Swift Studies* 10: 89-101.

1996 "Swift in Russia: An Annotated Bibliography (III)," *Swift Studies* 11: 84-97.

Eagleton, Terry

1990 *Saints and Scholars* (London: Futura).

Eddy, William Alfred

1923 Gulliver's Travels*: A Critical Study* (Princeton: Princeton UP).

Ehrenpreis, Irvin

1958 *The Personality of Jonathan Swift* (London: Methuen).

1962-83 *Swift: The Man, His Works, and the Age*, 3 vols. (London: Methuen).

Eilon, Daniel

1991 *Factions' Fictions: Ideological Closure in Swift's Satire* (Newark: U of Delaware P).

Elliott, Robert C.

1972 *The Power of Satire: Magic, Ritual, Art* (Princeton: Princeton UP).

England, A. B.

1980 *Energy and Order in the Poetry of Swift* (London and Toronto: Associated UP).

Erskine-Hill, Howard

1993 *Jonathan Swift:* Gulliver's Travels (Cambridge: Cambridge UP).

Fabricant, Carole

1995 *Swift's Landscape* (1982; Notre Dame and London: U of Notre Dame P, 1995).

Fauske, Christopher J.

2002 *Jonathan Swift and the Church of Ireland, 1710-1724* (Dublin: Irish Academic Press).

Feingold, Richard

1964 *Jonathan Swift's* Gulliver's Travels (New York: Monarch).

Ferguson, Oliver W.

1962 *Jonathan Swift and Ireland* (Urbana: U of Illinois P).

Firth, Sir Charles H.

1919 *The Political Significance of* Gulliver's Travels (London: Oxford UP).

Fischer, John Irwin, and Donald C. Mell, Jr., eds.

1981 *Contemporary Studies of Swift's Poetry* (London and Toronto: Associated UP).

Fischer, John Irwin, Hermann J. Real, and James Woolley, eds.

1989 *Swift and His Contexts* (New York: AMS Press).

Foot, Michael

1966 *The Pen & the Sword: A Year in the Life of Jonathan Swift* (London: MacGibbon & Kee).

Forster, Jean-Paul

1998 *Jonathan Swift: The Fictions of the Satirist*, rev. ed. (Berne and New York: Peter Lang).

Foster, Milton P., ed.

1961 *A Casebook on Gulliver among the Houyhnhnms* (New York: Thomas Y. Crowell).

Fox, Christopher, ed.

2003 *The Cambridge Companion to Jonathan Swift* (Cambridge: Cambridge UP).

Fox, Christopher, and Brenda Tooley, eds.

1995 *Walking Naboth's Vineyard: New Studies of Swift* (Notre Dame, IN: U of Notre Dame P).

Fox, Peter, ed.

1986 *Treasures of the Library: Trinity College Dublin* (Dublin: Trinity College).

Francus, Marilyn

1994 *The Converting Imagination: Linguistic Theory and Swift's Satiric Prose* (Carbondale and Edwardsville: Southern Illinois UP).

Freiburg, Rudolf, Arno Löffler, and Wolfgang Zach, eds.

1998 *Swift: The Enigmatic Dean: Festschrift for Hermann Josef Real* (Tübingen: Stauffenburg Verlag).

Friedman, Favius

1975 *What's in a Name?* (New York: Scholastic Book Services).

Gaskell, Philip

1978 *From Writer to Reader: Studies in Editorial Method* (Oxford: Clarendon Press).

Gilbert, Jack G.

1973 *Jonathan Swift: Romantic and Cynic Moralist* (New York: Haskell House).

Glendinning, Victoria

1998 *Jonathan Swift* (London: Hutchinson).

Goodwin, Frank Stier

1940 *Jonathan Swift: Giant in Chains* (New York: Liveright).

Gravil, Richard, ed.

1974 *Swift:* Gulliver's Travels (London: Macmillan).

Greetham, D. C.

1994 *Textual Scholarship: An Introduction* (New York and London: Garland).

Hammond, Brean S.

1988 *Gulliver's Travels* (Philadelphia: Open UP).

Higgins, Ian

1994 *Swift's Politics: A Study in Disaffection* (Cambridge and New York: Cambridge UP).

Hinnant, Charles H.

1987 *Purity and Defilement in* Gulliver's Travels (Hampshire: Palgrave Macmillan).

Hunt, Peter, ed.

1999 *Understanding Children's Literature* (London and New York: Routledge).

Hunting, Robert

1967 *Jonathan Swift* (New York: Twayne).

Hutcheon, Linda

1994 *Irony's Edge: The Theory and Politics of Irony* (London and New York: Routledge).

Jackson, Robert Wyse

1945 *Swift and His Circle: A Book of Essays* (Dublin: Talbot Press).

1970 *Jonathan Swift: Dean and Pastor* (New York: Books for Libraries Press).

Jackson, Victor

1987 *The Monuments in St. Patrick's Cathedral Dublin* (Dublin: St. Patrick's Cathedral).

Jaffe, Lee

2001 "Gulliver's Travels—Chronology," online, Internet, May 17. <http://www.jaffebros.com/lee/gulliver/chron.html>

2002 "Gulliver's Travels—Sources: Editions of *Gulliver's Travels*," online, Internet, Oct. 12. <http://www.jaffebros.com/lee/gulliver/sources/gulliver.html#bibs>

Jaffe, Nora Crow

1977 *The Poet Swift* (Hanover, NH: UP of New England).

Jeffares, A. Norman

1997 *A Pocket History of Irish Literature* (Dublin: O'Brien Press).

1998 *The Irish Literary Movement* (London: NPG).

——, ed.

1967 *Fair Liberty Was All His Cry: A Tercentenary Tribute to Jonathan Swift, 1667-1745* (London: Macmillan).

1968 *Swift: Modern Judgments* (London: Macmillan).

1996 *Jonathan Swift: The Selected Poems* (London: Kyle Cathie Ltd.).

Johnson, Maurice, Kitagaki Muneharu, and Philip Williams

1977 Gulliver's Travels *and Japan: A New Reading* (Kyoto, Japan: Amherst House, Doshisha University).

Johnston, Denis

1959 *In Search of Swift* (Dublin: Hodges Figgis).

Kelly, Ann Cline

2002 *Jonathan Swift and Popular Culture: Myth, Media, and the Man* (Hampshire: Palgrave Macmillan).

Kiberd, Declan

2001 *Irish Classics* (London: Granta Books).

Killham, John

1962 *Gulliver's Travels* (Oxford: Basil Blackwell).

King, Richard Ashe

1971 *Swift in Ireland* (1895; New York: Haskell House, 1971).

Kinsella, Cormac, ed.

1998 *Waterstone's Guide to Irish Books* (Middlesex: Waterstone's Booksellers).

Knowles, Ronald

1996 Gulliver's Travels*: The Politics of Satire* (New York: Twayne).

Krupa, Viktor

1998 "The Island of Immortals, Japan and Jonathan Swift," *Asian and African Studies* 7 (Feb.): 113-17.

Lamont, Claire

1967 "A Checklist of Critical and Biographical Writings on Jonathan Swift, 1945-65," *Fair Liberty Was All His Cry: A Tercentenary Tribute to Jonathan Swift, 1667-1745*, ed. A. Norman Jeffares (London: Macmillan), pp. 356-91.

Landa, Louis A.

1954 *Swift and the Church of Ireland* (Oxford: Clarendon Press).

Landa, Louis A., and James Edward Tobin, eds.

1975 *Jonathan Swift: A List of Critical Studies Published from 1895 to 1945* (rpt. New York: Octagon Books).

Le Brocquy, Sybil

1962 *Cadenus: A Reassessment in the Light of New Evidence of the Relationships between Swift, Stella and Vanessa* (Dublin: Dolmen Press).

Lee, Jae Num

1971 *Swift and Scatological Satire* (Albuquerque, NM: U of New Mexico P).

Leslie, Shane

1935 *The Script of Jonathan Swift and Other Essays* (Philadelphia: U of Pennsylvania P).

Lestringant, Frank

1994 "Travels in Eucharistia: Formosa and Ireland from George Psalmanaazaar to Jonathan Swift," trans. Noah Guynn, *Yale French Studies* 86: 109-25.

Litton, Helen

1998 *Irish Rebellions, 1798-1916: An Illustrated History* (Dublin: Wolfhound Press).

Lock, F. P.

1980 *The Politics of* Gulliver's Travels (Oxford: Clarendon Press).

1983 *Swift's Tory Politics* (Newark: U of Delaware P).

Louis, Frances Deutsch

1981 *Swift's Anatomy of Misunderstanding: A Study of Swift's Epistemological Imagination in* A Tale of a Tub *and* Gulliver's Travels (London: George Prior).

Lumsdon, Les

2001 *Tourism in Latin America: Les Lumsdon and Jonathan Swift* (London: Continuum).

Lund, Roger D.

1985 "Jonathan Swift," *British Novelists, 1660-1800*, ed. Martin C. Battestin, vol. 39 of *Dictionary of Literary Biography* (Detroit: Gale Research Co.), pp. 499-525.

Mahon, Derek, ed.

2001 *Jonathan Swift: Poems Selected by Derek Mahon* (London: Faber and Faber).

Mahony, Robert

1995 *Jonathan Swift: The Irish Identity* (New Haven and London: Yale UP).

Malcolm, Elizabeth

1989 *Swift's Hospital: A History of St. Patrick's Hospital, Dublin, 1746-1989* (Dublin: Gill and Macmillan).

Mazzeno, Laurence W.

1997 *The British Novel, 1680-1832: An Annotated Bibliography* (Lanham, MD: Scarecrow Press).

McCarthy, Muriel, comp.

1983 *Travel Books and the Age of Discovery: Exhibition Catalogue* (Dublin: Archbishop Marsh's Library).

McHugh, Roger, and Philip Edwards, eds.

1967 *Jonathan Swift, 1667-1967: A Dublin Tercentenary Tribute* (Dublin: Dolmen Press).

McKeon, Michael

1987 *The Origins of the English Novel, 1600-1740* (Baltimore and London: Johns Hopkins UP).

McLeod, Bruce

1999 *The Geography of Empire in English Literature, 1580-1745* (Cambridge: Cambridge UP).

McMinn, Joseph

1991 *Jonathan Swift: A Literary Life* (New York: St. Martin's Press).

1994 *Jonathan's Travels: Swift and Ireland* (Belfast: Appletree Press).

——, ed.

1991 *Swift's Irish Pamphlets: An Introductory Selection* (Gerrards Cross, Buckinghamshire: Colin Smythe).

Milic, Louis Tonko

1967 *A Quantitative Approach to the Style of Jonathan Swift* (The Hague: Mouton).

Mills, A. D.

1998 *A Dictionary of English Place-Names*, 2nd ed., new ed. (Oxford and New York: Oxford UP).

Montag, Warren
1994 *The Unthinkable Swift: The Spontaneous Philosophy of a Church of England Man* (New York and London: Verso).

Moore, Sean
2003 *Critical Receptions: Jonathan Swift* (Bethesda, MD: Academica Press).

Moriarty, Mary, and Catherine Sweeney
1990 *Jonathan Swift: The Man Who Wrote Gulliver* (Dublin: O'Brien Press).

Morrissey, L. J.
1978 *Gulliver's Progress* (Hamden, CT: Archon Books).

Muecke, D. C.
1969 *The Compass of Irony* (London: Methuen).

Murry, John Middleton
1955 *Jonathan Swift: A Critical Biography* (New York: Noonday).

Newman, Bertram
1937 *Jonathan Swift* (Boston and New York: Houghton Mifflin).

Nicolson, Marjorie Hope, and Nora M. Mohler
1956 "The Scientific Background of Swift's *Voyage to Laputa*," *Science and Imagination*, by Marjorie Hope Nicolson (Ithaca: Great Seal Books), pp. 110-54.

Nokes, David
1987 *Jonathan Swift: A Hypocrite Reversed* (Oxford: Oxford UP).

O'Donoghue, Bernard, ed.
1999 *Oxford Irish Quotations* (New York: Oxford UP).

Peake, Charles
1986 *Jonathan Swift and the Art of Raillery* (Gerrards Cross, Buckinghamshire: Colin Smythe).

Phiddian, Robert
1995 *Swift's Parody* (Cambridge and New York: Cambridge UP).

Plumb, J. H.
1990 *England in the Eighteenth Century* (New York: Penguin).

Pollard, David, ed.
1998 *Translation and Creation: Readings of Western Literature in Early Modern China, 1840-1918* (Amsterdam and Philadelphia: John Benjamins).

Price, Martin

1953 *Swift's Rhetorical Art: A Study in Structure and Meaning* (New Haven, CT: Yale UP).

Probyn, Clive T.

1987 *Jonathan Swift:* Gulliver's Travels (New York: Penguin).

——, ed.

1978a *The Art of Jonathan Swift* (London: Vision Press).

1978b *Jonathan Swift: The Contemporary Background* (Manchester: Manchester UP).

Quintana, Ricardo

1955 *Swift: An Introduction* (London and New York: Oxford UP).

1965 *The Mind and Art of Jonathan Swift* (1936; Gloucester, Mass.: Peter Smith, 1965).

1978 *Two Augustans: John Locke, Jonathan Swift* (Madison: U of Wisconsin P).

Rabkin, Eric S., ed.

1983 *Fantastic Worlds: Myths, Tales, and Stories* (Oxford: Oxford UP).

Ranelagh, John O'Beirne

1994 *A Short History of Ireland*, 2nd ed. (Cambridge and New York: Cambridge UP).

Rawson, Claude J.

1973 *Gulliver and the Gentle Reader: Studies in Swift and Our Time* (London and Boston: Routledge & Kegan Paul).

2001 *God, Gulliver, and Genocide: Barbarism and the European Imagination, 1492-1945* (Oxford: Oxford UP).

——, ed.

1971 *Focus: Swift* (London: Sphere Books).

1983 *The Character of Swift's Satire: A Revised Focus* (Cranbury, NJ: Associated UP).

1995 *Jonathan Swift: A Collection of Critical Essays* (Englewood Cliffs, NJ: Prentice-Hall).

Read, Herbert

1969 "Swift," *Essays in Literary Criticism: Particular Studies* (London: Faber and Faber), pp. 62-85.

Real, Hermann Josef

1992 "An Introduction to Satire," *Teaching Satire: Dryden to Pope*, ed. Hermann Josef Real (Heidelberg: Carl Winter/Universitätsverlag), pp. 7-19.

2001 *Securing Swift: Selected Essays* (Dublin: Maunsel).

——, ed.

2000 *Swift Studies 2000: The Annual of the Ehrenpreis Center* (München: Wilhelm Fink).

Real, Hermann J., and Heinz J. Vienken, eds.

1985 *Proceedings of the First Münster Symposium on Jonathan Swift* (München: Wilhelm Fink).

Real, Hermann J., and Helgard Stöver-Leidig, eds.

1998 *Reading Swift: Papers from the Third Münster Symposium on Jonathan Swift* (München: Wilhelm Fink).

Rees, Christine

1996 *Utopian Imagination and Eighteenth-Century Fiction* (London and New York: Longman).

Reilly, Patrick

1982 *Jonathan Swift: The Brave Desponder* (Manchester: Manchester UP).

Rembert, James A. W.

1988 *Swift and the Dialectical Tradition* (London: Macmillan).

Richetti, John, ed.

1996 *The Cambridge Companion to the Eighteenth-Century Novel* (New York: Cambridge UP).

Rielly, Edward J., ed.

1988 *Approaches to Teaching Swift's* Gulliver's Travels (New York: MLA).

Robinson, Ian

1984 *Swift: Madness & Art* (Retford, Notts.: Brynmill).

Rodino, Richard H.

1984 *Swift Studies, 1965-1980: An Annotated Bibliography* (New York and London: Garland Publishing).

Rodino, Richard H., and Hermann J. Real, eds.

1993 *Reading Swift: Papers from the Second Münster Symposium on Jonathan Swift* (München: Wilhelm Fink).

Rogers, Pat, ed.

1983 *Jonathan Swift: The Complete Poems* (New York and London: Penguin).

Room, Adrian

1990 *An A to Z of British Life* (Oxford: Oxford UP).

Rose, Jacqueline

1998 *States of Fantasy* (Oxford: Clarendon Press).

Rosenheim, Edward W., Jr.

1963 *Swift and the Satirist's Art* (Chicago: U of Chicago P).

Ross, Angus

1968 *Swift:* Gulliver's Travels (London: Edward Arnold).

Ross, Angus, and David Woolley, eds.

1984 *Jonathan Swift*, The Oxford Authors (Oxford and New York: Oxford UP).

1999 *A Tale of a Tub and Other Works*, Oxford World's Classics (Oxford and New York: Oxford UP).

Roston, Murray

1990 *Changing Perspectives in Literature and the Visual Arts, 1650-1820* (Princeton: Princeton UP).

Rowse, A. L.

1975 *Jonathan Swift, Major Prophet* (London: Thames and Hudson).

Said, Edward W.

1983a "Swift's Tory Anarchy," *The World, the Text, and the Critic* (Cambridge, Mass.: Harvard UP), pp. 54-71.

1983b "Swift as Intellectual," *The World, the Text, and the Critic* (Cambridge, Mass.: Harvard UP), pp. 72-89.

Salvucci, James Gerard

2000 "'Gulliver's Travels' and Constructs of the Primitive in Swift's Time," PhD diss. (Toronto: U of Toronto).

Sambrook, James

1993 *The Eighteenth Century: The Intellectual and Cultural Context of English Literature, 1700-1789*, 2nd ed. (London and New York: Longman).

Schakel, Peter J.

1978 *The Poetry of Jonathan Swift: Allusion and the Development of a Poetic Style* (Madison: U of Wisconsin P).

1992 "Introduction: Critical Approaches to Swift," *Critical Approaches to Teaching Swift*, ed. Peter J. Schakel (New York: AMS Press), pp.1-16.

——, ed.

1992 *Critical Approaches to Teaching Swift* (New York: AMS Press).

Sherburn, George, and Donald F. Bond

1948 *The Restoration and Eighteenth Century (1660-1789)*, vol. 3 of *A Literary History of England*, ed. Albert C. Baugh (New York: Appleton-Century-Crofts, 1948; 2nd ed. 1967).

Shinagel, Michael, ed.

1972 *A Concordance to the Poems of Jonathan Swift* (Ithaca: Cornell UP).

Smith, Frederik N.

1979 *Language and Reality in Swift's* A Tale of a Tub (Columbus: Ohio State UP).

——, ed.

1990 *The Genres of* Gulliver's Travels (Newark: U of Delaware P; London and Toronto: Associated UP).

Spence, Joseph, ed.

1994 *The Sayings of Jonathan Swift* (London: Duckworth).

Stanley, Michael

1996 *Famous Dubliners* (Dublin: Wolfhound Press).

Stark, Susanne, ed.

2000 *The Novel in Anglo-German Context: Cultural Cross-Currents and Affinities* (Amsterdam and Atlanta, GA: Rodopi).

Stathis, James J., ed.

1967 *A Bibliography of Swift Studies, 1945-1965* (Nashville, TN: Vanderbilt UP).

Steele, Peter

1978 *Jonathan Swift: Preacher and Jester* (Oxford: Clarendon Press).

Stephen, Sir Leslie

1925 *Swift* (1882; London: Macmillan, 1925).

Stringfellow, Frank, Jr.

1994 *The Meaning of Irony: A Psychoanalytic Investigation* (Albany, NY: State U of New York P).

Sullivan, Ceri, and Barbara White, eds.

1999 *Writing and Fantasy* (London and New York: Longman).

Sutherland, James

1969 *English Literature of the Late Seventeenth Century* (Oxford: Clarendon Press).

Swaim, Kathleen M.

1972 *A Reading of* Gulliver's Travels (The Hague: Mouton).

Swift, Deane

1968 *An Essay upon the Life, Writings, and Character of Dr. Jonathan Swift* (1755; Hildesheim: Georg Olms Verlagsbuchhandlung, 1968).

Swinfen, Ann

1984 *In Defence of Fantasy: A Study of the Genre in English and American Literature since 1945* (London: Routledge & Kegan Paul).

Takase, Fumiko

1989 "Gulliver and Wasobee," *Swift Studies* 4: 91-94.

Teerink, Herman, and Arthur H. Scouten, eds.

1988 *A Bibliography of the Writings of Jonathan Swift*, 2nd ed., rev. and corr. (Ann Arbor, MI: UMI).

Thackeray, William Makepeace

1899 *The English Humorists of the Eighteenth Century* (1853; London: Smith, Elder & Co., 1899).

Tippett, Brian

1989 *Gulliver's Travels* (London: Macmillan).

Turner, Paul

1989 *English Literature, 1832-1890: Excluding the Novel* (Oxford: Clarendon Press).

Tuveson, Ernest, ed.

1964 *Swift: A Collection of Critical Essays* (Englewood Cliffs, NJ: Prentice-Hall).

Ulman, Craig Hawkins

1973 *Satire and the Correspondence of Swift* (Cambridge, Mass.: Harvard UP).

Van Doren, Carl

1930 *Swift* (New York: Viking).

——, ed.

1948 *The Portable Swift*, The Viking Portable Library (New York: Viking).

Varlow, Sally

1997 *A Reader's Guide to Writers' Britain: An Enchanting Tour of Literary Landscapes and Shrines* (London: Prion Books).

Vickers, Brian, ed.

1968 *The World of Jonathan Swift: Essays for the Tercentenary* (Oxford: Basil Blackwell).

Vieth, David M., comp.

1982 *Swift's Poetry, 1900-1980: An Annotated Bibliography of Studies* (New York: Garland Publishing).

——, ed.

1984 *Essential Articles for the Study of Jonathan Swift's Poetry* (Hamden, CT: Archon Books).

Vogt, George L., and John Bush Jones, eds.

1981 *Literary and Historical Editing* (Lawrence: U of Kansas Libraries).

Wang, An-chi(王安琪)

1995 Gulliver's Travels *and* Ching-hua yüan *Revisited: A Menippean Approach* (New York: Peter Lang).

Ward, David

1973 *Jonathan Swift: An Introductory Essay* (London: Methuen).

Watson, George, ed.

1971 *The New Cambridge Bibliography of English Literature*, vol. 2, 1660-1800 (Cambridge: Cambridge UP).

Welcher, Jeanne K.

1983 "Horace Walpole and *Gulliver's Travels*," *Studies in Eighteenth-Century Culture*, vol. 12, ed. Harry C. Payne (Madison: U of Wisconsin P), pp. 45-57.

1988 *An Annotated List of Gulliveriana, 1721-1800* [Gulliveriana, 8] (Delmar, NY: Scholars' Facsimiles & Reprints).

1999 *Visual Imitations of* Gulliver's Travels*, 1726-1830* [Gulliveriana, 7] (Delmar, NY: Scholars' Facsimiles & Reprints).

Whibley, Charles

1917 *Jonathan Swift: The Leslie Stephen Lecture* (Cambridge: Cambridge UP).

Wiener, Gary, ed.

2000 *Readings on* Gulliver's Travels (San Diego, CA: Greenhaven Press).

Willey, Basil

1967 *The Eighteenth-Century Background: Studies on the Idea of Nature in the Thought of the Period* (London: Penguin).

Williams, Harold

1952 *The Text of* Gulliver's Travels (Cambridge: Cambridge UP).

Williams, Kathleen

1968 *Jonathan Swift* (London: Routledge).

——, ed.

1970 *Jonathan Swift: The Critical Heritage* (London and New York: Routledge).

Wilson, A. N., ed.

1993 *The Norton Book of London* (New York and London: Norton).

Wilson, David F. R.

[1941] *Dean Swift* (Dublin: Church of Ireland Printing Co.).

Wittich, John

1996 *Discovering London Street Names*, 3rd ed. (Buckinghamshire: Shire Publications).

Wood, Nigel

1986 *Swift* (Atlantic Highlands, NJ: Humanities Press).

——, ed.

1999 *Jonathan Swift* (London and New York: Longman).

Woolley, David

1978 "Swift's Copy of *Gulliver's Travels*: The Armagh *Gulliver*, Hyde's Edition, and Swift's Earliest Corrections," *The Art of Jonathan Swift*, ed. Clive T. Probyn (London: Vision Press), pp. 131-78.

Wyrick, Deborah Baker

1988 *Jonathan Swift and the Vested Word* (Chapel Hill and London: U of North Carolina P).

Zimmerman, Everett

1983 *Swift's Narrative Satires: Author and Authority* (Ithaca and London: Cornell UP).

Zirker, Herbert

2002 *Selected Essays in English Literatures: British and Canadian: Jonathan Swift, John Fowles, Margaret Laurence, Margaret Atwood, Di Brandt, and Dennis Cooley* (New York: Peter Lang).

Zöllner, Klaus

1989 *"As You Can See in the Text . . .": Which Passages Do Literary Scholars Quote and Interpret in* Gulliver's Travels*?: "Quotation Analysis" as an Aid to Understanding Comprehension Processes of Longer and Difficult Texts* (New York: Peter Lang).

Zwicker, Steven N., ed.

1998 *The Cambridge Companion to English Literature, 1650-1740* (Cambridge and New York: Cambridge UP).

四、影片

Sher, Jack, dir.

1960 *The 3 Worlds of Gulliver*, screenplay by Arthur Ross and Jack Sher, produced by Charles H. Schneer, Video CD, Color/98 mins. (United States: Columbia Pictures).

Sturridge, Charles, dir.

1996 *Gulliver's Travels*, teleplay by Simon Moore, produced by Duncan Kenworthy, VHS [double cassette], Color/187 mins. (United States: Hallmark Home Entertainment).

五、網站

Jaffe, Lee.

<http://www.jaffebros.com/lee/gulliver>

聯經經典

格理弗遊記

2022年10月四版
2022年12月四版二刷

Printed in Taiwan.

定價：新臺幣780元

著　　者　Jonathan Swift
譯 注 者　單　德　興
叢書主編　簡　美　玉
封面設計　胡　筱　薇

出　版　者　聯經出版事業股份有限公司
地　　　址　新北市汐止區大同路一段369號1樓
叢書主編電話　(02)86925588轉5305
台北聯經書房　台北市新生南路三段94號
電　　　話　(02)23620308
台中辦事處　(04)22312023
台中電子信箱　e-mail:linking2@ms42.hinet.net
郵政劃撥帳戶第0100559-3號
郵撥電話　(02)23620308
印　刷　者　世和印製企業有限公司
總　經　銷　聯合發行股份有限公司
發　行　所　新北市新店區寶橋路235巷6弄6號2F
電　　　話　(02)29178022

副總編輯　陳　逸　華
總 編 輯　涂　豐　恩
總 經 理　陳　芝　宇
社　　長　羅　國　俊
發 行 人　林　載　爵

行政院新聞局出版事業登記證局版臺業字第0130號

本書如有缺頁，破損，倒裝請寄回台北聯經書房更換。　ISBN 978-957-08-6567-7 (精裝)
聯經網址 http://www.linkingbooks.com.tw
電子信箱 e-mail:linking@udngroup.com

國家圖書館出版品預行編目資料

格理弗遊記 / Jonathan Swift著．單德興譯注．四版．新北市．
聯經．2022.10．672面．14.8×21公分．(聯經經典)
譯自：Gulliver's travels
ISBN 978-957-08-6567-7（精裝）
[2022年12月四版二刷]

873.57 111015454